KB032656

모든 숨마다,

너

모든 숨마다, 너 2

초판 인쇄일 2021년 06월 10일
초판 발행일 2021년 06월 25일

지은이 김   결
펴낸이 정승현
펴낸곳 ㈜도서출판 황매
출판등록 제 406-251002013000215 호

전화 02-332-9501
팩스 02-336-9502
이메일 woosin@wsbooks.net

ISBN 979-11-967622-5-4 (04810)
ISBN 979-11-967622-3-0 (SET)

ⓒ 김 결 2021
이 출판물은 저작권법에 의해 보호를 받는 저작물이므로
무단 전재와 무단 복제를 할 수 없습니다.

모든 숨마다,
너

2권

12

살아 있는 건 나만

"안에 있는데."

그의 여자 집에서 상반신을 모두 드러낸 남자가 무신경하게 대답했다. 눈을 가늘게 뜬 지헌이 문을 움켜잡았다.

"비켜."

그때 안쪽에서 인기척이 들렸다.

"누군데 그래, 박선유?"

남자의 어깨 너머로 유진의 작은 얼굴이 쏙 튀어나왔다. 그녀의 손에는 얼룩이 잔뜩 묻은 셔츠가 들려 있었다. 지헌을 알아본 유진의 눈이 왕방울만 하게 커졌다.

"어, 어······!"

깜짝 놀란 그녀는 예의도 잊은 채 손으로 지헌을 가리키며 어버버댔다.

"왜, 왜, 뭔데, 뭐!"

문을 열고 서 있는 남자의 팔 아래로 낯선 여자의 얼굴이 비집고 나왔다.

그녀는 셋 중 키가 가장 작아 남자의 가슴께에 겨우 닿을 정도였다. 두 여자는 지헌을 보며 호기심으로 눈을 반짝 빛냈다. 청바지만 입은 채로 그녀들의 가운데에 서 있는 남자는 여전히 지루한 표정이었다. 지헌은 세 남녀의 묘한 조합을 가만히 지켜보며 남자의 공허한 눈동자를 짧게 응시했다.

＊＊＊

"끝이 없네."

나는 오피스텔로 돌아왔다. 유진에게 돌아가겠다고 말한 뒤부터 일하는 틈틈이 짐을 정리했다. 일 년 가까이 비워 둔 집에 돌아와 가장 먼저 한 일은 준의 기타와 에리카의 물건, 그리고 그 둘과 함께 찍은 사진을 처분하는 거였다. 물건을 담은 박스가 쌓여 갈수록 세월의 무게를 실감했다. 버릴 때는 아무 느낌도 들지 않았지만 내게서 십 년을 버리는 건 슬펐다.

텅 빈 집 안에 가장 먼저 채워 넣은 건 유진의 집에서 옮겨 온 화초였다. 지나온 시간 중에서 온전히 내 것이라고 할 수 있는 건 그게 유일했다. 마지막 화분의 흙을 꾹꾹 눌러 베란다에 내놓고 나자 해가 기울기 시작했다. 완전히 기진맥진한 나는 그대로 바닥에 드러누웠다. 천장의 실링팬이 한가롭게 돌고 있었다.

돌아왔다, 집에.

갑자기 졸음이 밀려오며 눈이 스륵 감겼다.

"기가 막히네. 문도 안 잠그고."

눈을 뜬 건 지헌의 목소리를 듣고도 얼마간 더 지난 후였다. 지헌은 머리맡에 서서 황당한 얼굴로 나를 내려다보고 있었다.

"……언제 왔어요? 전화하지."

잠을 떨쳐 내려 애쓰며 느릿하게 대답했다. 지헌이 잘 보이도록 휴대폰을 들어 올렸다. 케이스가 눈에 익었다.

"아, 전화기…… 언니네 두고 왔구나."

지헌이 서늘하게 보았다.

"나한테 전화할 생각은 안 했어?"

"왜요?"

하, 가볍게 숨을 토해 낸 지헌이 말끔하게 정리된 거실을 보며 미간을 찌푸렸다.

"보통 사람은 이사할 때 애인한테 전화해. 이런 걸 말로 해 줘야 하는지는 몰랐는데."

"나중에 하려고 했어요. 일하는 거 아니까."

"미루지 마. 밀려나는 거 싫어."

단호한 목소리에 몸을 일으켜 앉았다.

"……무슨 일 있어요?"

가만히 나를 바라보는 지헌의 얼굴은 표정을 읽을 수가 없었다. 조금 전의 찡그림은 흔적 없이 사라졌다. 불순물을 걷어 내듯 감정을 걷어 낸 얼굴이었다. 침묵이 길어질수록 우리 사이를 채우는 공기의 밀도도 착실하게 쌓여 갔다. 뭐라도 해야겠다고 생각할 때 지헌이 손을 뻗었다.

"이리 와. 아니. 그대로 있어."

그가 움직였다. 몸을 굽히고 나를 끌어안았다. 겨드랑이 사이로 들어온 팔이 나를 힘껏 당겨 올리는 바람에 몸이 들렸다. 그런데도 성이 차지 않는 듯 그가 빈틈없이 맞닿은 가슴 위로 등을 꽉 껴안아 숨이 막혔다. 나는 지헌의 몸에 완전히 파묻혔다. 목덜미에 닿는 숨이 뜨겁고 거칠다. 나를 향해 달려드는 남자가 싫지 않아서 숨을 참으며 뺨을 기댔다. 내가 이러면 그가 사나워진다는 걸 안다.

지헌이 얼굴을 묻으며 드러난 피부 위로 입술을 문질렀다. 보이는 곳은 모조리 입을 맞출 기세였다. 가슴 위로 그의 얼굴이 닿았을 때 무너지지 않기 위해 그를 붙잡으려던 나는 아직 흙 묻은 장갑을 끼고 있다는 걸 깨달았다. 몸을 비틀며 지헌을 밀어냈다. 나를 압박하던 힘이 한순간에 풀리며 지헌이 고개를 들었다. 욕망으로 깊이 가라앉은 눈동자를 보자 숨이 떨렸다.

"장갑⋯⋯."

고개를 기울인 지헌이 내가 하는 말을 알아차리고 장갑을 벗겨 냈다. 나는 고개를 저었다.

"안 돼요. 흙먼지투성이야."

"나도 안 돼."

지헌이 단호하게 말했다.

"오기 전부터 참았어. 더는 안 돼."

뺨이 닿았다. 턱과 입술이 아슬아슬하게 스쳤다. 지난밤 그가 시키는 대로 수없이 입 맞추고 핥았던 곳이다. 간밤의 열기가 떠오르자 나른한 숨이 흘러나왔다.

"샤워하고⋯⋯ 유진 언니네 집에 가야 해요. 약속해서⋯⋯."

"해 줄게."

그렇게 말한 지헌이 나를 꼭 감싸며 머리 위로 턱을 얹었다. 우리는 말없이 서로를 안은 채 온기를 공유했다. 그러다 갑자기 지헌이 몸을 떼고 일어났다. 헐렁한 셔츠 안으로 한기가 밀려들었다. 그가 선 채로 손을 내밀었다. 나는 그의 손을 물끄러미 보다가 물었다.

"갈래요?"

충동으로 내뱉은 말은 땅속으로 깊게 뻗어 내리는 뿌리처럼 가슴속을 파고들었다. 고개를 들고 지헌의 눈을 마주 보았다.

"같이 가요. 나랑."

시선을 내리뜬 채로 나를 빤히 보던 지헌이 몸을 숙였다. 풀썩 밀려났다. 등이 바닥에 닿기 전 지헌의 재킷이 먼저 떨어졌다. 그의 체온이 차가운 바닥 대신 나를 감쌌다. 골반을 지그시 압박하며 나를 채우는 뜨거움에 데일 것만 같아서 다리로 그를 꼭 감았다.

* * *

"음식 다 식었다! 뭘 하느라 이렇게 늦었어?"

문을 열고 들어가자 가장 먼저 유진의 타박이 날아들었다. 나는 지헌을 재빨리 앞으로 밀었다.

"이쪽은 강지헌 씨. 아까 봤겠지만 다시 소개할게요."

그의 등장에 유진과 홍 원장이 눈을 동그랗게 뜨며 굳었다.

"이쪽은 모델 차유진 씨, 그리고 내가 다니는 조향 클래스 홍 원장님 그리고 대표님 동생 선유 씨."

굳어 있는 두 여자를 두고 가장 멀쩡한 두 남자가 먼저 인사를 나눴다.

"강지헌입니다."

"박선유예요."

침묵이 흘렀다. 잠시 잊고 있었다. 평소 두 남자가 얼마나 삭막하고 건조한 사람들인지. 내가 큼큼, 헛기침을 하자 뒤늦게 정신을 차린 유진이 인사를 건넸다.

"반가워요. 차유진이에요. 몇 번 스쳤는데, 이렇게 인연이 될 줄 몰랐네요. 그래서 우리 치린이랑은 어떤 사인가요?"

"언니."

자기 할 말만 다다다 뱉은 후에 마지막 물음만 티가 날 정도로 강조한 유진이 지헌을 강렬한 눈빛으로 쳐다봤다. 보는 내가 다 부담스러울 정도라 중재하려고 나서는데 지헌이 대답했다.

"프러포즈할 사이라고 해 두죠."

지헌은 유진이 아닌 선유를 보며 말했다.

"진짜? 정말? 둘이 벌써 거기까지 간 거예요?"

눈이 튀어나올 것처럼 커진 유진과 홍 원장이 호기심을 드러내며 달려들었다. 그들의 기대를 부풀리는 게 부담스러워 지헌의 팔을 잡았다. 그는 태연했다.

"한다며, 나 기다리는 것도 알고."
"……내가 언제요?"

'대니랑 결혼이라도 하겠다는 거야?'
'그럴까요? 강지헌 씨는 내 프러포즈 기다린댔는데.'

아, 설마 그걸 들었나. 나는 당황으로 굳었다. 유진과 홍 원장은 이제 생일 파티 겸 축하 파티를 하자며 샴페인을 있는 대로 꺼내기 시작했다. 나는 지헌을 가까이 당기며 속삭였다.
"언니들 부추기지 말아요. 나중에 실망해요."
"나 책임지기로 하지 않았어?"
눈을 가늘게 뜬 지헌이 단호하게 말했다.
"난 비혼 싫어."
"…….."
클로에 모렐과의 대화가 이런 식의 역풍을 불러올 줄은 꿈에도 몰랐던 나는 우리를 흥미롭게 지켜보는 관객이 있다는 것도 잊은 채 입만 벙긋했다. 지헌은 내게 기회도 주지 않고 느긋한 얼굴로 나를 휘둘렀다.
"일일시호일. 그거 나한테 한 프러포즈잖아."
"그건 컬렉션 컨셉이었죠."
단숨에 부정하는 나를 보며 지헌이 상냥하게 눈을 접어 웃었다.
"나는 분명히 말했는데, 그거 보면서 내 생각 하라고."
"……그게."
"그래서 지우산 보는 순간 깨달았지. 내 생각 했구나."
"그건……."
"나 이용한 거야?"
압박하듯 천천히 내려오는 지헌의 얼굴이 즐거움으로 빛났다. 오피스텔에서 어둡고 무거웠던 분위기는 말끔히 사라지고 상쾌함만 남은 것 같았다. 왠지 억울해.

지헌이 피식 웃으며 물었다.

"넘어가?"

"······응."

고개를 마구 끄덕이며 이대로 넘어가 달라고 하자 지헌이 싱긋 웃으며 얼굴을 내밀었다. 지금······? 여기서? 말도 안 된다며 눈에 잔뜩 힘을 주고 고개를 저었다. 그러나 태연함을 넘어 당당하기까지 한 지헌은 꿈쩍도 않은 채 나를 빤히 보기만 했다.

눈을 이리저리 굴리며 입술을 달싹거리길 몇 번. 지헌의 뺨에 입술을 꾹 누른 뒤 빛의 속도로 떼어 냈다. 그리고 유진의 깔깔대는 웃음을 듣는 순간 완전 범죄에 실패했음을 깨달았다.

"어이, 거기 남의 집에서 멜로 찍는 두 분! 한창 달아오를 때인 건 아는데, 자제 좀 부탁할까? 여기 다 싱글이거든?"

유진이 대놓고 놀릴 작정인지 접시를 내오다 말고 배를 잡고 웃었다. 태어나 이런 수치스러움을 겪어 본 적 없는 나는 빨개진 얼굴을 문지르며 시치미를 뗐다.

"그만 놀리고 접시나 줘. 또 깨트리지 말고."

"내가 할게."

나보다 지헌이 먼저 팔을 뻗었다.

"어!"

"아."

쨍그랑하며 접시가 바닥을 굴렀다.

"이런, 제가 놓쳤나 봐요."

유진의 말에 지헌이 차분하게 접시를 주워 건넸다.

"괜찮습니다. 다행히 깨지진 않았네요."

"아, 이거요. 일부러 안 깨지는 그릇 쓰거든요. 안 그럼 집에 식기가 안 남아서. 다시 가져올게요!"

유진이 넉살 좋게 웃은 뒤 주방으로 가며 소리쳤다.

"빡! 너, 빨리 대표님한테 전화해 봐. 어디쯤인가."

"싫어. 누나 오면 나 갈 거야."

"어휴, 저 초딩 진짜."

유진과 선유가 투닥거리는 소리를 흘려들으며 나는 지헌에게 물었다.

"괜찮아요? 안 다쳤어요?"

"괜찮아."

"정말?"

"정말."

그래도 걱정돼 손을 뻗는데 주방에서 유진과 홍 원장이 나를 보며 대놓고 흉을 봤다.

"쟤 나한테는 괜찮냐고 안 물었지?"

"너랑 결혼할 거 아니니까."

"와, 배신감 쩐다."

"억울하면 너도 애인 데리고 와서 똑같이 해."

한순간에 민망해져 고개를 돌리자 지헌은 뺨을 부드럽게 쓸어내리며 말했다.

"예뻐."

아. 얼굴이 빨갛게 달아올라서 어디론가 숨고만 싶었다.

유진이 주방에서 나오며 소리쳤다.

"다들 모여! 케이크 나가신다, 케이크!"

또 사고 친다고 아무것도 만지지 말 것을 명받은 유진은 작은 폭죽을 쥔 채 신이 나서 고깔모자를 쓰고 방방 뛰었다. 홍 원장이 초를 꽂은 케이크를 들고 나오며 혀를 찼다.

"야, 차! 네 생일이야? 그걸 네가 왜 써?"

"쟨 이런 거 유치하다고 싫어하니까 나라도 써야지! 뭐 해? 박선유, 너도 써!"

핑거 푸드가 예쁘게 담긴 사각 플레이트를 들고나오던 선유가 유진을 한심한 듯 보았다.

"너 몇 살이냐."

"나, 서른다섯!"

유진이 당당하게 외치며 고깔을 내밀었다. 선유는 본 척도 않고 무시했다. 평소처럼 티격태격하는 삼총사와 그들을 흥미로운 눈으로 관찰하는 지헌을 보며 나는 아주 오랜만에 행복이라는 단어를 떠올렸다.

"어? 대표님 왔다!"

벨 소리가 들리고 곧 박 대표까지 합류하자 분위기가 한층 더 시끌벅적하게 달아올랐다. 즐거운 우리의 순간은 끝나지 않을 것처럼 이어져서 나는 앞으로 내게 일어날 일들을 상상조차 하지 못했다.

* * *

"대체 어떻게…… 어떻게 이런."

투명한 유리벽 앞에 선 준은 병실 침대에 죽은 듯이 누워 있는 에리카를 보며 계속해서 그 말만 되풀이했다.

"하도 감쪽같이 속여서 아무도 몰랐어. 조금만 이상한 증상이 보여도 무조건 임신해서 그런 거라고 둘러대는 통에 믿었지, 뭐야. 설마, 이시하라 군한테까지 비밀로 했을 줄이야. 어쩐지, 자네가 그럴 사람이 아닌데……."

에리카를 날 때부터 돌봐 온 유모 모리 부인이 미안한 표정을 지었다. 준이 처음 모습을 드러냈을 때, 그를 오해해 험한 말을 퍼부었던 게 마음에 걸리는 듯했다.

"어쩌자고 재발까지 한 마당에 아이를 낳을 생각을 해서는…… 회장님도 대체 무슨 생각이신 건지. 하루라도 빨리 린을 불러들여야 할 텐데."

모리 부인이 눈시울을 붉히며 말했으나 준의 귀에는 아무것도 들리지 않았다. 그의 얼굴이 잠든 에리카만큼이나 창백하게 질렸을 때 그녀가 겨우 의식을 되찾았다. 준을 본 에리카가 체념하듯 중얼거렸다.

"……들켜 버렸네."

"대체 무슨 생각으로 이런 짓을 한 거야, 마츠이."

그가 화를 참듯 주먹을 세게 움켜쥐고 따져 물었다.

"네가 얼마나 잔인한 짓을 했는지 알아? 처음부터…… 이럴 생각이었어? 일부러 날, 이용한 거냐고."

"미안해, 이시하라."

에리카가 그날과 똑같이 말했다. 차분한 인형 같은 얼굴로. 그런 에리카를 이해할 수 없는 얼굴로 노려보는 준의 눈동자가 분노로 들끓었다.

"네가 나한테, 린한테 어떻게……!"

"그래. 그러니까…… 절대로 알리지 마. 린한테만은, 린은 안 돼."

죽음의 그림자가 짙게 드리운 눈동자가 준을 향해 고집스럽게 빛났다.

"절대로."

* * *

어디선가 진동이 울렸다. 정신이 든 나는 몸을 몇 번 뒤척이다 눈을 떴다. 방은 스탠드 불빛 하나 없이 어두웠다.

"더 자."

지헌의 목소리가 바로 옆에서 들렸다. 무의식에 이끌려 은은하게 감도는 남자의 스킨 향을 따라 팔을 뻗었다. 지헌의 단단한 몸이 나를 잡았다. 잠이 깨지 않은 상태에서도 고개를 든 건 본능에 가까운 행동이었다. 지헌이 달싹이는 입술을 파고들었다. 연한 살 위에서 비벼지는 촉촉하고 미끈한 감촉이 진해질수록 잠을 깨기는커녕 의식이 점점 더 몽롱해졌다. 뜨거운 숨이 입안을 헤집고 메말라 갈증이 일었던 곳이 점점 촉촉하게 변해 갔다. 피부 위를 오가는 그의 낮은 숨소리와 서늘한 체향은 단 이틀 만에 나를 완벽하게 지배했다. 내가 호흡을 가라앉히는 동안 지헌이 등을 가볍게 토닥거렸다.

"나, 잠들었어요?"

"꾸벅꾸벅 졸기에 데려왔어."

"와인 너무 많이 마셨나 봐요."

"내가 괴롭혔지. 어제부터 계속."

지헌의 손이 이마를 스치고 머리를 부드럽게 쓸어 넘겼다.

"이대로 자."

"가는 거 보구요."

그의 품에서 눈을 비비며 묻자 어둠 속에서도 소리 없이 웃는 지헌이 느껴졌다.

"전엔 알아서 가라더니."

"그땐 애인이 아니었으니까."

"아하."

지헌의 건조한 감탄에 웃음이 났다. 나는 이렇게 잘 웃는 사람이 아닌데. 오늘은 그랬다. 떠들썩한 분위기에 취해 이유 없이 웃고 쉽게 입을 열었다. 지헌이 내 사람들과 잘 어울려 줘서. 내게는 가족이나 다름없는 그들이 지헌을 상냥하게 받아 줘서. 나도 모르는 사이 혼자서 졸였던 마음이 풀렸는지도 모른다.

"집 얘기. 미리 안 해서 미안해요."

나의 사과를 지헌은 담담하게 받았다.

"집에 갔을 때 놀랐죠? 나 없어서."

"모르는 남자가 반나체로 나와서 당황하긴 했지."

"선유 씨가 옷을 벗고 있었어요?"

"신선했다."

지헌이 말했다.

"주님이라고 부르면서 세상 다 줄 것처럼 웃어 주던 남자가 내 여자 집에 맨몸으로 서 있었지."

낮의 일을 떠올리는 그의 목소리가 조금 비딱했다. 그러면서도 머리를 쓸어내리는 손길은 다정하기만 했다.

"……봤어요, 패션위크 때? 그럼 계속 백스테이지에 있었어요?"

손님이 왔다는 말에 한달음에 달려 나가던 구 선생이 떠올랐다.

"구세주라고 했던가."

"당신도 주님이었네요. 덕분에 무사히 넘어갔으니까."

"마음에 안 들어. 그 남자. 특히 그 눈."

지헌이 선유를 떠올리듯 서늘하게 말했다.

"……눈이 왜요?"

"기분 나빠. 조용히 널 보는 시선이. 둘만 아는 뭐가 있는 것처럼."

모른 척 지헌의 목을 끌어안으며 말했다.

"선유 씨는 왜 옷을 벗고 있었대, 심약한 우리 애인 쫄게."

지헌이 피식 웃으며 파고드는 나를 가만히 안았다. 나는 얼굴을 묻은 채 지헌에게 내가 지나온 것들에 대해 스스럼없이 이야기하는 순간을 상상해 보았다. 아직은 가능할 것 같지 않았다. 지금은 그냥 이대로가 좋았다.

"고마워요. 오늘."

목소리가 웅얼거리기 시작하자 지헌이 다시 등을 토닥거렸다. 나는 나른한 한숨과 함께 잠에 빠져들었다. 그래서 지헌을 보지 못했다.

***

늦은 밤, 지헌의 차가 고속도로를 달렸다. 엄청난 속도로 달려온 것과 달리 고즈넉한 밤공기가 내려앉은 호텔 앞에 정차하는 차는 우아하고 여유가 넘쳤다. 적요를 깨고 내려서자 습하고 비릿한 바닷바람이 훅 밀려들었다. 지헌은 그대로 로비를 통과해 어둠이 내려앉은 갤러리를 향해 걸었다. 그에게 익숙한 어둠, 때때로 그를 해방시켜 주는 어둠. 지헌이 출입을 막아 둔 체인벨트를 그대로 지나쳐 커다란 쇼케이스 앞에 서자 황후의 다이아가 어둠 속에서도 영롱한 빛으로 반짝거렸다.

"사 줄까?"

장난스러운 목소리가 입구에서 들렸다. 지헌은 고개도 돌리지 않은 채 무표정으로 대꾸했다.

"월급쟁이가 감당할 수는 있고?"

"할부로 긁지, 뭐."

"카드 안 받아."

딱 잘라 거절하는 말에 투덜거림이 건너왔다.

"장사꾼이 안 받는 게 어딨어?"

능청스러운 대꾸와 함께 갤러리에 불이 켜졌다. 하얀 대리석 바닥으로 주인처럼 반듯하고 묵직한 구둣발 소리가 들렸다.

"오밤중에 연락도 없이 와서는 시비냐? 전화도 안 받고."

토라진 애인 같은 말에 지헌이 픽 웃으며 입구로 고개를 돌렸다. 상대는 평생 일탈이라고는 해본 적 없는 모범생 같은 얼굴로 이런 밤까지도 완벽한 쓰리피스 수트를 갖춰 입고 있었다.

"전화 좀 작작해. 누가 보면 숨겨 둔 애인인 줄 알겠어."

"온 지 두 달이 넘었는데 이제야 코빼기 보이는……."

반가운 얼굴로 다가서던 상대가 우뚝 멈췄다. 안 그래도 하얀 지헌의 얼굴이 밀랍처럼 창백하게 변해 있었다.

"너……."

굳은 시선이 빠르고 날카롭게 지헌을 훑어 내리다 한곳에서 멈췄다. 빨갛게 부어 있는 그의 팔목에서.

"호들갑 떨지 마."

지헌이 피식 웃으며 덧붙였다.

"형."

무원의 얼굴이 딱딱하게 굳었다.

* * *

어둠이 반쯤 내려앉은 객실. 셔츠를 푼 채로 침대 헤드에 비스듬히 기대앉은 지헌의 앞에 급히 달려온 은 박사가 앉아 있었다. 그 뒤로 지사장과 무원이 무거운 표정으로 처치하는 모습을 지켜보았다.

"음, 가라앉는구만."

시간을 재고 있던 은 박사가 지헌의 피부를 보며 말했다.

"다시 올라오면……."

정 지사장이 걱정스럽게 물었다.

"안 돼. 가장 센 놈으로 놔서 연속으로 맞으면 내성만 더 쌓여."

은 박사는 투약을 마친 주사바늘을 챙겨 들며 단호히 고개를 저었다. 이미 몸의 절반 이상은 항히스타민제와 스테로이드 제제로 가득 차 있을 텐데 그야말로 쓸데없는 걱정이다. 지헌은 그렇게 생각하며 무심하게 눈을 감았다. 무반응에 가까운 태도는 마치 본인 일이 아닌 것처럼 여겨지기까지 했다. 그러나 이곳에 있는 모두가 알고 있다. 불치에 가까운 촉각방어로 인한 피부질환을 거의 평생에 걸쳐 겪어 내며 스스로 높이 쌓아 올린 방어기제라는 것을. 누구보다 예민한 감각을 무디게 만들고 날로 강도를 더해 가는 통증에 둔해지도록 신경을 내려놓아야만 한다. 아니면 미칠 테니까.

어릴 땐 아무것도 통제가 되지 않아서 피부가 헐 때까지 긁었다. 10년 넘게 써 오던 약물이 더 이상 통하지 않는 지경이 되었을 땐 피부에서 진물이 들끓고 피가 흘렀다. 애벌레가 번데기를 벗듯 딱지가 지고 껍질이 벗겨지는 과정은 말도 못 할 만큼 고통스러웠다. 그걸 통해 지헌이 배운 건 단 하나였다. 반응하지 않는 것. 참는 것, 인내하는 것. 어쩌면 이 지구상에서 본능을 가장 잘 제어하는 동물이 자신일 거라고 생각하며 냉소적으로 웃은 그가 고개를 들었다.

"다들 가세요, 이제."

별거 아닌 일에 우르르 몰려왔다며 지헌이 손을 내저었다. 그러나 셋 중 누구도 움직이지 않았다. 아까부터 들썩거리는 입을 꾹 다물고 있던 지사장이 참지 못하고 물었다.

"어디서 뭘 하셨기에 이 지경입니까? 송 화백이 껴안기라도 했습니까?"

"그쪽은 아니에요. 그냥 손만 잠깐 닿은 겁니다."

"겨우 그 정도로 이렇게까지 된 거란 말입니까?"

"약 먹는 걸 깜박해서."

"제정신입니까? 이게 참으면 가라앉는 것도 아니고 당장 처치를 했어야지……."

지사장이 인상을 쓰며 잔소리를 늘어놓기 시작하자 지헌은 어둠이 완전히 내려앉은 창밖을 응시했다. 송 화백의 갤러리에서 한 여사를 마주쳤을 때부터 따끔거리던 피부였다. 그 뒤에 스친 유진의 손은 기름 바다 한가운데에 불씨를 던져 넣은 거나 다름없었다. 무거운 침묵이 이어지고 마침내 결론을 내린 지사장이 선언하듯 결론 내렸다.

"파리로 돌아가시죠."

"나, 쫓겨나나?"

"농담이나 할 때가 아닙니다. 그냥 닿은 정도로 이런 거면 심각한 거 아닙니까? 지금까지 한 번도 이런 적 없잖습니까?"

"물갈이 하나 보지."

"한국이니까요."

아무도 하지 못하는 말을 지사장이 벌컥 꺼냈다. 그건 강씨 집안사람이 아니었기에 가능한 말이었다.

"유독 여기서만 이렇게 심해지잖습니까."

가만히 있던 무원이 지헌의 얼굴을 유심히 살피며 입을 열었다.

"너, 혹시……."

"별거 아니라니까."

지헌이 딱 잘랐으나 무원과 달리 정 지사장은 물러서지 않았다.

"당장 출국 일정 잡겠습니다."

지헌이 대답 대신 생수병을 들자 낚아채 가져간 무원이 마개를 따서 그에게 내밀었다. 물병을 가만히 바라보던 지헌이 생수 한 병을 천천히 비워 낸 뒤 빈 병을 천천히 움켜쥐었다. 병은 금세 그의 손안에서 형체도 없이 우그러졌다. 그것으로 지헌은 확고하게 제 뜻을 전달했다.

"돌아들 가세요."

지사장이 답답한 듯 눈을 구겼다. 저렇게 버티다 기도까지 부어오르면 그땐 어쩌려고. 생각할수록 그가 나서야 할 것 같았다. 한 발 앞으로 나섰을 때 무원이 팔을 들어 가로막았다. 그런 둘을 보는 은 박사의 얼굴 또한 시름이 깊었다. 정적 속에서 셋의 복잡한 시선이 얽혔다. 정작 지헌은 다시 느긋한 태도로 눈을 감았다. 소리 없는 축객령에 은 박사가 가방을 챙기며 지헌을 보았다.

"네 아버지는?"

"귀찮아요."

지헌이 눈도 뜨지 않고 말했다.

"에잇, 무심한 녀석."

혀를 차는 은 박사의 얼굴이 지헌을 향한 안타까움으로 물들었다. 결국 한숨을 내쉰 그가 가장 먼저 방을 나서자 지사장이 그 뒤를 따랐다. 문이 닫힌 뒤에도 여전히 묵직하게 남은 존재감에 지헌이 미간을 좁히며 입을 열었다.

"그만 퇴근해."

"그 아가씨 불러 줄까?"

그 나름대로는 한참 만에 고심해서 했을 진중한 목소리에 지헌이 웃었다.

"안 돼, 애 놀라."

무원이 아무 말도 하지 않자 지헌이 눈을 뜨더니 딴생각 말라는 듯 덧붙였다.

"취해서 잠들었어. 깨우지 마."

"너 그래서……."

섣불리 뱉지 못한 말이 입속에서 맴돌았다. 결국 무원은 조용히 입을 다물고 소파에 앉았다. 그는 테이블 위에 아무렇게나 놓인 신문을 펼치는 것으로 떠날 의사가 전혀 없음을 피력했다. 지헌은 이제 모든 게 귀찮은 듯 더 밀어내는 대신 눈을 감았다. 얼마 뒤 평소보다 조금 높게 들썩이던 그의 가슴이 천천히 가라앉았다. 무원은 지헌이 잠든 이후에도 동생의 머리맡을 지켰다. 잠이 든 지헌은 규칙적으로 오르내리는 숨소리 외엔 미동도 없었다. 태평하고 느긋해 보였으나 언제나처럼 가슴 위로 팔짱을 끼고 있는 그의 자세는 무의식중에도 긴장을 풀지 못하는 심리에서 기인한다는 것을 알고 있다.

침침하고 눅눅한 공기를 가득 머금고 있는 오래된 목조주택. 흰 창호지를 투과하는 낮은 조도 아래 걸을 때마다 삐걱 소리가 나는 마룻바닥. 습기가 배면 썩는다 하여 젖은 걸레로 한 번, 마른걸레로 두 번, 그러고도 매일같이 사람이 콩 주머니를 쥐고 문질러 마루에 윤을 냈다. 그게 세간이 우러러보는 높은 담장 속 승비원의 위용이었다. 그곳에서 예정된 날보다 두 달이나 앞서 태어난 아이는 작고 나약하고 무력했다.

'검은 머리 말고는 아비와 닮은 게 하나도 없어! 우리 집에 저런 눈이라니! 하다못해 무원이랑도 닮은 게 없어! 저저, 계집애 같은 허연 살 좀 보라지! 파리가 옆집인 양 번질나게 드나들더니, 다른 씨를 품었을 줄 누가 알고?'

지헌에 대한 할머니의 미움과 노여움은 맹목적이라고 해도 좋을 만큼 막무가내였다. 동생인 지헌이 태어난 순간부터 모든 면에서 형인 그를 앞섰기 때문이다. 지헌은 두 돌이 되기 전에 자신의 의사를 언어로 정확하게 표현했고, 무원이 그림책을 읽을 때 홀로 신문을 읽었다. 그가 다른 집에서 태어났더라면 분명 모든 게 달랐으리라.

'제 형을 시기해서 일부러 이런 게지! 이 집안 장손 얼굴에 대놓고 먹칠하려고 작정을 한 게야!'

그의 숙제였던 시험지에 지헌이 재미 삼아 답을 적어 넣은 게 만점으로 되돌아온 후. 조모는 형을 골탕 먹였다는 이유로 여덟 살밖에 되지 않았던 지헌에게 회초리를 들었다. 세상에 장손이 전부인 할머니에겐 형보다 뛰어난 아우, 그것도 이미 완전히 틀어져 밖으로만 도는 며느리를 빼다박은 둘째 손자는 눈엣가시 같은 존재였다.

'그 요망한 얼굴로 사람들을 홀리는 게지! 그래 봤자 이 집안 장손은 무원이다. 내 제삿밥 차려 줄 우리 장손은 하나뿐이야!'

승비원에서는 어떤 경우에도 지헌이 무원보다 뛰어나서는 안 되었으며 더 많은 관심을 받아서도 안 됐다. 그렇게 지헌은 점점 잊혀져 갔다.

'선택적 무언증입니다. 타인과의 공감은 물론 세상과의 소통을 원치 않아요. 이대로 영영 말을 못 하게 되는 경우도 있습니다.'

'쉬쉬해도 모자랄 판에, 정신병원이라니! 어디서 저런 반편이를 낳아 승비원 이름에 먹칠을 해!'

평온하게 잠든 지헌의 얼굴을 바라보는 무원의 얼굴이 점점 더 일그러졌다.

'오늘 차가 한 대뿐이래. 형 학교 앞에서 기다려.'

언젠가부터 입을 꾹 닫아 건 지헌이었으나 유일하게 형인 그의 말은 곧잘 따랐다. 대답을 하지도 고개를 끄덕이지도 않았으나 무원은 말했고 지헌은 당연하게도 그를 기다렸다. 깜박 잊고 일찍 도착한 차를 먼저 올라탄 건 무원이었다. 집에 도착할 때쯤이 되어서야 지헌이 떠올라 다급히 차를 돌렸을 땐 하교 시간이 한참 지나 교문 앞은 텅 비어 있었다. 집안이 발칵 뒤집히고 저녁

9시가 되면 일제히 소등하는 본관의 불이 밤늦도록 환하게 불을 밝혔다. 지헌을 찾은 건 다음 날 경찰서에서였다. 어떤 여자가 막무가내로 끌고 가려다 지나가던 행인의 도움으로 겨우 무사할 수 있게 되었다. 공항에서 곧장 달려온 어머니가 지헌을 끌어안았을 때, 그날 지헌은 처음으로 발병했다.

'촉각 방어입니다. 불쾌한 촉각 자극에 대한 반작용이 감정이나 행동이 아닌 신체로 나타나는 케이스예요. 뭔가가 몸에 닿는 게 자신을 위협한다고 느껴서 방어 시스템이 작동하는 겁니다.'

오열하는 어머니를 두고 서릿발 같은 목소리가 마당을 넘었다.

'이게 다 사람 홀리는 저 얼굴 때문인 게지! 누구 핏줄인 줄도 모르는 저 꼴이 사단을 낸 게야!'

무원은 그날을 또렷하게 기억했다. 작열하는 태양 아래 서 있는 지헌의 하얀 얼굴에 붉은 반점이 투두둑 돋아나고 지헌이 숨을 몰아쉬던 순간을. 약하기 짝이 없는 제 동생의 몸이 바닥으로 푹 꺾이던 순간을. 창백하게 굳은 작은 얼굴 위에 누군가 산소마스크를 끼우고 구급차에 실어가는 뒷모습을 선명하게 기억했다. 긴 한숨을 내쉰 무원이 양손으로 얼굴을 세게 쓸어내렸다.

* * *

불이 꺼지지 않은 승비원 안채에 음산한 기운이 가득 찼다. 전날 입었던 고운 옥빛 한복을 그대로 입고 앉은 한 여사가 두 주먹을 바득 쥔 채로 부르르 떨었다. 그녀는 송 화백의 갤러리에서 마주친 지헌의 모습을 떠올렸다. 20년도 더 전에 며느리와 함께 내친 손자는 못 알아볼 정도로 변해 있었다. 승비원의 안주인이 되려면 네 나라와 모두 연을 끊고 집안에 들어앉으라는 말에 지헌의 손을 잡고 미련 없이 대청마루에서 돌아서던 파란 눈동자. 번듯한 제 자식을 버리고 모질게 등을 돌리던 얼굴이 아직도 치가 떨릴 만큼 생생했다. 아들이 자신에게서 등을 돌리고 무원이 제 동생을 향해 울부짖던 그날을 떠올리면 자다가도 몸이 벌떡 일어설 만큼 화병이 돋아났다. 반편이 취급하고 쫓아냈던 아이는 기억 속에서 단 한 번도 그녀의 자손인 적이 없다.

한평생 며느리의 부정을 단정하고 그를 빌미로 아들의 이혼을 정당화시켜 왔던 그녀에게 계집아이처럼 유약하게 생긴 둘째는 강씨 집안과는 한 터럭도 연이 없다 못 박지 않았던가. 그런데 어떻게 그런. 다시 지헌을 떠올린 한 여사가 이 또한 괘씸한 며느리가 저지른, 저에 대한 발칙한 복수인가 싶어 몸을 부르르 떨었다. 그래 봤자 내 손주는 무원이 하나야. 이 강씨 집안의 유일한 자손. 그녀가 울대까지 치미는 신음을 꾹 내리눌렀다. 아무것도 모르는 송 화백이 지헌을 LV패션그룹 회장의 아들이라며 친한 척 자랑하는 말을 멍청하게 듣고 있어야 하는 순간이 생각난 탓이다. 그런 치욕을 당하게 만든 며느리에 분해 그녀는 다시 몸을 부들부들 떨었다.

* * *

"삼촌 많이 아파요? 나, 할 말 있는데!"

"쉿, 삼촌 막 잠들었어. 연우도 오늘은 여기서 자고 학교 가는 걸로 하자."

"제가 학교 가기 전에 삼촌이 일어날까요?"

"그럴 것 같구나."

무원의 점잖은 목소리는 훌륭한 아버지의 교본처럼 들렸다.

"혹시라도 제가 늦잠 자면, 아빠가 삼촌 못 가게 잡아 주세요. 저 꼭 보고 가라구요. 네?"

"그래, 약속해. 이제 그만 올라가자."

문밖에서 들리는 부녀의 대화에 지헌이 눈을 떴다.

아빠라. 아이가 구김살 없는 태도로 무원을 그렇게 부르는 걸 처음 봤을 때, 지헌은 입술을 굳게 다문 채로 아무 말도 하지 않았다. 눈을 감아 외면할 수도, 어린 날처럼 군대로 도망갈 수도 없어서 눈을 부릅뜬 채로 과거와 마주 보는 걸 택했다. 음습하고 퀴퀴한 스무 살, 그해의 겨울과 함께.

파리에 도착한 그가 모자를 푹 눌러쓰고 공항을 빠져나왔다. 전화기를 켜자마자 메시지가 쏟아지듯 들어왔다. 어머니, 클로에, 아버지 그리고 형. 그의 휴대폰을 장악하는 단골 이름들이다. 지헌은 무감한 눈으로 텍스트를 훅 넘겼다. 그러다 마지막 메시지에서 손을 멈췄다.

-네가 어떤 선택을 해도 괜찮다. 아빠는 네 편이야.

그가 말하는 선택은 국적이다. 한국 나이로 성인. 그가 태어난 곳은 프랑스였으니 곧 두 나라 중 하나를 택해야 했다. 형은 당연히 한국을 택했다. 어머니와 클로에는 그가 프랑스에 남을 거라고 절대적으로 믿고 있다. 사실 지헌은 한국이든 프랑스든 상관없다. 열 살에 어머니와 함께 아버지의 나라에서 쫓겨나다시피 떠나온 뒤로 유럽과 미국을 오가며 살았다. 모터레이싱을 시작하고 세계를 떠돌며 살게 됐을 때부터 그의 삶은 무국적자의 그것과 크게 다르지 않았다. 경영자로서 해마다 수백만 마일을 이동하는 어머니는 자신이 가는 곳은 어디든 지헌을 동행시키거나 그의 일정에 맞춰 출장지를 정했다. 10년 동안 하지 못한 걸 만회하려는 사람처럼.

그를 말 안 통하는 동양인이라고 생각한 택시 기사가 우회로를 택해 돌아가려는 순간 뒷좌석에 앉아 있던 지헌이 빠르고 유창한 불어로 지름길을 가리켰다. 기사가 백미러로 그를 힐금 보더니 씩 웃으며 핸들을 돌렸다. 지헌은 다시 무심한 얼굴로 창밖을 보았다. 조용히 침묵하고 있으면 뒤통수를 치고 등 뒤에 칼을 꽂아 넣는 세계는 고급 샴페인이 나오는 회원제 클럽이든 파리 뒷골목이든 매한가지다. 그의 눈에는 오트 쿠튀르를 입고 자신들이 세계 경제를 쥐락펴락한다는 오만에 빠진 상류층 인사나 눈앞의 택시 기사나 모두 똑같은 부류일 뿐이다. 누가 누구인지 구분되지 않는 유인원 같은 얼굴로 겉옷만 바꿔 입고 서 있는 것처럼 우스꽝스러운 세계에 홀로만 겉도는 기분이다. 택시 문을 닫고 내리자 불 꺼진 상점 거리의 적요함이 그를 맞았다. 그는 곧장 파리 7구의 스튜디오로 향했다. 우르르 들어온 문자 중에는 스튜디오에서 기다릴 테니 꼭 와 달라는 명은의 메시지도 있었다. 귀찮다는 이유로 계속 무시해 왔던 지헌은 슬슬 정리할 때가 되었음을 깨달았다.

'아무리 봐도 이상해. 널 이용하는 거라고. 그런 여자가 진심일 리 없잖아!'

진심 같은 말에 매달리는 클로에야말로 순진했다. 지헌은 한 번도 타인의 진심을 바라고 움직인 적이 없다. 그보다는 정확한 데이터를 기반으로 한 인간의 욕망을 더 신뢰했다. 명은의 욕망은 단순하고 쉬웠다. 성공. 그가 관심을 보인다는 이유만으로 로라 블루아 회장이 파격적으로 뒤를 봐주기 시작하자 명은의 욕망은 더 높이 치솟았다. 명은으로 인해 로라가 얻은 위안은 불치에 가까운 아들의 병에 대한 희망이었다. 무거운 죄책감을 내려놓고 평범한 부모로서 행복을 느낄 수 있는 잠깐의 시간. 그 잠깐을 위해서라면 여자의 역한 피부도, 향기도 참을 수 있다. 그것도 머지않을 터였다. 그런데.

"뭐야."

문을 열자 거실 한가운데 나체로 서 있는 명은이 보였다. 그의 스튜디오는 오래된 프랑스식 창문이 달려 한기가 벽을 타고 스며드는 건물이었다. 서늘한 공기가 내려앉은 명은의 어깨 위로 소름이 돋아나 있었다.

"······다니엘?"

그를 본 명은이 놀라서 주춤했다. 지헌은 태연했다. 그의 집에서 발가벗고 서 있는 여자를 보는 눈동자는 건조하다 못해 메말라 있었다. 그와는 상관없는 무생물을 바라보는 눈빛. 그녀가 다른 남자와 뒤엉켜 있었다 해도 그의 표정이 달라지는 일은 없을 거라는 확신이 들었다.

"계속 그러고 있을 건가."

무성의한 목소리에 짜증이 묻어났다.

"어, 저기······."

머뭇거리는 명은을 두고 지헌이 문을 닫았다. 그리고 집 안으로 들어서기 전 발을 멈추고 아래를 보았다. 현관에 구두가 놓여 있었다. 서양식 생활에 익숙한 그와 달리 매번 이렇게 신발을 가지런히 벗어 두고 실내화로 갈아 신는 사람을 최근에 만난 적이 있다. 그의 스튜디오에 여분의 슬리퍼가 있는 것도 그 때문이다.

"지헌아."

어둠에 가려져 보이지 않던 거실 저편에서 무원이 그를 불렀다. 명은을 볼 때만 해도 건조하던 지헌의 눈빛은 형의 존재를 알아차리는 순간 변했다.

"뭐야."

조금 전과 같은 말이었으나 싸늘하게 변한 시선에 선득할 만큼의 날카로움이 실려 있었다. 명은이 그런 지헌을 보며 더듬거렸다.

"그러니까, 이게 뭐냐면…… 오빠."

나이가 같으면서도 생일이 한참 늦다는 이유로 명은은 가끔 지헌을 오빠라고 불렀다. 그 말이 불리한 상황에 처했을 때 일시적이나마 지헌에게 효과가 있다는 사실을 알아차렸기 때문이다. 그녀는 떨리는 손으로 가슴을 감싸며 수치스러운 표정을 지었다.

"샤워하고 있는데 갑자기 문이 열리더니 저 남자가 나를, 나를 막……."

그녀는 오해 사기 딱 좋은 상황을 자신에게 유리하게 만들기로 마음먹었다.

"나, 나는…… 너무 무섭고 놀라서."

명은이 목소리를 덜덜 떨었다. 불안하게 흔들리는 눈동자가 갈피를 잡지 못하고 이리저리 방황했다. 지헌에게서 자신이 예상했던 반응이 나오지 않았다. 게다가 태연할 정도로 담담한 무원의 태도 또한 거슬렸다. 이름만 형제라고 들었는데.

"무슨 짓을 한 거야, 너."

지헌의 냉랭한 목소리가 자신을 가리키고 있다는 걸 한참 만에 깨달은 명은이 눈을 크게 떴다.

"나……? 지금 나한테 물은 거야?"

"형한테 무슨 짓 했냐고."

"난 피해자야!"

당황해서 외치는 명은을 향해 지헌이 차가운 시선을 내리떴다.

"꺼져. 찢어 버리기 전에."

"……!"

명은이 어깨를 떨었다. 지헌의 나직한 위협에 감정이 실리지 않아서 더 잔혹하게 들렸다. 예쁘장하게만 보이던 얼굴이 저런 표정을 지을 수 있다는 걸 명은은 처음 알았다. 고요하고 숨 막히는 순간이 마치 태풍의 눈 속에 들어와 있는 것처럼 위태롭게 느껴졌다. 그녀는 떨리는 손으로 가운을 찾아 몸을 감쌌다. 그리고 끈을 세게 동여매며 용기를 내듯 지헌을 보았다.

"역시, 안 통하네. 그런데 이쪽도 좀 급해서 말이야."

여유를 되찾은 명은이 지헌을 향해 씩 웃었다.

"임신했어, 나. 가장 좋은 그림은 너의 아이인데, 넌 여자를 만지지도 못한다며?"

지헌은 눈만 가늘게 떴을 뿐 아무 반응도 보이지 않았다. 반응은 무원에게서 나왔다. 지금껏 태연하던 그는 굳은 얼굴로 명은을, 그리고 지헌을 보았다. 명은이 놀라는 표정을 숨기지 못하며 웃음을 터뜨렸다.

"진짜였어! 어쩐지, 무슨 짓을 해도 손끝 하나 안 건드리더니. 모렐이 이렇게 도움을 주네. 걸림돌인 줄 알았는데."

명은이 재미있다는 듯 쿡쿡 웃어 댔다.

"그거 장애라며? 절대 못 고친다던데. 이사회도 네 병에 대해서 알아?"

"최명은."

경고의 목소리가 위험스럽게 울렸다. 명은은 지헌의 칼날 같은 시선에 짓눌려 움찔했다. 그러나 발끝에 힘을 주며 버텼다. 이제는 이판사판이다. 이대로 미혼모가 되어 모델 생명도 끝나고 거리로 내몰릴 것인지, 아니면 어떻게든 이 동아줄을 잡아 로열패밀리에 입성할 것인지의 기로에 있었다.

"내가 이래 봬도 이 동네 눈칫밥만 몇 년이라. 경영권, 그거 가지고 싸우고 있잖아, 지금. 회장님이랑 다른 주주랑. 회장님 유일한 후계자는 넌데, 내가 이거 들고 반대쪽에 붙으면 어떻게 되는 거야?"

명은은 자신이 손에 쥔 칩이 잭팟이라는 걸 확신했다. 명은을 말없이 보고 있던 지헌이 한순간 픽 웃음을 흘렸다. 그는 당혹감이나 두려움도, 심지어 흥분의 빛조차 없이 냉정한 얼굴로 명은을 향해 물었다.

"그게 다야?"

"……다냐니? 무슨 뜻이야?"

지헌이 천천히 고개를 기울이며 미소 지었다. 권태로움이 묻어나는 눈빛이 소름 끼칠 만큼 차가워서 명은은 등 뒤가 오싹했다. 지헌의 얼굴에서 웃음이 사라졌다.

"죽어야겠다, 너."

지헌의 말을 곧장 이해하지 못한 명은이 눈을 깜박거렸다. 그러다 자신을 향해 다가오는 기다란 그림자를 보는 순간 본능처럼 정신을 차렸다. 번득이는 눈동자가 담고 있는 건 명백한 살의였다. 명은이 창가로 뒷걸음질 치며 소리쳤다.

"지금 일부러 이러는 거지? 나 겁주려고!"

"투신자살이라. 나쁘지 않네."

"……이, 이런다고 해결될 거 같아? 나 절대 안 물러나! 진짜 살인자라도 될 셈이야?"

그녀가 덜덜 떨며 물었으나 지헌의 걸음은 멈추지 않았다. 딱딱한 바닥을 울리며 점점 더 가까워지는 발소리에 명은이 창백하게 질렸다.

"오, 오지 마. 소리 지를 거야! 한 발만 더 다가오면……!"

뒷걸음치던 명은은 뒤로 벽이 닿자 금방이라도 숨이 넘어갈 것처럼 변했다. 죽음의 공포가 그녀를 덮쳤다. 겁에 질린 명은이 파르르 떨며 서서히 다가서는 지헌을 두려운 눈으로 보았다. 그때 무원이 지헌의 팔을 잡으며 막아섰다.

"놔."

"지헌아."

나지막하게 부르는 목소리에 시선을 돌리자 침잠하게 가라앉은 무원의 눈동자가 보였다.

"놔, 형."

적요 속에서 형제의 시선이 극렬하게 부딪쳤다. 무원이 조용히 고개를 저었다. 그 순간 지헌은 형이 그를 위해 무엇을 할지 예감했다. 해일 같은 분노가 지헌을 뒤덮었다. 그가 일그러진 눈을 돌려 명은을 노려보았다. 말은 필요하지 않았다. 잔인하게 빛나는 눈동자 안에 모든 것이 담겨 있었다. 죽일 거다. 반드시. 복수를 다짐하듯 사납게 일렁이는 눈빛을 견디지 못한 명은은 결국 까무러쳤다. 고통으로 들썩이는 지헌의 어깨를 무원의 손이 지그시 내리눌렀다. 번득이던 하얀 눈동자에 붉은 실핏줄이 툭 터졌다.

무원은 정확히 이틀 뒤에 명은과 결혼했고, 여덟 달 뒤 딸을 얻었다. 결혼과 동시에 지헌에게서 도망치듯 서둘러 파리를 떠난 명은은 원하는 대로 로열패밀리의 일원이 되었다. 그리고 죽기 직전, 절절한 후회를 담아 그에게 매달렸다. 처음부터 명은의 판단 착오였다. 만약 돈을 요구했더라면 지헌은 기꺼이 응했을 거다. 그러나 명은이 원한 건 두 사람의 인생을 담보로 잡아 철저히 희생시켜 얻은 상류층의 삶이었다. 그렇게 얻은 신데렐라의 삶은 녹록지 않았다. 장손이라면 자다가도 벌떡 일어나는 승비원 안주인의 눈에 명은이 손주 며느리로 들어찰 리 없었다. 집안의 고용인들조차 무시하는 천한 출신, 혀를 내두를 정도의 악랄한 시집살이, 무관심한 남편, 출생의 비밀을 간직한 딸. 시간이 지날수록 명은은 자신의 선택을 후회했다.

'제발, 나 좀 살려 줘! 여기서 꺼내 줘. 이 집 사람들 모두가 나를 감시해. 말 한마디, 숨 한번 크게 쉴 수가 없어. 네 형은 일 핑계 대고 집에 오지도 않아. 다들 작당한 거야. 내가 말라 죽길 바라는 거라고! 이러다 연우가 이 집 딸이 아닌 걸 들키기라도 하는 날에는……!'

그날 밤, 명은은 도로에서 사고를 당했다. 맨발로 승비원을 뛰쳐나왔다고 했다. 그녀가 죽기 전 마지막 남긴 메시지를 지헌은 나중에 확인했다. 불쌍하지도 가엾지도 않았다. 그의 앞에서 감히 구구절절한 후회의 눈물을 쏟아 내는 명은이 가증스러웠다. 명은을 떠올린 지헌이 서늘한 눈으로 허공을 응시했다. 최명은은 그에게 죽어서도 떨어지지 않을 원죄였다.

"그래서 있잖아요, 아빠⋯⋯."

이어지는 연우의 목소리를 들으며 지헌은 테라스로 나갔다. 짙게 깔린 해무에 달도 보이지 않는 새카만 어둠 속으로 망설임 없이 걸음을 옮겼다. 그는 태어나 지금껏 뭔가를 가지기 위해 애써 본 적이 없다. 그 전에 이미 그의 손에 존재했다. 재화가 통하는 건 뭐든 가질 수 있고, 어디든 갈 수 있다. 그러니 그를 아는 사람들의 표현대로 축복받은 삶이다. 그런데, 뭐가. 지헌은 서늘하게 웃었다. 원할 만큼 가지고 싶은 것도, 가고 싶은 곳도 없다. 기적을 내려 줄 닥터를 찾아 세계를 돌아다닌 끝에 마침내 아들의 병을 받아들인 로라는 말했다. 남을 죽이는 것과 너 자신을 죽이는 것. 그 두 가지만 제하면 뭐든 해도 좋다고. 그는 알았다고 했고 아무것도 하지 않았다.

그가 무엇을 해도, 심지어 흥청망청 삶을 탐진하며 약에 손을 댔어도 감내했을 로라는 그가 아무것도 하지 않아서 늘 불안해했다. 그래서 지헌은 떠돌았다. 시즌 중에는 세계를 돌며 레이싱카에 올랐고, 끝나면 요트를 타고 나가 몇 달씩 돌아오지 않았다. 카레이싱이 회사와 경영으로 대체된 이후에도 바뀐 건 없었다. 그에게는 어둠과 고요도 익숙했다. 겉모습도, 진실도, 아무것도 드러나지 않는 그곳이 편해서 자신을 드러내지 않고 살았다. 치린을 만나기 전까지는 그래도 괜찮았다. 그런데.

차가운 눈동자가 밤의 장막 속에서 선득하게 빛났다. 어둠 속에서는 이치린이 웃는 걸 볼 수가 없다. 지헌은 다시 걸음을 옮겼다. 앞을 뿌옇게 가로막은 안개를 헤치고 천천히 왔던 길을 되짚었다. 끄트머리를 살짝 드러낸 달이 그의 머리 위에서 기울고, 푸릇한 잔디에 맺힌 이슬이 그의 발밑으로 드러날 때까지. 옅은 미광이 해무 사이로 비치며 어둠이 완전히 물러났다. 지헌은 고요를 깨뜨리는 풀벌레 소리를 들으며 나른하게 시간을 세기 시작했다. 그리고 머지않아 전화가 울렸다. 첫 번째 신호가 채 끝나기도 전에 버튼을 눌렀다. 잠 속에서 웅얼거리는 연약한 목소리가 귓가를 보드랍게 파고들었다. 진공으로 머물러 있던 그의 시간이 흐르기 시작했다.

"삼촌!"

테라스에 서 있는 지헌을 향해 연우가 애타게 부르며 계단을 뛰어올라 왔다.

"아픈 건 괜찮아? 한국엔 언제 왔어? 왜 이제 왔어? 아빠가 얼마나 기다린 줄 알아?"

대답할 틈도 안 주고 속사포처럼 종알거리는 연우를 향해 지헌이 서늘한 시선을 돌렸다.

"넌."

목이 부었는지 까슬거리는 느낌과 함께 목소리가 낮게 흘렀다.

"나? 당연히 나도 눈이 빠지도록 기다렸지!"

"누굴."

"그야 당연히……!"

초롱초롱한 눈동자가 햇살 아래 반짝 빛나더니 아이가 두 손을 모아 앞으로 쪽 내밀었다. 지헌이 테이블 위에 놓았던 종이봉투를 들었다.

"꺄악-! 대박, 대박!"

발을 동동 구르며 어서 달라는 듯 양손을 마구 흔드는 모습에도 지헌이 빤히 보기만 하자 단정하게 차려입은 교복 위로 아이의 두 손이 다소곳이 포개졌다.

"안녕히 다녀오셨어요, 삼촌. 연우는 말썽 안 피우고 아빠 말씀 잘 듣고 있었어요."

그러니 상 주세요. 기대에 찬 눈동자가 귀엽게 깜박거렸다. 지헌이 픽 웃으며 봉투를 툭 떨구자 양손을 내밀고 있던 연우가 냉큼 받아 들었다. 안에는 연우가 최근 입덕한 아이돌의 해외 한정판 굿즈가 들어 있었다. 그래 봤자 사인 티셔츠와 일상생활에서는 전혀 쓸모없어 보이는 현란한 색의 콘서트 백 같은 자질구레한 것들이 전부였으나, 연우는 성물이라도 다루듯 덜덜 떨며 포장지를 곱게 개봉했다. 그 모습에 아트북을 받쳐 들고서 경건한 표정을 짓던 치린이 떠올랐다. 그는 곧장 몸을 돌렸다.

"간다."

"벌써?"

놀란 연우가 굿즈를 든 채로 지헌을 따라나섰다.

"삼촌! 나 부탁할 거 있어!"

강연우에게 아이돌보다 더 중요한 거라. 연우가 굿즈를 손에 꼭 쥔 채로 간절한 표정을 지었다.

"삼촌, 그거 잘 알잖아. 패션쇼. 나 거기 데려가 주면 안 돼?"

"거긴 왜."

"만나고 싶은 사람이 있어."

"누구."

"우리 새엄마가 될 사람! 그 사람이 거기서 일을 하거든!"

지헌이 헛웃음을 삼켰다. 틈만 나면 제 아빠의 중매쟁이로 나서는 꼬맹이다. 할머니가 내미는 맞선 상대와 연우가 제멋대로 갖다 붙이는 새엄마 사이에서 무원은 늘 침묵으로 중립을 지켰다. 지헌은 조금 심드렁한 얼굴로 테라스 난간에 기대며 연우를 보았다.

"그 사실을 당사자들은 알고 있고?"

"그러니까 내가 나서야지! 운명처럼 딱! 천생연분이야!"

"유튜브 적당히 봐라."

"이번엔 진짜야! 내 촉이 그렇다니까?"

"촉?"

피식 웃은 지헌이 테라스 밖을 턱짓했다. 중정으로 이어지는 로비 앞에 무원이 웬 아리따운 젊은 여성과 함께 서 있었다.

"절대 안 돼! 운명 같은 사랑은 따로 있다구!"

연우가 눈을 부릅뜨더니 콧김을 씩씩 뿜으며 계단을 뛰어 내려갔다.

'운명 같은 사랑이라.'

꽤나 감상적인 표현이라고 생각하는데 아까부터 끈질기게 울려 대는 전화기가 다시 진동했다. 화면을 밀어내자 상대의 다급한 목소리가 쏟아지듯 들어왔다. 무심히 들으며 난간을 톡 두드리는 손등이 여전히 붉었다.

-쿠튀르라고 다니엘, 헤르네의 프랑스 쿠튀르! 이 그랑팔레에 자네가 없다는 게 말이 되나!

헤르네 패션 하우스의 수석 크리에이티브 디렉터인 크리스토퍼 로랑의 목소리가 스피커폰을 뚫고 나올 것처럼 사무실을 울렸다.

-세트장 완성이 늦어지는 바람에 하마터면 무대를 못 올릴 뻔했다구! 쿠튀르 컬렉션 출범 이래 이런 대형 사건은……!

"늘 있어 왔죠."

지헌이 단조롭게 받아쳤다. 호텔에서 곧장 회사로 들어온 그는 창가를 등지고 선 채로 목 뒤에 아이스팩을 대고 있었다. 체온으로 미지근해진 팩을 떼어 내자 옆에서 대기하고 있던 정 지사장이 새것을 내밀었다. 얼음 같은 냉기에 피부가 급속도로 식어 내렸다.

-이게 다 자네가 없어서 그래! 자네같이 혹독하고 악랄한 사람이 옆에서 계속 채찍질을 해 줘야……!

"플레이라도 하자구요? 사양입니다."

또다시 툭 끊어 버리는 말에 크리스가 고함을 빽 질렀다.

-대체 언제 돌아올 건가! 미야케 인수 작업도 끝났는데 왜 아직도 한국이

냔 말이야?

"하우스에 대체 제가 왜 필요합니까? 바느질도 못 하는데."

-이 파리에 자네가 있는 거랑 없는 거랑은 분위기가 다르다니까!

"원하면 모형이라도 제작해서 보내 드리죠."

-자꾸 그런 끔찍한 소리 할 건가? 내가 장난하는 것 같으냐고!

"그거야말로 끔찍하군요. 진지하게 매달리는 남자라니."

-다니엘!

크리스 옆에서 세실리아의 깔깔대는 웃음소리가 건너왔다. 지헌이 팩을 테이블 위로 툭 던졌다.

"그만하고 가서 성공을 자축하세요. 오늘 주인공 아닙니까?"

가슴까지 풀어 두었던 셔츠의 단추를 채우고 넥타이의 매듭을 단정하게 마무리하며 지헌이 말했다.

-자축은 뭐 나 혼자서 하나? 로라도, 자네도, 클로에까지! 정말 실망이네. 이날을 위해 헤르네 아틀리에의 프리미어들이 얼마나 많은 밤을 지새웠는데, 어떻게 아무도 안 올 수가 있냔 말이야?

"……회장님이 참석을 안 했어요?"

지헌이 정 지사장을 보았다. 그는 아무것도 모르는 말끔한 얼굴로 차분한 표정을 지어 보일 뿐이다. 지헌이 전화를 끊고 빤히 보자 정 지사장이 참다못한 얼굴로 입을 열었다.

"……왜 그렇게 봅니까?"

"이중 스파이. 그거 돈은 받고 하는 건가 해서요."

"돈보단 다른 보상이 있겠죠."

지사장이 솔직히 답하며 약통과 함께 생수를 건넸다. 두 알을 단숨에 털어 넣은 지헌이 무심하게 물었다.

"언제?"

"저녁이면 도착하실 겁니다."

지헌이 시계를 보았다. 어머니는 그날 이후로 절대 한국 땅을 밟지 않았다. 그 완고함을 꺾고 이리로 향할 만큼의 필사적인 이유가 있다는 뜻이다. 그건 바로 그 자신일 테고. 말없이 생각에 잠긴 지헌을 보며 지사장이 제법 진지하게 말했다.

"지금 이사님 모습을 회장님이 보신다면 기절이라도 시켜서 강제로 비행기에 태우실 겁니다."

"더 한 것도 하실걸."

지헌이 소맷단을 내려 커프스를 채우며 건성으로 대꾸했다. 벌써 이틀. 초기 처치가 늦었던 탓인지 이번 피부 래쉬는 꽤 오래 가는 데다 부위도 넓었다. 목까지 오돌토돌 올라온 발진에 이틀간 제대로 된 수면을 취하지 못했다. 한계치를 넘어서는 체력이 아니었다면 버티지 못하고 쓰러졌을 거다.

"그러게 진작 갔으면 좋았잖습니까. 여기 있는 게 그렇게 싫다고 온몸이 발악하는데 왜 자꾸 고집을 피우는지 모르겠습니다."

지헌이 코웃음을 쳤다.

"그래서 힘들고 까다로운 프로젝트는 다 나한테 떠밀었나?"

"실패할 줄 알았으니까요."

당연한 듯 대답하는 지사장을 지헌은 기가 막혀 보았다. 지사장이 어깨를 으쓱했다.

"몇 년이나 고사를 거듭한 송 화백이 이제 와 수락할 리 없잖습니까?"

애초에 송 화백과의 콜라보를 지헌에게 떠넘긴 이유가 바로 그거였다. 실패의 책임을 물어 본사로 빠르게 복귀시키겠다는 게 블루아 회장의 의중이었다. 지헌은 그걸 보란 듯이 성공시킨 것이다.

"대체 뭐라고 꼬신 겁니까?"

정 지사장의 얼굴에 진지한 호기심이 떠올랐다.

"얼굴로요."

"……네?"

"얼빠시더라고, 그분이. 사장님은 미모가 안 됐나?"

지사장이 눈을 찡그렸다. 지헌이 혀를 찼다.

"애초에 부와 명성을 마다할 예술가가 존재하던가? 화업은 그가 죽으면 끝이지만 헤르네는 영원합니다. 앞으로 백 년, 이백 년까지 계속. 그런 헤르네 명품관 갤러리에 걸리는 작품인데 그걸 거절할 리가 있나."

"……갤러리요? 내년 시즌 콜라보 제안을 한 게 아니라요?"

"설마 내가 무려 팡탕에서 무두질한 가죽에 겨우 그림이나 그리라고 갔겠어요?"

지금까지 정확히 그렇게 추진해 온 지사장은 할 말을 잃었다. 강지헌이 평범한 오너 4세가 아니라는 걸 알면서도 그의 이런 모습을 볼 때마다 새로운 경탄과 함께 익숙한 허탈감이 동시에 들었다. 몇 년이나 공을 들인 프로젝트를 단 한 번의 미팅으로 성사시키다니. 자신은 기를 쓰고 진검 승부를 펼치고 있는데 상대는 지나가다 발로 툭 쳐 넣은 공이 그대로 골대를 통과해 버린 기분이었다. 그는 낭패감을 밀어 넣으며 고개를 숙였다.

"죄송합니다."

"됐어요."

지헌이 관자놀이를 지그시 눌렀다. 통증이 심해질 때마다 나오는 습관이었다.

"진통제를 더 드릴까요?"

지사장이 걱정스럽게 물었다.

"그보단 시간이 필요한데. 하루 정도."

눈물을 앞세운 협박에 넘어가 줄 게 아니라면 어머니를 만나기 전까지 컨디션을 회복해야 했다. 지금 그는 그 어떤 것에도 넘어갈 마음이 없었다. 충직한 부하의 모습으로 돌아온 정 지사장이 빠르게 머리를 굴렸다.

"명품관 부지가 제주도에 있습니다. 출장이라도 가시면 어떨까요?"

승낙의 뜻으로 지헌이 고개를 끄덕였다. 인터폰이 울리며 비서의 목소리가 들렸다.

-승비원 문화재단 부속실이라는 곳에서 이사님의 개인 연락처를 알려 달라고 하는데요, 어떻게 할까요?

지헌이 다시 이마를 꾹 누르자 지사장이 빠르게 버튼을 눌렀다.

"제가 해결하겠습니다."

그가 문을 닫고 나가자 지헌이 참았던 숨을 몰아쉬듯 길게 호흡했다. 넥타이가 갑갑하게 목을 조여 왔다.

* * *

-어디?

-행사 있어서 나왔어요, 코엑스.

-점심은?

-먹었어요.

-뭐 먹었는데?

거침없이 글자를 찍던 손가락이 멈칫했다. 나는 고개를 돌려 선유가 만든 딸기 퐁듀를 시식하느라 정신이 없는 김 대리에게 물었다.

"점심 뭐 먹었니?"

"뚝불이요."

곧장 메시지를 찍었다.

-불고기 먹었어요.

-저녁 거르지 말고. 들어갈 때 전화해.

딱딱한 문자 메시지가 그대로 끝났다. 벌써 며칠째 같은 대화 패턴이다. 전화가 들어올 때마다 나중에 하겠다며 급하게 끊기를 몇 번. 지헌은 그 뒤로 문자를 보냈다. 미안한 마음에 당장 전화로 상황을 설명하고 싶지만 본격적인 F/W 시즌에 들어선 지금, 정신이 나갈 정도로 바쁘다는 걸 누구보다 잘 아는 그였다.

　그래도 그렇지 무슨 남자가 투정 한번을 안 부려. 자기가 무슨 신부님이야. 아니면 별로 답답하지 않은 걸까.

　"나만 보고 싶나."

　전화기를 가만히 쳐다보는 사이 진동이 울렸다.

　-늦더라도 해. 목소리는 들어야겠으니까.

　얄팍하게 차오른 의심과 불안이 문자 하나에 소리 없이 흩어졌다. 응. 그가 들을 리 없는데도 대답하며 답장을 찍어 보냈다. 연애. 참 오랜만이라 사소한 하나에 마음이 살랑인다. 피식 웃으며 전화기를 넣는데 김 대리가 나를 빤히 보았다.

　"팀장님, 혹시……."

　"왜?"

　"연애하세요?"

　"하라며."

　평소라면 호들갑을 떨었을 인물이 갑자기 정색을 하듯 표정이 가라앉았다.

　"그…… 한국인인 거 맞죠?"

　당연한 말에 고개를 끄덕이려던 나는 순간 멈칫했다. 지헌이 한국인이던 가? 나는 김 대리를 보았다.

　"그게 왜 궁금한데?"

　"아니에요, 아무것도. 저 무대 한 번만 더 살펴볼게요."

　어색하게 얼버무린 김 대리가 홀을 나섰다.

* * *

　김포 비즈니스 항공센터에 푸른색 꼬리를 칠한 우아한 전용기가 내려앉았다. 환하게 불을 밝힌 고급스러운 대리석 실내로 로라가 들어서자 응접실에서 기다리고 있던 클로에가 벌떡 일어나 달려왔다.

"회장님!"

"오랜만이구나, 아가."

클로에를 다정하게 끌어안고 인사를 나눈 로라가 미소를 지었다. 사랑스러운 대녀를 바라보는 온화한 미소였다. 클로에를 꼼꼼하게 살피던 로라가 걱정스러운 표정으로 물었다.

"얼굴이 왜 이래? 다니엘이 또 구박했니?"

"아니에요, 회장님."

"회장님은, 편히 불러."

서로를 바라보는 눈빛이 더없이 다정했다.

'두 번 다시는 승비원에 발 들일 생각 말거라. 무원이를 볼 생각도 하지 말고. 이거 하난 분명히 하자꾸나. 자식을 버린 건 어미, 바로 너다!'

친정과 시댁, 블루아와 승비원, 프랑스와 한국, 둘 중 하나를 택할 것을 강요하며 그녀를 끝까지 벼랑으로 몰았던 시모는 모든 책임을 로라에게 전가했다. 자식을 버린 어미. 그 지독한 독설과 비난은 뇌리에 깊이 각인되어 이날까지도 그녀를 따라다녔다. 그래서 로라는 한국이 싫었다. 작열하는 태양처럼 타오르던 미숙한 날의 사랑이 떠올라 싫었고, 그 하나만을 보고 불가마 속으로 뛰어든 꼴이 되고만 끔찍했던 결혼 생활이 생각나서 싫었다.

"로라?"

창가에 서 있던 로라가 몸을 돌리자 클로에가 접객실로 들어섰다.

"10분만 기다리면 될 거 같아요."

그녀의 수행비서가 대신 입국 수속을 밟는 동안 로라는 클로에의 안내에 따라 이곳 VIP 전용 접객실에 머물러 있었다. 곧이어 직원이 훈김이 모락모락 피어오르는 차를 내왔다. 자리에 앉자마자 클로에를 옆에 앉힌 로라가 입을 열었다.

"자, 이제 말해 봐. 대체 무슨 일이야? 안색이 너무 안 좋잖니."

"별거 아니에요. 그냥 좀, 아직 시차 적응이 안 됐나 봐요."

클로에가 뺨을 쓱 문지르며 대충 웃어넘기자 그녀의 얼굴을 가만히 보던 로라도 더 묻지 않은 채 찻잔을 들었다.

"한국에 온 소감이 어때? 어릴 때 오고 커서는 처음이지?"

"완전 놀랐어요. 서울이 이렇게 화려하고 최첨단 도시일 줄은 정말 상상도 못 했어요. 진작 와 볼 걸 싶더라구요."

"네가 즐겁다니 다행이구나."

로라의 희미한 미소에 클로에가 뒤늦게 미안한 표정을 지었다. 로라에게 있어 그녀의 첫 번째 결혼이 얼마나 많은 상처를 남겼는지 클로에 역시 잘 알고 있다.

"제가 눈치가 없었죠?"

"난 신경 쓸 거 없어. 다 옛날 일인걸."

"다니엘한테 곧장 가실 거죠?"

"출장이라는구나. 아무래도 오늘 보기는 힘들 것 같네."

"그럼 어디로 가실 거예요?"

"글쎄, 호텔로 갈까 생각 중인데. 이왕이면 바다가 근처에 있는."

"혹시."

무원이 있는 호텔을 떠올린 클로에가 말끝을 흐리자 로라가 장난스럽게 웃었다.

"안 받아 주려나? 그래도 네가 함께 가 주면 괜찮지 않을까?"

로라가 넌지시 묻자 클로에는 잠시 고민했다. 평소였다면 흔쾌히 응했을 청이다. 게다가 로라가 서둘러 와 주길 바란 건 바로 자신이었다. 뜬금없이 첫사랑을 거들먹거려 사람 마음을 뒤숭숭하게 만든 지헌만 아니었다면 이렇게 고민하지도 않았으리라.

"신경 쓰지 마. 나 혼자 움직여도 되니까."

로라가 빙그레 웃자 클로에가 황급히 고개를 저었다.

"아니에요! 같이 가요. 오랜만에 실컷 수다도 떨고 맛있는 것도 먹어요. 실은 저도 혼자 외로웠거든요."

"그럼, 오늘 일정은 빨리 마무리하고 들어가 볼까? S그룹에서 운영하는 백화점이라고 했나?"

클로에가 고개를 끄덕이며 한국 내 매출 1위를 달성 중인 매장과 오늘 있을 행사에 대해 설명을 덧붙였다. 그러는 와중에도 머릿속은 무원에 대한 생각으로 복잡했다. 좀처럼 집중하지 못하는 대녀를 모른 척 지켜보던 로라가 찻잔을 내리며 자세를 바로 했다. 달칵, 하는 메마른 소리에 클로에가 퍼뜩 정신을 차리며 눈을 들었다. 다리를 우아하게 교차시킨 로라가 상냥하게 미소 지었다.

"자, 이제 말해 보렴. 다니엘이 찾았다는 그 아이에 대해서."

* * *

"그 몸으로 출근을 했단 말입니까? 상태는?"

심각한 표정으로 상대의 말을 듣던 무원이 알았다는 말과 함께 전화를 끊었다.

"고집불통."

지헌의 성격을 알면서도 형으로서 걱정되는 건 어쩔 수 없었다. 곁에 선 연우가 성급하게 물었다.

"아빠, 저기에 다녀와도 돼요?"

고개를 돌린 무원이 천장 위로 높이 달린 커다란 배너를 보았다. '초콜릿 박람회.' 그는 시간을 확인한 뒤 딸에게 눈을 맞췄다.

"한 시간이면 되겠니?"

"한 시간 반!"

무원이 딸의 머리를 헝클였다.

"아빠는 회의가 있어서 들어가 봐야 하니까 비서 언니랑 둘이 다녀와. 길 잃어버리지 않게 손 꼭 잡고 다녀."

"아빠는 내가 앤가? 나도 이제 5학년이라구요. 혼자 갈 수 있는데……."

말끝을 흐리는 연우를 향해 무원이 어림도 없다는 듯 웃었다.

"아직 멀었네요, 딸."

그는 치, 하고 내뱉는 연우의 볼을 아프지 않게 꼬집어 준 뒤 살살 문질렀다. 행사장에 완전히 정신이 팔린 연우는 뒤로 손만 대충 흔들어 보인 뒤 신이 나서 달려 나갔다. 딸의 등이 보이지 않을 때까지 바라보는 무원의 눈빛에 애정이 듬뿍 묻어났다.

* * *

"관객 통제해 주세요, 캣워크 가로막지 않게."

무전을 보낸 뒤 트러스 구조물 하나를 사이에 두고 간이 부스 안에서 드레스를 갈아입는 모델들을 보았다. 쇼콜라티에와 디자이너의 협업으로 만들어진 초콜릿 드레스를 입고 미니 패션쇼와 퍼레이드를 펼치는 것이 오늘 맡은 일이었다. 곧 시작될 쇼를 앞두고 스테이지를 마지막으로 점검하는데 무대 맞은편에서 아는 얼굴이 불쑥 나타났다.

"……어?"

"어!"

오늘도 여전히 극강의 패션 센스를 자랑하는 연우가 나를 발견하고 큰 소리로 외쳤다.

"천사 양 언니다!"

연우가 나를 향해 사정없이 달려왔다. 천사 양이라니. 이런 행사장에서 그런 말을 크게 외치는 건 고도의 비아냥거림이나 다름없다. 역시나 스탭들이 오묘한 눈빛으로 연우와 나를 보았다.

"언니!"

연우가 반가운 듯 내 팔을 잡고 늘어졌다.

"글쎄, 나이 차가 언니는 아니다만. 박람회 보러 온 거야?"

"오늘 개교기념일이라 아빠 일하는 데 따라왔어요."

"할아버지는 안녕하시고?"

연우가 고개를 크게 끄덕이며 어딘가 감탄한 얼굴로 나를 보았다.

"여기서 언니를 만날 줄은, 와, 대박. 이건 진짜 운명이야. 데스티니."

"그건 네가 좋아하는 가수 타이틀 곡 아니니?"

"언니도 블랙 팬이었어요? 더 대박. 엄마랑 같이 오빠들 콘서트 가는 게 꿈이었는데."

분명 같은 언어를 쓰고 있는데 무슨 말인지 하나도 알아들을 수가 없었다. 나는 적당히 자르며 연우의 어깨를 가볍게 두드렸다.

"난 일하는 중이라. 그럼 놀다 가. 할아버지께 안부 전해 드리고."

곧장 몸을 돌리는데 뒤에서 대뜸 옷자락을 힘껏 잡아당겼다. 고개를 돌리자 연우의 초롱초롱한 눈망울이 부담스러울 정도로 반짝였다. 그때까지만 해도 나는 이 발칙한 꼬마가 만들어 낼 일의 여파가 내게 어떠한 시련을 가져올지 꿈에도 예상하지 못했다.

"네, 지금 연우 양과 함께 객실에 있습니다. 병원은 싫다고. 네, 무조건 아빠만 찾는데…… 알죠, 중요한 자리인 거……."

행사장과 이어져 있는 원호텔 무역센터점 스위트 객실. 연우와 함께 온 비서라는 여자가 객실을 서성이며 통화를 이어 갔다. 그녀가 나를 힐금 보더니 응접실 쪽으로 몸을 돌려 걸어갔다.

"아뇨. 어떤 여자분도 같이 계십니다. 오늘 박람회 행사 관계자신 거 같은데, 연우 양이 아주 친한 언니라고……."

최대한 빨리 일을 끝내고 지헌에게 전화를 걸려고 했다. 잘하면 얼굴 정도는 볼 수 있겠다 싶어 점심도 건너뛰었는데. 이런 데서 어이없이 발목을 잡히다니. 나는 얼굴을 찡그린 채 7성급 호텔 객실 한가운데에 서 있었다.

"아이고, 배야……."

침대에 누워 배를 감싼 채 아프다고 데굴데굴 구르는 연우를 보며 혼이 다 빠져나간 것 같은 한 시간 전 상황을 떠올렸다. 패션쇼를 구경하고 싶다기에 백스테이지로 데려가 모델들과 사진을 찍게 해 준 것까진 좋았다. 초콜릿으로 만든 드레스를 보고 신나 하는 연우의 모습에 디자이너도 뿌듯해하지 않았던가. 나는 연우를 선유가 운영하는 디저트 부스로 데려갔다. 간식만 사 준 뒤 보낼 생각이었다. 딸기 퐁듀를 신나게 먹어 치우던 연우가 갑자기 배를 붙잡고 구르기 전까지는.

당황한 나보다 더 혼비백산한 건 내내 뒷짐 지고 서 있던 비서라는 직원이었다. 의무실을 갈지 곧바로 병원으로 갈지를 두고 안절부절못하는 그녀에게 연우는 죽어도 병원은 싫다며 아빠를 불러 달라고 떼를 썼다. 그래서 온 게 바로 여기, 호텔 객실이었다. 연우의 아빠가 이곳에서 아주 중요한 회의 중이라고 했다.

"많이 아프니?"

침대에 앉으며 이불을 살짝 걷어 내자 연우가 당황한 얼굴로 눈을 동그랗게 뜨고 나를 보았다.

"단것 먹어서 배탈 났나?"

심란한 얼굴로 아이의 몸을 살피자 연우가 화들짝 놀라며 움츠렸다.

"배 말고 또 아픈 데 있어?"

"아뇨. 배가 제일 아파요."

"그럼 병원을 가야지."

"안 돼요, 병원은!"

나는 당황하는 연우의 얼굴을 가만히 보았다.

"혹시…… 생리 시작했니?"

조용히 묻자 연우가 다시 눈을 동그랗게 뜨더니 뭔가를 고민하는 얼굴로 나를 보았다. 그러고 보니, 엄마가 없다고 했던가. 문득 측은한 마음이 들었다.

"괜찮으니까 편하게 말해. 그래야 도와주지."

흔들리는 연우의 눈동자를 보며 차분하게 기다리는데 통화를 끝마친 비서가 종종거리며 다가왔다.

"지금 바로 병원으로 가라는 실장님 지시예요. 연우 양, 걸을 수 있어요? 아니면 구급차를……."

연우가 침대에서 펄쩍 뛰어올랐다. 나는 뒷짐 지고 서서 방금 전까지 데굴데굴 구르던 연우를 조용히 바라보았다.

"병원 안 간다니까요! 그냥 아빠만 불러 주면……!"

"회의가 언제 끝날지 알 수가 없대요. 그리고 무엇보다 대표님이 오신다고 연우 양이 낫는 것도 아니고, 오신다 하더라도 병원에 안 가고 버틴 걸 아시면 화부터 내실 텐데요. 그럼 비서실까지 난처해집니다. 그러니 고집 그만 부려요."

구구절절 옳은 말에 연우는 겁먹은 얼굴로 입술을 깨물었다. 명령이 떨어져서인지 나중에 받을 질책이 두려워서인지 비서의 얼굴은 당장 구급차라도 부를 것처럼 단호했다. 비서와 연우를 번갈아 보던 나는 한숨을 내쉬었다. 그리고 어쩔 수 없이 중재자를 자처했다.

"호텔에도 의무실이 있지 않나요?"

"클리닉이 있긴 한데, 전문 의료진이 상주하는 게 아니라 단순한 응급 처치 정도만 가능……."

길게 이어지는 비서의 말을 부드럽게 자르며 연우를 보았다.

"그 정도여도 충분할 것 같네요. 그렇지, 강연우?"

초조한 얼굴로 손톱을 깨문 연우가 머뭇거리며 고개를 끄덕였다. 그 작은

얼굴에서 뭔가를 확신한 내가 비서를 의무실로 보낸 뒤 문을 닫았다. 객실에
둘만 남고 나자 이리저리 눈알을 굴리는 연우를 향해 내가 말했다.

"꾀병이지?"

* * *

"이쪽입니다, 회장님. 여기가 바로 헤르네 매장이 있는 저희 백화점 신관 건
물입니다. 저쪽 통로는 원호텔과 이어져 있구요."

로라를 영접하기 위해 나온 회장이 손수 백화점 안내를 자청했다. 폐점 시
간이 훌쩍 지나 오가는 사람이라고는 마감하는 직원들이 전부였으나, 그들
주위로 고위 임원과 수행원들이 사람 벽을 만들며 로라를 위해 길을 차단했
다. 로라는 시종일관 예의 바른 미소를 지으며 안내에 따라 천천히 걸음을 옮
겼다. 주위를 둘러보며 백화점과 호텔로 이어진 통로를 짧게 스친 그녀의 눈
이 곧장 되돌아갔다.

"……왜 그러십니까, 회장님?"

로라가 걸음을 멈추자 수행원이 물었다.

"잠깐 전화 통화를 할 곳이 생각나서. 안내는 모렐 부사장이 이어받기로 하
죠."

통역이 오고 가고 클로에게 고개를 끄덕인 로라가 수행원 한 명만 대동
한 채 무리를 빠져나갔다. 또각거리는 구두 굽 소리는 통로를 지나 호텔에 들
어서는 순간, 두껍게 깔린 카펫에 의해 묻혔다.

"여긴."

수행원이 궁금한 얼굴로 입을 열자 로라가 잠깐 여기에 있으라며 그녀마저
떼어 둔 채 앞을 향해 걸었다. 그녀의 앞으로 로라보다 키가 한참이나 더 큰
건장한 체격의 남자가 빠르게 걷고 있었다. 무슨 급한 일이라도 있는지 이쯤
되면 뒤따르는 인기척에 뒤돌아볼 만한데도 그는 목적지에 다다르는 것에만

집중한 눈치였다. 뭐가 저렇게 급하길래. 뒷모습을 바라보며 걷는 로라의 얼굴에 애정 어린 미소가 떠올랐다. 그가 부드럽게 휘어지는 곡선형 복도를 따라 돌자 금세 모습이 보이지 않았다. 이대로 둘까 잠시 망설이던 그녀가 다시 걸음을 옮겼을 때였다. 한 객실 앞에서 멈춰 선 그가 다급하게 벨을 눌렀다. 여간해선 볼 수 없는 흐트러진 모습에 호기심이 생긴 로라가 걸음을 멈췄다. 문이 열리고 머리가 긴 늘씬한 미인이 안에서 나왔다. 음, 여자로군. 자신의 짐작이 맞자 남몰래 미소 지은 그녀는 고개만 슬쩍 빼고 여자를 이곳저곳 훔쳐보았다. 둘 다 어딘가 급해 보이고 당황한 얼굴로 문을 닫고 들어갔다. 빙그레 미소 지은 로라가 몸을 돌렸다.

"어여쁜 아가씨를 골랐구나, 아들."

아들이었으나 이 나라에서만은 아들이라고 부를 수 없는 그녀의 장남, 무원이었다.

"그러니까 연우의……?"

어리둥절한 얼굴로 보는 내게 무원이 차분하게 답했다.

"아빠 됩니다. 보석 쇼에서 만난 언니가 이치린 씨였군요."

"아."

강무원, 강연우 그리고 강지헌. 그의 아버지일 연우의 할아버지. 모두 다 강씨인 그들의 관계를 이해하느라 정신이 없어진 건 외려 내 쪽이었다.

"미안합니다. 뜻하지 않게 폐를 끼쳤네요."

무원이 사과했다. 그의 뒤로 침대에 무릎을 꿇고 앉아 눈물을 글썽이는 연우가 있었다. 그러니까 이 모든 게 아빠와 나를 연결해 주기 위한 연우의 깜찍한 계획이라는 게 방금 탄로 났다. 의무실에서 올라온 간호사는 황당해했고 상사의 딸이 아픈 바람에 이리저리 뛰어야 했던 비서는…… 분노로 딱딱하게 굳은 그녀의 얼굴을 돌아본 뒤, 나는 다시 연우를 보며 고개를 저었다.

"평소 장난이 좀 있는 편인데, 이번에도 엉뚱한 생각을 했나 봅니다."

무원이 엄한 눈빛으로 돌아보자 연우의 어깨에 힘이 바짝 들어갔다.

"속인 게 괘씸하긴 하지만 그래도 너무 혼내지는 마세요. 아픈 게 아니라 다행인 건 사실이니까."

내 말이 의외였는지 무원이 놀란 표정을 지었다. 나는 어깨를 으쓱했다.

"솔직히 맹장일까 봐 쫄았거든요."

하필이면 단것도 실컷 먹인 입장에서 잠시나마 내 보호 아래에 있던 아이가 아픈 것에 나는 긴장하고 있었다. 어딘가 탈이 난 게 아니라는 말에 안심하는 건 당연했다. 혼이 달아난 것처럼 달려왔던 무원도 뒤늦게 동의하듯 한숨을 길게 내뱉었다.

"이치린 씨가 많이 좋았나 봅니다. 은인이라고 했었거든요."

"그거 다 아이돌 때문이에요. 연우가 좋아하는 그룹 만나게 해 줬거든요. 이맘때 아이들한텐 그런 게 은인이죠, 뭐."

"아니에요, 그런 거!"

뒤에서 듣고 있던 연우가 불쑥 끼어들며 외쳤으나 무원이 무섭게 쳐다보자 입을 꾹 다물고 흐트러진 자세를 바로 했다. 나는 가방을 들고 일어섰다.

"부녀의 시간이 필요한 것 같으니 저는 그만 가 봐야겠네요."

"혹시 지헌이랑 통화했습니까, 오늘?"

"아뇨. 이제 해야죠."

무원의 얼굴에 망설임이 떠올랐다.

"아픕니다, 그 녀석."

뜻밖의 말에 나는 잠깐 굳었다.

"……아파요? 어디가, 얼마나요?"

매일 문자와 전화를 주고받았지만, 지헌은 한 번도 내색하지 않았다. 무원이 말했다.

"아픈데 안 쉬고 계속 출근해서 걱정입니다."

나는 지헌이 아프다는 사실에 놀라느라 무원이 내 질문을 교묘하게 비켜

갔다는 것조차 깨닫지 못했다. 지헌은 내게 아무 말도 하지 않았다. 그건 내가 알 필요가 없거나 아니면 알기를 원치 않는다는 뜻이다. 나는 다시 무원을 보았다.

"그럼, 지금 회사에 있는 건가요?"

"네."

나를 보는 그의 얼굴이 진지했다. 서른 살이 넘은 남자 형제의 사소한 안부를 전하는 것 그 이상의 무언가가 있었다. 적어도 이거 하나는 분명하다. 그는 내가 지헌에게 가 주기를 바라고 있었다. 그 눈빛이 마치 무언의 허락처럼 느껴져 충동으로 갈팡질팡하는 마음을 부추겼다.

"갈게요."

"연락을 넣어 두죠."

인사만 남긴 채 바로 객실을 나섰다. 차를 내주겠다는 그의 말을 물리고 정문 앞에 가장 첫 번째로 서 있는 택시에 오른 뒤에도 마음이 쿵쾅거렸다. 전화를 걸어 볼까. 지금쯤 연락을 받았겠지. 내가 가길 원치 않는다면 가는 중간에 전화가 올지도 모른다. 만약 그렇다면 어떻게 하지. 다시 돌아가야 하나.

나는 처음 사귄 남자친구를 만나러 가는 여고생처럼 두서없고 미숙하게 굴고 있었다. 그러나 통제를 벗어난 감정이 갑자기 밀어닥치는 밀물에 쓸리듯 제멋대로 뻗어 나가는 걸 막지 못했다. 나라면 싫을 거다. 연락도 없이 이런 밤중에 불쑥 회사로 찾아오는 건. 하지만 그래도. 보고 싶었다. 나는 운전석 쪽으로 얼굴을 기울였다.

"기사님, 죄송하지만 조금 더 빨리 가 주세요."

택시가 꽉꽉 막힌 영동대로로 들어설 때쯤 굵은 장대비가 창문을 때리기 시작했다.

건물 앞에 도착했을 때, 정 지사장이 미리 나와 나를 기다리고 있었다. 굵은 빗줄기를 뚫고 다가온 그가 나보다 한발 먼저 문을 열었다. 나는 그가 들고

서 있는 커다란 우산 속으로 몸을 옮겼다. 잠깐 사이에도 한쪽 어깨가 흠뻑 젖을 만큼 거센 폭우였다.

"이사님께 아직 말씀을 못 드렸습니다."

"……많이 바쁜가요?"

"그랬습니다만, 지금은 잠시 한가해졌습니다."

정 지사장의 보폭을 따라가며 그의 말을 이해하느라 그가 나를 기획사 직원이 아닌 다른 태도로 대하고 있다는 걸 알아차리지 못했다.

"들어가시죠."

어둠이 깊게 내려앉은 사무실 안으로 나를 들여보낸 그는 이렇다 할 설명 없이 문을 닫고 나갔다. 실내는 불이 모두 꺼져 있었고 통창으로부터 새어 들어오는 야경과 빗소리가 적막한 공간을 지탱하고 있었다. 어둠에 눈이 익을 때까지 기다렸다 시선을 돌리자 소파 위로 몸을 길게 늘어트린 지헌이 보였다. 이마에 손을 얹은 채로 잠이 든 지헌은 활짝 열어 둔 셔츠 아래로 가슴을 훤히 드러내고 있었다. 물수건과 체온계를 보자 그가 정말로 아프다는 사실이 실감 났다.

발소리를 죽인 채 다가가 드러난 배 위로 담요를 조심히 덮었다. 체온계를 들고 신중하게 열을 쟀다. 주의 깊게 움직이던 정 지사장의 태도가 내게 옮겨 왔는지 손끝 하나에도 조심스러움이 실렸다. 소리를 죽인 채 몸을 일으켰다. 갑자기 뻗어 나온 손이 나를 붙잡았다.

"나비야."

나직한 목소리와 함께 지헌이 팔을 당겼다. 나는 비명도 지르지 못하고 지헌의 몸 위로 빨려 들어가듯 당겨졌다.

"안아 줘."

잠에 취한 나른한 목소리가 머리 위에서 울렸다. 깼는지 확인하기 위해 몸을 일으키자 엄청난 악력이 등 뒤로부터 밀려들었다. 지헌은 마치 나를 그의 몸 안으로 욱여넣기라도 할 듯 세게 끌어당겼다. 힘을 주고 버티자 몸을 압박하는 힘이 강해졌다. 저항을 멈추고 몸의 체중을 지헌에게 실었다. 예상대로 그에게서 힘이 빠져나갔다. 품에 안겨 있는 건 나였지만 매달리는 건 그였다.

지헌은 만족한 듯 두 팔로 나를 깊이 감았다. 엄마의 몸에 힘껏 매달리는 절박한 아이 같아서 나는 순응하듯 그의 몸에 편안히 얼굴을 기댄 채 목을 끌어안았다. 거친 숨소리가 가라앉고 힘이 부드럽게 풀릴 때쯤 목 뒤로 손을 넣어 체온을 확인했다. 아직 뜨끈했다. 속상해서 고개를 들다 어둠 속에서 나를 가만히 보고 있는 까만 눈동자와 눈이 마주쳤다.

"⋯⋯깼어요?"

지헌이 나를 가만히 보다가 살며시 미소 지었다.

"진짜네."

특유의 낮은 목소리가 빗소리에 섞여 부드럽게 울렸다.

"진짜 나비였어."

몽롱하게 중얼거리는 목소리를 들으며 지헌의 이마를 매만졌다.

"병원 가요, 나랑."

"나 걱정돼서 왔어?"

지헌이 나를 꼭 안고 뺨을 비볐다.

"심장 튀어나올 거 같아, 너."

"지금 내 얘기할 때가 아니라⋯⋯."

"신기하네. 이렇게 작은 데도 엄청 빨리 뛰는 게 그대로 느껴지다니."

그는 내 심장 소리를 더 가까이 들으려는 것처럼 상체를 들고 내 등을 눌렀다. 다시 숨이 막히도록 안긴 내가 신음을 삼켰다. 아픈 사람이 맞나 싶을 정도로 엄청난 힘이었다.

"이런 건 기대 안 했는데, 끝내주게 기분 좋아."

가슴 아래로 느껴지는 기분 좋은 압박감에 신음을 삼켰다.

"지금 그럴 때예요? 정신 차려 봐요."

"완전 멀쩡해, 내 정신."

그가 웃으며 말했다. 검은 눈동자는 폭우가 완전히 가려 버린 달빛 아래에서도 매끄럽게 빛났다. 그 아래로 조금 수척해진 뺨과 턱선이 도드라져 보여서 알 수 없는 뭉클함이 밀려왔다.

"아프다는 말 왜 안 했어요?"

"이런 반응일 줄 몰랐지. 금방 울 거 같은데."

말도 안 되는 소리라고 일축하면서도 표정이 쉽게 가라앉지 않았다.

"일어날래."

결국 퉁명스러운 목소리가 나왔다. 일어서려는 나를 지헌이 눌렀다. 아까만큼 숨이 막힐 정도는 아니었으나 충분히 나를 압도하는 압력이다.

"그대로 있어."

나긋하게 흐르는 음성이 부드러우면서도 어딘가 서늘한 경고처럼 들렸다. 묘한 위화감에 눈을 들자 미소 띤 입술과 달리 목 뒤가 싸늘할 정도로 찬기 서린 눈동자가 나를 조용히 응시하고 있다. 지헌의 이런 얼굴은 전에도 본 적이 있다. 병원에서, 봄밤의 편의점에서. 내가 그로부터 달아나려 할 때 그가 짓던 표정이다.

역시, 아직 정상이 아니다. 나는 천천히 숨을 고르며 아까처럼 몸에서 힘을 뺐다. 곧이어 흘러내린 머리카락을 귀 뒤로 쓸어 넘기는 다정한 손길이 이어졌다. 여전히 내가 못 미더운 걸까. 힘만 엄청나게 센 양순한 새끼 사자의 품에 안긴 기분으로 지헌의 셔츠 단추를 만지작거렸다. 그의 가슴이 규칙적으로 오르내리며 고른 호흡을 뱉기 시작할 무렵 그가 물었다.

"이 밤에 갑자기 내가 보고 싶어졌어? 그래서 달려온 거야?"

"코엑스에서 우연히 연우 만났어요. 당신 형도. 그때 들었어요."

지헌이 한층 더 상냥한 눈으로 나를 보았다.

"그래서 내가 너무 걱정돼서 온 거야."

기어이 그 말을 들으려는 남자와 교묘하게 피해 가려는 나 사이로 침묵이 흘렀다. 지헌이 대답을 기다리고 있다는 듯 귓바퀴를 부드럽게 어루만졌다. 살살 구슬리는 어른 같기도, 눈빛으로 조르는 아이 같기도 해서 나는 조금 신기해졌다. 이렇게 커다란 남자가 내 말 한마디에 신경을 곤두세운다는 사실이.

"그냥 걱정보다도……."

나는 숨을 골랐다. 눈앞에서 이런 말을 하는 건 아직 조금 쑥스러웠다. 지헌은 그런 나를 차분하게 기다렸다.

"보고 싶어서. 그래서 왔어요."

약간의 시간을 두고 지헌의 까만 눈동자가 천천히 휘어졌다. 깜짝 선물을 받은 아이처럼 환한 미소가 떠올랐다. 오직 내게만 존재하는 얼굴이다. 그를 홀린 듯 바라보는 사이 지헌이 뺨을 감싸며 얼굴을 당겼다. 입술이 포개지기 전 눈을 감으며 생각했다. 제정신이 아닌 건 나인지도 모르겠다고.

우리는 강하게 퍼붓는 빗소리를 배경 삼아 서로의 입술을 파고들었다. 촉촉하게 젖어 들어가는 소리가 공기를 채웠다. 뜨겁게 휘저었다 빠져나가는 달콤함이 아쉬워 쫓다가 쫓기길 반복하는 입맞춤이었다. 지헌이 고개를 기울였다. 목을 당겼다. 집어삼킬 듯 강하게 덮쳐 왔다. 그의 몸 위에 올라 있는 건 나인데도 단숨에 치고 올라오는 힘에 나는 계속해서 밀려났다. 불현듯 입술을 뗀 지헌이 눈을 찡그리며 물었다.

"비 맞았어?"

그의 손이 한쪽 어깨를 주의 깊게 살피며 어루만졌다. 따로 우산을 챙기지 않았으니 이 정도쯤은 당연했다. 그렇다고 사실대로 말할 수는 없다. 지헌은 그런 내 상태를 몹시 못마땅해했다.

"감기 걸려."

"이 정도는 괜찮아요. 그리고 지금 아픈 사람이 누군지 잊었어요?"

"아가씨는 약골이잖아."

"어이없어. 전혀 아니거든요?"

김 대리가 들으면 한 달을 두고 놀릴 말이다. 그러나 지헌은 내 말을 듣고 있지 않았다. 기다란 손가락이 유연하게 움직이며 블라우스의 단추를 툭툭 열었다.

"……뭐 해요, 지금?"

"젖은 옷 입고 있으면 안 돼."

황당하지만 분명한 논리를 펼치며 지헌이 내게 말했다.

"따뜻하게 해 줄게."

지헌의 손이 맨 어깨에 닿았다. 젖은 블라우스가 떨어져 나가고 지헌에게 안긴 채로 몸이 전복됐다. 등 뒤로 온기가 밴 가죽이 느껴졌다. 나는 순식간에 소파와 그의 몸 사이에 갇혀 버렸다. 팔을 짚으며 몸을 지탱한 지헌이 두 다리로 나를 꼭 감싸며 위에서 내려다보았다.

"차가워, 너."

대단히 불만스럽게 중얼거린 그가 목덜미 사이로 깊숙이 파고들었다. 풀린 채로 펄럭이던 그의 셔츠가 캐미솔 하나만 달랑 입고 있는 나를 포근하게 감쌌다. 가슴이 맞닿았다. 거세게 몰아치는 심장 고동이 양쪽을 번갈아 울렸다. 찌르르 몸을 관통하는 얕은 흥분에 목소리가 떨려 나왔다.

"당신이…… 너무 뜨거운 거예요."

"그럼 둘을 섞자."

지헌의 나른한 숨이 맨살을 파고들었다. 아래에 있을 때부터 압력을 가하며 단단하게 욕망하던 몸은 이제 다리 사이를 깊숙이 비집고 들어와 부드럽게 움직이기 시작했다. 나는 부추기지도 밀어내지도 않았다. 그저 이 짙고 빽빽하게 쌓여 가는 갈망이 임계점에 다다르기를 조용히 기다렸다. 식물이 개화하듯 불꽃이 발화하듯 화르르 타올라 서로를 전부 태운 후 가라앉기 전에는 끝나지 않는다는 걸 이제는 알고 있다. 그럼에도 이 말을 하지 않을 수 없었다.

"나중에. 열 내리고 나면."

지헌이 얼굴을 들었다. 욕망에 젖은 관능적인 눈동자가 비스듬히 기울었다. 어둠 사이를 희미하게 파고드는 달빛을 등에 업은 채 그가 붉고 생생한 입술을 움직였다.

"싫어."

커다란 몸이 나를 단숨에 뒤덮었다. 입술을 핥으며 나른한 눈으로 나를 보는 그의 아래에서 내가 할 수 있는 거라곤 두 팔을 뻗는 것뿐이었다.

* * *

"괜찮으십니까?"

집으로 가는 길, 나는 정두호 지사장이 손수 핸들을 잡은 차 안에 앉은 채 창밖을 보고 있었다. 밖은 여전히 세차게 비가 퍼붓고 있었다. 잠깐 잠이 들었다 깼을 때, 지헌은 없었다.

"이 팀장님……?"

뒤늦은 위화감에 고개를 돌리자 정 지사장이 나를 빤히 보고 있었다.

"죄송해요. 잠깐 딴생각을 하느라."

"많이 피곤해 보입니다."

민망함을 숨기며 소맷단을 만지작거렸다. 늦은 밤 쏟아지는 폭우는 다행히 많은 것들을 수월하게 가려 주었다. 나는 화제를 돌렸다.

"어디가 얼마나 아픈 거예요?"

곧장 답하지 않는 그에게 조급하게 재차 물었다.

"몸살인가요?"

"비슷합니다."

잠깐 기다렸으나 그는 더 이상의 설명을 붙일 생각이 없어 보였다. 정보를 줄 만한 상대가 이러니 안달이 나는 건 이쪽이다.

"열이 있는 것 같은데 병원에 가야 하지 않나요?"

"그 정도는 아니라서요."

스무고개 같은 대화였지만 나는 한쪽 줄을 움켜쥔 채로 끈질기게 매달리는 아이처럼 질문을 이어 갔다.

"그럼 집에 가서 쉬기라도 해야 하지 않나요? 회의에 들어갈 게 아니라요. 절 태워다 주시는 게 아닌데 그랬어요."

아픈 사람을 혼자 두고 나온 게 마음에 걸렸다. 집 정도는 나 혼자서도 얼마든지 갈 수 있다. 물론 지헌은 어림도 없는 소리라며 딱 잘랐다.

"이사님에 대해서 얼마나 알고 있습니까, 팀장님."

정 지사장의 뜻밖의 물음에 나는 그를 보았다. 얇은 은테 안경 너머로 나를 가늠하듯 보는 그의 눈빛이 묘하게 변했다. 창문을 때리는 빗소리와 빠르게 움직이는 와이퍼가 소음을 만들어 냈으나, 자동차 안은 마치 정적이라도 흐르는 것처럼 긴장감이 흘렀다.

"두 분이 만난 지 꽤 오래된 사이라고 알고 있는데요."

"세월을 논하기엔 한번 마주친 게 전부라……."

"그런데도 이사님은 팀장님을 꽤 오랫동안 찾았죠."

마치 왜냐고 묻는 것 같은 느낌에 나는 그의 얼굴을 보았다. 두 눈을 조용히 뜨고 지켜보기만 하던 그가 이렇게 직접 무언가 언급하는 건 처음이었다.

"그 사람이 저를 많이 걱정했다는 건 들었어요."

정 지사장은 내 말에 대답하지 않았다. 그의 침묵은 마치 그 이상의 뭔가가 존재하는 것 같은 착각을 불러일으켰다. 약간의 틈을 두고 그가 말했다.

"이사님이 이 시간에 사무실에 계신 이유는 그곳에서 뉴욕과 파리 양쪽 업무를 보고 있기 때문입니다. 서울의 해가 질 때 그쪽의 해가 떠오르니까요. 파리를 이렇게 오래 비워 두는 건 처음이거든요."

그사이 멈췄던 신호가 떨어지고 정 지사장은 차를 출발시키며 말을 이어 갔다.

"우리 일에서 가장 중요한 도시 두 곳을 꼽으라면 헤드 오피스가 있는 파리와 뉴욕이죠. 물론, 팀장님도 잘 알고 있겠지만 말입니다."

그의 말끝에 실린 미묘한 뉘앙스에서 그가 나에게 하고 싶은 말이 있음이 느껴졌다.

"이사님은 서울에 하루 이상 머물지 않습니다. 6주마다 미국과 아시아를 오가지만 여기는 그저 거쳐 가는 곳에 지나지 않죠. 이사님께 한국은 그런 곳입니다. 아무리 피곤해도 절대 휴식을 취할 수는 없는 곳."

내가 모르는 그에 대한 이야기다. 미야케 선생과 클로에 모렐이 그랬던 것처럼 정 지사장 역시 내가 알지 못하는 강지헌에 대해 말하고 있다. 지헌은 자신의 얘길 먼저 하지 않고 나는 상대가 말하기 전에 묻는 성격이 아니다. 그러니 내가 그에 대해 아는 것들은 대부분 이런 식이다. 물론 전부를 믿는 건 아니다. 그보다는 말을 꺼낸 사람의 의도가 궁금할 따름이다. 바로 지금처럼. 정지사장이 나를 똑바로 보며 말했다.

"LV 소속 임원과 디렉터는 전 세계 매장을 순회하듯 돌게 되어 있죠. 때문에 전용기가 격납고에 멈춰 있는 경우는 매우 드문 일입니다."

그러나 지금은 멈춰 있다. 지헌이 이곳에 있기 때문에. 그가 절대로 휴식을 취할 수 없는 이 서울에. 매우 드문 그 일이 일어나고 있다.

"그 모든 게 저 때문이라는 말씀인가요?"

내가 묻자 그는 대답 대신 다른 말을 꺼냈다.

"전에 이사님이 이런 말을 한 적이 있죠. 이 팀장의 진심은 필요치 않다고."

의미심장한 말을 던져 놓고 잠시 말을 멈춘 그는 가만히 내 반응을 살폈다. 나는 아무 말도 하지 않았다. 지사장이 빙그레 웃으며 덧붙였다.

"그런 건 얼마든지 본인이 하면 된다고 했던가요."

그의 웃음에서 나는 그가 나를 대하던 얇은 벽 하나가 허물어졌음을 알았다. 그러나 그가 들려준 지헌의 말이 머릿속을 가득 채워 정확한 이유까지는 짚어 내기 힘들었다.

"그런데 말입니다, 이 팀장님. 이사님 생각과 달리 꽤 많은 사람이 팀장님의 진심에 대해 궁금해할 겁니다. 그 사람들이 모두 저나 이사님처럼 이 팀장을 오래 지켜본 건 아니니까요."

"그 말은…… 지사장님이 절 감시했다는 말로 들리는데요."

"직장인은 시키는 대로 움직일 뿐이죠."

주저함이나 죄책감 따위는 전혀 느껴지지 않는 그의 얼굴에서 나는 클로에 모렐이 아닌 정두호 지사장이야말로 강지헌의 사람이라는 걸 확신했다. 정 지사장이 내게 말했다.

"저는 이치린 팀장님이 마음에 듭니다."

지금까지는 정반대의 뉘앙스 아니었나? 나 때문에 서울에 발이 묶인 지헌에 대해 굳이 설명까지 덧붙이면서 말이다. 내 의아함을 눈치챈 그가 말했다.

"인맥이 주된 일을 만드는 이 업계에서 사심 없는 사람을 보는 것 역시 드문 일이죠."

"잘못 보셨네요."

딱 잘라 말하자 그가 조금 웃었다.

"뭐, 상관없습니다. 어쨌든 이사님이 선택한 분이니까요."

칭찬을 듣고도 태연했던 내게 부담감이 확 밀려왔다. 내가 나인 것에서 그치지 않고 강지헌의 무엇이 되어 옆자리에 존재해야 한다는 부담감. 나는 여전히 지헌이 왜 나에 대해 집착과 비슷한 갈망을 가진지 모른다. 집착. 그 단어가 떠오르자 지헌이 나를 보는 시선에 단순한 욕망을 넘어선 소유욕이 들어 있음을 깨달았다. 정작 본인은 그와 비견될 어떤 행동도 하지 않고 있는데 말이다. 어느새 차가 멈추고 나는 내리기 전, 정 지사장을 보며 입을 뗐다.

"강지헌 씨에 대해 얼마나 아냐고 하셨죠. 사실 아무것도 몰라요. 그냥 좋은 사람이라는 것밖에는."

지사장이 기묘한 표정으로 나를 보았다.

"역시 팀장님은 눈썰미가 없군요. 아주 의웁니다, 아주."

그의 말에 나는 처음으로 미소 지었다.

* * *

늦은 밤, 노크 소리와 함께 문이 열렸다. 당연히 최 실장일 거라고 생각한 무원이 모니터에서 눈을 떼지 않은 채 입을 열었다.

"내가 말한 자료 찾았습니까?"

"늦게까지 고생이 많네."

아주 능숙하면서도 묘하게 어긋나는 억양에 키보드를 두드리던 무원이 손을 멈췄다. 눈을 들자 분홍색 트위드 정장을 입고 머리를 틀어 올린 우아한 백인 여성이 문가에 서 있었다.

"들어오라는 말도 안 해 주는 거니?"

그녀가 부드럽게 미소 지으며 덧붙였다.

"아들."

굳어 있던 무원이 천천히 일어서며 정중한 태도로 고개를 숙였다.

"안녕하십니까, 회장님."

거리감이 느껴지는 사무적인 인사에 로라가 서글픈 미소를 지었다.

'네 동생이 처음으로 마음에 담은 여자애야! 그런데 네가 어떻게! 너도…… 네 할머니처럼 그 애가 미운 거니?'

침묵으로 모든 비난을 묵묵히 감수하던 그날과 같은 얼굴의 무원을 볼 때마다 로라는 가슴이 욱신거렸다. 약속이나 한 듯 입을 꾹 다물어 버린 형제와 두 아들을 위해서라면 뭐든 할 수 있던 자신을 농락한 명은을 생각할 때면 때때로 무덤을 파고 시체라도 헤집고 싶을 만큼 분노가 들끓었다. 어떻게 지켜낸 내 아이들인데. 감히. 명은이 죽은 뒤에야 밝혀진 진실은 모두에게 커다란 상처를 냈다. 여전히 피가 철철 흐를 만큼.

승비원 시모의 반응 또한 훤했다. 이 모든 일의 원흉으로 본인이 쫓아낸 며느리와 손자를 향해 매일 같은 저주를 퍼붓고 있으리라. 자라는 내내 그 피를 의심받아야 했던 가여운 아이. 이런 곳에 더는 지헌을 둘 수가 없어서 돌아왔으나 또다시 남겨 두고 가야 할 아들을 보니 마음이 착잡했다.

"엄마가 미안하구나."

"다 지난 일입니다."

로라가 장남의 얼굴을 가만히 보았다. 지독하게도 추웠던 겨울, 제 동생을 데리고 떠나라며 엄마의 등을 떠밀던 열넷의 소년은 어느새 훌쩍 자라 이제는 올려다봐야 할 정도로 커다랗고 듬직한 남자가 되었다. 그 후로 한번 제대로 안아 주지도 못했는데, 그녀 없이 자랐다. 두고 온 아들도, 데려온 아들도 안아 주지 못한 그녀는 남들이 뭐라건 엄마로서는 실격이라는 사실을 뼈아프게 받아들였다.

"네 얼굴도 볼 겸 이 호텔에 묵었으면 하는데. 너만 괜찮다면."

"호텔보단 집이 편하실 겁니다. 괜한 소요를 만들 필요는 없으니까요."

차분한 거절이었으나 로라는 물러서지 않았다. 그녀는 더 이상 아무것도 하지 못하고 쫓겨나듯 떠나야 했던 어리숙한 여자가 아니었다. 두고 온 아이가 그리워 안지도 못하는 아이를 옆에 두고 눈물을 삼키던 비참한 날을 모두 지나 이 자리에 선 것이다. 로라가 살며시 고개를 저었다.

"건물은 오래 비워 둬서 당장 쓰기가 곤란하고, 이 밤에 내 손님과 움직이는 것도 어렵겠는데."

곤란하다는 말과 달리 미소 띤 얼굴은 어딘가 짓궂음이 담겨 있었다. 아들의 망설임을 안다는 듯. 무원은 어머니의 말을 전혀 믿지 않았으나 손님이라는 말에 미간을 좁혔다. 눈을 살며시 빛낸 로라가 우아한 얼굴로 작게 헛기침하자 누군가 문 사이로 얼굴을 빼꼼 내밀었다. 금발의 작은 머리통을 보는 순간 무원은 속으로 욕설을 뱉었다.

* * *

"뭐 만들고 있었어? 향수?"

깊은 밤. 내가 집에 두고 온 물건들을 챙겨 온 유진이 조향대 근처를 어슬렁거리며 물었다.

"아니, 에센셜 오일 조금."

"흐음, 이거, 그 남자 거지? 강지헌 씨."

유진이 딜루션 작업을 마치고 한쪽에 세워 둔 바이알을 들여다보며 물었다. 그녀의 말대로 내가 조금 전까지 만들던 오일은 모두 지헌에게 맞춘 배합이다. 그의 사무실에서 가방에 있던 아로마 오일을 꺼내 조금 발라 주었을 때 그가 곧 편한 숨을 뱉었던 걸 기억해 두었다.

"나 너 남자 꺼 만드는 거 처음 본다?"

"선유 씨한테도 가끔 만들어 주는데."

"걔가 남자니?"

깔깔대며 대꾸하는 유진은 어딘가 신이 나서 들뜬 얼굴이다.

"왜 이렇게 업됐어, 이 밤에?"

"너도 이 얘기 들으면 잠 못 잘걸?"

유진이 빨리 앉아 보라며 나를 끌어 앉혔다.

"송해연, LV그룹 전 계열사에서 아웃당했대. 옷이고 화장품이고 전부 다 협찬 금지."

"······뭐?"

"앞으로 송해연은 은퇴하는 그날까지, 헤르네는 물론 LV의 모든 제품을 어떤 공식 석상에서도 착용할 수 없다는 거지."

쌤통이라며 고소해하는 유진을 보고도 믿기지 않았다.

"넌 이게 어떤 의미인지 알지? LV가 가진 명품 브랜드만 수십 개야. 송해연이 그걸 등지고도 연예계 생활을 할 수 있을까? 걔를 이 바닥에서 완전히 매장시키겠단 뜻이라고."

"그러니까····· 대체 왜?"

"몰라서 물어?"

유진이 내 뺨을 톡 두드렸다. 이제는 다 아물었지만 송해연이 낸 상처가 있던 자리다.

"설마."

내 말에 유진은 느긋한 태도로 웃으며 놀리듯 말했다.

"송해연이 쇼에서 착장했던 옷 던지고 욕했다며. 이딴 거지 같은 옷은 개나 주라고 했다나? 그것도 LV 임원과 헤르네 지사장 앞에서 말야."

언제 그런 소문이. 나는 고개를 저으며 정정했다

"와전된 거야. 옷 아닌 목걸이였고, 거지라는 표현도 쓴 적 없어. 그리고 애초에 우리 직원이랑 시비 붙은 거였어."

"이 동네가 언제 명사가 중요했니, 액션이 중요하지. 그래서 걔가 던지고 욕한 게 전부 다 뻥이야?"

내가 입술만 들썩이다 말자 유진이 거 보라는 듯 손가락을 탁 튕겼다.

"그래서 수습이 안 되는 거야. 걔 손버릇 나쁜 거 알 만한 사람 다 아는데. 업계에는 송해연이 옷을 찢었네, 밟았네 하며 이미 몇 벌은 해 먹은 걸로 소문 쫙 퍼졌어."

"왜 난 몰랐지?"

"진짜 재밌는 게 그거다, 너?"

유진이 얄궂게 웃었다.

"착장 제품에 관한 모든 책임 소재는 기획사에 있잖아. 그런데도 이 논란에서 EM은 쏙 빠지고 송해연만 두드려 맞고 있다는 거지."

입안이 바싹 말랐다.

"뭐, 인물인 줄은 알았지만. 강지헌 씨 진짜 대단하네. 개인적인 보복을 이렇게 할 줄이야."

"……나 때문은 아닐 거야."

그 후로 지헌은 송해연은 물론 그 일에 대해서도 언급한 적이 없었다. 유진이 코웃음 쳤다.

"그래, 우겨라. 우기는 데 장사 없지. 너 뺨 맞은 거 보고 강 이사가 완전 눈 돌았다고 소문은 쫙 났지만. 실컷 우기라고."

"김 대리, 이 자식."

저만 믿으라더니.

"야, 나 그 남자 진짜 마음에 들어. 그니까 놓치지 말고 너 꽉 붙들어. 알았지? 연애도 결혼도 결국엔 곰보다 여우야. 착하고 순한 애들보다 얄밉고 약삭빠른 애들이 시집은 더 잘 가더라."

유진이 진짜라는 말을 몇 번이나 강조했다.

"너도 그 남자 좋아하잖아. 그래서 그날 데려온 거 아냐? 다들 얼마나 놀랐는 줄 알아? 너 가고 나서 대표님 막 울고 그랬어, 기지배야."

대표님뿐만 아니라 함께 울었을 게 뻔한 유진이 거들먹거리며 말했다.

"그러니까 이번엔 잘해 봐. 네 감정 참지 말고 뒤에서 삭이지 말고 좋은 거 싫은 거 맘껏 표현하고 후회 없이 실컷 사랑하라구."

후회 없이라. 실패한 첫사랑에서 내가 터득한 건, 사랑은 하는 것도 받는 것도 감당할 수 있을 만큼만 해야 한다는 거다. 더는 견딜 수 없을 만큼 슬프다면 그건 한계를 넘었다는 뜻. 사랑은 너무 멀어도, 가까워도 괴로운 거니까. 괴로워지는 게 싫어서 지헌을 밀어냈던 나는 더는 괴로움을 견디지 못해 그를 받아들였다. 이미 그때 후회는 어떤 식으로든 예정된 셈이다. 하지만 지헌을 모두에게 소개한 그날을 후회하지는 않았다.

"괜히 쓸데없이 이것저것 과거 풀지 말고. 그게 제일 미련한 짓인 거 알지?"

유진이 내 손목을 가리키며 당부했다.

"혼전순결보다 혼후순결이 더 중요한 세상이라고."

손목이라면 이미 지헌도 알고 있지만 나는 잠자코 고개를 끄덕였다. 유진이 이어 말했다.

"그리고 그쪽도 뭐, 얼굴은 세기의 바람둥이인 데다 프랑스인이잖아. 여태껏 과거 하나 없겠어? 네가 무슨 순진한 동정남 꼬여 낸 건 아니니까."

그러니 과거는 꾹꾹 눌러 두라며 유진은 한 번 더 신신당부했다. 지헌에게 전화가 들어온 건 유진이 가고 난 뒤였다.

-왜 이제 받아? 내가 몇 번이나 했는데.

"몰랐어요."

-스마트 워치인가. 그거 하고 있지 않아?

"집에 오면 빼 두죠."

-다시 해.

뽀족뽀족 모난 음성에 웃음이 나왔다.

-웃으라고 한 말이 아닌데, 아가씨.

"아직 사무실이에요?"

다행히 지헌은 더 물고 늘어지지 않았다.

-뉴욕에서 올 전화 기다리는 중. 왜? 걱정돼?

왜 이 말에 집착하는지 모르겠으나 아파서 심술을 부리는 남자의 기분을 좋게 해 주기 위해서라면 못 할 것도 없었다. 적어도 지금 송해연에 대해 묻는 것보단 나았다.

"걱정돼요. 몸은 어때요?"

-지금 막 좋아졌어. 조금 전까지 별로였는데.

투정을 부리는 아이 같던 목소리는 어느새 달콤하고 나른한 어른 남자의 감미로운 목소리가 되어 내게 속삭였다.

-아까 네가 왔을 때도 그랬어. 지금처럼.

여운이 짙게 밴 낮은 음성은 불과 몇 시간 전 우리가 함께 공유한 기억을 되살렸다. 빗소리를 배경 삼아 거친 숨이 얽히던 뜨거운 순간과 골반을 부드럽게 누르며 몸 안을 빠듯하게 채우던 감각이 몸을 휘감았다.

-치린아.

내가 아무 말도 하지 않자 지헌이 가만히 나를 불렀다.

"응."

-이치린.

"……응."

그가 나를 부르는 것만으로도 숨이 막혀 떨리는 눈을 감는 게 고작이었다.

* * *

"전 세계 고객을 대상으로 LV패션그룹이 가진 최고급 제품을 셀렉해서 제공하는데. 뭐, 오퍼? 이제 대놓고 저가 경쟁으로 가자고? 당신, KN에서 보낸 스파이지?"

이른 아침 사무실로 들어선 정 지사장은 멈칫했다.

"고기 한 덩어리도 루이비통처럼 팔아라. 애들도 아는 기본적인 마케팅 전략을 내게 듣고 싶은 겁니까? 왜요, 본인들의 무능력을 확인받고 싶어서?"

상대에게 여유를 주지 않고 조목조목 따지며 숨을 조이는 저 신랄하고 무차별적인 언사를 듣고 있으면 자신이 하등 쓸모없는 인간처럼 느껴지는 고차원의 세계가 펼쳐진다. 그런데 평소에 악취미라며 질색하던 상사의 화법이 이렇게나 반가울 줄이야. 정 지사장은 스스로 느끼는 요상한 감각에 자기도 모르게 눈을 찌푸렸다.

"계속 거기 서 있을 거면 커피 먼저 주죠."

지헌이 전화기를 내려놓으며 말했다. 언제까지 멍청하게 서 있을 거냐는 속뜻에 정신을 차린 지사장이 속으로 혀를 내둘렀다. 이럴 땐 귀신이 따로 없다. 그가 커피를 내밀며 말했다.

"기분이 아주 좋아 보이십니다. 피부도 다 가라앉았고요."

손등과 목 뒤로 불긋한 자국이 남았으나 혈색을 되찾은 얼굴은 지헌이 빠르게 컨디션을 회복하고 있음을 나타냈다. 지헌이 책상 위에서 작은 갈색 병을 들어 올렸다.

"이거 때문인 거 같아요. 천연 오일 같은데."

"오일이요? 이치린 팀장이 가져온 겁니까?"

"아가씨가 조향을 할 줄 알거든."

정 지사장이 병을 받아 들고 유심히 살폈다.

"재주가 많은 친구네요. 뭔지는 물어봤습니까?"

"아직."

지헌이 시간을 확인하며 말했다. 오후 출근이라고 했으니 아직 자고 있을 거다. 그는 이런 날엔 오전에 연락하지 않았다. 평소 몸을 혹사하며 일하는 치린을 알기에 오늘 같은 날만이라도 늦게까지 푹 잤으면 했다.

"성분 분석 먼저 해볼까요?"

지헌은 고개를 끄덕인 뒤 정 지사장이 가져온 파일을 열었다. 로라의 국내 일정표였다.

"화려하군요."

"LV그룹 회장의 첫 방한이니까요. 어떻게든 회장님을 접견하려는 기업이 많습니다. 오늘 오찬 멤버만 봐도 정부 행사 수준이죠."

비즈니스는 이런 공개적인 자리가 아닌 은막에서 성사되는 경우가 더 많다. 그걸 누구보다 잘 아는 어머니가 요란하기만 하고 실속은 없는 이 일정표를 컨펌했다면 이건 의도된 거다. 언론에 노출되는 걸 감수하면서까지 보여 주고 싶은 누군가를 위해.

"유치하시긴."

짧게 평한 지헌이 10대 기업 총수 집안 성씨들이 즐비한 미팅 명단을 테이블 위로 툭 날린 뒤 커피를 들었다. 심드렁한 지헌을 보며 지사장이 말했다.

"오후 행사엔 이사님도 참석하셔야 합니다."

지헌이 말없이 커피만 홀짝이자 지사장이 재촉했다.

"몸도 거의 다 낫지 않았습니까. 잠깐 얼굴만 비추더라도 웬만하면 가시는 게."

"재회는 극적으로 해야죠, 둘이서만."

지헌이 살며시 미소 짓자 정 지사장이 눈을 가늘게 뜨며 경계했다.

"뭘 꾸미시는 겁니까."

"까마귀가 좋아요, 까치가 좋아요?"

"……네?"

"이 나라에 그런 전설이 있다던데. 오작교."

지헌이 무슨 생각을 하는지 대충 눈치챈 지사장이 눈을 부릅떴다.

"회장님이 화내실 겁니다. 그것도 엄청."

화라니. 블루아 회장의 분노는 그런 귀여운 단어로 표현할 수 있는 수준이 아니다. 그러나 지헌은 눈을 접으며 웃을 뿐이다.

"지사장님은 얼굴이 까매서 까마귀 해야겠네요."

대단히 모욕적인 발언에 정두호 지사장이 얼굴을 찡그렸다.

"이사님이 비정상으로 하얀 겁니다."

그는 하룻밤 사이에 윤기 흐르는 반질반질한 얼굴을 되찾은 지헌을 얄밉게 보았다. 그러다 깊은 한숨을 내뱉었다.

"저는 분명 반대했습니다."

지헌이 그를 위로하듯 어깨를 툭 두드린 뒤 재킷 단추를 채웠다.

"어디 가십니까, 지금?"

설마 하는 물음 뒤에는 음모나 다름없는 일을 꾸며 놓고 너는 어디로 튈 셈이냐는 말이 눈빛으로 따라붙었다. 지헌이 싱긋 웃었다.

"물 주러 가요."

천진하기까지 한 대답에 지사장은 생각했다. 강지헌에게만은 절대 약점을 잡히지 않겠다고.

* * *

헤르네 VIP 행사장. 길과 매장 안을 빼곡하게 채운 취재진이 곧이어 나타난 로라를 보며 우르르 몰려들었다. 한국 언론에 처음으로 모습을 드러내는 세계적인 패션그룹 수장을 카메라에 담기 위해 사람들이 분주하게 움직였다. 최근 몇 년 사이 다수의 명품 기업이 급성장한 패션 시장으로 서울을 주목할 때 홀로만 고고하게 꼿꼿한 태도를 유지하던 헤르네. 그런데 그 전신이라 할 수 있는 모기업의 회장이 손수 한국을 찾았으니 한국 패션의 가치와 위상이 이제야 제대로 인정받은 셈이라고 대서특필될 기삿감이었다. 로라는 자신에게 쏟아지는 열렬한 취재 열기에 화답하듯 우아하고 아름다운 미소를 지어 보였다. VIP 행사가 예정된 오찬 장소에 들어서기 전까지는.

"오랜만이야."

카메라를 향해 한 치의 흔들림도 없이 미소 짓던 로라의 얼굴이 굳었다. 창백하게 변하는 그녀를 보면서 상대는 너무도 태연하고 뻔뻔하게 웃었다. 정말로 반갑다는 듯. 그가 손에 든 샴페인 잔을 살짝 들어 올리며 마치 그녀를 향해 칭송을 건네듯 말했다.

"여전히 아름답네."

그녀의 전남편이자 두 아들의 아버지인 강 회장이었다.

* * *

[여성들의 로망으로 불리는 명품 브랜드 헤르네를 보유한 글로벌 기업 LV의 로라 드 블루아 총괄회장이 한국을 전격 방문했습니다. L백화점과 S면세점 사장단과 잇따라 면담을 한데 이어 G그룹은 블루아 회장을 모시기 위해 직접……]

"당장 꺼!"

분노로 떨리는 노기 어린 음성은 작았으나, 노인의 반응을 예의주시하고 있던 비서는 곧바로 명령을 따랐다. 텔레비전이 꺼졌다. 그러나 화면을 가득 채운 며느리의 환한 얼굴은 이미 한 여사의 뇌리에 깊이 박힌 뒤였다.

고얀 것 같으니라고. 감히 여기가 어디라고. 끔찍한 것을 회상하듯 주름진 얼굴이 일그러졌다.

"언제."

그녀의 말은 짧았으나 곧장 알아들은 비서가 차분하게 보고했다.

"어젯밤에 들어왔다고 합니다."

갑자기 한 여사가 고개를 번쩍 쳐들었다.

"어제라고?"

"네."

뚫어질 듯 바라보는 매서운 눈빛에 비서가 입을 열었다.

"강 대표가 있는 파라다이스 호텔에 체크인했습니다."

메마른 손등이 탁하고 탁자를 내리치자 나무가 드르륵 울렸다.

"게가 어디라고 발을 들여! 이제 와 에미 행세라도 하겠다는 게야? 남편이고 아들이고 모두 버리고 떠난 주제에 예가 어디라고 낯짝을 내민단 말이야!"

자신이 모르는 곳에서 남몰래 만났을 며느리와 손자를 생각하자 분노로 몸이 바들바들 떨렸다. 혹여 이런 일이 생길까 부모로서의 모든 권리를 박탈하고 무원이 성인이 될 때까지 면접 교섭조차 허락하지 않았다. 그녀는 그마저도 후회했다. 아예 평생 보지 못하도록 했어야 했다. 한 여사가 형형한 목소리로 외쳤다.

"당장 쫓아내라 해, 당장! 그 발칙한 계집의 그림자 하나라도 승비원 터 아래에 들이지 말라 했거늘! 누구한테 방을 내줘?"

당장이라도 쫓아가 이미 절연한 며느리를 끌어낼 기세로 난리를 치는 한 여사를 보며 비서가 차분하게 보고했다.

"파라다이스 호텔 투자기업 중에 LV그룹 쪽 계열사도 있어서, 엄밀히 따지면 블루아 회장도 주주 중에 한 명입니다."

"……이게 다 무슨 소리야!"

무원이 승비원에서 운영하는 프리미엄 호텔 체인 원호텔을 두고 독자적인 비즈니스 전문 호텔 브랜드를 만들어 투자처를 모집해 사업 확장을 꾀한 게 2년 전이었다. 그중 외국계 펀드를 통해 가장 많은 투자금을 댄 기업이 바로 LV계열사 중 하나였다. 첫 삽을 뜨기 전까지 아무도 몰랐던 사실이니 이제 와 한 여사를 자극할 필요가 없다고 판단한 강 회장이 함구시켰다. 결국, 이렇게 드러나고 말았지만. 비서의 뒤늦은 보고를 듣는 내내 한 여사의 얼굴이 표독스럽게 일그러졌다.

"그런 흉악스러운 게 일부러…… 그렇게 내 집안으로 다시 기어들려고 뒷공작을 펼치는 게지!"

모두가 한통속이 되어 나를 속였다 이거지! 서릿발 같은 매서운 음성에 높이 솟은 추녀 끝으로 빗물이 후드득 떨어져 내렸다.

"강 회장은!"

"외부 일정 중이라 연락이 닿지 않습니다."

한 여사가 표독스러운 눈으로 쏘아보자 비서가 다시 연락을 넣어 보겠다는 말과 함께 재빨리 물러났다. 홀로 남은 한 여사가 마른 나뭇가지 같은 손을 움켜쥐자 헐거운 옥가락지가 바드득 뭉개지는 소리를 냈다. 앙상한 손으로 아무리 방 안의 물건을 내던져 봐야 속이 풀릴 리 없었다. 송 화백의 갤러리에서 지헌을 마주쳤을 때부터 화병이 돋아난 것처럼 하루에도 수십 번씩 욱하는 기세가 차올랐다. 무원의 짝을 이어 주러 갔다가 날벼락만 호되게 맞은 불쾌한 기분을 떨칠 수가 없었다. 지금까지 얼굴 한번 비치치 않고 죽은 듯이 살더니 이렇게 갑자기 뒤통수를 칠 줄이야. 다 늦게 강 회장과 잘 해보려는 건지도 모른다. 아니면 그 둘이 제가 죽을 날만을 기다렸던가. 온갖 생각에 한 여사가 다시 부들부들 떨더니 전화기를 들었다.

"내가 살아 있는 한 절대로 용납 못 하지."

그녀의 뒤로 영생을 기원하는 장생화조도가 전등불 아래 번들거리며 빛났다.

* * *

"대체 무슨 짓을 꾸민 거죠? 다니엘과 둘이 작당이라도 했나요?"

"작당이라니. 아들과 아버지가 사이좋은 건 흠이 아냐. 그리고 지현인 예전부터 내 편이었어."

"유치하게 애들 끌어들이지 말아요."

"당신도 무원이 만났잖아."

능청스럽게 대꾸하는 강 회장을 보며 로라가 눈을 구겼다. 인간은 나이가 들수록 뻔뻔해진다더니, 그가 딱 그랬다. 부부로 살던 시절, 무뚝뚝한 얼굴로 살가운 말 한마디 하지 않던 남자라고는 믿기지 않는 변화였다. 그러나 모두 과거의 일이다.

로라는 서늘한 눈으로 강 회장을 보았다.

"여긴 왜 나타난 거죠?"

그녀를 감상하듯 바라보고 있던 강 회장이 웃음 띤 얼굴로 한 걸음 다가섰다. 로라는 본능적으로 뒤로 한 걸음 물렸다. 그러나 곧 그런 스스로가 마음에 들지 않아 다시 턱을 치켜들고 방어적인 자세를 취했다. 그 모든 걸 태연히 보고 서 있는 강 회장의 느긋한 태도가 그녀의 신경을 날카롭게 했다. 강산이 두 번이나 바뀌었어도 여전히 그녀의 감정을 자극하는 탁월한 재주를 가진 남자. 죽을 때까지 저주하고 원망할 사람.

"'그 뒤로' 당신이 처음 한국 땅 밟는 건데, 당연히 내가 와 봐야지."

마치 놀리는 것 같은 말투에 로라가 눈을 가늘게 떴다.

"엄마 허락은 맡고 온 건가요? 허락 없인 아무것도 못 하는 아들이었던 것 같은데."

강 회장의 입가가 아주 살짝 굳었으나 그는 로라의 비아냥거림을 잘 받아 넘겼다.

"당신도 여전하군. 아름다운 얼굴만큼 그 신랄한 입담도."

"칭찬 고맙게 받죠."

로라는 오만하게 내리뜬 시선으로 강 회장을 차갑게 노려보았다.

"그럼 남은 일정이 있어서 이만."

"아쉽네. 오랜만에 만나 축하주 한잔 정도는 나눌 수 있을 줄 알았는데."

그렇게 말한 강 회장이 슬쩍 한 발을 디뎌 로라의 앞을 막아섰다. 로라는 한참을 올려다봐야 눈이 마주치는 압도적인 키 차이가 싫었으나 별수 없이 고개를 들어 올리고 전남편을 쏘아봤다.

"수작 부리지 말아요. 그쪽하곤 한순간도 같은 공간에 있기 싫으니까."

"전엔 좋아했잖아. 그것도 아주 많이."

과거를 떠올리게 하는 은밀한 시선에 로라의 푸른빛 눈동자가 분노로 짙게 변했다. 감히 그때의 얘길 꺼내다니. 파르르 떨리는 속눈썹이 깊게 가라앉았다 긴 심호흡과 함께 천천히 열렸다. 보석보다 더 영롱하게 빛나는 파란 눈동자는 순식간에 이성을 되찾고 눈앞의 남자를 냉랭하게 응시했다.

"스무 살이었으니까요. 아무것도 모르는. 안 그랬으면 보잘것없는 동양 남자 손을 잡고 비행기를 탔을까."

"나랑은 기억이 다른데."

"그럼, 아직 환상 속에 있는 모양이군요."

차가운 일침에 강 회장이 대답 대신 옅은 미소로 답했다. 그럴수록 로라의 표정은 싸늘하게 식어 내렸다.

"나는 이미 오래전에 그 환상이 깨졌는데. 내가 붙잡은 남자가 기저귀도 못 뗀 성인이라는 걸 안 순간 말이에요."

로라는 가차 없이 등을 돌렸다. 강 회장은 움직이지 않은 채로 말했다.

"맞아. 난 아직 거기에 있어. 그대로. 당신은 또 도망가려는 것 같지만."

독기로 가득 찬 자신과 달리 순순히 인정하는 목소리조차 여유롭게 들려 끔찍이도 얄미운 남자다. 그녀가 퍼붓는 독설은 그에게 아무 상처도 내지 못한 채 결국 부메랑이 되어 이쪽으로 되돌아오고 만다. 알면서도 서로를 할퀴고 상처 낼 수밖에 없는 관계가 바로 자신들이다.

그러니 떨어져야 했다. 강 회장의 고요한 시선을 외면한 로라는 재빨리 접견실을 나섰다.

* * *

키패드에 카드를 대자 문이 열렸다. 지헌이 없다는 걸 알면서도 문고리를 돌리는 손에 힘이 들어갔다. 출입 카드를 건네받은 지는 조금 됐다. 지헌이 내가 언제든 오기를 바라고 있다는 걸 알면서도 좀처럼 시간이 맞지 않았다. 그게 계속 신경 쓰였던지 오후 미팅이 취소되자 발은 자연스레 이리로 향했다. 잠깐 미미만 보고 가겠다고 했으니 일하고 있는 지헌이 올 리는 없지만 나로서는 약속 하나를 지킨 기분이 들어 좋았다.

인기척을 듣고 미리 나와 있던 새끼 고양이들이 자기 먼저 봐 달라며 발밑을 맴돌았다. 미미는 지난번과 비슷하게 특별한 경계도 스킨십도 없이 그저 창가에 몸을 길게 늘어트린 채로 나를 관찰하듯 보기만 했다. 고양이들과 놀아 주다가 그 풍경에 동화되어 거실에 앉은 채로 미미를 가만히 바라보고 있을 때였다. 현관문 여닫는 소리가 들렸다. 조용한 슬리퍼 소리에 앉은 채로 가만히 복도를 보았다. 소리도 향기도 모두 낯설었다. 천천히 몸을 일으킨 나는 그대로 굳었다.

"누구……."

뒷말은 입안에서 멈춘 채 나오지 못했다. 나는 그녀를 알고 있었다. 로라 드 블루아 LV그룹 총괄회장. 어제부터 대한민국 언론을 뜨겁게 달구고 있는 화제의 인물. 갤러리의 카메라 앞에 서 있어야 할 사람이 왜 이곳에 있는 걸까.

"펫시터?"

그녀가 내 손에 들린 고양이 장난감을 보며 물었다.

"아뇨. 이건."

손에 든 걸 내려놓기도 전에 그녀가 다시 말했다.

"그럼 아가씨가 이치린이겠군."

여왕처럼 우아하고 도도한 자태였다. 나는 조금 멍해서 바보 같은 표정으로 블루아 회장을 보았다. 미디어를 통해 숱하게 봐 온 세계적 기업의 오너가 지헌의 집 현관문을 손수 열고 들어온 데 이어 내 이름마저 알고 있다는 게 어딘지 비현실로 느껴졌다. 아니, 믿고 싶지 않은 거다. 지금 이 순간 뇌리를 강타하는 충격적인 깨달음과 합리적인 의심을 모두. 그때 혼란스러워하는 나만큼이나 충격에 휩싸인 그녀가 나를 뚫어질 듯 노려보았다.

"당신은 어제……!"

블루아 회장의 얼굴이 일그러졌다.

"말도 안 돼. 어떻게 이런 일이 두 번씩이나."

그녀는 마치 저승에서 살아 돌아온 악령이라도 보는 것처럼 나를 창백하게 쏘아보았다.

"대체 원하는 게 뭐야?"

"……네?"

"내 아들을 놓고 무슨 짓을 하는 거냐고!"

"아들이라니, 그게 무슨 말씀이신지."

나는 본능적으로 주눅이 들었다. 거대 기업의 총수가 쏘아 보내는 매서운 기세는 보통 사람의 것과 확연히 달랐다.

"어제 내 큰아들과 호텔로 들어가는 걸 분명히 봤는데 지금은 내 작은 아들 집에 있다니. 대체 당신은 누구냐고!"

있을 수 없는 일이라는 듯 흥분해서 쏟아 내는 목소리에 경멸이 가득했다.

"오해하신 것 같은데 호텔이라니, 저는."

잠깐. 나는 말을 하는 것도 잊은 채 방금 전 블루아 회장이 빠르게 쏘아붙인 단어를 이해하기 위해 노력했다. 분명 아주 이상한 말을 들었는데.

"거짓말로 빠져나갈 거라면 번지수가 틀렸어, 아가씨. 난 사람을 잘못 보지 않으니까."

"방금…… 아들이라고 하셨나요?"

그녀와 나의 말은 거의 동시에 흘러나왔다. 베일 듯한 날카로운 시선과 함께 침묵이 내려앉았다.

＊

　조용히 객실을 빠져나온 클로에가 중앙 엘리베이터를 둔 채 몸을 돌려 비상구에 있는 직원용 승강기로 향했다. 그녀는 버튼을 누른 뒤 천천히 바뀌는 숫자를 보며 스스로가 한심해 짜증스러운 숨을 내쉬었다. 대체 왜 내가 피해 다녀야 하는 거야? 이러니까 꼭 무서워서 숨는 것 같잖아. 로라가 신경 쓰여 여기까지 따라왔는데 아무래도 안 되겠다. 당장 숙소를 바꿔야지.

　이게 전부 다 강지헌 때문이었다. 그 나쁜 놈이 던진 폭탄 하나에 이렇게 허우적대다니. 그게 대체 언제 적 일인데. 아직도. 십 대 시절에 동네 오빠 한 번 안 쫓아다닌 여자애 있음 나와 보라 그래! 동네 오빠가 하필이면 너무 착해서, 그런데 집안끼리도 가까워 휴가도 함께 다닐 만큼 자주 봐서, 그러다가 어느 날 갑자기 생이별이라도 하는 것처럼 헤어지게 돼서. 그래, 그런 거였다고. 그냥 단순하게. 클로에가 지헌의 말을 떨쳐 내듯 머리를 한 번 획 흔들었다.

　"뭐 해, 거기서."

　혼자만의 생각을 털어 낸 뒤 경쾌하게 얼굴을 들던 클로에는 엘리베이터 안에 선 무원의 얼굴을 보자마자 뜨악한 표정을 지었다.

　"왜 그래?"

　무원이 얼굴을 가까이 숙이며 묻자 얼굴이 빨갛게 달아오른 클로에가 황급히 몸을 뺐다.

　"오, 오지 마!"

　무원의 표정이 심각해졌다.

　"어디 아픈 거 아냐?"

　"아, 아니니까, 저리 가……."

　슬금슬금 물러나는 클로에의 반항을 가볍게 제압한 무원이 얼굴을 가까이 들이밀고 그녀를 살폈다.

　'네 첫사랑.'

살면서 가장 감흥 없고 냉소적으로 대했던 그 단어가 불쑥 떠올라 클로에의 얼굴이 홍당무처럼 붉게 달아올랐다.

"열 있는 거 같은데?"

"화장 안 해서 그래, 이거 놔!"

클로에가 무원을 밀어내며 손을 뿌리쳤으나 나머지 한 팔마저 그에게 잡히고 말았다. 손목을 잡힌 채 얼굴을 코앞에서 마주 대고 있으려니 열이 팍팍 오르는 느낌이었다. 심장은 왜 또 이렇게 쿵쾅거리는지, 너 미쳤어. 미쳤다구, 클로에 모렐. 그게 아니고서야 다른 놈도 아닌 강무원을……! 툭 무원의 이마가 클로에의 이마 위로 맞닿았다. 헉, 하고 클로에는 그대로 숨을 멈췄다.

"열 재 봤어?"

이마를 떼어 낸 그가 평소와 다름없는 목소리로 말했다.

"클로에."

"……."

"대체 무슨 일이기에……."

"저리 가."

"뭐……?"

얼음처럼 굳어 있던 클로에가 눈을 파르르 떨며 무원의 손을 확 밀어내더니 복도를 냅다 달리기 시작했다. 왜 저러나 싶어 무원이 미간을 좁히는데 휴대폰이 울렸다. 발신자를 확인한 그의 얼굴이 무겁게 가라앉았다.

* * *

잡지, 기사, 숱하게 쏟아져 나오는 런웨이 참석 사진들. 일반인조차도 로라드 블루아를 알았다. 헤르네 말고는 이렇다 할 하이엔드 브랜드가 없던 LV를 불과 십 년 만에 패션제국으로 만든 경영의 제왕. 오래전 세계를 떠들썩하게 달군 경영권 분쟁 끝에 파리 법원이 블루아 회장의 손을 들어준 이후 당당하게 헤르네를 거머쥔 그녀는 공격적인 M&A를 통해 여러 패션하우스를 사들여 그룹을 키웠다.

가족 기업으로 출발한 헤르네를 업계 2위인 KN그룹에 뺏기기 직전 가까스로 지켜 낸 블루아와 모렐가의 이야기는 일반인도 알 정도로 유명했다. 클로에 모렐이 블루아 회장의 대녀라는 사실이 알려지면서 매스컴은 둘을 아예 모녀로 보도하기도 했다. 물론 여기서 가장 중요한 건 블루아 회장도 클로에 모렐도, 나와는 전혀 상관없는 세계의 사람이라는 사실이었다. 블루아 회장이 이곳을 아들의 집이라고 하기 전까지는 말이다.

"오해란 말이지."

당황해서 뭐라고 말했는지 세세한 건 기억나지 않았다. 그러나 내가 어제의 상황을 설명한 이후에도 나를 바라보는 블루아 회장의 표정은 크게 바뀌지 않았다. 내 말을 믿지 않는다는 뜻이다. 그럼에도 불구하고 침착한 태도로 나를 마주 보는 그녀의 얼굴에서 내게 확인하고자 하는 무언가가 있음을 알아차렸다. 그녀가 손에 든 백을 고쳐 쥐며 선언하듯 말했다.

"내가 바로 다니엘 엄마예요. 이름을 소개할 필요는 없을 것 같군요."

묵직한 신음이 목 안으로 넘어갔다. 후계자, 미야케 선생이 그 단어를 말하기 전부터 꽤 풍족한 집 아들일 거라고 예감은 했다. 처음 이 집에 발을 들였을 때, 비 내리는 한강을 바라보며 나와 사는 세계가 다르다는 것도 알았다. 그런데 이건 너무하잖아. 로라 블루아의 아들이라니. 박 대표는 알았을까? 그랬을 거다. 그러니 파리에서부터 지헌을 차단했겠지. 유진은 아마 거기까진 몰랐으리라. 드러나지 않은 그룹 임원의 가족사까지 모두 알아야 하는 건 아니니까. 하, 강지헌, 이 남자. 이거부터 말했어야지. 갈 곳을 잃은 원망과 배신감이 허공을 배회했다. 블루아 회장은 그런 내 반응을 예의주시했다. 나는 천천히 고개를 들었다.

"인사가 늦었네요. 안녕하세요. 이치린입니다."

"나와 다니엘의 관계에 대해 몰랐던 눈치인데."

"네."

"그 애가 말을 안 하던가?"

"네."

"무원이도?"

"강무원 씨와는 그런 사이가 아닙니다."

"그런 사이가 아니다?"

눈을 가늘게 뜬 블루아 회장이 나의 대답에서 어떠한 오류라도 찾아낼 기세로 내 말을 천천히 곱씹었다.

"말씀드린 대로 어제는 연우가 아파서 잠깐 머문 게 전부입니다."

연우의 이름을 듣는 순간, 블루아 회장의 얼굴은 굉장히 불쾌하고 불결한 뭔가를 떠올린 사람처럼 일그러졌다. 그러나 나 역시 머릿속이 엄청난 속도로 돌아가는 중이었으므로 그녀의 반응을 신경 쓸 여유가 없었다. 그녀가 정말 강지헌의 어머니라면, 나를 천사 양이라고 부르던 연우의 할아버지가 그녀의 남편이라는 건데. LV그룹 총수의 전남편이 한국인이라는 사실은 어디에도 알려진 바가 없었다. 내 의아함을 알아차린 듯 그녀가 가볍게 대꾸했다.

"언론도 결국은 권력으로 움직이니까."

다시금 나를 천천히 훑어 내린 그녀가 소파를 돌아오더니 들고 있던 백을 테이블 위에 내려놓았다.

"커피 대신 차가 좋겠군요."

"……네?"

뜻을 몰라 그녀를 다시 보는데 우아한 영국식 영어 발음으로 그녀가 말을 이었다.

"내가 집주인은 아니니까."

"……."

나도 집주인은 아니다. 그러나 다리를 우아하게 꼬고 앉아서 나를 빤히 쳐다보는 블루아 회장 앞에서 내가 할 수 있는 일이란 두어 번 본 게 전부인 주방으로 가서 티세트를 꺼내는 거였다. 그냥 커피를 부탁했으면 좋았을 텐데. 나는 티 트레이에 담긴 아무 티백이나 꺼내 뜨거운 물을 냅다 붓고 싶은 마음을 꾹 누른 뒤 펄펄 끓는 물이 담긴 포트를 깨끗이 비워 내고 두 번째 찻물을 부었다. 틴 케이스에 담긴 패닝 찻잎을 두 스푼 넣고 분을 재며 기다렸다 망에 거르는 시간까지. 블루아 회장이 원하는 긴장감 속에서 그녀가 의도한 대로 나를 살펴볼 시간을 주었다. 엇나가거나 깽판을 놓지 않은 건 순전히 지헌의 부모라는 이유 하나 때문이었다. 만나는 상대의 부모니까. 그런데 첫 단추부터 오해로 시작되었으니까.

흠잡을 곳 하나 없는 티세트를 물끄러미 보던 블루아 회장은 예상대로 찻잔을 거들떠보지도 않았다. 그녀는 나를 관찰하는 눈으로 보며 물었다.

"주인도 없는 빈집에 있을 정도면, 다니엘과 어떤 사이인지 내가 짐작하는 게 맞나요?"

"그냥, 잠깐 고양이를 보러 온 거였습니다."

"잠깐이라."

찻잔의 훈김에서 내가 고른 애플 티의 실론 향이 피어올랐다.

"다니엘에 대해 얼마나 알죠?"

지난밤 정 지사장이 물었던 질문을 지금은 그의 엄마가 하고 있었다. 모두가 내 진심을 의심할 거라는 정 지사장의 말은 하루 만에 현실이 되어 있었다. 나는 담담하게 고개를 들었다.

"아는 게 없습니다. 만난 지 얼마 안 돼서요."

"아는 게 없는 데도 이 집에 있군요."

블루아 회장이 찻잔 손잡이를 잡고서 느긋하게 돌렸다. 마실 생각은 없는 사람처럼. 그녀의 손이 멈췄다.

"그런데도, 내 아들은 이번에도 집을 먼저 내줬군."

그녀가 오해하기 딱 좋은 말을 가볍게 던졌다. 의도를 알면서도 치솟는 불쾌감은 나를 손쉽게 상처 낸 뒤 내 안에 의심의 싹을 틔웠다. 그러나 겉으로 티를 낼 만큼 어리숙하진 않았다. 반응 없는 내 얼굴을 천천히 살피던 그녀가 다른 얘기를 꺼냈다.

"클로에한테 들었어요. 오랫동안 만난 남자가 다른 여자와 결혼했다고."

이 역시 예상했던 말이다. 기분은 한층 더 참담하게 바닥을 쳤지만.

"많이 방황한 모양이던데."

그녀의 시선이 나를 천천히 훑어 내리더니 손목에서 멈췄다. 뭔가를 아는 사람처럼 파헤치는 시선에 나는 그대로 손을 감싸 쥐고 뒤돌아 이 자리를 피하고 싶었다. 동요 없이 버틴 건 내가 어디까지 참을 수 있을지 시험해 보고 싶어서였다. 그런 나를 떠보듯 그녀가 말을 이었다.

"그런 마음으로 내 아들을 만나는 거냐고 묻지 않을 수 없군요. 어중간한 마음이라면 당연히 용인할 수 없고."

블루아 회장이 나를 똑바로 응시하며 차가운 눈빛으로 경고했다.

"내 집안을 감당할 수 있겠어요?"

나를 내려다보는 당당한 시선에 태생으로부터 타고난 오만함이 가득했다.

"솔직히 말하면, 아무것도 신뢰할 수 없는 아가씨보단 집안부터 서로를 잘 알고 이해하는 클로에가 다니엘의 상대로 적합하다고 생각하는데."

"동의합니다, 저도."

"……뭐?"

"그쪽이 더 완벽한 상대라는 거요."

내 말의 의미를 파악하기 위해 블루아 회장이 눈을 가늘게 빛냈다. 마치 이 뒤에 뭔가 다른 뜻이 있는지 의심하는 얼굴이었다.

"저는 제 인생만으로도 충분히 벅차서요. 겨우 남자 한 명 만나면서 그 집안까지 감당하고 싶지는 않습니다.

"아가씨, 지금."

불쾌한 듯 눈을 찡그리는 블루아 회장을 보며 차분하게 말을 이었다.

"걱정하지 않으셔도 됩니다. 여기서 뭔가를 더 하진 않을 거니까요."

나는 그녀의 시선을 피하지 않았다. 담담하게 마주 보는 나를 블루아 회장이 날카로운 시선으로 파헤쳤다. 나의 진심을 가늠하듯 의혹과 노염에 잠긴 눈빛이었다. 그때 창가 스툴에서 훌쩍 뛰어내린 미미가 사뿐사뿐 걸어오더니 블루아 회장을 지나쳐 내 발밑에 기다랗게 몸을 뉘었다.

블루아 회장이 떠나고 나는 빈집에 우두커니 서 있었다. 담담한 척 가장한 태도는 그 순간부터 무너지기 시작했다. 잊고 있던, 아니 애써 외면하고 있던 진실과 직면해야 할 시간이 왔다. 지헌이 아랍의 왕족이라는 남자를 가차 없이 걷어차던 순간부터 스멀스멀 피어오르던 의구심, 불안감. 그 모든 건 국빈급의 거물인 블루아 회장이 지헌을 두고 내 아들이라고 부르는 순간, 확신이 되어 나를 흔들었다. 아니, 넌 이미 알고 있었어.

다니엘 루이즈 드 블루아 강. 클로에 모렐의 차디찬 목소리가 또렷하게 재생됐다. 다 네가 자처한 거야. 알 수 있었는데, 알려고 하지 않았으니까. 그래, 나는 알고 싶지 않았다. 또다시 특별한 누군가의 곁을 지키며 상처받고 싶지 않았다. 천재 프로듀서로 대중을 사로잡게 된 준과 온갖 사교 행사의 초청장이 줄을 잇는 유력 기업가의 금지옥엽 에리카. 그 집안에서 거둔 부모 없는 먼 친척 아이. 내 이름 석 자가 아닌 누군가의 무엇으로 불려야 했던 시간들. 그게 달콤하다고 착각하던 시절도 있다. 그러나 결국은 끝이 아주 쓰디쓴 다크 초콜릿을 삼키는 것과 같다는 걸 뒤늦게 깨달았다. 순도가 높아질수록 쓴맛이 강해지는 초콜릿처럼 그들이 더 높이 올라갈수록 나는 외롭고 쓸쓸해졌다. 이래서 강지헌과 만나고 싶지 않았다. 실패한 과거를 자꾸만 소환하게 될까 봐. 초라한 나를 재확인하고 싶지 않아서.

'감당할 수 있겠어요?'

블루아 회장은 떠났으나 그녀가 남긴 서늘한 물음은 뇌리에 박혀 사라지지 않았다. 나는 몸을 돌렸다. 당장 이 집을 벗어나야 했다. 복도를 반쯤 다다랐을 때 문이 열리고 지헌이 들어섰다. 나는 당황한 그대로 굳었다.

"어서 오라고 해야지."

지헌이 나를 향해 웃었다. 최악의 타이밍에 시선을 내리뜨며 말했다.

"……어서 와요."

"응. 다녀왔어."

선선히 답한 지헌이 아주 잠깐 현관 아래를 보더니 이내 웃는 얼굴로 올라섰다. 손에는 작은 상자가 들려 있었다. 그는 내 손부터 찾아 쥐고 집 안으로 향했다. 그에게 이끌려 따라가면서 머릿속으로는 이곳을 벗어날 핑계 생각뿐이었다.

"다시 회사에 들어가 봐야 해요."

"나도 잠깐 얼굴만 볼 생각이었어."

그렇게 말한 지헌이 발을 멈추고 나를 돌아보았다.

"그런데 전혀 반가운 얼굴이 아니네. 내 아가씨는."

서늘한 음성이 나를 스쳐 테이블 위로 떨어졌다. 티포트와 잔과 받침까지 완벽하게 맞춘 헤르네 티세트와 붉은 홍차는 손도 대지 않은 채 식어 있었다. 지헌이 그 옆에 상자를 내렸다.

"뭘까?"

뺨 위로 그의 따가운 시선이 느껴졌다. 옅게 떠올랐던 흥분은 사라지고 잘 벼려진 칼날 같은 시선이 나를 파헤칠 기세로 날아들었다.

"말해, 치린아."

"……뭘요?"

"말해야 내가 이다음 행동을 하지."

"나중에 얘기해요. 지금은."

시선을 돌려 그를 외면했다. 다음 순간 허리가 잡히고 턱이 들렸다. 그대로 까만 눈동자와 마주했다. 나를 단단히 옭아맨 채로 지헌이 물었다.

"어머니를 만났어?"

흔들리는 표정이 그의 까만 눈동자에 고스란히 비쳤다. 지헌이 대답을 찾은 사람처럼 미소 지었다. 그 위화감에 손끝이 움츠러들었다. 그는 더 묻지 않았다. 대신 전화를 꺼내 통화 버튼을 눌렀다.

나는 그에게서 빠져나가려 했으나 미약한 시도는 기척만으로 간파당해 다시 지헌에게 붙들렸다. 지헌은 내가 움직이지 못하도록 손목을 움켜쥔 뒤 손깍지를 끼워 넣었다. 내게 시선을 고정한 채로 그가 입을 열었다.

"집에 오셨어요?"

전화 상대를 향해 인사도 없이 대뜸 본론부터 꺼낸 그는 눈빛으로 내 반응을 예리하게 살폈다. 내가 어디까지 틈을 보일지 확인하려는 눈동자가 조금 전 나를 기민하게 살피던 블루아 회장의 그것과 똑같이 닮아 있었다.

"그래서, 겁이라도 주셨나요?"

가볍게 묻는 목소리에는 희미한 웃음이 묻어났다. 그의 눈을 보고 있지 않았다면 정말 웃고 있다고 착각했을 만큼.

"질이 꽤 나쁘시네요, 회장님."

단번에 모든 걸 간파한 그의 예리한 감도. 대리석 조각 같은 아름다운 얼굴이 나를 향한 채 우아한 억양을 흘려 냈다. 나를 당혹스럽게 하는 건 따로 있었다. 거대한 산처럼 나를 압도하던 그 블루아 회장을 거침없이 대하는 그의 태도가 주는 괴리감이었다. 강지헌, 당신, 정말로 블루아 회장의 아들이 맞구나. 그 세계의 사람이었어. 당사자의 입으로 직접 들어 놓고, 나는 왜 이제야 실감이 나는 걸까. 어리석게도. 시시각각 변하는 감정을 파헤치듯 떼어 낼 수 없는 시선이 집요하게 따라붙었다. 이제 피할 생각마저 들지 않는 건 바닥까지 떨어진 반발심인지도 모른다. 팽팽하게 당겨진 긴장감 위로 지헌이 전화를 끊기 전 마지막으로 말했다.

"가죠."

전화를 끊은 그가 침묵을 깨고 갑자기 물었다.

"단것 좋아해?"

뜬금없는 말에 대답하기 전, 그가 내려놓은 디저트 상자를 보았다. 서울 시내 호텔에서만 운영하는 디저트 가게 로고가 연분홍빛 박스 중앙에 찍혀 있었다. 지헌이 재킷 단추 하나를 느슨하게 풀어내며 말을 이었다.

"거의 다 안다고 생각했는데. 모르겠어, 하나도."

대답을 기다리는 얼굴에 나는 케이크 상자를 보며 그에게 말했다.

"케이크보단 샌드위치가 편하고, 초콜릿보단 사탕이나 민트가 좋아요."

스타 쉐프가 만들었다는 이유로 몇 끼 식사 값을 훌쩍 넘기는 손바닥만 한 케이크를 사자고 호텔까지 갈 필요가 없다는 뜻이었다. 나는 그런 프리미엄에 연연하지 않는다고.

"그건 좋아하는 게 아니잖아. 일할 때 편해서 선호하는 거지."

그의 지적에 잠시 생각하다 고개를 저었다.

"어차피 내겐 그 둘이 차이가 없어요."

지헌은 마치 내 반응을 예상했다는 듯 웃으며 고개를 끄덕였다.

"그럴 거 같았어. 뭘 사 와도 다 똑같다고 할 거 같았거든."

그리고 난 그가 걸음을 멈췄을 때부터 계속 같은 미소를 짓고 있다는 걸 알아차렸다. 지금 화가 나 있다는 것도.

"한정판 케이크이든 길거리에서 파는 과자든 상관없는 거지. 어차피 너한텐 의미 없으니까. 의미 없이 받아들이고 아무 때나 두고 갈 수 있게."

"……"

"나도, 내가 주는 것도."

"……"

"그러니 다른 여자가 나랑 결혼하겠다고 헛소리를 해도, 내 어머니가 너한테 불쾌한 소리를 지껄여도 화를 안 내지. 의미 없고 상관없으니까."

그럼 얼굴을 보자마자 조르르 달려가 고자질이라도 했어야 한다는 건가? 유치한 신파극이라도 찍자고? 집부터 내준 여자가 몇이냐고. 그래서 나도 처음부터 집으로 데려온 거냐고. 서로의 과거를 헤집다 상처만 낼 게 뻔한데. 그 짓을 내가. 그러다 문득 이곳에서 빨리 사라지고 싶었던 이유가 뭔지 깨달았다. 강지헌의 앞에서 내가 당신의 몇 번째냐고 묻는 거. 그 말만은 죽어도 하기 싫었다.

그는 굳어 있는 내 얼굴을 손등으로 쓸어내린 뒤 달콤한 목소리로 물었다.

"이래서야 내가 아랍의 그 개자식보다 나을 게 없는데, 치린아?"

"지금…… 그런 미친 변태랑 비교하는 거예요?"

제정신이냐는 듯 보자 그가 어깨를 으쓱했다.

"널 갖고 싶어 한 건 맞지. 차이가 있다면, 가진 건 나일 뿐."

"……진짜 어이없는 말인 거 알죠?"

뱀 같은 눈으로 내 몸을 훑으며 음흉한 눈을 빛내던 늙은 남자에 지헌을 빗대자 속이 뒤틀렸다.

"선택은 내가 했어요."

"그러라고 몰아붙였으니까."

허를 찔려 아무 말도 하지 못하는 나를 보며 지헌이 어딘가 위험한 미소를 지으며 말했다.

"가지고 싶었거든. 미치게. 그런데도 성에 안 차네."

지헌의 눈동자가 사납게 번득였다. 시선을 피하지 못한 채로 버틴 건 오기가 아닌 본능이었다. 이대로 고개를 돌리면 그가 정말로 사나운 뭔가로 변해 내 목을 물어뜯는 말도 안 되는 상상이 머릿속에 펼쳐졌다. 지헌의 손이 천천히 올라오며 부드럽게 목을 감쌌다. 표정을 읽을 수 없는 서늘한 눈동자가 이대로 목을 조른다 해도 이상하지 않을 것 같아서 나는 바싹 마른 입안을 힘겹게 눌렀다. 팽팽하게 당겨진 활시위를 보는 것처럼 눈도 깜박하지 못하는 긴장감이 이어졌다. 숨이 가빠 올 때쯤 지헌의 손끝이 쇄골 위를 지그시 눌렀다.

"그래도 목걸이는 할 줄 알았지."

나직하게 흘러나온 그 한마디에 목까지 차오른 숨이 탁 풀렸다. 못 견디게 답답하고 짜증이 솟구치던 모든 감정이 한순간에 사라졌다. 그걸 생각하고 있을 줄은 몰랐다. 메마른 입술이 힘겹게 떨어졌다.

"목걸이는……."

"알아. 넌 그 보석이 싫은 거지. 내 맘대로 박아 놨으니까."

아는 게 하나도 없다더니. 거짓말. 마음이 들썩거려 눈을 감고 숨을 몰아쉬었다. 그라프 가문의 인장이 새겨져 도무지 가격이 상상도 되지 않는 보석이 감은 눈 사이로 아른거렸다. 그런 걸 하나하나 신경 쓰는 나를 바꿀 수도, 알면서도 태연히 목에 걸고 다닐 자신도 없다.

불현듯 신음이 목 안에서 터져 나왔다. 조금 전 지헌이 복도로 올라서기 전, 현관 아래를 말없이 내려다보던 행동에서 그가 뭘 확인하려 했는지 깨달았기 때문이다. 헤르네의 슬립온. 그가 내게 건넨 그대로 하드케이스에 담겨 옷장 깊숙한 곳에 들어 있는 그 신발. 소리 없는 욱신거림이 가슴으로 번져 갔다. 내 얼굴을 조용히 바라보던 지헌이 입술을 비틀었다.

"틈만 보이면 도망갈 생각이었는데, 이렇게 딱 걸렸네. 어머니까지 만났으니까."

"……비꼬지 말아요. 먼저 숨긴 건 이사님이니까."

눈을 가늘게 빛낸 지헌이 피식 웃었다. 온기라고는 하나도 없는 서늘한 웃음이었다.

"맞아. 그런데 알고도 화 안 내니까, 우리 이 팀장님은."

"처음부터, 말했어야 했어요."

딱딱한 목소리가 절로 나갔다.

"했으면?"

돌아오는 목소리는 봄바람처럼 사근사근했다.

"진짜로 도망갔겠지. 아마 비행기라도 집어탔을걸."

"……맞아요. 그래도 했어야 해요."

"맞아. 하지만 난 절대 안 했을 거야. 지금 이 얼굴이, 내가 예상했던 딱 그대로거든."

지헌이 눈앞으로 얼굴을 기울이자 뺨을 찌를 것 같은 시선이 더 생생하게 느껴졌다. 그의 시선을 차가운 목소리로 떼어 냈다.

"그럼 내가 돌변해서 결혼하자고 매달리기라도 할 줄 알았어요?"

"그래 줄래?"

사근사근한 목소리가 위악처럼 들렸다. 나를 속여 놓고, 왜 너는 다른 여자처럼 굴지 않느냐고 몰아붙이는 남자가 미웠다. 나는 그가 부추기는 유치한 감정에 휘말리지 않기 위해 입술을 굳게 닫은 채 나를 바닥까지 떨어트리는 남자를 묵묵히 노려보았다. 지헌이 싱긋 웃었다.

"아, 역시 싫지? 이런 거 부담스러우니까, 우리 아가씨는."

나는 지헌의 손을 거칠게 떨쳐 냈다. 지헌이 내쳐진 자신의 손을 물끄러미 보았다. 그 순간의 공기는 삽시간에 싸늘하게 식어 내려 나조차도 수습할 수 없을 것 같았다.

"갈게요. 다음에 얘기해요."

"다음이 있기는 하고?"

미소를 거둔 얼굴이 서늘하게 나를 응시했다. 그 눈빛에 등줄기로 차가운 전율이 번졌다. 나는 서둘러 몸을 돌렸다.

"다니엘 루이즈 드 블루아."

얼음처럼 싸늘한 음성이 돌아서는 나를 그대로 관통했다. 자신의 이름을 선언하듯 말한 지헌이 덧붙였다.

"그게 내가 선택한 이름이야. 강지헌은 내가 버린 이름이고."

듣고 싶지 않다. 들으면 안 될 것 같았다. 그러나 발이 움직이지 않았다.

"내 외가는 세상이 제국이라고 부르는 LV패션그룹이고, 어머니는 빌 게이츠보다 많은 자산을 가지고 있지. 그리고 그건 내게 이어질 거라고, 다들 확신하지."

나는 천천히 몸을 돌렸다. 엄청난 사실을 가볍게 내뱉은 지헌이 목소리만큼이나 간단한 동작으로 수트 상의를 툭 던졌다.

"내 아버지는 부동산 그룹 승비원의 회장이야. 호텔에서 만났던 그분."

피식 웃은 지헌의 미소는 간담이 서늘할 정도로 으스스했다. 그러나 그 이전에 나를 사로잡은 건 넥타이를 길게 빼내는 그의 손이었다.

"지금…… 뭐 하는 거예요?"

지헌이 내게서 시선을 떼지 않은 채 셔츠 단추를 툭툭 풀어냈다.

"알려 주는 거야. 가기 전에, 제대로 알라고."

"그게 무슨……."

지헌은 셔츠를 단숨에 잡아 뺐다. 그의 맨 가슴을 보는 순간, 나는 말을 멈췄다. 피부 위로 넓게 퍼진 붉은 흔적이 내게서 모든 생각을 앗아 갔다.

"어제는 분명."

없었던 자국이다. 그러나 어둠이 짙게 깔려 있던 사무실을 떠올리자 확신이 흔들렸다. 나는 홀린 듯 그를 보았다.

"내가 아방궁을 차리고 놀았대도 상관없다고 했지."

눈앞이 멍한 것과 다르게 머릿속은 지헌의 말을 빠르게 받아들였다. 기실은 사고가 불가능한 컴퓨터처럼 그가 하는 말을 낱말 그대로 입력하고 있었다. 정지된 기계처럼 서 있는 나를 향해 지헌의 잔인할 정도로 부드러운 목소리가 강속구로 날아들었다.

"그럼 이건 어때? 여자를 안지도, 만지지도 못하고 닿기만 해도 이렇게 되는 몸이라면."

창밖으로 진홍빛 노을이 번져 나갔다. 그래서 창을 등지고 선 지헌의 온몸이 불에 타오르는 것처럼 붉었다. 나는 충격에 휩싸여 아무 말도 하지 못했다. 내게서 모든 말을 앗아 간 채로 지헌이 물었다.

"이제 진짜 도망가고 싶어졌어, 치린아?"

* * *

넓은 갤러리 안에 선 무원이 천천히 고개를 돌려 창밖을 내다봤다. 아무 감정도 드러나지 않은 얼굴이었으나, 그는 당장이라도 출입문을 열고 실내를 빠져나가고 싶을 만큼 갑갑했다.

"응, 저기 있구만. 무원아."

등 뒤로 그를 부르는 인자한 한 여사의 목소리를 들으며 그는 송 화백의 갤러리에서 살며시 몸을 돌렸다. 숨이 넘어갈 것 같은 목소리로 그를 불러낸 조모는 어느 때보다도 고운 한복을 입은 채 그를 향해 웃고 있었다. 그런 조모의 옆에서 송 화백의 손녀딸이라는 젊은 여성이 한 여사를 부축하듯 걸으며 대화를 이어 갔다. 천천히 다가선 무원이 고개를 숙이자 앞치마를 매고 있던 여성이 공손히 얼굴을 숙였다.

"둘이 초면이던가?"

한 여사가 넌지시 묻자 여자가 먼저 답했다.

"인사는 몇 번 나눴는데, 절 기억할지는 모르겠네요."

도예가라고 했던가. 무원은 쾌활하고 씩씩한 목소리를 들으며 턱 끝을 짧게 끄덕였다.

"기억합니다."

예의에 어긋나진 않지만 그렇다고 호의적이지도 않은 적당히 사무적인 태도. 그런 무원의 반응에도 여자는 웃고 있었다. 한 여사는 그런 둘 사이에 선 채로 손자와 여자를 곁눈질하며 흡족한 표정을 지었다. 애초에 송 화백을 거칠 일이 뭔가. 당사자의 마음이 중요하지. 그렇게 마음먹자 송 화백의 손녀가 이곳에서 도예 수업을 진행한다는 사실이 떠올랐다. 그때부터 물꼬를 튼 계획을 실행하는 건 한 여사에게 일도 아니었다. 개인 지도를 빌미로 자리를 만들고, 대화를 나누던 중에 넌지시 마음을 떠보는 것쯤이야. 그런데 생각지도 못하게 그녀의 반응이 좋았다. 마치 처음부터 무원을 마음에 담고 있던 사람처럼. 빙그레 웃은 한 여사가 어색하게 서 있는 젊은 남녀 사이로 말을 흘렸다.

"귀한 시간 내준 보답으로 저녁을 대접하고 싶은데, 우리 선생님 시간은 어떠신가?"

"말씀 편히 하세요, 여사님."

"이제는 스승인데 그럴 수야 있나. 송 화백도 함께하면 좋겠는데, 하필 자리를 비웠다니."

그때 갤러리 문이 열리고 송 화백이 들어섰다. 그녀는 옆에 선 누군가를 안내하듯 다정하게 팔을 뻗으며 웃고 있었다.

"어쩜 그렇게 한국어를 잘해요? 정말 깜짝 놀라…… 어머, 한 여사님?"

말을 멈춘 송 화백이 놀란 얼굴로 갤러리 한가운데에 서 있는 한 여사와 그녀의 손녀, 그리고 무원을 보았다. 이게 대체 무슨 상황인지 어리둥절한 표정이었다. 그런데 한 여사의 시선은 송 화백에게 있지 않았다. 그녀는 송 화백의 옆에 선 키가 크고 늘씬한 여자를 보며 눈을 부릅떴다. 갑자기 멈춰 선 걸음에 송 화백을 보고 있던 그녀가 느릿하게 얼굴을 돌렸다. 금발에 하얀 피부 보석을 박아 넣은 것처럼 반짝이는 푸른 눈은 중세를 살았던 유럽의 왕족만큼이나 우아하고 아름다웠다. 나른하기까지 한, 도도한 눈빛이 눈앞의 무원을 보는 순간 싸늘하게 식었다. 클로에였다.

송 화백의 갤러리 정원. 만개한 수국이 탐스러운 여름 과실처럼 뜰 곳곳을 아름답게 장식하고 있었다. 그런 아름다운 풍경에도 그늘 아래 운치 있게 놓인 테이블 위에는 불편한 기류가 흘렀다. 앉은 조합이 이상했기 때문이다. 한쪽에는 한 여사와 무원 그리고 맞은편엔 송 화백과 클로에가 있었다. 서로를 견제하듯 혹은 서로의 의중을 가늠하듯 침묵이 흐르는 가운데 클로에만이 이 분위기와는 전혀 상관없다는 듯 여유롭게 경치를 감상했다.

"꽃이 아름답군요."

클로에의 칭찬에 송 화백이 기쁜 듯 활짝 웃었다.

"올해 수국이 아주 풍성해요."

"수국은 우리 브랜드에도 아주 특별하답니다."

"맞아요. LV그룹 중에 수국이 시그니처인 브랜드가 있었죠."

클로에가 그렇다는 듯 살며시 미소 짓자 연한 입술이 아름답게 휘어졌다.

보는 이를 황홀하게 만드는 미모에 송 화백이 감탄을 쏟아 냈다.

"정말 꽃보다 더 아름다운 미모네요. 부사장님은 보석이 필요 없겠어요."

한 여사의 눈썹이 꿈틀거렸다. 한참이나 어린 외국인 여자에게 입안의 혀처럼 구는 송 화백이 못마땅했다. 그것도 헤르네라니. 괘씸한 며느리가 생각나 속으로 열불이 일었으나 승비원과 로라의 관계를 모르는 송 화백 앞에서 티를 낼 수도 없는 노릇이다. 애꿎은 찻잔만 움켜쥔 한 여사는 클로에를 곁눈질하며 입술을 실룩거렸다. 로라처럼 금발에 흰 피부 때문인지 어딘가 낯이 익었다. 그녀의 날카로운 시선이 다시 무원을 향했다. 내색 없이 잠자코 앉아 있는 손자는 평소와 다름없었다. 송 화백의 손녀가 쟁반을 들고 뒤뜰로 나왔다. 무원이 당연한 듯 일어나 쟁반을 받아 들자 한 여사가 흐뭇하게 미소 지었다. 고개를 돌린 채 아담한 정원의 정취를 느끼던 클로에의 눈빛이 차갑게 식었다.

무원이 쟁반 위에 든 잔을 하나씩 순서대로 내려놓았다. 송 화백과 한 여사 앞에 각각 커피와 찻잎이 담긴 잔을 내려놓은 그는 쟁반에 남아 있던 나머지 찻잔 하나를 클로에의 앞에 내려놓았다. 그리고 마지막으로 남은 커피잔을 제 앞에 가져갔다. 클로에가 주문한 바로 그 커피였다.

무원이 태연하게 클로에 몫의 커피와 그의 차를 바꿔치기하는 걸 알아차린 이는 없었다. 손님들에게 손수 주문을 받은 송 화백의 손녀 말고는. 클로에가 제 앞에 놓인 찻잔을 보며 미간을 살며시 구겼다. 그러나 그녀가 우아하게 무원의 실수를 지적하려고 했을 때는 이미 무원이 커피잔에 입을 댄 뒤였다.

나쁜 놈, 일부러.

'커피 좀 줄여. 그 작은 몸을 전부 카페인으로 채울 셈이야?'

잔소리 같은 목소리가 환청처럼 울리는 것 같았다. 찻잔에서 눈을 떼고 외면하듯 시선을 휙 돌리던 클로에의 얼굴이 순간 굳었다. 발끝으로 뭔가가 툭 닿았다.

"선생님도 함께하지 않고 왜?"

한 여사가 송 화백의 손녀를 챙기고 나서자 무원과 클로에 사이의 보이지 않는 무언가를 감지한 그녀가 조용히 물러섰다.

"아직 할 일이 남아서요. 그럼, 말씀 나누세요."

송 화백은 그런 손녀에게 어서 가 보라고 눈짓한 뒤 한 여사를 힐금 보았다. 노망난 늙은이가 남의 집 귀한 손녀를 어디에 갖다 붙일까. 차게 생각한 그녀가 속없는 얼굴로 활짝 웃었다.

"그런데 오늘은 어쩐 일로 걸음을 다 주시고, 이렇게 강 사장까지 함께. 놀랐어요, 한 여사님."

"손이 심심해서 도예나 배워 볼까 하고 나온 참이었는데, 손자가 마중을 왔지 뭡니까."

그러시냐는 듯 고개를 주억거린 송 화백이 무원을 보며 웃었다.

"오랜만이에요, 강 사장. 예쁜 따님도 잘 있죠?"

"네. 잘 지냅니다."

"엄청 컸겠네. 지금 몇 살이나 됐죠?"

"올해 열두 살입니다."

"어머나, 강 사장도 벌써 학부형이네요."

연우를 화제 삼아 이어 가는 대화를 가만히 듣던 한 여사가 찻잔을 소리 나게 내렸다.

"세월이 참 빠릅니다. 송 화백 처음 봤을 때가 엊그제 같은데 이렇게 넓은 갤러리에 저리 훌륭한 손녀까지. 다 가지셨어요."

"아직 멀었죠. 천방지축이 따로 없습니다."

"웬걸요, 대갓집 맏며느리도 거뜬히 할 만큼 손끝이 야무지던데요."

송 화백이 화들짝 놀라며 손을 내젓더니 클로에를 향해 다정하게 얼굴을 기울였다.

"시집이라니 아직 먼 얘기입니다. 그저, 여기 계신 모렐 부사장 반만 따라갔으면 하고 있답니다."

클로에는 긍정도 부정도 하지 않은 채로 턱 끝만 살짝 내렸다 올렸다. 이 대화에 구태여 장단을 맞출 뜻이 없다는 태도였다. 이번 기회에 LV그룹과 인맥을 쌓으려는 건 송 화백 쪽이었으니 클로에로선 당연했다. 애초에 이 테이블에 앉아 있을 필요도 없었다, 눈앞의 강무원만 아니었다면. 한 여사가 다시 떨떠름한 얼굴을 하자 송 화백이 무원에게로 화제를 돌렸다.

"강 사장도 빨리 털고 새 사람 만나야죠. 먼저 간 아내도 강 사장이 이렇게 혼자 지내는 거 보면 짠하고 미안할 거예요."

상처한 이후 재혼을 서두르지 않는 그를 두고 아내에 대한 사랑이 깊어서 그렇다는 낭설이 재계에 널리 퍼져 있었다. 당연히 한 여사에게는 심히 불편한 주제였다. 송 화백이 유들유들한 얼굴로 말했다.

"인연은 기다린다고 오지 않아요. 열심히 찾아 나서야지."

"네."

무원의 짧은 대답과 함께 한 여사가 불편한 듯 헛기침을 하며 클로에를 곁눈질했다. 저 여자만 없었어도 이 자리에서 확실하게 못을 박았을 텐데. 괜한 불청객에 말도 못 꺼내고 입술만 달싹이는 얼굴이 볼썽사납게 구겨졌다. 그래봤자 직원 주제에 오만하기가 하늘을 찌를 듯해서 더 못마땅했다. 저렇게 도도한 얼굴로 앉아만 있을 거면 일어서면 될 것을. 그러나 클로에는 허리를 꼿꼿하게 세우고 앉은 채로 자리를 뜨지 않았다. 다시 툭 발밑으로 전해지는 작은 파동에 입술을 꾹 누른 그녀가 마지못해 찻잔을 들었다.

그녀의 시선은 여전히 뜰의 경치에 머물러 있었다. 클로에가 찻잔을 모두 비울 때까지도 발끝에 닿은 낯선 감촉은 사라지지 않았다. 푸른 수국과 한 세트처럼 어울리는 파란 찻잔을 들고 있는 클로에의 뺨이 뜨거운 여름 햇살 아래 아주 살짝 붉어졌다.

13

너는, 나의 것이다

'처음이라.'

'무슨 말을 해도 놀라게 할 거 같아서.'

'여자 피부가 이렇게 연할 줄은 몰랐거든.'

울긋불긋한 흔적이 새겨진 몸을 보면서 순간 가볍게 지나쳤던 지헌이 남긴 말들이 연쇄적으로 떠올랐다. 예고도 없이 찾아온 폭풍에 휩쓸려 몸이 제멋대로 떠내려갔다. 상상도 되지 않는 배경과 어떻게 받아들여야 좋을지 모를 피부 반응 중 뭐가 더 나를 놀라게 했는지 우열을 가릴 생각조차 들지 않았다. 지헌이 나를 뚫어질 듯 보았다. 그가 기다리고 있다는 걸 안다. 그러나 어떤 말을 어디서부터 시작해야 할지 알 수가 없었다. 시공이 멈춘 것만 같은 순간, 흔들리는 눈동자와 까맣게 타오르는 눈동자가 극렬하게 부딪쳤다. 그러다 어느 순간 모든 빛이 사라지듯 뚝 끊겼다.

나를 향해 확고한 열원으로 빛나던 눈동자는 한순간에 감정을 지우고 서늘한 빛으로 변했다. 다시 원래의 정제된 표정과 세련된 태도를 가진 타인으로 돌아갔다. 마치 오늘 처음 보는 낯선 사람을 마주하는 기분이었다.

"대답은 안 들어도 알겠네."

지헌이 말했다.

"이제 가 봐. 들어가야 한다며."

차갑지도 따뜻하지도 않은 표정으로 지헌은 그렇게 말했다. 나는 갑작스러운 추방이 믿기지 않아 아연한 얼굴로 그를 보았다.

"나는……."

"괜찮아. 아무 말 안 해도 돼."

그래도 상관없다는 얼굴은 진심으로 보였다. 당황해서 갈피를 잡지 못하고 허둥대는 건 나였다.

"가, 이치린."

흥미를 잃은 나른한 눈동자가 가볍게 툭 내뱉었다. 선심이라도 쓰듯. 그 무정하기 짝이 없는 태도에 나는 충격받았다. 그래서 지헌으로부터 몸을 돌렸다. 무슨 정신으로 집을 나왔는지 기억나지 않았다. 내달리고 싶은 발에 힘을 주고 끝까지 침착함을 유지하는 것만이 내게 주어진 유일한 과제인 것처럼 굴었다. 문이 쿵 소리를 내며 닫혔다. 시야가 흐려져 그대로 눈을 감으며 흐느낌을 참았다. 쉽게 울 수 있게 된 내가 원망스러웠다. 심장이 서걱서걱 베이는 것처럼 고통스러웠다. 그의 세계로부터 추방당한 것이, 그 부당함이, 서러움이 원망으로 번졌다.

가라면 못 갈 줄 알고. 꾸역꾸역 차오르는 분노를 밀어내며 엘리베이터 버튼을 마구 눌렀다. 느릿느릿 움직이는 게 성에 안 차 비상계단을 찾았다. 그 순간 현관문이 철컥 열렸다. 숨소리마저 사라진 찰나의 순간 지헌과 나의 시선이 동시에 서로를 보았다. 나는 비상계단 문을 박차고 달려 나갔다. 그러나 두 번째 발을 안으로 딛는 순간 지헌에게 붙잡혔다. 발버둥 치는 나와 끌어당기는 지헌 사이로 맹렬한 몸싸움이 벌어졌다.

'놔. 싫어. 갈 거야.'

'안 돼.'

가열하게 부딪치며 그는 나를 안아 올리려, 나는 그를 밀어내려 안간힘을 썼다. 온 힘을 다해 그를 뿌리쳤지만, 양쪽 모두 필사적이라면 물리적 힘으로는 내가 한참이나 열세였다. 그게 나의 분노를 부채질했다. 그리고 내게는 그를 얼마든지 할퀼 수 있는 말이 있었다. 밉다. 미워 죽겠다. 적반하장이 누군데, 속인 게 누군데. 왜 나한테 화를 내? 왜 나더러 가래? 이게 즐거워? 내가 우스워? 나는 머리가 터져 나갈 거 같은데. 뭐가 그렇게 여유로워. 뭐가 그렇게 잘났어.

'나한테 어떻게…… 가라고 해.'

지헌이 있는 힘껏 나를 끌어안았다. 손 닿는 곳은 마구 때리고 밀어내면서도 매달린 한쪽 손만은 놓지 못하는 내가 서러웠다. 지헌이 나를 품에 안고 돌아와 문을 닫았다. 지헌과 문 사이에 갇힌 채로 서서 어떻게든 그를 피하려 고개를 돌렸다. 소용없는 일이었다. 그는 나와 눈을 맞추기 위해서라면 무슨 짓이든 할 기세였다. 팔을 부드럽게 잡은 지헌이 얼굴을 숙였다. 다정해서 아픈 눈동자가 나를 보았다.

"미안해."

거칠고 뜨거운 목소리가 뺨에 닿았다. 그가 속삭였다.

"가지 마. 응?"

금방이라도 섞여 들 것처럼 입술 위로 뜨거운 숨이 쏟아졌다. 고개를 틀고 침묵으로 외면하자 그의 얼굴이 곧장 따라왔다. 이겨서 항복을 받아 내려는 건지, 절박하게 매달리는 건지 도무지 알 수가 없었다. 그저 앞만 보고 달려가는 전차처럼 내게서 시선을 떼지 않은 채로 나를 강렬하게 바라보고 있을 뿐이다. 그 눈동자 안에는 그가 손쉽게 차단했던 나를 향한 숨길 수 없는 염원이 담겨 있었다. 이성이 아득하게 멀어지며 눈물이 훅 차올랐다. 그가 언젠가 말했던 마음의 빗장이 바닥 아래로 떨어져 나갔다. 눈빛 하나로 나를 손에 쥐고 흔드는 이 남자가 미웠다.

"그만 좀…… 아프게 해요. 심장이 떨어져 나갈 거 같아."

더는 참지 못하고 흐느낌이 터져 나왔다. 내 울음을 지헌의 입술이 삼켰다.

"고쳐 줄게."

그는 뜨겁게 안도하며 나를 끌어안고 뺨을 비볐다.

"치린아."

긴 한숨 끝에 내 이름을 속삭이듯 불렀다.

"이치린."

사람이 쉬는 숨도 중량을 잴 수 있는 거였나. 만약 그렇다면 당신이 토해 내는 이 묵직한 숨결의 무게가 왜 나를 이토록 울게 하는지 이해할 수도 있을 것 같았다. 자꾸만 내 눈을 사로잡았던 이유를, 모든 걸 다 가져 놓고도 때때로 텅 비고 위태로운 눈으로 나를 보던 당신을.

"나비야."

나를 부르는 뜨거움에 녹아내릴 것 같았다. 아주 짧은 순간에 수많은 것들이 나를 훑고 지나간 기분이었다. 처음부터 누군지 말하지 않은 것도, 갑자기 나타난 그의 어머니가 나를 싫어하는 것도, 치졸함과 유치함으로 바닥까지 끌어내려졌다가 그 모든 게 내가 눈앞의 이 남자를 너무 많이 좋아해서라는 것까지 전부 다 들킨 것 같아서 싫었다. 그럼에도 안심한 건, 그래, 당신의 과거에 안심했다. 늘 약자였던 내가 이제야 겨우 대등해질 수 있겠다고. 그런데 이건…… 너무 잔인하잖아.

"그냥 말해 주지."

나는 괜찮은데.

"아무 데도 안 갈 건데."

지키지 못한 약속이, 우리가 어긋나야 했던 과거의 시간이 안타까워 속절없는 울음이 성대를 비집고 새어 나왔다. 감정을 누르지 못해 떨리는 몸을 지헌이 꼭 끌어안았다.

"때가 되면, 때가 돼서."

지헌이 눈물을 따라 천천히 입을 맞췄다.

"모든 일이 그런 거니까."

지헌의 품에서 나는 아이처럼 울었다. 입술이 닿을 때마다 조각처럼 흩어져 있던 무수한 빛이 한데 모여 심장을 꿰뚫는 것처럼 따끔거리고 아팠다. 결국 산산조각 난 나를 붙잡고 달래고 잃었던 감정을 되찾아 준 것도 모두 당신인 거다.

"지금."

지헌이 단추를 풀었다. 나는 울어서 흐리게 번진 시야로 팔을 내렸다. 어깨 아래로 블라우스가 미끄러졌다. 잠깐 떨어졌던 입술이 다시 포개졌다. 거칠게 머금고 비틀고 헤집는 뜨거운 숨에 울음도 함께 넘어갔다. 바르르 떠는 등을 바짝 당겨 안은 지헌이 가슴 위로 더 깊이 얼굴을 묻었다. 그가 파고들 때마다 벽으로 고개를 꺾고 숨을 몰아쉬었지만 아무리 들이마셔도 충분치가 않았다. 다리 사이로 단단한 손이 들어왔다. 우리는 빛조차 뚫을 수 없는 하나의 그림자로 포개져 서로를 부둥켜안고서도 놓칠까 두려워 조바심을 내는 사람처럼 서로의 체온을 파고들었다.

내 예상이 맞았다. 지헌과의 사랑은 고삐도 없이 하늘을 달리는 불의 전차 같았다. 꺼지지도 지치지도 않고 숨이 멎을 때까지 달리는. 왜 당신과의 사랑은 이렇게 뜨거운지, 온몸을 다 태워 버릴 것처럼 열렬한지 모르겠다. 모르겠어서 지헌이 나를 채울 때마다 나는 흐느꼈다.

"더는…… 못 서 있겠어요."

다리가 툭 꺾이며 미끄러지는 나를 지헌이 붙잡았다.

"내 목에 팔 감아."

그가 시키는 대로 목을 꼭 끌어안자 무릎 아래로 팔을 밀어 넣은 지헌이 나를 단숨에 안아 올렸다. 몸이 허공으로 떠오르며 극렬한 쾌감이 전신을 강타했다.

"이건, 너무……!"

나는 비산하는 눈물방울과 함께 몸을 떨었다.

"흐윽, 이거."

머릿속이 전부 타 버릴 것처럼 새하얗게 변했다. 이거, 뭐야. 이상해. 망가질 것 같아. 세상이 끝나 버릴 것 같아.

"괜찮아."

상냥한 목소리가 내게 닿았다.

"나비야."

나를 삼키고 다독이듯 스치는 입술이 꼭 심장을 달래는 것처럼 움직였다. 누군가에게 온 힘을 다해 사랑을 받는 건 이런 기분이구나. 몸이 아닌 마음으로 나를 안고 있는 남자를 보며 어느샌가 나는 흐느끼고 있었다. 심장이 조각이라도 나려는 건지, 몸이 마음을 견뎌 내지 못할 것 같았다.

"흑, 그만, 더는."

지헌에게 매달려 나는 아이처럼 애원했다.

"다시는 가지 마."

소리가 뭉개지고 윤습해진 몸으로 격정에 떠는 나를 지헌은 강렬한 눈빛으로 보았다. 그 눈동자에 수많은 감정이 묻어나는 것 같아 나는 그에게서 눈을 떼지 못했다.

"내 옆에만 있어."

우리는 그대로 숨을 멈추고 서로를 안은 채 몸을 떨었다. 떨리는 손을 들고 내 몸에 얼굴을 묻은 지헌의 뺨을 붙잡고 고개를 끄덕였다. 우리가 만들어 낸 이 공간의 모든 것들이 완전히 소멸할 때까지 우리 시간은 뜨겁고 느릿하게 흘렀다.

* * *

"앞으로 LV그룹 패션관을 L백화점에서만 단독으로 운영하게 될 거라는 소문이 사실인가요?"

"세이지 미야케를 막 인수했는데, 앞으로 어떤 방향으로 진행하실 예정입니까? 한국 디자이너를 총괄 디렉터로 선임한 이유가 특별히 있습니까?"

"블루아 회장님! 이쪽도 한 번만 봐주세요!"

명품관을 둘러보고 나오는 로라를 향해 기다리고 있던 기자들이 카메라와 마이크를 들고 달려들었다. 그러나 넓게 포진해 있던 경호원들에 의해 로라와 수행원들 사이로 한 발도 더 다가서지 못했다. 경호원들이 방어막처럼 둘러싸고 기자들을 차단하자 L그룹 회장이 손수 롤스로이스 뒷좌석 문을 열었다.

"그럼, 다시 뵙겠습니다. 회장님."

우아하게 고개를 숙인 로라가 차에 올라타자 앞뒤로 세워져 있던 경호 차량에 수행원과 경호원들이 우르르 올라탔다. 차분하게 기다리고 있는 로라 옆에서 나지막한 목소리가 흘렀다.

"겉치레를 좋아하시네요, 여전히."

"보여 주는 거란다. 내가 얼마나 대단한 사람인지."

"열등감이에요, 그거."

차갑게 평한 목소리를 향해 로라가 고개를 돌렸다.

"화났구나, 아들."

차가 부드럽게 도로를 달리기 시작하자 로라는 맞은편 대각선에 앉은 아들의 얼굴을 조용히 살폈다. 밤을 밝히는 네온사인이 창가에 앉은 지헌의 얼굴을 비췄다. 아들을 바라보는 로라의 얼굴로 여러 가지 감정이 스쳐 지나갔다. 큰아들 무원을 볼 때와는 또 다른 죄책감이 그녀의 마음을 무겁게 눌렀다. 똑같이 피와 살을 내주고 자신의 배로 낳았으나 무원과 달리 사랑을 주지 못했다. 이혼을 결심한 그 순간 이미 배 속에 자리 잡고 있던 아이여서 그런지도 모른다. 마치 그걸 알기라도 하듯 태 속에 있을 때부터 정을 받지 못한 아이는 자라는 내내 차가운 금속을 만지는 것처럼 모든 게 서늘했다.

젊은 날의 실수를 조용히 덮어 줄 테니 돌아올 것을 종용하는 가문과 무원만은 절대 내줄 수 없다고 버티고 선 시모와의 지리멸렬한 싸움. 어쩌면 지헌은 태어난 순간부터 불행한 운명을 타고난 아이였는지 모른다. 모두가 장손 하나에만 매달려 있던 사이, 홀로 자라다시피 한 아이. 로라는 지헌의 피부 발진이 처음 발병하던 날을 떠올렸다. 자신의 손이 닿자마자 후드득 올라오던 붉디붉은 반점들이.

'불쾌한 촉각 자극이나 외부 자극을 위협으로 인식하는 겁니다.'

'아이를 마지막으로 안아 주신 게 언젭니까?'

'아이와 마지막으로 나눈 대화가 뭐였는지는, 기억하십니까?'

차분하게 제 할 일을 하듯 아무 감정 없이 묻는 의사의 말 한마디 한마디가 그녀를 세게 내리쳤다. 그 끔찍했던 날의 기억을 로라는 결코 잊을 수 없었다. 창문으로 들어온 불빛이 붉은 자국이 옅게 남은 지헌의 손등을 비추자 로라는 눈을 깊게 감았다가 떴다.

"이제, 그만, 돌아가자. 집으로."

"가세요."

"너랑 함께 가려고 온 거야."

로라가 부드럽고 온화한 목소리로 아들을 보며 답했다.

"어머니."

지헌이 차분한 목소리로 로라를 부르자 그녀가 말을 멈추고 고요한 시선으로 아들을 보았다.

"그래."

그녀는 아들을 보며 미소 지었다. 언제나처럼.

"그냥 계세요, 아무것도 하지 마시고."

"서운하구나."

"그건 어머니 사정이니까요."

목소리는 부드러웠으나 내용은 퍽 냉담했다. 그럼에도 로라는 계속해서 온화했고, 지헌은 여전히 서늘했다.

"아랍의 중요한 왕족과 척을 졌다고 들었다. 널 그렇게까지 무리하게 만드는 아이를 꼭 옆에 둬야겠니?"

"어머니도 그 변태를 꽤 싫어하셨던 걸로 아는데요."

아들의 무심한 대답에 로라가 새침한 표정을 지었다.

"……사업에 지장을 줬잖니."

"제가 책임지길 원하세요?"

"네가 이렇게 날카롭게 구니까 나나 클로에가 더 걱정하는 거야. 너답지 않아."

이치린을 보는 순간 로라는 평소의 대니가 아니라며 흥분하던 클로에의 염려가 무엇인지 알 수 있었다. 화려하지도 딱히 매력적이지도 않은 수수한 겉모습에 고분고분한 태도로 차를 내올 때만 해도 명은과 비슷할지도 모른다고 생각했다. 열심히 눈치를 살피며 입안의 혀처럼 굴던 발칙하고 간사한 여자애. 그런데 아니다. 얌전히 내리뜨고 있던 시선을 들고 자신을 똑바로 보던 눈동자에 할 말이 생각나지 않아 오래도록 보기만 했다. 할 말을 잃고 허둥댄 건 꽤 오랜만이다. 뭔가를 더 하진 않겠다는 의지로 가득 찬 얼굴이 그렇게 말했던가. 아들이 손으로 만든 실크를 팔에 감고서. 그 여자아이는 아마 그게 무슨 의미인지 모르는 게 분명했다. 로라가 눈을 가늘게 뜨고 지헌을 보았다.

"대체 무슨 생각이니? 그 애와 여기서 결혼이라도 하겠다는 거니?"

"장소가 중요하진 않죠."

"왜 하필…… 왜 또 한국인이야."

그녀의 목소리에 숨길 수 없는 애증이 묻어났다.

"저도 반은 한국인입니다."

"내가 가장 후회하는 일이란다."

침착하게 가라앉은 목소리가 처참하게 실패한 자신의 전철을 그대로 답습하려는 아들을 조용히 질책했다.

"나는 네가 클로에와 함께했으면 좋겠어. 어릴 때부터 같이 자랐잖니, 널

다 이해하고.”

“만지지도 못하는 여자와 결혼이라도 하라는 겁니까?”

“노력도 안 해봤잖니, 천천히 여러 가지 방법을 찾으면…….”

“천천히라.”

지헌이 싱긋 웃었다.

“모렐 가문의 지분을 모두 확보한 뒤에 말입니까?”

로라가 눈을 부릅떴다.

“부끄러운 줄 아세요, 블루아 회장님.”

“너, 정말 엄마를……! 나를 고작 그런 사람으로, 겨우 지분 때문에 내가……?”

그녀가 굳은 얼굴로 지헌을 노려보았다.

“난 그렇게 형편없지 않아. 너희 둘 다 나한테 소중한 자식들이야.”

지헌이 서늘하게 웃었다.

“그럼, 어설픈 중매자 역할은 포기하시죠. 어머니의 소중한 딸이 사랑하는 사람과 맺어지길 바란다면.”

“……그게 무슨 말이니? 클로에한테 다른 사람이 있어?”

“몰랐다고 마세요. 그거야말로 정말 비겁하니까.”

로라의 얼굴이 바람 앞의 등불처럼 흔들렸다. 그런 어머니를 바라보는 지헌의 표정은 무심하고 건조했다. 로라는 제게 거침없이 칼을 휘두르는 아들의 무정함에 당혹감을 감출 새도 없었다. 평소라면 이런 언쟁을 할 일도 없었다. 그녀는 아들이 하는 건 뭐든 참견하지 않았고, 그럼에도 지헌은 한 번도 그녀의 뜻을 거스른 적이 없었으니까. 그러나 지금은 아니다. 지헌이 계속 한국에 머문다면 승비원에서 가만있을 리가 없다. 그 사실을 깨닫는 순간, 로라의 입에서 충동적인 목소리가 튀어나왔다.

“그 애, 무원이와 함께 호텔로 들어가는 걸 봤다.”

로라가 지헌의 표정을 살폈으나, 느긋하게 등을 기대며 이쪽을 보는 지헌의 태도는 그래서 뭐가 어쨌다는 거냐며 되묻는 듯한 눈빛이었다. 그렇게까지 믿는다는 건가, 아니면 부모 앞에서 부리는 찰나의 허세인가. 중요한 건 적어도 제 앞에서는 아들이 이 정도로 흔들리지 않는다는 거였다. 얼굴을 찡그리던 로라는 마침내 체념하듯 한숨을 내쉬었다.

"오해라고 변명하던데, 그런 오해를 사는 아이가 또다시 네 옆에 있는 게 싫다."

"그 얘길 하셨어요, 애한테?"

뜻하지 않던 동요는 그때 터져 나왔다. 지헌의 눈빛이 싸늘하게 변하며 로라에게 날을 세웠다.

"나를 비난하는 거니? 내가 어떤 생각을 했을지는 걱정이 안 돼? 여자애 하나를 두고 엄마와 이렇게까지 반목해야겠니?"

어머니의 떨리는 목소리를 동요 없이 듣던 지헌이 피식 웃었다.

"갑자기 이 말이 생각나네요. 엄마 말이라면 꼼짝 못 하는 아버지가 끔찍하게 싫었다던."

어느새 무표정으로 돌아온 지헌이 창가에서 눈을 떼고 로라를 보았다.

"저도 그런 남자가 될까요?"

로라는 연이은 충격에 입만 벙긋하게 벌린 채 아무 말도 하지 못했다. 제 아버지의 얘기를 이런 식으로 꺼내는 아들에게 그녀는 배신감마저 느꼈다. 그러나 지헌은 그런 어머니에게 눈길조차 주지 않은 채 유리창을 가볍게 두드렸다. 운전기사가 재빨리 비상등을 켜며 신호하자 앞뒤로 바짝 붙어서 주행하던 경호 차량이 일제히 비상등을 켜고 서행하기 시작했다. 차가 멈춰 서고 도어 록이 해제되는 순간, 지헌이 손잡이를 잡은 채로 어머니를 보았다.

"건드리지 마세요. 경고했습니다."

유유히 차를 빠져나가는 아들의 뒷모습을 고요하게 바라보던 로라가 어느 순간 거친 숨을 토해 내며 뒤늦게 파르르 떨었다. 거침없이 앞을 향해 걷던 지헌의 모습은 이제 보이지 않았다. 폭우가 쏟아지기 시작했다.

* * *

"잠깐, 저 앞에서 세우죠."

막 출발하는 차의 뒷좌석에 앉아 있던 무원이 지시하자 기사가 재빨리 브레이크를 밟으며 차선을 변경했다. 가까이 다가서자 굵은 빗줄기 사이로 우산 하나에 의지해 서 있는 금빛 머리카락이 보였다. 그가 잘못 본 게 아니라는 뜻이었다. 갤러리를 가장 먼저 나선 게 클로에 일행이었다. 무원이 할머니를 그녀의 차까지 배웅하고 돌아온 시간까지 계산하면 아직까지 이 거리를 빠져나가지 못했다는 건 무슨 문제가 생겼다는 걸 의미했다. 조수석에 있던 최 실장도 클로에 일행을 봤는지 창문을 내렸다. 차 안으로 거세게 쏟아지는 빗줄기가 후드득 떨어져 내렸다.

"무슨 일 있으십니까?"

클랙슨 소리에 무원의 차를 알아본 수행원이 고개를 숙이며 외쳤다.

"갑자기 접촉 사고가 나는 바람에⋯⋯."

차 밖으로 얼굴을 쑥 빼고 있던 최 실장이 갑자기 열리는 뒷좌석 문을 보며 눈을 휘둥그레 떴다.

"⋯⋯대표님?"

벗어 둔 재킷을 들고 거침없이 내려선 무원이 곧장 클로에에게 덮어씌운 뒤 그녀를 감싸 안았다.

"뭐, 뭐 하는⋯⋯!"

"조용히 가자. 여기서 더 생쥐 꼴 되고 싶은 거 아니면."

반항하듯 주춤거리는 클로에를 거의 번쩍 들다시피 한 무원이 그녀를 빛의 속도로 차에 태웠다. 헤르네 부사장을 품에 꼭 싸안고 있는 대표와 차 밖의 수행원들을 번갈아 보던 최 실장이 겨우 입을 뗐다.

"저, 그럼 남은 사람들은 어떻게⋯⋯?"

"최 실장이 도와주죠."

"제, 제가요……?"

잠시 후. 우산 하나와 함께 폭우 속에 남겨진 최 실장을 두고 무원의 차가 부드럽게 출발했다.

"내가 할……."

"그냥 있어. 더 방해돼."

차갑게 얼어붙은 손으로 덜덜 떠는 클로에의 손을 밀어낸 무원이 재빨리 그녀의 겉옷을 벗겼다. 얇은 블라우스 위로 검은 속옷이 선명하게 드러났으나 무원은 무뚝뚝한 얼굴로 그의 재킷을 덮고 그 위로 담요를 단단히 둘렀다.

"대체 얼마나 서 있었던 거야?"

말없이 고개만 젓는 클로에의 입술이 파랗게 질려 있었다. 쉴 새 없이 움직이는 와이퍼도 소용없을 만큼 퍼붓는 장대비였다. 이런 빗속에 애를 세워 두다니. 무원이 짧게 욕을 퍼부으며 온열 버튼을 누른 뒤 기사를 향해 고개를 들었다.

"가장 가까운 드라이브 인 매장으로 가죠. 뜨거운 음료를 파는 곳이면 어디든 상관없습니다."

그의 무거운 표정에 기사가 고개를 끄덕이며 핸들을 돌렸다.

"……괜찮다니까."

겨우 떨림이 멈춘 클로에가 작게 속삭였으나 무원의 날 선 표정을 보고 곧장 입을 다물었다. 젖은 머리에서 물이 뚝뚝 떨어지는 클로에를 말없이 노려보던 무원이 그녀를 번쩍 안아 들고 품에 가뒀다. 그는 클로에가 반항하기도 전에 작은 머리통을 그의 가슴 안으로 꾹 누른 뒤 그녀의 몸을 그의 몸으로 푹 싸안았다.

"……왜 이래."

"얌전히 있어. 착하게 굴면 커피 사 줄게."

"내가 애야?"

"네 꼴을 봐. 애보다 더해."

고개를 홱 치켜드는 클로에의 머리를 무원이 다시 제 가슴 위로 꾹 눌렀다. 어느새 그의 셔츠까지 빗물이 번진 걸 알아차린 클로에가 고개를 들었다.

"오빠까지 다 젖잖아."

"그래, 그러니까 감기 걸리면 다 네 책임이야."

한 번을 살갑게 말하는 법이 없는 무원의 무뚝뚝한 음성을 들으며 클로에는 입가를 실룩거렸다. 그런데 기분이 이상했다. 아이를 어르듯 젖은 등을 규칙적으로 쓸어내리는 커다란 손을 통해 전해지는 습습한 온기에 자꾸만 뺨이 달아올랐다. 아니다. 젖은 천을 타고 넘어오는 심장 고동 때문이다. 그러자 툭 하는 짧은 파동도 떠올라 버렸다. 갤러리의 뒤뜰에 앉아 제멋대로 바꿔치기한 찻잔을 시위하듯 노려보는 그녀의 구두 앞코를 툭 하고 밀던 낯설고 짜릿했던 촉감이. 두근. 심장이 튀어나올 것처럼 펄떡거렸다.

"더워?"

무원이 살며시 고개를 내리며 묻자 이마로 그의 숨결이 아른거리듯 흩어졌다. 클로에의 심장이 또다시 세차게 뛰어올랐다. 그녀가 붉게 물든 뺨으로 아무 말도 못 하자 무원의 얼굴이 걱정으로 일그러졌다.

"열 오르는 거 아냐?"

등을 오가던 커다란 손이 이마와 뺨을 어루만지자 클로에는 딱 죽고만 싶었다. 그게 벌써 언제 적인데 왜 이제 와 이 남자 앞에서 첫사랑을 못 잊은 바보처럼 심장이 덜컹거리는지 모를 일이다. 제발 정신 좀 차리라구, 클로에 모렐! 그러나 그녀가 절망스럽게 고개를 흔들수록 무원과의 감촉이 더 생생하게만 느껴졌다.

* * *

어둑한 실내로 들어선 지헌은 곧장 침실로 향했다. 치린이 막 잠이 드는 모습을 보고 나왔으니 아직 자고 있으리라. 그러나 그를 반기는 건 반듯하게 정리된 텅 빈 침대뿐이었다.

"아무 데도 가지 말랬더니."

웅얼거리는 입술로 몇 번이나 다짐하게 했는데 그의 아가씨는 그새 감쪽같이 사라졌다. 이래 놓고 맨날 믿으라지. 치린의 부재를 깨닫는 순간, 못마땅함과 짜증이 제멋대로 기승을 부려 그의 심기를 어지럽게 했다. 몸을 돌린 지헌이 막 전화기를 꺼내 들 때였다. 어둠이 내려앉은 거실 창으로 새어 들어온 은은한 빛이 소파에 있는 작은 인영을 비추고 있었다. 치린이었다. 전등도 켜지 않은 채 아이처럼 동그랗게 몸을 말고 잠이 든 치린은 집에 가서 샤워라도 하고 왔는지 아까보다 훨씬 더 편한 옷차림이었다.

지헌은 그 앞에 앉아 고요하게 잠든 순한 얼굴을 가만히 보았다. 그러다 그의 눈에 그게 보였다. 어둠 속에서도 광채를 잃지 않고 얇은 빛을 뿜어내는 작은 보석이. 가늘고 우아한 목선을 감고 있는 목걸이를 확인하는 순간 지헌의 입술이 깊은 호를 그리며 올라갔다. 방금까지도 사납게 치솟던 짜증은 순식간에 흔적도 없이 사라졌다.

'아, 너는 왜 이리도 사랑스러울까.'

여자의 숨이 이토록 달콤할 거라곤 한 번도 상상해 본 적 없었다. 다친 발로 파닥거리는 그녀를 등에 업는 순간 목덜미에 닿는 미약한 숨이 아찔해 손을 놓칠 뻔한 그날, 그 이전까지는. 그날로부터 잠식당한 감각이 마침내 되찾은 제 주인을 향해 본능적으로 손을 뻗었다. 아직 젖어 있는 머리카락을 가만히 쓸어 넘기며, 지헌은 적어도 하나는 어머니와 클로에가 맞았음을 인정했다. 치린에 관한 일이라면 평소의 냉정함도, 이성적인 판단도 모두 무용하게 되어 버린다는 것을.

'이런 존재를 두고, 돌아가라고? 착각하셨어요, 어머니.'

만족감에 젖어 나른하게 휘어지던 눈동자가 치린의 품 안 깊숙이 자리를 잡고 잠든 미미와 새끼 고양이들을 보았다. 흠, 하고 한쪽 눈썹을 치켜올린 그가 치린을 단숨에 안아 들었다. 잠을 방해받은 미미가 꼬리를 탁탁 튕기며 불만을 표시했으나, 그는 아랑곳하지 않고 거실을 가로질렀다. 그는 뒤따르는 새끼 고양이 앞에서 매정하고 가차 없이 침실 문을 닫았다. 치린은 그 짧은 소동에도 깨지 않고 아이처럼 지헌의 품을 파고들었다. 가슴에 기대 오는 작은 머리가 못 견디게 어여뻐서 지헌은 치린을 안은 채로 얼굴을 묻고 나른한 숨을 들이마셨다. 손끝으로 타고 올라오는 온기에 하루 동안 날을 세웠던 모든 신경 세포가 가라앉는 기분이었다. 그러자 다시 깊은 만족감이 터져 나왔다.

'누구에게도 방해받지 않을 거다. 너와 나 자신에게조차도. 너는, 나의 것이다.'

사락거리는 시트 소리에 눈을 뜨자 침대 위였다. 막 샤워를 했는지 지헌이 가운 차림으로 욕실을 나오고 있었다.

"깼어?"

밖은 아직 깜깜했고 시간은 자정을 넘어 있었다. 부스스 몸을 일으키고 앉아 좀처럼 선명해지지 않는 초점에 눈을 깜박거렸다. 바로 앞으로 상쾌하고 청량한 공기가 느껴지더니 지헌이 마주 앉아 흐트러진 머리를 넘겨 주었다.

"잠 깨는 게 쥐약이구나, 우리 아가씨는."

그는 가만가만 다정하게 어루만지며 차가운 생수병을 입에 대 주었다. 물을 반쯤 비우고 났을 때 차츰 또렷해진 시야에 지헌의 맨가슴이 보였다. 손을 뻗어 만졌다는 사실을 깨달은 건 그가 눈에 띄게 움찔했기 때문이다.

"아파요?"

살갗 위로 올라온 꽃망울 같은 흔적 위에서 손을 멈추자 그가 짧게 고개를 저었다.

"알려지라던 게 이거였구나."

이제는 거의 다 사라져 흔적만 옅게 남은 붉은 자국을 가만히 쓸어 보았다.

"열꽃 같아요."

"징그럽진 않고?"

그의 말에 어설프게 대고 있던 손바닥을 꾹 눌렀다. 단단한 근육 위로 건강하게 뛰는 심장 고동이 손을 타고 올라왔다. 아, 이런 느낌이었구나. 그래서 그날 밤 당신이 그랬구나. 속으로 생각하며 미소 지었다. 지헌이 말했다.

"일종의 촉각 방어야. 인간하고 닿는 건 다 싫어. 그중 이성의 경우는 거부 반응이 심해서 증상이 발현하기도 해."

그의 차분한 설명을 듣고 난 뒤 눈을 들었다.

"……나는 이성 아니에요?"

"응. 아냐."

그가 머리를 가만히 쓸어내렸다.

"넌 내 나비니까."

이럴 줄 알았다. 이런 낯간지러운 말이나 해댈 줄 알았다. 순식간에 잠이 싹 달아났다. 질색하는 나를 보며 지헌은 즐거워했다. 그런 뒤 진지한 눈으로 나를 보았다.

"평생 안 나을지도 몰라. 괜찮겠어?"

"아니라고 하면 달라져요?"

"아니."

태연하게 말한 그가 싱긋 웃었다. 눈꼬리가 접히도록 예쁘게. 나는 피식 웃었다. 그러다 잊고 있던 게 생각나 가방을 찾았다. 지헌이 곧바로 거실로 나가 가져왔다. 그 안에서 새지 않도록 꼼꼼하게 랩핑해 둔 케이스를 꺼냈다. 갈색 병을 본 지헌이 호기심을 드러냈다.

"내 사무실에도 하나 두고 갔어? 그날 나한테 발라 준 오일."

"맞아요. 내가 배합한 에센셜 오일인데. 혹시…… 그래서 더 심해진 건 아니죠?"

놀라서 묻자 지헌이 갑자기 고개를 기울이며 뺨에 입을 맞추었다.

"그래서 가라앉은 거 같아."

"……정말?"

그는 안심하는 나를 보며 오일 병을 열어 향을 맡았다. 나는 그날 그에게 썼던 에센셜 오일의 성분을 가르쳐 주었다.

"만약 효과가 있었다면 프랑킨센스랑 미르 때문일 거예요. 피부 진정에도 쓰이거든요."

"굉장히 익숙한 향기라고, 내가 말했나?"

그가 신기한 듯 재차 향기를 맡은 뒤 나를 보았다.

"처음 만났을 때, 향수 뭐 쓰냐고 물었던 거 기억나? 그때랑 비슷해. 굉장히 독특한데 어딘가 익숙하고, 그런데 뭔지는 모르겠고."

궁금해하는 지헌의 손목을 잡고 병을 비스듬하게 기울여 천천히 오일을 떨어트렸다.

"글쎄, 보통 향수에 쓰이진 않지만 직접 만든 거라 독특하게 여겨졌을 수도 있겠네요."

"조향이 취미야? 이 정도면 거의 전문가 아닌가?"

마사지하듯 부드럽게 문지르는 나를 보며 지헌이 신기한 듯 보았다. 나는 가볍게 웃었다.

"그냥, 나중에 기운 떨어져서 일 그만두면 소소하게 공방이나 차려서 먹고 살아야겠다 싶은 정도?"

이번에는 오일 병을 기울여 그의 목과 어깨 위에 한 방울씩 떨어트리며 넓게 펴 발랐다. 움푹 들어간 사각근을 지나 길게 뻗은 복장뼈 양옆으로 단단한 가슴 위를 짚자 지헌의 호흡이 조금 거칠어졌다.

"왜 이집카에 오지 않았어?"

그가 파리에 있는 세계 유일의 향료 전문기관을 말했을 때 나는 병을 기울이는 타이밍을 놓치는 바람에 오일을 조금 흘리고 말았다.

"멀잖아요. 입학 조건도 까다롭고."

"만약 왔으면 우린 더 빨리 만났을까?"

뜻밖의 물음에 나는 지헌을 가만히 보았다.

"더 엇갈렸을 수도 있죠."

"그런가."

지헌이 피식 웃더니 고개를 선선히 끄덕였다. 커다란 덩치의 그가 이렇게 순한 모습을 보일 때마다 참기 힘든 사랑스러움이 모락모락 피어올랐다. 말없이 그를 보다가 오일 뚜껑을 닫으며 조심스럽게 물었다.

"민간 자격 정도는 있는데 괜찮다면 내가 만든 거 몇 개 테스트해 볼래요?"

보통 남자들은 이런 제품을 거부하거나 아로마테라피에 관심 없는 부류가 대다수다. 지헌 역시 이렇다 할 반응 없이 나를 빤히 보기만 했다.

"스테로이드 너무 쓰면 안 좋아서 그래요. 싫어요?"

"참는 거야."

"뭘요?"

"신사인 척하려고."

처음엔 무슨 말인지 이해하지 못했다. 지헌이 턱을 조금 든 채로 나른한 눈을 내리떴을 때 아래로부터 단단해진 그의 몸을 보고 나서야 알아차렸다. 눈만 크게 뜬 채로 아무 말도 하지 않자 지헌이 고개를 기울이며 물었다.

"징그러워?"

머뭇거림은 짧았다. 나는 그를 향해 미소 지었다.

"……!"

입술을 내린 건 순전히 충동이었다. 강지헌을 기쁘게 해 주고 싶다는 근원적인 소망. 혹은 타인과 나눌 수 있는 가장 친밀하고 가까운 이 접촉이 당신에게는 방어를 발동시켜야 할 만큼 위협이 된다는 슬픈 현실에 대한 위로. 뭐든 좋았다. 나를 가지고도 가진 것 같지 않다고 말하던 남자를 안심시킬 수 있는 거라면 뭐든. 나는 그를 평생토록 괴롭혀 온 붉은 궤적을 따라 서늘한 숨으로 그를 머금었다. 천천히 더듬듯 내려간 입술이 심장 위에서 멈추자 지헌이 침대를 짚은 손을 꾹 내리눌렀다. 그는 꽤 잘 참았다. 팽팽하게 당겨진 복부 위로 머리카락이 쏟아지듯 흘러내렸을 때 한 번의 고비가 찾아왔지만 유혹의 순간을 가까스로 견뎌 낸 지헌은 천천히 머리를 붙잡아 묶듯이 손안에 넣고 감아 쥐었다. 그의 손에서 머리가 바스라질 것처럼 뭉개질 즈음 나 역시 숨을 헐떡이고 있었다. 고개를 들자 열기로 달아오른 뺨이 느껴졌다. 숨을 고를 여유도 없이 나를 집어삼킬 듯 뜨겁게 바라보는 연인을 향해 속삭였다.

"마스킹, 했어요. 향으로 향을 덮는 거. 당신 내 거라고."

지헌은 그대로 나를 쓰러트렸다. 붙잡힌 다리가 단숨에 내려가고 지헌이 나를 격렬하게 파고들었다. 다정하게 입술을 맞대며 끝까지 밀어붙였다가 다시 약간의 틈을 두고 빠져나가길 반복했다. 몸 안 깊은 곳이 수축하듯 조여 왔다. 그럴수록 지헌은 거칠게 밀어붙였고 나는 하염없이 흔들리는 몸으로 나른한 눈을 감았다.

"눈 떠."

도망가려는 몸을 단단히 움켜쥔 그가 바로 위에서 속삭였다. 파르르 떨리는 눈을 힘겹게 들자 선명할 정도로 까만 동공이 뜨겁고 집요하게 좇았다. 나를 안고 있는 게 누군지 각인시키듯.

"나한테서 눈 떼지 마."

"……아!"

"계속 그렇게 나만 보고 있어, 나비야."

우리는 그대로 언어를 잃은 사람들이 되었다.

*　*　*

무원은 품에 안은 클로에를 내려놓은 뒤 이불을 목까지 꼭 덮었다. 젖어서 말라붙은 옷가지를 떼어 내고 따뜻한 수건으로 몸을 닦아 주고 싶었다. 그러나 그건 그의 역할이 아니다. 그는 망설임 없이 물러섰다. 그러면서도 미진함이 남아 창백한 뺨을 한번 쓸어 보고 이마 위에 손을 얹어 본 뒤에야 팔을 거뒀다. 그의 뒤에 멀찍이 떨어진 채 서 있던 최 실장은 차마 끼어들 수 없는 묘

116

한 분위기를 감지한 듯 무원의 태도를 조심스럽게 살폈다. 폭우 속에서 발견한 모렐 부사장을 그의 차에 태웠을 때까지만 해도 별다른 이의가 없었다. LV 그룹 쪽 임원이니 신경 써서 대하는 게 맞다. 그것과 별개로 어릴 적 한때 오빠 동생 하던 사이라는 개인적 친분까지 더하자면 당연한 대응이었다. 그런데 잠든 모렐 양을 손수 품에 안고 들어와 소중한 보물이라도 되는 것처럼 내려놓는 모습을 보니 제가 잘못 짚었나 싶은 깨달음이 번득 들었다.

"지켜보다가 열이 오르면 곧장 병원에 연락하세요."

클로에의 수행원을 향해 짤막하게 지시한 무원이 몸을 돌렸다. 최 실장은 이제 고민에 빠졌다. 이걸 여사님께 보고를 드려야 하나. 그가 고개를 갸웃하며 무원을 따라나서는데 무원이 응접실에서 걸음을 멈췄다. 왜 그러나 싶어서 봤더니 로라 블루아 회장이 무원의 앞에 서 있었다. 이건 또 언제 보고를 드려야 하나. 산 넘어 산이라는 말을 통감하며 최 실장이 고개를 숙였다.

"……클로에였니?"

한참을 올려다봐야 겨우 눈이 마주치는 커다란 아들을 향해 로라가 창백한 얼굴로 물었다.

"클로에였어."

그 목소리는 마치 스스로에게 답하는 것처럼 뒤늦은 깨달음에 대한 후회와 당혹감 그리고 모든 혼란스러움을 담은 채 깊은숨이 되어 허공으로 흩어졌다. 왜 몰랐을까. 어떻게 이렇게 감쪽같이 모를 수 있었나. 꼬리를 물고 이어지는 의문을 거듭 쏟아 내는 로라의 얼굴이 점점 더 파랗게 굳어 갔다. 무원은 아무 대답도 하지 않은 채 의연한 태도로 어머니를 보았다.

"날이 밝는 대로 체크아웃하시는 게 좋겠습니다."

그것으로 어머니의 모든 동요를 눈앞에서 잘라 낸 무원이 그대로 객실을 떠났다. 희고 고운 손에서 헤르네의 최상급 가죽 클러치가 떨어져 바닥을 굴렀다. 로라가 휘청거리는 몸으로 간신히 소파를 짚었다.

"……회장님!"

수행원들이 달려와 그녀를 부축했으나 숨이 가쁜 사람처럼 헐떡이던 그녀가 불현듯 밖으로 나갔다.

"회장님······?"

로라 블루아 회장은 객실 복도를 거침없는 기세로 나아갔다. 평소의 우아하고 침착한 태도는 온데간데없었다. 무릎까지 오는 하이웨스트 스커트와 높은 힐이 그녀를 방해했으나, 살벌한 얼굴로 앞을 향해 돌진하는 그녀의 의지를 막지 못했다. 내부 통로를 빠져나가 잘 닦인 대리석을 거침없이 밟던 구두가 멎었다. 강 회장이 막 집무실에서 나오고 있었다. 그는 로라의 파르르 떨리는 입술과 분노로 번쩍이는 눈동자를 보고는 놀라서 다가왔다.

"왜 그래? 무슨 일이야?"

로라는 그대로 그에게 달려들어 두 주먹으로 그를 마구 때렸다.

"머저리! 죽어 버려! 나쁜 새끼!"

그녀의 입에서 아는 한국 욕은 전부 쏟아져 나왔다.

"다 당신 때문이야! 전부 다 너 때문이라구!"

이혼하고 돌아서던 순간마저도 품위를 잃지 않던 로라가 악에 받친 사람처럼 복도가 떠나가라 고함을 질렀다. 수행원들이 달려와 세상으로부터 둘을 차단하듯 바리케이드를 치며 양쪽 통로를 차단했다. 그러나 로라는 신경 쓰지 않았다.

"왜 우리가 불행해야 하는데! 왜 내 아들이! 무원이가! 다니엘이······! 왜······! 왜!"

수천수만 번을 되돌아봐도 후회뿐인 스무 살이었다. 그깟 사랑이 뭐라고 자신을 모두 걸었던가. 내던졌던가. 깨고 나면 남보다도 못한 사이가 되어 평생을 원망만 하며 고통 속에 사는 게 현실인데. 어리석고 미련해서 이 남자의 사랑 하나만 보고 무작정 비행기에 오른 것도, 아이를 낳은 것도 모두 자신이다. 그래서 그 모든 원망의 화살도 자신을 향해야 했다. 그러지 않으면 미칠 것 같았다. 당신이 조금만 더 내 편이 되어 줬더라면, 어머니를 밀어냈더라면, 그런 숱한 가정 속에서 고통에 허우적대지 않기 위해. 모든 건 그런 남자를 택한 나의 탓이라고, 이제라도 깨달았으니 나는 괜찮다고. 성급하게 정리하고 치욕만이 남은 젊은 날의 실패를 덮었다.

그런데도 그녀는 여전히 불행했다. 불행에 익숙해지는 게 끔찍해서 이 남자를 떠났는데, 자신들이 만들어 놓은 불행에 허우적대는 두 아들을 보면서 헤아릴 수 없는 좌절이 밀려 왔다. 그렇게 긴 세월을 억눌러 온 분노와 원망은 잠든 클로에를 한참 바라보다 돌아서는 무원을 보는 순간, 무너진 빗장을 뚫고 터져 나왔다. 제발 누가 좀 알려 줬으면 좋겠다. 얼마나 더 불행해야 이 고통이 끝이 나는지. 그녀는 상처 입은 짐승처럼 울부짖었다.

"왜 내가…… 왜 우리가!"

온몸으로 외치는 절규에 강 회장이 침음을 삼키며 로라를 가득 끌어안았다. 입이 없는 죄인처럼 미안하다는 말도 뱉지 못한 채 깊은 한숨과 함께 책임을 통감했다. 그의 얼굴이 평생을 고통 속에서 살아온 사람처럼 일그러졌다.

강 회장은 객실 창가에 선 채로 말뚝이라도 박힌 사람처럼 미동 없이 창밖을 응시했다. 빗줄기 속에서도 휘황한 야경을 밝히는 검은 바다를 보는 그의 얼굴이 음산하고 무거웠다. 아직 환갑도 되지 않은 생이었으나 지니고 태어난 소명을 모두 다 써 버린 것처럼 텅 비고 공허한 눈빛. 아내를 잃고 아들 하나를 잃은 그날부터 그는 늘 부연 탁류가 거세게 소용돌이치는 바다를 마주 보고 서 있는 막막한 심정으로 살아왔다. 폭우가 쏟아지는 밤바다에서 눈을 돌리자 링거를 꽂은 채로 눈을 감은 로라의 얼굴이 보였다. 도자기보다 더 새하얀 피부와 길게 드리운 금빛 속눈썹을 한참 동안 바라보던 강 회장이 나직한 한숨과 함께 침대 가에 앉았다. 로라를 볼 때마다 눈이 부시도록 빛나던 순수했던 처녀의 얼굴과 삶의 쓰디쓴 맛을 모두 맛본 뒤 공허하고 냉소밖에 남지 않은 처연한 얼굴이 동시에 떠올랐다. 그가 사랑했으나 잃어야 했던 여자. 적어도 그 자신보다는 훨씬 더 강인한 아내. 그런 아내가 짐승처럼 울부짖으며 그에게 달려들었다. 보석보다 더 빛나는 굵은 눈물방울을 뚝뚝 떨어트리며 끅 끅거렸다. 삼십 년을 넘게 참아 온 원망과 설움이리라.

"무원이가 마음에 둔 아가씨를 알았어요."

잠이 깬 로라가 조용히 입을 열었다. 강 회장은 깍지 낀 손에 이마를 묻은 채 가만히 듣고만 있었다. 명은의 비밀이 완전히 드러난 뒤에도 옆자리에 누구도 두려 하지 않은 무원이었다. 총각이나 다름없다고 우기며 온갖 중매 자리를 들이미는 어머니의 뜻에도 꿋꿋하게 버텼다. 연우 때문이라고 생각했더니 마음에 둔 여자가 따로 있었나 싶었다.

"클로에예요."

아주 잠깐 굳어 있던 강 회장이 천천히 고개를 들고 로라를 보았다.

"내 대녀, 클로에라구요."

로라는 차분하게 가라앉은 얼굴로 강 회장을 묵묵히 응시했다. 그녀는 또 렷하게 빛나는 눈동자로 그를 쳐다보며 물었다. 어떻게 하겠느냐고. 또다시 비겁하게 눈 감고 외면하며 소중한 이들을 상처 줄 거냐고.

"클로에는 아무것도 몰라요. 그 아이에 대해서."

명은이 죽은 뒤 연우의 출생에 대해 모두 밝혀졌으나 어디까지나 가족에 한해서였다. 무원은 끝까지 클로에가 그 사실을 아는 걸 원치 않았다. 어차피 이뤄지지 못할 사이여서 그랬던가. 결코 허락하지 않을 사람이 승비원에 있으니, 그랬을지도 모른다. 다시 무겁고 침중하게 가라앉은 강 회장의 한숨 뒤로 누군가 문을 똑똑 두드렸다.

"……할아버지?"

대답도 전에 성급하게 문을 열고 머리통을 내민 건 연우였다.

"내가 맞았지롱! 오늘 왠지 할아버지가 이리로 오실 것 같았…… 어…… 할머니……도 계셨네요."

강 회장에게 냅다 뛰어든 아이가 로라를 본 순간 놀라 눈을 동그랗게 떴다.

"연우야, 지금은……."

황급히 일어선 강 회장이 막 연우에게 다가설 때였다.

"……너!"

몸을 벌떡 일으킨 로라가 연우를 죽을 듯이 노려봤다.

"너만 아니었어도, 우리 애들이 너만 아니었어도……!"

"여보."

"그 창녀 같은 계집이 너를……!"

강 회장이 연우의 귀를 틀어막은 뒤 재빨리 방을 나섰다. 분을 이기지 못하고 닥치는 대로 수액 줄을 뽑아낸 로라는 두 팔로 머리를 감싸 안으며 몸을 떨었다. 다시 돌아갈 수만 있다면. 이런 고통을 줄 바엔 차라리 낳지 않았을 것을. 일생의 한이었다.

***

돌풍처럼 불어닥친 폭우가 멎은 새벽녘 어느 순간. 초저녁에 잠깐 잠들었던 탓에 일찍 깨고 말았다. 지헌은 내 옆에서 엎드린 채 잠들어 있었다. 나는 소리를 내지 않은 채 눈만 굴려 그를 관찰하듯 보았다. 너른 어깨와 조각처럼 탄탄한 근육이 잡힌 등, 우아하게 굴곡진 허리선의 짙은 음영까지. 감각 있는 조각가가 만들어 낸 핍진한 예술 작품 같다. 남자의 맨몸이라면 질리도록 보았다. 그래서 지헌 앞에서 일부러 더 무덤덤한 척 굴었지만, 모델들의 마르고 미끈한 몸과 근육으로 단련된 지헌의 몸은 사실 체급 자체가 다르다. 그 비교할 수 없는 간극은 이렇게 지헌의 옆에 있을 때마다 비현실적인 감정을 불러 일으켰다. 이런 남자와 맨살을 부대끼며 나란히 침대에 누워 있는 것. 하물며 그는 나와 동떨어진 세계에 존재하는 사람이다. 아무리 남자친구라는 평범한 단어로 포장해도 상대가 강지헌이라면 평생 익숙해질 것 같지 않았다. 그때 방문을 긁는 소리가 들렸다. 잠든 지헌을 무심코 보다가 몸을 일으켰다. 침대를 빠져나가기도 전에 손목이 붙들렸다.

"어디 가?"

천장이 빙글거리며 도는 바람에 짧은 신음과 함께 눈을 들었을 땐 지헌의 가슴이 바로 앞에 있었다. 사무실에서도 그러더니, 이 남자는 잠들어 있을 때 힘이 더 세지는 것 같았다. 나는 한순간에 그의 품에 포로처럼 갇혔으나 아무 불만도 쏟아 내지 못했다. 지헌이 나를 완전히 감싸 안고 나서야 편안한 숨을 내쉬었기 때문이다. 정말 귀신같은 감각이었다.

"애기들이 들어오고 싶은가 봐요."

"이 몸을 누구 보여 주려고?"

그가 나른하게 중얼거리며 내 몸을 가리듯 이미 감고 있는 어깨를 더 꼭 끌어당겼다. 머리 위로 내려앉는 숨에 심장이 간질거렸다.

"동물들은 그런 거 신경 안 쓰는데 왜 혼자 질투해요?"

우습다는 듯 말하자 잠결에도 쓸데없이 단호한 음성이 곧장 받아쳐 왔다.

"동물이 왜 동물이야."

허리를 바짝 당겨 안는 몸 사이로 가감 없이 드러낸 수컷의 본능이 느껴졌다. 진짜 동물은 따로 있는데. 지금 말하면 안 되겠지만. 한 번만 더 했다간 내일 하루를 완전히 망치고 말 것이다. 나는 비교적 안전한 화제를 골랐다.

"이제 이름 지어 줘야 하지 않아요? 언제까지 숫자로 불러요."

"숫자가 싫으면 알파벳이나 가나다 중에 골라."

"평생 부를 이름을 그렇게 성의 없게."

"이름까지 지어 주고 정을 얼마나 주게. 꿈 깨. 이 몸도 마음도 다 내 거야."

그는 언제나처럼 말도 안 되는 논리를 꿋꿋하게 펼치며 말했다.

"그러게 왜 일어나? 나한테서 눈 떼지 말랬잖아."

"……나 깬 거 알았어요? 언제부터?"

고개를 들자 어느샌가 눈을 뜬 지헌의 까만 눈이 은은한 전등 아래에서 반짝이며 나를 응시했다. 그가 손을 들어 눈가를 느리게 어루만졌다.

"이렇게. 이런 눈으로 보고 있을 때부터."

눈을 맞춘 채 홀린 듯 그를 보다 입술이 열렸다.

"예뻐서. 나도 모르게."

지헌이 엄지로 아랫입술을 지그시 누르며 말했다.

"다시 말해 봐."

"예쁘다는 말?"

처음도 아닌데 빤히 보는 눈빛에 왠지 긴장돼서 나는 숨을 한번 삼켰다가 지헌을 보았다.

"예뻐요. 강지헌 씨."

"한 번 더."

"예뻐요. 당신."

"처음 봤을 때부터 나한테 그랬지. 예쁘다고."

가만히 고개를 끄덕이는데 어딘지 위험스러운 미소를 짓던 그가 입안으로 손가락을 넣었다. 혀가 깊게 눌렸다. 도무지 어디에서 스위치가 켜졌는지 모를 일이었으나 지헌은 이미 흥분한 상태였다. 단단한 그가 좁은 골반을 압박해 왔다.

"나한테 그렇게 말하고 멀쩡한 사람은 없었는데."

"……응?"

"네가 하면 흥분돼."

"또 그런 이상한 말…… 아!"

나른한 눈웃음을 흘리며 요염하게 움직이는 그의 손에서 나는 손쉽게 달아올랐다. 무릎을 세운 채로 바르르 떨리는 발가락을 바닥으로 꾹 눌렀다. 뜨거움이 왈칵 밀려 나왔다. 지헌이 단숨에 삼켰다. 부끄러움을 참지 못하고 두 손으로 얼굴을 덮었다. 그가 불쑥 얼굴을 들고 말했다.

"나한테는 왜 고백 안 해?"

갑자기 당한 것도, 참지 못하고 흐느낀 것도 전부 억울해서 조금 울먹였다.

"내 진심은 필요 없다고 했다면서요?"

"정 지사장님이 그래? 맞아. 난 네 진심 같은 건 필요 없어."

뻔뻔함도 모르고 단숨에 인정한 그가 말했다.

"진심으로 노력하다 지치고 어느 순간 너는 사라지겠지. 그때처럼."

조금 전까지 나를 떨게 하던 관능적인 입술이 어느새 날카로운 통찰력으로 빛났다. 그는 지금 나와 이시하라의 이야기를 하고 있다. 지헌은 그 시절의 나를 어디까지 알고 있을까. 에리카의 이야기도 알고 있을까. 지헌이 나를 똑바로 보며 말했다.

"나는 너의 전부를 가질 거야. 나 혼자서만."

엄숙한 선언과도 같은 말에 순간이지만 나는 압도되고 말았다.

"……그럼 나한테 바라는 거 없어요?"

그렇게 말하는 내 목소리가 조금 잠겨 들었다.

"글쎄."

좀처럼 생각나지 않는 듯 나른한 숨을 들이쉰 그가 갑자기 눈을 빛냈다.

"울어 봐, 한 번 더."

"……뭐?"

말도 안 되는 주문을 내건 지헌이 갑자기 침대 위로 몸을 숙였다.

"아, 울음소리도 예쁘다고 말했던가?"

나는 얼굴을 찌푸렸다.

"제발 그런 부끄러운 말 좀 하지 말아요."

"지금부터 더 부끄러운 걸 할 건데."

부끄러움도 모르고 눈을 예쁘게 접어 웃은 그가 가슴을 꼭 붙이며 눌러왔다.

"우리 이 팀장은 이런 말에 안 넘어온다며, 모두 다 사기라고."

"그때랑 지금은……."

"그때랑 지금이 달라?"

천천히 내 위로 올라온 지헌이 두 다리로 몸을 꼭 조이며 손을 잡았다. 그가 은은하게 눈을 맞춰 오자 대답은커녕 숨을 쉬는 것조차 버거웠다. 그가 속삭였다.

"어떻게 다른데?"

자신이 남긴 흔적을 확인하듯 눈으로 느릿하게 좇는 시선에 가슴이 가파르게 오르내렸다.

"어떻게 다르냐면, 그게……."

"응? 말해 줘, 나비야."

녹아내릴 것 같은 목소리로 지헌이 재촉했다.

"그땐……."

서늘한 숨이 흔적을 되짚었다. 한 번, 두 번, 마지막으로 한 번 더. 닿았다 떨어진 자리가 채 식기도 전에 다시 다가와 소중하게 머금었다. 부드럽게 쓸어 올렸다 핥아 내리며 차분히 달래더니 조심스럽게 파고들었다.

"그때는?"

허리를 타고 올라온 손이 동글게 부푼 살을 부드럽게 감싸 쥐며 채근했다. 작은 탄성과 함께 쏟아지는 신음을 꾹 누르자 살을 빨아들이는 힘이 한층 강해졌다.

"……마음이."

"마음이?"

"아아."

녹아내릴 것 같아서 간신히 비튼 고개로 숨을 토해 내자 지헌이 살갗 위에 입술을 댄 채로 움직였다.

"피부가 너무 연해. 터지면 어쩌지?"

손에 쥔 게 깨질까 두려워 겁내는 사람처럼 그가 속삭였다.

"그럼 안 하면……."

될 일이다.

"그건 싫어."

아이 같은 단호함으로 거부하는 남자가 우습기도 귀엽기도 해서 나는 신음과 동시에 웃음을 뱉었다. 움직임을 멈춘 지헌이 손가락을 부드럽게 파고들었다. 심장이 욱신거렸다. 이게 뭐라고, 이보다 훨씬 더 부끄럽고 민망한 것들을 서슴없이 한 사이에 고작 그가 내 위에 엎드린 채로 손가락을 얽어 오는 것 하나에 뺨이 달아올랐다.

"예쁘네."

내가 얼굴을 붉힐 때마다 아이처럼 좋아하는 남자답게 지헌의 목소리는 금세 들떴다.

"여기 너무 예뻐서, 보고만 있어도 가 버릴 거 같아."

그가 목덜미에 코를 비비며 나른한 한숨을 내쉬었다. 그대로 빗근 한가운데에 이를 세우며 거칠게 빨아들였다.

"아, 거긴…… 보이는 곳인데."

"그럼, 나만 보는 곳을 찾아야겠네."

더운 숨이 몸을 타고 내려갈수록 그의 아래에서 헐떡이는 신음도 가파른 곡선을 향해 갔다. 지헌은 내가 아무리 떨어도 입안에 머금고 놔주지 않았다. 이러다 몸 어딘가가 잘못될지도 모르겠다.

"지헌 씨."

간신히 그의 이름을 부르자 그가 입안에 살을 머금은 채로 상냥하게 응답했다.

"듣고 있어요, 아가씨."

엄지로 뭉근하게 파고드는 힘에 진저리를 치며 고개를 비틀었다.

"조금만, 천천히."

자신이 남긴 흔적을 감상하듯 혈관이 터져 빨갛게 번지는 피부를 보던 지헌이 나긋하게 웃으며 눈꼬리를 길게 접었다.

"응, 천천히."

나를 내려다보는 아름다운 얼굴이 너그럽게 미소 지었다. 몇 번이나 각인

된 그의 청량한 체취가 내 몸 깊숙이 스며들었다.

"아……."

"따듯해, 네 안."

체격부터 나를 압도하는 커다란 남자가 온몸으로 내리누르며 자신의 뜨거운 체온과 열기를 내게로 전이시켰다. 쏟아지는 달빛 아래에서 거침없이 파고드는 탄탄한 몸의 곡선들이 조급한 갈망을 부추기며 점점 더 짙은 쾌락을 선사했다. 베개 위로 길게 풀어진 머리카락이 물결처럼 흐트러지고 그 위에서 나는 해산하는 여인처럼 끙끙댔다. 지헌의 까만 눈동자에 비친 내 모습이 엉망으로 흐트러져 있는 게 보였지만 챙길 여유는 없었다. 부드럽고 약한 곳을 깊숙이 침범하며 끝없는 전율을 일으키는 몸 아래에서 파르르 떠는 게 전부였다.

"예뻐."

흐느끼는 나를 보며 지헌이 닿을 수 있는 끝까지 파고들며 거칠게 속삭였다.

"예뻐, 나비야."

창문을 세차게 두드리던 간밤의 폭우가 내 몸속에 들어와 있는 기분이었다. 거세게 휘젓고 맥동하다 뜨거운 숨을 토해 내는 폭우를 나는 온몸으로 맞아들였다. 어느새 내게 짙게 배어든 지헌의 향기가 피부 위를 은은하게 맴돌았다.

* * *

"출근할 수 있겠어?"

샤워만 간단히 한 뒤 화장도 하지 않은 채 소파에 기대앉아 있던 나는 지헌의 걱정스러운 물음에 고개만 한번 끄덕였다. 시차가 뒤바뀐 것처럼 잠을 잔 것 같지 않게 나른했다. 당연했다. 밤새 그렇게 혹사당했는데. 고개를 젖힌 채 눈을 감고 있자니 다가온 지헌이 마르지 않은 머리를 천천히 쓸어 넘겼다. 실눈을 뜨자 은은한 무늬가 드러나는 실크 셔츠에 넥타이까지 완벽하게 맨 지헌이 보였다. 세파에 찌들어 보이는 나와 달리 윤이 흐르는 뽀얀 얼굴이 실내등 아래에서도 충분히 광휘로웠다. 왠지 얄미워.

"나가서 아침 먹고 가자."

7시도 안 됐는데 아침은 무슨. 침묵으로 시위하며 아직 몽롱한 나른함에 취해 있는데 부드러운 손이 이마로 뻗어 왔다.

"얼굴이 부었네, 귀엽게."

그런 말을 잘도. 시큰둥한 눈빛에도 그는 한결같이 뻔뻔했다.

"왜?"

그가 태연한 낯으로 물었다.

"평일은 자제를 좀 해요."

"그럼 주말은 안 참아도 되는 거야?"

지헌이 더없이 해사한 얼굴로 웃더니 휴대폰 액정에 뜬 날짜를 손으로 가리켰다. 금요일.

"……."

무언으로 비난을 던지자 지헌이 항의하듯 목걸이를 만지작거렸다.

"네가 이렇게 예쁜 짓 하는데 내가 어떻게 참아?"

그래, 모든 게 다 내 죄다. 나는 근성 없는 인간답게 빠르게 포기하며 뜻대로 하라는 듯 다시 고개를 젖혔다.

"사무실에 왔던 날, 형하고 마주쳤다고 했지?"

"아, 연우가."

궁금해하는 그에게 간단하게 설명한 뒤 말을 이었다.

"당신 어머니가 그걸 보신 것 같아요."

"신경 쓰지 마."

지헌의 손이 목 뒤를 지나 어깨를 부드럽게 마사지했다.

"어머니를 한 방에 보낼 수 있는 걸 아가씨가 이미 가지고 있거든."

한 방? 그가 우아한 얼굴과 어울리지 않게 애들이나 쓸 법한 거만한 말투로 으스댔다.

"뭔데요, 그게?"

"궁금해?"

그가 생긋 웃었다.

"그럼 고백해 봐. 말해 줄게."

"……"

바라는 거 없다더니, 은근히 집착하는 성격이다. 나와는 근성 자체가 다른 집요한 남자를 피해 다시 눈을 감았다.

"됐어요."

"지금 부끄러워하는 거야?"

그가 귀여워서 어쩔 줄 몰라 하며 속삭이더니 입술을 쪽쪽 눌러 왔다.

"오늘 휴가 낼까?"

"휴가? 왜요?"

"월요일까지 같이 있게."

"……안 돼요."

"방금 망설였지?"

나를 이 세상으로부터 격리시키려는 남자를 간신히 밀어내며 재빨리 몸을 일으켰다.

"밥 먹으러 갑시다, 강지헌 씨."

"그래요, 나비 양."

나를 따라 훌쩍 일어선 지헌이 손가락에 깍지를 끼며 장난스럽게 얼굴을 기울였다. 아침부터, 무더위였다.

* * *

"지금 대체 뭐 하는 거야? 멋대로 체크아웃이라니!"

사무실 문을 벌컥 열고 들어간 클로에가 대뜸 외쳤다. 무원은 책상에 앉아 최 실장이 내미는 결재판에 사인을 하고 있었다. 클로에가 씩씩거리며 무원을 노려보았다. 하룻밤을 푹 자고 일어나 가뿐한 몸으로 아침 운동까지 다녀왔는데, 그녀를 기다린 건 오늘 당장 체크아웃을 해 달라는 통보나 다름없는 축객령이었다. 분명 무원의 심술일 거라고 생각한 클로에는 로라가 알기 전에 제선에서 해결하고자 서둘러 달려오는 길이었다. 분기탱천한 클로에의 표정을 곁눈질로 보던 최 실장이 재빨리 사무실 문을 닫고 나가자 클로에가 무원의 책상 앞에 바짝 다가섰다.

"이런 개매너가 어딨니? 엄밀히 따지면 LV가 이 호텔 투자지분사의 모기업인데, 사적인 감정으로 주주를 쫓아내?"

다다다 쏘아붙이는 말을 무원은 잠자코 들으며 서류를 넘겼다.

"고객한테도 이따위로는 안 하겠어! 대체 뭐가 그렇게 못마땅해? 한 번쯤은 로라 입장도 생각해 줘야 하는 거 아냐? 그래도 아들 보겠다고 굳이 여기까지 왔는데."

사각, 가볍게 서류를 넘기는 소리가 클로에의 목소리 사이로 끼어들었다.

"진짜 이따위로 굴 거야?"

무원이 넘겼던 서류를 다시 되돌리며 펜으로 뭔가를 적어 넣었다.

"야! 강무원!"

분을 참지 못한 클로에가 소리를 벌컥 질렀다. 그러자 무원이 서류를 탁 덮은 뒤 고개를 들었다. 무원과 눈이 마주치는 순간 클로에는 자신도 모르게 한 발 물러서고 말았다. 아무것도 담기지 않은 표정. 마치 감정을 지워 낸 기계나 다름없는 얼굴로 그는 클로에를 보았다. 기쁨도 슬픔도, 하다못해 평소와 같은 귀찮음조차 느껴지지 않는 무미건조한 메마른 눈동자였다.

"정식으로 클레임 걸어. 원하는 대로 보상할 거야."

"……뭐?"

황당해서 말을 잇지 못하는 클로에를 두고 다시 서류를 넘기던 무원이 시선을 들지 않은 채 말했다.

"번거로우면 임원을 보낼 테니까, 그쪽하고 협의해도 좋고."

"……기어이, 쫓아내겠다는 거야? 로라를?"

무원은 대답하지 않았으나 손에 쥐고 있던 펜이 아주 잠깐 움직임을 멈췄다. 그것만으로도 충분했다. 그의 손을 뚫어질 듯 노려보고 있던 클로에의 눈동자에 힘이 들어갔다.

"나가 주길 바라는 게…… 나구나."

"서울로 가. 일정 대부분이 그쪽일 텐데, 여긴 너무 머니까."

차분하게 대꾸하는 음성이 원망스러울 정도로 침착해서 클로에의 동요는 더욱 심해졌다.

"……정말로 나야?"

믿을 수 없다는 듯 경악한 얼굴로 보아도 무원은 시선조차 주지 않았다. 저 무뚝뚝하고 차가운 남자가 어제 빗속에서 자신을 소중한 듯 안아 차에 태우던 그 남자가 맞나. 그녀 혼자서만 꿈속을 헤매다 나온 기분이었다. 클로에는 변덕스러운 강무원의 행동 하나에 바보같이 휘말린 자신이 저주스러울 만큼 미웠다. 이럴 거면 왜 그랬어! 비를 맞든 말든 내버려 두지. 왜! 착각이 만들어낸 잘못된 설렘은 한순간에 수치스러움으로 탈바꿈했다.

이게 처음 있는 일은 아니다. 언젠가, 그래, 정말로 미숙한 여자애처럼 표정조차 숨기지 못할 만큼 천진하던 시절. 그때도 이와 비슷한 일이 있었다. 잔뜩 부푼 풍선에 날카로운 바늘을 푹 찔러 넣는 것처럼 한순간에 거침없고 야멸차게 돌아서던 강무원이 그때에도 있었다. 보잘것없이 찢긴 채 바닥을 나뒹굴던 조각처럼. 그때 처음으로 내가 아닌 타인에 의해 비참한 기분을 느낄 수도 있다는 걸 그녀는 깨달았다. 분명 알았는데. 알면서도 또. 클로에의 푸른 눈에 습기가 가득 차올랐으나 형체로 변해 떨어지진 않았다. 마지막의 마지막까지 끌어올린 인내였다.

"저열한 위선자."

저주를 퍼붓듯 클로에가 싸늘한 목소리로 한마디를 남긴 채 몸을 돌렸다. 철컥! 문고리가 맞물리며 내는 소리가 무원의 몸을 벼락처럼 섬뜩하게 울렸다. 클로에가 나간 뒤에도 그는 계속해서 하던 일을 이어 갔다. 종이 위 글씨가 물에 뜬 기름처럼 부유하고 꾹 찍어 누른 잉크가 번졌다. 그래도 그의 눈은 서류에서 떨어지지 않았다. 무덤 앞에 석상처럼 멈춰 있는 그에게 인터폰이 울렸다.

-대표님, 한남동에서 지금 바로 들어오시랍니다.

결국 검은 잉크가 점점 더 번져 글씨조차 알아볼 수 없을 정도로 물들고 말았다.

* * *

헤르네 인터내셔널 코리아는 근 두 달을 넘게 비공식적인 비상근무 체제로 운영되고 있었다. 본사에서 날아온 이사와 부사장의 지사 체류가 무기한으로 이어지고 있었기 때문이다. 그중에서도 역대급 빅 이벤트로 기록될 오늘은 지사 설립 이래 가장 긴장감 넘치는 임원회의가 될 터였다. 바로 모기업의 총괄 회장까지 합세한 본사의 핵심이자 C레벨 임원 세 명이 동시에 이곳에 와 있는 보기 드문 상황이 연출되고 있었기 때문이다.

지사의 전 직원들이 우상을 숭배하듯 그들을 보는 건 당연했다. 물론 그들은 모르는 게 당연했고. 그런 삼인방과 평범한 직장인인 임원들 사이에서 정두호 지사장은 나름의 기준을 잡기 위해 애를 쓰고 있었다. 그는 상석에 회장과 부사장을 두고 차분하게 업무 보고를 이어 가며 이 회의실에서 가장 요주의 인물이자 옆쪽에 비딱하게 앉은 이사를 곁눈질했다. 그러나 늘 그렇듯 정지사장은 직장생활 운이 없는 편에 속했다.

블루아 회장은 침묵으로 임원들을 안절부절못하게 했고, 평소 분위기 메이커를 자처할 만큼 사랑스럽고 경쾌하기만 하던 모렐 부사장은 가라앉은 얼굴로 생각에 잠겨 있었다. 그리고 이러한 분위기에도 아랑곳없는, 오직 한 사람 강지헌 이사는 속을 알 수 없는 느긋한 태도로 한량처럼 앉아 결재판에 뭔가를 끄적이고 있었다.

"……그렇게 해서 한국 현대미술계 거장인 송영옥 화백이 제주도에 설립할 예정인 헤르네 갤러리의 협업 아티스트로 확정되었습니다."

무거운 정적이 회의실을 감쌌다. 주요 3인방을 비롯한 그들의 수행 비서와 지사 임원까지 꽉꽉 들어찬 공간으로 사람들의 숨소리만 들리는 끔찍한 순간이 이어졌다. 정 지사장은 어쩔 수 없이 이 중에서 가장 포악했으나, 단순한 힘의 세기로 본다면 압도적 우위를 선점한 인물을 향해 도움의 시선을 보냈다. 그는 정 지사장의 요청을 깔끔하게 묵살한 뒤 물었다.

"하나가 빠졌네요. 시내 면세점 출점 건."

예상 밖의 질문에 정 지사장이 로라 쪽을 곁눈질하며 조심스럽게 입을 열었다.

"그 건은, 일단 회장님께서 각 사 미팅을 진행하고 계시기 때문에……."

"승비원에 주기로 한 거 아니었나?"

지헌이 말을 끊자 잠자코 있던 로라가 고개를 들고 미소 지었다.

"그룹사 5개에서 동시에 제안이 들어왔는데, 신중하게 결정해서 나쁠 건 없지."

"신중하게 2년을 기다리게 해 놓고. 야박하시네요, 회장님."

거침없는 언사에 지사 임원들이 다급히 숨을 몰아쉬었다. 눈앞에서 블루아 회장을 영접하는 것만으로도 놀라운 일인데 그런 천상계 사람을 향해 저런 태도라니. 동시에 맨날 노는 줄 알았는데 역시 임원은 임원이었구나 하는 일말의 수긍도 담겨 있었다. 그러나 본사 수행원들은 너무나 익숙하다는 태도였다. 지헌이 말을 이었다.

"그럼 신중하게 결정 내리시는 동안 한국에 머무시겠군요."

"지사장이 싫다고 하지 않는다면."

그렇게 말한 로라가 지사장을 향해 우아한 미소를 지었다.

"내가 있으면 불편할까요?"

당연히 의견을 구하는 물음일 리 없었다. 지사 사람들의 안색이 조금 더 창백해진 가운데 지사장이 곧장 고개를 숙였다.

"계시는 데 불편함이 없도록 최선을 다하겠습니다."

아부쟁이. 지헌의 비난 어린 시선이 닿았지만 그는 깔끔하게 모른 척했다.

"그럼, 계신 동안의 일정 조율을……"

그때 줄곧 잠자코 있던 클로에가 조용히 입을 열었다.

"전 그만 파리로 돌아가는 게 좋겠어요."

"……클로에?"

"시간이 너무 흘렀어요. 제가 여기에 더 있을 필요는 없을 것 같아요."

그녀는 한순간에 모든 흥이 빠져나간 사람처럼 지헌도, 회사 일도 크게 상관없는 듯했다. 로라를 이곳에 부를 때까지만 해도 보이던 열정적인 태도는 사라지고 시든 꽃잎처럼 생기 없는 얼굴로 앉아 있을 뿐이었다.

"피곤해 보이는데 휴식을 좀 취하는 게 어떻겠니? 중국에 미국까지, 계속 무리했잖니."

로라가 클로에의 팔을 살며시 잡으며 고개를 기울였다.

"이 상태로 비행기를 타는 건 내가 내키지 않는구나. 며칠만 더 쉬었다 결정하렴."

"전……."

로라의 걱정 어린 얼굴을 보며 머뭇거리던 클로에는 할 수 없이 고개를 끄덕였다. 어머니와 클로에를 가만히 바라보던 지헌이 결재판을 뒤집었다.

"회의는 여기까지 하죠."

썰물이 밀려가듯 묵직한 긴장감 속에서 사람들이 빠르게 사라졌다. 로라는 양해를 구하고 일어서는 클로에의 뒷모습을 걱정스럽게 보다 눈을 돌렸다. 지헌은 통창 한가운데에 놓인 커다란 나무 화분 앞에 있었다. 손수 화초를 챙기는 강지헌이라. 이미 여러 달째 보는 장면이었으나 지사장에게는 참 괴기한 광경이었다.

"어릴 땐 식물을 꽤 좋아했지."

지사장의 표정을 읽은 것처럼 로라가 과거를 회상하며 중얼거렸다.

"파리에 가기 전까지만 해도 식물도감을 줄줄 읊곤 했는데. 그때가 아마……."

그녀가 조용히 기억을 더듬는데 지헌이 불쑥 끼어들었다.

"형 괴롭히지 마세요."

"그 아이에 이어서, 이번에는 무원이니? 지킬 사람 많아 바쁘겠구나."

로라는 자신을 악당 취급하는 아들이 못마땅해서 눈을 찡그렸다.

"뒤에서 몰래 도와주실 땐 언제고 이제 와 뒤통수냐는 말입니다."

"생각해 보니까 그게 다 내 돈으로 네 아버지 배 불려 주는 일 같아서."

"그래서 뺏으시게요?"

지헌의 말에 로라가 샐쭉한 표정을 지었다.

"그깟 호텔 얼마나 한다고."

"얼마가 됐든 아버지는 어머니가 뺏으려고 하면 그냥 손 내리고 뺏길 텐데요."

지헌이 가볍게 던진 말에 정색해서 굳은 건 로라였다.

"네 아빠 얘기 하지 마."

"먼저 꺼내셨잖아요."

지헌이 산뜻하게 지적하자 로라가 짜증스러움을 참지 못하고 얼굴을 구겼다.

"넌 대체 누구 편이니? 아들이라 이거야?"

"누누이 말씀드렸는데, 스위스라고."

"그렇게 써먹으라고 제네바로 보낸 줄 아니?"

상관없다는 태도로 어깨만 으쓱하는 아들이 얄미워 로라가 씨근덕댔다. 제 아들이지만 때로는 저 오만한 콧대가 납작하게 눌리는 꼴을 보고 싶을 때가 있었다. 그러나 이른 나이에 세상을 경험한 아들은 축복받은 두뇌까지 더해 언제나 그녀를 앞섰다. 이게 다 어제 그 여자애 하나 건드렸다고 하는 보복임을 알기에 마음이 더 삐딱해졌다.

"네가 아무리 그래도 난 그 애한테 절대 사과 안 해."

"하지 마세요."

"……뭐?"

"그 핑계로 다시 보겠단 생각 접으시라구요."

"나 아직 아무것도 안 했어."

"뭘 하시든 그 이상으로 돌려받으실 거예요."

그는 로라에겐 화초만큼의 관심도 주지 않은 채 협위나 다름없는 말을 아무렇지 않게 던졌다. 그게 괘씸해서 로라가 씩씩거렸으나 그는 상관없다는 태도였다.

"살면서 상처 많이 받았어요. 조금이라도 적의를 가진 사람하곤 안 만나게 할 겁니다."

"너, 그 아이랑 혹시……."

로라가 나무의 한쪽을 예리하게 살펴보는 지헌을 향해 말문을 열었으나 맺지 못한 채 입을 다물었다. 또다시 절망하게 될까 봐, 아들에게 상처를 줄까 봐, 차마 물을 수 없는 말. 그 기저에는 오랜 세월에 거쳐 학습된 좌절과 체념이 짙게 깔려 있다. 그녀는 몸에서 힘을 빼고 가볍게 툴툴댔다.

"큰아들은 엄마를 쫓아내고, 작은아들은 엄마를 몰아붙이고. 둘이 짜기라도 했니?"

같이 산 세월이라고는 어릴 때 십 년 남짓이 전부인 형제는 신기하다 싶을 만큼 우애가 좋았다. 다행이라고 생각하면서도 이런 식으로 그녀만 따돌릴 때면 서운한 마음이 드는 것도 사실이다.

"형이 쫓아냈어요?"

지헌이 의외라는 얼굴로 그녀를 돌아보았다.

"거기까진 아직 말 안 했니? 네 형이 나를 아침 댓, 댓……?"

"댓바람이요."

지헌이 넌지시 던지자 로라가 분한 얼굴로 주먹을 움켜쥐었다.

"그래, 댓바람부터 강제 체크아웃해 버렸어."

다시금 분한 기분이 드는지 새하얀 뺨이 흥분으로 물드는 걸 보며 그는 클로에의 창백한 얼굴을 잠깐 떠올렸다. 지헌이 지사장에게 고개를 돌렸다.

"승비원 면세 사업부 미팅이 다음 주였나요?"

지사장이 들고 있던 태블릿으로 일정을 확인했다.

"네, 월요일 3시로 잡혀 있습니다."

지사장의 대답에 지헌이 입꼬리를 길게 말아 올렸다. 지사장은 오랜 경험으로 터득한 직감을 발휘했다. 아주 질 나쁜 계획을 세우는 게 분명하다는 직감. 화분에서 완전히 몸을 세운 지헌이 로라를 향해 말했다.

"진짜 안 돌아가실 거면, 일하세요."

"무슨 일?"

궁금해하는 로라를 향해 그가 싱긋 웃었다.

"신중하고 느긋한 일이요."

* * *

"어제 봤던 그 선생 아가씨 말이다. 도예가."

승비원. 무원이 자리에 앉기도 전에 한 여사가 성급한 얼굴로 입을 뗐다.

"내 가만 보니까 그쪽도 영 마음이 없는 것 같진 않더구나."

한여름, 대나무 발마저 위로 걷어 낸 대청 위로 시종인이 다과가 담긴 소반을 내려놓았다. 무원은 계속해서 이어지는 한 여사의 말을 들으며 잣을 동동 띄운 생강차를 보았다. 사시사철 생강차를 달고 사는 한 여사 때문에 승비원에서 생강청이 떨어지는 날은 없었다. 아직도 그의 머릿속에 생생하게 남은 그날의 기억이 떠올랐다.

살얼음이 낀 추운 겨울, 커다란 고무 대야에 수북이 쌓인 생강을 다듬던 어머니의 붉게 터진 하얀 손등이. 흙이 진득하게 붙어 흉측하기만 한 그것은 몇 번을 닦아 내도 흙물이 고이고, 아무리 껍질을 까도 끝이 보이지 않았다. 할머니의 손을 잡고 방 안으로 들어가면서도 마당에 홀로 남은 어머니의 잔상이 자꾸만 어른거려 어린 마음에도 사무치던 밤. 그날 이후로 무원은 생강은 일절 입에 대지 않았다. 보기만 해도 쓰디쓴 위액이 목을 타고 넘어오는 기분이었다.

"할미 말 듣는 게야?"

한참 동안 말이 없는 손자를 가만히 보던 한 여사가 고개를 기웃하며 무원을 재차 불렀다. 무원이 진중하고 무거운 시선을 찻잔에서 들어 한 여사를 보았다.

"경우가 아닙니다, 할머니. 그쪽은 초혼인데다 나이도 열 살이나 차이 납니다."

"따지고 들자면 너도 총각이나 다름없으니 상관없다."

한 여사는 끄떡도 하지 않았다.

"송 화백이라면 걱정 말거라. 아무렴 제가 누구 덕에 그 자리까지 올라갔는데."

짧게 코웃음 친 그녀가 찻잔을 들었다.

"그치도 그리 순진한 사람은 아니다. 승비원 안주인 자리야. 누가 마다할까."

무원은 아무 말도 하지 않았다. 한 여사가 무거운 추처럼 흐트러짐 없는 자세로 앉은 손자를 유심히 살피다 탁 소리가 나게 찻잔을 내렸다.

"그래, 에미가 뭐라더냐?"

무원이 대답 대신 고개만 들고 그녀를 보자 한 여사가 입가를 실룩거렸다.

"오자마자 호텔로 득달같이 달려갔다지? 투자라니, 어디서 본데없이 돈질 이야! 간사하게 뒷공작이나 펴는 것 좀 봐라. 예나 지금이나, 그 인물은 그래서 글렀어."

쯧쯧, 혀를 차며 그의 앞에서 그를 낳아 준 생모를 거침없이 폄하하고 비난 했다.

"이제라도 에미 대접받겠다는 게지. 버리고 갈 땐 언제고. 하, 괘씸하기 짝 이 없는 것. 에미가 버리고 간 장손, 누가 이리 훌륭하게 키웠는데 이제 와 얼 굴을 들이밀어?"

지독한 독설을 들으며 무원은 계속해서 침묵했다. 아무 내색도 하지 않을 뿐 무원의 그것은 침묵을 가장한 거부이기도 했다. 걸걸하고 탁한 기침을 큼 큼 내뱉고 난 한 여사가 바닥을 드러낸 자신의 찻잔과 입도 대지 않은 무원의 잔을 번갈아 보더니 얼굴을 찌푸렸다.

"할미한테 시위라도 하는 게야? 내일모레면 죽어 없어질 늙은이가 에미 욕 좀 했다고 이러는 게냐? 생때같은 자식 버리고 간 게 이십 년도 더 됐는데, 그 래도 에미라 이거야, 허!"

타이르고 회유하다 안 되면 종래엔 협박까지 서슴지 않고 기어이 본인의 뜻을 관철시키고 마는, 늘 있어 왔던 수순이었다. 무원에게 있어서는 또다시 같은 자리로 돌아가는 도돌이표. 짧게 시선을 내리뜬 그가 막 찻잔에 손을 뻗 을 때였다.

"회장님 오셨습니다."

누군가 급히 말을 전해 왔다. 발에 매달린 풍경이 평소보다 크게 울고 사람 들이 분주하게 오갔다. 그러나 한 여사는 뒷짐 지듯 느긋하게 앉아 보료 위에 팔을 얹을 뿐이었다. 제 연락을 싸그리 무시한 채 하루 만에 얼굴을 비치는 아 들에 대한 시위였다.

"다녀왔습니다, 어머니."

문지방을 넘어선 강 회장이 무원이 내준 자리에 앉아 인사를 건넸다. 언젠가부터 뜸해진 발걸음으로 마루에 서서 인사를 건네는 게 전부였던 그는 오랜만에 마주하는 모친의 방 안을 가만히 훑었다. 예스러운 것들을 좋아하는 기호에 맞춰 격자무늬를 덧댄 창살과 자개장, 문갑 위에 놓인 백자와 그 모든 것들을 떠받치듯 고고하게 서 있는 병풍까지. 빠르게 변하는 바깥세상을 비웃듯 한 여사의 방은 시간이 고여 있는 과거 같았다. 들어서는 순간 숨통을 조여 오는 독소가 진득하게 흐르는 곳. 형편없이 나약하고 비겁한 자신을 모조리 기억하고 있는 장소. 강 회장은 자신의 과거와 마주 보는 심정으로 모친의 방으로 천천히 들어섰다.

액운을 못 들어오게 막아 준다는 격자무늬 창살을 말없이 바라보는 그의 앞에 찻상이 놓였다.

"늙은 에미한테 기별도 못 할 만큼 공사가 다망한가 했더니, 해도 안 떨어진 시간에 웬일인가?"

"어머니 말씀이 맞습니다. 아직 해도 안 떨어진 시간 아닙니까."

점잖은 말투였으나 뼈가 있는 듯 묘하게 날이 선 목소리였다. 한 여사가 아들을 향해 눈을 가느스름하게 떴다.

"앞으로 이 시간에 무원이 부르는 일은 삼가세요. 회사에서 말들이 많습니다."

"내가 내 손자를 부르는데 누가 감히!"

한 여사의 입매가 딱딱하게 일그러졌다.

"무원이가 하루빨리 회사에서 입지를 다지길 바라신 것 아니었습니까?"

"그 회사가 다 누구 건데?"

"그저 다른 사람보다 조금 더 지분을 가지고 있을 뿐입니다. 우리 것이 아니에요."

강 회장이 차분하게 타이르듯 일렀으나, 한 여사는 형형하게 빛나는 눈으로 아들을 쏘아보았다.

"어디서 그런 말도 안 되는 소리를! 이 승비원 돌담 하나하나를 다 내 손으로 얹었어! 그 호텔도 마찬가지야. 다 네 아버지가……!"

"그때와는 다릅니다, 어머니. 자산도 백 배나 늘어났고, 그 자산의 일부는 주주들 몫입니다."

분을 참지 못한 한 여사의 손에 찻상이 엎어지고 서안이 뒤집혔다. 찻잔과 접시들이 큰 소리를 내며 바닥을 뒹굴었으나 아무도 달려오지 않았다. 한 여사가 무시무시한 눈으로 아들을 쏘아보며 옆에 있는 종을 마구 흔들었으나 밖은 여전히 쥐죽은 듯 고요하기만 했다.

"감히…… 네가 감히……!"

강 회장은 독기로 가득 찬 모친의 눈을 피하지 않았다.

"무원이 부르지 마십시오."

댓돌 위에 내려서는 무원의 발이 무거웠다. 그는 자신보다 천근은 더 묵직할 아버지의 뒷모습을 씁쓸한 눈으로 보았다.

"왜 그러셨어요?"

"뭐가?"

넌지시 돌아보는 강 회장의 얼굴은 태연했으나 무원의 표정은 풀리지 않았다.

"할머니 가만 계시지 않을 겁니다."

"그러시겠지."

강 회장은 순순히 고개를 끄덕이며 정원 연못에 비친 용마루를 올려다보았다. 위엄스레 솟은 대들보 아래 빈틈없이 얹은 먹빛 기왓장은 전쟁이 일어나도 무너지지 않을 것처럼 견고했다. 고택을 재건할 당시 이름 높은 명장의 손에서 만들어진 마지막 기와라 하였던가. 이곳에서 한평생을 살았는데도 여전히 그 무게가 버겁기만 했다. 스물두 살이었다. 무원을 임신한 로라의 손을 잡고 이 승비원 대문을 넘어선 게. 그는 그때 처음으로 알았다. 자신이 누려 온 모든 것들이 그의 것이 아니었음을. 날 때부터 정해져 있는 선. 착한 아들로 사는 동안은 그 선을 보지 못했다. 선 밖을 넘어서는 순간 누리던 모든 것을 빼앗기고 이름 석 자로만 살아가야 한다는 것을. 가진 배경이나 집안이 주는 막대한 부를 제외하면 그는 아무것도 할 수 없는 미숙하고 벌거숭이 같은 존재였다.

짧은 반항과 함께 그러한 현실을 깨닫고 아내를 설득해 다시 어머니의 밑으로 돌아왔다. 그때부터 그는 서릿발처럼 엄중하게 떨어지는 모친의 권위를 받아들였다. 그 기세에 납작 엎드렸다는 표현이 더 명징하리라. 그것만이 고국을 등지고 자신을 따라나선 아내와 아이를 지키는 일이라고 믿었기 때문이다. 그의 어리석음이 거기에 있었다. 낳아 준 생모라는 이유로 인간에 대한 가장 근원적인 믿음을 아내보다 우선에 둔 것. 끝없는 근심과 한을 안고 살아가는 게 인간의 생이라더니, 사랑도 가족도 모두 얻고 잃는 게 한순간일 줄이야.

"무원아."

"네."

"너는 나처럼 살지 마라."

"……."

마음속에 커다란 구멍이 뚫린 채로 살아왔다. 아무것도 남지 않았다고 생각했는데 긴 세월에 모조리 쓸려 내려간 줄 알았던 감정의 편린이 아내의 눈물 한 번에 어디선가 떠올라 거대한 홍수처럼 그를 휘저었다. 언제까지 무능한 아버지로 살 거냐는 쓰디쓴 책망.

"넌 아직 안 늦었어."

굳은 채 서 있는 무원을 향해 강 회장의 말이 짙은 여운을 흘리며 주위를 감쌌다. 하늘 위로 비를 잔뜩 머금은 먹장구름이 수런거리며 몰려들자 곧 쏟아질 비를 아는지 연못 위의 비단 잉어 떼가 분주하게 헤엄치기 시작했다. 지독하게도 이어지는 여름 장마였다.

***

"아, 오랜만."

아침부터 푹푹 찌는 더위 속에서 외부 미팅을 끝내고 돌아오던 중이었다. 엘리베이터 앞에서 마주친 최 감독이 어색하게 인사를 건네 왔다.

"응, 오랜만이네."

땀으로 범벅된 이마를 쓸어 올리며 승강기에 올랐다. 여러 번 멈춰 섰다가 마침내 우리 둘만 남았을 때였다. 휴대폰을 보는 척하며 곁눈질하던 최 감독이 말을 걸었다.

"저기, 있잖아."

어느새 둘만 남은 공간에서 그가 평소보다 훨씬 더 우물거리는 얼굴로 말을 꺼냈다.

"미안했다, 그동안."

이건 또 무슨 상황일까. 눈만 찡그린 채 쳐다보자 최 감독이 한층 더 주눅든 얼굴로 웅얼거렸다.

"왜 전에…… 그 음악 말이야."

속이 터질 정도로 느릿하게 흐르는 숫자판을 보다가 한숨을 쉬었다.

"하나도 못 알아듣겠다. 뭔데, 대체?"

"까탈 부린다고 내가 뭐라 그랬잖아. 너한테 그런 사연이 있는 줄도 모르고, 나라도 끔찍했을 거야."

아주 잠깐 사고가 멈췄다.

"진짜 쪽바리 새끼들은 이래서 안 된다니까. 어떻게 배신을 때려도 그렇게 잔인하게……."

지난 일 년 간 꿋꿋하게 버티며 아무도 모르길 바랐던 내 과거가 최 감독의 입에서 너무나 자연스럽게 흘러나오고 있었다.

"최 감독, 지금."

"사람들이 뭐라든 너 결백한 건 내가 알아. 그 자식 음악만 나와도 경기했는데, 네가 설마 벨도 없이 그 새끼랑 또 붙었을 리 없…… 아, 미안. 내가 좀 흥분해서."

나무토막처럼 딱딱하게 굳어 버린 내가 그를 돌아보자 최 감독이 화들짝 놀라며 뒤로 한 걸음 물러섰다.

"나는 너 믿는다고. 애들이 너 씹을 때마다 네 편을 들었다니까? 그 새끼가 아무리 잘났어도 유부남인데, 네가 그런 짓을 할 리가 있겠냐고 대신 변명…… 이 팀장?"

띵 하는 전자음과 함께 1층에서 멈춰 선 엘리베이터 문이 열렸다. 최 감독이 눈만 끔뻑거리며 내 눈치만 살폈다.

"내려."

"……어?"

붕어처럼 입만 벙긋하던 최 감독이 엘리베이터 문이 닫히기 전 가까스로 뛰어내리자마자 최고층 버튼을 눌렀다. 남겨진 그의 얼굴이 눈앞에서 사라지고 승강기의 스틸 사이로 싸늘하게 굳은 얼굴이 점점 일그러져 갔다.

'팀장님 혹시…… 연애하세요?'

'……한국인 맞죠?'

김 대리의 목소리가 어지럽게 떠다녔다. 옥상 문을 밀고 나가며 녀석에게 곧장 전화를 걸었다.

"지금 회사에 떠도는 내 소문 전부 다 말해, 빠짐없이."

낮게 가라앉은 목소리에 녀석이 당황했으나 곧이어 더듬더듬 자기가 아는 걸 전부 털어놓았다. 이시하라 준과 내가 아주 오랫동안 연인이었다는 것. 그런 나를 버리고 그가 부잣집 여자를 선택했다는 것. 그래서 내가 복수하기 위해 그를 유혹해 불륜을 저질렀다고. 나를 이해한다는 사람들이 반, 욕하는 사람들이 반이라고 했다. 그 와중에 가장 기가 막힌 건 나의 불륜을 마치 기정사실처럼 받아들인다는 것이었다.

-죄송해요. 저도 안 지 얼마 안 됐는데, 금방 가라앉을 줄 알고…….

"······알았어."

간신히 전화를 끊은 뒤 난간을 세게 움켜쥐었다. 마비라도 된 것처럼 몸이 한순간에 얼어붙어 허공을 노려본 채 간신히 숨만 내쉬었다. 그러자 공기가 빠져나갔던 가슴속으로 서서히 분노가 차올랐다. 오랜 시간 말없이 삭여 온 고통이 목 끝까지 치솟았다. 나도 모르는 사이에 낱낱이 까발려진 과거에 경악했고 그 모든 걸 당장에라도 뒤집고 부인할 수 없는 현실에 숨이 막힐 정도로 참담했다. 왜 늘 나야? 왜 나만, 왜 맨날.

"왜에-!"

푸드덕 소리를 내며 비둘기가 날아오르고 빽빽하게 들어찬 빌딩 숲 바로 옆 건물 옥상에서 사람들이 웅성거렸으나 아무래도 좋았다. 딱 돌아 버리고 싶은 지금 심정에 소리라도 지르지 않으면 당장 내려가서 서 실장의 멱살이라도 잡을 것 같았다. 아아, 정말 뭣 같아서 못 해 먹겠다. 그때 전화가 울렸다.

강지헌 이사님.

듣고 싶다. 받고 싶다. 그런데 그럴 수 없다. 열망에 가까운 충동에 이끌려 화면에 닿기 전, 다행히 전화는 끊겼다. 그리고 곧 메시지가 들어왔다. 한참을 망설인 끝에 손끝이 닿았을 때 나는 하마터면 눈물을 흘릴 뻔했다.

-치린아.

텍스트는 소리가 없다. 그래서 그가 부르는 내 이름이 깊은 새벽 나를 깨우던 상냥한 음성인지, 아니면 격렬하게 밀어붙일 때의 뜨거운 숨으로 뒤덮인 목소리인지 알 수가 없었다. 다시 전화가 울리는 순간 깨달았다. 지헌이 내가 메시지를 확인하는 순간을 지켜보고 있었음을. 어쩔 수 없이 전화를 받자 지헌의 목소리가 곧장 내게 닿았다.

-바쁜 데 방해했어?

나의 예상은 둘 다 틀렸다. 뜨겁지도 상냥하지도 않다. 차분하고 평소와 똑같은 단조로운 음성. 그리고 약간의 웃음기.

-듣고 있어, 나비야?

"……네."

-무슨 일이야?

웃음기가 말끔하게 사라진 목소리로 지헌이 물었다.

-목소리가 이상한데?

"밖이라 그래요. 여기 좀 시끄러워서."

지헌은 잠시 말이 없었다.

-오늘 야근해?

"아뇨."

알았다는 말과 함께 그는 전화를 끊었다. 그대로 일 분도 되지 않은 통화를 끝내고 좁고 빽빽한 내 사무실로 들어가 문을 닫는 순간 참았던 숨이 터져 나왔다. 이런 걸로 울지 마. 한심하게, 동요하지 마. 몇 번이나 되뇌며 아무 일도 없는 것처럼 행동했다. 미국 출장 중인 박 대표랑 촬영 때문에 지방으로 내려간 유진에 안도했다. 끔찍했으나 적어도 기계적으로 일을 하고 사무실을 빠져나올 때까지는 버텼다.

"그 얘기 들었어? 연출에 이 팀장 일본인 프로듀서랑 바람났다며? 그것도 최근에 첫애 낳은 유부남이라더라."

"와, 미쳤네. 친일파냐? 일본 놈이 뭐가 좋다고. 근데 걔 남친 있다고 하지 않았어? 무슨 브랜드 이사라고 했는데. 왜, 소문 한번 쫙 돌았잖아."

"그 남자가 쫓아다녔다고 그랬던 거 같은데? 하여튼 그런 것들이 남자 홀리고 다닌다니까."

"누가 투서 메일이라도 좀 써라. 걔 실체 확 까발려져서 개망신당하게. 난 남의 남자 뺏는 것들은 싸그리 모아서 화형시켜야 된다고 생각해."

"자기 너무 과몰입한 게 수상하다?"

깔깔대며 웃고 떠드는 소리가 만원 엘리베이터 안에 가득 찼다. 사람들이 우르르 빠져나갈 때까지도 구석에 선 채로 가만히 듣고 있던 나는 마지막으로 엘리베이터에서 내렸다. 아무 기대도 없이 시선을 들었을 때였다. 지헌이 로비

데스크에 선 채로 나를 보고 있었다. 우리는 스쳐 가는 사람들을 배경처럼 두고 선 채로 서로를 바라보았다. 모든 게 느리고 뿌옇게 흐려지는 가운데 이 공간에 그와 나 둘만 존재하는 것 같았다. 시선 끝이 점점 아련하게 번지는 이유가 내 눈길을 온전히 사로잡은 지헌이 언제나처럼 눈부시기 때문이라고 생각했다. 아니었다. 메마른 사막 같은 눈동자에 습기가 차올라 흐려진 거였다.

당신은 어째서 이런 순간에만 내 앞에 있는 걸까. 너무 서러워서 딱 죽고 싶은 순간에. 어떻게 이럴 때만 내 앞에 나타나 내가 전부라는 듯 나를 보고 있는 걸까. 달려가서 아이처럼 안겨야지, 생각만 해도 숨이 가쁜 그 계획을 실행하기도 전에 내 앞에 지헌이 서 있었다.

"누구야?"

미소도 여유도 전부 사라진 지헌이 굳어서 딱딱해진 눈으로 물었다.

"너 때린 사람."

그의 커다란 손이 두 뺨을 감싸더니 나를 파헤칠 것 같은 날카로운 눈동자로 예리하게 살폈다.

"얻어맞은 얼굴이잖아, 지금."

"……."

겨우 가라앉은 마음이 다시 차올라 눈앞의 새카만 눈동자가 먹빛으로 흐려졌다. 할 말은 많았지만 할 수 있는 말은 없었다. 그러나 곧 모두 상관없어졌다. 내 앞에 당신이 있으니까. 내가 가만히 웃어 보이자 내게서 어떤 답을 얻을 수 없다고 판단한 듯 지헌의 눈매가 가늘어졌다. 하지만 거기까지였다. 내 심리 상태를 파헤치기 위해 날을 세우던 그는 한순간에 얼굴을 풀고 물었다.

"데이트하러 갈까?"

"……지금요?"

지헌이 싱긋 웃으며 고개를 기울였다.

"주말은 안 참아도 된다며."

14

따듯하다

"극진히 대접을 해도 부족할 판에 대놓고 쫓아내다니, 이런 무례는 듣도 보도 못했습니다! 미팅을 돌연 취소한 이유가 뭐겠습니까? 이러다 정말 L그룹에 헤르네를 뺏기면 강 대표가 책임질 겁니까?"

그룹 승비원 사업부 회의. 면세 사업부 총괄 사장이 무원을 향해 거침없는 비난을 퍼부었다. 최근 오픈한 강남 면세점이 사활을 걸고 있던 브랜드 헤르네 유치에 대놓고 똥물올 끼얹었다는 이유다. 그룹 내 신성장 동력이기도 한 면세 사업부에서 특허권을 따내는 데만 수년의 공을 들여왔으니 다수는 그의 비난에 암묵적으로 동의했다. 그렇다고 이렇게 공개적인 회의에서 차기 승비원의 경영자를 몰아붙이는 게 영리한 처신은 아니었다. 결국 지켜보고 있던 다른 임원이 강 회장의 눈치를 보며 조심스럽게 끼어들었다.

"사장님, 일단은 진정하시고……."

"내가 지금 진정하게 생겼습니까? 헤르네는 상징성의 문제예요! 면세점 핵심 브랜드인 빅3를 누가 먼저 유치하는지 업계의 모두가 주목하고 있다, 이 말입니다."

"그거야, 물론……."

"이대로 헤르네 유치 성공 못 하면 면세사업부가 떠안아야 할 적자가 얼마인 줄이나 압니까? 제 발로 들어온 LV그룹 회장단 일행을 내쫓다니. 업계에서 우리가 얼마나 우스갯거리가 된 줄 압니까?"

그가 씩씩거리자 임원도 더는 말리지 못하고 물러났다. 강 회장은 관조하듯 바라보고 있었고, 무원은 굳은 얼굴로 침묵을 지키고 있었다. 얼마의 시간이 흘렀을까.

"시내 면세점의 헤르네 유치 건은."

강 회장의 마이크에 빨간 불이 들어왔다. 그가 천천히 말을 이었다.

"강무원 대표가 책임지고 해결할 겁니다."

찰나의 정적에 이어 동요로 가득한 술렁거림이 회의실로 번져 갔다.

"현재 공식 일정이 많아서 면세점 입점 건에 관련한 미팅은 바로 확답을 줄 수가 없다고 합니다."

신규 리조트 부지의 조감도를 확인하며 무심하게 듣던 무원이 고개를 들었다.

"이미 L백화점과 S호텔은 이 건에 관련해서 미팅은 물론 브리핑까지 정해졌답니다. 그런데 면세사업 국내 1위 사업자인 우리와는 기본 미팅조차 잡지 않겠다는 겁니다, 지금."

최 실장의 목소리에 당황한 기색이 그대로 드러났다. 애초에 모자간이 아닌가. 겉으로 보이기에는 데면데면하고 어색한 사이였으나, 블루아 회장은 몰래 투자금까지 대서 무원의 신규 호텔 사업을 도왔다. 어쨌거나 피는 물보다 진하니까. 그런데 이번엔 달랐다. 가차 없이 딱 자른 거절이나 다름없다.

"회장님은커녕 모렐 부사장의 수석 비서조차 연결이 안 됩니다. 직통 라인이 한순간에 딱 끊겼다니까요?"

면세사업부 대표를 비롯한 임원들이 핏대 선 목으로 무원을 싸잡아 비난할 때에도 당당하던 최 실장이 심각한 표정을 지었다. 아무리 앙앙거려 봐야 강 대표가 바로 블루아 회장의 장남이니 흠집 내려고 해봤자다, 혼자만 아는 비밀에 입이 근질거리기까지 했는데 이런 뒤통수라니. 뒷골이 싸했다.

"어쩌실 겁니까, 대표님?"

"면세점에 헤르네 하나 없어도."

"우리가 없는 대신 다른 회사가 가져가겠죠. 그에 따른 매출 부진과 적자까지 모두 다 대표님을 걸고넘어질 겁니다."

"그러겠지."

무원이 담담히 인정했다.

"그러니까 대체 왜 이런 빌미를 줘서……."

가뜩이나 호시탐탐 기회를 노리는 이들 앞에서. 뒷말을 꾹 눌러 삼킨 최 실장이 쐐기를 박았다.

"고집 그만 피우세요. LV에서 공식 라인 끊은 이유가 뭐겠습니까?"

"……."

"할 말이 있으면 아들로 오라는 거 아닙니까?"

"……."

"대표님!"

"알았으니 그만 나가 봐요."

최 실장을 내보낸 무원이 얼굴을 거칠게 쓸어내렸다.

* * *

"혹시 매운 거 못 먹어요? 1단계이긴 한데."

극강의 매운맛으로 유명한 빨간 떡볶이를 앞에 두고 묻자 지헌이 팔짱을 낀 채로 실내를 한번, 다시 테이블 위를 한번, 그리고 마지막으로 내 얼굴을 향해 시선을 돌렸다.

"좋아해?"

"엄청."

포크로 양념이 듬뿍 밴 떡볶이를 찍어 입안에 쏙 넣자 익히 아는 맛이 혀끝을 기분 좋게 감쌌다.

"정 그러면 국물에 이렇게 헹궈서 먹어 볼래요?"

아이에게 하듯 국그릇을 밀어 주며 시범을 보이자 그가 가당치도 않다는 듯 곧장 포크를 들고 떡볶이 하나를 꾹 찍어 입에 넣었다. 아주 느릿한 속도로 떡을 씹던 그는 단숨에 삼켰다. 어떠냐는 듯 눈으로 묻자 서두르지 않고 물로 입가심까지 마친 지헌은 컵을 테이블 위로 내려놓은 뒤 나를 보았다.

"이런 거 많이 먹으면 죽어."

단정한 목소리로 딱 잘라 평하는 모습이 강지헌다웠다. 물을 한 모금 더 마시는 그를 보며 나는 살짝 웃은 뒤, 이번에는 어묵까지 돌돌 말았다.

"다 먹고 나면 얼마나 개운한데요."

"속까지 버려 가며 개운할 일이 뭐길래."

대답 대신 씩 웃으며 열심히 입을 놀리자 짙은 눈썹이 비딱하게 올라갔다.

"매운맛은 미각이 아니라 통각인 거 알아? 데이트하자는 말이 함께 고통을 나누자는 건 아니었는데."

그러더니 불쑥 고개를 기울이고 속삭였다.

"물론 잘 생각해 보면 훨씬 더 즐거운 통증도 있을 것 같긴 한데 말이야."

"……."

야릇한 신호를 암시하는 말에 가만히 눈빛으로 비난하자 그가 턱을 괸 채로 어깨만 한번 으쓱하더니 손으로 내 입가를 쓱 문질러 양념을 닦았다. 그러곤 내가 티슈를 건네기도 전에 혀로 핥았다. 그 자연스러운 모습에 괜히 민망해진 나는 포크로 양념을 휘저었다.

"데이트가 뭐 별건가, 같이 있어서 좋으면 된 거지."

내 말에 지헌의 눈이 부드럽게 풀어지며 하늘의 별도 따다 줄 것 같은 너그러운 미소를 지었다.

"또 뭐가 먹고 싶다고, 나비야?"

"아주아주 단 초코 아이스크림이요."

"……오래 살 생각은 없는 거야?"

다시 눈을 찌푸리는 그를 보며 웃다가 흘러내린 머리를 쓸어 올렸다. 습관처럼 손목에 걸고 다니는 머리끈을 찾아 더듬거리는데 지헌이 긴 머리카락을 한 손에 잡고 가만히 붙잡아 주었다.

"아, 끈이…… 오늘따라 없네."

"대신 잡고 있지, 뭐. 어젯밤 생각도 할 겸."

지헌의 말이 새벽에 우리가 함께 나눈 순간의 기억을 상기시켰다. 그가 지금처럼 이렇게 내 머리카락을 잡고 있을 때 내가 고개를 숙였던 순간이.

"얼굴이 떡볶이만큼 빨개졌네."

"조금 매워서요."

덤덤한 대꾸에 피식 웃은 지헌이 한 손으로 컵에 물을 따라 내밀었다.

"오늘 같이 있을까?"

조금 더 빨개진 얼굴로 주위를 곁눈질했다. 상가 1층에 자리한 프랜차이즈 떡볶이집은 유난히도 테이블 간격이 좁았다.

"떡볶이집에서 그런 말은 좀."

목소리를 낮춘 채 눈짓하자 지헌이 고고하고 우아한 자태로 다리를 꼬더니 무신경하게 답했다.

"아, 이런 말은 침대에서만 하자고 했던가."

"진짜 민망한 말 잘해, 하여튼."

"진짜 민망한 말은 아직 안 했는데, 나비야."

나는 그냥 그의 입을 틀어막았다. 그는 착실하게 야한 남자답게 내 손바닥을 느릿하게 핥았다. 진저리를 치며 손을 떼자 지헌이 내 손을 잡고 그의 셔츠 위로 툭툭 문질러 닦았다. 엄마가 아이한테 하듯.

"나는 처음이니까 아가씨가 양보해."

지헌이 고개를 내 쪽으로 살며시 기울인 채 속삭였다.

"몸도 마음도 모두 처음."

"……진짜 떡볶이집에서 이럴 거예요?"

그가 눈을 가늘게 뜨고 서늘하게 말했다.

"떡볶이야? 나야?"

나이 서른에 떡볶이집에서 이런 유치한 대화를 주고받을 줄이야.

"……떡볶이는 맛있기라도 하지."

시도 때도 없이 끼 부리지도 않고 곤란하게도 안 한다. 입술을 실룩거리며 중얼거리는데 지헌이 기가 막힌다는 얼굴로 거침없이 내뱉었다.

"이런 거 많이 먹으면 죽는다니까."

"아, 남의 가게에서 그런 말 좀 그만해요."

주인의 눈치를 보며 비난하듯 그를 보았으나 지헌은 냉정한 태도로 코웃음쳤다.

"난 아냐."

"뭐가요?"

"많이 먹어도 안 죽어."

지헌이 천진한 소년처럼 싱긋 웃었다.

* * *

"아직도 화났어?"

초코 아이스크림을 푹 떠서 입에 넣는 나를 보며 지헌이 물었다. 그는 내가 반 통을 다 비울 때까지 얌전하게 앉아 휴대폰으로 업무를 보고 있었다. 나머지 한 손으로는 내 손을 닳아 없애기라도 할 듯 만지작거리면서. 말없이 입안에 든 초콜릿을 혀끝으로 녹이며 통에서 가장 큰 초콜릿을 찾아내 그의 앞으로 내밀었다. 지헌이 고민도 않고 곧장 입을 벌려 받아먹은 뒤 잠깐 눈을 찡그렸다.

"과당이네."

그가 고개를 숙여 빠르게 내 입술을 핥았다.

"간은 이쪽이 더 맞아."

만족스러운 얼굴로 입술을 핥는 지헌을 가만히 노려보자 그가 웃었다.

"아무도 안 보이는 자리라 괜찮아."

지헌은 아이스크림을 먹느라 볼까지 차가워진 내 얼굴을 천천히 문질렀다.

"배탈 나. 그만 먹어."

지헌이 손에서 숟가락을 빼내 아이스크림 통과 함께 멀리 치웠다. 실컷 먹은 건 나인데 차분하게 뒷정리를 하는 건 그였다. 오늘은 왠지 응석받이가 된 기분이다. 잠시 보다가 문득 궁금한 게 생각났다.

"고무나무에 꽃 피었어요?"

"궁금해?"

"네."

"누구야, 괴롭힌 사람?"

"그런 거 아니라니까."

"아닌데. 이렇게까지 보호라, 질투 나네."

시도 때도 없이 나오는 질투가 이제는 귀여웠다. 나는 지헌의 손바닥에 대고 장난치듯 손가락을 긁었다.

"있잖아요, 혹시 송해연 기억해요?"

지헌이 대답 대신 나를 가만히 보았다.

"미야케 컬렉션 백스테이지에서 봤던 그 탤런트요."

"아."

그가 손가락으로 내 뺨을 한번 톡 두드렸다. 내 얼굴에 상처 냈던 여자라는 걸 기억하고 있다는 뜻이었다. 평범한 반응이었으나, 상대가 전혀 평범하지 않은 강지헌이라는 점에서 의심은 스멀스멀 피어올랐다. 다시 휴대폰으로 눈을 돌리는 지헌에게 내가 물었다.

"그…… 아랍 왕자는 돌아갔어요?"

"아마도."

"그 뒤로 안 만났어요?"

"안 보이네. 집돌이인가."

지헌이 얼음처럼 차가워진 내 입술 끝을 살살 문지르며 대수롭지 않게 말했다. 그는 그들의 안위보다 내 입술 따위가 훨씬 더 중요하다는 듯 굴었다. 물어볼까. 내가 물어보면 지헌은 솔직하게 말해 줄 거다. 확실해? 너는 이미 한번 그에게 속았잖아. 하지만 나 역시 모든 걸 얘기하진 않는다. 나는 지헌의 손목을 잡아 부드럽게 내렸다. 지헌이 내리뜬 시선을 들고 나를 보았다.

"LV에서 송해연 협찬, 완전히 끊겼다고 들었어요."

"맞아. 내가 그랬어."

그가 순순히 인정하며 휴대폰을 주머니 안에 툭 넣었다.

"또 궁금한 건?"

상대가 너무 당당하게 나오니까 오히려 이쪽이 할 말을 잃었다. 나는 아랍 왕자에 대해 차마 물을 수 없었다. 어떤 대답이든 감당하기 싫었다. 지헌이 그런 나를 향해 다정하게 웃으며 흘러내린 머리를 귀 뒤로 넘겨 주었다.

"그럼 너한테 손댄 인간을 내가 그냥 둘 거 같았어?"

순수하게 즐거워하는 눈동자에 진심이 가득해서 섬뜩할 정도다.

"그러니까 맞고 오지 마, 나비야."

지헌이 사납게 웃으며 말했다.

"다시는 못 일어나게 반쯤 죽여 놓고 와. 책임은 내가 지니까."

말도 안 되는 소리라고 해야 했다. 그런데도 묘한 안도감이 가슴으로 번져 나는 하마터면 울컥 치솟는 감정에 휘말릴 뻔했다. 이 세상에 단 하나, 온전한 내 편. 강지헌이라면 어쩌면 내가 무슨 짓을 저질러도. 설사 살인을 저지른다 해도 무조건 내 편을 들지도 모르겠다고. 당신은 기어이 나와의 관계에서 거기까지 갈지도 모르겠다고 나는 예감했다. 말할 수 없는 충만감과 동시에 두려움이 밀려들었다.

이 끔찍하고 저주의 그물 같은 과거에 당신을 끌어들이는 게 싫다. 추문에 강지헌의 이름이 거론되는 게 싫다. 지구상의 모든 사람이 다 알아야 한대도 단 한 사람, 당신만은 몰랐으면 좋겠다. 마츠이도, 이시하라도, 그들과 함께 있던 나도. 이제는 그게 나의 유일한 소원이다. 나는 지헌의 목을 꼭 끌어안았다.

"나는 당신만 있으면 돼요."

갑작스럽게 안겨 드는 나를 지헌이 꼭 보듬고는 머리를 가만가만 어루만졌다.

"너는 마음이 너무 약하다니까."

연출팀 직원들이 들으면 뒤집어질 소리를 태연히 들으며 생각했다. 절대로 지헌은 모르게 하겠다고.

* * *

"왔니?"

무원이 실내로 들어서자 로라가 주방에서 얼굴을 내밀며 그를 맞았다.

"저녁 거의 다 됐으니 손 씻고 와서 앉아라."

"식사하세요. 기다리겠습니다."

무원이 딱딱한 음성으로 말했다.

"내 아들로 온 게 아니라면 그만 돌아가는 게 좋겠구나."

온화하지만 힘이 실린 목소리였다.

"어머니."

"내가 사업을 핑계로 널 이용하는 것 같니?"

무원이 대답하지 않자 로라가 부드럽지만 단호한 표정을 지었다.

"너는 아닌 것 같고?"

"……."

"나는 오늘 너와 사업 얘기를 하지 않을 거다. 그러니 불편한 마음으로 앉아 있을 필요 없어."

그 말만 남긴 채 로라는 다시 주방으로 들어가 버렸다.

홀로 커다란 응접실에 서 있던 무원은 긴 한숨을 내쉰 뒤 재킷을 벗었다.

"냄새가 근사한데요?"

식당으로 들어서던 클로에가 무원을 보고 흠칫 놀랐으나 곧 아무렇지 않은 표정으로 자리에 앉았다.

"오랜만에 실력 발휘 좀 해봤는데, 어떨지 모르겠네. 몸은 좀 어떠니?"

"많이 나았어요. 걱정 끼쳐드려 죄송해요."

"그런 말 마라. 너 아니었으면 여기까지 오지도 않았을걸."

둘의 대화를 말없이 듣고 있던 무원이 살이 홀쭉하게 빠져 창백한 얼굴을 하고 있는 클로에를 가만히 보았다. 조용히 무원을 지켜보던 로라가 그에게 말했다.

"클로에가 며칠째 앓고 있어. 아무래도 여름 감기 같은데, 낯선 나라라 더한 모양이야."

"네."

"좀 나아져야 비행기를 탈 텐데, 걱정이구나."

무심한 태도로 들으며 냅킨을 잡던 무원이 고개를 들었다. 이번에도 그가 묻기 전에 로라가 대답했다.

"이런 몸으로 당장 파리로 돌아가겠다지 뭐니. 절대 안 된다고 설득하는 중이야."

무원이 맞은편에 앉은 클로에를 아까보다 훨씬 더 집중해서 쳐다보았다. 그러나 자리에 앉은 뒤부터 무원 쪽으로는 눈길도 주지 않던 클로에는 로라를 향해 괜찮다는 듯 예의 바른 미소만 짓고 있을 뿐이다. 잠시 후에 그녀가 로라에게 말했다.

"이제는 정말 출발해도 될 거 같아요."

"어젯밤에 그렇게 기침을 많이 해 놓고, 얘는. 그러다 정말 큰일 나려고."

"아니, 그 정도까지는 아니었는데······."

"의사도 더 지켜보다가 열이 다시 오르면 입원해야 한다고 했잖니."

그랬나? 클로에가 눈을 깜박거리며 기억을 되짚는 사이 로라가 강경한 어조로 말했다.

"빈혈도 있는 애가 특히 더 조심해야지."

"그건 이미 예전에······."

"네 엄마한테 널 누구보다 건강하게 키우겠다고 맹세까지 했는데, 이러다간 꼼짝없이 거짓말쟁이가 되겠어."

"누구도 엄마 기준은 못 따라갈걸요?"

오래전에 떠난 엄마를 떠올리는 클로에의 얼굴에 숨길 수 없는 그리움이 묻어났다. 그 모습을 말없이 보던 무원의 눈빛이 한층 더 깊어졌다.

식사가 끝난 뒤 디저트를 사양하고 먼저 일어선 클로에는 방으로 올라가는 대신 정원으로 나갔다. 바로 옆 동에 있는 지헌의 빌라보다 훨씬 더 크고 주택 같은 분위기를 내는 이곳은 아주 오래전부터 누군가 관리해 온 것처럼 잘 꾸며진 집이었다. 이런 곳을 두고 호텔에 머물 만큼 로라는 아들과 가까이 있고 싶은 거였다. 그런 마음도 모르고. 강무원 나쁜 새끼. 그만하자, 그딴 자식 생각은.

애초에 한국행을 택한 이유는 지헌 때문이다. 그가 또다시 상처 입고 동굴에 틀어박히듯 혼자만의 세계에서 나오지 않을까 봐. 그럼 로라까지 흔들릴 테니까. 지헌은 원하지 않는 애정이라는 걸 알고 있지만 그의 기분은 클로에에 겐 상관없다. 태어나 지금까지 클로에한테 지헌은 가족 이상의 무엇이었다. 무원과 함께 셋이 어울리던 시절에도 그랬고 무원과 헤어져 둘만 남게 됐을 때엔 이제 둘뿐이라는 사실이 강한 유대감을 발휘했다. 그런데 지금의 지헌은 말려도 소용이 없을 것 같았다. 그녀로서는 로라를 부른 것으로 최선을 다했으니 이제 관여하고 싶지 않았다. 로라가 이 나라를 싫어하는 이유를 클로에는 이제야 알 것 같았다. 이곳은 사람을 지독하게도 슬프고 외롭게 만드는 나라였다. 클로에가 한기를 느끼며 팔에 돋아난 소름을 느끼며 집 쪽으로 몸을 돌렸다. 겉옷을 든 채로 무원이 걸어 나오고 있었다.

"입어."

그가 무뚝뚝한 얼굴로 들고 있던 옷을 내밀며 명령하듯 말했다. 클로에는 보지도 않고 그를 지나쳐 다시 정원 쪽으로 걸어갔다. 무원이 클로에의 팔을 잡았다.

"감기라며."

"만지지 마."

싸늘하게 말한 클로에가 그의 팔을 쳐냈다. 무원은 얼굴을 구기며 클로에를 막아섰다.

"얼어 죽겠다고?"

"지금 여름이거든?"

"네 얼굴이 어떤지 알고나 말해."

클로에가 가소롭다는 듯 웃었다.

"무슨 사내새끼가 이랬다저랬다야?"

"……뭐?"

"당장 나가라고 쫓아내 놓고, 아플까 봐 옷 들고 쫓아온 거잖아, 지금."

얼굴은 창백했지만 무원을 노려보는 클로에의 눈동자는 어느 때보다도 또렷하고 형형했다.

"너, 나 가지고 노니?"

"오빠한테 그게 무슨 말버릇이야."

"아, 불리하면 오빠 행사했지, 참. 비겁한 자식."

무원은 비아냥거리는 클로에를 보며 충격받은 듯 굳었다. 지금까지 한 번도 자신을 이렇게 대한 적 없는 클로에의 태도에 어찌할 바를 모른 채 당황하는 것 같았다. 클로에가 그의 손에서 낚아챈 옷을 땅바닥으로 팽개치듯 내던졌다.

"클로에!"

"버려. 네가 제일 잘하는 거잖아."

싸늘하게 일침을 가한 클로에가 미련 없는 태도로 등을 돌렸다. 홀로 남겨진 무원은 작고 가는 등을 바라보며 믿을 수 없다는 눈으로 한참 서 있어야 했다.

* * *

지헌이 나를 태우고 한참을 달려 도착한 곳은 서울에서 꽤 벗어난 외곽 도시였다.

"여기."

"와 봤어?"

"기사에서만 보고 처음이에요, 실제로는."

서킷, 모터쇼, 레이싱 걸, 기타 각종 파티에 빠지지 않는 주류와 부가 행사들. 한 번쯤 인연이 있을 법도 한데 의외로 이쪽 일은 맡아 본 적이 없었다. 몇 달이나 모은 돈을 모조리 차에 쏟아 부을 정도로 레이싱을 광적으로 좋아한 준 때문에 자연스럽게 반감이 생긴 것도 있었다. 나는 의아한 눈으로 지헌을 돌아보았다.

"레이싱 했었어요? 취미?"

"어릴 때 잠깐 선수로 뛴 적 있어."

"프로팀에 입단했어요?"

"응."

너무도 간결한 대답에 듣는 쪽이 더 놀랐다.

"왜 그만뒀어요? 들어가기 엄청 힘들잖아요."

"키가 너무 커져서."

가볍게 대답한 그가 차에서 내린 뒤 보닛을 돌아와 문을 열었다. 나는 지헌을 눈으로 좇으며 신기한 듯 보았다.

"새삼 반했어?"

"그만뒀다면서요."

"그래서 안 반했어?"

"그만둬서 반했어요. 그게 제일 마음에 드네."

지헌이 웃으며 내 손을 잡고 걸었다.

"굳이 레이싱 아니어도 몸으로 하는 건 대부분 다 잘해. 혼자 하는 거면."

담담하게 덧붙인 말에 마음이 술렁거렸다.

"불쌍하지 않아? 막 안아 주고 싶고."

지헌이 나를 돌아보며 웃었다.

"그러라고 한 말인데. 마음 약하니까, 넌."

"있죠, 우리 회사 사람들 앞에서 그런 말 하면 진짜 욕먹을지도 몰라요."

내가 진지하게 충고하자 지헌이 피식 웃었다. 우리는 나란히 보폭을 맞춰 걸으며 불 꺼진 야간 서킷을 걸었다.

"달이 밝다."

보름이 갓 지난 여름밤의 달은 공기만큼이나 따스했고 운치 있었다. 입구 쪽의 흐릿한 조명을 빼면 적막감으로 가득 찬 서킷은 짙은 어둠으로 둘러싸여 아무것도 보이지 않았으나 지헌이 옆에 있다는 것만으로도 무섭지 않았다.

가까이 다가가자 루프라인이 길게 뻗은 그랜드스탠드 정면으로 줄지어 늘어선 피트박스가 보였다. 그중 한곳에 불이 켜져 있었다. 막연히 그쪽을 향해 가는데 지헌이 손에 쥐고 있던 버튼을 눌렀다. 흐릿한 불빛을 뚫고 눈부신 헤드라이트가 번쩍 켜졌다. 어둠 속에서도 채도가 선명하게 빛을 발하는 적색 스포츠카는 엔진음마저 독특했다. 고요하게 잠들어 있는 맹수가 깨어나는 것처럼 그르릉거리며 대기를 울리는 소리에 나는 조금 매료되었다.

"운전해 볼래?"

"……내가요?"

"오토라 어렵지 않아."

"운영 시간 끝난 거 아니에요?"

불 꺼진 서킷을 둘러보는 내 눈에는 이미 옅은 흥분이 떠올랐다. 지헌이 그런 나를 보며 싱긋 웃었다.

"보통은 내가 마음먹어서 안 되는 일은 없어. 그러니까 너는 그냥 말만 하면 돼."

"그러다 안 되면 되게 무안할 텐데?"

슬쩍 농담을 던지자 지헌은 의외로 간단히 수긍하듯 고개를 끄덕이더니 불현듯 하늘을 가리켰다.

"그럼, 저 달 정도로 해 두자."

"달……?"

"달이 기울고 지는 건 인간의 힘으로 어쩔 수 없으니까."

달빛을 받고 선 그가 오연하게 말했다. 나는 다음번 데이트에서 매운맛 3단계에 도전하기로 다짐하며 속으로 웃음을 삼켰다. 그런 내 결의 같은 건 죽었다 깨어나도 모를 지헌이 나를 따라 웃는 게 귀여워서 참을 수가 없었다. 나는 흔쾌히 끄덕였다.

"좋아요. 어차피 빈 트랙이니까. 혹시 차멀미 같은 거 없죠?"

내 말에 지헌은 어이없다는 듯 웃었다. 그는 나를 부스에 앉힌 채 구두를 벗기고 바닥이 얇고 부드러운 레이싱 슈즈 안으로 내 발을 밀어 넣었다. 그가 나를 위해 스스럼없이 맨바닥에 무릎을 굽힐 때마다 나는 기분이 묘했다. 손을 뻗어 왁스로 단단하게 고정해 둔 머리카락을 가만히 어루만지자 지헌이 얼굴을 들었다.

"왜?"

아무것도 아니라는 듯 고개를 젓자 지헌이 피식 웃으며 한쪽 신발을 마저 신겼다. 실은 신발 같은 건 아무래도 좋았다. 이대로 우리 둘만 아는 곳으로 숨어 함께 있자고 속삭이고 싶었다. 그렇게 말하라고 몸 안쪽에서 피어난 조급한 열기가 자꾸만 나를 부추겼다. 손바닥을 움켜쥐고 의자를 꾹 눌렀다. 자리에서 일어선 지헌이 손을 내밀었다.

"갈까?"

나는 그 손을 잡고 일어섰다. 운전석에 앉아 시트를 조정한 뒤 지헌이 알려 준 대로 스티어링 휠을 잡는 순간 흐릿해진 흥분이 되살아났다.

"너무 어두운 거 아니에요?"

가로등이 하나도 없는 깜깜한 시골길에 서 있는 것처럼 시야에 잡히는 게 거의 없었다. 지헌이 싱긋 웃더니 손을 뻗어 버튼 하나를 부드럽게 돌리자 헤드라이트가 한번 반짝 빛났다. 그걸 신호로 깊은 암흑에 휩싸였던 서킷의 전구가 차례로 점화되기 시작했다. 탕탕탕 이어지는 묵직한 소리 위로 5킬로미터가 넘는 서킷 길에 맞춰 길고 유연한 곡선으로 뻗어 나가는 빛이 장관을 만들어 냈다. 서킷의 모든 전등이 켜진 뒤에 스타트 그리드 정면 위쪽에 세워진 커다란 전광판에 부저음과 함께 불이 들어왔다. 세 줄의 청색 시그널이었다. 내가 유일하게 알고 있는 레이싱 규칙인 출발 신호였다.

"속도 좀 줄여요, 아가씨."

줄곧 침묵을 지키고 있던 지헌이 점잖게 참견했다. 나는 무시하고 핸들을 잡은 채로 클러스터를 보며 발에 무게를 조금 더 실었다. 밟으면 밟는 대로 쭉 나가는 스포츠카답게 순식간에 속력이 올라갔다. 신이 나서 말을 할 새도 없다. 앞을 향해 화살처럼 달려 나가는 경험을 온몸으로 느끼며 그 아찔한 스릴에 순수하게 감탄하는데 옆에 앉은 지헌이 도어 트립을 지그시 움켜잡는 게 보였다.

"걱정 말아요. 무사고 7년이니까."

"응. 운전할 땐 앞을 봐야지."

그의 목소리에서 긴장감이 조금 느껴졌다. 좀처럼 볼 수 없는 태도에 나는 푸스스 웃음을 터트렸다. 그러자 그의 표정이 조금 더 심각하게 변했다. 약간의 후회가 밀려오는 듯했다. 그래 봤자 달리는 차는 나뿐인데도 그는 내가 어딘가에 부딪칠까 봐 걱정하는 눈치였다. 눈앞으로 보이는 직선도로에 속도를 조금 더 높이자 엄청난 스피드로 구간을 통과했다. 귀가 찌릿 울렸다. 난생처음 느껴 보는 종류의 쾌감과 해방감이 전율로 이어졌다. 그래서 갑자기 나타난 코너에 핸들을 꺾는 타이밍을 놓치고 말았다. 브레이크를 세게 밟으며 핸들을 확 돌리자 예상보다 가벼운 그립감에 타이어가 거칠게 미끄러졌다. 차가 기우뚱거리며 제멋대로 나아갔다. 지헌이 팔을 뻗어 나를 보호하듯 감싸며 내가 놓친 핸들을 잡고 부드럽게 돌렸다.

"타이어가 노면을 그대로 타서 그래. 이렇게 스티어링 휠 안쪽을 잡으면 돼."

침착하게 설명하는 지헌의 목소리를 들으며 순간적으로 세게 펌프질했던 심장이 천천히 가라앉았다.

"괜찮아?"

"……사고 날 뻔했어요."

등 뒤로 식은땀이 흘렀다. 그가 피식 웃었다.

"그럴 리가. 내가 있는데."

나는 지헌을 말없이 보았다. 그는 벨트를 풀고 내 쪽으로 몸을 완전히 기울인 채였다. 나는 왠지 이 순간을 오래도록 잊을 수 없을 것 같았다.

"다시 갈까? 완주는 해야지."

지헌이 벨트를 채우며 말했다. 나는 천천히 심호흡하며 고개를 끄덕였다. 그리고 이번에는 정신을 집중해 최고 속도로 마지막 코스를 통과했다. 속이 뻥 뚫리는 희열을 느끼며 지헌이 왜 레이싱을 했는지 알 것 같았다. 운전석에서 내리는 순간 다리가 풀린 것 같은 나를 지헌이 붙잡았다. 맞닿은 우리의 눈빛이 점점 더 짙어졌다.

"샤워부터 하게 해 줘요."

호텔에 들어서는 순간 나를 곧바로 끌어당기는 손에 조용히 청했다. 지헌이 시선을 들었다. 욕망으로 탁해진 강렬한 눈동자를 보며 나는 다시 입술을 물었다.

"같이해, 그럼."

이 우발적이고 신나는 짧은 일탈에 들떠 있던 나는 지헌의 손을 잡은 채로 욕실 문을 열었다. 뜨거운 물줄기 아래 마주 보고 선 채로 우리의 시선이 닿았다. 발돋움하고 지헌의 뺨을 감싸자 지헌이 익숙한 행동처럼 상체를 기울였다. 편해진 시야로 지헌의 반듯한 이마가 보였다. 그 위로 입술을 꾹 눌렀다. 이유도 묻지 않고 그저 내 기분을 풀어 주기 위해 묵묵히 맞춰 준 그가 고마웠다. 그래서 더 응석을 부렸다. 지헌이 뭐든 들어줄 거라는 걸 알면서도 내가 가진 무기를 처음으로 제대로 써 보는 일이기도 했다. 물끄러미 올려다보다 다시 발끝을 세우자 뺨 위로 떨어지는 촉촉한 물줄기와 함께 지헌의 입술이 나를 머금었다. 심장을 두드리는 게 물줄기인지, 그의 입술인지, 거칠게 밀어붙이는 몸인지 알 수 없는 채로 나는 흔들렸다. 아까 엘리베이터 앞에 서 있는 지헌을 볼 때부터 그랬다. 이렇게 흔들려 안기고 싶었다. 그걸 알기라도 한 사람처럼 지헌은 나를 거칠게 안았다.

뼈마디가 드르륵 울릴 정도로 가열하게 몰아붙이는 맹렬한 몸짓에 나는 부서져 내리는 것 같았다. 나를 꿰뚫는 거대한 물기둥이 내 몸을 정면으로 관통하는 기분이었다. 나는 빠르게 그로 채워져 갔다. 환한 빛이 쏟아져 들어왔다. 들어올 때마다 한결같이 뜨거우면서도 새로웠다. 쾌락이 해일처럼 밀려와 손끝까지 떨렸다.

"더는…… 못 버틸 것 같아요."

"나도."

순간 있는 힘껏 들어온 지헌이 내게 끝까지 닿았다.

"……진짜 안 돼요, 더는."

지헌과 나는 욕조에 대치하듯 앉아 있었다. 커다란 욕실 러그 위에 우리가 허물처럼 벗어 둔 옷이 아무렇게나 떨어져 있었다. 그 궤적이 격렬하게 타오르던 순간을 떠오르게 해 배 안쪽이 저릿했다. 그렇다 해도, 더는 무리다. 나는 퉁퉁 부은 얼굴로 그를 노려보며 욕조 손잡이를 움켜쥐었다. 지헌이 서운한 듯 물었다.

"나 못 믿어?"

뽀얗다 못해 반질반질 윤이 나는 얼굴이 나를 향해 해맑게 웃었다.

"다리 아프잖아. 응?"

마사지만 해 주겠다며 안심하라는 듯 상냥하게 고개를 기울이는 얼굴이 천사처럼 순해 보였지만, 나는 믿지 않는다. 저렇게 천진하게 웃는 얼굴로 틈입해 한순간에 돌변하는 걸 이미 여러 번 겪었다. 몇 번이나 그의 페이스에 말려 몸을 포개 오는 대로 겹치고 난 뒤에는 거인이 몸을 자근자근 밟고 지나간 것 같은 열락의 여파가 찾아왔다. 나는 지헌을 따라 웃는 대신 경계 섞인 눈으로 그를 보았다.

"그렇게 보고 있으니까 나비 처음 왔을 때 생각나는데."

나비? 미미? 귀를 쫑긋 세우는 것과 동시에 지헌의 긴 팔이 나의 종아리를 가볍게 쥐고 끌어당겼다. 물살이 찰랑거렸지만, 그는 자신이 선언한 대로 주무르는 것 말고는 아무것도 하지 않았다.

"……미미가 어땠는데요?"

내가 관심을 보이자 지헌이 미소 지었다.

"격동의 유년기를 보냈지. 할퀴고 숨고 소리 지르고."

인내심을 테스트받기엔 딱이었다며 웃는 지헌을 보며 둘의 모습을 상상해 보았다. 지헌은 동물을 좋아하지 않는다. 싫어한다기보다는 무관심 자체가 기본 기조였다. 미미 역시 애교가 많은 고양이가 아니라서 둘이 함께 있는 걸 볼 때면 과연 서로의 존재를 알고나 있는 건지 의문일 때가 있다.

"일종의 전략적인 제휴 관계지. 동료애랄까."

지헌이 삐딱한 웃음을 지었다.

"동시에 특정 인물한테 잊힌 트라우마를 공유하는 동료애."

거창한 말에 푸스스 웃음이 났다. 지헌이 나머지 한쪽 다리도 마저 당겼다.

"그래도 다행이에요. 둘이 잘 지낸 거 같아서."

"사람보단 나아."

지헌은 순순히 인정했다. 고마워서 그의 머리를 가만히 다독였다. 손을 잡아 깍지를 낀 지헌이 나를 단숨에 끌어당겼다.

"잡았다."

나는 마치 빨려 들어가듯 품 안으로 들어갔다.

"앗, 안 돼요……!"

욕조 물이 넘쳐흐르고 찰박거리는 물소리와 함께 나는 그의 품에서 버둥거렸다.

"안 해. 안 할 건데. 이렇게 안고는 있을 거야."

"……진짜죠?"

"진짜."

다정한 약속에 잠잠해진 내가 가슴에 얼굴을 기대자 지헌이 머리 위에 턱을 얹었다.

"이제 기분 다 풀렸어?"

"네."

"여전히 말할 생각은 없고."

"그냥…… 별거 아닌데 말하기는 좀 유치한 거라."

이제는 정말로 대수롭지 않은 일이 되어 버렸다.

"이치린한테 일어나는 일 중에 별거 아닌 건 없어."

지헌이 머리를 가만가만 쓸어내리며 말했다. 그 말 한마디에 마음이 녹아

내렸다. 나를 찌르던 뾰족한 가시가 떨어지고 숭숭 난 구멍으로 온기가 스며들었다. 나를 이렇게 응석받이로 만드는 당신이 너무 좋다. 속절없이 빠져드는 이 감정이 두려울 정도로. 당신은 나의 어디까지 받아줄까. 품을 조금 더 파고들자 지헌이 말했다.

"예쁘네. 계속 회사 다니라고 해야 하나."

"다녀야죠, 계속. 돈 많이 벌 건데."

"나 돈 많은데."

지헌이 싱긋 웃으며 고개를 숙여 눈을 맞췄다.

"내 돈 다 줄게. 회사 안 가고 나랑 놀래?"

참 한결같은 남자가 귀여워서 피식 웃는데 나를 향해 미소 짓던 붉은 입술이 서서히 다가왔다. 누가 먼저였는지는 모른다. 그의 목에 팔을 감는 순간 뜨거운 혀는 이미 내 안을 헤집고 있었다. 숨이 몇 번이나 얽혀 들었다. 입안을 빨아 당기며 온기를 피워 냈다. 나를 바라보는 깊은 시선에 블랙홀 안으로 빨려 들어가는 나약한 빛줄기처럼 나는 속절없이 그에게 빨려 들어갔다. 턱을 타고 흐른 타액이 욕조 안으로 스미고 맞잡은 손이 하나로 이어졌다. 눈앞이 하얗게 바래질 때쯤 지헌이 허리를 붙잡고 나를 가볍게 들었다 깊이 내려놓았다. 나는 서서히 가라앉으며 묵직하게 채우는 뜨거움에 신음을 삼켰다.

"따듯하다."

지헌이 아득한 목소리로 중얼거렸다. 나 역시 나른한 숨을 토해 내며 다리를 깊게 감았다. 기분 좋은 따스함이 온몸으로 스며들어서 잃었던 뭔가가 가슴으로부터 채워지는 것 같았다.

* * *

"연우야."

퇴근 후 집으로 들어선 무원이 곧장 위층으로 향하는 계단을 밟았다. 그는 습관처럼 딸의 방문 앞에 서서 이름을 부르고 가만히 기다렸다. 엄마가 죽고 난 뒤 한동안은 그의 품에 매달려 종일 떨어지지 않던 아이였다. 명은이 살아 있을 땐 계속 해외지사로만 돌아 연우와는 가끔 얼굴을 보는 어색한 부녀 관계에 지나지 않았다. 그런데도 아이는 무원이 집에 돌아올 때마다 아빠를 외치며 맨발로 달려 나왔다.

연우를 양육한 건 승비원 조모였다. 로라에게서 무원을 떼어 냈듯 한 여사는 성에 안 차는 손주 며느리에게 증손녀를 맡기지 않았다. 당신이 직접 품에 안고 길렀다. 딸의 양육보다는 본인의 처지가 더 중요했던 명은에게는 차라리 다행이었다. 절간처럼 고요한 승비원에서 오랜만에 태어난 아이는 귀한 꽃처럼 떠받들어졌다. 어머니와 지헌이 떠난 뒤 커다란 감옥처럼 어둡고 음침한 한옥에서 종일 울다 웃다 찡그렸다 종알거리기를 반복하는 연우의 존재는 그에게 낯선 감정을 불러일으켰다.

엄한 한 여사마저 연우에게는 유했다. 매일같이 아이를 품에 안고 온갖 수발을 마다하지 않았다. 조모의 생에서 어쩌면 마지막 기쁨의 날이었는지도 모른다. 명은이 죽고 아이가 그의 딸이 아님이 밝혀지기 전까지는. 그가 연우를 친딸로서 마음 깊이 받아들인 건 그때부터였다. 엄마가 죽고 무한한 애정을 주던 증조할머니마저 아이를 내치듯 냉대했을 때, 그 작은 어깨에 지헌이 겹쳐졌다. 할머니의 손에 쫓겨나야 했던 동생. 무리하면서까지 분가를 얻어 낸 건, 그 때문이었다.

똑똑. 작게 노크한 뒤 돌아서려던 무원은 마음을 바꿔 문을 조심스럽게 열었다. 사춘기 딸의 방문을 함부로 열어서는 안 된다는 아동 전문가의 말을 경청하며 열성적으로 고개를 끄덕인 것과는 다른 태도였다.

"연우, 벌써 자니?"

전등 하나 켜지 않은 어둑한 방은 찜통같이 더웠다. 창문을 활짝 열어 두었던지 한밤에도 이상기온을 자랑하는 맹렬한 더위가 방 안까지 스며들어 있었다. 무원은 더운 바람에 이따금 나부끼는 커튼 자락을 말없이 보며 방 안을 훑었다. 침대 위로 옹송그리듯 볼록 튀어나온 음영이 눈에 들어왔다.

"연우야!"

이 찜통 속에서 이불을 푹 뒤집어쓴 채 웅크리고 있는 아이를 본 순간 무원의 낯빛이 딱딱하게 굳었다. 엎드린 채 덜덜 떨고 있던 연우가 그의 목소리에 살며시 고개를 들었다.

"아빠……?"

그를 발견하고 흐릿하게 미소 짓던 아이의 몸이 축 늘어졌다.

"그냥 더위 먹은 거라잖아요……."

얇은 이불을 목까지 올려 덮은 연우가 눈을 굴리며 변명하듯 말했다. 무원은 말없이 연우의 이마에 체온계를 대어 본 뒤 리모컨으로 실내 온도를 조정하기만 했다.

한밤중에 아이를 안고 응급실까지 달려온 그는 퇴원하는 즉시 당장 입주 도우미부터 바꿔야겠다고 결심했다. 저녁도 먹지 않고 방에 있던 아이가 몇 시에 잠이 들었는지조차 모르던 도우미는 그들이 집을 나설 때까지도 세상모르고 자고 있었다. 그가 습관처럼 연우의 방에 들르지 않았더라면 정말 큰일이 났을지도 모른다는 섬뜩함이 등줄기를 훑고 지나갔다. 언제 풀어 버렸는지 타이는 사라지고 소매까지 둘둘 말아 올린 무원은 흐트러진 채로 침대 옆 의자에 깊이 몸을 묻었다.

"죄송해요……."

아빠의 무서운 얼굴을 힐금거리던 연우가 기어 들어가는 목소리로 사과했다. 잠시 뒤 무원의 입에서 긴 한숨이 흘러나왔다.

"에어컨은 왜 꺼 놓고?"

"추워서요."

"그래서 창문도 열어 둔 거야?"

그의 눈치를 살피며 고개를 끄덕이는 아이의 좁은 어깨를 보자 무원은 미약하게 남아 있던 분노마저 모두 사라지는 것 같았다. 부모로 사는 건 신이 그

앞에 준비한 선물 상자를 매일 하나씩 여는 건지도 모르겠다. 어떤 날은 축복과 기쁨이 들어 있지만, 어느 날은 좌절과 시련이 그를 기다리고 있었다.

"다음부터는 온도를 높이거나 시간을 설정해 둬. 모르겠으면 이모님이나, 아냐, 그냥 아빠한테 전화해."

"아빠 바쁘잖아요."

무원이 잠시 멈칫했다.

"무슨 일 있었니?"

연우가 설레설레 고개만 젓자 무원의 눈초리가 가늘어졌다.

"학교 일이야? 친구들하고 싸웠어? 아니면 선생님한테 혼난 거야?"

다시 흔들리는 연우의 눈을 보며 무원의 얼굴이 갑자기 굳었다. 그가 딸을 보며 머뭇거렸다.

"혹시…… 좋아하는 남자애 생겼니?"

연우가 웃음을 풋 터트렸다. 무원이 눈썹을 한껏 세우며 물었다.

"정말 그런 거야?"

"다 땡이에요, 땡땡. 아빠 맨날 헛다리."

웃는 연우를 보며 무원이 어깨를 축 늘어트렸다.

"그래, 아빠 늘 헛다리야."

그가 길고 무거운 한숨을 내쉰 뒤 순순히 인정했다.

"그래도 딸이랑 전화할 시간 정도는 있어."

사슴처럼 슴벅이는 눈이 무원을 한참 동안 올려다보았다.

"죄송해요, 아빠."

무원이 피식 웃으며 딸의 이마를 부드럽게 토닥였다.

"이제 자."

"……죄송해요."

연우는 돌아누우며 그렇게 한 번 더 소곤거렸다.

＊＊＊

"저 괜찮아요. 그만 들어가서 쉬세요."

수액 줄을 걱정스럽게 바라보던 로라가 핏기라고는 하나도 없는 클로에의 창백하고 마른 뺨을 보며 걱정스러운 표정을 지었다.

"열 내리는 거 보고."

산책을 다녀온 뒤부터 컨디션이 좋지 않더니 순식간에 고열이 올랐다. 결국 입원까지 하고 말았다. 무원과 마주치기 싫어서 밖을 헤매다 보니 이 꼴이다. 한심하게, 대체 언제까지 휘둘릴 거야. 비참한 마음을 눌러 삼킨 클로에가 로라를 보았다.

"아직 시차 적응도 안 됐잖아요. 그러다 로라까지 아프면 어떡해요."

"그럼, 네가 얼른 나아서 날 간호하면 되지."

클로에가 소리 없이 가볍게 웃었다. 그 미소가 어딘가 슬프고 공허해 보여 로라의 마음을 아프게 했다.

"그동안 널 너무 신경 못 썼어. 미안하구나."

"그런 말 마세요. 저 때문에 여기까지 오셨잖아요. 로라한테 한국이 어떤 의미인지 알면서, 제가 경솔했어요."

상냥하게 사과하는 클로에의 손을 로라가 살며시 잡았다. 서먹한 두 아들에 비하면 자식을 기르는 기쁨을 안겨 준 건 친자식보다 더 살갑게 구는 클로에였다. 그런데 생각해 보니 늘 모두를 즐겁게 웃음 짓게 하는 이 아이가 정작 투정을 부리거나 제게 의지하던 기억이 없다. 누구보다 솔직해서 감정을 억누르거나 참는 타입이라고 생각해 본 적이 없었기에, 지헌의 말이 더 충격으로 느껴졌다. 로라는 오늘 밤 미묘한 긴장감을 자아내던 무원과 클로에를 보며 둘 사이에 뭔가가 있다는 것을 눈치챘다. 그러자 다시 마음이 무거워졌다. 오랜 친구였던 클로에의 엄마가 살아 있다면 그녀의 두 아들 모두 딸의 짝으로 실격이었다. 이제는 그 사실을 받아들여야 한다. 모두를 위해서.

"클로에, 얘야."

로라가 조심스럽게 부르자 클로에가 시선을 들었다.

"돌아가면 너한테 어울리는 좋은 사람을 찾아볼 생각이야. 그게 우선인 것 같구나."

"……그치만, 저는."

무슨 걱정을 하는지 안다는 듯 로라가 잡은 손에 지그시 힘을 실었다. 그녀는 다정하게 그러나 제법 단호하게 고개를 저었다.

"너한테도 가족이 필요해. 나 말고 다른 가족. 내가 없어도 평생 네 옆에 있어 줄 사람 말이야."

"그렇게 되면 지분이 다 흩어지게 되잖아요."

"괜찮아."

클로에가 블루아 가문의 자손과 결혼하지 않으면 유언에 따라 모렐가의 지분은 조각나듯 찢겨 친척들 모두에게로 나눠진다. 당연히 호시탐탐 헤르네를 노리는 KN에서 기다렸다 주식을 사들일 게 뻔했다. 그렇게 되면 겨우 지켜 낸 경영권이 또다시 위태롭게 되고 말 거다. 그걸 알기에 클로에는 아주 오래전부터 지헌과의 결혼을 거의 숙명처럼 받아들였다. 그런데도 로라는 상관없다는 듯 고개를 저었다.

"너한테는 널 최고로 행복하게 해 줄 사람이 있어야 해. 넌 충분히 사랑받을 자격이 있단다."

"……"

"그리고 그건 다니엘은 아냐. 그건 확실한 것 같구나."

클로에는 가만히 고개를 끄덕였다. 얼마 전까지만 해도 그녀의 짝은 지헌 말고는 없다고 생각했었는데 이렇게 쉽게 수긍한다는 게 스스로도 그저 놀라울 따름이었다.

"내가 너무 쉽게 생각했어. 인연이 그렇게 억지로 되는 게 아닌데."

클로에의 얼굴에 옅은 죄책감이 떠올랐다. 로라의 말이 아니었어도 어차피 이제는 모든 게 틀어져 버렸다. 지헌은 마침내 그렇게나 소원하던 여자를 찾았고 무원과는……

"죄송해요."

클로에가 작게 사과하자 오늘따라 한층 더 유약해 보이는 그녀를 로라가 온화하게 바라보았다.

"앞으로는 더 행복할 일만 생각하자꾸나."

로라가 떠난 뒤, 클로에는 간호사가 링거를 빼낼 때까지도 잠들지 못했다. 심란한 마음에 병실을 서성이던 그녀가 문을 열고 밖으로 나갔다. 퉁퉁 부은 손으로 겨우 문을 닫고 돌아서자 맞은편 병실 앞에 선 채로 그녀를 보고 있는 무원과 눈이 마주쳤다.

선 채로 둘의 시선이 허공에서 부딪쳤다. 클로에의 홀쭉한 뺨을 보던 무원이 그녀가 입고 있는 환자복을 천천히 훑어 내렸다. 아주 짧은 순간인데도 그 잠깐의 시선으로 그는 지난 몇 시간 동안 그녀에게 있었던 일을 모두 간파한 사람처럼 보였다. 기어이 말 안 듣고 옷까지 내던지고 가더니 네 꼴을 보라는 듯. 침묵 속에 숨겨진 딱딱한 눈빛이 그녀를 비웃는 것 같았다.

클로에는 그게 싫었다. 하필이면 이런 꼴을 들키다니. 왜 이 인간에게는 늘 이런 모습만 보여 줄까. 그녀는 뒤돌아 두꺼운 미닫이문을 거칠게 잡아당겼다. 손잡이만 철컥거리며 정작 문은 열리지 않고 말썽이었다. 클로에는 부은 손등의 욱신거림을 무시하며 손잡이를 세게 움켜쥐었다. 말없이 바라보던 무원이 뒤에서 팔을 뻗어 손잡이를 잡았다.

꿈쩍도 하지 않던 문이 가볍게 열렸다. 입술을 잘근 깨문 클로에가 등 뒤로 느껴지는 무원의 기척을 외면하고 병실 안으로 도망치듯 들어갔다. 그리고 그가 말을 걸기도 전에 손잡이를 잡고 힘껏 밀었다. 그대로 팔을 내리고 물러설 것 같던 무원이 문이 닫히기 직전 탁하고 손으로 잡았다. 힘의 반동으로 문이 덜컹 소리를 내며 멈췄다.

"혼자 돌아다니지 마."

나지막이 흐른 음성에 클로에가 사납게 치켜뜬 눈으로 무원을 노려보았다. 그를 죽이고 싶다는 듯 험악하고 거친 분노의 눈빛이었다. 마침내 무원이 물러서자 문이 쾅 닫히며 적막한 병실을 울렸다. 문가에서 한 발도 떼지 못한 클로에는 벽에 등을 기대고 선 채로 눈을 감았다.

밖에 선 무원은 굳게 닫힌 문을 보며 소리 없는 한숨을 삼켰다. 왜 이렇게 어려운지 모르겠다. 남들은 쉽게 잘만 사는 것 같은데, 왜 그의 인생만 꼬일 대로 꼬인 미로 같은지. 그중에서도 그의 생을 통틀어 가장 어려운 존재가 문 하나를 사이에 둔 채로 상처 입은 짐승 새끼처럼 씩씩거리고 있다. 그걸 고스란히 듣고 있으면서도 할 수 있는 게 아무것도 없어 갑갑함에 목이 조여 올 때쯤 소리 없이 문이 열렸다.

"······."

"······."

무원은 자신을 맹렬하게 쏘아보는 커다랗고 푸른 눈동자에 서서히 차오르는 눈물을 보았다. 그 순간 그는 자신도 어쩌지 못하는 운명에 순응하듯 클로에게 손을 뻗었다. 모두를 기만한 채 할머니의 눈을 속이고 클로에를 속이고 종래에는 자신마저 속여 넘긴 남자가 마침내 폭발하는 감정은 거대한 충돌처럼 부딪쳐 왔다. 그녀의 입술을 집어삼키고 숨을 헤집으며 등이 아플 정도로 눌렀다. 움켜잡고 있는 손조차도 뜨거워서 피부가 타 버릴 것 같았다. 버석하게 메마른 입술에 촉촉한 습기가 배어날 때까지 무원은 클로에게 키스했다.

부드럽지도 다정지도 않은 남자의 침략과도 같은 움직임이 클로에의 먹먹한 가슴을 저릿하게 울렸다. 유리막 하나를 사이에 두고 죽을 때까지도 넘어서지 않겠다고 다짐한 남자가 마침내 내보이는 감정이어서. 언제나 간신히 닿을 것 같던 순간에 발을 빼고 차갑게 돌아서던 강무원이어서. 이렇게 폭풍처럼 덮쳐 오는 그가 믿기지 않았다. 이럴 거면서. 거대한 원망과 통렬한 슬픔이 클로에를 집어삼켰다. 그리고 그 울음마저 무원이 삼켜 넘겼다.

조용한 병실에는 어떤 목소리도 흐르지 않았다. 일생을 갈구해 온 여자를 품에 안은 남자의 거친 신음과 자신을 밀어내기만 하던 남자를 겨우 손에 쥔 여자의 울음이 전부였다. 철컥 소리와 함께 세상과 단절되고 어둠 속에서 오직 서로의 얼굴만을 눈으로 좇았다. 몸속 깊은 속에서부터 터져 나온 탄식이 누구의 것인지도 모른 채 뒤엉켰다. 고통스럽게 헐떡이는 숨 사이로 점점 짙어지는 욕망에 몸 안 깊은 곳이 욱신거릴 지경이었다. 아슬아슬하게 지탱하던 한 가닥 이성마저 끊어지고 본능에 눈먼 자들이 되어 서로를 파고들려는 그때, 미약하게 잔재하던 실낱같은 이성이 무원의 정신을 일깨웠다.

"……아빠?"

복도 저편에서 들리는 아주 작은 음성이었으나 무원은 그게 연우의 목소리임을 알아차렸다. 싸늘한 전율이 벼락처럼 내리쳐 둘 사이를 섬뜩하게 갈라놓았다. 무원의 몸이 딱딱하게 굳은 채로 정지했다. 클로에는 눈을 감아 버리는 것으로 심연까지 파고드는 절망을 그로부터 숨겼다. 둘은 연우의 목소리가 멀어질 때까지 긴장으로 얼어붙은 공기 속에서 숨을 골랐다. 어느새 몸을 추스르고 일어난 무원이 계속해서 진동하는 전화를 받았다.

"……미안. 바로 갈게. 응. 기다려."

흔들림 없이 차분한 목소리를 들으며 클로에의 마음은 점점 더 비참하게 뭉개졌다. 전화를 끊은 무원이 구겨진 옷매무시를 바로 하고 헝클어진 머리를 수습하는 내내 클로에는 눈을 꼭 감고 엎드린 채로 움직이지 않았다. 할 수만 있다면 지금 당장 이곳에서 소리도 흔적도 없이 사라지고 싶었다. 그래서 무원이 빨리 나가 주길, 그때까지만 울지 않고 버텨 주길 간절히 바랐다. 나무 인형처럼 뻣뻣하게 굳어 있던 클로에의 몸을 무원이 일으켜 앉혔다.

손수건으로 그가 남긴 흔적을 닦아 내고 아무렇게나 벗겨진 속옷을 끌어올리는 동안 클로에는 서툴고 느릿한 손을 고통스럽게 견뎠다. 그렇게 마지막 남은 자존심을 지켜 냈다. 단추까지 모두 채운 무원의 손이 클로에의 뺨 위에 잠시간 머물다 떨어졌다. 마침내 그가 문을 닫고 나가자 홀로 남겨진 클로에는 무참한 좌절만 다시 확인하고 만 자신의 첫사랑이 끔찍해서 울음을 터뜨렸다.

* * *

"이 세상의 귀한 원석은 모두 파리 방돔 광장으로 모인다는 말이 있죠. 그 방돔에 첫 주얼리 부티크를 오픈한 이래 지난 2세기 동안 가장 많은 사랑을 받은 황실 컬렉션이 바로 이겁니다."

본사에서 왔다는 프랑스인의 말을 옆에 선 한국 홍보책임자가 통역했다. 그 앞에 우르르 모여든 셀럽과 고객들은 설명을 들으며 사진을 찍느라 바빴다. 나는 자부심이 넘쳐흐르는 불어를 적당히 흘려들으며 뒤쪽에 선 채로 주얼리 쇼의 전체적인 진행 상황을 체크하고 있었다.

벨 에포크 시대의 살롱을 그대로 재현한 컨셉 디자인에 동선도 단조로운 데다가 음악도 적당히 잔잔해서 조금 졸립기까지 했다. 곧 갈 테니 조금만 기다리라는 선 팀장의 문자를 확인한 후 반대편 쇼룸으로 돌아설 때였다.

"그중에서도 오늘 처음으로 선보이는 이 웨딩링은 200년의 노하우를 물려받은 아르티젠이 상위 1퍼센트도 안 되는 최상급 다이아몬드 원석으로 제작한 컬렉션 링입니다."

오전부터 반복적으로 이뤄진 프레젠테이션에 멘트 순서까지 외워 버린 내 귀에 처음 듣는 말이 흘러나왔다.

"이 반지는 여기 계신 VVIP 회원들에게만 특별히 보여 드리는 건데요. 새 컬렉션 런칭을 기념해서 진행하는 맞춤 제작 서비스인 스페셜 오더 메이드 시스템의 첫 한국 오더 제품입니다. 오늘 막 아틀리에에서 도착했는데 특별히 허락을 받고 아주 잠깐만 공개하겠습니다."

유니크와 스페셜이라는 단어가 반복되면 으레 사람들의 시선이 몰리게 되어 있다. 내가 이상한 기분에 발을 멈춘 것처럼.

"인게이지먼트링입니다. 연인에게 줄 거라고 하셨다네요. 아마, 프러포즈 반지겠죠?"

사전에 합의된 게 아닌지 조금 흥분한 듯 빠르게 휘몰아치는 불어에 담당자 역시 버거운 듯 통역을 이어 갔다. 쇼케이스 앞으로 몰려든 사람들 중 하나가 물었다.

"다이아 한가운데에 있는 이 컬러 스톤은 뭐죠?"

"루비입니다. 뜨거운 심장을 상징하는 루비는 연인의 사랑을 뜻하죠. 그래서 예로부터 남녀가 사랑의 증표로 주고받은 보석도 다이아몬드가 아닌 바로 이 붉은 루비였다죠."

이제 완전히 돌아선 나는 한국 책임자가 아닌 프랑스인의 얼굴을 정면으로 마주 보았다. 조명 때문인지 왠지 그가 앞에 있는 고객이 아닌 뒤쪽에 선 나를 향해 말하는 것만 같은 착각이 들었다.

"아, 그런데 루비를 넣은 진짜 이유가 따로 있답니다. 선물할 연인의 탄생석이 바로 루비라고 하네요."

고객들 사이로 부러운 탄성과 감탄이 번져 나갔다.

"그런데 밴드 디자인이 좀 특이하지 않아?"

"그건 고객의 요청에 따라 크라운 아래 밴드 측면에 음각을 새겨 넣고 그 위에 원석을 따로 세팅한 겁니다."

그 말에 작은 쇼케이스를 검은 머리통 여러 개가 빙 두르다시피 에워쌌다.

"모양이 뭐죠? 너무 작아서 안 보이는데."

"……나비 날개 같은데?"

"이거 꺼내서 한번 보여 주면 안 되나요? 기왕 샘플로 내놓은 거 다른 반지처럼 한 번씩 껴 볼 수 있게."

가장 화려하게 치장하고 온 풍채 좋은 귀부인이 목소리를 높이며 요구하자 주위에 있던 다른 고객들도 고개를 끄덕였다. 순간 프랑스인의 표정이 딱딱하게 굳더니 통역을 할 필요도 없을 만큼 단호하게 고개를 저었다.

"시착은 물론 사진 촬영도 안 됩니다. 이 반지는 주인이 따로 있으니까요."

담당자의 엄격한 목소리에 그럴 거면 뭐 하러 보여 줬냐는 투덜거림이 흘러 나왔다.

"스페셜 오더 메이드 서비스는 GIA 보석 감정 자격증을 보유한 전문가가 안쪽 데스크에서 자세하게 상담해 드리고 있습니다."

뭐야, 영업이잖아. 갑자기 맥이 빠져 픽 웃음이 나왔다. 꽤 진지하게 연인 어쩌고 하며 프리젠테이션을 하는 바람에 잠깐 속을 뻔했다. 다시 몸을 돌리는데 누군가 비껴 선 시야 사이로 쇼케이스 안의 반지가 보였다.

"이거랑 같은 걸로 하고 싶은데, 그럼 디자인을 뭐로 적어야 하죠?"

"완전히 똑같은 건 불가능하지만 기본 디자인은 저희 메종 컬렉션 중 하나인 연인을 베이스로 하고 있습니다. 영원히 변치 않을 연인이죠."

프랑스인의 시선이 다시 내 쪽을 향했다. 기분 탓인가. 뒤에 누가 있나 싶어서 한번 돌아보았으나 이쪽에는 나 말고 다른 사람은 없었다.

"세상에 안 변하는 연인이 어딨어? 그래, 뭐, 다이아는 안 변하더라."

중년 여자의 말에 깔깔깔 웃음이 번졌다.

"이게 손가락 위의 왕관이라잖아. 누군지 좋겠다. 프러포즈 받는 여자는."

"왕관이 아니라 족쇄라는 걸 알아야 할 텐데."

"난 이런 족쇄라면 얼마든지 환영이야. 세상에 어떤 남자가 약혼자 준다고 이런 반지를 주문하겠어?"

"남자인지 어떻게 알아? 여자가 주문하고 카드만 남자가 긁었겠지."

"하긴 그렇다. 우리 영감은 큐빅이랑 다이아도 구분 못 해."

다시 깔깔대는 목소리를 들으며 다이아 위에서 영롱한 빛을 반짝이는 루비를 보았다. 그때 누군가 내 이름을 불렀다. 나는 한 번 더 쇼케이스를 본 뒤 몸을 돌렸다.

"나비야."

지헌의 목소리가 나를 살살 달래듯 부드럽게 이어지더니 기분 좋은 무게감이 등 뒤로 느껴졌다.

"그새 잠들었어?"

커다란 손이 명치 아래로 쑥 들어오더니 뒤에서부터 나를 꼭 끌어안은 지헌이 얼굴을 깊게 묻었다.

"아……."

수마처럼 밀려오는 잠을 떨쳐 내며 눈을 뜨자 느슨하게 쥐고 있던 휴대폰이 툭 떨어졌다. 체크아웃을 하기 전 전화를 받으러 나간 지헌을 기다리며 소파에 엎드려 업무 메일을 확인하던 중이었다. 주얼리 쇼를 진행했던 브랜드 본사에서 보낸 정중한 사과 메일을 보고 있던 중이었는데 깜박 졸았나 보다. 마지막으로 본 구불구불한 이탤릭체가 눈앞에 아른거렸다. 어쩐지, 꿈에 주얼리 쇼가 나오더라니.

"……통화 다 했어요?"

지헌은 웅얼거리는 내가 귀엽다는 듯이 한 번 더 꼭 품에 안고 얼굴을 비볐다. 몽롱한 와중에도 기분이 좋아서 희미하게 웃는데 갑자기 손가락 사이로 차가운 금속이 쓱 들어왔다. 나른한 감각이 몽땅 달아날 만큼 현실적인 감촉에 놀라서 고개를 들자 왼손 네 번째 손가락에 반지가 끼워져 있었다. 소파에서 튀어 오르지 못한 이유는 순전히 지헌의 밑에 깔려 있기 때문이었다. 그는 내 손을 높이 들어 올린 채 만족스럽게 웃었다.

"예쁘네."

"……이거."

멍했던 눈동자에 차츰 초점이 잡혔다. 눈앞에 아른거리는 영롱한 보석에 나는 눈을 부릅떴다.

"이거!"

'이 반지는 주인이 따로 있으니까요.'

그 영업용 웨딩링이 왜 내 손에. 눈도 깜박이지 못한 채 나는 그대로 잠시 정신을 잃었던 것 같다. 사실 그러길 바랐으나 나를 누르던 무게가 사라지더니 발목을 감싸는 손힘에 정신이 퍼뜩 돌아왔다.

"어, 잠깐만요!"

그대로 다시 엎어진 나는 공포에 사로잡힌 상태에서도 본능적인 기지를 발휘해 발끝에 온 힘을 주며 버텼으나 무게조차 느껴지지 않는 얇은 금속은 너무도 쉽게 피부를 감쌌다. 체인이 걸리는 달칵 소리에 등 뒤가 섬뜩했다.

"……지금 내 발에 진짜 보석을 채운 거예요?"

"목걸이랑 세트야. 예쁘지?"

펜던트 장식에 박혀 있는 보석과 똑같은 형태로 빛나는 작은 루비 조각을 보며 망연자실한 눈을 들자 지헌이 칭찬이라도 기다리는 아이처럼 웃었다. 헛발질하듯 벙긋하는 입술이 정지된 시간 속에서 홀로 움직였다. 나는 다시 손에 걸린 이물감 가득한 반지를 내려다보며 뻣뻣하게 경직된 시선으로 영롱하게 빛나는 보석을 흐리멍덩하게 쳐다보았다.

'인게이지먼트링입니다.'

'인게이지먼트링입니다.'

'인게이지먼트…….'

무한히 반복되는 그 음성에 나는 뻣뻣하게 굳고 말았다.

"커플링에 겁먹지 마."

"……커플링?"

지헌의 말을 그대로 되풀이하는 목소리가 어딘가 멍청하게 들렸다.

"그래, 커플링."

나를 보며 눈이 접히도록 맑게 웃는 지헌을 보며 눈을 가늘게 떴다. 거짓말, 커플링 거짓말. 이게 얼마짜린데. 게다가 나는 이미 그 프랑스인의 말을 전부 다 들었다.

'아마, 프러포즈 반지겠죠?'

내 눈을 똑바로 보면서 말하던 그 단어 하나하나를.

"대체 언제부터, 그러니까 이거, 그 주얼리……."

사고를 따라가지 못해 입이 버벅거렸다.

"괜찮으니까 숨 쉬어."

지헌이 상냥하게 미소 짓더니 입가에 달라붙은 머리카락을 떼어 주며 뺨을 토닥거렸다.

"사귀는 남녀 사이에는 다들 이런 걸 손에 끼워 놓더라구."

사귀기 전부터 주문했잖아. 회의적인 표정으로 그를 보았으나 지헌은 태연했다.

"넌 내 거잖아."

"……난 내 거예요."

"공평하게 우리 거로 하자."

지헌의 산뜻한 대답에 나는 더욱 황당해졌다. 이게 지금 공평할 일인가.

"새 컬렉션 홍보 차원에서 솔리테어 링 오더 메이드 서비스에 솔선수범한 거야. 이사회 임원이니까. 마침 한국에 있기도 했고."

어디까지나 업무의 일환이었다는 차분한 설명을 듣고 있자니 조금 그럴듯해 보였다.

"……진짜예요?"

"진짜겠어?"

지헌의 한쪽 눈썹이 비딱하게 올라가고 입술이 비틀리기 전까지는. 그는 마치 그걸 믿으려 했던 내가 신기하다는 얼굴이었다. 정말 몰라서 묻느냐는 듯.

"아가씨한테 주고 싶어서 주문한 거잖아."

나는 다시 시선을 내려 손에 끼워진 반지를 보았다. 처음 느껴 보다시피 하는 이물감에 손가락 사이가 어설프게 벌어졌다.

"혹시 그날……."

지헌이 응? 하고 물으며 얼굴을 기울여 왔다. 전부 다 계획한 건가? 일부러 나한테 보여 주려고?

"……우리가 어떻게 될 줄 알고. 잘 안 되기라도 했으면."

"말하지 않았나? 보통 내가 원하는 것 중에 잘 안 되는 건 없다고."

마치 다른 사람의 손이라도 되는 것처럼 어색하게 벌린 채 무릎 위에 올려 둔 내 손을 지헌이 살며시 쥐었다.

"이치린만 빼고."

나긋하게 따라붙는 말에 금세 마음이 약해진다. 그가 일부러 이러는 걸 알면서도 고작 이 얕은수에 나는 반쯤 넘어갔다.

"……꺼야 되죠?"

"강요할 수야 없지."

크림처럼 부드러운 목소리로 지헌이 답했다. 그리고 나는 안다. 내가 싫다고 하면 알겠다며 물러설 그를. 그래 놓고 훨씬 더 사납고 치밀한 계획을 세우겠지. 나는 그를 가만히 올려다보았다.

"그냥 커플링……이니까?"

"그냥 커플링이지."

강지헌을 아주 많이, 꽤 많이 좋아한다는 사실 외에 아무것도 결정짓지 않고 있는 나는 지헌이 프러포즈 같은 단어를 꺼낼까 봐 조마조마했다. 그리고 그런 나를 훤히 들여다보듯 아는 그는 보이지 않는 실을 교묘하게 당겨 나를 안심시켰다.

"이 정도는 괜찮잖아."

그는 아이를 달래듯 내 머리를 가만가만 쓸어내리며 부드럽게 설득했다.

"그럼 발찌는……."

"그건 목걸이랑 세트니까."

어쩔 수 없다는 듯 그가 상냥하게 미소 지었다.

"이제 잠이 좀 깨는 것 같아?"

잠이 깨냐고? 나는 순간적으로 욕이 튀어나올 뻔한 입술을 지그시 물었다.

"입술 물지 마. 피 나. 응?"

다정한 목소리와 함께 다가온 입술이 내가 잘근 물고 있는 아랫입술을 살살 파고들어 떼어 냈다.

"차라리 나를 물어."

잇자국이 찍힌 빨간 입술을 핥아 올리며 그가 속삭였다. 나는 조금 착잡한 심정으로 새빨간 루비를 감싸고 있어서 더 환하게 빛나는 다이아몬드 광택을 보았다. 그저 반지일 뿐인데도 손가락이 묵직하게 느껴졌다. 원래의 나라면 이런 과분한 선물은 보려고조차 하지 않았을 거다. 그러나 지금은……. 나는 지헌을 물끄러미 보았다. 느긋한 태도로 앉아 있는 그는 받든 받지 않든 모두 다 내 선택이라고 말하고 있었다.

"받을게요. 받는데, 정말 이거까지만요."

나는 난처한 얼굴로 그를 보았다.

"난 지금이 좋아요. 이 이상은…… 감당이 안 돼. 당신 어머니께도 그렇게 말씀드렸고요."

"반지 하나에 진심을 의심받을까 봐 걱정하는 거야?"

"굳이 오해를 만들 필요는 없으니까."

"헤어질 때를 대비해서?"

가만히 미소 짓고 있는 남자의 얼굴은 속을 읽을 수가 없었다. 나는 고개를 저었다. 그런 걸 대비할 필요가 있을까. 오늘 죽을 것처럼 사랑해도 내일 이별하는 게 사람인데. 지금 이 타는 듯한 감정도 시간이 지나면 휘발되는 날이 올 텐데. 이런 냉소적인 생각을 지헌이 좋아할 리 없기에 나는 그저 말없이 그를 보기만 했다.

"좋아. 이쯤에서 이 말을 미리 해 둬야겠네."

지헌이 나를 보며 마치 선고라도 하듯 단언했다.

"우린 절대로 헤어지지 않아."

"……그런 건 함부로 장담하는 거 아니에요."

"나는 해."

그의 확신에 찬 표정에 할 말을 잃은 건 사실이다.

"그치만 우리 아가씨는 못 하는 것 같으니까."

지헌이 내 뺨을 부드럽게 어루만졌다.

"만에 하나 나랑 헤어지고 싶어지면, 파리에 있는 LV패션그룹 자회사 중 하나를 골라. 프리패스가 보장되는 추천서를 써 줄게. 소문 걱정 없는 곳에서 새 출발 할 수 있게."

"……왜 파리예요?"

"그럼 새 출발을, 내가 없는 데서 하려고 했어?"

눈웃음을 짓는 지헌을 보며 나는 웃지 않았다. 그저 커다란 남자의 양손을 마주 잡은 채로 가만히 보았다.

"나중에 당신 마음이 바뀐다고 해서 오늘 한 말을 무기 삼아 비난하진 않을게요. 사랑이 변하는 것처럼 마음도 변하니까."

나는 그걸 아니까, 그런다고 해서 당신을 탓하진 않을 거다. 어떤 한순간이라도 나를 향해 확고하게 빛나는 눈빛만 기억할 거다.

"변하는 건 사랑이 아니라 사람이야."

지헌의 말에 나는 다시 할 말을 잃었다. 그리고 까만 무늬가 짙게 빛나는 홍채를 멍하니 보았다.

"난 변하지 않지만 그걸 믿지 않는다고 해서 탓하진 않아. 괜찮아."

결국 되로 주고 말로 받았다. 그런 나를 보며 지헌이 웃었다.

"그래서 안됐지만, 비밀 연애는 어렵겠어. 나는 여러모로 티 내는 걸 좋아하는 사람이라."

"……이런 티 안 내도 나 어디 안 가요."

지헌이 서늘하게 웃더니 반지 낀 손끝을 매만졌다.

"목에다 크게 '강지헌 꺼'라고 이름표를 붙이고 싶긴 했지."

나를 이 사회에서 매장시키려는 음모를 대놓고 밝히는 남자를 보며 나는 잠시 숨을 멈췄다. 어딘지 농담 같지 않고 선득했기 때문이다.

"……전에 말했던 당신 어머니를 한 번에 보낼 한 방, 그거 뭐였어요?"

지헌이 싱긋 웃은 뒤 고개를 숙였다.

"다음에 어머니를 만나면 이렇게 말해."

그가 승률 200퍼센트의 실전 비기를 전수하는 사람처럼 의미심장하게 속삭였다.

"나랑 잤다고. 그럼 게임 오버야."

"……."

기대했던 한 방의 실체에 허탈감이 밀려왔다. 그러나 지헌은 농담이 아니라는 듯 진지하게 말했다.

"그런데 부작용이 조금 있겠다. 어머니는 나와는 좀 다른 쪽으로 집요해서. 네 지문을 채취해서 혼인증명서 먼저 만들려고 할지도 몰라."

"……그럴 리가."

너는 싫다고 대놓고 말하던 분이 그런 짓을 할 리 없다. 씩 웃은 지헌이 내게 충고했다.

"만약 그런 상황이 오면 제대로 딜해서 한 재산 단단히 잡아."

"설마, 피부 때문에……?"

겨우 고작 그런 걸로?

"누구에겐 겨우가 아닌 모양이지."

지헌이 가볍게 대꾸하며 얼빠진 표정을 하는 내 뺨을 부드럽게 톡 눌렀다.

"그치만, 굳이 내가 아니어도 또 괜찮은 사람 있을 수 있잖아요."

"……있었으면 좋겠어?"

"없길 바라면 이상한 거 아니에요?"

"다른 여자가 나를 만져도 상관없어?"

지헌이 이해할 수 없는 얼굴로 나를 보았다.

"의지의 영역이 아니잖아요, 이건. 나 외에 다른 여자와 닿기만 해도 온몸에 피부 발진이 일어나길 바란다니, 그거야말로 저주 아닌가?"

"……그거 고백이야?"

"사람이 기껏 진지하게 말하는데."

눈을 찡그리며 타박하자 그가 진지한 얼굴로 응수했다.

"진지하게 키스하고 싶어졌어."

장난스럽게 다가오는 그를 휙 밀어내자 지헌은 눈을 찡그리면서도 한 번에 밀려나 주었다. 그가 소파에 등을 기댄 채 불만스럽게 퉁퉁거렸다.

"그러는 너야말로 상관없어? 내가 이거 때문에 널 찾은 걸 수도 있잖아."

"그럴 수도 있죠."

"화 안 나?"

"화날 게 뭐 있어요, 내가 무슨 특별한 치료제도 아니고. 당신의 방어가 나한테만 통하지 않는다는 보장도 없고. 얼마든지 또 있을 수 있어요."

"제발 또 있기를 바라는 것처럼 들려."

지헌은 기분이 아주 별로라는 듯 신랄하게 빈정거렸다.

"뭐, 그래. 또 있다고 쳐. 하지만 나는 너밖에 못 찾았어. 그래서 널 만난 김에 작정하고 꼬여 낸 걸 수도 있잖아."

"그럴 가능성도 있죠. 여자랑 한번 자 보고 싶어서. 그거 때문에 나한테 접근했을 수도 있겠네."

"너."

굳어지는 얼굴을 보며 상관없다는 듯 어깨를 으쓱했다.

"마음에 없는 여자 어떻게 한번 해보자고 쫓아다닐 만큼 자존심이 없을 수도 있죠, 강지헌 씨가."

불쾌한 듯 눈을 구기는 지헌을 향해 내가 도전적으로 말했다.

"말해 봐요. 나 되게 마음에 안 드는데, 한번 잘까 싶어서 따라다녔어요? 싫은 거 꾹 참고?"

지헌이 표정을 풀지 않은 채로 팔짱을 끼고 말했다.

"되게 마음에 안 들 수가 없어. 그래서 가정 불가야."

저 말을 이렇게 건방지게도 할 수 있다니, 나는 순수하게 감탄하다 재빨리 정신을 차렸다.

"그러니까요. 난 믿는다구요."

눈을 크게 뜨고 순도 백 퍼센트의 싱그러운 미소를 지어 보였다. 나를 가만히 보던 지헌이 눈을 맞추며 마주 미소 지었다. 아주 예쁘고 선하게.

"응, 난 아냐. 그러니까 반지 빼지 마."

굳어지는 나와 달리 지헌이 씩 미소 지었다. 넘어오는 줄 알았더니. 나는 불쌍하게 낑낑댔다.

"……사람들이 다 물어볼 텐데."

모두 다 그 자리에서 반지를 보았다. 그러니 내가 이걸 끼고 출근하는 순간 그 자리에서 가격으로 환산해 내 얼굴을 다시 볼 게 뻔했다.

"그러니까, 일종의 배려지. 그것도 아주 친절한."

지헌이 말했다.

"……배려요?"

"사람들이 왜 왼손 약지에 반지를 끼우는지 알아? 이 네 번째 손가락 혈관이 심장에 직접 연결되어 있다고 믿기 때문이야."

지헌이 손끝을 가만히 잡았다.

"시작도 끝도 없는 영원한 고리를 심장에서 가장 가까운 손가락에 끼우는 거지."

이게 원래 이렇게 살벌함이 넘치는 의미였나. 로맨틱은커녕 등 뒤가 서늘했다. 지헌이 나긋나긋하지만 전혀 웃지 않는 눈으로 의미심장하게 덧붙였다.

"그러니까 이건, 손이 아니라 심장에 채우는 거야. 여기 주인 있다고. 그러니 말 걸지도, 건드리지도, 쳐다보지도 말라고."

꿀꺽 마른침이 목으로 넘어갔다.

"내 병 때문인 것도 맞고, 네가 걱정돼서 찾은 것도 맞아. 그런데 그 모든 건 결국 이거 하나였어."

웃음기를 지워 낸 그가 조금 더 솔직하게 말했다.

"나는 네가 안전하게 있길 원했거든."

"안전……?"

"그래, 너의 안전."

"왜요?"

"글쎄, 확인하고 싶었달까."

의아해하는 나를 보며 지헌이 손가락 위에서 반지를 부드럽게 굴렸다.

"그러니 이거 끼고 내 옆에 딱 붙어 있어, 안전하게."

* * *

클로에가 옥상 정원 개방 문을 열고 나가자 드문드문 퍼져 있는 사람들의 시선이 그녀에게 모여들었다. 여러 나라를 가 봤지만, 이 나라만큼 서양인을 신기해하는 나라는 드물었다. 눈에 띄는 금발 때문인지, 타인에 대한 호기심이 남달라서인지 어딜 가든 한 번씩은 그녀를 되돌아봤다. 당연히 그런 것 따위 아랑곳하지 않는 그녀였으나 오늘은 싫었다. 살면서 지금만큼 자존감과 자신감이 바닥까지 떨어졌던 적이 있던가. 간밤 무원과의 일은 그녀를 그렇게 만들었다. 결국 그녀는 사람이 없는 곳을 향해 발을 옮겼다.

뜨거운 태양 아래를 한참 빙 돌아가자 기둥 뒤쪽으로 작은 휴게 공간이 보였다. 차양 아래 빈 의자를 찾은 클로에가 막 앉으려 할 때였다. 식물을 쭉 심어 둔 낮은 화단 뒤에 누군가 웅크리고 앉아서 뭔가를 중얼거리고 있었다. 잠깐 피곤한 기색이 스친 클로에가 멈칫했다. 옆모습이 익숙하다 했더니 무원의 딸이었다. 그녀는 혼자였다. 지난밤 자신을 안고 있던 남자를 전화 한 통화로 단숨에 빼앗아 간 존재. 그녀를 서슴없이 비참하게 만들던 아이를 여기서 마주칠 줄이야. 겨우 가라앉은 복잡한 감정이 제멋대로 소용돌이쳤다. 클로에는 몸을 돌렸다.

"……어? 그 언니다!"

눈이 깜짝할 새에 클로에 앞에 볼살이 통통한 여자아이가 서 있었다.

"맞네."

아무 대답도 하지 않고 굳은 얼굴로 서 있는 클로에를 향해 아이는 참으로 맑게도 웃었다.

"우리 아빠 첫사랑."

연우는 클로에가 아무 반응도 보이지 않는 이유를 자기식대로 판단했다. 그녀가 한국어를 못한다는 지극히 정상적인 판단. 연우가 더듬거렸다.

"My name is 연우. 그러니까 you⋯⋯ 음, I am doughter. 아냐, My father is 강무원."

클로에가 얼굴을 와락 구겼다. 연우가 서툰 영어로 내뱉는 아빠니 딸이니 하는 단어는 지금 클로에의 가라앉은 기분에 전혀 도움이 되지 않았다.

연우가 답답한 듯 얼굴을 찡그렸다. 공부를 못하는 건 부끄럽지 않다고 생각했으나 영어 한마디를 못하는 건 왠지 창피했다.

"아, 몰라. 한국말 못 해요? 할머니는 잘하시는데⋯⋯."

클로에가 몸을 돌리려 하자 연우가 그녀의 환자복 소맷자락을 다급히 붙잡았다.

"진짜 나 몰라요? 나 연우예요, 강연우. 우리 아빠 딸, 호텔 승비원 강무원 대표 딸이요!"

영어를 포기하자 다시 대담해진 연우가 클로에를 막아섰다. 클로에는 서늘한 눈을 내리뜨며 감히 자신을 막아선 꼬마 여자애를 보았다. 강무원과 최명은의 딸. 무원이 동생을 배신하면서까지 사랑한 여자와의 사이에서 낳은 아이.

"왜 여기 있어요? 어디 아파요?"

차가운 눈빛에도 그 애는 기죽지 않고 물었다. 그마저도 명은과 똑같다.

"언니 여기 있는 거 우리 아빠도 알아요?"

서슴없이 지껄이는 물음에 클로에의 얼굴이 한층 더 굳어졌다. 어제 일을 따지기라도 하겠다는 건가? 눈을 똑바로 뜨고 묻는 연우는 클로에가 마치 무원을 빼앗아 가기라도 할 것처럼 경계하는 태도였다. 이런 새파란 꼬맹이랑 서 있는 자신이 우스워 클로에는 모든 것에 환멸이 났다. 연우의 팔을 차갑게 쳐낸 그녀가 몸을 돌렸다.

* * *

"프러포즈 받았구나!"
홍 원장의 조향실에 들어서자 그녀가 눈을 반짝 빛내며 다가왔다.
"반지 엄청 비싸 보인다. 다이아? 몇 캐럿이야?"
"안 물어봤어요. 알면 안 될 거 같아서."
내 표정이 조금 심각했는지 홍 원장이 깔깔거렸다.
"역시, 스케일부터가 다르네. 강 이사님."
"빨라요, 너무. 이쪽은 아직 2G인데 5G 상대하는 느낌이에요."
"잘하고 있는데, 왜?"
"……제가요?"
조금 의아해서 묻자 홍 원장이 테이블 한편에 쌓아 둔 박스를 하나씩 내리 며 말했다.
"자기 그렇게 무른 성격 아니잖아. 회사 일은 몰라도 사적으로 누가 접근하 면 칼같이 자르잖아. 가차 없이 싹둑."
그녀가 가위를 들고 허공에 한번 휘두르더니 박스의 끈을 툭 잘랐다.
내가……?
"치린 씨는 그래. 다 봐줄 것처럼 하지만 싫은 건 목에 칼이 들어와도 안 하 거든. 맺고 끊는 타이밍이 좋달까. 의외로 허당인 건 유진이지. 걘 앞에서만 빽 빽대지 실제론 다 퍼 주거든."
그 말은 맞다. 차유진은 목소리만 큰 허당이다.

"그러니까 너무 감정을 억누르지 마. 난 치린 씨가 강 이사 얼마나 좋아하는지 이것만 봐도 알겠거든."

홍 원장의 눈빛이 일순 야릇하게 빛나더니 박스 하나를 쑥 밀었다.

"자기의 사랑의 증표."

"도착했어요?"

"전부 다 EWG 1급인 파인 프래그런스 그레이드 향료에 100퍼센트 퓨어 오가닉 에센셜 오일, 거기다 순도 99.9퍼센트 발효주정 식물성 에탄올까지."

홍 원장이 길게 이어지는 주문 목록표를 숨도 안 쉬고 읽어 내렸다.

"솔직히 말해 봐. 이거 진짜 남자친구용 맞아? 아니면 오가닉 베이비 샵이라도 차리게?"

"……피부가 좀 약해요."

홍 원장의 눈이 휘둥그레졌다. 장난삼아 던져 봤는데 진짜일 줄은 몰랐다는 듯.

"진짜였어? 대체 뭐 얼마나 대단한 걸 만들려고 한 달 치 월급을 그냥 갖다 박아?"

"죄송해요. 주정 구입 때문에 좀 번거로우셨죠."

"이 정도는 당연히 도와야지. 치린 씨 참사랑인데."

"유진 언니한테는 말하지 마세요."

음흉하게 웃는 홍 원장의 눈동자가 반짝반짝 빛이 났다.

"내가 곧 관능 수업 들어가야 하는데 말이야. 내일 수업에 써야 할 향료가 똑."

"컴파운딩 50개."

홍 원장이 말없이 눈을 두어 번 껌벅거렸다. 나는 긴 한숨을 내쉬며 말했다.

"100개요."

그녀가 씩 웃었다.

"딜."

신이 나서 엉덩이춤을 추는 그녀를 보다가 피식 웃고는 원액 병을 하나씩 꺼내 놓았다.

"치린 씨, 정말로 ISIPCA에 다시 갈 마음 없어?"

ISIPCA. 그 흔치 않은 말을 최근 들어 두 번이나 듣고 나니 저 밑바닥에 묻어 두었던 과거의 유물 같은 장소와 함께 그날의 향도 제멋대로 떠올라 버렸다. 이미 다 잊은 줄 알았는데. 반응 없는 나를 향해 홍 원장은 계속해서 말했다.

"강 이사 회사가 파리라며? 난 그 말 듣는 순간 그게 딱 떠오르더라. 한 번 붙었는데, 두 번 못 붙겠어?"

"운이 좋았죠."

홍 원장이 말도 안 되는 소리라며 일축했다.

"몇 년씩 준비하고도 떨어지는 사람들 허다해. 제일 어려운 과정 합격해 놓고, 그때 그 일 때문에."

들고 있던 향료 병을 테이블 위로 소리 나도록 달칵 내려놓자 홍 원장이 말을 멈춘 뒤 아쉽다는 듯 한숨을 내쉬었다.

"암튼 아깝다고, 이 재능. 그러니 이제라도 다시 해보자고. 잘돼서 파리에서 강 이사랑 알콩달콩 살면 좋잖아?"

"서른이에요, 저. 나이에서 탈락."

"꼭 같은 코스일 필요는 없지. 전문 과정은 못 듣겠지만 간단한 외국인 전용 코스라면 얼마든지……."

길어질 것 같은 말을 자르며 상자를 들고 창고로 향했다.

"수업 들어가실 거죠? 이건 일단 넣어 둘게요."

홍 원장이 등 뒤에서 소리쳤다.

"좋아. 오늘은 여기까지. 나 근성 있는 거 알지?"

창고에서 충분히 시간을 보낸 뒤 돌아오자 조향실은 비어 있었다. 재료를 정리한 뒤 조향대 앞에 앉아 컴파운딩을 시작했다. 한 치의 망설임도 없이 움직이는 손가락이 정밀화된 자동화 기계 같다. 반쯤 만들고 나자 손동작이 조금 느슨해졌다. 홍 원장의 말이 떠오른 건 그때였다. 내가 파리로 간다. 아직까진 한 번도 가정해 보지 않은 상상이었다. 하지만 지헌이 계속 한국에 있을 수는 없다. 곧 돌아가야 한다. 정두호 지사장도 그런 식의 언급을 한 적이 있다. 지헌이 돌아간다. 그럼, 우리는 어떻게 되는 걸까. 다시, 헤어지나. 지헌이 돌아……간다.

후두둑 떨어진 원액의 각도가 어긋나 병 밖으로 흘러내리고 말았다. 딜루션을 거치지 않은 원액은 독에 비견될 만큼 빠르고 강하게 감각을 마비시킨다. 재빨리 창문을 열고 두꺼운 페이퍼 타올에 코를 깊이 댄 채 숨을 반복해서 내쉬었다. 고개를 숙일 때마다 타올 끝자락에서 굴절된 빛에 눈이 부셨다. 반지 때문이었다.

막노동 급의 현장 일이 비일비재한 내게 이런 화려하고 거추장스러운 반지라니, 어색하고 부담스럽다. 가격이, 반지가 지닌 의미가, 그 모든 것들이 내게는 버거웠다. 그럼에도 받은 이유는 나의 불편함이 그에게 안심이 된다면 기꺼이 감수하고자 했을 뿐이다. 그런데 이상하지. 그가 옆에 없으니 빼 버리면 그만인데. 왜 계속 끼고서 거슬리는 신경을 참고 있는 걸까.

패션위크 콘솔부스 위에서 나의 시선을 가로채 갔던 그의 존재처럼 그가 끼어 놓은 반지는 반짝반짝 빛을 내며 나를 사로잡았다. 고작 반지 하나에 술렁이면서 그가 돌아가는 걸 감당하겠다고? 타올을 쥐고 있는 손에 힘이 들어갔다. 떨어지기 싫다. 헤어지기 싫다. 지헌이 파리로 가는 게 싫다. 불쑥 든 생각에 당황해서 나를 구속한 낯선 물체를 계속해서 곁눈질했다.

15

내가 미치는 거야

"헤르네의 엠버서더가 되신 걸 축하합니다, 유진 씨."

사인한 서류를 맞교환하는 순간 정 지사장이 인사를 건네자 유진이 밝게 웃으며 답했다.

"헤르네의 우아하고 고급스러운 이미지를 널리 알리는 데에 앞장서겠습니다."

블루아 회장이 손을 내밀자 유진이 마주 잡았다. 그 순간 플래시가 터졌다.

"수고하셨습니다! 이제 옆 스튜디오로 옮겨서 유진 씨 단독 컷 갈게요!"

다음 촬영을 위해 스탭들이 분주하게 이동하는 가운데 유진이 분장실로 향하자 실내에는 박 대표와 정 지사장, 그리고 블루아 회장만이 남아서 티타임을 이어 갔다.

"이 팀장님은 안 보이는군요."

정 지사장의 물음에 박 대표가 웃으며 너스레를 떨었다.

"계속 외근이에요. 우리가 오니까 걔가 밖으로 도네요."

박 대표가 우아한 백인 상류층의 전형 같은 모습으로 찻잔을 드는 블루아 회장을 힐금 보았다.

"강지헌 이사님도 안 오셨네요. 많이 바쁜가 봐요."

지헌의 이름이 나오자 천천히 찻잔을 기울이던 로라가 고개를 들었다.

"다니엘과 아는 모양이군요."

"그저 약간 친분이 있달까요?"

박 대표가 씩 웃으며 덧붙였다.

"역시 한국말을 잘하신다더니, 듣던 대로시군요."

아주 잠깐 손을 멈춘 로라가 밝게 웃는 박 대표의 얼굴을 가만히 보았다. 눈앞의 여자는 그녀와 지헌의 관계를 알고 있었다. 사업 수완이 꽤 좋은 젊은 여성이라는 건 알았으나 자신을 앞에 두고 교묘히 떠볼 만큼 대담할 거라곤 생각 못 했다. 로라는 온화한 미소로 잔을 내리며 물었다.

"하고 싶은 말이 뭐죠?"

보이지 않는 긴장감 속에서 로라는 영어를 고수했고 박 대표는 한국어로 응수했다.

"궁금해서요. 유진이 헤르네의 아시아태평양 공식 홍보대사라니. 심지어 현역에서 은퇴한 지 꽤 된 전직 슈퍼모델을 말이죠."

차유진 하나만 보고 결정한 순수한 판단인지 아니면 그 외 다른 이유가 있는지 의심하는 말에 로라는 사교적인 미소를 지었다. 옆에 있던 정 지사장이 나섰다.

"배우로서 좋은 성과를 내고 있지 않습니까? 한 분야의 톱이었던 사람이 모든 걸 내려놓고 새로운 분야에 도전해서 꽤 괄목할 만한 기록을 써 가고 있는 것. 그 도전 정신이 헤르네의 긍정적인 에너지와 잘 어울린다고 생각합니다."

한 방을 먹인 줄 알았더니 다시 원점으로 돌아왔다. 박 대표는 정 지사장의 흠 잡을 데 없는 모범 답안에 싱긋 웃었다.

"감사합니다. 회사에서도 유진의 헤르네 엠버서더 활동에 아낌없이 지원할 예정입니다."

로라와 박 대표의 시선이 고요하게 맞부딪쳤다. 그러나 겉으로는 성공한 여성 CEO 간의 우아하고 멋진 미소만이 잡힐 뿐이다.

"그럼 엠버서더로서 첫 공식 일정은 헤르네 실크 공방 컬렉션 행사가 되겠군요."

박 대표가 넘겨받은 일정표를 살펴보며 말하자 정 지사장이 마치 기다리고 있던 것처럼 준비해 온 것을 내밀었다. 공단으로 포장된 납작한 직사각형 형태의 상자였다. 박 대표가 의아한 얼굴로 그를 보았다.

"……두 개네요?"

"하나는 이 팀장 겁니다."

"설마, 이치린 팀장을 말씀하시는 건 아니겠죠?"

"맞습니다."

이들의 목표는 처음부터 치린이었나. 그걸 위해 LV그룹과 EM웍스에 다리를 놓고 헤르네와 차유진을 연결했다. 그리고 이제 쐐기를 박듯 블루아 회장이 나서 직접 초대장을 들고 온 것이다. 그러나 셀럽도 관계자도 아닌 일개 직원을 브랜드 행사에 이런 식으로 초청한다는 얘기는 들은 적도 본 적도 없다. 박 대표가 눈을 가늘게 떴다.

"하지만 이 팀장은 헤르네와는 아무런 관련도 없습니다만."

로라가 부드럽게 끼어들었다.

"내 손님으로 해 두죠."

"회장님께서 이치린 팀장을 아십니까?"

"아주 조금. 친분이 있다고 할까요."

티 테이블로 침묵이 내려앉았다. 은은한 압박감이 공기 중을 떠도는 가운데 로라는 태연한 얼굴로 다 식은 찻잔을 홀짝였다.

로라는 굳은 얼굴의 박 대표를 두고 돌아섰다. 그녀의 여유로운 태도는 차에 오르는 순간 싸늘하게 굳어졌다. 시간이 없다. 클로에는 아프고 무원은 헛돌며 지헌은 여전히 알 수 없는 태도로 버티고 있다. 그리고 승비원은…….

'여사님께서 출국 날짜를 정하라고 하십니다.'

한 여사의 곁에서 법의 심판자라도 된 양 오만하고 위압적인 목소리로 그녀를 압박하는 목소리는 20년이 지나도 그대로였다. 또다시 쫓겨나듯 도망갈 수는 없다. 그녀는 이제 시어머니의 말이라면 벌벌 떨던 어리고 미숙했던 과거의 로라 블루아가 아니다. 그녀로 인해 다니엘이 잃어야 했던 것을 모두 되찾게 해 줄 것이다. 다른 어느 곳이 아닌 바로 이 나라 대한민국에서. 그러자면 이치린이 필요했다. 만약 아들의 파격 행보가 순전히 그 아이 때문이라면 이번에도 움직일 것이다. 그것만으로도 이치린에 대한 가치는 충분했다.

* * *

"이거, 네 거다."

오후 늦게 회사로 돌아오자마자 박 대표가 뒤따라 들어오더니 테이블 위로 흰색 상자를 내밀었다. 납작하고 긴 상자는 넥타이라기엔 짧고 폭이 조금 더 넓어서 태블릿 정도만 한 크기였다.

"뭔데요?"

그녀는 어딘지 흥분으로 물든 눈으로 어서 열어 보라며 채근했다. Herne 두툼한 결이 드러나는 고급 제지 위에 금박으로 입힌 글자를 보자 손이 굳었다.

"……뭐예요, 이거?"

"글쎄, 일단은 블루아 회장이 너한테 직접 전하는 인비테이션, 인데."

그녀가 아리송하다는 듯 고개를 갸웃하며 의미심장하게 중얼거렸다.

"천국행인지 지옥행인지를 모르겠다는 거지."

상자에는 구겨지지 않을 것처럼 빳빳한 초청장과 얇은 레이스 원사로 짜인 장갑 한 켤레가 예쁘게 포개어져 있었다.

-이치린 님을 리옹 실크 공방이 펼쳐질 한여름 밤의 마법 정원으로 정중히 초대합니다.

내 이름을 손수 적어 넣은 정성스러운 초대장이었다.

"근데 왠 장갑?"

박 대표가 신기하다는 듯 살색이 훤히 비치는 레이스 장갑을 들어 올렸다. 모든 공정이 수작업인 리옹 공방에서 직접 만든 제품이었다.

"이렇게 비싼 걸 초청자 모두에게 나눠 준단 말이야?"

"……여자만 끼라는 의미겠지."

이유를 알 듯 말 듯해서 머릿속이 복잡하게 돌아갔다.

"초대장이랑 이게 있어야 들어갈 수 있다더라?"

그녀는 조금 들떠 보였다.

"이걸 너한테 직접 주겠다고 블루아 회장이 다녀갔다 이거지. 그 말은 콕 집어서 너를 꼭 보내라는 뜻이고."

복잡한 내 얼굴과 달리 박 대표는 흥미롭다는 반응이었다.

"시집살이시킬 타입 같지는 않던데. 역시 사람은 겪어 봐야 아는 건가."

"언제부터 알았어요?"

"강 이사가 블루아 회장 아들인 거?"

박 대표가 시큰둥한 얼굴로 나를 보았다.

"내가 일 년에 파리랑 미국을 몇 번이나 가는데 그걸 모르겠냐?"

"처음부터 말을 했어야죠. 난 몰랐잖아요. 그거 때문에 내가."

준비 없이 블루아 회장을 맞닥뜨려야 했던 충격과 지헌과 다툰 일까지 한꺼번에 떠올라 감정이 격해졌다. 박 대표가 혀를 찼다.

"남의 사생활을 내가 왜 떠벌려? 나 그런 인간 아니다."

"그래 놓고 나보고 만나 보라고 했어요? 다 알면서?"

황당해서 말문이 막힌 나를 보면서 박 대표는 천연덕스럽게 무시했다.

"갈 거지? 숍에 말해 둔다?"

반발심에 입을 꾹 다물자 그녀가 초대장을 다시 곱게 접어 밀어 넣었다.

"비죽거리지 말고 가. 마음 정했으면 직진. 강 이사랑 같이 파리로 가."

화를 내던 것도 잊고 박 대표를 빤히 보았다. 장난기를 거둔 그녀의 눈동자가 진지하게 빛났다.

"반년 줄게. 그 안에 김 대리 키워 놓고 너 파리 가."

"나 보내고 대표님은 어쩌게?"

"회사 망할까 봐?"

"어."

망설임 없이 대답하자 그녀가 눈을 흘겼다. 그런 뒤 하바리움을 들고서 장난치듯 병을 기울였다. 용액 안의 수국이 하늘거렸다.

"너 있어서 그렇게 판 벌인 거야. 네가 회사 지키고 있어서. 내가 무대 뒤 맡길 사람, 너밖에 더 있어? 그런데 여기까지."

그녀가 유리병을 제자리에 돌려놓으며 나를 보았다.

"너 패션 싫어하잖아."

박 대표가 전혀 예상치 못한 말로 허를 찌르며 말했다.

"다른 도시에서 먼저 선보인 무대, 브랜드 갑질 참아 가며 무조건 시키는 대로 하는 거 질렸잖아. 재미없으니까."

"일을 재미로 해요?"

"패션은 그래. 애초에 돈 벌기는 글러서 재밌어야 할 수 있어."

단호한 말에 나는 다시 할 말이 없었다.

"그러니까 넌 더 좋아하는 거 해."

나는 말없이 하바리움을 보았다. 느릿하게 움직이던 꽃잎들이 차곡차곡 제자리를 찾아 천천히 포개졌다.

"인생 짧다. 하고 싶은 거 실컷 하다 죽기에도 모자라."

"……앞으로 70년은 더 살아야 한다면서, 끔찍하게."

그녀가 픽 웃었다.

"올 땐 순서대로 와도 갈 땐 랜덤인 거 몰라? 백 세는 아무나 찍냐? 저 위에 계신 양반한테 픽 당해야 해, 너."

그녀가 장난스럽게 웃으며 말했다.

"얼마나 몸이 달았으면 그 몸값 비싼 양반이 직접 움직였겠어. 정 지사장 눈치도 그렇고. 그러니까 강 이사랑 잘 상의해서 네가 가는 걸로 해."

"……왜 다들 나 못 보내서 안달인 건데?"

"그러게 평소에 잘했어야지. 네가 얼마나 밉상이면 그래?"

박 대표가 얄밉게 이죽거렸다.

"……남자 하나 보고 외국 가서 살라구?"

"야, 누가 그래래! 그냥 다시 파리 가라는 거지! 핑계도 좋겠다, 보내 줄 때 못 이기는 척 획 가 버리라고! 괜히 회사니 뭐니 정에 휩쓸려서 발목 잡히지 말구. 그게 서로 무슨 추태야?"

고함을 빽 지른 박 대표가 벌떡 일어섰다.

"이번엔 학비 안 내줄 거야, 네 돈으로 가. 내가 돈 좀 쓸라고 하면 꼭 부정 타더라. 그러니까."

그녀의 입가가 우그러졌다.

"가. 무기한 권고휴직이야."

뻣뻣한 초대장 모서리가 손바닥을 찔러 왔다.

"안 가도 돼."

그날 밤 퇴근 후 얼굴만 잠깐 보고 가겠다며 집에 들른 지헌이 아일랜드바에 있던 초대장을 본 뒤 그렇게 말했다. 미리 알고 온 사람처럼 태연한 반응이었다. 그의 단호함에 나는 망설였다.

"본인 손님으로 초대하신다고 했대요."

그러니 거절하려면 직접 하는 게 예의다.

"가고 싶어?"

선뜻 대답하지 못하자 지헌이 그거 보라며 웃었다. 그는 재킷을 벗어 의자 등받이에 걸어 둔 뒤 포트에 물을 채웠다. 그의 유연한 움직임은 이 집과 자연스럽게 조화를 이루어 나의 일상을 아무렇지 않게 파고들었다. 마치 퇴근하고 집에 돌아온 그를 맞이하는 기분. 내가 파리로 간다면 어쩌면 우리는 이런 생활을 공유하게 될지도 모른다.

"왜?"

멀거니 있는 내게 지헌이 물었다.

"당신은 가요?"

"글쎄, 갈까?"

그가 장난스럽게 물었다.

"모르겠어요."

나는 아일랜드바 앞에 선 채로 반응 없는 전기 포트를 가만히 쳐다보았다. 파리, 회사, 파티, 이집카. 머릿속이 뒤엉켜서 무슨 얘기를 먼저 꺼내야 할지 알 수가 없다. 뒤에서 다가온 지헌이 나를 가만히 끌어안았다. 단단한 가슴에 머리를 기대자 지헌의 나른한 숨이 귓가에 닿았다.

"온다고 하면 선곡은 특별히 신경 써서 할게."

그러고 보니 최근 들어 약을 먹지 않았다. 그런데도 이명은 들리지 않았다. 이대로 괜찮아지는 걸까. 지헌이 머리카락을 모두 쓸어 한쪽 어깨로 넘겼다. 드러난 맨살에 뜨거운 입술이 닿았다.

"그러니 선택은 아가씨가, 에스코트는 내가."

내가 가길 바라는 걸까. 지헌이 그렇다고 말하면 나는 거절하지 못하겠지. 갑자기 그의 손이 미끄러지듯 내려오더니 나의 왼손을 겹치듯 잡고 허공으로 들어 올렸다. 비어 있는 다섯 손가락이 훤히 드러난 시야에 잡혔다. 침묵이 돌덩이처럼 내려앉으며 뒤통수가 뚫어질 것처럼 따끔거렸다.

"아직, 회사에서는……."

"그래, 알아."

스위치를 눌러 불빛을 차단하듯 서늘하고 단호한 목소리였다. 지헌이 그대로 손을 포갰다. 겹쳐진 손에는 그의 반지뿐이다. 몸을 돌려 얼굴을 보고 싶었지만, 용기가 나지 않았다. 포트에서 물이 부글부글 끓기 시작했다. 버튼이 탁 꺼지는 순간 입고 있던 원피스가 바닥으로 떨어졌다.

* * *

"뭐라고?"

한 여사가 서슬 퍼런 기세로 눈을 치뜨자 앞에 공손히 시립하고 있던 노 비서가 고개를 조금 더 숙였다. 그리곤 자동응답기처럼 반복하던 비서팀의 말을 전했다.

"회장님 개인 일정은 비공개이며 아무나와 공유할 수 없다는 답변입니다."

최대한 빨리 이 나라를 떠나라는 종용에 대한 사실상의 거절이자 옛 시어머니로서의 대우조차 하지 않겠다는 의미였다.

"아무나라고……?"

분노한 한 여사의 손바닥 안에서 잉어 밥이 가루가 되어 뭉개졌다. 그녀는 밥 주는 사람을 귀신같이 알아보고 모여들어 입을 뻐끔거리는 물고기 떼를 가는 눈초리로 노려보았다. 로라 역시 한때는 자신 앞에서 저러했다. 먹이를 줄 때까지 빙빙 맴돌며 불쌍하게 기웃대는 하찮은 미물처럼 제 앞에서 고개를 바짝 숙이고 발소리조차 내지 못하던 스무 살짜리 계집이었다. 그런데 감히, 제가 누구를. 감히 누구한테. 강산이 변하고 억겁의 세월이 흐른들 사람의 근본이 변할까.

지금이야 회장이라고 그 자리에 앉아 떵떵거릴지언정 결국에는 임신한 처녀의 몸으로 제집에서 내쳐져 타국 땅까지 쫓겨 온 여자일 뿐이다. 거둬 주고 품어 준 자신에게 감사는 못 할망정 기어이 제 발로 뛰쳐나간 것이 어딜 돌아와 물을 흐리려는 게야.

'무원이 부르지 마십시오, 어머니.'

아들의 말을 떠올린 한 여사의 눈이 번득였다.

"더는 가만두고 보면 안 되겠구나."

그녀의 옆에서 오랜 세월을 보필한 노 비서가 기민하게 알아차리고 고개를 숙였다. 그때 집안일을 하는 여자가 종종거리며 다가왔다.

"어르신, 송 화백님이 오셨습니다."

"……송 화백이?"

연못가에서 돌아선 한 여사가 저 아래 돌담에서부터 여유롭게 걸어 올라오는 송 화백을 보았다. 자신보다 헤르네의 그 어린 계집을 더 살뜰히 챙기던 갤러리에서의 일이 떠올라 그녀가 얼굴을 찌푸렸다. 그 일로 무원의 짝으로 눈여겨보던 송 화백의 손녀딸까지 탐탁지 않아 두고 보는 중이었건만 무슨 바람으로 무거운 몸을 움직였나.

"안녕하셨어요, 여사님."

어느새 다가온 송 화백이 활짝 웃으며 한 여사의 손을 덥석 잡았다.

"자네가 기별도 없이 웬일인가?"

한 여사는 친근한 척 구는 송 화백을 밀어내며 손을 탁탁 털어 냈다.

"여사님이 통 걸음을 안 하시니 병이라도 나셨나, 걱정돼서 와 봤지요."

송 화백이 냉큼 손을 휘두르자 그녀를 뒤따라 온 남자가 양손에 하나씩 든 황금빛 보자기와 종이봉투를 노 비서에게 건넸다.

"여름인데 기력 잃지 않게 잘 챙겨 드셔요. 그래야 저랑 나들이도 가시죠."

당부하듯 건네는 말에 보자기를 힐금 본 한 여사가 조금 누그러진 태도로 몸을 돌렸다.

"노인네한테 별걸 다. 아무튼 왔으니 차나 한잔하고 가시구려."

곰살맞은 구석 하나 없는 뻣뻣한 노인의 등을 보며 비죽 웃은 송 화백이 뒤를 따랐다.

* * *

헤르네 행사 당일. 문을 두드린 김 대리가 얼굴을 쑥 내밀었다.

"대표님이 팀장님 아직도 사무실에서 미적대고 있으면 쫓아내라는데요?"

"누구 덕분에 이러고 있는데? 도면은?"

"거의 다 끝나 가요. 걱정 말고 가세요."

"또 사고 치려고?"

가방을 든 채로 그의 자리로 가려는데 김 대리가 사무실 밖으로 등을 밀었다.

"에헤이, 그렇게 절 못 믿으세요?"

"도무지 믿을 수가 없다."

"저희두요. 대표님이 꼭 택시 태워 보내랬어요."

그가 막 도착한 승강기 안으로 나를 끌고 들어가며 박 대표의 당부를 전했다. 문이 막 닫히려는데 누군가 다급히 뛰어왔다.

"아, 고마…… 어? 이 팀장이었네? 안녕."

"네, 오랜만이네요. 팀장님."

주얼리 쇼를 부탁했던 선 팀장의 옆으로 서 실장이 나란히 올라탔다. 그녀는 피식 웃더니 나를 향해 가볍게 고개만 까닥거렸다. 짧게 스친 눈빛에 나에 대한 경멸이 가득했다. 인사를 받을 생각이 없었기에 무시한 채 고개를 돌리자 허, 하는 소리가 들렸다. 그러거나 말거나 머릿속이 복잡했기에 구태여 실랑이를 벌이고 싶지 않았다.

'무기한 권고휴직이야.'

박 대표의 말을 떠올리며 어떻게 해야 하나 골똘히 생각하는데 어정쩡한 표정으로 나를 힐금거리던 선 팀장이 서 실장과 시선을 주고받는 게 승강기 문에 비쳤다. 그래, 그러고 보니 이 모든 사달의 원흉이 바로 이 여자였지. 짧은 사이에 마음을 정한 나는 김 대리에게 고개를 틀었다.

"요즘 회사에 도는 소문 들었니?"

정적이 감도는 승강기 안에서 김 대리보다도 먼저 서 실장의 시선이 나를 향했다. 눈치 하나는 기막히게 빠른 김 대리가 능청스러운 얼굴을 했다.

"아, 그거요? 웬 할 일 없는 인간들이 헛소문을 퍼트리고 다니는 것 같더라구요. 여름이라 뇌가 녹았나."

그는 대담하게도 서 실장을 보며 이죽거렸다.

"고소하시지 그러세요?"

"그럴까? 요즘 몸도 허한데 합의금이나 왕창 받아서 보약이나 지어 먹을까 봐."

내 말에 녀석이 키득거리며 다시 서 실장 쪽을 힐금거렸다.

"개털이라 그 정도도 안 될걸요?"

"그래?"

귀찮게 됐다는 듯 픽 웃어 버리자 서 실장의 얼굴이 확 구겨졌다. 그녀가 한 발 앞으로 나서자 선 팀장이 참으라는 듯 말렸다. 내게 도움받은 게 있으니 곤란한 눈치였다. 김 대리가 쐐기를 박았다.

"말만 하세요. 저희 형 친구 겁나 유명한 로펌에 있거든요."

"번호 줘 봐. 상담이나 받아 봐야겠다. 진지하게."

말끝에 힘을 실으며 서 실장을 빤히 보자 그녀가 나를 쏘아보았다.

"왜요, 할 말 있어요?"

"너, 지금……!"

선 팀장이 서 실장을 끌어당겼다.

"실장님, 우리 커피 마시러 가자. 응?"

참으라는 듯 다독이는 선 팀장과 씩씩대는 서 실장의 작태가 영 거슬렸다. 지금 참고 있는 사람이 누군데.

"요즘 회사 보안 참 허술하네. 아카데미 사람들이 왜 연출팀 건물까지 들락거려? 이쪽은 보안 유지가 기본인데."

내 말에 둘의 얼굴이 딱딱하게 굳었다.

"교육 다시 해야겠다."

가볍게 툭 뱉으며 둘을 정면으로 보았다. 어디 한번 시비 걸어 보라는 듯. 그러나 1층에 도착할 때까지도 숨 막힐 듯한 정적은 깨지지 않았다. 엘리베이터 문이 열렸다.

"그럼."

턱만 살짝 까닥여 인사를 대신한 뒤 둘을 지나쳐 내렸다. 여전히 나를 불러 세우는 목소리는 들리지 않았다. 내 뒤를 의기양양한 표정의 김 대리가 바짝 따라붙었다.

"완전 쫄았는데요?"

이 정도로 겁을 먹을 타입은 아니다. 하지만 이쯤에서 한번 경고를 줄 필요가 있다. 나는 김 대리를 돌아보았다.

"너는 그만 모른 척해. 너까지 불똥 튀면 곤란하니까."

"팀장님 있는데 누가 절 건드려요."

당연한 듯 나오는 대답에 나는 말을 멈추고 녀석을 보았다.

"왜요?"

"……들어가서 도면이나 다시 쳐. 윙백 간격 안 맞아."

녀석은 땡땡이칠 기회를 놓친 게 아깝다는 듯 투덜대다 미적미적 돌아섰다. 떨어지지 않는 발을 돌려 집으로 돌아왔다.

샤워하고 나오자 전화벨이 울렸다. 액정에 지헌의 이름이 떠 있었다. 그날 밤 이후 처음이었다.

"여보세요."

-나야.

"……네."

나는 무작정 버튼을 눌러 전화를 받아 놓고 잔재하는 서먹함에 침묵했다.

내가 그런 것처럼 그도 말이 없었다. 자동차의 경적이 열어 둔 창문과 전화기를 타고 동시에 흘러든 건 그때였다. 나는 홀린 듯 현관으로 걸어가 문을 열었다. 전화기를 귀에 댄 채 창가에 서 있던 지헌이 나를 향해 고개를 돌렸다.

"안녕, 나비야."

지헌의 목소리가 복도를 낮게 울렸다. 창을 타고 들어온 햇빛이 불량스럽게 기대 있는 그를 감싸며 위태로운 분위기를 자아냈다. 지난 며칠간 침묵했던 것처럼 이대로 훌쩍 떠나 버릴 것만 같다. 손보다 발이 앞서 나갔다. 문을 활짝 밀고 나가자 지헌이 놀란 눈으로 벽에서 몸을 떼어 냈다.

"너 지금."

우리는 동시에 서로를 붙잡았다. 지헌이 나를 그대로 감고 집 안으로 들어와 문을 닫았다. 나를 내려다보는 그의 눈동자가 화난 사람처럼 굳어 있었다.

"이러고 나온 거야? 밖에 누가 있을 줄 알고."

젖은 머리로 가운 하나만 달랑 걸친 나를 보며 그는 화를 냈다.

"차 소리가 동시에 들리길래, 당신인 거 같아서. 그런데 가 버릴까 봐……."

지헌이 나를 세게 당겼다. 긴장이 탁 풀리는 숨소리가 머리 위로 느껴졌다.

"도무지 경각심이 없지. 너, 이렇게 불안한데 내가."

뜨거운 한숨과 함께 속내를 털어놓는 남자의 허리를 끌어안았다. 그의 목소리가 잦아들었다.

"……살겠냐고."

지헌이 가운 안으로 손을 넣으며 허리를 바짝 당겼다. 뺨에 닿는 부드러운 실크 수트를 밀어내자 그를 깊숙이 각인시키는 네롤리가 익숙하고 관능적인 향기를 풍겼다. 이 품이 그리웠다. 우리를 둘러싼 복잡한 상황 따윈 아무래도 좋았다. 나는 지금 여기에 당신과 함께 있고 싶다. 문 앞에 선 지헌을 보는 순간 그것 말고는 아무것도 중요하지 않은 것처럼 여겨졌다. 나는 뺨을 조금 더 움직여 그의 가슴으로 파고들었다.

"내가 파리로 갈까요?"

지헌의 몸이 그대로 굳었다.

"나는 어디에 살든 상관없거든요. 그런데 당신은 돌아가야 하잖아요. 그러니까 내가."

나는 말을 멈췄다. 지헌은 여전히 굳어 있었다. 이건 내가 예상했던 반응이 전혀 아니다. 나는 무슨 근거로 지헌이 기뻐할 거라고 생각했을까. 오만했다. 이집카부터 차근차근 운을 띄웠어야 했는데. 나는 지헌의 가슴 부근을 보며 말했다.

"……있죠, 이건 차차 생각해요. 그리고 부담 가질 필요 없어요. 내가 강지헌 씨를 무작정 따라가겠다는 게 아니라……."

아주 천천히 움직인 지헌이 양쪽 어깨를 움켜쥐더니 눈을 가늘게 뜨고 나를 보았다.

"다 버리고 나를 따라오겠다고?"

나는 눈을 찡그렸다.

"버리긴 뭘 다 버……."

"방금 그랬잖아. 나라도 버리고 나 따라오겠다고. 이거 프러포즈 아냐?"

나는 눈을 조금 더 찡그렸다.

"그건 나중에. 당신 어머니 허락받으면."

"허락을 왜 그쪽에 받아? 결혼은 나랑 하는데."

"글쎄 아직 거기까진."

"그러니까 이치린이 전부 다 버리고 나를 따라오겠다는 거지? 어디든."

그는 이미 내 말 같은 건 듣지 않고 있었다. 그가 내게서 확인받듯 천천히 곱씹었다.

"이곳에서의 네 일, 생활, 가족, 친구. 전부 다 떠나서 나랑. 나하고만."

나를 뚫어지게 보는 예리한 눈동자에 그가 얼마나 영리한 남자인지 생각해 냈다. 그는 나의 이 결정이 충동에서 비롯된 것인지 신중하게 가늠하고 있다. 만약 여기서 고개를 끄덕인다면 번복할 기회 같은 건 없을지도 모른다. 나는 두려워지기 전에 손을 뻗어 지헌의 얼굴을 꼭 감쌌다.

"해요. 우리 둘이서만."

"신혼여행만 일 년 갈 거야."

"……또 겁준다."

눈을 흘겼으나, 지헌은 그 무엇도 자신의 기분을 망칠 수 없다는 듯 웃었다.

"그래도 정리하는 데 6개월은 걸려요."

"더 오래 기다릴 생각이었어. 처음부터 그럴 마음이었으니까."

지헌이 눈을 가늘게 빛내며 손을 뻗었다.

"그런데 마지막 순간에는 늘 먼저 손 내밀어, 이렇게."

벌어진 가운 앞섶에서 지헌이 얇은 줄을 들어 올리자 숨겨져 있던 반지가 찰랑이며 흔들렸다. 지헌의 눈동자가 깊고 짙게 변했다.

"네가 이러니까 내가 미치는 거야."

한탄 같은 숨을 토해 낸 지헌이 그대로 얼굴을 숙였다. 알이 단단한 보석과 함께 가슴 끝을 가만히 더듬는 입술이 뜨거워 손에 쥔 옷깃을 꾹 눌렀다.

* * *

"무리하는 거 아니니?"

러플이 달린 네크라인과 물 흐르듯 떨어지는 가벼운 실크 트윌의 핑크빛 드레스를 입고 선 로라가 클로에를 향해 물었다. 클로에는 시퀸 자수가 촘촘하게 새겨진 블랙의 트위드 미니 드레스와 얇은 새틴 힐을 신고 있었다. 그녀의 야윈 뺨이 도드라져 보여 지켜 줘야 할 것 같은 유약한 소녀 같았다.

"그냥 쉴 걸 그랬구나."

클로에가 웃으며 고개를 저었다.

"중요한 행사잖아요. 대니도 없는데 당연히 제가 있어야죠."

오늘 공식 행사까지가 클로에의 마지막 한국 일정이었다. 헤르네의 로얄 회원과 셀럽만 초청해서 치르는 실크 공방 오픈 파티는 꽤 오래전부터 준비해 온 중요한 행사였다.

"괜찮아요."

어딘가 먼 곳을 응시하는 것 같은 시선으로 클로에가 희미하게 미소 지었다. 그녀는 연우와 마주친 그날 바로 퇴원했다. 그리고 그 뒤 무원을 보지 않았다. 그날 이후 뜬눈으로 밤을 꼬박 새우고 난 뒤 며칠간은 전화가 울리면 잠깐씩 멈칫하곤 했다. 예상했으면서도 행여나 전화를 놓칠까 봐 벨 소리로 바꿔 두었다. 그건 이틀도 되지 않아 자신에 대한 환멸로 되돌아왔다. 그런 일이 있고 난 뒤 지금껏 전화 한 통 없는 남자의 마음은 묻지 않아도 뻔했다.

'우리 아빠 첫사랑.'

아무것도 모르는 꼬마의 말 한마디에도 흔들릴 만큼 스스로가 나약해져 있었다는 사실을 깨닫는 순간 클로에는 이번에야말로 완전히 마음을 굳혔다. 자신의 삶에서 강무원을 떠나보내기로. 아니, 그의 삶에서 자신이 빠져 주기로. 만약 그를 위해 지헌과 로라까지 놓아야 한다면 기꺼이 그렇게 하기로. 그래서 헤르네의 이름으로 오늘 파티에 두 부녀를 초대했다. 다정한 아빠와 딸의 모습을 보면 이 구질구질한 미련 같은 잔재도 사라지리라.

"너무 힘들면 참지 말고 꼭 말하렴, 알겠니?"

로라의 당부에 클로에가 고개를 끄덕였다. 공식 포토 행사에 첫 스타트를 끊은 유진이 쏟아지는 플래시 앞에서 능숙하게 포즈를 취하고 내려간 뒤 로라와 클로에가 나란히 포토월 앞에 섰다. 둘을 향한 취재 열기는 유진 못지않았다. 해가 지기 시작한 어둑한 저녁 밤 곳곳에서 눈부신 스트로브가 일제히 터지며 두 미녀를 향한 감탄이 뒤섞여 쏟아졌다. 로라는 미소를 띤 채 먼 곳을 응시했다. 지헌은 보이지 않았다. 역시, 무리였나.

혹시나 싶어 그 아이에게까지 초대장을 보내 두었는데. 절반쯤은 예상한 듯 로라의 반응은 덤덤했다. 그럼에도 절반의 실망은 그녀에게 여전히 컸다. 혹시나 그 아이라면, 하고 기대를 했었다. 지헌이 지금껏 이런 자리에 한 번도 참석한 적이 없다는 걸 알면서도.

　미리 약을 먹거나 이성이 다가올 때마다 피하거나 그럼에도 결국 발진이 일어나 약물 치료를 받길 반복한 끝에 아들이 택한 방식이었다. 결국 스스로를 고립시키는 게 가장 간단한 방법이라고 결론 내린 거다. 그 뒤로 아들은 그 어떤 노력도 하지 않았다. 그 어떤 행사에도 얼굴을 비추지 않는 블루아 회장의 아들에 대해 많은 추측이 난무했으나 적어도 회사에서만은 정상적으로 보였기에 그저 사교적이지 않은 괴팍한 타입 정도로 여겨지고 있다는 걸 알고 있다. 아들의 병이 기적처럼 완치되기 전까지는 평생 그런 외톨이로 살아야 할 것이다. 가족과 친구, 사랑하는 사람들에 둘러싸여 웃고 떠드는 일상은 절대로 이뤄지지 못할 꿈처럼. 홀로 외롭고 고독하게 보내리라.

　"그만 내려갈까요, 로라?"

　무거운 숨을 내쉰 로라가 클로에와 함께 포토월을 내려갔다. 리옹에서 온 아트 디렉터와 함께 뒤늦게 도착한 셀럽 한 명을 끝으로 포토 행사가 끝날 예정이었다. 플래시가 잦아들고 본격적인 행사를 위해 셀럽과 VVIP들이 하나둘 건물 안으로 들어갔다. 입구에 선 채로 끝내 미련을 버리지 못한 로라는 씁쓸한 얼굴로 몸을 돌렸다. 그때였다. 잠잠해진 프레스석에서 플래시가 터진 건.

　"누구지? 다 끝난 거 아니었나?"

　팡팡 터지는 플래시 사이로 누구냐고 묻는 기자들의 외침이 이어졌다.

　"로라, 저기 좀 보세요……!"

　내내 차분함을 유지하던 클로에가 놀란 얼굴로 로라를 불렀다. 로라는 건물 입구에 선 채로 포토라인에 오르는 두 남녀를 멍하니 바라보았다. 강렬하게 쏟아지는 조명 때문에 보이는 거라곤 실루엣과 언뜻 비치는 얼굴이 전부였지만 그녀는 본능적으로 알았다. 지헌이 왔음을.

　그 장면은 로라의 일생에 있어서 드물게도 인상적인 순간이었다. 아니, 그녀는 오늘 이날을 평생토록 기억에 간직하리라는 걸 직감했다. 검은 턱시도를 입은 지헌이 새하얀 포토월을 배경으로 서서 환하게 웃고 있기 때문만은 아니었다. 충격으로 굳은 로라의 시선이 박힌 곳은 아들의 손이었다. 여자의 손을 보란 듯이 움켜쥐고 있는 티 한 점 없는 하얀 손등이 그녀의 뇌리에 깊숙이 박혀 들었다.

놀랍게도 지헌의 옆에 선 여자는 맨손이었다. 그리고 그녀는 사전에 약속한 드레스 코드대로 장갑을 착용하지 않으면 입장이 불가능한 오늘 행사장에서 유일하게 맨손일 터였다. 그녀의 손에는 핑크빛 장갑 대신 분홍색 트윌리가 감겨 있었다. 파리에서 선보인 지 한 달도 되지 않은 오트 쿠튀르를 입은 채.

엄청난 비용을 들여 리옹 공방의 아르띠장이 손수 만든 드레스 장갑을 모든 여성 참석자에게 보내는 미친 짓을 한 이유가 아들 때문이었는데, 정작 당사자는 태연하게 여자의 손을 잡고 나타났다. 그의 병을 아는 사람이라면 이 순간이 어떤 의미인지 모를 리 없었다.

"역시, 그런 거였네요."

곁에 선 클로에의 목소리가 오늘 밤 처음으로 부드럽게 풀어졌다.

"다행이에요, 로라."

정말로 잘됐다며 로라의 팔을 힘주어 잡은 채 위로와 기쁨을 건네는 클로에의 말에도 로라는 눈도 깜박하지 못했다.

"……나쁜."

"로라……?"

"저 나쁜 자식."

클로에가 놀란 얼굴로 로라를 보았다. 커다랗고 푸른 눈에 눈물이 차오르고 있었다.

"일부러 숨긴 거야, 진작 알려 줬다면……."

목멘 듯 갈라지는 음성을 들으며 클로에가 웃으며 고개를 끄덕였다. 그래, 어쩌면 병원에 안고 나타났다는 보고를 들었을 때부터 일이 이렇게 될 걸 짐작했어야 했다. 애매하게 구는 지헌의 태도와 뜻하지 않게 알게 된 이치린의 과거 때문에 미리 선을 그었던 건 자신인지도 몰랐다. 어쨌거나, 남녀 사이는 그 둘밖에는 아무도 모른다는 걸 쓰디쓴 경험을 통해 이제는 알게 되었다. 그러니 조용히 물러날 때였다. 클로에가 로라의 팔을 토닥이며 그녀를 위로할 때였다.

"난 알고 있었는데."

뒤쪽에서 난 인기척에 고개를 돌린 클로에가 조용히 미소 지었다. 강 회장은 클로에를 향해 윙크를 보낸 뒤 눈치 빠르게 물러나는 그녀에게 감사의 인사를 보냈다.

"무슨……."

뒤늦게 그의 존재를 알아차린 로라가 얼굴을 찡그렸다.

"여긴 어떻게 온 거예요? 난 그쪽 초대한 적 없는데."

눈물을 글썽이던 눈이 순식간에 전투적으로 빛났다.

"난 초대받았거든, 아들한테."

로라가 이글이글 타오르는 눈으로 지헌을 노려보더니 다시 강 회장에게 획 고개를 돌렸다.

"처음부터 둘이 짠 거죠? 나만 쏙 빼놓고 전부 다 속인 거야, 그렇죠!"

불현듯 방금 전 강 회장의 말을 기억해 낸 로라가 눈을 부릅떴다.

"방금…… 이미 알고 있었다고 했어요? 언제, 대체 언제부터!"

"당연히 처음 만났을 때부터지."

그가 천연덕스러운 얼굴로 웃으며 부드럽게 대꾸했다.

"그럼, 다니엘이 당신한테는 저 애를 소개시켰다는 거예요?"

분노로 번득이는 로라의 눈에서 눈물이 쏙 들어갔다.

"당연히 내가 먼저 알아봤지. 손목에 내 아들 손수건을 버젓이 감고 있는데 어떻게 모르겠나?"

"지금 그따위 말로 어영부영 넘어가려는 거예요? 결국 당신도 몰랐다는 얘기잖아!"

강 회장이 어깨를 으쓱했다.

"난 천사 양이 마음에 들어. 아주 착하고 예쁜 아가씨라구."

강 회장은 분한 얼굴로 씩씩대는 로라의 어깨를 살며시 잡았다.

"그러니까 당신도 축하해 줘."

"지금 누가 나타나서 방해했는데 그래요?"

"지헌이가 저렇게 좋다잖아."

"다니엘이에요."

로라의 쌀쌀맞은 외침에도 그는 아랑곳없이 로라를 부드럽게 안았다.

"알아. 당신이 고생한 거."

대차게 뿌리치는 손을 그는 거듭 올리며 작고 가냘픈 어깨를 힘주어 잡았다.

"수고했어."

"누가 그런 말로……."

"미안해, 나 때문에 힘들게 해서."

로라는 눈에 힘을 준 채로 입술을 꾹 눌렀다.

"미안해."

그가 진중하고 깊은 눈으로 아내를 마주 보며 사과했다. 그녀는 이미 남남이라고 우길 테지만, 그의 인생에서 여자도 아내도 모두 눈앞에 있는 이 작은 여인이 전부라는 사실만은 변함이 없었다. 깊이를 알 수 없는, 곧은 눈빛에 로라는 확 하고 고개를 돌렸으나, 그의 손을 뿌리치지 못했다.

희고 고운 뺨을 타고 보석처럼 투명한 눈물이 흘렀다. 로라는 결국 지긋지긋해하던 전남편이 내미는 손수건을 받아들고서 자신을 감쪽같이 속인 부자를 향해 욕을 퍼부었다. 나쁜 놈들. 그러나 괘씸한 눈빛도 오래가지 못했다.

한평생을 음지로 밀어 넣은 지독하고 고독한 병으로부터 마침내 구원받게 된 아들의 앞에서 잠깐의 분노는 미약할 뿐이었다. 그래, 결국은 저 아이가 내 아들을 구했구나. 그런 아이에게 자신이 했던 말들이 떠올라 뺨이 달아올랐다. 어쨌거나 지금 그녀의 기쁨과 안도를 막을 수 있는 건 아무것도 없었다. 잘 수습해서 파리로 데려가야겠어. 우선 혼인신고를 먼저 한 뒤에 하나씩 해결하는 게 좋겠지. 그녀의 머릿속이 다시 분주해졌다.

"그냥 우는 게 낫겠어. 울다가 웃으니까 얼굴이 이상하잖아."

옆에서 날아드는 핀잔에 로라가 눈을 찌푸렸다.

"아직도 안 갔어요? 이제 됐으니까 그만 떨어……!"

씨근덕거리는 얼굴 앞으로 커다랗고 넓은 가슴이 다가왔다. 로라의 허리를 부드럽게 그러나 단호하게 감아쥔 그는 그녀를 당기는 대신 자신이 움직였다. 아주 살며시, 조심스럽게. 몸을 숙이며 등을 감싸는 손은 전 부인을 향한 쿨한 우정도, 인사치레도 아닌 사랑하는 여인을 향한 깊은 애정이 담겨 있었다.

"……하지 말아요."

"싫으면 밀어내."

"그렇게 말하면 못 할 줄 알고?"

로라는 그의 품에 어설프게 안긴 채로 입술을 달싹거렸다.

"물론 할 수 있겠지, 당신이라면. 그런데 안 그랬으면 좋겠군."

"……무슨 뜻이에요?"

"아주 잠깐만 이렇게 있자."

"당신."

"부담스러우면 그냥 엄마와 아빠로서 우정이라고 생각해. 뭐든, 나는 이렇게라도 안아 봐야겠으니까."

로라는 아무 말도 하지 않았지만, 강 회장을 밀어내지도 않았다. 이리저리 뒤섞인 복잡한 감정에 아랑곳없이 한여름 밤의 로맨틱한 시간은 잘만 흘러갔다.

* * *

"별로야."

10센티미터가 넘는 핀 힐을 신고 한 발을 내딛는 순간, 허벅지 안까지 길게 파인 슬릿이 벌어지며 한쪽 다리가 그대로 드러났다.

"당신이 입힌 거잖아요."

"모델이 입고 있을 땐 이렇게 야하지 않았거든."

지헌이 손을 꼭 쥐며 다시 불만스럽게 투덜거렸다. 목을 우아하게 감싸며 떨어지는 홀터넥 스타일의 빨간 드레스는 가슴부터 발목까지 몸 전체를 감싸는 스타일이었다. 유일한 노출이라고 해봐야 슬릿 정도인데 깡마른 모델이 입었을 때는 전혀 문제가 없어 보였다는 게 그의 주장이었다. 모델 라인과는 완전히 동떨어진 내가 입자 드레스가 살랑거릴 때마다 몸의 굴곡이 적나라하게 드러났다. 그래 봤자 아무도 신경 쓰지 않을 테지만 지헌은 그마저도 마음에 들어 하지 않았다.

다시 한 걸음 나아가자 속살이 살짝 비치는 시스루 안감 사이로 왼쪽 다리 전체가 드러났다. 미간을 살며시 구긴 지헌이 왼편으로 옮겨 섰다. 허벅지 위에서 절개된 슬릿이 그에 의해 완전히 가려졌다. 머리에 꽂은 생화부터 코르사주까지 모든 포인트를 왼쪽에 쏟아부은 스타일리스트의 노력은 그렇게 물거품이 되었다. 물론 나는 상관없었다. 전부 한 사람을 위해서 입은 거니까. 지헌이 생화를 떼어 반대편으로 옮겨 꽂으며 말했다.

"이제 완벽해."

그가 나를 향해 환하게 웃자 조명을 받아 빛나는 뺨에 보조개가 드러났다. 나는 잠시 그에게 메이크업을 해 준 걸 후회했다. 우리를 향해 몰려든 시선의 대부분은 지헌을 향한 것이었다. 본인이야말로 이렇게 근사한 차림으로 여자들을 죄다 홀려 놓고 있는 줄은 모르는 모양이었다. 지헌이 잡고 있던 손을 뒤집어 입술을 꾹 눌렀다.

"잊지 마. 내가 누구 건지."

은은한 미소와 독점욕 어린 시선이 오직 나만을 향해 빛났다.

"하나도 빠짐없이 모두 다 아가씨 거."

얼굴이 빨갛게 달아올랐다. 천천히 몸을 세운 지헌은 아무 일도 없었다는 듯 단정한 얼굴로 나를 에스코트하기 시작했다. 우리는 건물로 이어지는 야외 정원을 나란히 걸었다. 입구에는 황금빛 브라스와 싱그러운 초록 잎사귀, 흰 장미가 장식되어 있었다. 초대장에 적혀 있던 한여름 밤의 마법 정원이라는 말은 결코 과장이 아니었다. 맨살에 닿는 공기는 따뜻하고 샴페인은 차가웠으며 클래식과 재즈를 넘나드는 음악에 맞춰 아름답게 변하는 조명은 마음을 들뜨게 했다.

계단을 먼저 내려선 지헌이 내게 손을 뻗었다. 나는 그 손을 물끄러미 바라보다 몸을 숙이고 입술을 눌렀다. 머리를 올릴 때 옆으로 늘어트린 머리카락 몇 가닥이 부드럽게 흘러내렸다. 고개를 들자 지헌의 까만 눈동자는 홍채의 무늬가 보이지 않을 정도로 짙어져 있었다.

"······꽤 나쁜 생각을 하게 만드네, 나비 양."

관능과 열기를 부추기는 나직한 목소리였다. 지헌이 손을 뻗어 흘러내린 머리카락을 귀 뒤로 쓸어 넘겼다. 뺨을 스치고 귓바퀴를 따라 부드럽게 내려온 손이 귓불에 닿았다. 몸이 닿을 때마다 장신의 체격에서 뿜어져 나오는 열기가 피부를 찌릿하게 울렸다. 긴장으로 가빠오른 숨을 고요히 흘려보내는데 지헌이 손을 잡았다. 손끝에 실리는 힘은 아까와 비교도 되지 않았다.

"조금, 서두르는 게 좋겠어."

그렇게 말한 지헌이 나를 곧장 내부로 안내했다. 공방 컬렉션의 주인공은 실크였다. 높은 명성을 자랑하는 헤르네의 실크는 누에고치에서 명주를 뽑아 내는 것부터 색을 프린팅하는 것까지 모든 공정을 수작업으로 진행한다. 동시에 수백 장을 찍어 내는 프린팅 기술이 발달하고 모든 기업이 값싼 기계 공정으로 돌아섰지만 헤르네는 여전히 사람을 고집했다. 한 번에 3가지 이상의 염료를 쓸 수 없는 기계와 달리 수십 개의 컬러를 장인이 직접 칠해서 만든 실크는 채도부터 다르기 때문이다. 헤르네의 가치는 거기에 있다.

"어…… 이거."

마지막 진열대에서 나는 걸음을 멈췄다. 무늬가 거의 없는 무채색의 정사각형 스카프가 어딘지 낯이 익었다. 나는 들고 있던 클러치 백에서 드레스로 갈아입을 때 풀어 둔 트윌리를 꺼냈다. 둘은 한 세트라고 해도 믿을 정도로 똑같았다. 이거, 설마. 지헌이 피식 웃었다.

"맞아. 내가 만든 거야."

"……이걸요?"

다시 살펴봐도 로고나 텍은 없다.

"판매용으로 만든 건 아냐. 시간을 때우는 용도였달까."

"시간……?"

"이 스카프 한 장을 만드는 데 2년쯤 걸리거든. 아주 느리고 긴 시간을 견뎌야 얻을 수 있지. 그때 내가 그랬어."

그가 직접 자기 얘기를 꺼내는 건 처음이었다. 그래서 자꾸만 듣고 싶었다.

"그때가 언제였는데요?"

"카레이싱 그만뒀을 때. 어머니가 날 거기에 넣으셨어. 나보다 백배는 더 악랄한 분이야, 그분."

지헌은 아무렇지 않게 말했지만 나로서는 도무지 상상이 되지 않았다. 인간이 도달할 수 있는 가장 빠른 시간을 달리던 그가 리옹에서 견뎌야 했던 느리고 긴 시간들이.

"내가 얼마나 놀랐는지 알아? 네가 이걸 하고 있어서. 진즉에 버렸을 줄 알았더니."

지헌이 내 손에 들린 트윌리의 끝을 부드럽게 매만지며 말했다.

"좋았어요. 검은색이라."

티 나지 않아서. 물들지 않아서. 모든 걸 가려 주니까.

나를 가만히 바라보던 지헌이 트윌리를 부드럽게 빼냈다. 손목을 위에 두고 부드럽게 한 바퀴 돌린 뒤 단단하게 매듭지었다. 드레스에 맞춰 감은 분홍색 실크 위로 검은색이 덧대졌다.

"뭐 해요?"

내가 묻자 지헌이 말했다.

"내 거라는 표시."

묘하게 설레는 말에 나는 아무 대답도 하지 못하고 지헌을 보았다. 우리의 시선이 진하게 얽혀 들었다. 마치 이 공간에 우리 둘만 있는 것 같았다. 그때 한 무리의 사람들이 다가왔다.

"왔구나, 아들."

지헌의 어머니인 로라 블루아 회장이 활짝 웃으며 우리를 향해 걸어왔다. 정확하게는 나를 향해서였다. 예상치 못한 환대와 그녀의 능숙한 한국말 중에서 뭐가 더 나를 놀라게 했는지는 모르겠다. 그저 모든 게 내가 상상한 것과는 달랐다.

"와 줘서 고마워요, 치린 양."

그녀가 나를 덥석 안으며 프랑스식대로 뺨을 맞댔다. 그 엄청나게 친밀한 행위에 놀란 건 나뿐이 아닌 듯했다. 그녀의 뒤로 늘어선 임원들과 관계자들은 블루아 회장의 특별한 환대를 받는 나를 보며 호기심의 눈을 빛냈다. 그중에는 정두호 지사장처럼 나를 알아보는 사람도 있었지만 대부분 처음 보는 사람들이었다. 블루아 회장이 내 손을 잡은 채로 말했다.

"내가 오늘을 얼마나 기다렸는지 모를 거예요. 지난번엔 오해해서 미안했어요."

우리의 좋지 못했던 첫 만남에도 불구하고 나를 대하는 그녀의 태도에서 진심이 느껴졌다. 그래서 나 또한 웃으며 고개를 숙였다.

"초대해 주셔서 감사합니다, 회장님."

"로라라고 불러 줘요. 이제 우린 한 가족이니까."

"……네?"

내가 당황해서 고개를 들자 지헌이 나를 향해 눈을 찡긋하며 속삭였다.

'한 방.'

뜻밖의 급전개에 눈만 깜박거리는 나를 로라는 흐뭇하게 보았다.

"조금 더 일찍 만났으면 좋았겠지만 모든 건 때가 있는 거니까. 그래서 말인데, 서울이 좋겠어요, 파리가 좋겠어요?"

"……뭐가요?"

"두 사람 결혼식. 공평하게 한 번씩 하는 걸로 할까?"

눈을 반짝반짝 빛내며 묻는 로라를 보며 나는 할 말을 잃고 굳었다. 그래서 누군가가 우리 사이로 끼어들었을 때 속으로 안도했다.

"회장님, 방금 아들이라고 말씀하신 게 맞나요?"

로라가 사람들을 돌아보며 태연하게 말했다.

"맞아요, 내 아들. 몰랐나요?"

격하게 고개를 끄덕이는 사람들은 주로 지사와 한국 쪽 관계자들 같았다. 그리고 그들은 천연덕스러운 얼굴로 서 있는 정 지사장을 원망스럽게 보았다.

"전혀 들은 바가 없어서……."

한국계 혼혈인 데다 블루아라는 성도 쓰지 않았으니 그들이 모르는 건 당연했다. 나 역시 비슷한 기분을 얼마 전에 느낀 동지로서 그들의 마음을 십분 이해했다. 로라가 싱긋 웃었다.

"헤르네 이사의 능력이 내 아들한테 가려져선 안 되죠."

그녀의 당당한 목소리에서 지헌에 대한 강한 자부심이 느껴졌다.

"괜찮으시다면 사진을 찍어도 될까요?"

하우스 포터그래퍼가 우리를 향해 물었다.

"글쎄, 나는 좋은데, 치린 양은 어떨지……."

로라가 조심스럽게 말하며 결정권을 내게 넘겼다. 나는 그녀의 기대감 어린 눈빛을 보며 당황스러운 심정으로 지헌을 보았다. 그는 모든 걸 관망하는 느긋한 태도로 고개를 끄덕였다. 내 선택을 따르겠다는 뜻이었다. 선택이라니. 이렇게 많은 사람이 나만 보고 있는데 이런 자리에서 거절할 수 있을 리가 없다. 신음을 삼키며 두 모자가 얼마나 완벽하게 닮아 있는지 뼈저리게 통감했다.

나를 가운데에 세운 로라가 내 어깨를 다정하게 감쌌다. 지헌이 곁에 서며 허리를 느슨하게 감았다.

"저희 매거진의 다음 달 호에 싣고 싶은데요. 여자친구가 EM웍스의 이치린 팀장님 맞으시죠?"

셔터를 누르기 전 포토그래프가 물었다. 지헌이 부드럽게 정정했다.

"여자친구가 아니라, 약혼녀입니다."

* * *

해피엔딩이네. 칵테일바에 기대 선 클로에가 제대로 눈도장을 찍으며 파티의 주인공이 된 이치린과 그 옆에서 활짝 웃고 있는 로라를 보며 생각했다. 블루아 회장이 사람들을 물리고 이치린을 직접 데리고 다니며 챙기는 다정한 모습은 여기 있는 이들에게 많은 것을 암시할 터였다.

"주문하신 마티니입니다."

바텐더가 클로에 앞에 차갑게 식힌 마티니 글라스를 내려놓았다. 한여름 밤의 열기를 시켜 줄 강렬하고 고독한 술로 제격이었다. 클로에가 손을 뻗었다. 그러나 그녀보다 앞서 뻗어 나온 지헌의 손이 잔을 훌쩍 들어 올렸다. 클로에가 눈을 찌푸렸다.

"왜 남의 술을 뺏어 가? 나, 너한테 술 사기 싫거든?"

클로에가 짜증을 내며 지헌에게 따지더니 곧 그마저도 귀찮다는 듯 바텐더를 불렀다. 그녀의 얼굴은 세상 모든 것에 염증이 난 듯 지루한 권태로 가득했다.

"밤 비행기라고 하지 않았나?"

지헌이 클로에의 거무스름한 눈 밑을 보며 물었다.

"그렇게 등 안 떠밀어도 갈 거니까 걱정……."

클로에가 말을 뚝 멈췄다. 입구로 무원과 연우가 들어서고 있었다. 그래, 기어이 저 얼굴을 보고 가려고 미련한 청승을 떨어 댄 소감이 어때. 냉소가 튀어나왔다. 무원은 평소와 똑같은 모습이었다. 그녀처럼 고통스럽지도, 좌절하지도, 아프지도 않고 멀쩡하고 건강해 보였다. 클로에 모렐 따위는 강무원에게 흔적 하나 남길 수 없다는 듯. 역시, 기다리는 게 아니었다. 멍청하게, 예상했으면서. 딸을 향해 다정하게 미소 짓는 무원을 보며 클로에가 등을 돌렸다.

"그의 아이가 아냐."

지헌의 말에 클로에가 지루한 듯 눈을 찡그리며 고개를 돌렸다.

"무슨 소리를 하는 거야?"

"당연히, 내 아이도 아니고."

"그러니까, 갑자기 왜 애 타령을 하는……!"

뒤늦게 정신이 번쩍 든 클로에가 지헌을 노려보았다. 커다란 벽안에 이 밤 처음으로 제대로 된 초점이 맞춰졌다. 그녀는 연우를 한번 본 뒤 지헌에게 눈을 돌렸다.

"……저 애가 강무원 딸이 아니라고? 그럼 최명은이 오빠를 배신했다는 거야?"

"배신이라."

작게 중얼거린 지헌이 재밌는 말을 들은 사람처럼 피식 웃었다.

"배신도 뭐가 있어야 하지 않나. 애초에 아무것도 없는 남남인데."

"……남남? 그게 무슨 뜻이야? 너, 대체 무슨 말을 하고 있는 거냐고……!"

동요로 흔들리는 푸른 눈동자를 향해 지헌의 서늘한 미소가 떨어졌다.

"형이 지키려던 사람이 과연 나였을까?"

싸늘한 음성에 클로에가 당황하며 지헌을 보았다. 그리고 그 너머로 이쪽을 주시하고 있는 무원과 눈이 마주쳤다. 그는 창백하게 질린 클로에의 얼굴을 보고 있었다. 연우가 큰 소리로 아빠를 외치며 그를 불렀다. 클로에가 숨죽인 채로 속삭였다.

"오빠도 알아? 저 애가 자기 자식이 아닌 거."

지헌은 대답 대신 잔 속에 담긴 녹색 올리브 꼭지를 가볍게 돌렸다. 클로에가 비틀거리며 칵테일 바를 짚었다. 그녀의 시선이 강 회장까지 합류해 그림같이 화목해 보이는 삼대를 강렬하게 쏘아보았다. 할아버지를 만난 연우가 신이 나서 방방 뛰고, 강 회장은 흐뭇하게 손녀의 머리를 쓰다듬었다. 그리고 무원은 뒷짐 지고 선 채로 그들을 애정 어린 눈으로 보고 있었다. 거짓말. 어떻게 저 애가 강무원의 딸이 아닐 수가 있어? 그런데 어떻게 저 자리에 있는 거야? 그럼 대체 쟤는 누구 자식이냐고!

"최명은 딸"

"……거짓말"

클로에가 얼빠진 목소리로 중얼거렸다. 강지헌이 또 심술부리는 거야. 그래, 그런 거다. 그게 아니라면 무원이 그런 엄청난 짓을 저질렀을 리가 없으니까. 그런 미친 짓을…….

"왜…… 대체."

클로에가 이해할 수 없다는 듯 얼굴을 일그러트렸다. 툭 치면 쓰러질 것처럼 하얗게 질린 그녀와 달리 지헌은 태연한 시선으로 아버지와 형과 조카를 멀리 떨어진 채로 바라보았다. 한 가족처럼 보이는 그들과 달리 이쪽은 풍경처럼 단조롭다. 대외적으로 그들은 타인이었으며 실제 관계를 아는 사람은 극소수였다. 그것도 오늘로 끝이다. 한국에 머물겠다고 결심한 순간 이름에서 블루아라는 성을 빼 버린 건 바로 오늘 때문이었다.

"술은 내가 사지."

지헌이 클로에 앞에 마티니를 달칵 내려놓으며 말했다.

"이걸로 네 성급함이 부른 화는 용서할게."

칵테일 바를 간신히 잡고 서 있던 클로에의 무릎이 툭 꺾였다. 혼신의 힘을 다해 바를 움켜잡으며 버텼다. 예쁘게 칠한 손톱에 금이 갔다. 허물어질 것 같

은 얼굴로 고개를 돌리자 사람의 강을 사이에 둔 채 무원이 그녀를 뚫어질 듯
보고 있었다.

***

"클로에!"

비상문을 거칠게 열어젖힌 무원이 계단을 내달리는 클로에를 뒤쫓았다.

"대체 왜 도망가는 거야?"

얼굴을 찡그린 무원이 커다란 보폭으로 층계를 향했다.

"넘어져서 울기만 해."

이를 갈며 으르렁거리던 무원이 넥타이를 슬쩍 잡아 뺀 뒤 계단을 훌쩍 뛰
어내렸다. 빠르게 쫓아오는 구두 소리에 놀란 클로에가 뒤를 힐금거리고는 속
력을 냈다. 가는 발목이 높은 힐과 속도를 감당하지 못하고 휘청거렸으나 그
녀는 걸음을 멈추지 않았다. 결국 손가락보다도 얇은 루부탱의 레드힐은 마지
막 계단을 거침없이 밟으며 장렬하게 꺾였다. 클로에는 외마디 비명과 함께 앞
으로 고꾸라졌다.

"클로에 모렐!"

무원이 종잇장처럼 휘청거리는 몸을 가까스로 낚아챘다. 그녀가 무사하다
는 사실에 안도한 그는 곧장 성난 목소리를 쏟아 냈다.

"너 대체 무슨 생각으로……!"

클로에는 울고 있었다. 무원은 둔탁하고 깊은 무언가가 제 가슴을 세게 때
리는 것 같았다.

"왜 그래? 무슨 일이야? 지헌이가 또 못되게 굴었어?"

"왜…… 왜 그 여자랑 결혼했어? 다 알면서 왜?"

울음 사이로 쏟아 내는 말에 잠시 멍해진 무원은 이내 동생을 향한 원망을
삼키며 얼굴을 거칠게 쓸었다.

"지헌이가 뭐랬든 신경 쓰지 마. 이미 다 지나간 일이니까."

"그 여자를 사랑했어?"

"아니."

조금의 망설임도 없이 무원이 본능적으로 답했다. 클로에의 얼굴이 더욱 구겨졌다.

"그럼 대체 왜! 왜 그런 짓을 했어!"

떨쳐 내지 못한 후회와 뒤늦은 자책 그리고 절망 같은 감정이 한데 섞여 복잡한 표정을 짓던 무원은 시선을 내리뜨며 침묵을 고수했다. 그러나 그의 반항은 그를 원망하며 노려보는 작은 여자의 앞에서는 무력하고 미약했다. 무원이 얼굴을 한 번 더 쓸어내린 뒤 힘겹게 입을 열었다.

"선택을 할 수 있는 상황이 아니었어."

"그게 말이 돼? 그럼 누가 강제로 시키기라도 했다는 거야? 대체 감히 누가 오빠한테 그런 결혼을……!"

지헌이 남긴 말이 불쑥 끼어들었다.

형이 지키려던 사람이 과연 나였을까?

지키려던 사람. 그렇다면 무원이 누군가를 지키기 위해 최명은과의 결혼을 택했다는 뜻이다. 그리고 그건……. 갑자기 커다랗게 부푼 클로에의 눈에서 눈물이 툭 떨어졌다. 그건…… 나다. 내 성급함이 부른 화.

"내가 다니엘의 병을 말해서……?"

말을 꺼내는 순간, 섬광처럼 내리치는 깨달음이 전신을 강타했다.

"오빠를 이렇게 만든 게 나였어."

넋 나간 목소리에 낮게 신음을 토해 낸 무원이 클로에를 끌어안았다.

* * *

"착오가 있었던 모양이군요."

226

나를 테이블로 안내하던 로라가 좌석의 이름표를 확인한 뒤 조금 굳은 얼굴로 말했다. 동그란 테이블에는 강씨 성을 가진 사람 네 명과 블루아 회장, 그리고 내 이름표가 차례로 있었다. 셋은 나도 아는 이름이었고 추측건대 나머지 한 사람은 지헌의 아버지일 게 뻔했다. 나는 로라의 싸늘한 시선이 그 이름표에 콕 박혀 있는 걸 보며 점잖고 고집 센 신사를 떠올렸다.

대대로 양반 핏줄이라는 자부심이 하늘을 찌르는 홀시어머니와 효자 남편, 한국말도 제대로 못 하는 외국인 며느리. 비극으로 끝난 스무 살의 불장난. 뭐 대충 그런 스토리라며 지헌은 실패로 끝난 부모의 사랑을 건조하게 일축했다. 나는 로라의 아름다운 얼굴을 가만히 보았다. 그때 사람들을 뚫고 발랄하고 앳된 목소리가 들렸다.

"언니!"

머리를 이상하게 묶고 온 연우가 나를 향해 돌진하다시피 달려왔다.

"와, 설마 했는데 진짜 언니였어요? 대박, 오늘 완전 이쁘……!"

재잘대던 아이가 내 옆에 선 로라를 보는 순간 딱딱하게 굳었다. 연우를 본 로라의 표정 또한 밝지 못했다. 묘한 기류가 흐르는 조손간을 번갈아 보고 있는데 언젠가 한 번 맡아 본 적이 있는 진한 남자 향수 냄새가 코끝을 스쳤다.

"연우야, 사람 많은 데선 뛰면 안 된다고 했잖니."

연우를 점잖게 타이른 목소리가 나를 향했다.

"다시 만났군, 천사 양."

자기 말이 맞지 않았냐며 의기양양하게 웃는 모습을 보니 확실하게 알겠다. 영락없는 지헌의 아버지다. 그가 내게 손을 내밀었다.

"강준혁일세. 편하게 아버님이라고 불러도 좋네."

강 회장의 넉살에 웃음이 터질 것 같아 잠시 헛기침한 뒤 그의 손을 잡았다.

"안녕하셨어요?"

우리가 막 대화를 이어 가려는데 로라가 내 앞을 막아섰다. 나를 감싸고도는 손끝에 미묘한 독점욕이 실려 있었다. 그녀가 강 회장을 쏘아보았다.

"자리를 잘못 찾으신 것 같습니다만."

그녀의 서늘한 말에 그가 자신의 이름표를 눈짓하며 씩 웃었다.

"맞게 찾아온 것 같군요."

"착오가 있었던 모양이니 다시 안내해 드리겠습니다."

"이것도 인연이니 불편함은 저희가 감수하지요."

주최 측의 사소한 실수 정도는 너그러이 이해한다는 듯 강 회장이 부드럽게 웃었다. 이게 누구의 농간인지 뻔히 알고 있는 로라는 기가 막혔지만 내색할 수는 없어 심기 불편한 얼굴로 눈만 가늘게 떴다. 결국 더 어쩌지 못하고 이만 부득부득 간 채 물러나야 했다. 나는 대치하듯 선 둘을 보며 지헌의 절묘한 설명을 떠올렸다.

만나면 개와 고양이처럼 으르렁대긴 하는데 대체로는 빤하달까.

물론 로라는 개보다는 늑대에 가까웠으며 강 회장이야말로 고양이는커녕 호랑이 같았다는 게 살짝 달랐지만 말이다. 그때 첨예하게 대립하고 선 둘 사이로 지헌이 다가왔다.

"다들 인사 나누신 모양이네요."

"삼촌?"

경직된 분위기 속에서 어른들 눈치만 살피던 연우가 지헌을 보며 눈을 반짝였다.

"머리에 대체 무슨 짓을 한 거야?"

지헌이 머리를 우스꽝스럽게 말고 온 연우를 보며 말했지만 연우는 내 옆에 서서 허리에 손을 얹은 지헌을 보며 눈을 동그랗게 떴다.

"삼촌, 언니랑 아는 사이야?"

지헌이 내게 한 걸음 다가서더니 어딘지 의기양양한 태도로 말했다.

"인사해, 네 작은어머니."

"네가 한 짓이니?"

찻잔을 들어 올린 로라가 곁에 앉은 지헌에게 조용히 물었다. 치린은 연우와 함께 파우더룸에 간 뒤였다.

"가족이 떨어져 앉는 것도 웃기죠."

"지금 누구더러 가족이라고."

발끈하는 로라의 목소리에 강 회장이 테이블 아래로 손을 뻗어 그녀의 손목을 가만히 잡았다. 흠칫 놀란 로라가 강 회장을 곱지 않게 노려보았다.

"이사님, 잠시만요."

정 지사장이 다가오며 지헌을 찾았다.

"잠깐 실례하죠."

지헌이 일어서자 테이블에는 강 회장과 로라 둘만 남게 되었다. 그의 손을 거칠게 떨쳐 낸 로라가 숨을 낮춰 쏘아붙였다.

"대체 여긴 왜 온 거예요? 무슨 속셈을 꾸미고 있는 거냐구요."

"그냥 밥 한 끼 먹는 거야. 우리 식구들끼리 다 같이 모여 앉아서. 그게 다야."

크게 어려운 일도 아니라는 듯 강 회장이 말했다. 로라는 이 모든 게 우스웠다.

"……소박한 꿈을 크게도 꿨네요."

이제 와서. 어머니의 말 한마디를 거역하지 못해 스스로 방조자가 되어 서 있던 남자가.

"조심해요. 모두 헛된 꿈이 될 테니까."

그녀의 엄숙한 경고에도 강 회장은 여유롭게 앉아 커다란 스크린에서 흘러나오는 광고 영상을 느긋하게 감상했다. 아름다운 처녀, 사랑받는 아내, 행복한 엄마. 한 장의 섬유 안에 여인의 삶을 응축해 상징적으로 그려 넣은 작품이었다.

"아름다운 여자의 일생이로군. 그렇지 않아?"

강 회장이 그림을 보며 짧은 감상을 덧붙이자 로라가 건조한 눈으로 화면을 보았다.

"난 몰라요, 저런 삶."

감정이 느껴지지 않는 공허한 목소리로 로라가 말했다.

"저 중에 단 하나도 가져 본 적 없으니까."

텅 빈 눈동자가 그림 속 여성을 무미건조하게 보았다. 그 모습을 보며 강 회장은 서글픔을 느꼈다. 테이블로 돌아온 지헌이 로라의 옆에 앉으며 말했다.

"인생 길어요. 저거 다 하고, 너그러운 할머니까지 할 만큼."

로라가 고개를 확 돌렸다.

"너 진심이니? 정말 그런 애를……"

"형이 받아들였어요. 그만 포기하세요. 정말로 형을 되찾고 싶으시다면요."

지헌의 담담한 태도에 로라가 이를 갈았다.

"너는 화도 안 나니? 분하지도 않아?"

"12년이나 지났습니다. 당사자는 죽었고 우리한테는 아이가 남았죠."

지헌은 그게 마치 보호해야 할 대상이라도 되는 것처럼 말했다. 로라가 얼굴을 구겼다.

"네 형 인생은? 그동안 희생해 온 그 아이의 삶은?"

그래, 그게 있었다. 늘 그의 뒤를 원죄처럼 따라다니던 형의 희생. 로라가 힘겹게 물었다.

"……너는?"

방랑자처럼 세상을 떠돌며 살던 네 인생은. 그걸 바라만 봐야 했던 그들 자신은 또 어떠했나. 로라의 얼굴이 고통으로 일그러졌다. 그때 지헌이 손을 뻗어 레이스 장갑을 낀 어머니의 손가락을 살며시 거머쥐었다. 놀라서 눈을 크게 뜨는 로라를 보며 지헌은 그날을 생각했다.

'우린 다 괜찮을 거야.'

승비원에서의 마지막 밤, 무원은 한 조각이 사라져 완성하지 못했던 포뮬러원 피규어를 그의 손에 쥐어 주며 그렇게 말했다. 명은과의 결혼을 결정한 그날도 무원은 똑같이 말했다. 지헌은 아무 말도 하지 않았다. 괜찮지 않았으니까. 그때에도 이후에도 하지 못한 말을 그는 이제야 할 수 있다. 오늘에서야, 비로소.

"괜찮을 거예요. 제가 그렇게 해요."

모두 제자리를 찾을 테니까.

지헌의 말은 강력한 주술처럼 로라를 휘감았다. 로라는 아들을 물끄러미 보며 고개를 끄덕였다. 그리고 그의 손 위에 자신의 남은 한 손을 조심스럽게 얹었다. 눈물이 나올 것 같아서 그녀는 고개를 돌렸다. 강 회장이 흐뭇한 얼굴로 아내와 아들을 보았다. 지헌이 시간을 확인한 건 그때였다.

* * *

"내가 시작이었어. 그렇지?"

클로에가 물었다. 무원은 대답 대신 차가운 물을 묻혀 온 손수건을 그녀의 부은 발목 위에 얹었다.

"전부 다 나 때문이었어……."

충격과 공포에 갇힌 클로에가 과거를 헤집었다.

'그래 봤자 넌 대니와 아무것도 하지 못해. 그는 결코 너를 만질 수 없을 테니까!'

풋성공에 심취한 거만함이 못마땅했고, 지헌을 이용하는 게 뻔히 보였던 되바라진 계집애의 수작이 얄미웠다. 그래서 그랬다. 너는 결코 우리와는 같은 세계에 살 수 없다고 가르쳐 주고 싶었다. 결국 풋내기는 모든 단초를 제공한 그녀였던 셈이다. 죽어서 뼛가루로 흩어진 최명은이 얼마나 부러웠던가. 그런데 강무원을 이런 생지옥으로 밀어 넣은 게 정말 나라고.

울음을 터뜨리는 클로에를 보며 무원은 조용히 말했다.

"스무 살이었잖아."

"……내가 밉지 않아? 이래 놓고 오빠를."

"상처부터, 클로에."

"그냥 화를 내. 괜찮으니까 그냥……!"

클로에가 무원의 손을 밀어내며 거칠게 소리쳤으나 그는 침착하게 클로에의 손을 잡았다. 눈물로 범벅된 클로에와 무원의 차분한 눈동자가 서로를 마주 보았다. 그 순간 클로에는 깨달았다. 무원은 처음부터 화를 낸 적이 없음을.

"내가 그런 거…… 알고 있었어? 그 여자한테 내가……."

무정하기까지 한 눈동자에서 답을 읽은 클로에가 터져 나오는 신음을 참지 못해 입을 틀어막았다.

"언제, 대체 언제부터."

무원은 아무 대답도 하지 않음으로써 처음부터 모든 걸 알고 있었다는 사실을 담담하게 인정했다. 유혹에 실패하고 협박이라는 카드를 꺼내는 순간 명은은 영리한 악녀답게 클로에의 이름을 가장 먼저 꺼냈다. 아무런 확증도 물증도 없는 상태에서 클로에의 말은 명은이 어설프게나마 의심하던 지헌의 병에 신빙성을 실어 주었다.

지헌의 병을 수습한다 해도 클로에에 대한 비난과 책임은 남는다. 모든 사실이 밝혀진 뒤에도 로라가 클로에를 용서할까. 클로에에게 유일하게 남은 가족이자 그녀를 곁에서 지켜 줄 사람은 로라뿐이다. 마음 여린 클로에는 로라의 원망과 외면을 견디지 못할 것이다. 그는 어떻게 해도 지헌과 클로에 둘 다를 구할 수 없다는 걸 깨달았다. 그 순간 무원은 머릿속에서 빠르게 도는 모든 계산을 그대로 멈췄다.

묻는다, 모든 진실을. 최명은의 핏줄과 함께. 너도. 빛조차 보지 못한 나의 마음도. 그날의 결심을 떠올린 무원이 클로에의 헝클어진 머리카락을 천천히 쓸어 넘겼다. 한 번, 두 번. 무원의 손길이 거듭될 때마다 클로에의 눈이 아프게 일그러졌다.

'형이 지키려던 사람이 과연 나였을까?'

클로에가 끅끅 댔다. 이제 나는 어쩌면 좋지. 당신이 불쌍해서, 운명이 너무 지독해서. 내가 너무 어리석어서. 이대로 정신을 놓아 버릴 것 같았다.

* * *

"자, 다 됐다."

나는 거울 속 연우를 향해 말하며 머리가 풀리지 않도록 왁스를 조금 발라 주었다. 숱 많은 머리를 한데 모아 동그랗게 말아 올리자 제법 귀여운 인상으로 변했다.

"마음에 안 드니?"

손을 닦으며 아까부터 표정이 좋지 않은 아이를 향해 묻자 연우가 곧장 뒤를 향해 몸을 돌렸다.

"진짜 우리 작은엄마가 되는 거예요?"

"싫어?"

"네."

요즘 아이다운 확고하고 당돌한 자기주장에 나는 선 채로 잠깐 어깨를 으쓱한 뒤 파우치를 정리하기 시작했다. 연우가 당황해서 몸을 더 기울이며 물었다.

"내가 반대하는 데도 괜찮아요?"

"너랑 결혼할 건 아니니까."

"헐."

잠시 얼굴을 찡그린 연우가 의자에서 폴짝 뛰어내렸다.

"우리 아빠는 싫어요?"

"……뭐?"

"우리 아빠 되게 좋은 사람이에요!"

나는 팔짱을 끼고 연우를 보았다. 터무니없고 맹랑한 상상력으로 가득 찬 눈동자가 나를 빤히 응시했다.

"내가 왜 마음에 들어?"

"처음이란 말이에요. 아빠가 없는 데서 나한테 잘해 준 사람은."

"너희 할아버지 때문에 잘해 준 건데?"

"헐."

연우가 조금 충격받은 얼굴로 의자에 털썩 주저앉았다.

"언니 우리 삼촌이랑 많이 닮았네요."

"칭찬 고맙다."

"전혀 칭찬 아닌데……."

중얼거리는 말을 무시하고 연우가 가져온 헤어롤을 그녀의 가방 안에 집어넣었다.

"그래도 착해. 아빠 좋겠다. 이렇게 예쁜 딸 있어서."

시무룩했던 아이가 귀를 종긋 세우고 나를 보았다.

"정말요?"

"응. 나도 이렇게 예쁜 딸 낳고 싶네."

웃으며 나머지 짐을 가방 안에 챙겨 넣었다. 지퍼 사이로 벽돌처럼 두껍고 단단한 책등이 삐져나왔다.

"이렇게 두꺼운 책도 읽어?"

"그건……."

연우가 얼굴을 조금 붉히더니 책을 가방 안으로 밀어 넣었다. 의외의 모습이었다.

"읽어 봤어요, 이거?"

이야기가 끝없이 펼쳐지는 두툼한 파란색 양장 책을 잠시 떠올린 나는 고개를 저었다.

"그럼 언니도 결말을 모르겠네요. 병에 걸린 여왕이 죽는지 사는지."

연우가 실망한 표정을 지었다.

"이런 동화는 늘 해피엔딩이지 않니?"

넌지시 힌트를 주었으나 연우는 쉽게 믿지 않았다.

"환상 세계에 사는 어린 여왕은 인간 세계의 사람이 이름을 지어 줘야만 살아날 수 있어요. 아빠가 나한테 강연우라는 이름을 준 것처럼."

책을 넣고 지퍼를 닫은 연우가 나를 보았다.

"그런데 그게 진짜 해피엔딩일까요? 어차피 모든 건 동화 속 세계잖아요."

연우의 말을 가만히 들으며 아득하고 어렴풋한 기억 속에서 뭔가가 떠오를 것처럼 나를 붙잡았다. 그때 연우의 휴대폰이 울렸다.

"아빠예요."

"이제 그만 나갈까?"

내가 서둘러 뒷정리를 하는 사이 연우가 전화를 받았다.

"……언니요? 옆에 있긴 한데."

어리둥절한 연우와 눈이 마주쳤다.

귀빈실의 동그란 소파 위에 넋 나간 얼굴로 앉아 있는 클로에 모렐은 문자 그대로 엉망이었다. 금발은 헝클어졌으며, 얼마나 울었는지 화장이 번져 눈 주위가 새카맸다. 게다가 스타킹은 또 어디서 저렇게 펑크가 난 건지. 내 존재를 전혀 알아차리지 못하는 그녀를 위해 나는 헛기침을 했다. 클로에 모렐이 천천히 고개를 돌렸다.

"화장은 고치고 스타킹은 벗는 게 낫겠어요."

"……오빠가 불렀나요?"

울음으로 가라앉은 목소리는 내 기억보다 훨씬 낮았으나 그 안에 깃든 당당함은 조금도 바래지 않았다.

"내가 누가 부른다고 오는 사람은 아니어서요."

"······."

"원치 않으면 다른 사람을 불러 주죠."

무원의 설명을 듣고 유진과 연우에게 각각 빌려 온 파우치가 담긴 종이봉투를 테이블 위에 조용히 내려놓자 클로에가 내 얼굴을 물끄러미 올려다보았다. 강무원 대표와 클로에 모렐이라. 전혀 생각지 못한 조합이다. 그럼에도 강대표가 내게 도움을 청한 건 누구도 그들 사이를, 특히 울어서 퉁퉁 부은 클로에 모렐의 얼굴을 보는 걸 원치 않아서리라. 정확히는 이 눈이겠지.

"미안해요."

세상이 무너진 것 같은 얼굴로 클로에는 내게 사과했다.

"지난번에 내가 한 말도, 로라에게 당신 험담을 한 것도 전부."

나는 파우치를 뒤적여 클렌징 티슈를 꺼내 내밀었다.

"고해성사는 나중에요. 우리한테는 20분밖에 없고, 내 애인은 별로 참을성이 없거든요."

나와 클렌징 티슈를 번갈아 보던 클로에가 손을 내밀었다. 곧 손목이 힘없이 꺾이며 티슈를 놓쳤다. 나는 긴 한숨과 함께 새 티슈를 뽑았다.

"눈 감아요."

그녀는 순한 아이처럼 얌전히 눈을 감았다. 나는 침묵 속에서 빠르게 손을 움직였다. 컨실러를 빠르게 펴 바르는데 클로에가 머뭇거리며 입을 열었다.

"그쪽을 오해했어요. 대니를 이용하는 줄 알고······."

"지금은 아닌 것 같아요?"

내 대답에 클로에가 내 얼굴을 빤히 보았다.

"당신······ 다니엘이랑 비슷하네요."

나는 어깨만 으쓱해 보였다. 클로에가 파우치를 보더니 희미하게 웃었다.

"딸기 향이라니."

그녀는 애들이나 쓸 법한 빨갛고 요란한 일러스트가 그려진 젤리 틴트를 꺼내며 말했다.

"귀엽네요."

"연우 거예요."

흠칫 놀란 클로에가 손에 쥔 틴트를 가만히 보기만 했다.

* * *

"대체 여기가 어딘가, 송 화백?"

살갑게 구는 송 화백의 손에 못 이기는 척 나선 게 몇 시간 전이었다. 십수 년째 그녀의 옷만 맡아서 짓는 명장에게 들러 여름 한복도 두 벌이나 맞췄다.

귀한 걸 보러 가자는 말에 그녀가 좋아하는 고가구겠거니 하고 고개를 끄덕였는데 차가 멈춰 선 곳은 고즈넉하고 운치 있는 분위기와 거리가 먼 화려한 건물 앞이었다.

"일단 들어가 보시자니까요, 여사님."

송 화백이 팔짱을 끼며 이끌자 한 여사는 노 비서를 향해 밖에서 기다리라고 말한 뒤 걸음을 옮겼다. 무슨 행사인지 입구부터 사람들로 소란스러웠다.

그녀는 어둠이 내려앉은 눅눅한 밤공기를 맞으며 한쪽에 세워 둔 커다란 벽면을 구불구불 장식하고 있는 글자를 보기 위해 눈을 가늘게 떴다.

"아이참, 늦었어요."

송 화백이 팔을 잡아끌며 재촉하는 바람에 문턱을 넘고 말았다. 그러다 뒤늦게 벽면을 장식한 글자를 알아본 한 여사가 우뚝 발을 멈췄다.

"나는 그만 돌아가야겠네."

그녀는 싸늘하게 식은 얼굴로 몸을 돌렸다.

"어머, 한 여사님 아니세요?"

그녀도 잘 아는 중견 건설사 사주의 안주인이었다. 한 여사는 어쩔 수 없이 걸음을 멈추고 양해를 구했다.

"오랜만입니다만, 내가 지금 막 가려던……."

"안에서 회장님하고 강 대표 만났는데, 여사님도 함께 오신 줄은 몰랐네요."

한 여사가 치맛자락을 틀어잡은 채로 딱딱하게 굳었다.

"……안에 누가 있다고?"

* * *

귀빈실로 돌아온 무원에게 클로에를 맡기고 뒷정리를 하고 난 뒤 행사장으로 향할 때였다. 곧 기념사가 시작되니 서둘러 착석해 달라는 안내 방송을 들으며 걸음을 옮기는데 코끝으로 박하 향이 스몄다.

서양의 민트와 비슷한 박하는 향이 그보다 훨씬 더 짙고 강해서 벌레가 잘 꼬이지 않지만 그 싸하고 특유의 억센 잔향이 싫어 나는 키우지 않는 식물이기도 했다. 그런데 이곳과 어울리지 않을 것 같은 그 향이 나를 거칠게 앞지르는 상앗빛 한복 자락에서 풍겨 나왔다.

하마터면 부딪칠 뻔해서 걸음을 멈추고 기다렸다. 다시 천천히 입구로 다가서자 계속 이쪽을 주시하고 있던 것처럼 지헌이 나를 향해 일어섰다. 내 앞을 맹렬하게 가로지르던 노인이 입구에 선 채로 숨을 들이켰다.

"감히!"

놀랍게도 노인이 죽일 듯이 노려보는 사람은 바로 지헌이었다. 정작 지헌은 노인의 존재는 신경도 쓰지 않는 것 같았다. 사람들이 착석을 시작한 가운데 그는 천천히 몸을 움직여 내게로 향했다. 그가 비켜나자 둥근 테이블의 나머지 반쪽이 완전히 드러났다. 그곳에 무원이 있었다. 클로에의 어깨를 안듯이 감싼 그는 그녀를 테이블까지 에스코트했다. 다행히 클로에의 안색은 아까보다 훨씬 더 진정되어 보였다. 그러자 의외로 비주얼이 잘 어울리는 커플의 모습에 미소가 지어졌다. 둘이 잘됐으면 좋겠는데.

갑자기 내 앞에 서 있던 노인이 가슴께를 움켜쥐며 비틀거렸다.

"안 된다. 절대로 안 돼. 내 눈에 흙이 들어가도 안 돼!"

그녀는 죽은 망령이라도 본 것처럼 얼굴이 파랗게 질렸다.

"괜찮으신가요?"

앙상하게 마른 어깨가 사시나무 떨듯이 부들부들 떠는 모습에 가만히 다가서자 노인이 내 팔을 움켜잡았다.

"혼자 오셨나요? 일단 밖으로 나가시는 게."

"……가만!"

곧 쓰러질 사람처럼 비틀거리던 그녀가 내 손을 우악스럽게 거머쥐었다. 노인의 힘이라기엔 믿기지 않을 만큼 거세어 들고 있던 클러치가 떨어졌다.

"아."

파르르 떨며 가늘게 심호흡하던 노인이 눈을 부릅뜨는 순간 허공을 쏘아보는 검고 탁한 눈동자와 정면으로 마주쳤다. 윤기 흐르는 백발을 한 올 흐트러짐 없이 빗어서 쪽진 머리와 은은한 색실로 수놓은 고운 모시 한복. 단정한 차림과 어울리는 완고한 눈매였다.

"……어르신?"

잡힌 손목이 얼얼해서 조심스럽게 부르는데 그녀의 시선은 내게 있지 않았다.

"너……!"

쌕쌕 몰아쉬는 숨소리를 들으며 뒤를 돌아보자 어느새 다가온 지헌이 굳은 얼굴로 내게 물었다.

"괜찮아?"

"내가 아니라, 이분이……."

"가자."

지헌이 노인 쪽으로는 시선도 주지 않은 채 그녀로부터 떼어 내듯 나를 부드럽게 당겼다.

"……지헌 씨?"

노여사가 일그러진 얼굴로 지헌과 나를 차례대로 노려보았다.

"네가, 네들이 나를……."

마치 내가 어떤 불순한 의도로 접근하기라도 한 듯 눈을 가늘게 뜨고 나를 훑어 내리더니 치마 사이로 드러난 맨다리를 보며 경멸 어린 시선을 던졌다.

"감히 누구한테, 이따위 짓을……!"

그녀는 잡고 있던 내 손을 내치듯이 거칠게 쳐냈다. 매서운 손길에 밀려나는 나를 지헌이 잡았다.

"그러게. 감히 누구한테."

냉랭한 목소리가 나를 노려보는 그녀의 시선을 잘랐다.

"……아는 분이에요?"

내 물음에 지헌이 서늘하게 웃었다.

"글쎄."

그가 미소를 지우지 않은 채로 노인을 보았다.

"나를 아십니까?"

죽일 듯 노려보는 시선도 신경 쓰이지 않는 듯 그의 목소리에는 어떤 감정도 느껴지지 않았다.

"너…… 네놈이!"

악의와 원망이 가득한 목소리에 나는 깜짝 놀라 지헌과 그녀를 번갈아 보았다.

"어머나, 한 여사님! 왜 이러세요?"

우리 사이로 끼어든 건 당황으로 얼굴이 빨갛게 물든 송 화백이었다. 그녀는 노인을 옆에 둔 채로 재빨리 지헌에게 고개를 숙였다.

"죄송합니다, 이사님. 제 일행이신데 실례를 했네요."

지헌이 나를 감싼 채로 한 걸음 물러나더니 턱만 살짝 끄덕였다. 온화하게 미소 짓고 있지만, 관용은 여기까지라는 듯. 오만한 태도에 노여사의 눈에 번쩍 불이 일었다.

"네 이놈!"

거친 고함에 사람들의 시선이 한꺼번에 모여들었다. 송 화백이 펄쩍 뛰며 말렸으나 노인은 손을 높이 치켜들고 지헌을 가리켰다.

"모두 네 짓인 걸 모를 줄 알고? 기어이 내 집안을 망쳐? 네가 내 장손을, 우리 승비원을 망치려고 작정을 한 게지!"

드넓은 행사장으로 싸한 정적이 퍼졌다. 은은한 연주 음악만 흐르는 가운데 딱딱하게 굳은 얼굴로 일어서는 무원과 그의 팔을 꼭 쥔 채로 불안에 떠는 클로에와 연우의 얼굴이 차례대로 보였다. 모두가 호기심 어린 눈을 빛내는 가운데 오직 나를 옆으로 밀어내는 지헌만이 여유로웠다.

"아비를 망친 걸로도 모자라 제 형까지 잡아먹으려 들어? 고얀 놈, 내가 너를 가만두고 볼 것 같으냐?"

노여사의 이글이글 타오르는 독기 가득한 눈이 지헌을 쏘아보았다.

"내 아들을 어쩌겠다는 겁니까?"

정적을 뚫고 들리는 로라의 목소리에 주위가 술렁거렸다. 연단 바로 아래에 있던 그녀가 천천히 이쪽을 향해 걸어왔다. 또각또각, 얇은 구두 굽 소리가 가까워질수록 주위를 둘러싼 긴장감이 더해졌다. 노인과 로라, 그리고 지헌과 무원을 훑으며 나의 추측은 거의 확신에 가까워져 갔다. 로라의 차가운 목소리가 울려 퍼졌다.

"나야말로 가만있을 것 같나요?"

정확히 지헌의 옆에서 멈춰 선 그녀가 당당하고 위엄 있는 태도로 노인을 마주 보았다.

"너! 네년이!"

노인의 눈빛이 섬뜩하게 번득였다. 그 시퍼런 서슬에 사람들이 달려왔으나 로라는 가볍게 팔을 들어 제지하고는 노인을 보았다.

"누구시기에 그런 험한 말을 하십니까? 그것도 여기, 우리 메종, 내 헤르네에서."

"네 속셈을 모를 줄 알고? 이따위 수작질로 내 집안에 다시 기어들어 오려는 꿍꿍이를……"

로라가 가소롭다는 듯 픽 웃으며 노인의 말을 잘랐다.

"누구라고요? 내가 한국은 영 몰라서."

"어디서 말대답이야!"

험악한 손이 허공을 갈랐다. 그러나 로라에게 닿기도 전에 지헌이 막았다.

"놓지 못할까, 이놈! 네깟 놈이 나를 막아!"

노인은 지헌에게 붙잡힌 것에 충격을 받은 듯 펄쩍 뛰며 길길이 날뛰었다. 창백한 노인의 기세가 깜짝 놀랄 정도로 거세어 지켜보던 이들마저 당황했다. 행사장은 노인이 내지르는 고함과 사람들의 수군거림으로 뒤엉켜 아수라장이 되었다. 앞쪽에서 달려온 정두호 지사장과 진행요원들이 초청객들을 내보내기 시작했다. 보안요원들이 난동을 피우는 노인을 붙잡자 뒤늦게 노인을 보호하기 위해 나타난 중년의 남자가 사람들을 뚫고 끼어들었다.

"어르신을 놓으십시오."

지헌이 더럽고 불결한 것을 떨쳐 내듯 노인을 놓자 그녀는 파르르 떨면서도 지헌을 쏘아보았다. 이 난장 같은 한가운데에 선 채로 나는 지헌을 보았다. 그는 이마를 찡그린 채로 시선을 멀리 두고서 뭔가를 찾고 있었다. 그의 입술이 불만스럽게 뭔가를 중얼거렸다. 그가 겨우 나를 발견하고 손을 뻗었다. 나는 구석까지 떠밀린 클러치를 줍기 위해 지헌의 부름에 곧바로 응답하지 못했다. 누군가 밟은 드레스 자락 때문에 앞으로 나아가기가 힘들었다.

"치린아, 이리 와."

지헌이 미간을 찌푸린 채 나를 불렀다. 나는 다급하게 헐떡였다.

"잠깐만요, 잠깐만."

내가 바닥으로 몸을 숙이며 사람들 사이를 비집고 들어가자 지헌의 얼굴이 조금 더 구겨졌다.

"뭐 하는 건데."

"고맙다는 인사는 나중에 받겠어요."

참을성 없는 남자를 향해 투덜대며 있는 힘을 다해 팔을 뻗었다. 드레스가 북 찢어지는 소리가 들렸다. 간신히 몸을 세우는 순간 이쪽으로 다가오는 지헌과 걱정스러운 얼굴로 지헌을 바라보는 로라가 보였다. 그 뒤로 두 눈에 시커먼 독기를 뿜고 날카롭게 번득이는 노인이 두 팔을 치켜들며 로라에게 달려들고 있었다.

"……여보!"

"어머니!"

그 아수라장 속에서 또렷이 들린 건 강 회장과 무원의 다급한 목소리였다.

16

예뻐, 오빠

"……라…… 흐윽."

문밖에서 들리는 클로에의 훌쩍거림에 침대에 앉아 있던 무원이 고개를 들었다. 불시에 당한 공격에 머리를 부딪친 로라는 아직 깨어나지 않았다. 어머니를 안고 행사장을 급히 빠져나가는 아버지와 그런 상황에서도 차분히 현장을 통제하던 동생을 보며 그는 아무것도 할 수 없었다. 그저 조모의 억센 손에 떠밀려 넘어지던 어머니의 모습만 떠올랐다. 그 옛날 동생 지헌이 그랬던 것처럼. 독기로 가득 찬 한 여사의 얼굴을 떠올린 무원이 얼굴을 거칠게 쓸어내렸다. 그때 클로에의 훌쩍거림이 다시 들렸다.

무원이 밖으로 나가자 거실 소파에 앉아 있는 클로에가 보였다. 연우는 클로에의 무릎을 벤 채로 잠들어 있었다. 그 기묘한 모습에 잠시 걸음을 멈췄던 그가 문을 닫자 클로에가 얼굴을 들었다.

"로라는?"

"의사가 아침까지 푹 자도록 주사 놓고 갔잖아."

무원은 짧은 숨과 함께 훌쩍이는 클로에를 보다 부자연스러워 보이는 자세에 연우에게 손을 뻗었다.

"그냥 둬. 뒤척이다 겨우 잠들었단 말이야."

"다리 아프잖아."

"그러다 깨면 더 힘들어. 애가 말이 얼마나 많은 줄 알아?"

성격이 얼마나 예민한지 몇 번을 자다 깨길 반복하다 곯아떨어질 때가 되어서야 몸이 축 늘어졌다며 클로에가 투덜댔다. 그러나 타박하는 말과 달리 연우의 얼굴을 보는 시선에 호기심이 담겨 있었다. 그의 딸을 깊게 응시하는 클로에를 보며 무원은 다시 이상한 기분에 사로잡혔다.

"눈치 보는 거야, 불안해서. 버림받을까 봐."

무원이 클로에를 보며 말했다.

"너랑 닮았어."

클로에는 한국말을 할 줄 알았냐며 배신자처럼 보더니 금세 돌변해 친구라도 만난 것처럼 굴던 연우를 떠올렸다. 거침없는 행동과 말투만 봐선 버릇없는 부잣집 공주님이라고 생각했는데.

"닮기는 누가."

퉁퉁 부어 발개진 얼굴로 볼멘소리를 중얼거리는 클로에와 연우의 말간 뺨을 번갈아 본 무원이 피식 웃었다. 겨우 안도의 숨이 터져 나왔다. 클로에는 연우의 머리를 가만히 쓸어 넘기는 무원의 손에서 부정을 느꼈다.

진실을 알기 전에는 아이에 대한 애정이 그 여자를 잊지 못하는 그리움 때문이라고 생각했다. 그래서 종종 무원의 이런 눈빛을 봤을 때, 클로에는 가슴이 서늘하게 내려앉곤 했다. 그런데 지금은 모르겠다. 눈앞의 이 남자를 완벽하게 떠나보내리라 다짐한 순간에 밝혀진 사실은 그녀를 길 위에 우두커니 선 채로 아무것도 할 수 없는 사람으로 만들어 버렸다.

"아무 생각 하지 마."

가볍게 다가온 숨이 클로에의 입술에 닿았다. 온기를 머금을 새도 없이 금세 멀어져 착각인 줄 알았으나 눈빛이 남아 그녀의 눈동자와 뺨을 천천히 쓸어내렸다. 이건 무슨 의미일까.

무원의 마음을 몰라 클로에는 멍한 얼굴로 그를 보았다. 닿은 시선이 일렁이더니 이내 붉은 입술로 떨어졌다. 이번에는 아주 천천히, 꿈결처럼 아스라해질 정도로 느리게 다가온 숨이 그녀의 입술을 삼켰다. 조심스럽게 더듬다 더 깊이 헤집으며 간절하게 매달렸다. 클로에에게 무원은 피할 수 없는 뜨거운 바람이었다.

***

"그만 불어. 현기증 나."

마지막 숨을 후 하고 불어넣는 나를 보며 지헌이 말했다. 불긋하게 올라왔던 발진이 하나둘 가라앉기 시작하자 그제야 주변 풍경이 눈에 들어왔다. 쿵쿵거리며 시끄럽게 울려 대는 심장도.

"신경 안 쓰는 것 같더니."

연고가 들어 있던 클러치를 보며 지헌은 피식 웃었다. 아직 긴장이 다 풀리지 않은 나는 따라 웃을 수가 없었다. 약을 챙긴 건 내가 아닌 정 지사장이었다. 혹시 모를 만약을 위해서라며 바르는 약과 먹는 약을 단계별로 세심하게 구분해 설명하는 그를 보면서도 심각하게 생각하지 않았다.

지헌이 노인을 막아서고 상황을 수습하는 사이 툭툭 불거지듯 무서운 속도로 올라오는 피부를 보는 순간 뒤통수를 세게 맞은 것처럼 충격을 받았다. 그런데도 지헌은 내색 없이 난장판이 된 행사장을 수습했다.

'기도가 부으면 위험합니다.'

약을 건넬 때 마지막으로 전하던 정 지사장의 음성이 메아리처럼 울릴 때마다 나는 발을 동동 굴렸다. 지헌은 끝까지 서두르지 않았고 아무것도 할 수 없는 나는 애가 타서 입술을 몇 번이나 짓씹었다.

"울지 마."

지헌이 뺨을 감싸고 나서야 울고 있다는 사실을 깨달았다. 그가 이마에 입술을 댄 채 나직하게 신음했다.

"놀라게 해서 미안. 설명했어야 하는데."

"그런 말……."

나는 고개를 저었다. 누구보다 아프면서. 당신은 아무렇지 않은 듯. 내가 먼저라는 듯 위로하지 마. 뿌옇게 흐릿한 시야로 지헌이 부드럽게 미소 지었다.

"예상했고, 별거 아냐."

나는 지헌의 목을 세게 끌어안았다. 내가 닿지 않는 곳이 없도록. 당신의 불행을 내가 전부 삼켜 버릴 수 있도록.

* * *

로라가 눈을 떴을 땐 은은한 침실 등이 방을 밝히고 있었다. 기척도 내지 않는데 까만 눈동자 한 쌍이 그녀를 뚫어질 듯 응시하고 있었다. 커튼이 꼭 닫힌 창가와 새벽을 넘어선 벽시계를 향했던 시선이 다시 그녀를 흔들림 없이 보고 있는 얼굴로 향했을 땐, 막 잠에서 깨어난 푸른 눈동자가 조금 흔들렸다.

"……왜 여기 있어요?"

일어나려고 움직이던 그녀는 그제야 손이 붙들린 채라는 걸 깨닫고 다시 혼란스러운 표정을 했다.

"당신……."

말끝을 흐린 그녀는 끝내 입을 다물었다. 뭐라고 하면 좋을지 고민하는 얼굴이었다.

"가야지, 이제. 깨는 거 봤으니."

곤란해하는 그녀를 안심시키듯 강 회장이 잠긴 목소리로 말했다. 무겁게 가라앉은 태도에 로라의 눈동자가 불안으로 흔들렸다.

"무슨 일이에요?"

그의 굳은 입매를 바라보던 그녀가 퍼뜩 떠오른 생각에 다급하게 물었다.

"당신 어머니가 잘못됐나요? 그런 거예요?"

강 회장이 억눌린 신음과 함께 로라를 덥석 안았다.

"정말이에요?"

로라가 몸을 떼어 내며 물었다. 덜컥 겁을 집어먹은 눈망울이 크게 일렁였다. 강 회장이 로라의 목덜미를 꾹 누르며 고개를 저었다. 긴장이 풀리는 순간 가슴이 떨어져 내리고 이내 짜증이 솟구쳤다.

"놀랐잖아요! 그러게 왜 갑자기 분위기는 잡고 그래요?"

밀어내는 손짓에도 끄떡하지 않는 그의 등을 퍽퍽 때리다 포기한 작은 몸이 마침내 힘없이 축 늘어졌다.

"곤란한 상황 된 거 알아요. 그쪽에서도 가만 안 있겠죠. 당신이 막아 줘요. 다니엘한테 화난 건 알지만, 그 애는 날 위해서……."

"나를 어디까지 바닥으로 떨어트리는 거야."

강 회장이 충격받은 듯 그녀를 보다가 이내 허탈한 얼굴을 했다.

"당신 큰일 날 뻔했어. 내 어머니 때문에, 또다시. 그런데도 한다는 말이 고작……."

이제는 자괴감조차 남지 않은 절망이 끝도 없이 밀려왔다.

"……어쩔 수 없는 일이잖아요."

담담한 목소리로 로라가 말했다.

"그러니까 이제 그만 나를 놔요. 부탁이니까……."

로라가 작게 애원했다.

"나는 이제 이런 걸 견딜 수가 없어요, 더는……. 그만하고 싶어요."

마침내 선언한 항복이었다. 이제는 인정해야 했다. 사랑했던 남자를, 아들을 두고 겨루는 이 비정하고 얄팍한 줄다리기를 로라는 그만하고 싶었다. 상처가 아물기는커녕 더는 헤집을 것도 남지 않은 끔찍한 전장에 승자는 없고 포연만이 가득했다. 그래서 로라는 이 험난한 외줄 타기에서 그녀가 먼저 내려오기로 했다.

"떠날 테니까, 이번에야말로 다신 돌아오지 않을 테니까……."

'놔 줘요, 제발. 당신이 나를 놔요. 그래야 나와 지헌이가 살아요.'

그때와 똑같은 가냘픈 애원에 거친 숨이 울컥 쏟아져 나왔다.

어째서 그를 떠나야만 그의 아내와 아들이 살 수 있단 말인가.

"아니. 안 돼, 로라."

애초에 이 여자를 온전히 놓은 적이 있기나 했던가. 강 회장이 고개를 저으며 로라를 세게 끌어안았다. 진득하게 터져 나오는 나직한 숨을 느끼며 로라는 가만히 눈을 감았다. 그가 그녀를 안고 있는 게 아니라 마치 그녀에게 의지하듯 지탱하고 있는 그를 차마 더는 밀어낼 수가 없었다. 그녀가 손을 놓으면 금방이라도 무너져 내릴 것 같았다.

* * *

"누구세요?"

나를 빤히 보던 시영의 첫 마디였다.

"어디서 본 얼굴인데."

"……장난 그만해요."

"장난이라, 그런 격의 없는 짓은 제멋대로 잠수 탄 뒤로 끝인 줄 알았는데?"

아빠가 꽤 아끼는 제자였던 그는 처음 나를 유령 보듯 하더니 특유의 신랄한 말투로 빈정댔다. 그게 그의 화풀이 방식임을 알았다.

"학교에서 교수님 추도식 몇 번이나 했었어. 그때마다 너 얼마나 찾았는지, 아냐?"

"제자들이 기특하네요."

빙글거리는 대꾸에 나이와 걸맞지 않은 서늘한 미남자인 그가 나를 한 대 때리고 싶다는 눈으로 보았다. 그러나 이내 그런 열의마저 금세 싫증을 내고 마는 본성과도 같은 권태 아래 사라졌다. 아빠는 국내에 단 세 명밖에 없는 국제학회의 공인 정신분석 자격을 가진 의사였다.

학교에서도 존경받는 교수였던 아버지의 죽음 이후에 시작된 친척들의 재산 분쟁과 비극으로 막을 내린 집안사가 가십으로 소비되는 걸 원치 않았다. 일본을 택한 배경에는 그것도 있었다.

"그래서, 죽어도 안 나타날 것처럼 굴더니 갑자기 날 찾아온 이유가 뭔데?"

가시 돋친 말을 쏟아 내는 서늘한 눈동자에 가벼운 호기심이 일었다.

"데려와. 봐야 알지."

구구절절 설명은 다 들어 놓고 맥이 빠질 정도로 교과서 같은 대답을 내놓는 그를 나는 조금 어이없게 보았다. 겨우 그런 말을 들으려고 여기까지 온 게 아니다.

"그게 좀 애매하니까 부탁하는 거잖아요."

"부탁하는 주제에 꽤 당당하네."

나를 가만히 올려다보는 얼굴에 옅은 귀찮음이 떠올랐다.

"사랑 못 받아서 생기는 병이야. 마음의 병. 보통은 영유아 때 발현해서 심하면 장애가 오거나 사망하는 케이스도 있어."

그는 의사답게 죽음을 쉽게 말했다. 마우스를 움직이고 키보드를 두드리며.

"웃기지? 자꾸 접촉을 해야 낫는데 피부 발진이라니."

나는 의사 앞에 선 힘없는 보호자처럼 아무 말도 꺼내지 못했다.

"지금까지 낫지 않았다면 1차 치료에 실패한 거고, 그런데도 아직 살아 있다면 증상이 심하지 않았든가, 기적이든가."

"……"

"재밌는 거 보여 줄까?"

갑자기 그가 내 쪽으로 모니터를 돌렸다.

"시각 벼랑이라고 영아의 깊이 지각 능력을 테스트하기 위한 실험인데, 이걸 보면 아이에게 부모가 어떤 의미인지 알 수 있지."

화면 속 아기는 높은 테이블 위에 앉아 맞은편에 있는 엄마를 향해 기어가고 있었다. 테이블 중간이 유리로 되어 있어서 마치 절벽을 만난 것처럼 주춤거렸다. 엄마가 표정 없이 아기를 보고만 있자 엄마와 바닥을 내려다보던 아기는 결국 주저앉아 울음을 터뜨렸다. 그런데 다음 순간 엄마가 환하게 웃으며 두 팔을 벌리자 벌떡 일어나 엄마를 향해 성큼 기어갔다. 엄마에게 안길 때까지 아기는 단 한 번도 바닥을 내려다보지 않았다. 딸각 소리와 함께 영상이 정지됐다.

"아이한테 부모는 이런 존재다. 눈을 맞추고 웃어 주는 것만으로도 기적을 만들지. 너희 어머니가 좋아하셨던 식물처럼."

'아비를 망친 걸로도 모자라 제 형까지 잡아먹으려 들어?'

야차 같은 얼굴로 지독한 독설을 뱉어 내던 그의 할머니가 떠올랐다. 지헌은 열 살에 그곳을 나왔다고 했다. 그렇다면 열 살까지 그 말을 들어야 했을까.

"넌 아니잖아. 충분히 사랑받았잖아. 그러니까 많이 예뻐해 주면 되겠네."

"……제가요?"

"너 태어나고 몇 달은 병동에서 키운 거 몰라? 사모님 계속 입원해 계셔서 교수님이 너 끼고 다녔잖아."

황당하다는 듯 보는 나를 시영은 배은망덕하게 보았다.

"기저귀 차고 월례회의도 들어갔어, 너. 교수님 동기 중에 너 한번 안 안아 본 선생님 없어."

"선생님이 그걸 어떻게 알아요? 그때 꼬마였으면서."

"나도 아버지 따라서 그 자리에 있었으니까. 나 네가 싼 똥 기저귀도 버렸다?"

매우 못마땅하다는 얼굴로 그가 거들먹거렸다.

"······짜증 나."

"누가 할 소리."

그는 특유의 무표정으로 받아치며 모니터를 다시 돌렸다.

"가서 많이 안아 줘. 네가 하면 될 거야. 유일하게 너만 닿을 수 있다며."

"······그게 다예요? 겨우?"

"그게 왜 겨우야? 다른 사람도 아닌 넌데."

선뜻 이해되지 않아 미간이 좁아 들었다.

"너한테 아주 특별한 의미잖아, 그 사람. 동정 받는 게 싫어서 이 악물고 연락 끊은 네가 자존심 다 접고 날 찾아올 만큼."

"······."

"다른 거 필요 없어. 가서 지금 그 벙찐 얼굴 보여 주면 돼."

"······."

"사랑 받고 이해 받고, 자기가 누군가한테 소중한 존재라는 거 알면 자연스럽게 나아진다."

"그거 너무······."

"뭐, 뻔하다고?"

내 표정을 읽은 시영이 삐뚜름하게 웃었다.

"마음의 문을 여는 손잡이는 안쪽에만 달려 있다는 말, 기억나냐? 교수님이 늘 하시던 말씀."

눈만 한번 내리뜨자 시영이 쐐기를 박듯 거만하게 단정 지었다.

"그걸 교수님 딸인 너 말고 더 잘할 사람이 어딨어?"

"······."

"나중에 같이 와. 너 보고 싶어 하는 사람 많으니까."

* * *

"내가 직접 봐야겠어."

비서가 내민 종이뭉치를 테이블 위로 던진 한 여사가 두통이 이는 듯 관자놀이를 짚었다. 노란 머리에 푸른 눈. 보기만 해도 욕지기가 치밀었다. 극구 부정하고 숨겨 온 집안의 치부가 만천하에 드러났다. 언론에 드러날 일이 없을 뿐 재계에 소문이 파다하게 퍼졌으니 이미 더 할 수 없는 수치가 되었다.

감히 이런 일을 꾸며 놓고, 누굴 들이밀어? 그녀의 뜻을 알아들은 비서가 종이를 다시 서류봉투에 넣으며 알았다는 듯 읍했다. 그때 병실 문이 천천히 열리며 은 박사가 들어섰다.

"제가 모시겠습니다, 장모님."

힐긋 뒤를 보았으나 그는 혼자였다. 그깟 것 좀 밀쳤다고 시위라도 하는 건가. 허둥지둥 달려와 괘씸한 며느리만 챙기는 모습이 떠올라 목 안에서 쓴 물이 올라왔다.

'여보!'

'어머니!'

20년을 넘게 끊고 끊어 냈는데 아직도 그 입에서 터지는 소리란. 무에 그리 절절한 연이라고. 못마땅한 아들과 손자가 눈앞에 있기라도 하듯 한 여사가 혀를 찼다. 키워 준 은공도 모르는 것들. 부모 죽은 뒤에 땅을 치고 후회해 봤자거늘. 결국 핏줄을 위하는 건 어미인 자신뿐이다.

"강 교수는 급한 수술이 있어서……."

은 박사의 말에 눈을 가늘게 뜨던 한 여사는 뒤늦게 그가 딸을 얘기하고 있음을 깨닫고 눈을 찡그렸다. 크는 내내 제 동생을 질투하더니 로라와 지헌을 내친 일로 성질을 부린 뒤 자식의 도리도 저버린 발칙한 딸이었다. 마음에서 밀어 둔 게 언제인데. 아무리 그래도 사위 앞에서 이런 추태를 보이게 하다니. 괘씸하기 짝이 없는 자식들에 분을 삼킨 그녀가 몸을 일으켰다.

"나올 것 없네."

딱딱한 말투였으나 어제의 일로 크게 충격받은 몸이 급격하게 쇠약해진 걸 아는 그는 조용히 장모를 따랐다. 그들이 막 병실을 나서는데 외래 병동에서 아이 울음소리가 시끄럽게 울렸다. 반사적으로 눈을 돌리던 한 여사는 누군가를 발견하고 그대로 걸음을 멈췄다. 그녀가 막 입을 떼는데 곁에 선 은 박사가 목을 길게 빼며 안경을 추켜올렸다.

"저 아가씨……"

재단 이사장 아들이기 전에 꽤 차가운 성정이라 곁 없기로 유명한 시영이 환자를 손수 배웅하는 모습에 그가 고개를 갸웃했다.

"아는 아인가?"

한 여사가 물었으나 그는 대답하지 못했다. 꽤 친한 사이인 듯 시영을 손짓으로 들여보낸 뒤에 의자에 털썩 앉는 그녀의 위로 진료 과목이 적힌 커다란 병동 안내판이 눈에 들어왔다. 오래된 기억이 섬광처럼 비쳤다.

"설마…… 이 교수 딸……?"

* * *

나는 시영의 진료실을 나온 뒤 조금 얼떨떨해져 복도에 앉았다. 지헌에게 도움이 될 방법을 찾으려고 왔다가 생각지도 못한 과거가 끄집어내진 기분이다. 그때 너덧 살로 보이는 누나와 그보다 작은 남동생이 손에 쥔 뭔가를 들고 실랑이하다 누나가 움켜쥐고 주지 않자 남자아이가 바닥에 주저앉아 울기 시작했다. 서러웠던지 통곡을 하는 사내아이 울음에 사람들의 시선이 몰렸다.

"누나가 못됐네, 동생을 울리면 쓰나?"

가까이 앉은 아주머니가 쭈뼛대며 서 있는 누나를 나무라자, 여자아이의 눈에 물기가 서렸다. 그런데도 아이는 입술을 꼭 문 채 울지 않고 버텼다.

"유담아, 의담아."

원피스를 입은 젊은 여자가 아이들을 불렀다. 그녀는 서두르지 않고 천천히 걸어오더니 몸을 낮추며 앉았다.

"아유, 뭐 하는 거야? 애를 빨리 안아서 달래든가 해야지. 저렇게 땅바닥에서 울게 두면 어쩌자는 거야?"

"요즘 엄마들은 참 태평하다니까."

젊은 엄마라고 만만하게 봤는지 여기저기서 한마디씩 거들며 나섰다. 여자가 팔을 벌리자 아이가 엄마 품에 안겨 들며 와락 눈물을 쏟아 냈다.

"누나를 혼내! 동생 걸 뺏더라니까?"

사람들이 이구동성으로 소리치자 외따로 선 여자아이의 얼굴이 울먹울먹해졌다. 그러나 여자는 주위 사람들 말이 들리지 않는지 아무런 대꾸도 하지 않은 채 오직 딸아이에게서 시선을 떼지 않았다. 그녀가 손을 뻗자 불안으로 얼룩졌던 작은 얼굴에 안도감이 퍼져 나갔다. 아이는 당연한 듯 엄마의 품으로 와락 안겼다. 무한한 신뢰를 담은 그 표정에서 방금 전 시영의 진료실에서 보았던 시각 벼랑의 한 장면이 떠올랐다.

'그 친구는 아마 그런 걸 못 느꼈을 거야.'

순간적으로 망연한 기분이 들어 숨을 멈춘 채 그들을 보고 있는데 아이가 손에 꼭 쥐고 있던 걸 펼쳤다. 손수건이었다. 그것으로 엄마의 이마에 맺힌 땀을 꼭꼭 눌러 닦는 작은 손이 야무졌다. 그들에게서 시선을 떼지 못하는 건 나뿐만이 아니었다.

"미준아."

키가 큰 남자가 다가와 여자를 불렀다. 아주 짧은 순간 둘의 시선이 맞닿는 것을 본 나는 그가 여자의 남편이자 아이들의 아빠임을 알았다. 그는 병동 복도 한가운데에 웅크리고 앉아 있는 아내와 두 아이를 보더니 놀라지도 않은 얼굴로 잠시 웃었다. 그런 뒤 아내의 팔에 매달려 있는 두 남매를 떼어 낸 뒤 아내를 먼저 일으켜 세웠다. 하늘하늘하게 떨어지는 원피스가 살랑거리며 부드럽게 나온 배의 곡선이 드러났다. 남자가 남매를 양팔에 한 명씩 안아 올렸다.

"아."

나는 그제야 그들이 누군지 알아차렸다. 이따금 뉴스나 경제지에 얼굴을 드러내는 남자는 JM금융지주의 서준후 사장이었다. 그리고 그가 이 많은 시선에도 아랑곳없이 한시도 눈을 떼지 않는 여자는 이미 여러 번 회자되어 누구나 아는, 그의 사랑하는 아내가 분명했다. 이 커다란 병동 복도에서 그들만을 감싸는 특별한 광채가 나를 사로잡았다. 서로를 바라보는 시선과 그런 부모를 보며 웃는 아이들의 얼굴에서 순수하고 천진한 사랑과 행복이 넘쳐흘렀다. 그들을 정의 내리는 재계의 대표 잉꼬부부라는 단어가 얼마나 피상적이었는지 깨닫게 할 만큼.

'넌 아니잖아. 충분히 사랑받았잖아.'

당신도 사랑받았어야 했다. 저렇게, 저것보다 더 많이. 갑자기 지헌이 못 견디게 보고 싶었다. 나는 벌떡 일어섰다. 그리고 나를 보는 놀란 시선과 눈이 마주쳤다.

* * *

나는 차 뒷좌석에 앉아 무겁게 흐르는 침묵 속에서 운전석을 힐금 보았다. 나를 진료했던 노교수의 옆에 서 있던 남자는 어제 행사장에서 보았던 사람이었다. 지헌의 할머니가 나를 왜 보자고 하는지 이해할 수 없으면서도 딱히 거절할 생각은 들지 않았다. 쓰러지던 로라와 밤새 잠들지 못한 지헌. 그들을 노려보던 악의에 찬 얼굴. 그분이 아니었다면 지헌의 가족도 병원에서 본 그들처럼 될 수 있었을까. 안타까운 상념은 차가 멈추는 순간 끝이 났다. 지헌이 어릴 때까지 살았다던 집은 도심 한복판이라고 믿을 수 없을 만큼 고즈넉한 한옥에 기와 담장이 끝도 없이 펼쳐져 있는 대궐 같은 곳이었다.

궁궐 옆에 이런 호화로운 집을 지을 수 있는 건 종친이나 고관대작뿐이었으니 보통 이상의 권세를 떨치던 집안이었을 거다. 이 모든 게 지헌의 불우에 일조했다고 생각하자 고택의 정취도, 대대로 양반집 마당에만 심을 수 있었다던 붉은 능소화도 아무런 감흥이 나지 않았다.

"들어가시죠."

차에서 내려 높은 대문을 가만히 보고만 있는 내게 남자가 말했다. 그를 따라 막 문을 향해 몸을 돌릴 때였다. 햇빛에 반사된 플레잉 레이디가 이쪽을 향해 반짝거렸다. 흰색의 대형 세단이 흙길을 거칠게 달려오고 있었다. 피할 새도 없이 질주해 온 차가 먼지를 일으키며 급정거했다. 가장 먼저 내린 사람은 로라였다. 그녀는 차가 멈춰 서기도 전에 내려 무작정 내게로 달려왔다.

"괜찮아요?"

나는 깜짝 놀라서 희게 질린 얼굴을 보며 로라의 손을 맞잡았다.

"여긴 어떻게……?"

그녀는 놀랍게도 떨고 있었다. 어떻게 알고 왔는지는 모르겠으나 좋지 않은 상상을 한 것만은 분명했다.

"괜찮아요, 저. 아무 일도 없었어요."

동요로 떨리는 눈망울에 시선을 맞추며 손을 힘주어 잡았다. 몇 번의 심호흡 끝에 로라가 빠르게 안정을 찾았다. 천천히 고개를 끄덕인 그녀는 문이 열린 채인 그녀의 차로 나를 이끌었다.

"일단 타요."

로라를 경계하듯 보고 있던 남자가 우리 앞을 막아섰다.

"어르신 손님입니다."

로라가 싸늘한 눈빛을 치켜세우자 차에서 내린 수행원들이 우리를 에워쌌다. 양쪽의 사람들이 대치하듯 뒤섞인 가운데 로라는 단호한 손으로 나를 차 안으로 밀어 넣은 뒤 문을 닫았다.

"내가 먼저 하죠, 그 손님."

두꺼운 차 문을 뚫고 로라의 차가운 목소리가 울렸다.

* * *

"다과상 준비할까요, 어르신?"

한 여사를 부축해 안채로 들어서던 여인의 물음에 됐다고 내치려던 그녀는 마음을 바꿔 고개를 끄덕였다.

'본교 교수로, 생전에 승비원에도 몇 번 다녀간 적 있습니다.'

가진 재능이 출중해 그의 거취를 두고 본교와 재단이 싸움까지 날 정도였다던 은 박사의 말을 떠올린 그녀가 못마땅하게 눈살을 찌푸렸다. 제 형 인생은 망쳐 놓고 저는 그런 집 여식을 골랐단 말이지. 그녀가 활짝 젖힌 창호문을 향해 성마르게 외쳤다.

"출발은 같은데 뭐가 이리 굼떠!"

그때 밖이 소란스러워지더니 인기척이 들렸다. 창에 걸어 둔 조각보가 바람을 감싸고 날아오르는 모습을 일별하던 한 여사는 그대로 굳었다. 사이로 모습을 드러낸 건 어제 본 젊은 여자애가 아니었다. 아이보리색 트위드 정장을 우아하게 차려입은 로라였다. 그녀는 놀라는 한 여사를 보며 싱긋 웃었다.

"죽으라고 밀었는데 멀쩡히 나타나서 놀랐나요?"

미소 띤 목소리에 한 여사는 말문이 막혀 로라를 쏘아보았다.

"감히 여기가 어디라고 낯짝을 내밀어! 노 비서!"

"뭐가 무서워서 사람을 부르세요? 내가 복수라도 할까 봐서요?"

"뭐……?"

종을 찾아 탁자와 보료를 헤집던 한 여사는 경악한 얼굴로 의절한 며느리를 보았다. 그녀에게 로라는 죄인이었다. 아들을 빼앗았으며 며느리의 의무도 하지 않은 채 뛰쳐나갔다. 그래 놓고 감히 부정한 핏줄을 낳은 죄인. 그런 천인공노할 인물이 제 앞에서 고개를 당당하게 쳐들고 눈을 똑바로 마주 보고 선 순간, 그녀는 치밀어 오르는 격분을 참을 수가 없었다. 그래서 치워 버렸다. 그랬는데 제 발로 찾아와 이 집 문턱을 넘을 줄이야. 파르르 떨리는 앙상한 손이 탁자 모서리를 세게 움켜쥐었다.

"정말이지 여긴 질릴 정도로 변한 게 없네요. 꼭 무덤같이."

분노로 부들부들 떠는 시어머니를 로라는 표정 없이 내려다보았다. 한때 이 공간을 떠올리는 것만으로도 맥박이 빠르게 치솟고 숨이 떨리던 시절이 있었다. 뭐가 그렇게 무서워서 바다 건너에서도 벌벌 떨며 숨어 지냈던가.

"이렇게 아무것도 아닌걸."

'괜찮을 거예요.'

지헌의 말을 떠올린 로라는 지금에 와서야 그의 의도를 알 것 같았다.

지헌은 기다린 거였다. 자신이 다시 한국 땅을 밟을 때까지. 이렇게 초라하고 아무것도 아니라는 걸 직접 보게 해 주고 싶어서. 흥분이 소용돌이치듯 로라를 휘감았다. 그녀는 30여 년 전, 승비원에 발을 들인 뒤 처음으로 시모의 눈을 정면으로 쏘아보았다.

"당신이 내게서 빼앗아 간 것, 모두 돌려받을 겁니다."

"내가 허락할 것 같으냐! 내가 죽어 흙이 돼도 너는 절대로 이 집안에 못 들어온다!"

"세상 남자가 어디 당신 아들 하나뿐이랍니까."

로라가 시모의 터무니없는 망상을 꾸짖듯 비소를 머금었다.

"그 대단한 아들과 이 집안, 평생 혼자 끌어안고 사세요. 나는 내 아이들만 있으면 되니까."

"내 아들이랑 다시 잘해 볼 속셈으로 호텔 투자금까지 밀어 넣은 걸 누가 모를 줄 알고?"

"설마요. 잊으셨나요? 돈도, 그 대단한 집안도 이쪽이 한 수 위라는 걸."

도도한 표정에 한 여사가 이를 갈았다.

"내가 마음만 먹으면 이까짓 집안, 얼마든지 망가트릴 수 있답니다. 기둥까지 뿌리째 뽑아 흔적도 남지 않도록. 그래 볼까요?"

"그따위 농간으로 몇 대를 이어 온 가문이 꺾일 것 같으냐!"

"그렇게 말씀하시니 보고 싶네요. 내가 지금 바로 투자금을 회수하면 얼마나 버틸지."

"너, 이……!"

번쩍 치솟는 울분을 참지 못한 한 여사의 눈빛이 표독스럽게 빛났다. 절대 그럴 리 없다고 부정하면서도 눈앞에 선 증오스러운 며느리가 청와대에서도 나올 정도로 국빈급 대접을 받았다는 뉴스가 떠올라 순간적으로 멈칫했다. 그런 시모를 향해 로라가 나직한 목소리로 속삭이며 이 지긋지긋한 악연에 종지부를 고했다.

"조심하세요, 어머니. 죽고 난 뒤에도 제삿밥은 이 집에서 드셔야 하잖아요."

"……!"

일생을 아들과 장손 타령만 하던 시모를 대놓고 비웃는 눈빛이었다.

"……너, 네가! 네가 감히……!"

로라는 그대로 턱 끝만 살짝 내렸다 올린 뒤 몸을 돌렸다. 둔탁한 소음과 함께 방 안으로 뛰어든 강 회장이 로라를 감싼 건 그때였다. 수정구처럼 묵직한 중량의 유리 문진이 바닥을 뒹굴며 핏자국을 냈다.

"강 회장!"

이마 위로 핏방울이 주르륵 흐르는 아들의 얼굴을 본 한 여사가 경기하듯 뒤로 주저앉았다. 로라가 숨을 멈춘 사이 돌아선 강 회장이 고요한 눈으로 모친을 응시했다. 한 여사는 아들의 저런 표정을 딱 한 번 본 적이 있다. 뒤 한 번 돌아보지 않고 승비원을 나서는 제 계집의 등을 저 홀로 미련이 뚝뚝 떨어지는 눈으로 하염없이 바라보던 얼굴. 그림자조차 남지 않은 마당에 석양이 내려앉을 때까지 우두커니 앉아 있는 등이 꼴 보기 싫어 소금을 한 되나 뿌리게 했다. 저를 향한 원망의 눈빛을 차게 내비쳤던가.

"참 긴 터널이었다고 생각합니다. 그 안에서 저는 늘 어머니의 아들이 되기 위해 노력해 왔습니다."

불현듯 싸한 한기에 한 여사의 심장이 덜컥 내려앉았다.

"이제 포기하겠습니다."

깊은 회한이 묻어나는 목소리에 한 여사가 눈을 가늘게 떴다. 동시에 곁에 선 로라가 숨을 들이켰다. 그런 아내의 손을 가만히 쥔 강 회장이 흔들림 없는 눈으로 모친을 보았다.

"……무슨 뜻인가?"

"부족한 제가 물러나겠다는 뜻입니다."

"기어이 여자 하나에 어미를 버려? 천륜을?"

강 회장이 담담한 눈으로 한 여사를 보았다.

"어머니도 그러시지 않았습니까, 무원이에게."

탁자를 짚고 일어서려던 한 여사가 다시금 주저앉았다.

"……네가 지금 무슨 말을 하고 있는지 아는 게냐? 어미와 의절이라도 하겠다는 게야?"

대답을 들을 필요는 없었다. 아들의 눈은 확고했으므로. 어찌 미쳐도 저 혼자만 저리 미쳤누. 그래서 사내란 나약한 것들이다. 그런 면에선 제 핏줄을 살리겠다고 독하게 나간 며느리가 제 아들보다 더 강한 종자였다. 그랬는데…… 그런 줄 알았더니.

"집안 꼴 망하게 생긴 게 누군데, 망신살 뻗친 게 누군데!"

적반하장도 따로 없지!

"건드리지 마셨어야 합니다. 이 사람만은."

그게 약속이지 않았습니까, 싸늘한 음성이 뒤따랐다.

"그래서! 저 계집이 죽기라도 했어? 숨이 끊어지기라도 했느냐고!"

악독하기 짝이 없는 말에 강 회장이 무참한 눈으로 모친을 보았다.

"일부러 이런 게야. 전부 그놈이 꾸민 게지! 그 불결한 핏줄이 내 집안을……!"

"다시는!"

가슴을 크게 들썩인 강 회장이 일렁이는 눈으로 한 여사를 쏘아보았다.

"두 번 다시는 제 아들을 그런 식으로 말씀하지 마세요."

"준혁아!"

벼락같은 외침에도 그는 미련 없이 어머니에게서 등을 돌린 채 로라를 데리고 밖으로 향했다.

* * *

"치린아."

차 문이 열리고 눈을 감은 채 깊은숨을 내쉬는 나를 지헌이 불렀다. 긴장으로 굳은 몸이 쉽게 움직이지 않는 걸 알아차린 지헌이 차에 올랐다.

"괜찮아?"

나는 고개를 끄덕였다. 그러나 지헌은 직접 확인할 기세로 몸 구석구석을 꼼꼼하게 살폈다. 굳은 눈빛은 한참 만에 풀렸다. 경직되어 있던 몸에서 힘이 풀리자 지헌의 잔소리도 시작되었다.

"여기가 어디라고 따라와? 겁도 없이 문자 하나 달랑 보내 놓고, 너."

"사랑해요."

지헌이 다시 굳었다.

"안아 줄게요, 내가. 매일매일 안고 사랑한다고 말할게요."

"너……."

그는 불시에 공격을 받은 사람처럼 미간을 좁히며 나를 보았다. 묘한 표정을 짓는 지헌을 보며 깨달았다. 감정에는 언어가 없다. 스스로 부여하기 전까지는.

"사랑해요."

차오르는 숨 사이로 토해 내듯 겨우 속삭이는 순간, 나는 마침내 인정하고 말았다. 아, 나는 당신을 사랑한다. 끓어오르는 물처럼 격렬하고 그 어떤 것으로도 막아설 수 없을 만큼 맹렬한 기세로.

"사랑해요."

뺨을 감싸고 있는 지헌의 손에 불끈 힘이 들어갔다가 다시 빠져나갔다. 그는 의심 많은 투자전문가 같은 얼굴로 나를 보았다. 고백을 종용하던 남자는 사라지고 대신 신중하고 깊은 눈동자가 내 심경의 변화를 파헤치듯 예리하게 빛났다. 믿지 않는다. 내 성급한 고백을. 왠지 간절해져 옷깃을 꼭 쥐고서 눈을 맞췄다.

"사랑해요."

"……."

"매일 할게요. 예쁘다고 말할게요. 사랑한다고, 내가."

시영의 진료실을 나오는 순간부터 전하고 싶었으나 꾹꾹 눌러 참아 온 말이 둑을 터트리듯 쏟아져 나와 숨이 찼다.

"사랑, 해요."

그러니까 아프지 말아요. 방어하지 말아요. 숨지 말아요. 무수하게 쏟아지는 눈빛이 말보다 앞서 나가는 순간, 지헌의 가면 같은 얼굴에 금이 갔다. 그가 찡그린 얼굴로 천천히 입을 열었다.

"이 뒤에 내가 모르는 반전이 있어?"

얕은 수면 아래를 넘실대는 남자의 불안이 고스란히 모습을 드러냈다. 내게는 서슴없이 애정을 주어 놓고 정작 그는 사랑한다는 말 한마디에 흔들렸다. 나는 고개를 저었다. 내가 할 수 있는 가장 커다란 미소를 지으며 그를 안심시켰다. 거짓말이 아니라고. 내게 당신은 진짜라고. 그러니 믿어 달라고.

"아아."

마침내 짧은 숨을 뱉어 낸 지헌이 천천히 팔을 들어 나를 끌어안았다.

유년 시절을 구성하는 몇 가지의 풍경이 있다. 블라인드가 반쯤 내려간 진료실의 낮은 조도, 파스텔 톤의 작은 테이블. 세 살 남짓 무렵 처음 그곳을 찾은 그는 매주 정해진 시간 그 자리에 앉아 숫자나 퍼즐을 맞추거나 찰흙을 만졌다. 형과 달리 햇살에도 그을지 않는 흰 피부를 할머니가 경멸 어린 눈으로 보던 어느 날, 테이블 위에 카드 대신 아기 바구니가 놓였다.

"내 딸이란다."

이 교수의 말에 그는 얌전히 앉아 있을 뿐 호기심을 보이거나 질문하지 않았다. 표정 하나 없는 하얗고 말간 뺨은 이따금 빛나는 까만 눈동자만 아니었다면 밀랍 인형처럼 보일 정도였다.

"만져 보고 싶지 않니?"

대답 대신 고개만 한번 젓는 그의 얼굴은 무료로 가득했다. 일주일 뒤, 다시 진료실을 찾았을 때에도 바구니는 그대로였다.

"엄마가 아파서 아기를 돌볼 수가 없단다."

아직 이름도 짓지 못했다는 말을 그는 가만히 듣고만 있었다. 그가 퍼즐을 맞추는 동안 아기는 한 번도 깨지 않고 잠을 잤다. 그다음에도, 또 다음에도 아기는 당연하게도 그 자리에 있었고 그는 이제 문을 열고 들어갔을 때 아기가 있는 걸 당연하게 받아들였다. 아주 가끔 그와 아기가 있는 진료실로 환자복을 입은 이 교수의 아내가 오기도 했다.

"예쁘지 않니?"

그녀의 물음에 그는 아기를 물끄러미 보았다. 그는 예쁜 게 뭔지 몰랐다. 다만 나쁘다는 것은 안다. 사람을 홀리고 망치게 하는 끔찍하고 더러운 것. 알 수 없는 모호한 것보다는 명징하고 완벽한 게 좋았다. 흰 바탕에 검은 숫자처럼. 그는 다시 손에 든 카드로 눈을 돌렸다. 움직이지 않고 잠만 자기에 사람이 아니라 인형일지도 모른다고 의심했던 아기는 어느 날부턴가 눈을 뜨고 깨어 있는 시간이 늘었다.

하루는 진료실이 떠나가도록 울어 댔다. 작은 몸 어디에서 그런 우렁찬 소리가 나오는지 신기했다. 그 뒤로 그는 종종 투명한 카트 위로 시선을 던졌다. 그날처럼 아기가 맹렬하게 우는 모습을 다시 한번 보고 싶었다. 그런데 그와 눈이 마주친 아기는 반짝 빛나는 눈동자를 깜박이더니 생긋 웃었다. 그가 반응 없이 보기만 하자 다시 까르르 웃어 보였다. 정말 즐겁다는 듯 입을 한껏 벌리며 활짝 웃는 아기의 얼굴이 태양처럼 찬란해서 눈이 부시다고 생각했다.

"저런, 또 호출이구나. 미안하지만 잠시만 기다려 주겠니?"

호출기를 확인한 이 교수가 자리를 비운 사이, 깨어난 아기가 울음을 터뜨렸다. 아무도 달려오지 않는 게 서러웠는지 아기는 점점 더 크게 울부짖었다. 그는 그 울음이 좋았다. 생명이 살아 있는 제 존재를 알아 달라고 외치는 것 같았다. 그래서 버둥거리는 몸짓에 바구니가 들썩이고 카트가 덜컹거릴 때까지 잠자코 아기의 울음을 듣고만 있었다. 그러다 눈이 마주쳤다. 깨끗하고 투명한 눈물을 방울방울 매달고 있는 눈동자였다.

블라인드를 뚫고 들어온 한 줄기 햇살이 서서히 퍼져 나갔다. 그 광채에 빨려 들어가듯 천천히 손을 뻗었다. 손바닥에 닿은 온기가 벽난로 아래에 손을 집어넣은 것처럼 뜨거웠다. 이 교수가 돌아올 때까지도 그는 자신이 아기의 가슴에 손을 얹고 토닥이고 있었다는 사실을 깨닫지 못했다. 꼬박 한 계절을 보았던 아기는 집으로 돌아가고 그 역시 어머니를 따라 파리로 갔다.

몇 해 만에 다시 병원을 찾았을 때 진료실에서 아기를 대신해 그를 맞이한 건 책상 위의 사진이었다. 기억 속에 남아 있던 것과 전혀 다른 모습이었다. 그가 사진을 빤히 보는 걸 알아차린 이 교수가 어느 날 진료실에 아기를 데려왔다. 이제는 걷고 제법 말도 할 줄 알게 된 아이는 그를 전혀 기억하지 못했다. 기억은커녕 얼굴을 보기도 전에 이 교수의 다리 사이로 숨어 버렸다. 황당했으나 이유를 알지 못해 눈만 가늘게 좁혔다. 그날은 이 교수와 함께하는 보드게임이 별로 즐겁지가 않았다. 어색함으로 끝난 재회 후, 이 교수가 물었다.

"우리 딸이 널 집으로 초대하고 싶다는데, 와 주겠니?"

숫자와 도형으로 수식을 만들고 있던 그의 손이 뚝 멈췄다. 한참 만에 고개를 끄덕인 그는 처음으로 쥐고 있던 숫자 카드를 손에서 놓았다. 약속된 날을 앞두고 아버지와 크게 싸운 어머니가 이번에는 아주 커다란 짐을 꾸렸다. 그는 고개를 저었고 그의 고집을 꺾지 못한 어머니는 형만 데리고 파리로 떠났다. 화가 난 할머니가 집안을 발칵 뒤엎었고 분노는 가장 나약하고 손쉬운 그에게 닿았다. 누군가 안경을 씌우고 손목까지 내려오는 긴 셔츠를 입혔다. 방에 틀어박힌 그를 뒤늦게 발견한 은 박사가 이 교수의 집에 데려다주었다.

그의 집은 승비원과도 파리의 저택과도 달랐다. 무성 영화 안에 덩그러니 놓인 것처럼 소리라고는 거의 느껴지지 않는 고요한 그곳들과 달리 시종일관 시끄러웠다. 마당을 전부 차지하는 너른 잔디와 높은 정원수 때문인지도 모른다. 그는 소리가 들리는 곳으로 빨려들듯 나아갔다.

"그건 세이지야. 각성 효과가 있으니 만지지 않는 게 좋아."

저도 모르게 뻗어 나가던 손을 물리고 돌아서자 병원에서 보던 이 교수의 아내가 혈색 좋은 얼굴로 웃고 있었다.

"이건 어떠니? 사이프러스야."

그녀가 작은 상록수 가지를 내밀었다.

사이프러스. 화가 반 고흐가 좋아했다는 측백나무과 상록침엽수. 지중해 키프로스 섬에서 유래. 예수의 십자가에 사용된 나무. 라틴어로 영원히 산다는 뜻. 식물도감에서 읽은 것과 손에 쥔 것은 전혀 다른 생경함으로 그를 낯설게 했다.

"이름도 색만큼이나 예쁘지? 다 익으면 이 녹색의 가지가 갈색으로 변해."

"수피는 회갈색, 잎은 암녹색, 열매는 구과로 둥글며, 수열매는 황색 암열매는 녹색. 둘 다 익으면 갈색. 증기증류법으로 추출."

일정한 속도로 기계처럼 읊는 그를 향해 그녀가 눈을 동그랗게 뜨고 웃었다.

"대단한데? 그럼 향은 어떤 느낌인지 말해 봐."

향의 느낌이라니, 문제가 잘못됐다고 생각한 그는 대답하지 않았다.

"잘 모르겠으면 한번 맡아 보면 돼. 사이프러스는 머리를 맑게 하고 화가 났을 때 마음을 가라앉혀 주는 효과가 있어. 직접 확인해 볼래?"

여전히 미동 없이 서 있는 그를 향해 그녀가 코 가까이로 잎을 살며시 내

266

밀었다. 그때 등 뒤로 뭔가가 세게 돌진해 왔다. 반사적으로 몸을 돌리는 순간 따듯하고 작은 머리통을 가진 여자아이가 휘청거리며 그의 손을 꼭 붙들었다. 시커먼 흙투성이의 손은 놀랍게도 따듯하고 부드러웠다. 아주 오래전 닿았던 온기처럼 낯설고 신기한 감촉이었다. 불현듯 당황한 그가 손을 털어 내자 아이가 바닥으로 주저앉았다. 그녀는 서럽게 울기 시작했다.

"말도 않고 달려드니까 오빠가 놀랬잖니."

"그치만 오빠가, 오빠가 날 밀었단 말이야……."

"때 구정물이 줄줄 흐르는구나, 우리 딸. 이러니 오빠가 못 알아보지."

놀리는 목소리와 더 서럽게 커진 울음을 가만히 듣던 그가 사이프러스 가지를 내밀었다. 작고 두툼한 손이 잎을 움켜쥐며 눈물을 매단 채 그를 빤히 올려다보았다. 온통 새카만 얼굴과 달리 눈동자만은 깨끗하고 하얗게 빛나서 마치 반짝이는 것 같았다.

"오빠한테 고맙다고 해야지, 린아."

린. 속으로 그 이름을 되풀이해 보는데 불쑥 뻗어 나온 손이 그의 안경을 붙잡아 아래로 내렸다.

"만지면 안……!"

"예쁘다."

"……."

"이게 더 예뻐."

고운 실처럼 가느다란 목소리를 들으며 그는 언젠가 크리스마스트리에서 본 은방울을 떠올렸다. 다시 한번 더 듣고 싶어지는 소리.

"예뻐, 오빠. 진짜야."

아이가 활짝 웃었다. 무성한 흑과 백으로 가득 차 있던 그의 세상에 처음으로 선명하게 살아 숨 쉬는 존재가 들어차는 순간이었다.

"……당신이, 그러니까 내가, 아니 그러니까 그 옆집 오빠가 실은……."

오늘에서야 나를 알아봤다는 은 박사의 말을 듣고 기억이 났다는 지헌은 허둥대는 나와 달리 침착했다. 나는 여전히 얼떨떨해서 까마득한 옛날을 되짚느라 바빴다.

"늘 궁금했거든, 왜 너일까."

왜 하필, 어떻게 너만.

예외의 이유를 알 수 없어서 더 불안했다고 그가 덧붙였다.

다시 어느 날 갑자기 나마저도 만질 수 없게 될까 봐.

"그냥 처음부터 너였던 거야."

안도의 한숨을 내쉬는 지헌을 보며 언젠가 함께 갔던 오래된 골목과 그보다 더 오래전에 그곳에 함께 있던 시절이 떠올라 눈물이 조금 비집고 나왔다.

* * *

강 회장은 다가서는 사람들을 물리고 손수 로라를 부축해 정원으로 내려섰다.

"피, 준혁 씨, 피가……."

"당신부터."

강 회장이 품 안에서 떠는 몸을 힘주어 안았다. 병원과 집, 어디로 갈 건지를 두고 차분하게 지시하는 그의 이마에 로라의 손이 닿았다. 그녀는 손수건을 꺼내 그의 이마를 꾹 눌렀다.

"대체 왜 끼어들어요? 당신이 뭔데, 멋대로 왜!"

로라는 화를 냈다. 떨리는 손끝을 강 회장이 잡았다.

"당신이 왔잖아. 죽어서도 이 집 땅엔 묻히지 않겠다고 해 놓고, 왔잖아."

강 회장의 미소에 로라는 선을 그었다.

"치린 양 때문에 온 거예요."

은 박사는 걱정 말라고 했으나 그는 시모가 어떤 극악스러운 얼굴을 가졌는지 모른다. 로라는 그녀의 아이들이 더는 한 여사에게 모욕당하고 상처받는 걸 두고 볼 수 없었다.

"이제 됐으니까, 그만 들어가요. 가서 수습하세요."

"방금 한 말 못 들었어? 나 이제 이 집 사람 아냐."

로라는 아무 말도 하지 않았다. 그저 고요한 시선을 내려 이미 오래전에 믿음과 신뢰를 무참히 깨어 버린 남편을 바라보았다. 순간 온몸에서 힘이 빠져나갔다.

"여보!"

금방이라도 탈진할 것처럼 하얗게 질리는 로라를 강 회장이 벤치에 앉혔다.

"그렇게 부르지 말아요."

떨리는 목소리에 원망이 묻어났다. 왜 이제야, 왜 지금에 와서. 그렇게나 간단하고 쉽게. 과거의 내가 얼마나 기다렸는데. 나를 선택해 주길, 돌아봐 주길. 무원이를 위해서, 지헌이를 위해서, 당신을 위해서, 나를 위해서. 그리고 기적처럼 찾아온 희망을 지키기 위해. 로라는 몇 번이고 그에게 기회를 주었다. 그가 마지막 기회를 잃었을 때, 로라에게 남은 건 만신창이가 된 몸과 불치의 병을 얻게 된 아들뿐이었다. 그녀는 습관처럼 두 팔로 자신을 감싸듯 배를 감싸 안았다. 강 회장의 얼굴이 침통하게 일그러지더니 무릎을 굽히고 그녀의 몸을 안았다.

"미안해."

아름다운 처녀, 사랑받는 아내, 행복한 엄마. 그런 삶을 주고 싶었다. 그러나 그녀는 그중 무엇도 되어 본 적이 없다고 했다.

"미안해."

그는 헤어지면 죽을 것처럼 사랑했던 여자의 얼굴을 절박하게 올려다보았다.

"지키지 못해서, 잃어버려서 미안해."

버리고 버려도 버려지지 않는 남자를 보며 로라는 눈을 감아 버렸다.

*　*　*

"회사 차원에서 대비할 건 없어 보입니다. 이미 이사님이 수습한 데다 과거의 일이라 그런지 현지 반응은 미미합니다."

수석 비서의 보고를 들으며 클로에는 다행이라는 듯 고개를 끄덕였다.

"출발은 언제 하시겠습니까?"

불발된 파리행에 대해 묻는 말에 그녀가 막 대답하려는 찰나였다. 노크와 동시에 사무실 문이 벌컥 열리더니 무원이 문을 연 비서보다 한발 앞서 들어섰다. 클로에는 당황한 얼굴로 지난밤을 함께 새운 남자를 보았다. 단추가 풀린 재킷과 조금 흐트러진 머리가 마치 전력 질주로 달려온 사람 같았다.

"……무슨 일이야?"

가쁜 숨을 내쉬는 무원을 보며 클로에가 놀라서 몸을 일으켰다. 성큼 걸어온 무원이 그대로 클로에를 품에 안았다.

"왜 그래? 로라한테 무슨 일 생긴 거야?"

전화를 받고 갑자기 나가던 로라를 떠올린 클로에가 덜컥 겁먹은 목소리로 묻자, 무원이 그녀의 등을 더욱 깊게 누르며 나직한 숨을 토해 냈다.

"아냐."

"그럼……."

"너한테 무슨 일이 생겼을까 봐."

겁이 났다. 할머니가 이치린을 데려갔다는 말을 듣는 순간 그의 머릿속에 떠오른 건 오직 클로에뿐이었다. 쓰러진 어머니에게서 흘러나오던 핏방울과 몸이 접히듯 고꾸라지던 동생, 그리고 그 둘을 쳐내던 매서운 손등이 차례로 떠올라 이곳으로 달려오는 내내 숨이 막혔다. 마음을 인정한다는 게 이런 거였나. 세상에서 가장 나약한 머저리가 된 기분이었다.

"클로에."

"응?"

270

"이 말은 원래 더 천천히 할 생각이었는데."

"……?"

"그날 병실에서 아무 준비도 없이 널 안을 뻔한 날, 후회했거든."

"……."

"결혼하자."

클로에가 고개를 번쩍 들었다.

"갑자기? 이, 이렇게 빨리?"

비행기가 기다리고 있는데? 아니, 그게 문제가 아닌가. 빨개진 얼굴로 횡설수설하는 클로에를 무원이 지그시 보았다.

"상관없어, 언제든."

"……."

"내 심장은 어차피 너한테 있으니까."

그녀가 꿀 먹은 벙어리처럼 눈만 깜박거리는 데 수석 비서가 다급한 얼굴로 들어섰다.

"부사장님, 파리에서……!"

* * *

새카만 밤하늘을 뚫고 장쾌하게 쏟아지는 빗줄기가 유리 천장으로 떨어져 내렸다. 별이 폭포수처럼 쏟아져 내리는 하늘 바로 아래에 있는 것 같았다.

"갈레트 파이, 기억나?"

늦은 밤, 그의 집에서 손바닥만 한 동근 파이를 앞에 둔 채로 그가 물었다. 가끔 그가 오는 날이면 엄마와 함께 주방에 서서 온몸에 밀가루 칠을 해 가며 만들었던 프랑스 케이크였다.

"이 안에 인형 넣어서 게임했잖아요."

"맞아, 페브."

먼저 찾는 사람이 왕이 되고 나머지가 소원을 들어주는 프랑스식 놀이였다. 순간 우리 둘의 시선이 마주쳤다. 포크를 잡고 단숨에 내리꽂는 나와 달리 우아하고 매끄러운 손으로 포크를 쥔 그는 여유로웠다.

"어!"

"……아."

내가 페브라고 착각한 짙은 색 음영은 아몬드 조각이었다. 포크로 살며시 떠 올린 금빛 도자기 조각을 내밀며 지헌이 싱긋 웃었다.

"내 소원은."

"……."

"일단 킵."

눈을 찌푸리는 나를 보며 짧게 웃음을 터트린 그는 내 손바닥을 뒤집고 그 위에 페브를 올려 주었다.

"페브는 행운의 조각이야. 그래서 이걸 가진 사람은 일 년 내내 행운이 따른다고 믿지."

"……이걸 날 주면 당신은?"

"나한텐 네가 행운이잖아."

머리를 쓰다듬으며 하는 말이 정말 그 옛날의 이웃집 오빠처럼 어른스러웠다. 떠올려 보면 그때도 지헌은 매번 내게 져 주었다.

"그럼, 잘 가지고 있을게요. 우리 두 사람 몫의 행운이니까."

대답 대신 수면처럼 잔잔하고 고요한 시선이 나를 뒤덮었다. 거세게 퍼붓는 창밖의 폭우와 달리 우리를 감싼 고즈넉함은 밤이 깊어갈수록 은은하게 피어났다. 긴 장마를 몰고 올 태풍이 막 시작되는 밤. 우리는 나란히 누워 서로의 몸을 더듬고 서로의 기억 속에 존재하던 과거를 더듬었다. 얼굴이 하얘서 손을 대면 흰 가루가 묻어날 것 같았던 부잣집 오빠와 우렁차게 울다가도 손을 대기만 하면 뚝 그쳤다던 바구니 속 아기를.

사이프러스 가지를 들고 마당을 달리며 스치는 바람결에 실려 온 좋은 향기가 점점이 번져 갔다. 나뭇잎을 비껴 들어온 여름 햇살이 찬란하게 비출 때마다 녹음이 솟아나는 것 같았다. 소낙비가 쏟아져 집을 향해 내달리다 흠뻑 젖은 얼굴로 창문에 두 눈을 붙이고 나란히 서서 시원스레 쏟아지는 장대비를 구경하였다. 아빠가 나를 부르고 엄마가 웃음을 터뜨리는 그 모든 순간에 그도 함께였다.

새끼가 어미가 되고 나비가 날개를 펴는 것처럼 우리가 그대로 자랐다면 지금 어떤 모습이 되었을까. 어둠 속에서도 나를 향해 빛나는 이 눈동자는 그대로였을까? 애정 어린 손길과 무수한 욕망으로 집요하게 몰아붙이는 몸짓도 변함없었으리라. 함께 넓은 대양을 향해 나아가듯 몸이 오르락내리락했다. 맨살에 닿는 공기가 뜨거웠다. 뇌가 흐물흐물 녹아 없어져 버릴 것 같았다. 타 버릴 것 같아. 견디지 못한 마음을 토해 내자 숨이 닿았다. 아름다워. 너무 좋아. 단단한 남자의 얼굴이 부서지며 뜨겁게 속삭였다. 시야가 뒤집힌 세계 속에서 몇 번이나 울음에 떨다 포개지고 무너지길 반복했다. 떨어지는 방법을 모르는 사람들처럼, 우리는 한 몸으로 계속 이어져 있었다.

장대같이 퍼붓던 빗줄기가 누그러진 새벽녘. 긴 밤을 시달리다 정신을 놓듯 휘늘어진 나는 다시금 부드럽게 어루만지는 손길에 화들짝 놀랐다. 진저리를 치며 이불을 파고드는데 웃음을 머금은 입술이 어깨에 닿았다.

"다녀올게."

이 새벽에? 눈이 번쩍 뜨였다.

"하우스에 일이 생겼어. 파리에 가야 해."

나는 아직 꿈속에서 헤매는 기분으로 지헌을 멍하게 보았다. 그는 샤워하고 옷까지 말끔하게 차려입은 상태였다. 그가 직접 움직여야 할 정도라면.

"……혹시 헤르네요?"

"응."

"심각한 거예요?"

"글쎄."

지헌은 평소처럼 웃으며 여상하게 답했으나, 이런 시간에 갑작스러운 파리 행이라는 사실만으로도 답은 나와 있는 거나 마찬가지였다.

"잠깐만 기다려요, 금방 옷 입고······."

다급하게 몸을 일으키는 나를 지헌이 가만히 붙잡았다.

"그냥 누워 있어."

급하게 일으키는 몸으로 격통이 치밀었다.

"일어나지 말라니까."

그러게 내가 말하지 않았냐며 지헌이 부드럽게 나무랐다. 짜증이 울컥 솟 았으나 이대로 바보처럼 누워 그를 배웅하긴 싫었다. 고집스럽게 몸을 세우는 나를 지헌은 가만히 보다가 흘러내린 머리카락을 뒤로 넘겨 주었다. 그의 다 정한 손길 아래 치솟았던 심술은 금세 자취를 감췄다. 지헌이 침대를 짚으며 고개를 기울였다.

"내가 올 때까지 여기에 얌전히 있어."

약속을 종용하는 남자를 물끄러미 보았다.

"언제 와요?"

"열흘."

"열흘?"

지헌이 뺨을 어루만지며 말했다.

"일단은."

일단은. 나는 지헌의 말을 곱씹었다. 느리게 한 번 더. 일단은 열흘. 뺨에서 내려온 손이 입술을 만지작거렸다.

"그런 얼굴 하면 못 가는데."

"······."

눈을 내리뜨고 가만히 시선을 돌려 서랍을 열었다.

"미리 만들어 둔 거예요. 용량이랑 용법은 다 적어 놨으니까."

274

갈색 병을 하나씩 꺼내 놓으며 목소리와 표정이 최대한 덤덤하게 느껴지길 바라며 천천히 설명했다. 나를 빤히 보고만 있던 지헌이 두 팔을 뒤로 뻗으며 거리를 조금 벌렸다. 아슬아슬하게 떨어지는 미소가 충동을 억누르는 것 같기도 했다.

"어쩐지, 발이 안 떨어질 것 같아."

입술 끝에 위태로운 웃음을 머금은 지헌이 나른한 얼굴을 뒤로 젖혔다. 기분이 묘한 건 나도 마찬가지였다. 마음의 준비 없이 당하는 이별이라. 하필이면 마음을 고백한 직후라. 그런 핑계들로 나는 동요하고 있었다.

"만약 내가 너무 보고 싶으면 따라오든가."

지헌이 어깨를 으쓱했다.

"곧 여름휴가잖아."

"……휴가."

그런 방법은 전혀 생각하지 못한 나는 순간적인 동요를 내보이고 말았다.

"가도 돼요?"

탁 스위치가 바뀐 것처럼 지헌에게서 표정이 사라졌다. 그가 몸을 일으켰다. 커다란 그림자가 내게 기울어졌다. 깊은 신음과 함께 나를 쓰러트렸다. 낱낱이 파헤쳐져 무너졌다. 지헌이 더 깊숙한 곳으로 들어올 때마다 나는 진저리를 치면서도 나를 옭아매는 사납고 섬세한 남자의 얼굴에서 눈을 떼지 못했다. 그는 마치 내게 자신을 각인이라도 시킬 것처럼 몇 번이나 거세게 몰아붙이며 그를 기억하게 했다. 이날 뇌리에 깊이 박힌 그의 얼굴은 무의식중에도 계속 떠올라 내가 앞으로 나아가려고 할 때마다 머뭇거리게 했다. 나는 지헌의 어깨 위에서 흔들리는 다리를 아득한 정신으로 보며 마침내 축 늘어졌다. 지헌은 떠났다. 그리고 그가 없는 서울은 폭염으로 축 늘어진 식물처럼 시들하고 지루하기만 했다. 그날이 오기 전까지는.

17

나는 늘 기다리지

우리의 이별은 함께 있으면서 동시에 사라지는 것.
당신은 이곳에 있으면서 동시에 나와 함께 있는 것.
그러므로 나는 이곳을 떠나면서도 당신과 함께 있는 것.

-셰익스피어, 안토니오와 클레오파트라 중

"너 빨리 휴가 가."

촬영을 마치고 바로 달려온 듯 유진이 메이크업도 지우지 않은 채로 사무실 문을 벌컥 열었다.

"갑자기 쳐들어와서 웬 휴가 타령이야?"

"남친 출장 갔다고 온 주위를 다크하게 물들이지 말고 그냥 파리 가라고. 이거 내 의견 아냐. 연출팀 전체 의견이다."

"또 사람 몬다."

내 시큰둥한 반응을 보며 유진이 얼굴을 찌푸렸다.

"그냥 좀 가라면 가. 네가 먼저 가야 애들도 편하게 가지. 눈치 없이 꼭 꼴찌로 가야겠냐?"

"······그 반대 아냐?"

"따지지 말고 이 언니 말 들어. 강 이사가 오라고 했다며? 그럼 기다린다는 건데, 벌써 2주잖아. 지금 딱 보고 싶을 때 짠하고 가서 서프라이즈해 줘야 사랑도 깊어지는 거야, 너."

유진은 나를 빨리 못 보내서 안달 난 사람 같았다. 그런데도 지헌의 체류가 길어지자 괜히 떠밀리고 싶은 충동도 들었다. 그래서 지헌의 전화가 왔을 때 그 말이 툭 튀어나왔다.

"있잖아요, 나 가도 돼요?"

아주 잠깐의 침묵 후에 지헌이 답했다.

-언제, 오긴 오는 거야?

지금껏 한 번도 언급한 적 없으나 담담한 목소리 안에 조바심이 들어 있다는 것쯤은 이제 안다.

"······기다려 줄 거예요?"

-나는 늘 기다리지.

전화기가 닿은 뺨으로 열감이 번졌다. 언제든 나를 환영해 줄 거란 걸 알면서도 그걸 당연하게 여기는 사람이 되고 싶지 않았다. 그래서 지헌의 이런 반응이 늘 나를 들뜨게 했다.

"바쁜 거 아니까 시간 많이 안 뺏을게요."

-그런 배려는 안 해 주는 게 좋은데.

딱 잘라 말한 지헌이 이어 말했다.

-시내는 익숙할 테니까 패스하고 관광은 딱 한 곳만 할 거니까 생각해 둬.

"왜 한 곳인데요?"

-아주 바쁠 거거든, 우리 둘 다. 다른 일로.

"······안 물어볼래요, 그게 뭔지."

-현명한 태도야.

점잖게 칭찬한 그가 물었다.

-그라스에 갈까? 아니면 파리에서 못 가 본 곳 있어?

못 가 본 곳이라. 순간 작은 깨달음이 뇌리를 스쳤다.

"나 있죠, 한 번도 에펠탑을 정면에서 본 적이 없어요. 해마다 파리에 갔는데."

출장으로 늘 낯선 도시를 떠돌지만 업무와 업무 사이의 연착이었을 뿐, 한 번도 느긋하게 관광 같은 걸 해본 기억이 없다. 옆을 돌아보지 않고 앞만 보고 달려가는 사람처럼, 이십 대의 내가 그랬다.

-그럼, 이번이 우리의 첫 번째 여행이 되겠네.

지헌의 나지막한 음성에 새로운 기대감으로 가슴이 수런거렸다.

"여행 짐은 한 번도 싸 본 적이 없는데, 뭐뭐 가져가야 하지? 노트북 말곤 생각이 안 나."

회반죽을 칠한 것처럼 밋밋했던 공간에 갑자기 생기가 돌았다.

-얇은 겉옷 하나만 들고 와.

"……유럽을요?"

-비행기에서 내리면 나 있을 텐데, 뭘.

느긋하게 웃은 지헌이 농담 같지 않은 말을 덧붙였다.

-어머니한텐 말하지 마. 잘못 걸리면 시청부터 끌려갈지도 몰라.

"설마."

-거듭 말하지만, 난 좋고.

함께 파리로 돌아갔던 로라는 미국에 있었다. 자주 연락을 하는 건 아니었으나, 그녀는 이따금 자신이 머무는 곳의 야경이나 노을 같은 걸 찍어서 보내곤 했다. 그것이 그녀가 내게 보내는 부담 주지 않는 선에서의 호의라는 것을 알기에 나는 이국의 정치를 볼 때마다 그녀를 떠올렸다. 이제 불편하다는 생각은 들지 않았다. 승비원 앞에 선 나를 향해 달려오던 로라를 보는 순간부터 였을 거다. 진심을 알고 나자 헤어진 가족을 만난 것처럼 마음이 편안해졌다. 실제로 지헌의 아버지는 나를 그렇게 대했다.

-아버지랑 너무 자주 밥 먹지 마, 강연우랑도.

물론 지헌은 별로 좋아하지 않았다.

-자꾸 그렇게 놀아 주면 버릇 나빠지는 거야.

그리고 나는 지헌의 이런 이상한 방식의 질투가 좋았다.

소파에 누운 채로 킥킥대는 나를 향해 새끼 고양이들이 폴짝 뛰어올라 장난을 쳤다. 떠나던 날 밤, 그가 말했던 대로 나는 착실하고 얌전하게 그의 집에 머물고 있었다.

"아, 내일은 집으로 가야겠다."

미리 짐도 챙기고 조향실에도 들러야지. 등 떠밀었으니 책임지라는 핑계로 유진의 도움을 받을까, 그런 말을 중얼거리며 웃는 사이 나의 파리행은 어느새 기정사실이 되어 있었다. 그래서 다음 날 내 앞에 펼쳐진 상황이 반대로 꿈같았다.

* * *

"겨우 이렇게 만나게 됐네."

불과 일 년 만에 내게서 사어(死語)가 되어 버린 언어가 귓가로 흘러들었다. 문을 굳게 잠그고 저 깊은 심연 아래에 수장시켜 버린 과거의 흔적이 스멀스멀 기어 나오는 불쾌감.

"오랜만이야, 언니."

홍 원장의 조향실과 선유의 조리실이 나란히 있는 복도에 선 채로 나를 향해 싱긋 웃는 사에를 보며 저 애가 나에게 마지막으로 '오네짱'이라는 단어를 쓴 게 언제였던가를 되짚었다.

"네가 왜 여깄어?"

"당연히, 언니를 보러 왔지. 겨우 이렇게 만나게 되네."

따지듯이 보는 나를 사에는 여전히 생글거리는 얼굴로 대했다. 정말 기쁘다는 듯.

"박 대표도 차유진도 진짜 지독하더라. 회사엔 얼씬도 못 하게 하고, 언니는 집에도 안 들어오고. 정말 이사라도 간 거야?"

궁금하다는 듯 바라보는 얼굴에 유진의 목소리가 겹쳐 들렸다.

'너 빨리 휴가 가.'

그 이유가 너였구나. 시선이 싸늘하게 식었다.

"내 말 못 들었어? 언니!"

주저 없이 등을 돌리는 나를 사에가 다급하게 붙잡았다. 방금 전까지 여유를 부리던 태도는 온데간데없었다.

"들었어, 관심 없고."

팔에 닿는 그녀의 손을 툭 떨궈 내며 잘랐다.

"에리카가 재발했다니까? 재발했는데도 아이를 낳으려고 숨겼어! 그 멍청한 게, 대체 아이가 뭐라고!"

마츠이를 물려받을 제 사촌 언니 옆에서 늘 입안의 혀처럼 굴던 사에는 한 번도 보지 못한 비난을 맹렬하게 퍼부었다.

"세상에 남자가 없어서 다른 사람도 아니고 이시하라를! 언니가 자기한테 어떻게 했는데, 어떻게 그런 배신을 할 수가 있냐구."

그녀는 일 년 전에도 하지 않은 분노를 이제 와 쏟아 냈다. 그 저의가 빤히 보여서 지루할 정도였다.

"천하의 마츠이 사에가 나한테 언니 소리를 다 하네. 12년 만에."

그리고 나는 12년 만에 처음으로 말문이 막힌 사에의 얼굴을 보았다.

"볼일 끝났으면 돌아가. 더 할 말없으니까."

"에리카가 죽어 간다구!"

"그게 나랑 무슨 상관인데?"

"……뭐?"

"이미 끝난 인연이야. 그러니 그쪽도 나한테 연락하지 않았겠지."

굳은 눈빛을 빤히 보던 사에가 당황한 얼굴을 했다.

"진심이야?"

"방금 전까지 에리카를 비난했던 건 너 같은데."

"그래서, 에리카 언니한테 복수라도 하겠다는 거야? 정말 이대로 에리카를 죽게 놔둘 거냐고."

순식간에 태도를 바꿔 나를 비난하는 말에 기도 차지 않았다.

"내가?"

어떻게 그럴 수 있냐는 듯 보는 얼굴이 가증스러웠다.

"너겠지, 마츠이 사에."

"뭐?"

"수혜자가 청하지도 않은 걸 구태여 여기까지 찾아와서 구구절절 설명하는 이유."

사에의 얼굴이 일그러졌다.

"네 걸 주기 싫어서 아냐?"

"그건……!"

"속이 빤히 보이는 짓을 할 때, 차라리 솔직하게 털어놓고 부탁을 해. 그럼 적어도 들어 볼 마음 정도는 생길 테니까."

정곡을 찔린 사에가 입술을 깨물며 내 눈치를 살폈다.

"……부탁하면 들어줄 거야?"

"아니."

"지금 장난해? 애초에 백 퍼센트 일치하는 건 언니잖아!"

"요즘은 기술이 좋아져서 반일치도 문제없다더라. 잘됐네. 좋은 일 해."

"어, 언니, 농담이지?"

'별거 아니네. 그냥 헌혈이잖아?'

내가 에리카에게 첫 번째 조혈모세포를 주었을 때 사에가 한 말이었다.

"그땐 내가 어려서 뭘 몰랐어. 언니가 쓰러지는 거 보고 나도 놀랐다니까?"

"아, 그게 무서워서 왔구나. 고작."

친자매 같은 끈끈한 사이임을 과시하며 우월감을 뽐내더니.

내 말에 발끈한 사에가 핏대를 세웠다.

"난 모델이야! 몸이 곧 자산이란 말이야. 그런데 내가 어떻게 그런 걸 해? 절대로 못 해. 그냥 이대로 미국으로 가 버릴 거라구."

"그러든지."

"다른 사람도 아니고, 어떻게 에리카 언니한테 그럴 수 있어?"

"너도 마찬가지 아냐?"

감흥 없는 눈으로 훑으며 돌아서자 사에가 충격받은 얼굴로 굳었다.

치린이 돌아선 자리에 망부석처럼 서 있는 사에를 기다란 그림자가 무심히 지나쳤다. 선유였다. 그는 며칠째 그의 작업실에 와서 진을 치듯 버티고 있는 사에를 본 척도 하지 않고 있었다. 치린의 냉정한 태도도 뜻밖이었으나 그녀에겐 자신을 완벽한 타인처럼 바라보는 선유의 무정한 눈빛이 더욱 충격이었다. 한때 박선유는 자신을 위해서라면 못 할 게 없던 남자였다. 그 대가로 그녀는 살고 선유는 꿈을 잃었다.

"도와줘."

문을 열고 들어가려는 선유의 뒤에서 사에가 간절하게 속삭였다.

"당신이 린을 설득해 줘."

선유는 말없이 사에를 보았다.

"린이 하지 않으면 내가 해야 해. 내가 위험해질지도 모른다구. 그래도 괜찮아?"

사에의 연한 눈동자에 처연함이 더해졌다.

***

282

집에 도착해 우다다 뛰어나오는 고양이들에게 사료를 부어 준 뒤 땀으로 흠뻑 젖은 겉옷을 벗었다. 겨우 집에 돌아왔다는 생각에 아무 데나 주저앉아 적막한 집 안을 둘러보았다. 탁자 위에 어제 읽다 만 책과 자료가 쌓여 있고, 식탁엔 아침에 두고 간 그대로 머그잔이 놓여 있었다. 나의 흔적이 곳곳에 남은 여기가 이제는 내 집처럼 편안하고 안전하게 느껴졌다. 웅크리고 고개를 묻었다. 그래, 나는 안전하다.

'에리카가 죽어 간다고!'

사에의 목소리가 날카로운 송곳처럼 귀를 파고들었지만, 고집스럽게 외면하며 귀까지 완벽하게 묻었다. 나랑은 상관없는 일이다.

애초에 사에가 아니었다면 에리카가 재발했다는 사실을 알 리도 없었다. 그러니까 그대로, 에리카가 죽는다고 해도 몰랐을 일이다. 에리카가 죽는다. 손끝이 움찔 떨렸다.

'정말 이대로 에리카를 죽게 놔둘 거냐고.'

그게 왜 내 탓이야? 타인의 목숨에 대한 책임을 왜 내가 져야 하느냐고. 이제 겨우 행복해졌는데, 바로 코앞이었는데. 간신히, 손에 닿을 것 같은데. 대체 왜. 분노조차 나오지 않아 메마른 웃음이 픽 하고 터져 나왔다. 가지 않을 거다. 네가 죽는 순간에도 나는.

* * *

'일본은 이지메 같은 거 심하다던데, 너 가서 왕따 당하면 어떡하냐?'

'혹시라도 걔들이 괴롭히거나 하면 바로 전화해. 언니가 간다!'

촤아악- 어딘가에서 들리는 물소리에 유진과 선해의 목소리가 꿈처럼 아득하게 멀어졌다. 가슴이 얼얼할 정도로 차가운 물벼락이 온몸을 강타하며 화장실 칸막이 안으로 쏟아져 내렸다. 동시에 문밖에서 야유 섞인 통쾌한 웃음소리가 화장실을 울렸다.

"정말 이래도 될까? 이시하라가 알면……."

"전학 간 이시하라가 무슨 수로 안다, 그래?"

"쟤가 쪼르르 가서 일러바칠지도 모르잖아."

"여기서 준 얘기가 왜 나와? 준이 저딴 조센징이랑 무슨 사이라구!"

전교생이 다 알 정도로 준을 쫓아다녔던 하시모토의 앙칼진 고함 소리가 화장실에 울려 퍼졌다. 물기가 뚝뚝 떨어지는 머리를 위로 쓸어 올리며 지친 한숨을 토해 냈다. 한동안 평화로운 생활에 젖어 잠시 잊고 있었다. 처음부터 이 나라는 나란 존재를 환영하지 않았음을. 아니, 나는 어디에서도 환영받지 못했음을.

'야마구치에게 말해 뒀으니까, 전처럼 괴롭히는 애들은 없을 거야. 얼마 안 있으면 졸업이니까.'

부모의 전근으로 이사를 가게 된 준이 떠나기 전날 한 말이었다.

"이야, 살벌한데. 이럴 때 보면 여자애들이 더 독하다니까."

문밖에서 들리는 야마구치의 능글맞은 웃음소리를 들으며 교복 밑단을 꾹 쥐어짰다. 쏟아부은 게 구정물이었는지 금세 얼룩덜룩해진 교복에서 걸레 빤 냄새가 훅 올라왔다. 겨우 수습하고 교실로 돌아왔을 때는 이미 수업 종이 울린 뒤였다.

문을 열자 모두의 시선이 나를 향했다. 나와 킥킥거리는 하시모토 패거리를 번갈아 쳐다보던 교사는 금세 상황을 파악하고는 귀찮다는 표정을 지었다. 그 역시 다른 교사와 마찬가지로 한국에서 온 유학생인 나를 돕는다거나 이지메를 주도한 학생들을 처벌할 생각 따윈 하지 않는다. 선생도 학생도 수많은 방관자일 뿐이었다.

"너희들 말이야, 적당히들 하라고. 곧 있으면 센터 시험인데, 괜히 문제 만들지 말라구."

그가 귀찮다는 듯 말하자 한 아이가 히죽 웃었다.

"에이, 선생님, 진학률 높이려는 거 다 알아요!"

"시끄러워! 자자, 빨리 자리에 앉아서 책 펴라."

교사는 곧장 몸을 돌려 칠판에 판서를 시작했다. 절걱대는 실내화를 끌고 자리로 돌아가자 난도질하듯 찢긴 교과서와 낙서로 가득한 책상이 눈에 들어왔다.

-바보! 똥! 죽어 버려!

-너희 나라로 돌아가! 다케시마는 일본 거야!

여기저기서 다시 킥킥대는 웃음소리가 들려왔고 야마구치를 비롯한 남자애들은 물에 젖어 교복이 착 달라붙은 내 몸을 노골적으로 훑어봤다. 하시모토를 심복처럼 따라다니는 까무잡잡하고 덩치 큰 여자애 하나가 변태라고 욕하며 지우개를 던졌다. 정작 이 모든 걸 주도한 하시모토는 본인은 모르는 일이라는 듯 두 겹이나 붙인 속눈썹에 정성 들여 마스카라를 칠하기 시작했다.

"그거 헤르네 신제품 아냐?"

"맞아. 겨울 메이크업 컬렉션 중에 하나야. 요즘 유행하는 코갸루 패션을 위해서 장만했지."

"우와, 그거 엄청 비싼 거잖아!"

생색내듯 어깨를 으쓱하는 하시모토와 추종자들의 감탄 섞인 목소리가 들렸다. 나는 교과서를 쓰레기통에 버리고 자리에 앉아 노트 필기를 시작했다. 아무것도 아니다. 말라붙은 입술 끝을 꾹 짓누르며 수없이 새겨 넣은 문장을 목 안으로 밀어 넣자 불덩이라도 삼킨 것처럼 가슴이 타들어 가는 것 같았다.

순간, 샤프를 쥐고 있던 손에 힘이 들어가더니 툭 하고 심이 부러졌다. 진학률 따위, 올려 줄줄 알고? 석 달, 앞으로 석 달만 버티면 이 지긋지긋한 나라와는 영원히 안녕이다. 졸업장만 받으면, 미성년만 넘기면 곧바로 떠날 거다. 에리카도 쥰도 나를 막지 못할 거다.

"일본이 여러 전쟁에서 승리하여 동남아시아와 인도의 대부분 사람들에게 독립이라는 꿈과 용기를 주었고 이를 대동아전쟁이라고 한다. 특히 19세기 말 일본은 조선 개국을 통해 청조 지배를 받던 한반도를 지원, 군제를 개혁했다.

이를 통해 일본은 조선과 아시아의 근대화를 이끌었다."

교과서를 읽는 건조한 목소리에 누군가 손을 번쩍 들었다.

"선생님, 그럼 다케시마는 어느 나라 건가요?"

"그야, 당연히."

교사가 나를 슬쩍 본 뒤에 헛기침과 함께 목소리에 힘을 주었다.

"지도에 나와 있잖냐. 센카쿠 열도와 함께 우리 일본 영토다."

"그런데 왜 한국인들은 다케시마를 자기네 땅이라고 우기는 건가요?"

"멍청하니까 그렇지. 멍청이!"

거울을 들고 립스틱을 바르던 하시모토가 그것도 모르냐는 듯 대꾸하자 교실은 다시 조롱 섞인 웃음소리와 조센징이라는 단어로 뒤덮였다.

"かえれ-! 돌아가!"

누군가 나를 향해 외치자 카에레, 카에레, 돌림노래 같은 고함 소리가 교실에 울려 퍼졌다. 교사가 아이들을 진정시키기 위해 교탁을 두드렸으나 짐승처럼 흥분해서 날뛰는 고등학생을 말릴 강한 의지는 보이지 않았다. 나를 에워싼 함성을 들으며 고요한 얼굴로 교사를 빤히 쳐다보았다. 그는 나와 눈이 마주치자마자 곧장 시선을 돌려 버렸다. 하시모토는 아예 내 쪽으로 몸을 틀고서 히죽거리며 웃고 있었다. 나는 그 모든 것들을 타인처럼 무표정한 얼굴로 지켜봤다. 무표정을 가장한 채 버렸다는 표현이 더 정확했다. 그사이 수업 종이 울렸고 교사는 서둘러 나가 버렸다.

"점심시간이다!"

선동을 주동하던 남자애들이 식당으로 뛰어나가자 나는 곧장 가방을 들고 일어섰다. 저들에게 나란 존재는 심심할 때 적당히 데리고 노는 개미 목숨 정도에 지나지 않았다.

"뭐야, 밥도 안 먹고 도망가는 거야? 이시하라가 있을 땐 맨날 식당에서 정식만 먹더니. 신세가 하루아침에 바뀌었잖아?"

"그래서 한 치 앞은 어둠이라는 거야. 애초에 왜 조센징 주제에 일식을 먹는 거야?"

하시모토가 눈을 깜박이며 비아냥댔다. 위아래로 길게 붙인 속눈썹이 움직일 때마다 송충이가 꿈틀대는 것 같아 유령 가야코만큼 섬뜩하고 오싹했다. 저 얼굴이 정말 예쁘다고 생각하는 걸까 하며 준과 함께 웃었는데. 그래, 네 말대로 한 치 앞은 어둠이 맞다.

"너희야말로 화장은 왜 하는 거야. 원숭이 주제에."

"⋯⋯뭐?"

"도둑한테도 도가 있다던데. 너희들은 원숭이라 그런 게 없나?"

마스카라를 떡처럼 칠한 하시모토의 눈썹이 볼썽사납게 일그러졌다. 정말로 송충이 같아 실소가 픽 뿜어져 나왔다.

"쟤 지금 비웃은 거야? 정신이 어떻게 된 거 아냐?"

"할 줄 아는 욕이 겨우, 바보야?"

한심해 죽겠다는 듯 픽 웃자 덩치가 의자를 덜컹대며 일어섰다.

"조센징 주제에 어디서 까불어?"

"원래 조센징은 때려야 말을 듣는다던데?"

위협하듯 험악한 분위기로 윽박지르더니 다시 저희들끼리 깔깔대며 웃었다. 참아 줄까 했더니.

"씨발, ⋯⋯같네."

싸늘한 눈으로 내뱉자 이제껏 보지 못한 살벌한 기세에 하시모토 패거리가 눈에 띄게 당황했다. 온순하게 굴면 더 달려들어 짓밟는 게 저들의 특성이다.

"뭐, 뭐야? 그거 욕이지! 너 방금 욕했지!"

거친 욕설을 기가 막히게 알아들은 여자애들이 황당하다는 듯 소리쳤다.

"욕이 아니라, 저주다."

"⋯⋯뭐?"

일본인들은 저주라는 단어에 민감했다. 집단으로 우르르 달려들어 눈 하나 깜짝 않고 온갖 비열한 짓을 저지르면서도 저주라는 한마디에 자신이 해라도 당할까 봐 주춤거렸다. 나는 비웃었다.

"이 나라 속담에 그런 말이 있지. 악행은 재앙을 부른다고."

이를 갈며 또박또박 내뱉는 말에 진짜 저주를 하듯 음산하고 악랄한 기운이 배어났다. 나는 하시모토의 얼굴을 똑바로 보았다.

"두고 봐. 그 저주가 죽을 때까지 평생 너희들을 따라다닐 테니까."

굳어 있던 여자애들이 고함을 지르기 시작한 건 교실 문을 쾅 닫고 나온 뒤였다. 졸업장 따위 될 대로 되라지.

"린-!"

"……에리카?"

교정을 채 나서기도 전에 하얀 입김을 몽글몽글 뱉어 내며 나를 향해 두 팔을 휘휘 젓는 에리카를 발견했다.

"여기서 대체 뭐 하는 거야? 또 땡땡이야? 아줌마 아시면 어쩌려고 그래?"

한 달에 한 번, 유일하게 외박이 허락된 날 도쿄로 가는 건 내 쪽이었다.

"엄마한테 허락받고 온 거야. 곧 센터 시험인데 내가 응원하러 오는 게 당연하잖아!"

"핑계는."

시험이라면 아직 한 달이나 남았다. 그저 놀러 오고 싶어 핑계를 댄 거라는 걸 모를 리 없다.

"너 말이야, 내가 시험 안 친다고 몇 번을 말해?"

멀찍이 떨어진 거리에 대치하듯 선 채로 얼굴을 찌푸렸으나 에리카는 여전히 풀어진 얼굴로 헤실헤실 웃고 있었다.

"나랑 같은 대학에 가기로 했잖아? 난 절대로 포기 안 해!"

"억지 부리지 마."

무뚝뚝한 얼굴로 타박을 하면서도 에리카가 내 꼴을 보고 호들갑을 떨까 봐 움직일 수가 없었다. 나에 대해서라면 극성인 에리카가 준이 전학 간 이후로 내가 괴롭힘을 당한다는 사실을 알게 되면 이번에야말로 단식 투쟁 정도로 끝나지 않을 게 뻔했다. 이미 고교입시가 끝난 뒤에 오게 된 한국 유학생을 받아 주는 학교라고는 시코쿠의 시골뿐이었으나 에리카는 엄마의 전화 한 통이면 자신이 있는 사립고교에 충분히 편입할 수 있었을 거라며 분통을 터트렸다. 그러나 마츠이 여사는 단호했다.

'교내 규정을 어기면서까지 너를 편입시킬 수는 없단다. 그런 일은 마츠이가에서는 용납되지 않아.'

완곡하지만 확고한 태도로 자신의 뜻을 전하던 재종백숙모, 마츠이 여사의 목소리를 떠올리며 고개를 들었다. 금방이라도 눈이 쏟아질 것 같은 날씨였다.

"이렇게 땡땡이치면서 도쿄 도내로 진학할 수는 있겠어? 내가 거기로 가고, 네가 이리로 오는 거 아냐?"

분명 이쯤 되면 발끈한 목소리가 튀어나와야 하는데, 이상하게 조용했다. 왜 그러나 싶어서 고개를 돌리자 이쪽을 향해 뛰어오는 에리카가 보였다. 운동이라면 질색하는 허약체가 맹렬한 기세로 달려오는 모습에 나도 모르게 이마를 찡그렸다.

"뛰지 마, 바보야! 그러다 넘어져서 멍이라도 들면 귀찮아진다구."

내 잔소리에도 에리카는 멈추지 않았다. 분명 나를 향해 달려오는데 나를 보고 있지 않은 느낌. 등 뒤가 서늘하다고 생각한 순간 헉헉대며 달려온 에리카가 나를 감싸 안았다. 지금껏 한 번도 느끼지 못한 엄청난 기세에 몸이 휘청이며 바닥으로 넘어졌다. 에리카에게 이런 힘이 있었던가. 그러나 상황을 파악할 새도 없이 위에서부터 떨어진 무언가가 에리카를 강타했고, 그로 인한 충격이 품에 안긴 내게 고스란히 전해져 그대로 굳고 말았다.

"……에리카?"

"린…… 하아……."

에리카의 하얀 입김이 허공으로 잔뜩 흩어졌다.

"나, 열심히 공부했으니까, 나랑 꼭 같이 대학 가야 해, 꼭 같이."

에리카는 순식간에 허물어져 바닥으로 쓰러졌다.

"에리카!"

에리카를 껴안은 채 그대로 주저앉는데 바닥으로 빨간 핏물이 번졌다.

"에리카!"

하얀 눈이 보슬보슬 내리기 시작했다. 흰 눈송이는 에리카의 따뜻한 핏방울 위에서 흔적도 없이 녹아내렸다.

"일어나! 눈 떠, 에리카! 안 돼! 헉!"

몸이 용수철처럼 튀어 올랐다. 베개 옆에서 몸을 말고 자던 미미가 눈을 번쩍 뜨더니 길게 한번 울음을 뱉었다.

"⋯⋯미안."

떨리는 몸을 웅크린 채 숨을 몰아쉬었다. 꿈이다. 그런데도 여전히 붉은 핏자국이 너무도 생생하고 선연해서 십 년도 더 된 일이 바로 어제의 일처럼 생생했다. 그날 축축하게 젖어서 온몸에 달라붙던 교복처럼 전신이 땀에 흠뻑 절어 있었다.

지헌이 보고 싶다. 무작정 통화 버튼을 눌렀다.

-이사님은 조금 전에 쾰른으로 떠나셨어요. 비행 중이라 연결이 잘 안 될 거예요.

지헌과의 연결에 실패한 뒤 퇴근 전 가까스로 통화가 된 지헌의 비서, 세실리아가 말했다.

"아."

밀라노에서 어제 파리로 돌아온 지헌은 다시 독일로 출장을 가야 한다고 했었다. 불과 몇 시간 전에 들은 것 같은데 벌써 하루가 지났다. 서머 타임이 낀 시차는 겨우 한 시간 더 벌어졌을 뿐인데도 우리가 떨어져 있는 서울과 파리의 간극이 얼마나 커다란 것인지 새삼 실감이 났다.

-급하게 전하실 용건이 있으면 저한테 말씀하세요. 지금 바로 비상연락망으로 연결을…….

"아뇨. 아니에요."

전화를 끊은 뒤 다시 침묵 속에 남겨진 나는 그르렁거리는 미미를 품에 안았다. 좌절 가득한 한숨이 쏟아져 나왔다.

* * *

"그럴 줄 알았어. 너 어딨냐고 떠볼 때부터 뭔가 있다 싶더라. 뭐, 가족?"

유진은 불같이 화를 냈다.

"내가 날고 기는 쌍년들 숱하게 봤는데, 걔는 진짜 넘사다, 넘사! 뭐 그런 상종도 못 할."

거기까지 말한 유진이 입에도 올리기 싫다는 듯 눈을 찡그렸다.

"딴 생각하지 말고 예정대로 파리 가. 그쪽에서도 염치가 있으니까 너한테 연락 안 한 거야. 그러니까 너도 못 들은 셈 치면 돼."

"이미 들은 걸 어떻게 못 들은 척하냐?"

유진의 단호한 음성에 답한 건 홍 원장이었다.

"안 하면? 사에 그 기지배 말대로 하라는 거야?"

"그런 말이 아니잖아. 치린 씨 마음이 무거울 거라는 얘기야."

유진이 쌍심지를 켰다.

"왜 무거운데? 걔가 재발한 게 얘 탓이야? 다 지 업보지!"

홍 원장이 내 눈치를 살피며 유진을 찔렀으나, 그녀는 아랑곳하지 않고 나를 똑바로 보았다.

"쓸데없는 동정심이나 책임감에 발목 잡히지 마. 넌 할 만큼 했어."

"……."

"애초에 네 탓도 아니지만, 그 말도 안 되는 죄책감 때문에 꿈까지 포기해

가면서 네 목숨 나눠 줬잖아!"

ISIPCA의 입학허가서 위에 포개어 놓은 파리행 티켓을 새벽 내내 바라보다 어느 순간 그런 자신이 혐오스러워지던 밤. 음습하고 눅눅한 새벽의 향기가 싫은 기억으로 남아 있었다. 말없이 조향대 위의 갈색 병을 바라보는 나를 유진이 다그쳤다.

"그런 너한테 그 기집애가 어떻게 했는데! 어떻게 배신했는데! 목숨 오락가락한다니까 마음 약해지니?"

"차유진."

그만하라는 듯 홍 원장의 차분한 목소리가 그녀를 불렀다.

"미운 건 미운 거고, 그래도 죽어 간다는 사람한테 그렇게 말하는 건 아니다."

유진이 뭐라 말하려 했으나 홍 원장이 고개를 저었다.

"지금은 어그러졌지만 어쨌거나 치린 씨 친척이야. 둘이 함께 보낸 시간도 있는데 그냥 무시가 돼?"

"안 될 건 뭔데? 그러니까 속도 없는 바보 소리 듣는 거 아냐."

"네가 나랑 절교할 만큼 싸웠다 치자. 어느 날 갑자기 내가 죽어 간다고 하면, 넌 무시할 거야? 나한테 화났으니까?"

"비교할 걸 해! 이건 그냥 단순하게 화가 나서 안 본다는 게 아니잖아. 마츠이 사에가 깔아 둔 판에 놀아나서 또 제 살 깎아 줄까 봐 그런 거 아냐."

"그것도, 전부 치린 씨 선택이야. 우리가 강요할 수 없어."

"그런 냉정한 말이 어딨어? 넌 대체 누구 편이야!"

유진이 소리를 빽 질렀다.

"후회. 난 그쪽 편이야. 나중에 내 발목을 잡는 건 결국 그거더라구."

홍 원장이 고요한 얼굴로 나를 보았다.

"만약 이번이 그 친구의 마지막이라면, 치린 씨는 어떻게 할래요? 보지 않아도 괜찮겠어요?"

눈을 감고 가만히 에리카를 떠올려 보았다. 붉은 핏방울 위로 흰 눈이 떨어져 내리던 차디찬 교정에 누운 채 하얀 입김을 가쁘게 피워 내면서도 나를 향해 환하게 활짝 웃던 얼굴. 보랏빛으로 질린 얇은 입술이 파들파들 떨리더니 작게 움직였다. 끊어질 듯 떨리는 숨과 뒤엉켜 무슨 말인지 간신히 알아들을 수 있었다. 아주 중요한 말이었는데도 이상하게 기억은 남아 있지 않았다. 그때의 난 거의 제정신이 아니었으니까.

가슴이 너무 아팠다. 찢어질 것처럼. 그래서 울부짖었던 기억만이 강렬하게 남았다. 눈을 뜬 나는 작게 고개를 그었다. 유진의 말이 맞다. 나는 할 만큼 했다. 그리고 이제는 보지 않을 사이다. 내가 가지 않아도 너는 살거나, 내가 가도 너는 죽거나.

어느 쪽이든 일어날 일이 나로 인해 바뀌지 않는다. 그러니까 나와는 상관없는 일이다. 낮게 가라앉은 내 얼굴을 가만히 보던 유진이 먼저 고개를 돌렸다.

"선유, 이 자식은 왜 이렇게 연락이 안 되는 거야?"

선유를 만난 건 조향실 앞에서였다. 그는 평소와 똑같이 서늘하고 무표정한 얼굴이었으나, 무거운 정적처럼 단조롭기만 하던 눈동자에 처음으로 감정이라 할 만한 무언가가 일렁이고 있음을 알 수 있었다. 역시, 사에 때문인가. 아직 그 애를 잊지 못한 걸까. 유진의 초조한 얼굴과 홍 원장의 어두운 표정이 차례로 떠올랐다. 평소와 다른 둘의 태도는 나 때문인 동시에 선유 때문이기도 하다는 걸 새삼 깨달았다. 내가 아니었다면, 사에가 선유를 찾아올 일도 없었을 거다. 이제야 겨우 나아지기 시작했는데.

"괜찮아요?"

내 물음에 선유의 입술 끝이 아주 조금 기울었다.

"그런 얼굴로 나한테 괜찮냐고 묻는 거예요?"

까마득한 어린 날부터 나를 봐 왔으면서도 여전히 내게 말을 놓지 않는 남자는 뜻밖에도 미소 짓고 있었다.

"……내 얼굴이 어떤데요?"

"울 것 같아요."

스스럼없이 내뱉은 선유가 대답 없는 나를 잠시 보다가 덧붙였다.

"그래도 울지는 말아요. 내가 닦아 줄 수 있는 눈물은 아니니까."

"……나한테는 뭐든 해 준다더니."

머쓱하여 중얼거리자 선유가 피식 웃었다.

"그건 아직도 유효해요. 홍하고 차유진 다음이라 세 번째겠지만."

그렇게 말한 그는 내가 전혀 예상하지 못한 말을 꺼냈다.

"그래서 해 주는 말인데, 가지 말아요, 일본. 사에 말도 듣지 말고."

"……사에가 부탁하지 않았어요? 날 설득해 달라고?"

"했어요."

그런데? 하는 눈빛으로 보자 그는 상관없다는 듯 어깨만 한번 으쓱한 뒤 다시 느슨하게 고개를 기울였다.

"마츠이 사에는 더 이상 내가 뭐든 들어 줘야 하는 여자가 아니라서요."

딱 잘라 정의 내리는 선유의 얼굴은 명쾌하기까지 했다. 그 일이 있은 후로 처음 보는 무기력하지 않은 모습이었다.

"내가 붙잡고 있던 건 사에가 아니라 과거의 시간이었어요."

그가 나를 향해 말했다.

"그러니까 그만 놔요, 치린 씨도. 과거가, 흘러가게."

'과거가, 흘러가게.'

오피스텔로 돌아와 파리행 티켓을 앞에 둔 채로 밤을 지새웠다. 정신을 차리게 한 건 휴대폰에서 반짝이는 불빛이었다.

-곧 만나자, 나비야.

그래, 내게는 나를 기다리는 사람이 있다. 몸을 일으켰다. 과거는 흘러가게 두면 된다. 이대로. 약해진 마음을 단단히 붙들며 로비로 내려왔을 때였다.

"이봐요, 이거 떨어트렸어요!"

캐리어를 잡고 있는 나를 향해 경비원이 바닥에 떨어진 여권을 주워 건넸다.

"모르고 공항 갔으면 큰일 날 뻔했네. 내 덕에 살았어, 아가씨."

그의 너스레에 동의하듯 웃으며 고개를 끄덕였다.

"네, 다행이네요. 감사합니다……."

순간 뭔가가 섬광처럼 뇌리를 스쳤다.

'다행이야, 린.'

몽글몽글 피어나는 하얀 연기 사이로 기다란 눈매가 한껏 휘어지며 가느다란 물줄기를 흘려 냈다.

'네가 무사해서.'

가득 차오른 눈물이 투명해서 그 아래 일렁이는 연한 갈색 눈동자가 고스란히 비쳤다.

'다행이야.'

너는 웃고 있었다. 피와 눈물이 범벅된 채로. 나를 향해. 환하고 눈이 부시게. 그렇게 웃었다. 에리카. 캐리어를 잡은 손에 힘이 불끈 들어간 순간 눈앞에 사에가 나타났다.

사에의 말대로 에리카는 죽어 가고 있었다. 나는 혈액암 병동에 서서 투명한 유리벽 안에 갇힌 채 눈을 굳게 닫고 잠들어 있는 에리카를 보았다. 전신을 에워싸듯 휘감고 있는 색색의 선 아래 환자복 상의 밖으로 비죽 튀어나온 히크만 카테터가 모습을 드러내고 있었다.

'히크만 주머니 만들어 줘. 병원에서 주는 건 너무 촌스러워서 도저히 못 할 것 같아.'

몇 번째였는지 모를 항암에 실패한 뒤 무기력하게 누워 천장을 보고 있던 에리카가 허겁지겁 달려간 내게 말했다.

'얘도 나처럼 엄청나게 살고 싶은가 봐.'

그녀는 수차례의 항암과 방사선, 그 몇 배의 세기에 달하는 전처치와 이식을 거치고도 죽지 않고 살아남은 암세포를 가리키며 웃었다. 나는 아무 말도 할 수 없어 굳은 얼굴로 고개만 끄덕였다. 그렇게 5년. 너는 이번에도 그 다섯 해를 무사히 넘기지 못했구나.

처음 발병한 날부터 치료가 좌절될 때마다 구부릴 수조차 없이 약해진 손가락을 맞대며 수없이 했던 약속. 완치 판정의 기준인 5년째가 되는 해, 스무 살에 가지 못했던 옐로나이프에서 함께 오로라를 보자. 보면서 웃어 주자. 이 지긋지긋한 암을 떼어 냈다고, 외쳐 주자. 몇 번이나 다짐했는데. 이미 그 5년이 지난 게 몇 달 전인데, 너는.

4차례의 항암 후 에리카의 손톱은 꽤 오랫동안 자라지 않았다. 그녀는 손톱이 없어 분홍빛 피부를 드러낸 손가락으로 핸드폰에 날짜를 입력하며 해맑게 웃었다. 1,826일만 버티면 돼, 하고 말하던 모습이 오랫동안 잊히지 않았다. 그래서 무사히 퇴원하고 더는 가발을 쓰지 않아도 될 정도로 회복한 뒤에도, 때때로 마스크나 소독 따위의 일을 건너뛰면 부러 엄한 눈초리로 주의를 주곤 했다.

'재발한 걸 숨겼어! 아이 때문에! 그게 뭐라고!'

도저히 이해할 수 없다는 듯 손톱을 깨무는 사에를 보며 에리카의 저 손을 떠올렸다.

'만약 다시 재발하면, 그땐 그냥 목숨을 끊을 거야. 또다시 이 고통을 겪을 바엔 그냥 죽는 게 나아.'

온몸이 갈가리 찢겨 나가는 것 같은 통증이라고 했던가. 그래서 나는 고소해하지도, 속이 시원해지지도 못한 채 서 있기만 했다. 너는 끝내 내게 비난할 기회조차 주지 않는구나. 인과응보라더니 정말로 벌을 받았다며, 그런 말을 할 기회조차 주지 않고 떠나려는구나. 끝내 너는, 이런 꼴로. 이렇게 내 앞에서. 왜 이런 꼴로 너는, 대체 왜 이제 와서야. 이렇게 죽어 갈 거였으면서, 왜 나를. 죽음을 목전에 둔 야윈 뺨이 무딘 칼이 되어 속을 헤집는 것 같았다.

"……린?"

멀리서 나를 발견한 준이 믿기지 않는 듯 멈춰 서 나를 불렀다. 이곳에 내가 있을 리 없다는 듯, 그럴 리 없다는 듯. 마치 허상이라도 보듯 눈을 깜박거리던 그의 얼굴이 점점 일그러졌다.

"진짜 너야? 치린?"

나는 그를 보지 않은 채 곧장 몸을 돌렸다.

"기다려, 치린……!"

뒤늦게 나를 따라오는 준의 목소리가 들렸으나 진료실 문을 여는 손이 더 빨랐다.

"뭐 하려는 거야, 이치린!"

벌컥 열린 문 안으로 익숙한 두 사람의 얼굴이 보였다.

"……마츠이 양?"

나를 알아본 에리카의 주치의가 안경을 추켜올리며 나를 불렀다. 그의 옆에 창백하게 굳어진 얼굴로 앉아 있는 마츠이 여사가 있었다. 그녀는 눈만 크게 뜬 채로 아무 말도 하지 않은 채 나를 보았으나 나는 알 수 있었다. 근 십 년 가까이 봐 왔던 날들 중에서도 가장 크게 동요하는 그녀의 얼굴을. 흐트러짐 없는 치마 정장과 한결같이 고수하는 올림머리의 그녀는 평소와 같았으나 눈 밑에 가득 드리운 수심은 평생을 애지중지하며 키워 온 딸의 생명이 경각에 달려 있음을 암시했다.

"와…… 주었구나, 린."

나는 시선만 한번 내리뜨는 걸로 인사를 대신했다.

"어서 와요, 마츠이 양. 이리로."

나를 반색하며 맞이한 주치의가 자리를 권했으나, 나는 고개만 저었다.

"시간이 많지 않아서요."

마츠이 여사가 긴장된 표정으로 나를 바라보았다.

"환자도 그런 걸로 아는데. 맞나요?"

나와 마츠이 여사, 그리고 에리카의 주치의. 굳은 셋 사이로 긴장감이 흘렀다.

"사에에게 듣고 온 거니?"

마츠이 여사가 내게 물었다. 확신에 가까운 표정을 보며 고개만 살짝 끄덕이자 굳은 심지처럼 딱딱하던 눈빛에 분노가 스몄다. 나를 앞세워 죽어 가는 에리카를 위한 희생의 책임에서 벗어나려는 사에의 얕은수를 그녀가 모를 리 없다.

다시 나를 향한 마츠이 여사의 눈빛이 복잡하게 물들었다. 사에를 대신해 이 자리에 서 있는 나를 어떻게 이해해야 할지 모르겠다는 얼굴이었다. 나는 그녀에게서 시선을 돌려 주치의를 보았다.

"현재 상태를 듣고 싶은데요. 언제, 어떻게, 얼마나 진행된 상태인지."

* * *

죽음이라는 건 기묘하다. 눈에 보이지 않고 설명할 수도 없지만, 지척에 있음을 직감으로 느낄 수 있다. 생기가 푹 꺼진 두 눈과 뼈의 윤곽만 겨우 덮고 있는 것 같은 거무칙칙한 피부. 그 밖의 모든 사인이 에리카의 바로 앞에 죽음이 놓여 있음을 암시했다.

긴 수술 끝에 혈액암 판정을 받았던 스무 살의 그해. 우리는 죽음이라는 단어를 가장 많이 입에 올렸다. 그럴 때마다 약속했다. 함께 죽음을 뛰어넘기로.

'아직 실감이 안 나. 하루아침에 시한부 판정을 받았다는 게. 나 진짜로 죽는 거야? 스무 살에 암이라니, 드라마 주인공 같아.'

병상에 누워 해맑게 웃는 얼굴을 보며 나 역시 그 모든 게 거짓말 같았다.

'그래도 너를 이렇게 매일 볼 수 있어서 좋아. 엄마도. 입원한 뒤로는 잔소리 한 번을 안 한다니까? 아픈 것도 나쁘지 않은 것 같아.'

천진한 목소리는 지칠 줄 모르고 공격을 퍼붓는 암세포 앞에서 점점 쇠락해졌다.

'숨을 쉬고 말을 하는 게 이렇게 감사한 일인지 몰랐어.'

폐에 흉수가 가득 차 잠조차 앉아서 자야 했던 날, 색색거리는 숨을 몰아쉬느라 한참이 걸려서 그 말 한마디를 토해 내던 밤. 에리카는 끝내 무너져 내렸다.

'아니. 하나도 괜찮지 않아. 죽고 싶지 않아. 살고 싶어. 왜 나야? 왜 하필 나야? 왜 지금이야? 왜?'

수만 분의 일의 확률을 뚫고 에리카와 나의 항원이 일치한 건 기적에 가까웠다. 까마득하게 먼 내가, 더 가까운 혈연인 사에를 두고 에리카와 유전자형이 같다는 게 묘했다. 그리고 기뻤다. 에리카는 오열했다. 두 번의 공여 끝에 내가 쓰러진 뒤였다.

'왜 말 안 했어? 이집카에 합격한 거. 그래 놓고 여기서 이러고 있으면 어떡해, 너…… 어떡해. 어떡하면 좋아, 린. 내가 널 망쳤어. 내가 너를.'

눈물이 깡그리 말라 버려서 한 방울도 나오지 않는 메마른 얼굴로 꺽꺽대며 에리카는 울었다.

'끔찍해. 내가, 이 지독한 암세포가 결국 네 목숨까지 갉아먹고 말 거야.'

에리카는 더 이상 나를 병원에 오지 못하게 했다. 꿈을 접고 반년을 넘게 쉬어야 했던 나는 에리카가 나를 밀어내는 걸 알았으나 그냥 두었다. 나를 볼 때마다 죄책감으로 물드는 얼굴을 나 또한 견딜 자신이 없었다.

그런 네가 나한테 한 짓이 믿기지 않아 그 또한 거짓 같았다. 준의 침대에서 처음 보는 서늘한 시선으로 타인처럼 나를 보던 그 얼굴이 뇌리에서 잊히지 않았다. 어쩌면 나는 이미 그 전에 너를 잃었는지 모른다. 그만. 밀려드는 감정의 조각을 굳게 차단했다. 너절한 과거 따위를 곱씹자고 이 자리에 선 게 아니었다. 그저 확인하고 싶었다. 에리카가 진짜로 죽어 버리기 전에.

"에리카."

예상보다 훨씬 더 담담하고 차가운 목소리가 나왔다. 너의 죽음을 목전에 두고 이렇게 냉정할 수 있다니. 우리에게 무슨 일이 벌어졌는지 이제야 실감이 났다. 다시 한번 더 에리카를 부른 뒤 조금 기다리자 흑백 필터를 덧씌운 듯한 검고 칙칙한 얼굴에 동그랗고 커다란 눈동자가 유령처럼 떠올랐다.

"……린?"

에리카의 눈은 하얀 부분이라고는 하나도 없이 온통 붉었다. 눈 숙주 반응이 심해져 초점이 거의 잡히지 않는다고 했다. 이미 수년 전에 생착된 나의 세포가 여전히 너를 공격하고 있었다.

"정말, 린이야?"

뻑뻑한 눈을 겨우 깜박이며 에리카가 더듬더듬 물었다.

"묻고 싶은 게 있어서 왔어."

초점 없는 붉은 눈동자가 안개 속을 헤매는 것처럼 느릿한 시선을 허공으로 돌렸다.

"그때. 왜 그랬어?"

"진짜…… 린의 목소리야."

멍한 목소리가 꿈이라도 꾸고 있는 것 같았다.

"보고 싶었는데…… 보이지가 않아."

"대답해, 에리카."

손을 더듬거리며 아득하게 중얼거리는 에리카의 목소리를 단호하게 끊어 냈다.

"왜 나를 배신했어?"

마치 슬로우 모션처럼 에리카의 입술이 움직였다.

"죽고 싶어서."

"……뭐?"

"내가 너를 죽이기 전에, 너를 더 망가트리기 전에."

지금까지와는 다른 또렷한 목소리였다.

"입안은 다 헐어서 물 한 모금 삼키는 것도 끔찍하고, 피부는 또 빨갛게 달아오르겠지. 손 하나 움직일 수 없어서 대변 패드를 깔고 누워 있으면 내가 인간인지조차 의심스러워. 분명 의식은 전부 다 있는데."

내게도 익숙한 장면이 주마등처럼 스쳤다.

"그 모든 걸 다 견뎌냈는데도 숫자 하나가 말해, 나한테. 암은 사라지지 않았고, 그저 새로운 곳으로 옮겨 갔을 뿐이라고."

덤덤해서 더 처연하게 들리는 넋두리를 다시 잘라 냈다.

"그래도 살고 싶다고 했어, 넌."

"맞아. 살고 싶었어. 그렇게 해서라도."

회색빛 얼굴에 흐릿한 미소가 떠올랐다.

"공여자가 너만 아니었다면."

"……."

"몇 번이고, 계속해서."

"……."

"완벽한 계획이었는데. 아무한테도 말하지 않고 조용히 떠나는 거."

내가 파리로 가지 못한 것처럼 에리카 또한 캐나다행 비행기를 타지 못했다.

"욕심이 났어, 린. 죽기 전에 딱 한 번만. 나는 어차피 죽을 거니까, 아무도 모를 테니까. 딱 한 번, 그 온기를 가지고 싶었어."

그 순간 나는 깨달았다. 에리카가 준을 마음에 담고 있었음을. 당연하고도 명징한 사실을 왜 알아차리지 못했을까. 내가 작은 충격을 받아들이는 사이 에리카의 웃는 얼굴이 일그러졌다.

"내 욕심은 모두를 망친다는 걸 기억했어야 했는데."

나는 다시 고요하게 에리카를 내려다보았다.

"그런데도 너는 여전히 살고 싶구나."

그 순간 에리카의 눈동자에 새로운 형태의 슬픔이 차올랐다. 절절하고 애틋한 생에 대한 미련.

"이제 너한텐 더 간절한 이유가 생겼으니까."

"린……."

에리카의 목소리가 다시 허공을 헤맸다.

"그럼 살아, 에리카."

"……으으."

쇳붙이를 긁는 것 같은 기이한 울음소리가 병실을 울렸다. 기형으로 자라다 만 에리카의 손톱 아래 살이 피가 몰리듯 붉어졌다. 나는 그저 돌아섰다. 죽음의 그림자로부터.

"너 대체 무슨 생각이야?"

병실을 나오자마자 기다리고 있던 것처럼 나를 붙잡은 건 준이었다. 어둡게 가라앉은 표정을 보자 우리의 대화를 모두 들었음을 알았다.

'욕심이 났어, 린. 죽기 전에 딱 한 번, 그 온기를 가지고 싶었어.'

그 말을 듣고 준의 얼굴을 보는 건 괴로운 일이었다.

"이시하라."

내 조용한 부름을 준은 거칠고 딱딱한 얼굴로 거절했다.

"부탁이야. 돌아가."

"이시하라."

"내가 다 책임질게. 내가 다 감당해. 그러니까 너는 아무것도 몰랐던 거야. 아무것도 하지 마."

침묵한 채 그를 응시하자 준의 얼굴이 일그러졌다.

"너는 화도 안 나? 에리카가 무슨 짓을 했는데. 너한테, 우리한테 어떻게 했는데!"

"그래, 어쩌면 그래서 더 화가 난 내 세포들이 에리카를 공격할지도 모르지."

피식 웃자 준이 덜컥 겁먹은 얼굴로 내 어깨를 잡았다.

"부탁이야. 하지 마, 치린!"

"초등학생도 해."

"그들은 평생 한 번이지. 넌 아니잖아!"

우습게도 준은 덜덜 떨었다.

"제발 그러지 마."

"네 아이의 엄마야."

순간 머뭇거렸으나 준은 뜻을 굽히지 않았다.

"……그래, 그러니까 내가 전부 다 책임지겠다고."

나는 눈을 가늘게 떴다.

"왜 진작 나한테 연락하지 않았어? 일본으로 돌아온 게 언젠데. 너, 설마."

"공여자는 또 찾으면 돼! 해외에서도 계속 찾고 있댔어. 사에도 있고."

헛웃음이 나왔다.

"사에는 오지 않아."

절망이 준을 덮쳤다. 그 모습을 보며 나는 침착하게 선언했다.

"나는 그 어떤 기회도 너희에게 주지 않을 거야."

고작 한 팩의 피다. 뽑고 나면 다시 생길 혈액 따위에 남은 삶을 저당 잡힐 생각은 없다. 내게서 에리카와 너를 떼어 내는 대가로 그 정도라면 손해 보는 장사도 아니었다. 만에 하나 에리카가 죽는다고 해도 그 모든 죄책감과 후회는 내가 아닌 사에와 너희들의 몫이 될 거였다. 나는 이것으로 마츠이와는 영원히 안녕할 테니까. 아직도 내가 착한 것 같아? 아니, 나는 언제나 약은 쪽이다.

"그 남자도 알아?"

준이 이를 악문 채로 형형한 눈으로 물었다. 나는 그저 멈칫했다. 알게 되겠지. 모든 게 끝난 후에. 음습하고 불쾌한 이곳과 전혀 어울리지 않는 얼굴이 떠오르자 굳은 다짐이 바람에 흩날리는 조각보처럼 흔들렸다. 그가 보고 싶었다.

-그래서, 지금 일본이라고.

여러 차례 엇갈린 끝에 겨우 전화가 연결된 지헌은 내 설명을 쭉 들은 뒤 처음으로 입을 열었다. 메시지 하나 달랑 던져 놓고 파리 대신 도쿄에 와 있는 나를 지헌이 어떻게 생각할지 상상하자 뒤늦은 걱정이 밀려왔다.

"미안해요."

-별일 없으면 됐어. 일단은.

지헌의 목소리는 예상했던 것보다 차분해서 나를 더 겁먹게 했다. 평소에도 쉽게 속을 알 수 없는 남자는 눈을 보지 않고는 지금의 감정을 확인할 길이 없어 불안했다. 우리를 가로막고 있는 엄청난 물리적 거리를 실감하는 순간, 손에 쥔 기계가 고장 나면 우리의 관계도 끝인 것처럼 느껴졌다.

"……많이 놀랐죠?"

-놀란 건 너지. 사촌이 아프다는데.

에리카의 얘기를 어떻게 해야 할지 몰라 나는 그저 일본에서 오래 신세 진 집의 동갑내기 사촌이라고만 했다. 너절한 설명을 이런 순간에 고작 전화로 할 수는 없었다. 그럼에도 뭔가를 더 말해야 할 것 같은 느낌에 머뭇거리는 순간, 다시 차분한 음성이 나를 안심시켰다.

-걱정했겠네. 괜찮아?

그의 기분과는 별개로 나를 먼저 걱정하는 목소리에 코끝이 시려 미간을 꾹 눌렀다.

"괜찮아요, 난……. 미안해요."

-정말로, 곤란한 모양이네.

웃음기가 섞인 목소리가 나직하게 울렸다.

-계속 사과만 하고 있잖아.

"너무 미안해서……."

-그런데 자세히 말할 수는 없고.

의도를 명확하게 짚어 내는 목소리가 단숨에 나를 파고들었다.

"해요, 할 건데."

급하게 달아오르는 숨을 다시 한 모금 삼켰다. 그날, 지헌이 떠나던 날. 계속 미뤄 왔던 나의 이야기를 하기로 마음먹은 날. 나는 그날을 놓치고, 다시 파리행 비행기를 놓쳤다.

"……조금만 더 기다려 줄래요? 며칠이면 되는데."

-서두르진 말고.

"여기 일 마무리되는 대로 갈 테니까 기다려 줘요. 가서 다 말할게요."

-그래, 기다릴게.

"미안해요."

지헌이 웃었다.

-사과는 그만해도 돼.

"……응, 그래도."

-무리하지도 말고. 나한텐 네가 안전한 게 우선이니까.

며칠 만에 듣는 상냥하고 다정한 목소리에 나는 무너질 것 같아서 눈을 꼭 감았다. 그대로 딱 한 모금의 숨을 참았다. 그럼에도 밀려드는 그리움은 사라지지 않고 사무치듯 가슴으로 흘러들었다. 아마 죽어 가는 에리카를 봤기 때문일 거다. 누군가는 죽음을 향해 달려가고 있는 이때에, 나는 삶을 향해 가고 싶어서.

"사랑해요."

꾹 참고 있던 입안에 든 뜨거움을 토해 내듯 나는 그렇게 지헌에게 말했다. 이 검사실에서 한국말을 알아들을 리는 없었기에 아무도 내게 신경 쓰지 않았다. 반응은 지헌에게서 나왔다.

-그건 좀 반칙인데. 바람맞혀 놓고.

그는 잠깐의 사이를 두고 조금 가라앉은 목소리로 속삭였다.

-애타게.

"……빨리 갈게요."

보고 싶다. 지헌이 그리웠다. 그 말을 하는 순간 눈물이 나올 것 같아서 다시 목 안으로 삼키며 전화를 끊었다. 내 신음에 맞은편의 간호사가 아프냐고 물었다. 고개만 저으며 튜브를 느릿하게 채우는 짙은 액체를 바라보았다.

***

"알아버렸구나, 결국."

지헌은 테이블에 걸터앉은 채로 끊긴 전화기 모서리로 책상 위를 툭 짚었다.

"마츠이 에리카를."

낮게 읊조리는 목소리가 눈동자만큼 서늘했다. 그는 꽤 오래전부터 마츠이 에리카가 혈액암 병동에 입원해 있다는 사실을 알고 있었다. 그리고 그들을 예의 주시하며 한 가지를 확신했다. 마츠이는 자신의 죽음을 치런에게 알릴 생각이 없다는 것을. 분명 오늘까지는 그런 줄 알았더니. 거리를 내려다보는 까만 눈동자에 표정 하나가 떠올랐다 흔적도 없이 흩어졌다.

"나야 늘 기다리지, 아가씨."

나직하게 중얼거린 지헌이 권태로운 눈빛을 떨쳐 낸 뒤 훌쩍 몸을 일으켰다.

"하지만 더는 아냐."

그가 전화기를 꾹 짚은 채로 눈을 가늘게 떴다. 세 명의 마츠이 중 너를 움직인 건 어느 쪽일까. 노크 소리와 함께 세실리아가 들어섰다.

"접니다, 이사님."

그녀가 친절하게 예고했다.

"그리고 5분 후에는 크리스가 직접 오겠답니다."

세실리아는 회의실에서 그를 기다리는 성질 급한 총괄 디렉터를 언급했음에도 반응하지 않고 창밖만 바라보는 상관을 살폈다. 그의 태도가 영 이상했다. 새벽부터 긴급회의가 소집됐는데도 혼자만 다른 세상에 있는 사람 같았다.

"밖에 또 시위라도 벌어졌나요?"

세실리아의 물음에 지헌이 먼 곳을 응시했다. 도시의 상징인 에펠탑이 선명한 파란 하늘을 배경 삼아 우뚝 솟아 있었다.

"저걸 세울 당시만 해도 반대가 심했다고 들었는데. 철거를 약속하고 공사에 들어갈 만큼."

"예술가들이 특히 싫어했죠. 빈 촛대 같다고."

세실리아가 창밖을 바라보며 말했다.

"특히 모파상은 저 탑이 꼴 보기 싫다고 매일 점심을 그 안에서 먹었다잖아요. 파리 어딜 가든 에펠탑을 피해 갈 순 없으니까."

지헌이 아득한 시선으로 탑을 응시했다. 파리 몽테뉴가 한복판에 위치한 헤르네 패션하우스의 헤드 오피스. 그중에서도 그의 사무실은 에펠탑이 정면으로 보이는 전망이 가장 근사한 방이었다.

'한 번도 에펠탑을 정면에서 본 적이 없어요.'

뭐가 그렇게 바빠서 저길 한 번도 못 가 봤을까. 파리의 모든 길은 에펠탑으로 통하는데. 늘 당연하게 여겨 온 것들이 가끔은 너에게만 통하지 않고 비켜 가는 기분이다. 그래서 나는 이미 너를 두 번이나 놓쳤다. 그의 침묵이 길어지자 뭔가 이상하다고 생각한 세실리아가 소스라치게 놀라서 물었다.

"설마, 계획이 변경된 건 아니죠? 이미 하루 치 임대료와 불꽃놀이까지 전부 다 지불 완료했다구요!"

허구한 날 보는 고철 덩어리라며 시큰둥하게 굴던 그가 에펠탑이라는 단어를 불쑥 꺼낸 어제, 세실리아는 지구 종말이 다가오고 있다는 음모론자의 주장이 사실이 아닐까 잠깐 의심했다. 그게 아니라면 그녀의 상관이 드디어 미친 것이므로. 그러나 지헌은 그녀의 말이 들리지 않는 사람처럼 앉아 얼룩 한 점 없는 유리창을 보고만 있었다.

그 음산한 태도에 세실리아는 직장 상사가 바람을 맞는 역사적인 순간에 증인이 되고야 만 자신의 불운이 안타까워 신음을 삼켰다. 이래서 뭐든 경험이 중요한 거다. 연애란 적당히 밀고 당기는 심리 게임인데 처음부터 그렇게 속없이 퍼 줄 때부터 알아봤다고. 세실리아는 속으로 부아를 터뜨렸다. 여자 보길 지뢰 보듯 하던 상사가 첫눈에 반한 상대한테 바람이나 맞는 꼴이 그녀라고 보기 좋을 리가 없다. 통화 억양이 숙녀처럼 우아해서 기껏 좋게 봤더니만. 눈앞의 이 남자와 단 일 분간만이라도 눈을 맞추고 싶어 안달 난 여자가 얼마나 많은지 그녀는 모르는 게 틀림없었다. 호흡을 가라앉힌 그녀가 조심스럽게 물었다.

"그럼 샴페인과 불꽃놀이는 취소할까요?"

"그냥 두고 차를 대기시켜요."

"……혼자 가시게요?"

그게 무슨 청승맞은 짓이냐는 듯 세실리아가 눈을 찌푸렸다.

"돈 다 냈다면서. 그냥 둬요. 마음이 가난한 누구라도 보게."

지금 가장 가난해 보이는 건 바로 너, 라고 하고 싶었으나 세실리아는 노련한 비서답게 간질거리는 입을 꾹 눌렀다.

"그럼, 어디로 가시겠다는 겁니까?"

"가긴 어딜 간단 말인가! 지금 C-레벨 임원 모두가 회의실에 모여 있는데!"

문가에 나타난 크리스가 형형한 기세로 외쳤다.

"그 바보 같은 회의를 아직도 하고 있었나요?"

지헌의 신랄한 대꾸에 크리스가 발끈했다.

"자네가 지금 사안의 심각성을 모르나 본데, 컬렉션을 앞두고 미아가 우리 메종을 버리고 KN그룹으로 가겠다고 선언했네. 그녀는 헤르네 여성복 라인의 상징이야! 창의적이고 풍부한 상상력의 원천으로 수많은 여성의……!"

"오버하지 마세요. 그냥 옷일 뿐이에요."

"뭐……?"

지헌이 어깨를 으쓱하며 말했다.

"라고, 카를이 말했죠."

그가 시큰둥한 얼굴로 라거펠트가 평소 입버릇처럼 하던 말을 읊조리자 크리스가 얼굴을 구겼다.

"이봐, 다니엘, 지금 상황이……!"

"그저 디자이너 한 명이 퇴직한 상황일 뿐이죠."

디자이너 한 명이라니, 미아는 스튜디오의 수많은 디자이너 중에서도 여성복 라인을 맡고 있는 선임이다. 그런 인재를 경쟁 패션 하우스에 뺏겼는데도 태평하게 구는 지헌이 크리스는 이해가 되지 않았다.

"이게 다 자네 때문 아닌가, 데이트 몇 번 하는 게 뭐가 그렇게 어렵다고. 미아가 자네를 짝사랑한 게 몇 년인데! 오죽했으면 KN그룹의 새파란 놈한테로 돌아섰겠냐 말이야!"

그가 맹비난을 퍼부었으나, 지헌은 냉담하게 무시했다. 그 권태롭기까지 한 나른한 얼굴이 얄미워 크리스는 뚜껑이 열릴 것 같은 마음을 꾹 눌렀다.

"지난번 자네가 직원들이 보는 앞에서 미아의 팔을 매정하게 뿌리치지만 않았어도 그녀가 이렇게 시즌 중에 떠나지는 않았을 걸세!"

"디자이너들은 때때로 너무 충동적인 게 문제죠."

옆에 서 있던 세실리아가 새침하게 끼어들자 같은 디자이너인 크리스가 핏대를 세우며 열변을 토했다.

"나라도 수치스러웠을 거야! 얼마나 매몰차게 뿌리쳤으면 바닥으로 나자빠졌겠냐고!"

"남자에겐 약한 척 매달리는 여자를 뿌리칠 권리가 있어요."

"무슨 소리! 남자라면 비틀대는 여성을 잡아 주는 게 의무와 책임이라구! 그날 미아의 얼굴이 어땠는지 아나? 적포도주보다 더 붉었다고!"

걔는 고작 얼굴이었지만, 그녀가 온몸으로 매달린 통에 이사님은 꼬박 이틀을 죽다 살아났답니다. 속으로 이죽거린 세실리아가 차갑게 말했다.

"그렇다고 해서 사전 협의도 없이 사임 의사를 기자에게 먼저 흘린 건 헤르네의 모멘텀에 대놓고 똥물을 끼얹은 것과 같아요. 당연히 직업윤리에도 어긋나죠."

"물론, 그거야……."

그녀는 미아를 편드는 크리스를 향해 완고한 말투로 쏘아붙였다.

"우리 지분을 호시탐탐 노리던 KN이 패션에는 무지하고 돈에만 눈이 먼 모렐가 사람들을 접촉한 데 이어 보란 듯이 미아를 빼내 갔어요. 지난 2주 사이에 몇 프로의 지분이 빠져 나갔다 되돌아왔는지, 물론 로랑 디렉터께서도 알고 계시겠죠."

이번에야말로 작정한 듯 주주들을 들쑤시고 다니는 KN그룹으로 인해 LV의 지난 보름은 악몽이나 다름없었다. 로라는 뉴욕에, 클로에는 파리에서. 그리고 지헌은 유럽을 오가며 KN이 내미는 돈에 흔들리는 주주들을 설득하고 지분을 확보해야 했다. 두 공룡의 싸움에 세계의 이목이 쏠려 있다. 모두가 숨죽인 채로 향후 백 년을 넘게 세계 패션 제국을 이끌어 갈 다음 승자가 누가 될 것인지 기다리고 있는 것이다. 물론 이런 싸움에서 가장 흥미롭고 사람들의 관심을 끄는 건 가십이다.

"소문에 의하면 수키 멘지스가 이번 사태에 영감을 얻어 패션하우스와 디자이너의 최악의 결별 TOP 5를 주제로 한 칼럼 작성에 착수했다는군요. 두고두고 흑역사가 될 테니 제발 1위는 빼 달라고 전화라도 걸어 보시죠. 절친이잖아요."

세실리아가 신랄한 저격수로 정평이 난 저명한 패션 에디터의 이름을 거론하자 크리스가 끙하는 신음을 흘렸다. 그는 하우스의 총책임자로서 심각한 얼굴로 지헌을 보았다.

"그러니까 지금 자네가 나서서 설득하는 게 더 중요한 걸세. 어쩌면 미아가 마음을 돌릴지도 모르네."

크리스의 말에 세실리아는 고개를 저었다.

"전 반대예요. 미아는 이미 우리를 배신했어요. 만약 헤르네가 그녀에게 매달렸다는 기사가 나가면 앞으로 200년은 웃음거리가 될 거라구요."

세실리아와 크리스가 팽팽하게 대치하듯 맞서더니 마치 결정권자를 보듯 지헌을 향해 동시에 고개를 홱 돌렸다. 정작 그는 만사가 귀찮다는 얼굴이었다.

"왜 저를 보세요? 스튜디오의 총책임자께서."

"자네야말로 이사회 집행 임원이자 최고전략 책임자가 아닌가?"

"패션하우스의 수장은 아니죠."

얄미운 대답에 크리스가 배신감에 떨며 새된 비명을 질렀다.

"맙소사! 이번 시즌을 위해 지난 몇 달간 모든 걸 쏟아부었는데, 만에 하나 미아가 KN에 가서……!"

크리스의 히스테릭한 모습에 세실리아는 하여간 디자이너들이란, 하는 얼굴로 혀를 찼다.

"그녀는 아무것도 하지 않을 겁니다."

지헌이 책상 위에 아무렇게나 놓인 서류 두 개 중 하나를 크리스에게 내밀었다.

"……그게 뭔가?"

"법무팀에서 확인한 미아 러셀의 계약서예요."

크리스가 냉큼 다가와 서류를 낚아챘다.

"오늘 사무실을 떠나기 전, 그녀에게 반드시 고지하세요. Non-compete clause(covenant not to compete-경쟁 금지 조항)에 대해서."

"그렇지! 그게 있었지! 그렇다면……."

"앞으로 1년 안에 동일계열 회사에 취직한다면 우리로선 필요한 법적 조치를 취할 수밖에 없다는 걸 분명히 하세요."

"알았네!"

크리스의 안색이 눈에 띄게 밝아졌다.

"KN은 그냥 두실 건가요? 지금쯤 자축하고 있을 텐데."

이대로 두고 보기만 할 거냐는 세실리아의 날 선 목소리에도 지헌은 여전히 심드렁했다.

"크룩이나 한 병 보내요, 빈티지로."

"······미치셨어요?"

랭스에 있는 샴페인 하우스에서 디렉터가 손수 하나하나 수확한 포도로 만든 최고급 샴페인을 언급하자 세실리아가 제정신이냐는 듯 소리를 쳤다. 그녀는 살인적인 스케줄에 자신의 상사가 드디어 정신이 나갔다고 판단했다. 지헌이 피식 웃었다.

"설마. 겨우 와인 한 병에."

"한 해에 딱 250병밖에 생산되지 않는 와인이죠! 그런 귀한 빈티지를 다른 데도 아닌 KN에 보내겠다니! 스파이가 아니고서야 하우스 디렉터가 내줄 리가 없어요."

"내 와이너리에서 보내요."

"차라리 에펠탑에 있는 샴페인을 보내세요. 어차피 바람맞은 거."

세실리아의 말에 크리스가 호기심을 드러냈다.

"바람? 대체 누가 다니엘을?"

지헌은 그의 관심을 딱 잘라 내듯 고개를 저었다.

"그건 다시 넣어 두고."

"······정말, 진심이십니까?"

"어린애가 어디서 그런 좋은 술을 마셔 봤겠어."

물려받을 순자산만 1조가 넘는 KN의 상속자를 동네 코흘리개 꼬마 정도로 취급하다니. 세실리아는 기도 안 찼다.

"그래도 상도의는 알려 주는 게 좋겠죠."

대단히 귀찮지만 상대해 주겠다는 듯 웅크린 몸을 펴고 일어선 지헌이 재킷 단추를 하나씩 잠갔다. 세실리아는 갑자기 변한 그의 서늘한 눈빛을 보며 위화감을 느꼈다. 변화로 따지면 아주 작았다. 그저 자세와 손짓 하나. 그것으로 충분했다. 사무실을 점령하던 오후의 나른한 기운은 흔적도 없이 사라지고 드넓은 코너 오피스가 빽빽한 긴장감으로 켜켜이 차올랐다. 지헌이 세실리아를 향해 고개를 돌리자 그녀는 거의 본능처럼 메모지를 펼쳤다. 지헌이 말했다.

"AFP와 블룸버그를 통해서 미아 러셀의 사임을 공식화하세요. 유종의 미를 거두지는 못했으나 그녀의 앞날을 축복한다고."

"알겠습니다. 그런데 만약 저쪽에서도 언론 발표를 준비한다면……."

"못 할 겁니다. 그 즉시 CNC조항이 집행될 테니까."

"그렇게 되면 1년간 미아의 발이 묶이게 되니까, KN에서 협상하려 들지도 모릅니다."

"타협은 없어요. 헤르네는 이 일에 대한 그 어떤 선례도 남기지 않을 예정이니까."

일고의 여지도 없다는 듯 단호한 음성이었다.

"성명 끝에 헤르네의 변화와 새로운 시작에 대해 언급하세요. 미아 러셀의 사임보다 훨씬 더 비중 있게."

시즌 중에 뒤통수를 치듯 떠나는 디자이너에 대한 추문을 단숨에 전복시킬 전략임을 그녀는 금세 이해했다.

"변화라면 어떤……?"

세실리아의 물음에 지헌이 책상 위에 남은 서류 하나를 툭 밀었다.

"나머지는 모렐 부사장이 알아서 할 겁니다."

그는 용건은 끝났다는 듯 마지막 단추를 채운 뒤 소맷단을 가지런히 정리했다.

"자네는 지금 어디로 가나?"

크리스가 물었다. 당연히 이번 일과 관련된 중요한 미팅이 있을 거라고 생각하는 눈치였다. 지헌이 가볍게 말했다.

"휴가요."

"……지금, 이 시국에?"

"더는 미룰 수가 없어서요."

"미루다니, 대체 뭘를?"

크리스가 눈을 찡그리며 물었다.

"결혼이요."

그렇게 답한 지헌이 문가를 향해 걸어갔다. 그가 사라지는 모습을 멍하게 보던 두 사람이 동시에 고개를 확 쳐들었다.

"지금 다니엘이……"

"결혼을 한다고요?"

"아니, 가만! 그럼 드레스랑 턱시도는? 당연히 내가 만들어야지!"

발을 동동 구르는 크리스를 향해 먼저 정신을 수습한 세실리아가 서류를 내밀며 의미심장하게 웃었다.

"그것도 두 벌씩 말이죠."

* * *

"우린 충분히 시간을 줬다, 클로에. 헤르네는 이미 블루아 가문이 독차지했어. 그러니 우리도 이젠 독립해서 우리만의 사업체를 가져야 하지 않겠니? 때마침 KN이 도와준다니까 이거야말로 기회라구."

고모의 터무니없는 말에 옆에 앉은 변호사가 기가 막힌 듯 대놓고 표정을 구기는 것과 달리 클로에는 침착한 태도를 유지했다. 엄마는 모렐가에 남은 사람들을 아주 잘 알았다. 그래서 자신의 임종 후 수많은 친가 사람들을 두고 친구 로라에게 딸을 의탁했다. 그건 정말이지 탁월한 선택이었다. 만약 그러지 않았더라면 모렐의 지분은 이미 오래전에 흩어져 휴지조각이 되고 자신은 빈털터리가 되었을 거다.

"어쨌거나 이건 법원에서 판결한 네 아빠 몫이야. 네가 블루아 회장의 아들과 결혼하지 않는 한 절반은 우리 것이 되는 거고. 더는 못 기다린다."

유복자로 태어나 얼굴 한 번 본 적 없는 아버지의 누나를 클로에가 말없이 쳐다보는 순간 문이 열렸다.

"다행히, 늦지 않았군요."

"이건 사기야! 우리가 이딴 장난에 놀아날 줄 알고? 죽은 네 아버지가 땅속에서도 원통해하는 게 훤히 보이는구나. 누구 돈으로 그 회사를 일으켰는데!"

씩씩대는 목소리에 클로에는 멍한 와중에도 아주 잠깐 헛웃음이 새어 나올 뻔했다. 아버지가 남긴 돈은 아주 미미했다. 너무 작고 보잘것없어서 클로에가 태어나기도 전에 이미 흔적도 남지 않았다. 그런데도 자신이 '모렐'이라는 이름을 물려받았다는 이유로 어머니가 목숨을 갈아 넣어 일군 재산을 저들은 당당하게 요구했다.

자신을 배 속에 품은 엄마를 내쫓아 놓고 엄마가 죽을 때쯤 찾아와 죽기 직전까지 괴롭힌 이들. 클로에는 저들을 볼 때마다 가장 추악한 악령은 인간이라는 사실을 되새겼다.

"로라 블루아의 숨겨 둔 아들이라고? 이딴 서류에 놀아날 줄 알고! 여긴 프랑스야! 한국 법원 따위가 인정한 걸 믿을 줄 알고!"

"그 뒷장을 보시면 파리 법원의 허가서가 있습니다. 물론 한국어, 프랑스어 그리고 영어까지 각 세 개의 언어로 공증받은 서류 또한 확인하실 수 있습니다."

변호사의 설명에 막 손에 넣기 직전의 금광을 눈앞에서 빼앗긴 사람들의 경악과 분개가 방 안을 뒤덮었다. 애초에 제 것이었다는 듯. 악몽과도 같은 지난 보름간 무대응으로 일관하는 그녀를 향해 비난을 퍼붓던 그 목소리를 들으며 클로에는 저들에 대한 경계를 늦춘 자신의 실수를 통감했다.

한국에 머무는 사이 KN에서 몰래 사들인 주식이 1퍼센트에 근접했고 이사회 소집 청구 조건 충족을 목전에 두고 있었다. 그 키가 그녀의 지분을 볼모 삼아 압박하는 모렐가의 승냥이들에게 있었다. KN에서 제시한 세 배가 넘는 돈에 눈이 먼 그들은 한국에도 정식 보도되지 않은 다니엘의 약혼녀를 발 빠르게 알아냈고 그걸 빌미로 클로에를 압박했다.

"두고 봐! 절대 이대로 못 물러나니까."

고모가 악랄하고 형형한 기세로 클로에를 노려보자 무원의 커다란 몸이 그녀를 외부로부터 보호하듯 막아섰다.

"앞으로 모든 연락은 이쪽 변호사를 통해서 하시죠."

고모가 얼굴을 왈칵 구기며 입술을 달싹거렸으나 서늘한 음성이 한발 앞섰다.

"물론, 제 신부에게 아직 용건이 남아 있다면 말입니다."

클로에는 다소 멍한 표정으로 무원의 등을 보았다. 갑자기 나타나 자신을 물어뜯으려 달려드는 승냥이 떼를 단숨에 깨갱거리는 동네 들개로 만들어 버린 그가 믿기지 않았다. 그래서인지 어느새 자신을 향해 몸을 돌리고 선 무원을 클로에는 조금 늦게 알아차렸다. 사람들은 모두 떠나고 이곳은 그와 그녀 단둘뿐이었다.

"클로에."

선이 굵고 포커페이스가 트레이드 마크인 남자가 고개를 비스듬히 기울인 채 그녀를 보았다. 평소에도 딱딱해 보이는 얼굴은 잔뜩 찌푸린 미간으로 인해 더 험상궂어 보였다.

"괜찮아?"

그래 놓고 저렇게 조심스러운 목소리로 그녀를 부르는 모습이라니. 내가 아는 강무원 다 어디 갔어. 독설은 기본에, 걸핏하면 면박을 주고서 무뚝뚝하게 돌아서던 그 강무원. 그게 다 자신을 밀어내기 위한 이 남자의 수작이었다니. 클로에가 웃자 무원이 한층 사나워졌다.

"하나도 빠짐없이, 전부 다 말해."

"……뭘?"

뒤늦게 정신을 차린 클로에의 물음에 무원이 손을 뻗어 그녀의 뺨을 쓸었다.

"저 사람들이 뭐라고 널 상처 줬는지 말이야."

가만두지 않겠다며 이를 가는 남자를 보며 클로에는 다시 새어 나오려는 웃음을 삼켰다. 기분이 이상해. 속없이 자꾸만 웃음이 나와. 그녀는 자꾸만 위로 올라가려는 입술을 꾹 눌렀다.

"없어, 아무 말도."

"숨겼다가 속으로 끙끙대지 말고 괜찮으니까 얘기해."

엄지로 슥슥 뺨을 쓸어내리는 악력이 제법 거셌다. 이 남자는 자기 힘이 얼마나 센지 모르는 걸까. 클로에가 빨개진 뺨을 느끼며 무원의 손을 떼어 내자 그가 다시 눈을 찌푸렸다. 클로에는 그런 무원이 조금 귀엽다고 생각했지만, 곰처럼 거대한 남자의 면전에 차마 그런 말을 할 수는 없어서 달래듯 입을 열었다.

"나한테 상처 줄 수 있는 사람, 딱 하나야."

그런 뒤 붙잡은 무원의 손에 입술을 꾹 누르며 그를 보았다.

"강무원, 단 하나."

팍 하고 불길이 치솟는 눈빛. 설명이 조금 이상했지만, 클로에는 무원의 얼굴에서 그런 빛을 본 것만 같았다. 다시 확인하기 위해 눈을 들었을 때 무원이 클로에를 거칠게 끌어안았다.

"늦어서 미안해. 빌어먹을 법 때문에."

강무원이 로라 블루아의 친자라는 사실을 입증하는 서류와 클로에와의 혼인 서약서 그 모든 걸 두 나라에서 동일하게 인정받기 위한 절차까지. 보름은 사실상 기적에 가까운 강행이었음에도 그는 단순한 남자답게 사과했다. 그리고 클로에는 기꺼이 받아들였다. 문득 뇌리를 치는 위화감에 고개를 번쩍 쳐들기 전까지는.

"잠깐, 혼인 서약서라고? 대체 언제?"

"너 바쁜 것 같아서 내가 알아서 처리했어."

"당사자인 내 동의도 없이?"

"동의는 이미 한 걸로 아는데. 한국에서 내가 청혼했을 때."

멋이라고는 하나도 없는 무뚝뚝한 청혼을 떠올리며 클로에가 눈을 찡그리는 순간 무원이 클로에의 입술에 키스했다. 그리곤 아내에게 우아한 불어로 축하를 건넸다.

"내 아내가 된 걸 환영해, 부인."

* * *

백악관까지 한 길로 이어지는 펜실베니아 에비뉴 거리에 우뚝 선 D.C 트럼프 호텔. 천장 아래로 길게 늘어진 화려한 샹들리에 아래 크리스털 촛대가 호화롭게 반짝이고 있었으나, 로라는 그 모든 걸 감흥 없는 눈으로 훑어 내렸다. 호텔 측에서 그녀를 위해 특별히 내온 샤퀴테리와 돔 페리뇽은 미지근한 공기 아래 생기를 잃은 지 오래다.

"바쁘실 텐데 귀한 걸음 감사합니다. 다음엔 제가 직접 파리로 가겠습니다."

서류를 정리하던 대리인은 애초에 로라가 우겨서 이곳에서 보게 된 거라는 사실을 무시한 채 정중하게 고개를 숙였다.

"그분을 직접 만나고 싶은데요."

라운지 바의 내실에 앉은 로라가 용건을 마무리하려는 대리인을 향해 처음으로 입을 열었다. 그러나 그는 이미 숱하게 들어온 로라의 요청에 자동응답기 같은 대답으로 응수했다.

"그러실 필요는 없습니다. 블루아 회장님의 뜻이 곧 그분의 뜻이며 이 위임장과 동의서만으로도 충분히 원하시는 차등의결권을 이사회에서 통과시킬 수 있을 겁니다."

오래전, 부회장의 쿠테타로 처음 경영권을 공격받았을 때, 그들이 내건 이유는 하나였다. 여자에게 거대 기업체와 자신들의 돈을 맡길 수 없다는 것. 그때 반으로 갈린 이사회 표 앞에 좌절했던 그녀를 도운 건 일면식도 없는 미국 투자그룹이었다. 그인지 그녀인지 국적도 성별도 알 수 없었으나 어쨌거나 그들은 로라가 최대 주주로서 경영권을 방어할 수 있도록 도왔다. 그럼에도 로라는 늘 불안했다.

만약 그들이 마음을 바꿔 새로운 경영자를 원한다면? 아들인 지헌을 차기 경영자로 인정하지 않는다면? 선대로부터 이어져 내려온 헤르네를 빼앗기게 될지도 모른다. 베일에 싸인 투자그룹의 소유주와 접촉하기 위해 오랫동안 노력하며 그녀가 알아낸 건 그리 많지 않았다. 성별과 국적이 다양한 여러 명의 대리인을 이중 삼중으로 거쳤으나 실제 결정권을 가진 건 한 명이며 동양인이라는 것. 결코 모습을 드러내지 않는다는 것. 끝내 성별과 나이를 알아내진 못했다. 로라가 서류를 손에 쥔 채 말했다.

"저 역시 이 동의서가 저에 대한 그분의 신임이라는 걸 의심하진 않습니다. 다만, 그렇게 절 믿는다는 분이 왜 십 년이 넘도록 저를 피한다는 생각이 드는 걸까요?"

로라의 냉담한 태도에도 대리인은 표정 변화 없이 고개를 저었다.

"그렇지 않습니다. 그분은 회사 경영에 대한 회장님의 안목과 능력을 절대적으로 신뢰하고 계십니다. 불안해하지 않으셔도 됩니다."

그가 서류를 가리키며 덧붙였다.

"이 안건이 통과되는 즉시 창업주 가문의 후손인 회장님의 의결권은 다른 주주들의 열 배가 될 테니 추후에는 경영권을 위협받을 일도 없을 겁니다."

결국 이번에도 목적을 달성하지 못한 채 만남이 끝나려 했다. 로라의 굳은 얼굴에 평소와 다른 의지가 드러났다.

"그분이 이곳에 묵고 있다고 들었는데요. 사실인가요?"

서류를 챙겨 넣던 대리인의 손이 멈칫한 건 순간이었으나, 로라는 그 찰나를 놓치지 않았다.

"죄송하지만 제 의뢰인의 신상에 관한 건 그 어떠한 것도 답변드릴 수 없다는 점, 양해 부탁드립니다, 회장님."

적당한 거리감을 두고 정중한 사과를 반복한 대리인이 다소 서둘러 도망치듯 실내를 빠져나갔다. 홀로 남은 로라가 한숨을 내쉬었다.

"이번에도 실패한 모양이군."

기다렸다는 듯 들어선 알랭이 웃으며 그녀를 보았다. 이사회 임원이자 계열사 하나를 맡고 있는 그는 로라의 오랜 친구였다.

"그러지 말고 로라, 이제 그만 내 청혼을 받아들이는 게 어때? 그럼 그렇게 불안해할 일도 없잖아. 무슨 일이 벌어져도 내가 당신을 지킬 테니."

"난 누가 지켜 줘야 할 사람이 아냐, 알랭. 그리고 주식도 돈도 직위도 모두 너보단 내가 한 수 위인 것 같은데."

자존심이 상한 듯 알랭이 눈을 찡그렸다.

"그치만 난 남자잖아. 위기를 헤쳐 나가는 건 옛날부터 남자의 몫이었다구. 솔직히 여자 혼자 몸으로 이렇게 덩치 큰 그룹의 운명을 결정짓는 건 어려운 일이야."

로라가 차가운 시선으로 몸을 일으켰다.

"고마워, 알랭. 네 헛소리를 들으니 정신이 조금 든다."

"기분을 상하게 하려는 건 아니었어, 로라."

알랭이 급하게 그녀의 팔을 잡으며 사과했으나, 로라는 굳은 표정을 풀지 않았다.

"기업의 운명은 모르겠지만, 적어도 내 운명은 결정할 수 있겠다."

로라는 자신을 부서질 것처럼 예민하고 연약한 인형 다루듯 하는 그의 태도에 신물이 났다.

"꺼져, 알랭."

로라가 차게 일갈하며 팔을 쳐내자 알랭이 인상을 썼다.

"이봐, 로라. 사람이 사과하면 받을 줄도 알아야지, 이러니 여자가 감정적이라는 말을 듣는 거라고."

"그리고 사내자식들은 동물이지."

"……뭐?"

"멋대로 모욕한 건 넌데, 왜 네 사과에 장단을 맞춰야 하지?"

"로라……."

로라가 싸늘한 눈으로 재차 팔을 뻗으려는 알랭을 노려보자 그가 움찔했다.

"내 몸에 함부로 손대지 마. 난 아주 감정적인 여자라 이 자리에서 널 맨몸으로 내쫓을 수도 있거든."

딱딱하게 굳은 알랭을 무시한 채 로라는 거침없이 문을 열고 밖으로 향했다. 차가운 에어컨 바람을 쐬니 치솟았던 짜증이 조금 누그러드는 것 같았다.

"좋아. 숨바꼭질이 취미라면 제대로 상대해 줘야지. 기필코 알아내고야 말겠어."

난간을 움켜쥔 채 금칠한 샹들리에를 부서트릴 듯 노려보던 로라가 뒤에서 들리는 인기척을 느끼고 고개를 확 돌렸다.

"꺼지라고 했지, 알랭!"

상대는 알랭이 아니었다. 편안해 보이는 폴로셔츠와 면 팬츠 주머니에 손을 꽂아 넣은 채로 몇 걸음 떨어진 곳에서 그녀를 응시하는 남자는 강 회장이었다.

"당신이 왜……."

제집인 양 편안한 차림으로 고개를 삐딱하게 기울이고 있는 전 남편을 뚫어지게 보던 로라의 눈동자가 짙게 물들었다.

설마. 그럴 리가 없어. 아냐.

'블루아 회장님의 뜻이 곧 그분의 뜻이며, 회장님을 절대적으로 신뢰하고 계십니다.'

대리인의 음성을 떠올린 로라가 눈을 가늘게 떴다.

"……이 호텔에 투숙 중인가요?"

"보다시피."

"내가 여기에 있는 건 어떻게 알았는데요?"

"그냥 지나가다."

그녀가 방금 나온 문 쪽을 힐긋 본 그가 조금 퉁명스럽게 대답했다.

"거짓말."

아마 처음부터, 그러니까 그녀가 저 안으로 들어가기 전부터 어딘가에서 보고 있었으리라. 그리고 그녀가 홀로 남은 뒤 들어온 알랭을 보고 서둘러 달려온 것이겠지. 순식간에 머릿속에 그려진 상황에 로라는 당혹스러운 와중에도 그게 진실임을 알아챈 그녀가 강 회장을 쏘아보았다.

"사기꾼."

"……"

"협잡꾼!"

"……"

"……나쁜 놈!"

로라의 비난에 강 회장은 빙긋 웃는 것으로 대답을 대신했다.

"이렇게 감쪽같이 나를 속이다니! 이런다고 내가 용서할 줄 알고? 정말이지 당신이란 남자는 끝까지……!"

강 회장은 분에 차서 씩씩거리는 로라를 은은하게 바라보았다.

"그러길 바라서 한 일 아냐. 내 아내와 자식을 지키려고 한 거지."

생각지 못한 말에 허를 찔린 로라는 입술을 들썩였다가 다시 얼굴을 찡그렸다. 무슨 말을 해야 좋을지 알 수 없어서 한참 만에 겨우 입을 열었다.

"나를 믿어요?"

우리가 헤어진 게 언젠데, 떨어진 세월이 다 얼만데.

"내가 당신을 안 믿으면 누굴 믿겠어?"

강 회장이 어깨를 으쓱했다.

"그런데 왜 처음부터 말 안 했어요?"

"당신은 나를 안 믿으니까."

"……."

로라는 이제 울 것처럼 보였다. 그런 아내의 얼굴을 더는 볼 수가 없어 강 회장은 작게 신음했다.

"이제 그만 나한테 와, 여보."

잔뜩 일그러진 입술이 떨렸다. 로라는 울지 않기 위해 안간힘을 썼다. 뿌연 시야로 그의 이마에 자리 잡은 작은 흉터가 보였다. 그녀가 뭘 보는지 알아차린 그는 뻔뻔스럽게 두 팔을 벌리며 환하게 웃었다. 이제 그만 자신에게 안기라는 듯. 마침내 항복을 선언하듯 로라는 그를 끌어안고 말았다. 완벽한 남이 된 이후로 그녀가 먼저 다가선 건 처음이었다.

"평생 미워할 거였는데."

"알아."

"죽을 때까지 용서 안 하려고 했는데."

"당신은 그럴 자격이 있어."

"그런데, 그랬는데, 그래도……."

강 회장이 품에 안긴 아내의 머리를 부드럽게 쓸어내린 뒤 입을 맞췄다.

"나도."

가만히 감정을 추스르는 로라를 향해 그 역시 잠긴 목소리로 속삭였다.

"나도 그래, 여보."

숱한 세월이 흘러도 그들은 여전히 눈부신 태양 아래 서로를 향해 환하게 웃는 스물두 살의 청년과 스무 살의 처녀였다.

* * *

"마지막이에요."

두 번째 주삿바늘을 찔러 넣으며 간호사가 말했다. 상완을 통해 스며드는 약물을 보자 훅, 하고 구토감이 치밀었다. 일정한 간격을 두고 여러 차례 투여하는 이 촉진제는 뼈에서 자연적으로 생성되는 조혈모세포를 약으로 강제해 단기간에 늘리는 역할을 했다. 아픈 건 당연했다. 그러니 아무것도 아니다. 통증을 참으며 주먹을 꼭 쥐자 손바닥 안에 들어 있던 작은 조각과 반지가 맞닿았다. 습관처럼 페브를 쥔 채 반지를 부드럽게 굴렸다.

불편하다고 투덜대 놓고 짧은 사이에 한 몸이 되어 버린 링은 이제는 잠깐이라도 빼놓으면 허전해서 오히려 공허감이 느껴졌다. 이어져 있는 것도 아닌데 이 반지 하나에 위안을 받는 것처럼. 종교인들이 왜 축성받은 성물을 몸에 지니는지 알 것만 같은 기분.

"마츠이 양, 여기에 서명 부탁드립……."

"이치린입니다."

"……네?"

되묻는 간호사에게 서류를 받아들고 한글과 한자로 또박또박 내 이름을 적어 넣었다.

"이치린. 이게 제 이름이에요."

간호사가 나가자 호화롭기 그지없는 병실에 홀로 덩그러니 남아 멍하니 천장을 올려다보았다. 아무 생각도 하지 않기 위해 주먹을 꾹 쥔 채로 천장을 보는데 조용히 문이 열렸다.

"네가 시키는 대로 했다."

발치에서 들리는 목소리는 에리카의 어머니 마츠이 여사였다.

"다행히 의식이 오락가락해서 네가 오지 않았다는 말을 금방 믿더구나. 꿈을 꾼 거라고 생각하는 모양이야."

모두 짐작한 대로다. 항암 치료가 길어질수록 암세포를 죽이는 강력한 약물들은 온갖 정신질환을 친구처럼 동반하니까.

"이시하라…… 그 아이도. 네가 원하는 대로."

약간의 머뭇거림 후 말을 내뱉은 마츠이 여사의 얼굴에 혼란스러움이 번졌다. 자신의 행동에 대한 확신이 없어서가 아니다. 훗날 있을 모든 비난과 책임을 홀로 감당하겠다는 결연한 의지 아래 드러난 것은 초조함이었다. 나를 배신한 그녀의 딸에게 내 피의 일부를 선뜻 내주어 살리려는 의도를 알지 못해서 갖는 필연적인 불안. 그것은 나를 믿지 못해 갖는 공포이기도 했다. 이대로 내가 악의를 품고 마음을 바꾼다면 에리카는 그대로 즉사하리라. 그러나 나는 마츠이 여사의 불안감을 해소시켜 줄 생각 따윈 없다. 모든 일이 끝날 때까지 에리카는 잠든 채로, 이사하라는 이곳에서 멀리 떨어진 채로 있으면 된다. 내가 하려는 일에 둘의 의견은 필요하지 않았다.

"더 원하는 게 있다면 얘기하렴. 너는 원치 않겠지만, 우리는 어떤 식으로든 보상할 생각이다."

열일곱의 나를 데려온 그날부터 그녀는 늘 그런 표현을 썼다. 우리와 너. 그 말은 내가 그들의 세계로부터 언제나 몇 걸음씩 떨어져 있는 기분을 느끼게 했다. 그 견고하고 애정으로 똘똘 뭉친 '우리' 안에 들어가고 싶었던 때도 있었다. 성탄이나 새해, 혹은 돌아오는 명절마다. 다 부질없는 거였다. 그때의 나는 그저 외롭고 나약했을 뿐이니까. 그럼에도 에리카와 준이 있어 상관없다고 생각했던 시절도 있다. 정작 그 둘이 떨어져 나갔다고 생각하니 우스웠다. 누운 채로 고개를 돌려 마츠이 여사를 보았다.

"한 가지, 원하는 게 있습니다."

그녀의 얼굴에 처음으로 선명한 초점이 잡혔다. 어찌할 바를 몰라 곤란해하던 얼굴에 안도감마저 스몄다. 언제 변할지 모르는 애매한 마음보다는 대가를 주고받는 게 편리하다고 여기는 눈치였다. 진통제 효과에 통증이 사라진 나 역시 그 어느 때보다 또렷한 눈으로 그녀를 보았다.

　"마츠이와 절연하겠어요."

　"그런 거라면 굳이 부탁하지 않아도 충분히……."

　"아뇨. 그 어떤 소식도, 부름도 받지 않고 전하지 않겠습니다. 애초에 아무 인연도 아니었던 것처럼."

　확고한 의지에 마츠이 여사의 눈매가 굳었다.

　"두 번 다시 마츠이 린이라는 이름을 쓰지 않을 겁니다."

　"그건…… 그렇지만……."

　내게 지불할 물질적 대가가 없다는 사실에 그녀는 당혹감을 넘어 두려움마저 내비쳤다. 이미 이식 전, 처치가 시작된 에리카는 제정신으로는 버티지 못할 만큼의 고용량 항암제를 투여해 암이 침투한 골수세포를 모두 죽이는 과정에 들어갔다. 그러니 이제 와 내가 변덕이라도 부려 기증하지 않겠다고 하면 에리카는 즉사. 마츠이 여사는 그 최악의 상황을 가정하면서도 내게 매달려야만 하는 무력하기 짝이 없는 상황이었다.

　"마음을 바꿀 거였으면 오지도 않았어요."

　이런 상황에 안심하라는 위로 같은 건 어차피 통하지 않는다. 중증환자의 보호자에게 안심 같은 건 존재하지 않으니까. 그래서 굳이 설명하지 않았다. 나를 짓누르던 긴 부채감을 털어 버릴 수 있게 되어 속이 후련한 내 마음을. 이제 내게 에리카는 단지 한 명의 수여자에 지나지 않는다는 것을. 생면부지의 타인을 살리기 위해 기증을 신청하는 전 세계 수천의 공여자 중 하나. 나역시 그뿐이다. 내게는 강지헌과의 약속이 있었고 그걸 지키는 것 외에는 아무것도 중요하지 않았다. 이 밤이 지난 뒤에는 모든 게 끝나 있을 거다. 내 예상대로 나는 그 밤, 꿈도 꾸지 않고 죽은 사람처럼 깊은 잠을 잤다.

다음 날. 채혈실을 나온 나는 무균실로 향하는 카트를 따라 걸음을 옮겼다. 그 안에 보호막을 치듯 두꺼운 의료 천으로 둘러싼 손바닥만 한 피 한 팩이 올려져 있었다. 저 주머니 하나에 수없이 많은 사람이 생사를 오가고 가슴을 치며 울부짖는다. 돈이나 권력 같은 것도 통하지 않는다. 에리카에겐 무려 일곱 명의 조혈모세포 일치자가 존재했으나 그들 모두 기증을 거부했다.

이제 와 생각해 보면 마츠이 여사가 그 대단한 돈과 권력으로 그들을 찾아내지 않은 게 신기한 일이었다. 내가 망설임 없이 에리카에게 내 피를 나눠 준 이유 중 일부는 마츠이 여사의 그런 강직함도 한몫했다. 그것이 고아원에서도 꺼리는 열일곱 살의 나를 거두도록 했다는 걸 알기 때문이다.

"……시작하네요, 회장님."

모리 부인의 말에 무균실 앞에서 걸음을 멈추고 유리벽을 들여다보았다. 내게서 모아져 충분히 채워진 주머니가 거치대에 걸리고 에리카의 심장에 삽입된 히크만 카테터에 연결되는 과정을 지켜보았다. 잠시 뒤, 핏방울이 똑 떨어져 내리며 투명했던 줄이 붉게 궤적을 그리며 에리카의 몸 안으로 스며들었다. 그 순간 뒤편에서 마츠이 여사의 억눌린 신음이 터져 나왔다. 눈을 감는 대신 주먹을 지그시 쥐었다. 살고 싶댔지, 에리카. 그럼 견뎌. 나의 세포가 너를 적으로 간주하고 눈을, 피부를, 그리고 장을 거침없이 공격하더라도 버텨. 살아나기만 한다면 그런 고통쯤은 아무것도 아니다. 그러니까 살아, 에리카.

너는 이번에도 나의 골수를 받아 다시 새롭게 나의 혈액형으로 바뀐 몸으로 1일째의 새로운 삶을 무사히 겪어 낼 테니까. 그리고 나는 이것으로 너와 영원히 이별이다. 뒤돌아서는 나를 향해 마츠이 여사가 허리를 깊게 숙인 채 일어서지 않았다.

"정말…… 고맙다."

"……."

"고맙다, 린."

정수리가 하얗게 센 그녀의 머리를 잠시 보다가 그대로 문으로 향했다. 이 무균실을 나가는 환자의 길은 두 개로 나뉜다. 일반 병실이 있는 왼쪽과 중환자실로 향하는 오른쪽 길.

오른쪽으로 가는 베드의 대부분은 다시 돌아오지 못한다. 나는 에리카가 어디로 갈지 모른다. 다만 모름에도 이제는 괜찮다는 생각이 들었다. 마음먹은 대로 걸음을 옮겼다. 미련 따위 남기지 않았다는 듯. 삐 소리와 함께 모니터가 울렸다. 이상 신호를 감지한 의료진의 다급한 목소리도 뒤엉켰다. 나는 걸음을 멈추지 않았다. 안녕, 에리카.

몇 개의 자동문을 지나 마지막으로 두꺼운 문을 밀어내자 외부의 빛이 환하게 쏟아졌다. 그곳에 지헌이 서 있었다. 마치 내가 나올 걸 알고 기다리고 있던 사람처럼. 그의 뒤로 습기 하나 없는 도쿄의 햇살이 작열하듯 쏟아지고 있다. 어느 심리학자가 말했다. 인간은 살면서 딱 한 번, 위기의 순간과 결정적인 장면을 맞닥뜨리게 된다고. 나의 생에서 위기 같은 건 너무 흔해 빠져서 차마 하나를 꼽을 수가 없다. 다만 이거 하나는 알겠다. 지금 이 순간이 내 일생을 통틀어 가장 결정적인 장면이 되리라는 건. 나는 지헌을 향해 천천히 나아갔다. 그리고 웃었다. 그의 미간이 움푹 파였다.

"다시 생각해. 웃을 때 아냐."

조용하지만 차가워서 발을 멈추게 하는 목소리로 지헌이 말했다. 나는 멈추는 대신 손을 내밀었다.

"우리 결혼할래요?"

지헌이 선 채로 고개를 비스듬히 기울여 나를 보았다. 무슨 의미냐는 듯.

"싫어요?"

"싫어."

일언지하에 딱 자른 그가 몸을 돌려 걷기 시작했다. 프러포즈를 십 초 만에 거절당한 나는 벙찐 얼굴로 지헌의 등을 보다가 황급히 뒤쫓았다. 그는 나를 뒤돌아보지 않고 성큼성큼 잘도 앞서 나갔다.

"잠깐만요!"

절박하게 들리는 내 목소리를 들으며 주객이 전도됐다는 생각을 떨칠 수가 없었으나 단단히 화가 난 지헌의 기분을 풀어 주는 게 먼저였다.

"잘못했어요!"

선 채로 외치자 지헌이 그제야 걸음을 멈추고 나를 보았다.

"뭘?"

헉헉거리는 숨을 참으며 지헌을 보았다. 목이 조금 타는 것 같았다.

"……뭐라니, 뭐가요?"

"뭘 잘못했냐고."

"뭐냐면, 그게 그러니까. 전부 다……?"

"뭘 잘못했는지도 모르면서 사과부터 한 거야?"

지헌이 눈을 가늘게 뜨며 웃었다.

"몹쓸 여자네."

사나운 미소에 숨이 덜컥 멎는다. 화를 내고 소리를 질러 줬으면 좋겠다. 그 약간의 틈이라도 내게 준다면 좋겠다고 생각했다. 그러나 지헌은 그만큼도 허락하지 않은 채로 조용히 나를 보았다. 정적을 뚫고 날아온 지헌의 눈과 마주친 순간 심장이 소리 없이 욱신거렸다. 그가 돌아섰다. 소리 없이 멀어지는 그의 등을 보며 바보처럼 중얼거렸다.

"……지헌 씨?"

내가 뭘 해도 다 받아 줄 것 같던 남자의 분노 앞에서 나는 모든 여유를 잃고 말았다. 오늘만, 이 순간만 버티면 당신을 볼 수 있을 거라고 참아 온 지난 며칠이 턱밑까지 차오른 숨과 함께 발밑으로 무너져 내렸다. 왜 당신이 무작정 나를 믿어 줄 거라고 생각했을까. 제대로 설명부터 했어야 했다.

"안 따라와?"

돌아선 지헌이 차가운 눈으로 내게 말했다. 그렇다고 하면 이대로 미련 없이 나를 버리고 가 버릴 것처럼 단호한 얼굴이었다.

"아……."

굳어 있는 발끝에 힘을 주고 단단한 성벽처럼 꿈쩍도 하지 않는 등을 향해 손을 뻗었다. 바짝 마른 입안으로 침조차 고이지 않았다. 숨이 타올랐다. 정수리부터 싸하게 식어 내리는 감각이 전신을 훑어 내렸다. 나는 지헌을 부르려고 했다. 그 전에 세상이 먼저 기울었다. 바닥으로 떨어지며 온몸이 축 늘어지는 나를 지헌이 받아 안았다. 움켜쥐고 있던 손가락 사이로 페브가 빠져나가는 걸 알았지만 아무리 애를 써도 힘을 줄 수는 없었다. 거칠게 일그러지는 지헌의 얼굴이 부옇게 번지는 시야로 조각처럼 스며들었다.

그의 얼굴은 무의식중에도 계속해서 떠올라 내가 앞으로 나아가려고 할 때마다 머뭇거리게 했다.

18

내일도 같이 있을 거니까

"자몽은 향을 맡는 것만으로도 셀룰라이트를 분해하는 효과가 있어요. 이 연구 결과가 발표된 이후 전 세계의 모든 뷰티 제품과 디저트류에 자몽향이 추가된 건 모두 다 아는 사실이죠? 그래서 바야흐로, 자몽의 시대가 열렸답니다."

향수 런칭 행사에 특별히 초빙된 홍 원장이 청담동의 한 매장에서 원데이 조향 클래스를 진행하고 있었다.

"그리고 이 자몽과 꽤 잘 어울리는 베이스 중에 하나가 샌달우드인데요. 잠깐 시향해 보실까요?"

홍 원장이 미리 준비된 블로터를 살짝 담근 후 향을 단계별로 음미하자 오늘 행사에 초대된 VVIP 회원과 셀럽이 그녀를 따라 우아하게 향을 음미했다. 홍 원장이 야릇하게 웃었다.

"샌달우드는 성욕을 일깨우는 데 탁월한 능력이 있어서 인도 의학에서는 최음제로 쓰이기도 하는데요. 이 향을 잘 맡는 남성일수록 정력이 아주 세다는 이야기가 있어요. 속설일까요?"

화보처럼 차려입고 도도하게 앉아 한껏 분위기를 내던 테이블 위가 떠들썩하게 변했다. 기세를 몰듯 홍 원장이 짓궂게 웃으며 말을 이었다.

"확인은 각자 집에서 개인적으로 하실 수 있도록 이 샌달우드 향료를 여기 계신 모든 분께 선물로 드립니다."

"언니, 화끈하네!"

누군가 박수를 치며 선동하자 행사장은 순식간에 경쾌하게 변했다. 천박하고 경박하기 짝이 없네. 맨 앞줄 끝에 앉아 따분한 표정을 짓고 있던 사에가 눈살을 찌푸렸다. 자신이 이딴 광대놀음까지 하고 있어야 하다니.

'네가 나한테 뭘 해 줄 수 있는데?'

그렇게 묻던 이치린의 눈동자가 떠올라 사에는 얼굴을 찡그렸다. 에리카를 살리는 일에 대가를 요구하는 이치린도 의외였지만 그래 놓고 저 홀로 고고한 척 구는 그 당당한 눈빛이 못마땅했다. 결국은 너도 돈 앞에선 어쩔 수 없는 인간일걸. 이시하라가 그랬던 것처럼.

'말해. 줄게. 얼마가 됐든.'

얼마를 부르든 후하게 쳐줄 생각이었다. 어차피 에리카는 죽는다. 이미 두 번이나 재발한 데다 무리하게 출산하는 바람에 더는 손을 쓸 수 없을 만큼 암세포가 번졌다는 걸 확인했다. 기적이 일어나지 않는 한, 아니, 기적을 바랄 수 없을 만큼 최악의 케이스라고 했다. 그걸 알면서도 아까운 목숨을 내줄 수는 없지. 어차피 에리카가 죽으면 이모의 많은 재산은 제 차지다. 핏덩이 같은 건 이시하라를 부추겨 적당한 몫을 떼어 내보내면 그만이다. 그렇게 한껏 너그러운 마음이 된 제게 이치린이 한 말이란 황당하기 짝이 없었다.

'벌어 와, 직접. 네 스스로.'

농담이라도 하는 줄 알았더니 EM은 이런 식의 자잘한 행사 스케줄을 빽빽하게 잡아 보냈다. 이게 분풀이라는 걸 바보가 아닌 이상 모를 리 없다. 그러나 이치린이 착각한 게 있다면 이 세계에서는 그녀가 한 수 위라는 거다.

사에가 홍 원장을 힐끔 보았다. 박선유와 차유진과 함께 늘 붙어 다니던 여자다. 그녀는 행사 시작 전 테이블을 돌며 셀럽들에게 인사를 건넬 때 의도적으로 사에만 무시하고 지나쳤다. 사에가 코웃음 쳤다. 고작 그런 걸로 기선제압이라도 했다고 생각하는 걸까. 한국 활동이 늘어나면 이득을 보는 건 이쪽이다. 차라리 무릎을 꿇으라고 했으면 잠깐이나마 자존심 정도는 상해 줬을텐데. 이래서 네가 안 되는 거야, 린. 사에가 속으로 피식 웃으며 오전 내내 공들여 치장한 손톱으로 머리를 매만졌다. 한국말을 못 한다고 해 두었기 때문에 그녀에게 말을 걸어오는 사람은 없었다. 그녀가 적당히 빠져나가려고 몸을 일으키려던 때였다.

"어디서 냄새가 나지 않아요?"

고급스럽게 치장한 중년 여자가 큰 소리로 말하며 사람들의 시선을 끌었다. 낯선 여자의 뜻 모를 행동에 사에가 가만히 앉아 상황을 예의주시하는데 그녀가 이쪽을 보더니 싱긋 웃었다.

"찾았다."

그녀가 벌떡 일어나 테이블을 돌아 사에에게 다가왔다. 그리고는 향료 병을 들고 사에의 머리 위로 부었다. 모두 눈 깜짝할 사이에 일어난 일이었다.

"악취 제거엔 향수만 한 게 없죠. 조금 아깝긴 하지만."

황당함으로 눈을 부릅뜬 사에와 달리 여자는 태연했고 여유가 넘치는 태도로 팔을 높이 들어 올리기까지 했다. 강한 향을 지닌 액체가 사에의 이마와 뺨을 타고 여러 가닥으로 줄줄 흘러내렸다.

"어머나, 저게 뭐야?"

누군가 야유를 던지며 웃었다. 이 테이블의 모두가 여자의 편이라는 사실에 사에가 눈을 찡그렸다.

"뭐 하는 짓이죠, 이게?"

"놀랐다면 미안해요. 너무 고약한 냄새라 도저히 맡고 있을 수가 없어서."

뻔뻔하게도 웃는 여자의 말에 그녀와 같은 테이블에 앉아 있던 사람들이 오물을 피하듯 몸을 멀찍이 물렸다. 일부러 수치를 주려는 게 뻔했다.

"이치린이 시켰어? 아니면, 차유진?"

독한 향료에 피부가 따끔거리고 코가 마비되는 것 같았으나, 사에는 흐트러짐 없는 자세로 여자를 빤히 보았다.

"하는 짓이 너무 유치하잖아. 내가 누군 줄 알고."

"나는 누군지 알아요?"

"당신이 누군지 내가 알 게 뭐야?"

사에가 짜증 섞인 목소리로 쏘아붙이자 픽 웃은 여자가 팔짱을 끼며 말했다.

"그럼, 김상수 감독은 알아요?"

"……뭐?"

눈을 찌푸리는 사에를 보며 그녀가 싱긋 웃었다.

"맞아요, 김 감독 와이프."

씩 웃는 여자를 보며 사에의 얼굴이 딱딱하게 굳었다.

"드디어 만났네요, 우리."

사에는 침착을 되찾으려 애쓰며 이마를 닦아 냈다.

"뭔가 오해한 모양인데, 사과는 받은 걸로 하죠."

사에가 몸을 일으키려 했다. 먼저 뻗어 나온 여자의 손이 사에의 어깨를 지그시 눌렀다.

"오해 같은 소리하네. 너 맞잖아? 내가 병원에서 유산된 아이를 꺼내는 동안 내 남편이랑 내 침대에서 뒹군 년."

차갑게 웃은 그녀가 살벌하게 말했다.

"멀쩡한 남자 바람막이 세워 놓고 유부남이랑 양다리까지 걸친 주제에 감히, 사과?"

우아한 얼굴로 거침없이 날리는 독설에 사에가 눈을 부릅떴다. 선유를 알아……? 그런 사에를 향해 테이블 위로 경멸의 눈빛이 쏟아졌다.

"상간녀한테 향수라니, 안 어울리긴 하네."

다시 천연덕스럽게 웃어 보인 여자가 마지막 남은 향수 한 방울을 사에의 머리 위로 톡 떨어트린 뒤 즐거운 표정을 지었다.

"그런데, 한국말 못 한다고 하지 않았나요?"

여자의 웃는 얼굴이 공포스럽게 느껴진 건 처음이었다.

사에는 불현듯 자신에게 차갑게 돌아서던 선유가 마지막으로 남긴 말이 떠올랐다.

'내가 너라면 최대한 빨리 이 나라를 떠나겠어.'

"받아, 받으라구!"

객실 문을 거칠게 닫은 사에가 전화를 쥔 채 발을 동동 굴렀다. 그러나 어김없이 반복되는 자동응답에 그녀는 끓어오르는 분을 참지 못하고 전화를 던져 버리고 말았다. 한참을 씩씩거리던 그녀가 거울에 비친 자신의 얼굴을 보고 이를 갈았다. 그제는 향수, 어제는 주스 그리고 오늘은 케이크였다. 목이 말라 보여서, 손이 미끄러져서, 핑계도 가지가지였다. 괴롭히는 여자도 그 여자를 싸고도는 여자들도 모두 한통속으로 입을 맞추는 통에 그녀는 졸지에 가는 곳마다 사고를 치는 칠칠치 못한 여자가 되었다. 끈적한 크림을 떼어 낸 사에가 이를 바득바득 갈았다.

"정신병자가 틀림없어."

어째서 그런 여자가 김 감독의 아내인 거냐고. 사에는 캐스팅을 빌미로 잠깐 만나 줬더니 혼자 사랑에 빠져 이혼하겠다고 난리 치던 늙은 남자를 떠올렸다. 그녀는 당시에 만나고 있던 선유를 핑계 대고 그를 가까스로 떨쳐 냈다. 치졸한 늙은이가 그 일로 앙심을 품고 모델로 막 주목받기 시작한 선유를 매장시켰다는 건 나중에 들었다. 선유는 그 일에 대해서는 아무 말도 하지 않았다.

그게 다 언제 적 일인데 이제 와서 이 난리야. 누가 가만히 앉아서 당할 줄 알고. 초조하게 손톱을 깨문 사에가 다시 전화를 걸었다. 겨우 번호를 알아낸 김 감독은 그녀의 목소리를 듣자마자 뭐에 놀란 사람처럼 소리를 지르더니 곧바로 전화를 끊고 차단해 버렸다.

"와이프 간수 하나 못 하는 병신 같은 새끼."

욕을 퍼부은 사에가 다시 전화를 찾아 들고 버튼을 눌렀다. 치린은 여전히 불통이었다. 지금쯤이면 돌아왔어야 할 사람이 연락도 없이 오지 않는다는 건 뭔가가 잘못됐다는 거다. 이식이 잘못됐나. 사에의 눈이 화등잔만 해지더니 이내 침착한 태도로 상황을 곱씹기 시작했다. 만약 에리카가 죽었다면 어떻게든 소식이 전해졌을 거다. 그렇다면 이치린이? 5년 전을 떠올리면 충분히 가능성 있는 일이다.

"그럼, 내가 계속 여기 있을 필요가 없는 거잖아⋯⋯?"

탈출구를 찾은 사람처럼 사에가 눈을 동그랗게 떴다. 욕실로 향하는 걸음이 날아갈 듯 경쾌했다. 그러나 사에의 바람과 달리 그녀는 호텔을 채 빠져나가지도 못한 채 로비에서 사복 경찰들과 맞닥뜨려야 했다.

"마츠이 사에 씨 맞으시죠?"

"뭐야, 당신들."

"주거침입으로 고발장이 접수돼서 죄송하지만 잠시 서까지 임의동행해 주셔야겠습니다."

통역까지 대동하고 온 일련의 무리가 사에를 에워쌌다.

"주거침입이라니, 대체 내가 언제⋯⋯."

황당해하는 사에를 향해 통역사가 서류를 들이밀었다. 흑백으로 인쇄된 CCTV 사진 속에 김 감독의 집으로 들어가는 그녀의 얼굴이 떡하니 찍혀 있었다.

"이게 언제 적인데! 그리고 그때 난 분명 그 집주인의 초대로 간 거야! 그게 아니면 내가 무슨 수로 거길 갔겠냐구⋯⋯!"

사에가 반박했으나 이미 예상한 듯 경찰관도 통역관도 태연했다.

"같이 사는 배우자까지 동의한 건 아니니까요. 특히나 집 안에서 부정행위가 있었던 것으로 간주되면 당연히 주거침입죄가 성립됩니다. 게다가 그 집은 김상수 씨의 아내 명의로 되어 있거든요."

"무슨 그런 말도 안 되는……!"

"어쨌든, 자세한 얘기는 서에 가서 하시죠."

반발하려던 사에가 입을 꾹 다물었다.

소란스러운 로비 근처로 사람들이 몰려들기 시작했다.

"외국인 신분이기 때문에 원하시면 일본대사관에 연결해서 도움을 받으실 수……."

"아뇨!"

사에가 벌컥 외쳤다. 이 일이 대사관에 알려지는 순간 기자들이 달려들 게 뻔했다. 그렇게 되면. 사에가 눈을 질끈 감았다. 국내 일간지가 자신의 얼굴로 도배되는 상상이 이렇게 끔찍할 줄이야. 그녀는 떨리는 손으로 선글라스를 끼며 얼굴을 가렸다.

"최대한 빠르게…… 가죠."

* * *

"수고했어요, 최 변호사님. 발 빠르게 움직여 준 서장님께도 감사하다고 전하고."

살굿빛 홈드레스 차림의 여자가 리클라이너에 등을 기대며 통화를 이어 갔다.

"늦게까지 고생하시는데, 야식 배달이라도 갈까요?"

웃으며 넌지시 건네는 말에 자신이 알아서 챙기겠다는 깍듯하고 정중한 거절이 건너왔다. 여자가 웃었다.

"속으로 저 흉보고 계신 거 아니죠? 치졸한 방법으로 사람 괴롭힌다고."

그녀가 탁자 위에 놓인 손바닥만 한 초음파 사진을 가만히 응시했다.

"그렇더라도 그냥 귀엽게 봐주세요. 위자료 받아 봐야 내 자산에 이자 수준도 안 될 거고, 이거라도 해야 할 것 같아서요."

상대의 말을 차분히 듣던 여자가 통화를 마친 뒤 메시지를 입력했다.

-구속은 어렵겠지만 출국금지 정도는 할 수 있겠네요. 고맙습니다.

연락처가 저장되어 있지 않은 상대에게 전송을 마친 그녀가 휴대폰을 내려놓고 창밖을 응시했다.

"결국은 이렇게 됐네요, 박선유 씨."

* * *

늦은 밤, 환하게 불을 밝힌 응급실로 구급차가 들어섰다. 구급 대원이 달려나온 당직 의사를 향해 빠르게 환자의 정보를 읊었다. 베드는 그대로 응급실을 지나쳐 위급 환자만 수용하게 되어 있는 집중치료실로 들어갔다. 간호사가바이탈 체크를 하고 수액을 연결하는 사이 가운을 걸치며 뛰어온 은 박사가다급히 치료실로 들어섰다.

"이리 줘."

그가 호흡기를 달기 위해 막 기도삽관을 하려는 펠로우에게서 후두경을받아 들었다. 까마득한 스승이 레지던트가 할 법한 일을 손수 하는 모습에 의사들이 놀란 얼굴로 서로 눈짓을 주고받았다. 정확히 기도에 연결된 튜브를청진기로 확인한 그가 고개를 들었다.

"오 교수는?"

"지금 오고 계십니다."

군기가 바짝 든 대답을 들으며 은 박사는 연결된 모니터를 잠시 바라보다가고개를 끄덕였다.

"……알았어. 준비해."

치료실 분위기가 급박하게 흐르는 가운데 자동문이 열리고 수술 가운 차림의 여의사가 들어섰다. 수술 중에 달려온 강 교수였다.

"여보……."

그녀는 말없이 침대 위 환자를 응시했다. 산전수전을 다 겪은 외과의는 뒤늦게 생애 처음 보는 케이스를 맞닥뜨린 사람처럼 멍한 얼굴이었다.

"여보."

가까이 다가선 은 박사가 아내의 손을 힘주어 붙잡았다.

"괜찮아."

"……."

"괜찮을 거야."

"……."

남편의 다독거림에 얼었던 강 교수의 입이 느릿느릿 움직였다.

"준혁이한테 전화……."

"했어."

"올케는……?"

"당신이 시킨 대로 말하지 말라고 하긴 했는데, 모르겠어."

다시 말문이 닫힌 그녀의 입술이 띄엄띄엄 열렸다.

"수술, 내가."

"손을 이렇게 떨면서 무슨 수로."

"……."

그가 떨림이 멈추지 않는 아내의 손을 부드럽게 주물렀다.

"오 교수가 할 거야."

"그치만."

"하게 둬. 걔가 제일 잘해."

은 박사는 불안하게 흔들리는 아내의 눈에 눈을 맞추며 작게 웃었다.

"적어도 손은 안 떨잖아."

"……."

자신을 진정시키기 위해 애쓰는 남편의 노고에 강 교수는 딱딱하게 굳은 얼굴에 힘을 주어 억지로 웃어 보였다. 살 만큼 살았다고 생각했는데, 인간의 오만은 혹독하고 냉철한 자연의 섭리 앞에서 나약하고 왜소할 뿐이다.

'잊지 말고 기억해. 반드시 스무 살에 찾으러 와.'
'속고만 살았어요? 안 떼먹구, 안 까먹구 꼭 간다니까요?'

그래 놓고 너는 너무도 쉽게 약속을 어겼다. 반항아답게 이상한 마음이라도 먹었을까 싶어 찾았을 땐 어이없게도 멀쩡하게 잘 살아 있었다. 조금 억울하기도 했고, 그렇다고 애를 상대로 화를 내기엔 자존심까지 들먹이게 될 것 같아 신경을 끄기로 했다. 그 이름을 듣기 전까지는.

"방금, 누구라고 했습니까."

톤이 낮게 가라앉은 목소리에 바짝 긴장한 상대가 느껴졌다.

"마츠이 아야코 회장입니다. 마츠이 홀딩스를 이끄는······."

그 마츠이 회장이 그러니까 그 일본의 먼 친척이었다. 지헌은 서늘하게 웃었다. 뭔가를 숨기는 듯한 교묘한 태도가 거슬렸으나 장막 아래 가려진 패가 딱히 흥미롭지도 않아 그러냐는 듯 감추기 바쁜 꼬리를 모른 척해 주었다. 그런데 그게 너였다고. 그의 냉철한 두뇌가 빠르게 움직여 당시의 목소리를 떠올렸다.

'비슷한 한자를 쓰는 성과 혼동한 모양입니다. 저희 집안에는 그런 이름을 가진 아이가 없습니다.'

지헌의 반응을 살피던 상대가 조심스럽게 덧붙였다.

"마츠이 에리카가 다시 입원했을 때와 시기가 일치합니다. 아마 일부러 숨긴 게 아닌가 싶습니다만······."

그 뒤의 이야기는 별로 듣고 싶지가 않았다. 그럼에도 끝까지 듣고 나자 예상대로 기분이 더러워졌다.

'괜찮으시다면 제가 도움을 드려도 될까요? 일본이니 이쪽에서 움직이는 게 빠를 겁니다.'

조심스러운 목소리 끝에 이유가 불분명한 의지가 묻어났다. 원리원칙주의자로 유명한 인물이 고작 계약 하나를 위해 사적인 일에 힘을 쓴다라.

'글쎄요, 쉽게 믿는 성격이 아니라.'

'최선을 다하겠습니다.'

살며시 조아린 머리 아래 긴장한 듯 경직된 어깨로 의심이 달라붙었으나 상관없다고 생각했다.

'굳이 그러시다면. 어느 쪽이든 그에 합당한 대가를 약속드리죠.'

그날, 헤르네의 공식 일본 유통사는 마츠이 홀딩스가 되었다.

그리고 다시 현재. 지헌은 아직 그 대가를 지불하지 않았다. 죽은 듯 잠든 치린의 얼굴을 가만히 응시하는 눈에 서슬이 돋았다. 예상 못 한 건 아니었다. 다만, 아니길 바랐다. 이번에도 네가 나를 두고 돌아서지 않기를, 그렇다 하더라도 이 꼴이 되지 말길 바랐다. 더는 그들에게 네 생명을 떼어 주지 않길. 그렇게만 된다면 그 패를 쓰지 않을 생각도 있었다. 그런데.

"그냥 가둬 버릴 걸 그랬지."

음산하게 중얼거린 지헌이 살이 바짝 내린 창백한 뺨을 쓸었다. 에어컨마저 꺼 둔 한여름 공기에도 온기가 거의 느껴지지 않을 만큼 서늘했다. 규칙적으로 차오르는 호흡기 속의 미약한 온기가 아니었다면 숨을 쉬고 있다는 사실조차 의심했을 거다. 등 뒤로 문이 열리고 조심스러운 발걸음이 병실 안으로 들어섰다.

"촉진제 성분도 거의 다 빠져나갔고, 채집 시 실수로 인한 출혈 흔적이나 혈전도 없어. 걱정 안 해도 된다는구나."

은 박사가 좋은 소식이라며 홀가분한 얼굴로 전했다. 의식을 잃고 품으로 떨어져 내리는 치린을 한국으로 이송한 지 만 하루. 이식학회와 국내 권위자까지 동원해 도쿄 병원으로부터 모든 기록을 인계받아 검토까지 마친 뒤였다. 그러나 치린은 여전히 잠든 상태였고 시시각각 번지는 분노는 온전히 그의 몫이었다.

"너무 화내지 말아라. 사람 살리는 일이었잖냐."

지헌은 대답하지 않았다.

"혈액암은 고형암에 비해 완치율이 높은 만큼 재발률도 높아. 그래서 항원이 일치하는 가족이 여러 번 나눠 주는 경우도 있어. 어쩌겠냐, 다른 기증자들이 모두 거부했다는데."

은 박사는 여전히 굳어 있는 조카를 점잖게 타일렀다.

"그래도 다행히 지난번 공여 때 골수세포가 충분히 나와서 조금 얼려 두었다는구나. 그래서 이번에 그거랑 같이……."

"그만하시죠, 그 얘긴."

딱딱한 목소리에 은 박사가 눈을 찡그린 뒤 고개를 설레설레 젓고 말았다. 그는 돌아 나가기 전 지헌을 돌아보았다.

"……할머니 여기 계신다."

뭐라고 더 말하려던 그는 다시 착잡한 얼굴로 입맛을 다셨다.

"알고는 있으라고."

전혀 듣지 않는 얼굴의 조카를 물끄러미 보던 은 박사가 병실을 나갔다. 지헌이 여전히 밀랍 인형처럼 눈을 꼭 감고 있는 치린의 얼굴을 보았다. 사람을 살리는 일이었다고?

"그걸 왜 네가 해야 하는데."

돌아오는 대답은 없었다. 한참을 이어진 침묵 끝에 지헌이 일어섰다. 이제 대가를 지불할 때였다.

* * *

"헤르네에서 마츠이 백화점과 면세점에 들어와 있는 모든 매장을 철수하겠답니다."

늦은 밤, 병원까지 찾아와 상황을 보고하는 비서의 말에 마츠이 여사는 조용히 고개만 끄덕였다. 조금 초췌하긴 했으나 이식 직후 불안정하게 날뛰던 에리카의 상태가 급격히 안정을 찾아감에 따라 한시름 덜었다. 어떤 소식을 들어도 화가 나지 않을 상태인데, 하물며 이미 예상하던 일쯤이야. 그녀의 담담한 태도에 당황한 건 비서였다.

"일본에서 아예 철수하겠다는 방침입니다, 회장님!"

"그렇겠지."

이미 오래전부터 매를 기다리는 심정으로 오늘을 기다렸다. 그래서 가끔은 차라리 빨리 일어났으면 하고 조마조마하기도 했다. 그들은 마치 이런 자신을 알기라도 하듯 그녀를 점점 더 높은 줄 위에 올려놓고 여유를 부렸다.

"이대로 손 놓고 계실 생각입니까? 헤르네가 돌아서면 매출에 엄청난 타격을 입게 됩니다!"

당연했다. 그가 원한 게 바로 그것일 테니. 지난 2년간 일본에서도 가장 비싼 땅을 골라 공격적으로 매장을 늘린 것 또한 이날의 효과를 극대화하기 위한 전략이었을 터였다.

"임대료부터 머천다이징까지 전부 우리 쪽 자금이 들어갔는데, 이대로 헤르네가 철수하면 그 손해액은……."

감히 상상도 되지 않는다는 듯 겁에 질린 목소리에도 그녀는 담담히 고개만 끄덕였다.

"마츠이는 그렇게 쉽게 무너지지 않아."

설령 무너진다 해도 상관없었다. 그걸 내어 주고 딸을 살렸으니 뒤에 남은 모든 책임은 부모인 자신의 몫이었다. 그러나 무너질 것 같지 않던 그녀의 얼굴은 고요한 무균실에 불이 켜지고 의료진이 달려오는 모습을 보는 순간 허물어지고 말았다.

삐-.

벤틸레이터에 심정지를 알리는 높은 파동과 함께 긴 선이 이어졌다. 방금 전까지만 해도 고요하던 병실은 금세 아비규환이 되고 생사가 오가는 현장이 되었다. 마스크를 떼어 내고, 멈춘 심장을 뛰게 할 약물을 주입하고 제세동기를 끌어오는 내내 목소리들이 뒤엉키더니 고함으로 변해 갔다. 충격기에 의해 가파르게 치솟았다 떨어져 내리는 몸 위로 심폐소생을 이어 가는 의사의 땀방울이 흘렀다.

"제발······."

이 끔찍한 곳에서 누군가는 흐느끼고 누군가는 이곳을 향해 달렸다. 철컥 소리와 함께 최대치로 올린 전기 충격이 심장으로 쏘아졌다. 길게 이어지기만 하던 가로 선에 작은 파동이 생겨났다.

각각 떨어진 장소에서 죽음 속으로 깊숙하게 빠져들던 두 병실에 생자(生者)와 사자(死者)의 희비가 엇갈렸다.

"······도, 돌아왔습니다!"

그 순간 치린이 눈을 떴다.

조용하고 엄숙한 장례였다. 가족 외에는 부음을 알리지 않았으며 일체의 화환과 조의금도 받지 않았다. 눈을 뜨자마자 접한 소식이 처음엔 믿기지 않았으나 빈소에 서서 고인의 영정을 마주하자 비로소 죽음이 실감되었다. 예상대로 지헌은 없었다.

사진에서조차도 엄격함이 묻어나는 노인의 또렷한 눈매를 물끄러미 보다 움켜쥐고 있던 꽃을 겨우 영정 앞에 내려놓았다. 얼마 전까지만 해도 형형한 얼굴로 내 앞에 서 계시던 분이 더 이상 이 세상 사람이 아니라는 사실에 헛헛하고 망연했다.

"삼가······ 고인의 명복을 빕니다."

무원이 나를 향해 고개를 깊이 숙였다. 곡소리도 눈물도 없는 장례였으나 슬픔과 애도가 없는 건 아니었다. 우리는 그대로 선 채 정적으로 채워진 묵념을 고요히 흘려보냈다. 무원이 배웅하듯 나를 따라 나왔다.

"가족들 모두 걱정했습니다. 괜찮아 보여서 다행입니다."

"매번 걱정만 끼치네요. 죄송하게."

"그게 식구 된 도리 아닙니까."

무뚝뚝한 말투로 늘 직구를 던지는 무원을 빤히 보았다. 형제가 어쩜 이렇게 다른지 신기했다. 그가 나를 향해 말했다.

"지헌인 화났을 때 그냥 놔두는 게 좋아요. 그럼 알아서 풀립니다."

"……조언 감사해요."

"고마우면 부탁 하나만 들어주죠."

나는 다시 무원의 얼굴을 올려다보며 방금 전 생각을 취소했다. 다르지 않아, 똑같아. 아무렴.

"걘, 그냥 놔두면 더 삐뚤어져요. 은근히 초딩이거든."

클로에가 차를 홀짝이며 말했다.

"옆에서 자꾸 알짱대면서 화를 풀어 줘야 엇나가지 않는다구."

"아니, 아빠 말이 맞아요. 건들지 말구 그냥 둬야 해요. 삼촌은 귀찮게 하는 걸 제일 싫어하거든요."

커다란 마카롱을 단숨에 집어삼킨 연우가 고개를 저으며 반박했다. 나는 두 여자를 좌우에 둔 채 연우가 클로에와 같이 있다며 잠깐만 가 달라던 무원의 걱정스러운 얼굴을 떠올렸다. 둘을 보고 있으려니 그가 대체 어느 쪽을 걱정한 건지 새삼 궁금해졌다.

"다니엘이라면 날 때부터 친구인 내가 더 잘 알거든, 꼬마야."

"애정이 시간과 비례하는 건 아니죠. 삼촌이 날 얼마나 예뻐하는데요?"

"걔는 애들 안 좋아해. 아니, 인간 자체를 싫어하는 인간이라구."

"난 예외라니까요? 파리에 처음 오픈한 BLACK 한정판 굿즈도 사다 줬단 말이에요."

"세실리아가 샀겠지. 걔는 BLACK이 가순지도 모를걸."

클로에가 코웃음 치자 발끈할 것 같았던 연우는 의외로 순순히 고개를 끄덕였다.

"맞아요. 삼촌이 잘못 살까 봐 내가 세실리아 아줌마한테 톡으로 찍어 줬어요."

"뭐야, 의외로 똑똑하잖아?"

"다년간의 경험으로 익힌 학습 효과죠. 삼촌은 진짜 무신경하거든요."

"걘 인간이 아니야. 신경이 아예 자라다 말았다고."

지헌의 애정을 두고 경쟁하던 그들은 금세 그에 대한 성토로 하나가 되었다. 청중 같은 태도로 둘의 말을 듣고 있는데, 클로에와 연우가 동시에 나를 쳐다보았다.

"대체 다니엘을 어떻게 한 거야?"

"……뭐가요?"

"그 무신경한 인간이 어떻게 그렇게 자기한테는 집착하냐구."

"집착 안 하는데."

내 말에 클로에가 눈을 찡그리더니 딱하다는 듯 고개를 저었다.

"이치린 씨, 사람 보는 눈 되게 없구나. 똑똑하게 생겨서는."

클로에의 말에 연우가 내 편을 들며 팔짱을 껴 왔다.

"천사 언니 욕하지 마세요. 조금 못되긴 하지만 그래도 좋은 사람이란 말이에요."

"……고맙다, 연우야."

건조하게 말하며 팔을 빼내자 클로에의 투덜거림이 이어졌다.

"잠도 안 자고 옆에 있어 준 사람이 누군데. 이래서 여자는 잘해 주면 안 된다니까, 결국은 나쁜 남자한테 가 버린다구."

어쩌면 우리처럼 그도, 그의 부모도 어딘가에서 이렇게 견디고 있으리라. 점점 멀어지는 클로에와 연우의 목소리를 들으며 무원의 부탁이 아닐지도 모른다는 생각이 들었다.

몸이 붕 떠오르는 느낌에 잠에서 깨어났다. 나는 누군가에게 안긴 채 옮겨지고 있었다. 그대로 기다렸다가 등 뒤로 폭신한 이불이 닿자 눈을 떴다. 내게 베개를 괴어 주던 지헌과 눈이 마주쳤다.

"……."

"……."

"……."

"그냥 혼자 둬야 하는지, 아니면 옆에서 자꾸 알짱거려야 하는지."

"뭐?"

"화 풀어 주려면."

"……."

"사람들마다 말이 달라서."

어둠 속에서 보이는 눈빛이 조금 심란해하는 것도 같고 나를 한심하게 보는 듯도 해서 주눅이 들었다. 의식을 잃기 전 내게서 거침없이 등을 돌리던 싸늘한 얼굴이 따끔한 가시처럼 깊숙이 박혀 있던 탓이었다.

"……병원엔 다녀왔어요?"

지헌은 대답 대신 나를 물끄러미 내려다보았다.

"어떻게 풀어 줄 건데."

"……응?"

"화 풀어 준다며."

흘러내린 머리카락을 밀어낸 손이 뺨을 가만히 문질렀다. 나는 은은하게 미소 짓는 지헌의 얼굴을 홀린 듯 멍하게 보았다.

"그냥…… 시키는 대로 다……."

"뭐든 다?"

"……다."

"비인간적인 것도?"

'걘 인간이 아니야.'

진저리를 치는 클로에의 목소리를 밀어내며 고개를 끄덕였다.

"그것도…… 다."

지헌이 수면처럼 잔잔한 얼굴로 나직하게 웃었다.

"그렇게 착하게 굴면 내가 못 할 것 같지, 치린아?"

아니, 할 것 같다. 당신이라면. 내 표정에서 답을 읽은 그가 입술을 조금 더 부드럽게 휘었다.

"갑자기 궁금해지네, 어디까지 괜찮을지."

지헌이 얼굴을 기울이며 잔인하게 속삭였다.

"지구상에서 마츠이가 아예 사라져도."

깜짝 놀라 눈을 번쩍 뜨는 나를 보며 지헌이 피식 웃으며 말했다.

"괜찮겠어?"

아, 완전히 삐뚤어져 버렸다. 눈은 전혀 웃지 않는 남자를 보며 상황도 잊은 채 클로에 모렐의 깊은 통찰력에 잠시 감탄했다. 팔꿈치로 매트를 짚고 몸을 일으키자 지헌이 자연스럽게 뒤로 물러났다. 단단한 어깨와 가슴을 잡고 툭 밀자 벽처럼 커다란 남자의 몸이 유연하게 넘어갔다. 시큰거리는 손목을 무시한 채 느릿느릿 나른한 고양이처럼 그의 몸 위로 올라갔다.

지헌은 나를 밀어내지도, 그렇다고 당기지도 않은 채 그저 얌전히 누워 내 허리를 붙잡았다. 불안하게 뒤뚱거리는 아이에게서 손을 떼지 못하는 것처럼. 원하던 반응은 아니었으나 나를 거부하지 않는다는 사실만으로도 충분히 안심해서 조금 더 대담해지고 말았다. 그대로 단단한 몸 위로 무게를 싣자 지헌이 눈을 가늘게 떴다.

"별로 좋은 생각은 아닌 것 같은데."

말과 달리 낮게 가라앉은 목소리 아래 짙은 욕망이 드러났다.

"글쎄요, 몸이 하는 말은 조금 다른 것 같은데."

내 노골적인 말투와 야릇한 시선을 지헌은 기막힌 듯 보았다.

"며칠을 의식 없이 누워 있었는지 알아? 깨어난 지 이제 겨우 이틀 됐어, 너."

"멀쩡히 일어났다는 게 중요한 거죠."

"애초에 쓰러질 일을 안 만들었으면 되는 거 아냐?"

삐딱한 목소리를 귓등으로 흘려들으며 짚고 앉은 셔츠의 단추를 아래부터 하나씩 풀어 나갔다. 손가락이 헛돌아 작은 단추가 자꾸만 빠져나갔다.

"불리한 말은 꼭 못 들은 척하지."

겨우 풀어낸 셔츠를 잡아 빼자 근육으로 곧게 뻗은 복근이 드러났다. 익숙하고 단단한 감촉이 반가워 잠시 숨을 멈추고 보는데, 지헌이 황당하다는 듯 눈을 찡그렸다.

"방금 입맛 다신 거야?"

"그래서 싫어요?"

나는 그에게 대답할 틈을 주지 않고 그대로 고개를 숙였다. 마른 입술 끝으로 남자의 탄력 있는 피부가 닿았다. 동시에 심장이 쿵 떨어질 만큼 매혹적인 체향이 코끝으로 스몄다. 향만으로 사람에게 반하는 게 가능하다면 내 마음은 이미 이 남자의 것이라고, 처음 만난 날 생각했었다. 그때로부터 우리는 이미 이렇게 될 인연임이 정해졌던 걸까. 꾹 누르는 혀끝으로 근육이 단단하게 솟아올랐다.

"그만 내려오자."

본능으로 탁해진 음성이 나를 점잖게 타일렀다. 집어삼킬 것 같은 눈을 하고도 그의 손은 허리 위를 넘지 않았다. 잠깐 잊었다. 아래에 깔린 이 남자가 원나잇 유혹을 코앞에서 밀어낼 정도로 타의 추종을 불허하는 인내력의 소유자라는 걸. 그러나 나는 그 너머의 강지헌을 알고 있다. 몇 번이나 몸을 맞대도 부족하다는 듯 팔을 뻗어 오는 그를. 그렇기에 갑자기 변한 지헌의 태도는 나를 초조하고 불안하게 만들었다.

"혹시…… 나 싫어졌어요?"

"뭐?"

"내가 너무 말 안 들어서…… 정떨어졌어요?"

지헌은 다시 찡그린 눈으로 나를 보았다. 그래, 계속해서 이런 얼굴이었다. 도쿄에서부터 내가 깨어난 뒤에도 지금까지 줄곧 지헌은 경직된 눈으로 나를 관찰하듯 주시했다. 불쑥 생겨난 거리감에 우리 사이에 보이지 않는 장벽이 하나 세워진 것 같았다. 그게 나 때문이라는 걸 알기에 조급해졌다.

"약속 안 지켜서 화난 거 알아요. 상황이 너무 급했고 전화로 설명할 수 있는 문제는 아니라고 생각했어요. 그래서 최대한 서두르려고 한 건데……."

변명이 계속될수록 마음이 좁아 들었다. 결국 애꿎은 단추만 만지거리다 어색한 공기를 참지 못하고 몸을 물렸다. 지헌이 움직이지 못하도록 허리를 잡고 있던 손에 힘을 주었다. 살며시 눈을 들자 나를 올려다보는 지헌의 까만 눈동자와 눈이 마주쳤다. 몸이 전복된 건 순식간이었다.

전류가 튀듯 불같이 시작된 키스는 거칠고 사나웠다. 그래서 더 좋았다. 나를 불안하게 하던 거리감을 단숨에 무너트리는 것 같아서 안도했다. 지헌이 참지 않아서. 나를 향해 달려들어서. 나는 두 다리로 그를 당기며 남자의 욕망을 부추겼다. 그러나 그게 다였다.

활짝 열린 블라우스가 팔에서 떨어져 나가는 순간, 지헌은 정지 버튼을 누른 기계처럼 움직임을 멈췄다. 그는 싸늘하고 날카로운 눈으로 내 팔을 노려보았다. 며칠간 수없는 주삿바늘에 혹사당한 팔꿈치 안쪽부터 팔목까지 푸른 멍이 얼룩처럼 도배되어 있었다.

"이 팔을 하고도 너는."

지헌이 거칠게 숨을 토해 내며 말했다.

"싫어졌냐고? 정떨어졌냐고 물었어?"

나는 팔을 빼내려고 했지만, 그는 놔주지 않았다. 지헌이 허탈하게 웃었다.

"그래, 정말 질리도록 싫다. 이런 너한테 달려드는 내가."

"그건 내가 먼저……."

"대체 나를 어디까지 바닥으로 만들 셈이야, 치린아."

낮게 가라앉은 목소리에 덜컥 겁이 나서 입이 굳었다.

"발정 난 개처럼 만들어서 한번 하고 나면, 내가 다 잊을 거라고 생각했어?"

"……."

"네가 나 버리고 간 거."

"……!"

"그것도 두 번이나."

"……아니라는 거 알잖아요."

"모르겠는데."

지그시 웃으면서 바라보는 눈빛이 냉혹하리만치 차가웠다.

"사랑한다는 말은 나한테 해 놓고 언제나 그쪽이 우선이잖아. 나한테서 등 돌리고, 거짓말하고, 네 목숨까지 쪼개 줄 만큼."

차가운 비난을 외면하듯 눈을 지그시 감았다.

"그러다 잘못됐으면? 너는 죽고 나는 지구 반대편에서 아무것도 모르고?"

"그럴 일 없……."

"그래서, 그럴 일이 생길 수도 있다는 서류에 서명 안 했어?"

나는 입을 벌린 채로 아무 말도 하지 못했다. 그런 나를 보며 지헌의 눈이 번득였다.

"했구나."

싸늘하게 가라앉은 목소리 아래 그의 분노가 느껴졌다.

"그런데도 끝까지 나한테 한마디도 안 했어."

"……반대했을 테니까요."

"당연히. 마츠이라면 끔찍하니까."

"……."

"그래 놓고 아무 말도 하지 말고 그냥 욕정이나 하라고?"

수치스러움이 확 밀려와 뺨으로 열감이 치솟았다.

"……그만해요."

"아, 우리 아가씨는 이런 얘기 싫어하지. 엄청나게 애틋하고 대단한 과거라 혼자만 간직해야 하니까."

그가 나를 이렇게까지 몰아붙일 거라고는 전혀 생각하지 못했기에 나는 충격으로 입술을 떨었다.

"……말하려고 했어요."

"그래, 혼자 다 알아서 처리한 뒤에."

사실이었다. 담담하게 시인하는 얼굴을 확인한 지헌이 눈을 가늘게 빛냈다. 벗은 등줄기로 차가운 전율이 일었다.

"그러니까 모르지. 네가 병원에 있는 거 알았을 때, 내가 무슨 상상까지 했는지."

"알아요, 화 많이 난 거. 정말 미안해요……."

"정말로 알아?"

"……."

"너 잘못될까 봐 전전긍긍한 것도 알아?"

"……."

"결국 이런 꼴로. 시체 같은 얼굴로 걸어 나올 때, 내가……!"

그때를 떠올린 지헌이 거친 욕설을 뱉으며 몸을 일으켰다. 방을 나서는 그를 붙잡지 못했다. 심장이 한 치 아래로 떨어져 내린 기분이었다. 자괴감이 부산물처럼 엉겨 나를 괴롭게 했다.

지헌은 거실 창가 앞에 석상처럼 서 있었다. 내가 나오는 소리를 들었을 텐데도 돌아보지도 않았다. 그래도 상관없었다. 있는 힘껏 그의 등을 껴안고 얼굴을 묻었다. 그가 나를 외면하는 지난 열흘간이 이렇게 괴로운데, 지헌이 나를 잡아 주지 않는 순간 속절없이 무너지는 마음을 느끼며 그의 마음이 어땠을지 알 것 같았다. 미동 없는 몸을 끌어안고 그가 뿌리치기라도 할까 봐 손을 꽉 쥐었다.

"잘못했어요."

함께 파리에 가도 되냐고 물었을 때 놀라서 보던 얼굴이 떠올랐다.

"내가 다 잘못했어요."

사랑한다는 고백을 듣고 경계 어린 눈으로 흔들리던 얼굴도 떠올렸다.

"화 풀릴 때까지 뭐든 다 할 테니까, 그렇게 무서운 얼굴로……."

숨이 막힌 것처럼 뜨거운 게 밀려들었다.

"무섭게…… 등 돌리지만 마."

"……."

"내가 다 잘못했으니까……."

겁을 집어먹은 목소리가 속절없이 떨렸다. 시간이 정지한 것처럼 느껴져 숨을 멈춘 순간이었다.

"……알았으니까."

나직하게 신음한 지헌이 나를 마주 안았다. 그제야 겨우 턱 밑까지 차오른 숨을 토해 낼 수 있었다.

"울지 마."

"……."

"그만 울어. 제발."

지헌의 얼굴이 괴롭게 일그러졌다.

"너 때문에 숨을 못 쉬겠다."

말투는 여전히 딱딱했으나 나를 달래는 손길은 한곳이라도 부서질까 두려운 사람처럼 조심스러웠다. 나는 아이처럼 엉엉 목놓아 울고 말았다.

"처음 일본에 갔을 때, 나 되게 폐쇄적이었어요. 알죠? 그때 내가 어땠는지."

그날 밤, 나는 한 번도 하지 않은 긴 얘기를 지헌에게 털어놓았다. 꾸미지 않고 숨기지 않고 있는 그대로의 나를 이야기한다는 건 꽤 어려운 일이다. 가끔 부끄럽고 창피하기도 했으나 무덤덤한 척 말을 이어 나갔다.

"에리카는 좀 대책 없는 공주님 타입이었어요. 그러고 보니까 모렐 부사장하고 좀 비슷한 것 같다."

나란히 옆으로 누워서 퉁퉁 부은 눈을 하고 코맹맹이 소리로 하는 말을 지헌은 잠자코 들어주었다. 가끔 고개를 끄덕이고 가만가만 머리를 쓸어 넘기는 손에 의지해 맨정신이라면 하지 않았을 말도 흘러나왔다.

"……처음이에요, 다. 이런 것도."

지헌이 반응을 보인 건 커플링 같은 건 해본 적이 없다는 말을 한 뒤였다.

"정말?"

"응."

"우정 반지도?"

고개를 끄덕이며 손가락을 쫙 펼쳐 그가 끼워 둔 커플링을 빙자한 웨딩링을 보았다. 우정이든 사랑이든 누구와도 이런 걸 해본 적이 없다. 이시하라와도 마찬가지다. 늘 돈이 문제였고 그는 유명했고 아기자기한 뭔가를 둘이서만 하기엔 에리카가 있었다. 더 크고 난 뒤엔 사회에 찌들 대로 절어서 이런 것에 시간을 쏟고 의미를 부여하는 감정의 여유조차 남아 있지 않게 되었다.

살아남는다는 건 절대로 로맨틱하지 않았으며 그 뒤 역시 예쁘고 아름답게 포장된 미래 같은 건 없다는 걸 일찍 깨달았기 때문이다. 에리카가 하루빨리 건강해져서 세상으로 나아가길. 세상이 이시하라의 음악을 알아봐 주길. 둘을 위해 버티며 살아남기 위해 치열해질수록 나는 삶에 무감각해져 갔다.

꿈을 잃고 끝이 보이지 않는 터널을 관성에 떠밀리듯 나아가는 사이 나는 계속해서 뭔가를 잃었다. 처음엔 나의 생일이, 그 뒤엔 숙제처럼 챙기던 기념일이, 내게서 가치를 잃고 사라졌다. 주인의 손에서 가장 뜨겁게 타오르다 한 순간에 버려지는 담배처럼. 내게서 점점 무용한 것을 버리고 나니 맨 마지막 차례는 내가 되었다. 다시 떠올려도 황폐한 그을림밖에 남지 않은 날들이었다. 그러나 지헌은 전혀 다른 것에 집착했다.

"내가 처음이란 말이지."

그가 눈을 반짝이며 물었다.

"청혼은? 나한테 결혼하자고 했잖아."

"아, 그것도 처음이긴 한데……."

물론 결혼할 거라고 생각했던 건 다른 남자였지만, 결혼하자는 말은 그가 처음이니 틀린 말은 아니다.

"이치린의 처음이라."

"……더 없어요, 그만 집착해."

과거사를 모두 청산하듯 선을 긋자 그가 부드럽게 미소 지었다.

"왜 없어? 결혼도, 임신도 다 나랑 처음 할 건데."

"……."

"얼굴 빨개졌어, 나비야."

"……울어서 그래요. 당신이 울렸잖아."

"진짜 듣고 싶은 울음소리는 그게 아니었는데."

"……사람 무안하게 밀어내 놓고 뭐라는 거야, 진짜 이 변태가."

"아쉬웠어?"

언제 화났냐는 듯 사근사근 웃는 얼굴을 보니 왠지 서러워져서 나는 눈을 꼭 감고 그의 가슴으로 파고들었다. 지헌이 나를 다정하게 끌어안았다. 그래서 화가 다 풀린 줄 알았다. 당연하게도 착각이었다.

"……이걸 지금?"

"어."

"……."

"싫어?"

"아니, 싫은 게 아니라."

"그래, 아닐 거야. 죽어도 괜찮다는 서류에도 서명했는데, 그치?"

죽어도 괜찮다니, 그런 서류가 있을 리 없지만 여기서 말꼬리를 붙잡는 어리석은 짓은 하지 않기로 했다. 지그시 웃는 지헌을 보며 방금 전 판단이 대단히 현명했음을 깨달았다. 나는 친절하게 견본까지 챙겨 온 문서 서식을 잠시보다 펜을 들었다.

망설임 없이 쭉쭉 적어 내려가는 나를 보며 지헌은 가지고 온 상자를 들고 주방으로 향했다. 마지막 서명까지 마치고 펜을 내려놓는데, 내 앞에 상한 시금치 색과 비슷한 액체가 담긴 유리잔이 놓였다.

"……뭐예요?"

"몸에 좋은 거."

"응, 좋아 보이긴 하는데……."

"그냥 마셔. 모르는 게 나아."

모르는 게 나을 만큼 이상한 걸 그는 아무렇지도 않게 권했다.

"나 이제 진짜 괜찮은……."

항변하는 나를 물끄러미 바라보는 시선이 손등에 닿았다. 아직 노란 멍이 드문드문 남아 있는 문제의 손등이었다. 나는 끙하는 신음과 함께 이상한 색깔만큼이나 맛도 이상한 액체를 삼켰다. 잔을 내리자마자 입안으로 들어오는 민트를 혀로 굴리며 쪽 소리 나게 지헌에게 입을 맞췄다.

역시나 그런 시시한 공격에는 눈 하나 깜짝하지 않는 남자답게 다시 고개를 숙여 진하게 입을 맞춘 뒤 컵을 들고 싱크대로 걸어갔다. 아무래도 내 운명은 정해진 것 같았다. 평생 강지헌에게 잡혀 사는 것으로.

* * *

깊은 어둠이 내려앉은 승비원. 주인을 잃고 텅 비어 버린 저택은 고적하기 짝이 없었다. 대청마루에 선 강 회장은 저 너머 안방에서 호령하듯 그를 부르던 모친을 생각했다.

'이대로 가면 후회할 거다. 살날 얼마 안 남은 늙은 에미 죽고 나면 죽을 때까지 후회할 게다!'

마지막의 마지막까지. 참으로 가슴을 후벼 팔 악독한 말이었다.

'세상천지에 부모 버리는 자식이 어디 있어! 천륜을!'

자신이 뭐라고 했던가.

'어머니도 저에게 그러셨잖습니까. 제 아들 지헌이를 버리도록.'

비수는 한층 더 예리하게 벼려져 던진 사람에게 되돌아가 꽂혔다. 그래서 뒤늦은 참회라도 하는가. 쓰게 웃은 뒤 먼지 한 톨 없이 정갈하게 정리된 방을 가만히 훑었다. 아뇨. 안 합니다, 어머니. 저는 절대로 어머니 같은 부모가 되지 않을 겁니다. 강 회장은 그대로 문을 굳게 걸어 닫았다. 부슬부슬 비가 내리기 시작한 마당으로 내려서자 우산을 들고 서 있는 로라가 보였다.

비가 보슬보슬 내리는 고즈넉한 불빛 아래, 서로를 바라보는 부드러운 시선이 마주 닿았다. 한 여사의 장례에 로라는 참석하지 않았다. 그에겐 일고의 가치도 없는 집안사람들이 괜한 입방정으로 로라에게 상처 주는 걸 강 회장이 원치 않았기 때문이다. 평생을 슬픔과 좌절 속에서 방랑자처럼 떠돌다시피 한 그의 신념은 확고했다. 그 무엇도 눈앞의 여자보다 중요한 건 없었다.

"감기 걸리면 어쩌려고?"

성큼 걸어온 강 회장이 마지막 한 걸음을 두고 멈춘 채로 눈을 찌푸렸다.

"비 맞고 있는 건 당신이거든요."

로라가 입술을 샐쭉하게 내밀며 들고 온 우산을 내밀었다. 그는 우산을 받는 대신 아내의 우산 속으로 머리를 쏙 밀어 넣었다.

"좁아요."

"그러니까 이렇게 바짝 붙어서 가자고."

우산을 대신 받쳐 든 그가 로라의 어깨를 폭 감쌌다.

"늙어서 그런가. 갈수록 느끼해지는 것 같아."

"전엔 무뚝뚝한 남자 싫댔잖아."

"어릴 땐 그랬지. 그때 당신, 무원이보다 더 무뚝뚝했어요."

"무슨, 요즘은 걔가 나보다 더해."

"그 피가 어딜 가겠어? 부전자전이지."

"지헌인 안 그렇잖아."

"걘 돌연변이구요."

로라의 말에 강 회장이 웃음을 터뜨렸다.

"지헌인 진짜 누굴 닮았는지 모르겠어요. 이번 일본 시장 처리할 때 보면 가끔씩 무서울 만큼 잔인하다니까."

"당신 판박이야."

"……내가 잔인하다구요?"

찌릿한 시선을 느낀 강 회장이 능청스럽게 답했다.

"일 처리가 완벽하다는 거지."

"……진짜 옛날엔 안 이랬는데. 대놓고 아부도 다 하고. 늙었나 봐, 강준혁 씨."

"그럼, 늙었지. 세월이 얼만데."

"에휴, 내 팔자야. 남들은 자유 찾아 떠날 나이에 다 늙은 남자 옆에서 수발들게 생겼네."

로라의 앓는 소리가 귀여워 강 회장은 아내의 어깨를 조금 더 깊이 당겼다.

"아, 떠나면 되지. 자유롭게."

"정말?"

"응."

강 회장이 흔쾌히 고개를 끄덕이자 로라가 의심스러운 눈초리로 그를 보았다.

"그럼 당신은요?"

"내 걱정은 안 해도 돼. 어차피 당신 옆에 있을 테니."

"······그게 무슨 자유예요?"

다시 새치름하게 눈을 뜨는 아내가 예뻐 웃음을 삼킨 강 회장이 걸음을 서둘렀다. 두런두런 사이좋게 어깨를 마주 댄 채로 걸어가는 둘의 뒤로 달빛이 조용히 뒤따랐다.

* * *

"너, 진짜, 너! 너······!"

화를 참지 못해 부들부들 떨던 박 대표가 나의 등짝을 후려치려는 순간, 지헌이 소리 없이 다가왔다.

"환자라."

그는 그 한마디만 남긴 채 다시 쓱 몸을 돌려 주방으로 들어갔다. 환자는 절대 아니었지만, 이 순간만은 그의 거짓말이 꽤 유용했기에 나는 동의하듯 격하게 고개를 끄덕였다.

"아오, 아오, 아오!"

박 대표는 울분을 삼켰다.

"아우, 다 끝난 일이니까 그만 잊읍시다. 이렇게 멀쩡한데."

유진이 언제나처럼 중간에서 나를 감쌌다.

"네 눈엔 이게 멀쩡해? 해골바가지 엎어 놓은 몰골 안 보여?"

나는 살며시 눈을 찡그렸다.

"그렇게 못생겨 보여요?"

"······그게 중요하냐?"

둘은 황당하다는 듯 나를 보았다. 퍽 감격스러운 재회를 마치고 우리 셋은 거실 창 앞 테이블에 자리를 잡았다.

"그럼 당분간은 여기에 있는 거야?"

새끼 고양이의 애교에 흠뻑 빠진 유진이 묻자 주방을 힐금 본 뒤 고개를 끄덕였다.

"······아마도?"

집 안 구석구석을 매의 눈으로 둘러보던 박 대표가 마침내 제 할 일을 마쳤다는 듯 의자에 앉으며 말했다.

"나쁘진 않네."

그녀의 반응이 깐깐하고 무뚝뚝한 친정엄마 같아서 피식 웃음이 났다.

"아, 맞다. 회사는 조금만 더 있다가······."

"됐어. 너 해고야. You're fired라구!"

예상했던 반응과 한 치의 어긋남도 없는 멘트에 웃음이 비죽 나왔다.

"알았어요. 손 모자라면 불러요. 알바 뛰러 갈게."

"흥, 강 이사가 너 보내 준대?"

"······아마도?"

"여기서 나갈 수 있긴 하고?"

"그야 당연히······."

다시 주방을 힐금거리는 날 보며 유진과 박 대표가 눈을 맞대고 헛웃음을 터뜨렸다.

"야, 너 이치린이 이렇게 누구 눈치 보는 거 본 적 있냐?"

"없지. 단연코 처음이지."

유진이 격하게 운을 맞추자 박 대표가 나를 보며 이죽거렸다.

"너 임자 제대로 만났더라? 철벽도 그런 철벽이 없어요. 우리 너 만나려고 대기표 뽑았다?"

유진이 지헌을 흉내내듯 근엄한 표정으로 목소리를 깔았다.

"컨디션 나아지면 연락드리겠습니다. 이러는데, 완전 간택일 기다리는 기분이었다니까?"

"그러게 애초에 잘못할 일을 왜 만드냐고? 넌 혼 좀 나 봐야 해."

도움을 구하듯 유진을 보자 그녀가 시선을 피하듯 눈을 굴렸다.

"어, 근데 나 왠지 좀 통쾌한 거 같아."

"야, 너두? 나두."

둘은 완전히 신이 나서 맞장구를 치며 깔깔거렸다.

"그래, 내가 지은 죄가 많아서 씹혀 준다."

키득거리는 둘을 해탈하듯 보다 서류를 쑥 내밀었다.

"그래서, 여기 이거 누가 할래?"

튀어나올 정도로 커다랗게 부푼 두 쌍의 눈이 테이블 위의 서류와 나를 번갈아 보다 주방 쪽을 향해 고개를 확 돌렸다. 커다란 우드 트레이를 여유롭게 들고 선 지헌이 우리를 향해 싱긋 웃었다.

"둘 다 하고 싶으시겠지만, 자리는 하나라서요. 가위바위보로 정하면 되겠네요."

혼이 빠져나간 것 같은 얼굴의 박 대표와 유진을 배웅한 뒤 함께 테이블을 치웠다.

"고마워요. 자리 양보해 줘서."

이것 때문에 부른 거냐며 난리 치는 둘 모두에게 서명을 받은 뒤에야 겨우 잠잠해질 수 있었다.

"한 명은 당신 거였는데. 형 자리였죠?"

지헌은 어깨만 한번 으쓱거린 뒤 내가 막 집어 든 쟁반을 가져갔다.

"신경 쓰지 마. 네 사람들이 더 중요해. 내가 마음대로 우긴 거니까."

"청혼한 건 나거든요?"

"서류 받고 겁먹은 주제에."

"내가 언제."

시치미를 뚝 떼며 장난치자고 달려드는 고양이한테 손장난을 걸었다. 이제 제법 덩치가 커진 호전적인 녀석은 자꾸만 슥슥 빠져나가는 손이 얄미웠는지 잔뜩 벼르며 기회를 엿보더니 사냥꾼처럼 내 손을 확 낚아챘다.

"앗."

따끔한 느낌에 신음이 튀어나왔다. 곧이어 뒤통수로 따가운 눈초리가 느껴졌다.

"뭐야?"

"아니에요, 아무것도."

벌떡 일어나 도망치듯 몸을 돌렸으나 늘 그렇듯 그가 나를 놓칠 리 없었다. 나를 단숨에 안아 들고 의자에 앉힌 지헌은 고양이가 할퀸 손등을 보고 인상을 썼다.

"고양이 보내야겠다."

"말도 안 돼, 이런 걸로. 내가 먼저 장난 걸었어요. 다신 못 하게 잘 습관 들이면……."

"버릇 고쳐 가며 키울 만큼 애정 없어. 애초에 너 아니면 볼일도 없는 생명이야."

"그냥 조금 할퀸 정도인데."

핏방울이 붉게 배어나는 손이 쑥 끌려갔다.

"이 몸에서 피 한 방울만 더 흘리면 어떻게 한다고?"

"방에 가둔다고……."

시무룩한 목소리가 절로 나왔다. 퇴원한 뒤 수치가 정상인지 확인하기 위해 외래 진료를 보러 갈 때마다 지헌은 세상에 없는 중증환자의 보호자 같은 얼굴로 혈액실 앞을 얼음 바다로 만들었다.

결국 보다 못한 그의 고모부인 은 교수가 나서서 해결했다. 그의 진료실에서 지헌의 눈초리를 받아 가며 피를 뽑고 갖은 검사를 하게 되었으니 내겐 더 안 좋아진 셈이었다.

그때 그 간호사가 긴장해서 혈관만 잘못 잡지 않았어도 이렇게 유별나게 굴진 않았을 텐데. 어쨌거나 그는 긴장했고 바늘을 잘못 찔렀으며 지레 겁까지 먹어 손을 떨다 기껏 받은 혈액 통을 떨어트리는 실수까지 하고 말았다. 그

뒷감당은 전부 내 몫이 되었다. 바닥에 무릎을 굽히고 앉은 지헌이 상처를 소독하고 밴드를 붙이는 동안 무거운 정적이 흘렀다.

"알아, 내가 이상한 거."

얕은 한숨과 함께 지헌이 눈을 찡그렸다.

"집 밖으로는 한 발도 못 나가게 해 놓고 혼인신고서나 쓰라고 강요하는 거."

자신의 행동을 반추하던 그가 어깨를 으쓱하며 나를 보았다.

"솔직히 말하면, 네가 어떻게 참고 있는지 모르겠어."

나는 소리 없이 조용히 웃었다. 살살 구슬리고 타일러서 원하는 걸 하게 만드는 남자가 바로 강지헌이다. 그런 남자가 이렇게 대책 없이 솔직하게 나오면 나는 그가 사랑스러워서 견딜 수가 없었다.

"참는 거 아닌데, 나."

나는 그를 가만히 보다가 의자에서 내려가 지헌과 시선을 맞췄다.

"좋아서 가만히 있는 건데요."

"좋아?"

당연히. 지금껏 살면서 누구에게도 이런 지극 정성을 받아 본 일이 없는데, 싫을 리가. 지헌의 애틋함을 무기 삼아 애정 어린 손길을 즐기고 있는 건 나였다. 나는 지헌의 손을 살며시 잡았다.

"당연하잖아요. 아무것도 신경 안 쓰고 푹 쉬고 있는데. 당신이 나 챙겨 주는 것도 좋고. 뭐랄까, 신혼 느낌도 좀 나고."

"아아."

지헌이 긴장이 빠져나간 얼굴로 나직하게 숨을 토해 냈다.

"귀여워라."

"……."

"철벽이라더니."

"……."

"귀엽네요, 이사님."

나의 놀림에 다시 여유를 찾은 지헌은 피식 웃었다. 그가 단숨에 나를 덥석 안아 그대로 무릎 위에 앉혔다. 나는 지헌의 목을 끌어안으며 속삭였다.

"있잖아요, 우리 여행 갈래요?"

"여행?"

"난 이제 진짜로 괜찮은데, 당신은 아직 안 괜찮으니까. 장소를 바꾸는 것도 좋을 것 같아서."

내 말에 지헌이 고민하듯 잠시 천장을 바라봤다. 여행 중에 내가 위험에 빠질 물리적 가능성을 따져 보는 게 분명했다. 아, 이 남자 귀여워서 정말 어쩌지. 나는 그가 아무 생각도 못 하도록 뺨을 양손으로 꼭 끌어와 눈을 맞췄다.

"가요, 신혼여행."

"신혼여행?"

"혼인신고 하고 나서 가면 그게 신혼여행이죠."

전구에 불이 들어오는 것처럼 지헌의 눈동자가 반짝 빛났다. 기뻐하는 그를 보자 나 역시 덩달아 흥분이 솟구쳤다.

"그럼 결혼식은 언제 하지?"

나보다는 조금 더 이성적인 그가 차분한 미소로 현실적인 문제를 제기했다.

"글쎄, 그냥 가다가 중간에 할까요?"

나는 평소대로 대충 얼버무렸다.

"완벽하네."

다행히 지헌은 매우 흡족한 듯 웃었다. 서로를 바라보는 눈동자에 설렘과 기대가 가득 차올랐다.

* * *

사자의 넋을 인도하여 극락왕생을 기원한다는 지장전. 바라문의 딸 지장보살이 명결한 자태로 앉아 있고, 좌우로는 명부시왕이 근엄하게 서 있었다. 저들이 일곱의 밤과 낮마다 현세에서의 망자의 공과와 죄업을 심판한다고 법당 앞 안내문에 쓰여 있었다. 선업을 쌓든 지극한 악업을 쌓든 망자는 모두 그 엄중한 업장을 등에 짊어지고 저승길을 돌아 다음 생으로 향한다고. 현생의 업이 내세의 인과응보로 돌아온다니, 읽으면서도 꽤 무서운 말이라고 생각했다. 지금이 전생의 업이든 죄를 지으면 저승에 떨어질 거란 엄포든 어느 쪽이든.

탁- 탁- 탁탁.

제단 앞에 선 스님이 명부에 있을 망자의 앞길을 인도하듯 목탁을 두드리며 경전을 외웠다. 향로를 타고 피어오르는 향불을 보며 생각했다. 고인은 어떤 생을 부여받게 될까.

밖에 선 채로 사찰을 한 바퀴 빙 거닐던 로라는 석조 계단 구석에 앉아 있는 연우를 보았다. 클로에가 알뜰히 챙기더니, 어쩐 일인지 혼자였다. 아직은 서먹한 데다 아이 또한 그녀를 무서워하는 게 확연히 드러날 정도였기에 그녀는 모른 척 지나치려고 했다. 뜻과 달리 몸이 제멋대로 움직이기 전까지는.

"클로에는?"

고개를 푹 숙인 채 바닥만 보고 있던 연우가 로라를 발견하고 흠칫 놀라 몸을 뒤로 물렸다. 저승사자라도 만난 것 같은 반응이었으나, 로라는 표정 변화 없는 포커페이스로 아이를 가만히 보기만 했다. 연우는 꽤 한참 만에 그녀가 자신의 대답을 기다린다는 걸 깨달았다.

"아…… 전화가 와서 잠깐……."

"울었니?"

"……아뇨."

고개를 젓는 연우를 보며 로라는 묘한 기분에 휩싸였다. 무원의 핏줄이 아닌 게 밝혀지고 난 뒤 시모로부터 온갖 구박을 받았다고 들었는데. 그런 아이가 시모가 떠나는 날 몰래 뒤에서 울고 있다니. 정작 경내에 있는 사람 중에서 고인의 죽음을 진심으로 슬퍼할 사람은 없어 보였는데 말이다.

"착한 아이구나."

그것은 로라의 솔직한 감상이었다. 그 말이 연우를 다시 펄쩍 뛰게 했다.

"절대 아니에요!"

로라가 빤히 보기만 하자 당황한 연우가 버벅거렸다.

"그게, 그러니까⋯⋯ 고, 공부도 못하고, 학원 땡땡이치고 오빠들 방청만 쫓아다닌다고, 쌤이."

거기까지 말한 연우가 얼굴을 찡그렸다.

"그렇다고 제가 막 나쁜 애는 아니구요, 그냥 공부를 조금 못할 뿐이에요⋯⋯."

연우는 울상을 지었다.

"무원이도, 공부를 썩 잘하는 편은 아니었지."

"아빠가요?"

아빠라. 제 아들을 향해 서슴없이 아빠라 부르는 아이가 로라는 여전히 기가 막히고 가슴이 쓰렸다. 아마 죽는 날까지 명은을 용서하지 못하리라. 그것이 아이의 잘못이 아니라는 걸 안다 해도. 그렇지만. 언젠가는 익숙해지겠지. 연우를 빤히 보던 로라는 조금 떨어진 돌계단 위에 걸터앉았다. 검은 치마 정장 차림이라는 것도 개의치 않은 채.

"할머니가 워낙 싸고돌아서 어릴 땐 버릇이 꽤 나빴어. 내 아들이지만 얄미울 때도 있었고. 그땐 정말 밉상이었어."

"⋯⋯아빠가요?"

"좋은 장난감 열 개를 가지고도 딱 하나 가진 지헌이 걸 뺏고 그랬어. 그래 놓고 혼 좀 내려고 하면 조르르 달려가서 할머니한테 일러바치고. 어휴, 다시 생각해도 얄밉네."

도무지 상상이 안 되는 그림에 연우가 눈을 끔벅거렸다.

"아빠가 그럴 리가 없는데, 우리 아빠 세상에서 제일 착한 사람인데……."

"못 믿겠으면 할아버지한테 물어봐."

"……."

"지헌이가 딱 하나 좋아하던 자동차 뺏어서 망가트린 애야, 걔가."

"……삼촌이 뺏기고도 가만히 있었어요?"

"어릴 때 지헌인 순했거든. 욕심이 없었어. 앞에 아무리 좋은 게 있어도 자기 것이 아니면 거들떠보지도 않았지."

연우가 믿기지 않는다는 듯 다시 눈을 깜박거렸다.

"……어쩌면 아빠는 열 개 말고 그 차가 가지고 싶었던 건지도 몰라요."

연우가 어딘지 자신 없는 목소리로 말했다.

"그래도 딸이라고 이미지 관리 하난 잘해 뒀네."

짧게 혀를 찬 로라는 문득 씁쓸한 얼굴로 허공을 응시했다.

"어떻게 아이들을 탓하겠니. 이게 다 그분 때문인걸."

연우는 묻지 않았으나, 로라가 말하는 사람이 돌아가신 노할머니라는 걸 알았다.

"그분은 늘 그렇게 한 명한테만 사랑을 몰아줘서 모두를 불행하게 했지. 정말로 아끼고 사랑하는 건 마음으로만 하는 건데."

"그래도…… 제일 많이 예뻐해 주셨어요."

한 번 더 안아 준 사람도, 좋은 건 뭐든 하나씩 손에 쥐어 주던 사람도 결국은 노할머니였다. 연우의 말에 로라가 동의하듯 고개를 끄덕였다.

"네 아빠도 그랬다."

그랬기에 무원도 끝까지 그 독선적이고 아집 덩어리인 양반의 곁을 지킨 거라고 로라는 생각했다. 그녀는 피식 웃으며 생각했다. 치가 떨리게 싫은 사람을 회상하며 웃는 날이 오다니, 정말로 늙은 거라고.

* * *

"승비원 고택은 재단에 기증했다. 문화 사업에 쓰겠다는구나."

강 회장의 말에 식기를 움직이던 사람들의 손이 잠시 멈췄다. 그러나 그뿐이었다. 가족들은 아무 일도 없었다는 듯 다시 평화롭고 화기애애한 식사를 이어 갔다.

"그래, 둘이 여행을 간다고?"

공기 안으로 들어오는 커다란 전복 살을 다시 지헌의 앞으로 옮겨 놓는데 지헌의 아버지가 나를 향해 물었다.

"도시는 정했니?"

"일단은 미국을 먼저 돌기로 했어요."

"돌아? 그렇다면 꽤 장기 여행이 되겠구나. 그다음 행선지는 어딘데?"

"남미로 내려갔다가 인도로 가 볼까 해요."

푹 익은 갈비찜의 뼈를 발라내던 로라가 눈을 들었다.

"그럼, 거의 세계 일주 아니니? 컨디션이 되겠어?"

"저 멀쩡해요."

내 대답이 못 미더웠는지 로라는 내 앞에 살코기만 남은 갈빗살을 수북하게 쌓으면서도 시선은 지헌을 향했다. 지헌이 내가 밀어낸 전복을 다시 작게 잘라 밥공기 안에 넣으며 말했다.

"중간에 틈틈이 쉬면서 움직일 생각이에요."

"뭐야, 그럼? 대체 휴가를 얼마나 길게 쓰겠다는 거야?"

대각선에 앉은 클로에가 불만스럽게 중얼거리며 팔을 쭉 뻗어 왔다. 나는 그녀 쪽으로 고기 접시를 밀어 주었다. 클로에의 젓가락이 접시에 막 닿기 전, 지헌의 젓가락이 탁 하고 접시를 반대편으로 밀었다.

"일 년."

"뭐, 일 년?"

클로에는 고기를 빼앗겼다는 사실도 잊은 채 고개를 번쩍 들었다.

"그건 휴가가 아니라 거의 휴직이잖아!"

"십 년 치 한 번에 쓰는 거야."

지헌의 태연한 대답에 클로에는 분노했다.

"장난해? 그럼 회사는 어쩌고? 지금도 이렇게 빡센데 너까지 없으면 나 혼자만 야근이잖아! 완전 얼탱없어!"

분기탱천한 클로에가 식탁을 탁 내리치자 무원이 점잖게 물었다.

"얼탱이라니, 대체 그런 말은 어디서 배워 오는 거야, 클로에."

열심히 갈비를 뜯던 연우가 갑자기 사레가 걸린 듯 기침을 해 댔다.

"연우야, 천천히 먹어야지."

무원이 물을 따라 딸의 앞에 놓으며 등을 두드려 주었다. 연우의 눈짓에 흠칫한 클로에가 떼를 쓰듯 고개를 저으며 소리를 높였다.

"나도 휴가 갈래!"

"넌 해마다 꼬박꼬박 다 찾아 쓰지 않았어?"

"아, 몰라, 몰라! 아무리 그래도 그렇지. 십 년 치를 한꺼번에 가는 사람이 어딨어? 이건 월권이야."

"억울하면 해고해."

"야, 강지헌!"

"퇴직금은 일괄정산으로 부탁하지."

클로에가 씩씩거리며 노려보았으나 평소 여자의 한을 얕잡아 보는 남자답게 그는 태연하게 접시를 다시 내 앞으로 밀었다.

"매너 없게 식탁에서 소리 지르지 마. 애가 밥을 못 먹잖아."

졸지에 매너 없는 사람이 된 서른세 살의 클로에와 애가 된 서른 살의 나는 망연한 얼굴로 서로를 응시했다.

"……"

"……"

클로에는 할 말이 많았으나 잃었고, 나는 그저 할 말이 없었다. 착잡함이 한풀 꺾인 뒤에 나는 클로에를 달랬다.

"지헌 씨가 장난친 거예요. 일 년 안 걸려요. 그냥 신혼여행을 조금 길게 가기로 해서……."

말을 채 끝맺기도 전에 부담스러울 정도로 과한 눈빛이 한꺼번에 나를 향했다.

"신혼여행?"

"너희 둘이?"

"결혼도 안 했는데?"

질문이 동시다발적으로 쏟아져 나왔다. 당연히 식탁 위를 정리한 건 지헌이었다.

"했어요, 결혼."

"뭐? 언제?"

로라가 눈을 휘둥그레 뜨고 강 회장 역시 드물게 놀란 얼굴로 우리를 보았다.

"여보, 내가 지금 꿈을 꾸나?"

"혼인신고를 먼저 했나 보죠."

이 와중에 가장 침착하고 이성적인 건 무원뿐이었다. 그러나 불행히도 그의 말은 부모님을 한 번 더 충격에 빠뜨렸다.

"너 미쳤니? 어떻게 그렇게 중요한 일을 우리와 상의도 없이!"

"허어, 이런……."

두 분은 충격받은 얼굴로 서로를 마주 보았다가 다시 우리를 보았다.

"진정하세요. 애가 놀라잖아요."

지헌이 핀잔을 던지자 로라가 눈을 부릅떴다.

"네가 한 짓은 놀랍지 않고? 모든 일에는 선후가 있고 절차가 있는 건데, 너 어떻게 이렇게 네 맘대로 일을 저지를 수 있니? 결혼은 그렇게 하는 게 아니야!"

"그래, 이번 일은 네가 좀 심했다."

둘의 연이은 비난에 식탁 위의 분위기가 무겁게 가라앉았다. 나는 조금 무안해져서 얼굴이 달아올랐다. 어떤 표정을 지어야 할지 감이 오지 않았다. 그때 테이블 아래로 뻗어 온 지헌의 커다란 손이 내 손을 부드럽게 감싸더니 가만가만 문질러 왔다. 그게 이 남자의 배려라는 걸 알아 좁아 들었던 마음에 온기가 번졌다. 지헌이 굳은 얼굴로 부모님을 향해 입을 열었다.

"두 분은 저희 결정을 찬성하시는 줄 알았는데요. 아니면 제 아내가 마음에 안 드세요?"

"그런 말도 안 되는 소리가 어딨니?"

로라가 황급히 부정하자 지헌이 가늘게 뜬 눈으로 말없이 어머니를 보았다.

"이런."

강 회장의 작은 헛기침과 함께 로라가 놀란 얼굴로 숨을 들이켰다. 그녀는 벌떡 일어나 내게 한달음에 다가와 나를 덥석 안았다.

"내가 실수를 했구나. 이 말을 가장 먼저 했어야 하는데."

그녀는 내 두 손을 꼭 잡은 채로 진심 어린 표정을 지었다.

"우리 가족이 된 걸 환영한다, 아가."

"아주 큰 결심을 해 주었구나."

두 사람의 진심이 느껴지는 환대에 나는 깊이 안도했다. 둘에 이어 다른 가족들의 축하도 쏟아졌다. 클로에만이 의심스러운 눈으로 내게 물었다.

"정말 자기 의지로 결정한 거 맞죠?"

"아, 뭐……."

내가 대답을 마치기도 전에 로라가 방어하듯 내 손을 세게 움켜잡았다.

"둘은 이미 부부란다. 서류처리는 확실하게 했겠지?"

확인하듯 지헌에게 묻는 로라의 얼굴은 꽤 진지했다. 몸을 아예 내 쪽으로 돌리고 앉은 지헌이 의자 등받이에 손을 얹은 채로 피식 웃었다. 아들의 그런 자신만만한 태도에 안도한 로라가 작게 가슴을 쓸어내렸다. 나는 왠지 웃음이

날 것 같아 손으로 입가를 가렸다. 로라가 말했다.

"내가 그 자리에 있었다면 좋았겠지만 일이 이렇게 되어 버렸으니. 사과는 나중에 너희 부모님을 뵙거든 잊지 않고 하마."

"저…… 안 그러셔도 되는데."

로라는 고개를 저었다.

"사랑 하나 믿고 반지 하나 나눠 끼면 다 될 것 같지? 절대 아니야. 살면서 결혼을 열 번 스무 번 할 것도 아니고. 어차피 제대로 된 결혼식은 한 번밖에 못 해. 그러니 할 때 확실하게 해야 하는 거란다. 특히 반지만 달랑 내미는 남자는 절대로 만나선 안 돼."

로라가 단호하게 고개를 저으며 인생의 온갖 쓴맛을 맛본 큰언니의 독한 코칭을 설파했다. 강 회장이 냅킨을 만지작거리며 끼어들었다.

"여보, 내가 반지 하나만 준 건 아닐 텐데."

로라는 그의 말을 못 들은 척했다.

"다행히 지헌이가 이 집안 남자 중에서 가장 배포가 크니 내 몫까지 세심하게 잘 챙겼을 거야. 그렇지?"

그녀의 의견에 무원은 픽 웃고 강 회장은 꽤 유감이 많은 듯 보였으나 아무도 이의를 제기하진 않았다. 로라가 기대감 어린 눈으로 나를 보며 재촉했다.

"자, 이제 말해 보렴."

"……뭐를요?"

"서류에 사인했다며."

"네."

"……지헌이가 아무것도 안 줬니?"

나는 아래를 물끄러미 바라보았다. 그리곤 손가락에 끼워진 반지를 보며 싱긋 웃어 보였다. 뭔가가 잘못됐다는 걸 깨달은 사람처럼 로라의 표정이 조금씩 굳어 갔다.

"그럴 리가 없어."

현실을 부정하는 얼굴이 점점 더 잿빛으로 흐려지기 시작했다.

"그럼…… 공짜로 사인을 해 줬단 말이야?"

나는 로라의 계산법이 이해되지 않았지만, 어쨌든 지금은 무슨 말을 해도 그녀의 충격을 가라앉히지 못할 것 같았다. 그러니까 이 집안은 결혼을 대가로 뭔가를 주어야만 하는 집안이었던 거다. 로라의 절망 어린 심정이 가득한 탄식으로 터져 나왔다.

"맙소사, 어떻게 이런 일이!"

그녀가 지헌을 있는 힘껏 노려보는 탓에 나는 순간 움찔해서 지헌의 소매를 꾹 잡고 말았다. 지헌은 기분이 좋아 보였다. 오랜만에 느긋함이 배인 태도로 얼굴에는 싱글벙글한 미소까지 짓고 있었다. 그가 내 손을 당겨 그대로 깍지를 끼우더니 손등에 쪽 입을 맞추었다. 입술에는 기특하다는 웃음이 매달려 있었다. 나는 그에게 있는 대로 눈을 찡긋하며 상황 파악을 하라는 신호를 보냈다. 당연히 내가 뭘 해도 이쁘다 할 남자답게 싱긋 웃으며 미간을 쓱쓱 펴 줄 뿐이다.

"내가 널 그렇게 매너 없는 남자로 키우진 않았을 텐데. 다니엘 드 블루아, 아내를 보쌈하듯 덥석 데려왔으면 마음을 제대로 살폈어야지. 여자의 마음을 어루만지는 방법은 여러 가지가 있지만 그중 유일하게 변치 않는 건 보석과 부동산뿐이란다. 일단은 내 변호사를 불러야겠구나."

진지한 동시에 투지마저 느껴지는 목소리에 나는 화들짝 놀랐다. 그녀가 진짜로 전화기를 꺼내 들었기 때문이다.

"저는 지금이 좋아요. 정말로요."

로라를 마주 보며 분명하게 의사를 전달했다. 지금 이렇게 선을 자르지 않으면 그녀가 떠안길 무수한 것들에 체할 것 같았다.

"제가 감당할 수 있는 건 여기까지거든요."

로라가 전화기를 내렸다. 그리고 지헌을 보았다. 그는 비스듬히 기대앉아 턱을 괸 채로 꼭 쥐고 있는 내 손을 장난감처럼 만지작거리고 있었다.

"그래요, 여기까지만 하세요. 아가씨 놀라니까."

그가 눈을 들고 상냥하게 웃으며 강조했다.

"한 번에 하나씩."

나를 향해 가까이 다가온 지헌의 눈동자는 까맣고 짙었다. 나는 그의 눈을 물끄러미 보았다. 잠시 후 나붓하게 접히는 눈꺼풀 아래로 진한 눈동자가 모습을 감췄다.

"한 번에 하나씩이라."

로라가 지헌의 말을 곱씹었다. 갑자기 그녀가 작은 탄성을 터뜨리더니 고개를 끄덕였다. 그리고 나를 향해 미소 지었다. 서로를 꼭 빼닮은 모자를 양옆에 둔 채로 나는 두려움을 느꼈다.

"정말 말 안 해 줄 거예요?"

"글쎄, 무슨 말인지 모르겠는데."

집에 돌아온 뒤 자꾸만 딴청하는 지헌을 막아 세웠다.

"뭐라고 했길래 로라의 태도가 바뀐 거냐고요. 분명 안심하는 표정이었단 말이에요."

"잘못 본 거겠지."

지헌이 손등으로 내 뺨을 부드럽게 쓸어내리며 말했다.

"오랜만에 외출한 건데, 피곤하지 않아?"

외출은 무슨, 집으로 곧장 가서 밥만 먹고 왔는데. 접시 하나도 못 들게 하는 남자의 유난스러움에 부끄러움은 온전히 내 몫이 될 뿐이다.

"목욕물 받아 줄까?"

지헌이 드러난 목 언저리를 만지며 물었다. 이렇게 착실하게 수발만 드는 양순한 태도에 잠깐 속을 뻔했다. 이 남자가 내가 모르는 곳에서 얼마나 많은 일을 계획하며 그걸 영리하고 효율적으로 처리하는지. 그렇다고 내가 포기할 줄 알고. 나는 턱을 들고 나른한 표정으로 그를 보았다.

"같이 할래요?"

"글쎄."

지헌이 얼굴을 비스듬히 기울이며 웃었다. 내리뜬 시선 아래 아까 식탁에서 나를 바라보던 짙은 눈동자가 숨겨져 있다는 걸 안다. 다시 만난 뒤로 그는 키스 이상은 하지 않았다. 그게 나 때문이라는 걸 알면서도 내 앞에서 욕망을 손쉽게 제어하는 남자가 야속했다. 점잖게 늘어트린 지헌의 팔을 손가락으로 가볍게 훑어 내린 뒤 손끝에 다다르자 검지로 고리를 끼우듯 살짝 밀어 넣었다 살며시 문지른 뒤 얌전히 놓았다. 아쉬운 한숨을 내쉬며 그를 보았다.

"같이하고 싶었는데."

은은한 미소를 남긴 채 몸을 돌린 뒤에도 지헌은 움직이지 않았다. 욕실 쪽으로 막 한 걸음 움직였을 때 지헌이 피식 웃었다.

"내가 참고 있는 거 알 텐데."

고개만 살짝 돌리며 뒤를 보았다.

"나를 위해서는 아니죠."

지헌이 눈을 가늘게 뜨며 입술을 부드럽게 휘었다.

"잠깐 잊고 있었네. 나비 양이 얼마나 위험한 성격인지."

위태롭게 매달린 미소가 점점 깊어지며 나를 똑바로 마주 보는 까만 눈동자가 모습을 드러냈다. 그가 손가락을 넣어 타이를 부드럽게 끌어내렸다. 바닥을 스치는 슬리퍼가 거리를 좁혀 올수록 심장이 펌프질하며 빠르게 뛰었다. 유연하게 뻗어 오는 다리 위로 단단하게 드러난 그를 보자 아찔한 흥분이 몸 안으로 번져 갔다. 잠깐 사이에 바로 앞까지 다가온 지헌이 내게로 얼굴을 기울이며 속삭였다.

"미리 사과할게."

"사과……?"

무슨 말인지 몰라 그를 물끄러미 보며 되묻자 지헌이 나긋하게 속삭였다.

"울려서 미안."

크림처럼 달콤한 목소리에 담긴 말을 이해했을 때는 그의 모든 숨이 내 안을 깊이 채운 뒤였다.

* * *

성탄을 하루 앞둔 쿠바 아바나. 올드 카와 재즈가 울려 퍼지는 여행자들의 도시는 무더위 속에서도 성탄절 분위기를 잃지 않았다.

"지헌 씨, 이거 봐요, 이거!"

개선장군처럼 문을 열고 들어선 나는 손에 든 작은 봉투를 딸랑거리며 자랑스럽게 외쳤다. 집 안은 텅 비어 있었다. 흐음, 내가 이 귀한 라면 스프와 달걀을 얻어 왔는데, 이 남자 어디 간 거야? 쿠바에 처음 방문했을 때 이곳에 계란이 없다는 사실은 내게 순수한 충격으로 다가왔었다.

"그때가 벌써 일 년도 더 됐네."

우리는 그 뒤, 내년에도 꼭 다시 오자 한 약속을 한 계절이 더 지나서야 겨우 지킬 수 있었다. 나는 들고 온 꾸러미를 내려놓고 창이 활짝 열린 거실을 지나 테라스로 나아갔다. 그때 책상 한가운데에 조금 두툼하게 접힌 흰색 봉투가 눈에 들어왔다. 늘 깔끔하게 정리된 책상에 뭔가가 흐트러져 있는 건 처음이었다. 무심코 지나치려던 시선 끝에 붙잡힌 건 이곳에서 절대로 볼일 없다고 생각하던 글자였다.

-에리카.

가만히 선 채로 텅 빈 거실을 둘러본 뒤 천천히 종이를 집어 들었다. 두툼한 종이의 마지막 페이지를 넘겼을 때는 길게 늘어져 있던 해가 이미 사라지고 난 뒤였다. 차곡차곡 접힌 순서대로 다시 접어 종이를 봉투 안에 넣은 뒤 책상 아래 서랍 깊숙이 봉투를 넣었다. 손끝이 조금 떨렸다.

'에리카 너는, 너는 에리카, 결국.'

가만히 눈을 감았다 뜨는 것만으로도 기도하는 거라고, 누군가 말했다. 달칵 소리와 함께 문이 열리고 무더위 속에서 조금 더 청량하게 발하는 체향이 스며들었다. 눈을 뜨자 지헌이 서 있었다.

우리는 말없이 서로를 바라본 채 잠시 시간을 흘려보냈다. 그의 시선이 빈 책상 위에 닿았다가 다시 식탁으로 옮겨 갔다. 먼저 말을 건넨 건 나였다.

"아주아주 늦었지만, 특별히 매운맛은 양보할게요."

지헌이 웃었다. 그래, 이거면 됐다. 소중한 무언가는 계속해서 나를 떠나가고 세계의 모든 징후는 인류의 암울한 미래를 예견하지만, 그래도 상관없다. 우리는 내일도 같이 있을 거니까.

01

그가 있을 곳 - 1

시속 200마일. 시간과 공간이 비틀리는 속도.

끝없이 펼쳐진 도로 위에 오직 나 혼자만이 존재하는 순간. 수만 명의 관중이 쏟아 내는 함성도 나의 우승만을 보고 있는 디렉터의 목소리도 머릿속에서 사라진다. 스무 명의 드라이버, 단 하나뿐인 월드 챔피언. 출발선은 같지만, 레이스의 끝은 누구도 예측할 수 없다. 경쟁자를 제치고 스스로를 넘어서며 승리에 가까워질수록 죽음에 대한 공포도 옅어진다. 생과 사는 한순간에 결정된다. 우리는 그저 희비를 담담하게 받아들이며 어제까지 함께 달리던 동료의 이름을 헬맷에 새겨 넣고 다시 차에 올라 레이스를 계속할 뿐이다. 서킷에서의 시간은 나를 유일하게 살아 있게 했다.

삐 소리와 함께 30second warning이 시작되자 모든 미캐닉이 내려가고 그리드 위에 오직 드라이버만 존재하는 순간. 나는 달릴 준비가 되었다.

* * *

"또 풀 포지션이냐? 하여간에 반전이 없어. 괴물 같은 놈."

토요일 퀄리파잉을 끝내고 쇄도하는 인터뷰 요청을 모두 거절한 뒤 개러지를 빠져나오는 그에게 빨간 머리 남자가 다가와 말을 걸었다. 누구지, 기억에 없는데. 반응 없는 그의 표정에 상대가 인상을 팍 썼다.

"너, 설마 내가 누군지 몰라서 그러는 건 아니겠지? 이봐, 우리 F4 시절부터 5년을 넘게 봐 왔다구. 너랑 같은 팀인 적도 있었어!"

"아, 그래."

기계처럼 건조한 음성으로 답한 뒤, 그를 지나치자 악에 받친 고함이 복도 안에 울려 퍼졌다.

"악마 같은 새끼, 확 사고나 나 버려라!"

저주가 통한 걸까. 결승전에서 정말로 사고가 나고 말았다.

"슬슬 집으로 돌아갈 때가 되지 않았니, 댄."

페라리의 최대 주주이자 어린 지헌에게 레이스를 권한 장본인 아넬리 회장이 어깨부터 손목까지 팔 전체를 붕대로 칭칭 감은 대자를 보며 침음을 삼켰다. 아넬리 회장의 걱정스러운 시선을 지헌이 건조하게 잘랐다.

"경미한 부상입니다."

"팔 하나에 그쳐서 다행이지, 아니었다면…… 내가 무슨 얼굴로 로라를 보겠니?"

로라와 어릴 때부터 보고 자라 막역한 사이인 그가 상상만으로도 끔찍한지 고개를 저었다.

"이제 곧 스무 살이니 가업을 이을 때가 되었지. 처음부터 레이스는 취미로 시작한 게 아니냐. F1은 시속 200마일로 달리는 레이스야. 취미에 목숨을 거는 건 어리석은 일이다."

"드라이버가 죽음을 두려워하면 은퇴할 때가 된 거죠."

"그렇다고 간과해서도 안 돼. 그 어떤 상황에서도 안전이 최우선이란다."

지구상에서 가장 빠른 차를 만드는 조건으로 거액을 투자하는 주주가 하기엔 조금 뻔뻔한 말이었다. 드라이버의 안전이라니. 그런 이유라면 그랑프리에서 챔피언을 두고 경쟁할 게 아니라 은퇴를 해야 옳았다. 아넬리 회장이 말했다.

"너는 마치 죽을 각오로 레이스를 하더구나. 그건 정말로 위험한 짓이야. 어제 마지막 커브에서 그대로 충돌했더라면 정말로 큰 사고로 이어졌을 거다."

"하지만 큰 사고는 나지 않았고, 저는 기록을 달성했습니다."

"그건 축하할 일이다만 그래도……."

"그리고 제 개인 기록은 몇 년 안에 슈마허를 뛰어넘을 겁니다."

"그래, 다들 그럴 거라고 하더구나."

바로 그 이유로 감독이 지헌의 팀 방출을 결사반대하고 있었다. 그들을 무섭게 추격하며 챔피언십 우승을 넘보고 있는 팀 메르세데스의 기세를 꺾고 포인트를 확실히 벌리기 위해서는 반드시 지헌이 필요하다는 이유였다. 천문학적인 비용으로 운용되는 포뮬러원이니만큼 이대로 그를 잃었을 때의 손실 또한 1년 치 예산인 5천억 원 이상이 될 터.

그러나 감독이나 돈 따위에 비하면 로라 블루아는 너무나도, 정말이지 너무나 두려운 존재였다. 만약 그가 여기서 물러난다면 로라가 고용한 청부업자가 그를 기다리고 있을 것이다. 이럴 줄 알았다면 처음부터 레이싱 같은 건 절대로 권하지 않았을 텐데. 설마 이 녀석이 불세출의 천재 드라이버일 줄이야. 그러나 범의 새끼는 오래 데리고 있는 게 아니다.

그는 최후의 카드를 꺼내 들었다.

"너도 알겠지만, 댄. 모터스포츠는 팀웍이 중요해. 원팀이 될수록 승리에 가까워지지. 그런데 너는 어떠니? 팀메이트인 드라이버의 이름도 모르지 않니?"

지헌은 의외로 고개를 순순히 끄덕였다.

"우승할 때 경쟁자의 이름을 알아 둘 필요는 없으니까요."

오만한 말이었으나 사실이기도 했다.

"물론 그거야……."

"게다가 F1 드라이버의 기본 조건은 마라토너의 체력, 전투기 조종사의 반사신경, 복서의 순발력, 그 세 가지 아니었습니까? 거기에 동료애가 포함되는지는 몰랐군요."

아름답고 앳된 얼굴이 차갑게 말하자 아넬리 회장은 다시 궁지에 몰렸다. 귀신 같은 녀석. 누가 로라 블루아의 아들 아니랄까 봐, 스물도 안 된 녀석이 날카롭기가 제 어미보다 더했다.

"어쨌거나, 팀은 떠나는 것으로 하죠."

지헌이 깍지 낀 손을 풀며 말했다.

"정말……? 이렇게 간단하게?"

지금까지 그렇게 조목조목 반박해 놓고? 깜짝 놀라서 쳐다보는 아넬리 회장을 향해 지헌이 표정 없이 시선을 내리뜨며 말했다.

"제가 이곳에 있길 원치 않으시니까요."

"……!"

당황한 아넬리 회장의 얼굴에 표정이 그대로 드러났다. 그가 앞뒤 없이 허둥대는 건 꽤 오랜만의 일이다.

"댄, 난 그런 뜻이 아니라……."

그가 뒤늦게 팔을 뻗었지만, 지헌은 이미 몸을 일으킨 뒤였다. 지헌이 그를 향해 미소 지었다. 아름다운 미소는 완벽해서 이 세상의 것 같지 않았다.

마라넬로 본부를 빠져나오는 지헌을 기다리고 있던 건 로라였다.

'다른 사람을 죽이는 것과 너 자신을 죽이는 것. 이 둘만 아니라면 뭐든 해도 좋아.'

붉은 레이스 카를 지나쳐 걸어온 지헌과 로라의 시선이 맞닿았다.

"오늘 일기예보에 비가 온다는구나."

마중이라도 나온 듯 산뜻하게 말한 로라가 차 문을 열었다.

"네."

짧게 대답한 지헌이 차에 올랐다. 그의 시간이 다시 느리게 흐르기 시작했다. 그리고 그건 한국에서 한 여고생을 만난 뒤에도 크게 변하지 않았다.

* * *

"뉴욕에서 급보예요, 이사님! 우리 측 최종 인수 금액이 통과되었답니다."

흥분한 세실리아가 응접실로 뛰어들며 외쳤다.

"그것 참 좋은 소식인걸."

소파에 앉아 있던 로라가 우아한 동작으로 찻잔을 내리며 말했다. 그녀는 테라스 밖에 서 있는 아들을 향해 미소 지었다.

"결국 네가 원하는 대로 3대 보석 기업을 모두 손에 넣었구나. 축하한다, 다니엘."

긍지로 고무된 얼굴의 세실리아도 거들었다.

"LV그룹에 아주 역사적인 날이 될 겁니다."

그러나 정작 이 모든 사업을 주도하고 추진해 온 당사자는 이미 결과를 알고 있는 사람처럼 감흥 없는 태도로 말했다.

"수고했어요. 인수가 마무리되면 실사팀 전원에게 그에 상응하는 포상이 있을 겁니다."

까무러칠 만큼 기쁜 소식을 단조롭게 전달한 그가 다시 몸을 돌렸다. 파리 16구의 높은 석조 건물 아래로 고요한 센강이 그의 얼굴만큼이나 유유히 흘러가고 있었다. 전에 없는 열의를 보이며 석 달간 이 프로젝트에 매달려 온 장본인치곤 꽤 밋밋한 반응에 세실리아는 맥이 빠졌다. 이번에도 샴페인은 그를 빼놓고 터트려야 할 것 같았다. 로라에게 인사를 건넨 뒤 조용히 물러나는 세실리아의 시선에 천연 양모로 만든 페르시아산 방석 위에 태평하게 누워 있는 고양이가 눈에 들어왔다. 애교는커녕 사람이 와도 눈길 한번 주지 않는 게 사회성 제로인 제 주인을 쏙 빼닮은 도도한 고양이였다. 정말이지 천생연분이라고 생각하며 그녀는 몸을 돌렸다. 세실리아가 나간 뒤 로라가 아들에게 물었다.

"별로 기쁜 것 같지 않구나. 무슨 문제라도 있는 거니?"

"아직까지는요."

지헌은 그 이상 대화를 이어 갈 마음이 없다는 듯 입을 다물었다. 그에게 뭔가를 더 알아내려는 마음을 포기한 로라가 작게 한숨을 쉬었다. 그녀 일생에 가장 어려운 상대였다, 아들은. 까다롭게 굴지도, 뭔가를 요구하지도 않았으며 그녀가 나서기 이전에 스스로 일을 해결했다. 부모에겐 완벽한 자식이었으나 바로 그 지점이 로라를 어렵게 만들었다.

기대 없이 타인을 대한다는 것. 어떤 누구와도 무엇을 공유할 마음이 없다는 의미였다. 감정을 쉽게 보이지 않는 흑석 같은 눈동자와 좀처럼 열리지 않는 붉은 입술. 신이 모든 인간 중 그에게만 조금 더 특별히 머물다 갔음을 찬탄받는 외모와 명석한 두뇌, 천재적인 감각을 가지고도 아들은 늘 고독하고 불행했다. 그녀 자신 때문에. 홀로 높이 우뚝 선 견고한 성과 같은 지헌의 등이 로라에겐 애잔하게만 느껴졌다. 결코 무너질 일은 없겠으나 외롭고 고독한 길 위에는 평생 혼자이리라. 로라의 시름이 깊어졌다.

* * *

새벽. 긴 출장으로 평소보다 조금 굳은 얼굴로 돌아온 지헌은 서재로 향했다. 문을 열자 주인의 오랜 부재에 장시간 빽빽하게 차올랐던 공기가 소리 없이 흩어졌다. 그가 떠나기 전 말끔하게 치워져 있던 책상 위에 태블릿이 놓여 있었다. 넥타이를 느슨하게 풀어 내린 지헌이 태블릿을 열고 익숙한 동작으로 사진을 넘기자 곧 눈동자와 입매가 어릴 때와 똑같은 앳된 얼굴이 나타났다. 깊은 애정이 담긴 눈으로 상대를 향해 환하게 웃고 있는 얼굴은 선명한 색채로 가득 차 보였다.

그래, 이 얼굴. 눈이 부실 정도로 환한 이 얼굴이 그에게 사슬이자 족쇄였다. 그를 계속해서 무료하고 권태롭게 만드는 족쇄. 그 웃음을 가만히 보던 지헌이 낮은 서랍을 열고 벨벳 상자를 꺼냈다. 상자 안에는 얇은 체인으로 이어진 목걸이가 들어 있었다. 오버 커팅한 루비를 중심으로 종잇장처럼 얇게 세공한 백금빛 날개가 달린 펜던트 목걸이였다. 그가 보석을 들어 올리자 날개가 흔들리며 루비를 촘촘하게 감싸고 있는 다이아몬드가 빛을 뿌렸다.

루비를 고른 건 그였다. 몇 번의 고사 끝에 작업을 결심한 그라프의 아르티젠이 경도가 높아 깨지지 않는 프레셔스 스톤 4가지 중 다이아를 제외한 나머지 한 개를 결정해 달라고 했을 때 그가 택했다. 여름, 강렬하게 타오르던 붉은 태양, 그 아래에서 뜨거운 눈물을 쏟아 내던 얼굴을 생각하면 다른 보석은 떠오르지 않았다.

훼손의 정도가 심해 차라리 새로 제작하는 편이 시간과 비용 둘 다를 지키는 방법이라고 거듭 설득하던 아르티젠은 다이아몬드의 마스터라는 칭호답게 지헌의 주문을 거의 완벽하게 수행해 냈다.

처음부터 회사를 인수할 생각은 아니었다. 약속에 신중한 대신 한번 입 밖으로 뱉은 말은 반드시 지켜야 하는 신념이 그를 움직였을 뿐이다. 그래서 찾았고, 찾았지만 형체를 알아보기 힘들 만큼 망가진 걸 유품이라며 내밀 수는 없어서 고쳐 줘야겠다고 생각했을 뿐이다. 그러나 막상 아르티젠이 물었을 때 지헌은 본능처럼 답했다.

'어디에서도 본 적 없으나 가장 아름답고 최고로 빛나야 할 것.'

주인의 마음 같은 건 전혀 고려하지 않은 이기적인 주문이었다. 장인 역시 평소 그의 행적에 대한 소문을 아는지, 궁금증을 참지 못하고 물었다.

'목걸이를 착용하실 분이 누굽니까?'

'미미(새끼 고양이).'

아르티젠의 얼굴이 기이하게 일그러지던 바로 그날이 LV가 세계 3대 보석 기업을 모두 손에 쥐게 될 머지않은 미래의 초석이 되었다. 지헌이 손에 쥔 팬던트를 화면 속 가냘픈 목 위에 내려놓았다. 그가 고른 붉은 루비가 흰 피부 위에서 선명하게 빛났다.

"잘 어울리네."

직접 채워도 이렇게 잘 어울릴까. 불쑥 드는 생각에 기분이 묘해져서 그는 화면을 빤히 보았다. 누구도 그의 삶에 들여 본 적 없었다. 타인과의 접촉이 불가능하다는 것. 그 사실을 현실로 받아들인 순간부터 그는 일생에 거쳐 그 어떤 작은 가능성조차 남기지 않고 모든 희망을 그의 안에서 말살시켰다. 이성과 닿는다는 생각만 해도 구역질이 치밀 정도였다. 가져 본 적 없는 욕구였으니 당연히 시도도 없었다. 그 어떤 대상도 필요 없었다. 그런데 방금.

그가 낯선 감각을 곱씹는 그때 열린 문틈으로 미미가 걸어 들어왔다. 늙은 고양이는 평소와 달리 책상 위로 폴짝 뛰어오르더니 태블릿 주위를 맴돌며 조금 흥분한 듯 길게 울었다. 고양이는 영묘하다더니 제 주인을 알아보는 건가. 그가 눈을 길게 늘였다. 긴 묘생에서 일별이라고 해도 좋을 만큼 짧은 하루다. 그런 주제에 이토록 성실히 주인 취급이라니, 우습기 짝이 없었다. 그가 냉정한 얼굴로 태블릿을 종료했다. 마치 스스로를 향한 대답처럼.

순식간에 사라진 얼굴이 믿기지 않는 듯 미미가 앞발로 화면 위를 계속해서 긁었으나 그는 미련 없이 몸을 돌렸다. 충분한 상대는 아니었으나 네가 그렇게 웃는다면. 그래, 그렇다면야. 적어도 다칠 일은 없겠지. 그의 일상 또한 완벽했으니 상관없다. 이런 무료쯤은.

* * *

"오늘도 이대로 가십니까?"

정 지사장의 물음에 지헌이 고개를 들었다.

"뉴욕 일정부터 너무 무리했잖습니까, 하루 정도는 서울에서 쉬었다 가도……."

정 지사장이 모호한 표정으로 말끝을 흐리자 지헌은 조용히 그의 태도를 관찰했다. 지헌이 출장지 중 유일하게 잠을 자지 않는 도시가 서울이라는 걸 잘 아는 지사장이다. 그리고 그는 불필요한 말을 꺼내는 인물이 아니다. 지헌이 단조로운 목소리로 물었다.

"나한테 할 말 있습니까?"

"……최근엔 개인 메일을 확인 안 하시는 것 같아서 말입니다."

개인 메일이라면.

"아."

지사장이 말한 메일의 용도를 한 박자 늦게 떠올린 지헌이 의외라는 듯 눈썹을 부드럽게 치켜올렸다.

"내가 알아야 할 일이라도?"

말을 꺼낸 기세와 달리 정 지사장은 망설였다. 지헌은 채근하지 않았다. 천천히 움직여 커프스 버튼을 조이고 소맷단을 정리했다. 그가 재킷의 단추를 끼우는 순간 정 지사장이 입을 열었다.

"……지금 서울에 있습니다. 그것도 바로, 맞은편 건물에 말입니다."

"일 때문인가? 언제 들어온 거지?"

"꽤 됐습니다. 단순한 출장이 아니라, 완전히 정리하고 들어온 것으로 압니다."

지헌은 말없이 눈을 가늘게 떴다. 정 지사장이 조금 더 분명한 목소리로 덧붙였다.

"혼자서, 말입니다."

지헌의 시선이 느릿하게 깜박였다. 그의 까만 눈동자를 감싸고 있던 무료와 권태가 깨어졌다.

* * *

광활한 우주 공간에 비하면 겨우 티끌만 한 이 지구에 70억 명의 인간이
살아 숨 쉰다. 그러나 그중 자신을 오롯이 이해할 수 있는 인간도, 이해하고픈
인간도 평생 만나지 못할 거라고 생각해 왔다. 그 생각은 지금도 크게 변하지
않았다. 다만 이해하려 노력하지 않아도 누군가의 삶이 온전히 흡수되는 것처
럼 내 안으로 들어오는 순간이 존재한다는 걸 알았다. 그 찰나의 경이가 그를
여기까지 오게 만들었다.

"부탁이에요. 나 좀 여기서…… 제발."

여자가 된 아이는 그날과 똑같은 절박한 얼굴이었다. 그날과 다른 게 있다
면 얄팍한 어깨 위에 얹은 작은 머리통이 쉽게 꺾인다는 거였다. 그게 그의 기
분을 사납게 했다. 참을 수 없는 충동에 손을 뻗을 만큼.

생생한 고동이 울려 퍼지는 작고 따스한 몸을 안아 드는 순간, 그의 마음
속에서 걷잡을 수 없는 의지가 피어났다. 너를 가져야겠다. 이곳에 있어야겠
다. 그 스스로도 의아할 만큼 맹렬한 독점욕에 머리가 아찔할 만큼 뜨거워졌
다. 그는 새카맣게 죽어 있는 눈빛을 쓸어내리며 생각했다. 이 눈에 생기가 돌
고 푸릇한 뺨이 붉게 달아오르면, 나는 너를 가진다. 내게 유일하게 허락된 존
재인 너를.

서늘한 칼과 같은 인생을 살면서 단 한 번도 불과 가까웠던 적 없던 그는
난생처음으로 맞닿은 타인과의 촉감에 뇌수가 녹아내리는 것 같았다. 몸이
달아오른다. 만지고 싶고 안고 싶고 어디든 닿고 싶다. 생생히 살아 숨 쉬는 맥
을 온몸으로 확인하며 더 깊이 들어가고 싶었다. 적나라한 욕망과 감정이 용
암처럼 끓어올라 통제 불능의 날짐승처럼 맹렬하게 들끓었다.

작은 체구로도 기죽지 않고 그를 향해 똑바로 시선을 던지는 냉소적인 눈

동자와 고집스러운 입매를. 웬만한 거짓말은 눈 하나 깜짝 않고 천연스럽게 던지는 가면 같은 얼굴을 깨트리고 싶다. 얼음 같은 표면을 뚫고 심해를 헤쳐 파도처럼 흔들리는 얼굴을 내려다보고 싶었다. 음험한 욕망을 감지한 듯 혼란스러운 얼굴이 그를 응시해 왔다.

"다정한 거 싫어요. 이렇게 상냥하고 따듯한 거, 무서워요."

겁을 잔뜩 집어먹고 도망가려는 얼굴조차 못 견디게 사랑스러웠다. 어떻게 해도 미워지지 않을 존재가 사랑스럽기까지 하니 그에게 마약이나 다름없었다. 오직 그에게만 작용하는, 가장 중독성 강한 약물. 만질수록, 닿을수록, 품에 넣을수록 그녀에 대한 갈증은 식지 않고 더욱더 맹렬하게 차올랐다.

틈 한 점 없이 끌어안고 시선 하나까지 모조리 그에게 옭아매고 싶었다. 이 작고 얄팍한 몸이 그에게만 반응하길, 조밀한 입술이 그를 향해서만 미소 짓기를. 깊은 밤 홀로 투명하게 빛나는 새벽달 같은 눈동자에 자신만이 담기기를. 이 지독한 열망을 너만은 모르기를. 아무것도 모른 채 스스로 나에게 오길. 왕비의 웃는 얼굴이 보고 싶어서 온 세상의 광대를 불러 모았다는 어느 이국의 왕처럼. 그 또한 무슨 짓이든 할 수 있을 것 같았다. 그 눈동자가 활짝 열리고 반짝이도록 만들 수만 있다면. 나는, 너와 함께 이곳에 머물러야겠다. 그리고 마침내 소중하고 애틋한 몸이 그의 품에서 무너져 내리는 순간 그 또한 함께 부서졌다.

"……아!"

이성이 사라지고 언어가 가라앉은 공간. 부드럽게 들어선 그가 그의 손을 작은 손등 위로 겹치며 가냘픈 어깨에 입술을 묻었다. 파드득. 손톱이 박히고 버티고 선 발등이 사납게 꺾였으나 멈추는 대신 함께 바스라지듯 더 깊은 곳을 향해 내달렸다. 촉촉하게 비벼지는 점막과 고동치는 맥박, 가쁘게 차오르는 숨, 발그레한 빛으로 물들며 흐느끼는 몸짓이 연하고 사랑스러워 참을 수가 없었다. 아득.

"아! 아아……!"

눈을 질끈 감은 치린이 깨물린 어깨를 잘게 떨더니 밭은 숨을 몰아쉬었다.

"⋯⋯지헌 씨."

가냘픈 음성에 화답하듯 목덜미를 파고들며 겹치고 있던 손등을 꾹 누르자 흔들리는 와중에도 손가락을 얽어 왔다. 이치린. 나비야. 이 세상에 오직 하나뿐인 나의 꽃. 무른 살결 위로 꽃이 피어났다.

02

그가 있을 곳_2

하아, 몸서리가 쳐질 만큼 부드러운 감각이 느릿하게 등을 타고 올라왔다. 애를 태우듯 천천히 겹쳐지는 틈과 틈 사이. 공기의 흐름마저 멈춘 것 같은 순간 밭은 숨이 들어찼다.

"……!"

시트를 꾹 움켜쥐자 나를 달래듯 커다란 손이 손등 위로 겹쳐 왔다. 촘촘하게 짜인 비단 그물이 온몸을 감싸며 내려앉는 기분이었다.

"천천히?"

"……천천히."

간신히 답하자 다정한 입술이 목덜미를 파고들며 숨 자취를 새겨 넣었다. 깊고 달달한 꽃나무 향기가 온몸에 스며들었다. 그는 깨질 것 같은 유리구슬을 다루는 것처럼 나를 안는다. 마치 유리를 세공하는 장인처럼. 느리게 다가오는 입술이, 미끄러지듯 내려오는 손이 피부 위에서 섬세하게 움직인다. 그의 손안에서 나는 서서히 달아올랐다가 깊은 희열의 늪으로 떨어진다. 뜨거운 초콜릿 속에 담긴 마시멜로처럼 온몸이 녹아내릴 것만 같았다. 몇 번이나 겹쳐

오는 상냥한 숨결에 부서질 듯 무너져 내렸다.

영원히 끝나지 않을 것만 같은 순간이 지난 뒤. 잠깐 잠이 들었다 깨어났을 땐 아직 깊은 밤이었다. 식은땀 한 방울이 목덜미를 타고 툭 떨어졌다.

"……"

무더운 남미에서 출발해 캐나다 밴쿠버에 들어온 지 일주일. 원래대로라면 지금쯤 로키산맥을 지나 옐로나이프에 도착했어야 했다. 그러나 내 컨디션이 좋지 않았고 그걸 확인하는 순간 지헌은 모든 일정을 취소하고 이곳에 짐을 풀었다. 그는 사방이 눈으로 뒤덮인 이곳 날씨에 내가 감기라도 걸릴까 봐 꽁꽁 싸맨 채 집 밖으로도 나가지 못하게 했다. 오늘따라 집요하게 몰아붙인 지헌으로 인해 아직 여운이 가시지 않은 나는 멍한 눈으로 창밖을 보았다. 웨스트 밴쿠버의 밤하늘이 불 꺼진 다운타운과 검게 물든 태평양을 말없이 품고 있었다.

지헌은 신혼여행만 일 년을 가겠다던 자신의 말을 묵묵히 실현하는 중이었다. 이전까지 우리는 꽤 느긋한 일정으로 움직였다. 정확하게는 나만. 여행이라고 했지만 거쳐 온 모든 도시가 지헌의 출장지였고 나는 그가 일하고 있을 때 요양을 핑계 삼아 게으름을 부리는 게 전부였다. 나는 삶에서 처음 맞는 휴식과 여유로움에 천천히 빠져들었다. 대도시는 익숙해서 편안했고 역사의 흔적이 깊게 남은 곳은 영감을 받아서 좋았으며, 대자연 앞에서는 그저 겸허해졌다. 그러나 그 모든 순간이 좋았던 건 혼자가 아니라는 사실이었다.

그건 나로서도 조금 낯선 경험이었다. 너무 오랫동안 혼자 지내 왔기에 이제는 그게 너무 편해서 누군가와 함께하는 삶이 쉽게 그려지지 않았다. 당연히 얼마쯤은 불편하리라고 생각했던 건 기우였다. 상대가 강지헌이라서인지, 특수한 신혼생활 때문인지 우리는 다툼 없이 새로운 생활에 아주 잘 적응하고 있었다. 지헌이 함께 있어서 알게 되었다. 실은 내가 아주 오랜 시간 동안 외로움을 견디고 있었다는 것을. 그 사실을 느끼는 순간마다 지헌에게 매달린 건 나였다. 아무 생각도 나지 않을 만큼 행복했다. 그랬는데. 그 여유롭고 꿈같은 시간이 일주일 전부터 멈춰 있었다. 망설이는 나로 인해. 산란한 마음에 조용히 나부끼는 커튼을 보다 몸을 일으켰다.

"어디 가?"

나를 느슨하게 감고 있던 팔이 예민하게 깨어나며 커다란 힘으로 조여 왔다.

"……깼어요?"

몸을 돌리자 뜨끈한 체온과 함께 나를 감싼 지헌이 입술로 부드럽게 파고들었다. 다정하게 이어지는 입맞춤에 눈을 감고 목을 끌어안자 나를 감고 있던 지헌의 팔이 다시 부드럽게 풀렸다. 천천히 고개를 들자 지헌이 나른한 눈으로 나를 보았다. 깬 건가? 아닌가……? 나는 움직이는 대신 그의 얼굴을 가만히 마주 보았다.

잠이 덜 깬 상태의 그는 이성보다 본능이 앞섰다. 그리고 그 본능이란 대체로 나와의 접촉에 대한 집착이었으므로 이럴 땐 그저 얌전히 안긴 채 기다리는 편이 낫다. 딱히 벗어나려는 시도만 하지 않으면 덩치 큰 순한 동물과 비슷했다. 밀어내면 꽤 사나워지긴 하지만.

"더 자요. 재워 줄게."

아이를 다독이는 엄마처럼 팔을 두르고 등을 토닥이자 나보다 몇 배는 큰 남자가 금세 양순해진 태도로 안겨 왔다. 그게 귀여워 온기가 밴 등을 동글게 쓸어내리자 내가 빠져나가는 줄 알고 굳었던 몸이 서서히 이완되기 시작했다. 처음 몇 번, 사나웠던 순간 따윈 금세 잊어버린 나는 사랑스럽기만 한 남자의 머리 위로 얼굴을 묻었다. 사람의 체온을 안고 있는 것, 지금 이 순간 나에게 가장 큰 위로가 되는 따스함이었다. 지헌이 잠결에도 힘을 주어 나를 꼭 안아 주었다.

***

다음 날. 미팅이 있어 일찍 나가는 지헌을 배웅하며 짧은 산책을 마치고 집으로 돌아왔을 때였다. 유진이 국제전화로 전화를 걸어왔다.

"무슨 일이야, 전화를 다 하고?"

-어디야, 아직 밴쿠버니?"

"어, 아직……."

-다행이다, 연락 닿는 데 있어서. 로키산맥 간다고 해서 혹시나 했는데.

"무슨 일 있어?"

-야, 일단 너 SNS부터 전부 비공개로 돌려.

"SNS? 거의 유령계정이나 마찬가진데."

-여기 지금 난리 났어.

시키는 대로 계정을 전환하는데, 유진의 다급한 목소리가 멈춰 있던 현실 감각을 깨웠다.

"그러니까, 왜."

-그게 있지……. 아, 진짜 뭐 이런 개 같은 일이.

"언니."

내 조용한 부름에도 유진은 한동안 머뭇거렸다.

-너 아직 모르지? 있잖아, 마츠이 에리카…….

그것 때문이었나, 순간적으로 긴장했던 신경이 훅 꺼지는 것 같았다.

"알아."

-뭐? 알아? 어떻게? 아니, 언제? 제대로 아는 거야? 걔가…….

"알고 있어."

더 이어지는 말을 들을 수가 없어 유진의 말을 잘랐다.

"그거랑 내 SNS가 무슨 상관인데? 혹시…… 사에랑 연관 있는 거야?"

사에를 언급하는 순간 유진이 거친 욕설을 쏟아 냈다.

-그 죽일 년을 진짜로 죽여 놨어야 했는데. 걔가 지금 인터넷에서 뭐라고 떠드는지 알아? 에리카가 그렇게 된 게 너랑 이시하라 때문이라고 폭로했어. 친

구와 남편의 불륜 때문에 충격으로 병을 얻은 것처럼 아주 소설을 써 놨다니까!

"……."

기어이 이런 일을 벌이는구나, 사에. 네가, 에리카에게 어떻게 이런 짓을. 초점이 흐려지는 것 같아 천천히 눈을 감았다가 떴다. 무엇 때문에 이러는지 이유는 짐작할 수 있었다. 준과 나를 한데 묶어서 배신자라는 낙인을 찍고 본인은 죽은 에리카를 앞세워 여론의 동정과 관심을 받으려는 거다. 거기다 공여 문제로 마츠이 여사에게 밉보였을 테니 그걸 되돌리려는 의도도 보였다. 에리카가 이런 식으로 추문에 얽히는 걸 원치 않을 마츠이 여사는 결국 사에가 원하는 바를 들어줄 것이다. 상황이 이해되자 화가 조금 나긴 했으나 분노로 이어지진 않았다. 오히려 홀가분한 기분마저 들었다. 이게 너를 떠나보내는 대가라면. 그래, 에리카. 나는 이것으로 너를 배웅하지 않은 걸 대신하겠다. 그렇게 마음먹으니 감정은 다시 차분하게 가라앉았다. 유진은 그런 내가 답답했는지 언성을 높였다.

-이시하라는 그렇다 쳐도 너는 일반인인데 아주 교묘하게 적어 놔서 그거 읽으면 네가 누군지 다 알게 해 놨다고! 이거 허위사실 유포에 명예훼손이니까, 당장 고소하자."

"사실이 아닌 걸 누구보다 잘 아는데 그쪽도 거기까지 갈 생각은 없을 거야."

진실을 버젓이 아는 사에가 나와 준의 불륜을 꾸몄다는 게 황당할 정도로 어이없었지만 원하는 게 논란이니 적당한 시점에 발을 뺄 게 분명했다. 어차피 사람들은 진실에는 관심이 없다. 설사 뒤늦게 사실이 밝혀진다 해도 사에에 대한 비난은 크지 않을 거다. 대중은 언제나 더 불쌍해 보이는 쪽을 편드니까.

-넌 이게 잠깐 돌다가 끝날 찌라시 같지? 절대 아냐. 아주 작정하고 시작했어. 댓글 알바라도 동원했는지 게시판마다 목격자 증언까지 나오고 있어.

유진이 미치고 팔짝 뛰겠다는 듯 말했다.

-불륜 상대가 미야케 패션쇼 연출을 맡은 한국인이라고 누가 올리자마자 현장 스태프라는 애가 자기도 봤다며 댓글로 증언하는 식이라니까? 완전 짜고 치는 고스톱이야, 이거! 계획적이라고!

"걔가 한국에 아는 사람이 얼마나 있다고 그렇게까지."

불현듯 떠오른 이름이 입가에 맴돌았다. 곧 까마득하게 묻어 둔 존재와 함께 회사를 관두기 전 떠돌던 추문이 수면 위로 일제히 떠올랐다. 사에가 누구로부터 이런 치밀한 계획의 소스를 얻었는지도.

"서 실장."

……누구? 서 실장? 우리 모델 아카데미의 그 서 실장 말하는 거야?

유진이 당장 뛰어갈 기세로 험악하게 외쳤다.

"흥분하지 마. 확실한 건 아냐."

-네 입에서 이름이 튀어나올 정도면 뭐가 있다는 거잖아. 알았어. 그건 내가 알아볼게.

"그래도 증거는 없을 거야. 오해라고 발뺌하면 그만이고, 내 사진이나 정보를 직접 공개하진 못할 테니까 법적으로 처벌할 수도 없겠지."

나는 차분히 상황을 되짚었다.

"어차피 근거 없는 악플에 불과하고 떠봤자 이니셜 정도야. 나는 언론에 노출된 적도 없으니까 그쪽에서도 굳이 일반인인 나를 주목할 리가……아."

있다. 언론에 내 사진이. 지헌의 약혼자로서 로라와 함께 찍힌 사진이 매거진에 실린 적이 있다. 그때까지만 해도 사에의 질 나쁜 장난이라고 치부하고 무시하려던 마음이 싸그리 흩어졌다. 이제야 알겠다. 네가 원하는 게 뭔지, 마츠이 사에. 사에는 나를 건드린 게 아니다. LV패션그룹 후계자의 약혼녀를 더럽고 추악한 진흙탕 속에 빠트리려 하는 거였다. 지헌을, 헤르네를, 그의 가족을. 순식간에 휘몰아친 분노에 정신이 아득해지는 기분이었다. 대체 왜.

……치린아, 괜찮아? 일단 대표님이 회사 차원에서 대응한댔으니까 걱정

말고 있어. 알았지?

유진과 전화를 끊고 노트북을 열었다. 유진의 말대로 사에의 폭로는 그럴 듯한 증거와 증언으로 포장돼 일파만파 번지고 있었다. 세계의 종말이 오기 전까진 하나가 될 수 없을 것 같던 양국의 네티즌은 모두 한목소리로 친구를 배신하고 남편을 빼앗은 마녀를 화형시켜야 한다고 성토했다. 친구에게 남편을 빼앗긴 가련한 아내가 된 에리카는 현숙하고 불쌍한 현모양처가 되어 있었다.

누군가 발 빠르게 일어와 한국어로 유튜브 폭로 영상을 만들어 올리고 누군가는 그 아래 영문 이니셜과 한글 초성을 달았다. 그곳에서 나는 반반한 얼굴 하나로 친구의 남편을 꾀어 회사 일에 이용한 뒤 재벌남을 잡은 후 냉정하게 차 버린 악녀가 되어 있었다. 화날 건 없었다. 지헌에 대한 비방으로 이어지지만 않았다면. 나는 말아 쥔 손끝을 꾹 누르며 전화기를 들었다. 잠시 뒤, 조금 놀란 듯한 딱딱한 목소리가 전해졌다.

"이치린입니다."

짧은 통화를 끝낸 뒤 노트북 화면만 멍하니 바라보았다. 드문드문 전화벨이 울렸지만 받지 않았다. 얼마가 흘렀을까. 음습한 어둠으로 둘러싸인 공간 안에 앉아 모니터의 환한 불빛을 멍하니 보고 있는데 그 글자가 눈에 들어왔다. 살인자. 빨갛고 굵은 글자가 명치 끝을 비스듬히 찔러 들어왔다. 홀린 듯 재생 버튼을 누르는 것과 동시에 뒤에서 뻗어 나온 손이 영상을 정지시켰다.

"이런 게 남아 있었네."

지헌의 목소리를 들으며 나는 눈도 깜박이지 못하고 굳었다. 그사이 지헌은 어디론가 전화를 걸어 휴대폰으로 찍은 화면 사진을 전송하며 말했다.

"내려요, 지금."

서늘한 음성으로 명령한 그가 전화를 끊었다.

"치린아."

지헌의 얼굴을 볼 자신이 없어서 눈을 감았다. 턱 끝에 손이 닿고 눈앞으로 뭔가가 다가오는 느낌에 눈을 뜨자 지헌이 이마를 마주 대며 속삭였다.

"무슨 생각하는지 말해 줘."

그가 사납게 미소 지었다.

"보복할 때 참고하게."

나는 지헌의 목을 와락 끌어안았다.

"미안해요."

다정한 팔이 등을 감아 오며 물었다.

"뭐가?"

"……이런 일에 휘말리게 해서. 회사도 당신도."

정말이지 그건 너무 싫은데.

"왜 싫은데?"

"그거야, 당연히……."

문득 고개를 들자 지헌이 기분 좋은 얼굴로 나를 보고 있었다.

"화 안 나요? 나 때문에 그런 말 듣게 됐잖아."

"뭐, 미인계에 걸려든 호구?"

지헌이 악의적인 댓글 중 하나를 골라 읊자 그걸 모두 읽었을 지헌의 모습이 상상됐다. 당신은 무슨 생각을 했을까. 내가 다 이렇게 아찔한데.

그가 피식 웃었다.

"그거 믿을 사람 없어. 적어도 날 아는 사람은."

지헌이 뺨을 감싸며 은은한 시선을 맞춰 왔다.

"나한텐 미인계가 안 통하거든. 딱 너만 통해."

평소보다 훨씬 더 다정한 목소리, 나를 바라보는 상냥한 눈동자, 가볍게 던지는 농담. 이 모든 게 나를 달래기 위한 노력임을 알아서 눈물이 왈칵 나올 것 같다. 나는 늘 이렇게 폐만 끼치는데.

지헌이 나를 아이처럼 답삭 안아 들었다. 나는 그의 품에 안긴 채 침실로 옮겨지며 그가 손을 뻗을 때마다 하나씩 불이 켜지는 실내를 보았다. 컴컴하게 가라앉아 있던 나의 세계에 빛이 들어왔다. 나를 침대 위에 내려놓은 지헌이 말했다.

"진짜 중요한 건 이게 아니잖아, 치린아."

진지한 눈동자가 나를 마주 보았다.

"몸만 내 옆에 두고 마음은 다른 데 가 있는 거. 그래서 나 외롭게 한 거."

"……."

"너 슬픈데 위로할 기회 안 준 거."

생각지 못한 말이었다.

"이런 걸로 질투하게 하지 마."

지헌이 뺨을 부드럽게 어루만졌다. 지난 며칠을 버티던, 무디고 멍한 감각을 하나씩 깨어 내듯 따듯한 손길로 두드려 온다. 아아, 역시 당신은 다 알고 있구나. 이번에도 나는 제대로 숨기지 못했구나. 나를 다정하게 쓸어내리는 그의 손안에서 나는 조금씩 무너져 내렸다. 일그러진 얼굴로 고개를 들자 오로지 나만 담고 있는 남자의 얼굴이 내게 상냥하게 미소 지었다. 이 눈빛 하나만 보고 아무 계획도 미래도 묻지 않고 무작정 그를 따라나설 때 나는 다짐했다. 우리는 괜찮다고, 끄떡없을 거라고. 어떤 일이 닥쳐와도 함께일 테니까. 그러니까.

나는 지헌에게 손을 뻗었다. 그리고 가슴이 뻐근할 정도로 힘껏 끌어안는 남자를 향해 속삭였다.

"안아 줘요, 아주아주 세게."

"그거 미인계야?"

"……넘어올래요?"

울먹이는 얼굴로 웃으며 묻자 지헌이 얼굴을 기울이며 입술 위에서 속삭였다.

"하는 거 봐서."

* * *

지헌은 잠든 치린을 가만히 보았다. 그녀는 기절하듯 잠이 들었다. 그의 이성을 마비시키고 미친 듯이 몰아붙이게 만든 붉은 뺨도 어느새 서늘하게 식어 있었다. 핏기 없이 하얀 얼굴이 밀랍 인형 같아서 그는 손을 뻗은 채 잠시 멈칫했다. 치린은 잠버릇이 없다. 눈을 꼭 감은 채 잠든 자세 그대로 뒤척이지도 않고 아침까지 잔다. 숨소리마저 거의 들리지 않아 그는 치린이 자는 모습을 볼 때마다 무심코 그녀의 어깨나 가슴의 움직임을 확인하곤 했다. 창백한 얼굴로 다신 깨지 않을 것처럼 병실에 누워 있던 모습이 그에게 트라우마가 된 건지도 모른다.

지헌이 치린을 안아 자신을 향해 돌려 눕혔다. 얇고 보드라운 몸이 한 손에 푹 안겨 오며 그로 인해 흐트러진 숨을 나직하게 토해 냈다. 이대로 힘을 주면 품 안에서 바스라져 가루가 묻어날 것 같았다. 그는 매번 치린을 힘껏 안았다. 당연하게도 그녀가 가루가 되는 일은 없었지만 그러한 기분은 좀처럼 사라지지 않는다. 그의 눈동자가 굳게 닫힌 치린의 눈과 메마른 뺨을 맴돌았다.

마츠이 에리카가 죽었다. 그들이 스페인의 어느 거리에서 축제 인파와 뒤섞여 숨이 달리도록 춤을 추고 돌아온 날. 마츠이가 치린을 기다린다는 연락이 전해졌다. 전화가 오기 며칠 전에 지헌은 이미 마츠이의 상태가 회복할 수 없을 지경에 이르렀음을 알고 있었다.

치린은 그의 예상과 달리 일정을 돌려 도쿄로 가는 대신 계획대로 쿠바를 향했다. 그때까지도 지헌은 눈치채지 못했다. 그 이후에 마츠이 회장이 치린에게 직접 전화를 걸어 딸의 죽음을 알린 뒤에도 달라진 건 없었다. 마츠이 에리카가 치린에게 편지를 남겼다는 것도, 그 편지가 쿠바까지 전해졌을 때도 치린은 덤덤했다. 그녀는 울지 않았다. 그래서 방심했다. 치린은 편지를 봉인도 뜯지 않은 채 서랍 깊숙이 집어넣었다. 균열은 그때부터 일어났다. 그리고 오늘 그는 확신했다. 자신이 상간녀로 매도되는 걸 보면서 안도하는 치린의 얼굴을 보는 순간에.

아, 너는 여전히 그 무도한 인간들에게서 마음을 떼어 내지 못했구나. 가엾게도. 이럴 줄 알았으면 억지로라도 데려가는 건데. 아니, 그냥 그 편지를 없애 버릴걸. 살면서 지나온 날을 되짚을 만큼 감정이라는 걸 가져 보지 못한 그였으나 딱 하나, 그녀의 일에서만큼은 후회를 반복하는 기분이다.

보지 않겠다고 마음먹은 치린의 앞에 편지를 꺼내 놓은 건 그였다. 치린은 그의 의도대로 순순히 봉투를 열어 편지를 다 읽은 뒤 다시 곱게 접어 서랍 안에 넣었다. 그리고 고개를 들고 그를 향해 웃었다. 평소처럼 똑같이. 마츠이의 죽음 앞에서 치린이 엉엉 울며 무너졌다면 불쾌했을 것이다. 그러나 막상 아무 일도 없는 것처럼 웃는 얼굴을 보자니 차라리 그게 나았다는 걸 인정해야 했다. 갑자기 그의 기분이 몹시 사나워졌다.

"감히."

희게 드러난 맨살 위로 이불을 바짝 끌어 올린 지헌이 몸을 일으켰다. 테이블 위에 올려 둔 치린의 휴대폰이 깜박거린 건 그때였다. 손을 뻗어 패턴을 그려 넣고 메시지를 확인하는 동작에는 망설임조차 없었다. 조용히 화면을 훑어 내리던 눈동자가 이름 없이 보내온 메시지를 확인하는 순간 가늘게 빛났다.

-미안해. 곧 해결될 거야. 미안해.

저장되어 있지도, 기록도 남아 있지 않은 번호로 수신된 메시지였다. 지헌은 이걸 보낸 사람이 누군지 직감으로 알았다. 그는 망설이지 않고 통화 버튼을 눌렀다.

* * *

다음 날 내가 일어났을 때, 상황은 완전히 바뀌어 있었다. 포털사이트 검색어 순위를 나란히 차지한 건 사에와 에리카 그리고 이시하라의 이름이었다. 나와 관련된 단어는 없었다. 지헌이 어떤 조치를 취했으리라 짐작했지만 그렇다 해도 조금 이상했다. 그러다 하단에 있는 그 단어가 눈에 들어왔다. 마츠이 동영상.

"이게 무슨……."

검색어를 따라 링크를 누르자 화면을 가득 채운 하얀 얼굴에 나는 숨을 멈췄다.

* * *

"와, 이거 봤어요? 대박, 사람들 퍼 나르는 속도 봐. 오늘 안에 이치린 팀장 신상 다 털리겠는데?"

"한국 네티즌 어떤지 알잖아. 거기다 다른 것도 아니고 친구 남편이랑 불륜에, 그 친구는 죽었는데. 이 정도면 뭐 화형급이지."

카페테리아에 둘러앉아 있던 한 무리 사이로 킬킬거리는 웃음이 새어 나왔다. 그들 모두는 각자 손에 든 스마트폰으로 열심히 뭔가를 하고 있었다. 그때 통화를 마치고 온 서 실장이 의자에 앉으며 말했다.

"애초에 이렇게 될 거였지. 이치린이 LV그룹이라니, 가당키나 하니? 그런 애들 때문에 멀쩡한 여자들이 취집이니 뭐니 욕먹는 거야. 그래 봤자 고아 주제에."

"톡도 난리 났어요. 대체 어떤 여잔지 얼굴 궁금하다고."

"내가 올린 맘카페엔 헤르네 불매 운동 해야 하는 거 아니냐고 하더라?"

수다를 떨면서도 그들은 손을 쉴 새 없이 움직였다.

"……근데 이거 진짜 괜찮은 거예요, 실장님?"

무리 중 서 실장 다음으로 나이가 많은 여자가 불안한 얼굴로 물었다.

"요즘 악플러 처벌도 심하던데, 괜히 잘못되면……."

"어머, 자기 큰일 날 소리 한다. 악플이라니? 우리가 없는 말이라도 지어냈어? 다 사실이잖아. 현장에서 본 거 아냐. 걔네 둘이 딱 붙어서 키스하는 걸 내가 봤다니까?"

"그건 그런데……."

서 실장이 목소리에 힘을 주자 여자의 목소리가 한풀 꺾였다.

"사람들이 궁금하다잖아. 같이 분노하잖아. 그걸 바로 앞에서 목격한 우리가 조금 더 자세히 알려 주는 게 뭐가 나빠? 그리고 걔가 그럴 일은 없지만 설사 법적 대응 어쩌고 해도 우린 처벌 안 받아."

"진짜요?"

서 실장이 의기양양한 태도로 고개를 들었다.

"그래, 사실이잖아? 사실인데 훼손될 명예가 어디 있어? 이런 걸로 처벌받으면 유튜브에 폭로 영상 올리는 애들 죄다 잡혀가게? 우린 그냥 진실을 알리는 것뿐이야. 공익을 위한 거지."

그 말에 불안감을 떨쳐 낸 이들의 손이 아까보다 더 빨라졌다.

"어라? 지금……."

손을 가장 빨리 움직이던 남자가 고개를 들었다.

"왜?"

"아니, 방금 내가 올린 영상이 갑자기 오류로 떠. 분명 아까까지도 잘 나왔던 건데……?"

"링크 잘못 복사한 거 아냐?"

그때 카페테리아 문이 활짝 열리더니 매장 안으로 경쾌한 구두 굽 소리가 울려 퍼졌다.

"여기들 있었네."

또랑또랑한 목소리에 무심코 고개를 돌린 서 실장이 눈을 번쩍 떴다.

"어머, 대표님. 출장 가셨다더니, 일찍 오셨네요?"

천연덕스러운 그녀와 달리 직원들은 허둥대며 휴대폰을 집어넣었다. 부자연스러운 분위기를 박 대표가 유심히 보자 서 실장이 황급히 나섰다.

"대표님도 피곤하시겠다, 이 시간까지. 쉬엄쉬엄 좀 하세요."

서 실장이 카페테리아 밖에 있는 사람을 곁눈질하며 말했다. 박 대표와 동행인 듯 보이는 두 남자는 옷이며 헤어스타일이 딱 봐도 이 동네 사람은 아닌 듯 후줄근했다. 박 대표가 서 실장에게서 시선을 떼지 않으며 차가운 표정으로 물었다.

　"실장님은 여기서 뭐 하는데? 퇴근도 지난 시간에 직원들까지 데리고."

　"그냥 수다 좀 떨었죠, 뭐."

　"그래?"

　박 대표가 헛웃음을 뱉었다.

　"무슨 수다를 그렇게 요란하게들 떨어? 글로벌하게."

　공기가 급속도로 얼어붙으며 직원들이 굳었다. 서 실장도 당황하긴 마찬가지였으나 재빨리 표정을 수습하며 말했다.

　"무슨 말씀이신지 잘⋯⋯ 우리가 좀 시끄러웠나?"

　능청스럽게 웃는 서 실장을 보며 박 대표의 눈빛이 싸늘하게 식었다.

　대답이 들려온 건 테이블 바로 뒤쪽이었다.

　"무슨 말이긴, 같이 가서 확인해 보자는 거지. 진짜로 처벌을 받나 안 받나."

　커다란 화분에 가려져서 잘 보이지 않았던 뒤 테이블에서 유진이 일어서며 말했다. 그녀의 옆에는 김 대리가 카메라를 든 채 서 있었다. 녹화 중임을 나타내는 빨간 시그널을 발견한 서 실장의 얼굴이 굳었다.

　"⋯⋯대체 언제부터 거기 있었던 거야? 김 대리, 너는 또 뭐 하는 거고? 같은 회사 직원끼리 이게 대체 뭐 하는 짓이야?"

　김 대리가 픽 웃으며 조소했다. 주먹을 움켜쥔 채 부르르 떨고 있던 유진이 무서운 기세로 다가서더니 서 실장의 뺨을 있는 힘껏 갈겼다. 간발의 차로 센스 있게 카메라를 끈 김 대리가 통쾌한 듯 파이팅을 외쳤다. 서 실장은 엄청난 힘에 비틀거리며 유진을 노려보았다.

　"지금 나 때렸어, 유진 씨? 너희들 봤지? 차유진이 나 패는 거!"

그녀가 직원들을 돌아보며 물었지만, 이미 긴장으로 얼어붙은 사람들은 아무 말도 하지 않고 박 대표의 눈치만 보았다. 유진이 턱을 높이 치켜들고 서 실장을 내려다보며 말했다.

"고소해요. 이건 내 개인적인 보복이니까. 난 나 욕하는 건 참아도 이치린 욕하는 건 못 참거든."

"……뭐?"

"물론 그 전에 아까 말한 대로 경찰서부터 가야겠지만."

"경찰서……?"

깜짝 놀라는 서 실장과 직원들을 냉랭하게 보며 박 대표가 고개를 돌렸다. 밖에 서 있던 두 남자가 기다린 것처럼 안으로 들어왔다.

"상황이 상황인지라, 모두 서까지 같이 가 주셔야겠습니다."

신분증을 먼저 내민 남자가 말했다.

"가기 전에 가지고 계신 휴대폰 먼저 제출 부탁드립니다."

딱딱한 얼굴로 협조를 청하는 경찰을 보며 서 실장과 직원들의 얼굴이 사색이 되었다.

* * *

"놀랐어요, 실장님. 일을 정말 잘하셔서. 계속 이렇게 잘 부탁드려요, 언론에서 주목할 수 있도록. 그럼 이쪽도 당연히. 네, 그럼요."

통화를 끝낸 사에가 휴대폰을 툭 던졌다. 예쁘장한 얼굴에 교활한 미소가 떠올랐다. 치린 때문에 EM웍스를 염탐하다 알게 된 아카데미 실장이라는 여자는 꽤 단순한 여자였다. 셋의 이야기를 확실하게 논란이 되도록 퍼트려만 준다면 뉴욕에 자리를 마련해 줄 수도 있다는 말 한마디에 꼭두각시처럼 움직였다. 성과는 대단했다. 각색한 불륜 스토리를 이미지로 만들어 SNS로 퍼나른 지 하루 만에 이치린은 국민 불륜녀가 되었다.

"불쌍한 린. 하필이면 회사 동료들한테 당하게 됐네. 이래서 평소 인맥 관리가 중요한 건데."

사에가 딱하다는 듯 말하자 뒤에서 그녀를 껴안은 채 가슴을 지분거리던 남자가 끼어들었다.

"어이, 전혀 불쌍해하는 얼굴이 아닌데? 지금 웃고 있다고, 너. 그러다 보복당한다."

사에가 흥하고 콧방귀를 뀌자 남자가 진지한 눈으로 고개를 저었다.

"그 한국 여자는 몰라도 이시하라는 만만한 상대가 아냐. 이 정도 모함에 사라질 스타가 아니라고."

"상관없어. 그런 나약한 남자 따위는."

남자는 혀를 차면서도 제 할 일을 해 나갔다. 그에게 떠밀려 소파 위로 쓰러진 사에는 픽 웃으며 뒤엉킨 육체를 적나라하게 비추는 거울을 보았다. 에리카가 죽었다. 진짜로. 발병 후 10년을 넘게 버티며 매번의 고비를 무사히 넘긴 그녀였다. 최상의 의료진과 딸이라면 목숨도 내놓을 부유한 어머니에게 둘러싸여 에리카는 언제나 살아났다. 무엇보다 그녀에겐 언제든 골수를 내어 줄 바보 같은 시녀도 있다. 의사니 부모니 해도 결국 백 퍼센트 일치하는 조혈모세포를 가진 이치린이 에리카의 생명줄이었다는 건 모두가 아는 사실이다. 멍청하게.

"난들 그렇게 될 줄 알았냐고."

그런데 왜 내가 이런 꼴을 당해야 해? 에리카가 죽은 뒤, 사에는 마츠이에서 내쳐졌다. 그녀와 오랫동안 일해 온 기획사는 대주주인 마츠이 홀딩스의 눈치를 보며 일방적인 계약 해지를 통보했다. 그녀가 지금껏 누려 온 도쿄의 호화 맨션, 차, 호텔 스파와 골프 회원권까지. 전부 다 하루아침에 빼앗겼다. 마츠이의 성을 쓰지 못한다는 건 그런 의미였다. 새 소속사에서 만들어 온 촌스러운 예명이 생각나 사에는 눈을 찡그렸다.

그녀를 넘겨받은 회사는 너무 작고 인력도 부족해서 제대로 된 일거리를 가져오지 못했다. 눈앞의 남자가 아니었다면 당장 머물 집조차 구하지 못했을 거다. 하루빨리 여길 벗어나 미국으로 가야 해. 남자의 손이 팬티를 젖히고 안으로 들어왔다. 거침없이 휘젓는 움직임에 사에의 몸이 반응하기 시작했다. 방송국에 그럭저럭 입김이 통하는 중년 배우는 때와 장소를 가리지 않고 서슴없이 야한 짓을 했다. 그녀를 원해서가 아니다. 연기의 중압감을 섹스로 풀어내는 것뿐이다.

"으…… 좋다."

남자가 노인네 같은 신음을 내뱉으며 움직이기 시작하자 사에는 이를 꽉 물고 소리를 눌렀다. 잘못돼도 한참 잘못됐다. 자신은 이렇게 바닥까지 떨어졌는데, 어째서 이치린은 멀쩡한 거지? 어떻게 톱모델인 자신조차도 만날 수 없었던 LV의 후계자를 낚아챈 거냐고. 겨우 에리카의 시녀 따위가. 이시하라도 등신이다. 한국까지 쫓아갔으면 뭐라도 할 것이지. 남자의 손이 가슴을 무작스럽게 움켜잡았다. 본능에 의해 다리가 조여들고 신음이 샜다. 살성이 연한 피부에서 차진 소리가 이어졌다.

숨 가쁘게 달음박질하는 남자를 느끼며 사에는 생각했다. 프랑스 귀족으로 알려진 LV 회장이 이치린 같은 여자를 아들의 짝으로 인정할 리 없다. 그렇다면 치린이 과거를 숨겼다는 뜻. 약혼녀라고 과장됐을 뿐 정식 기사도 아닌 잡지 한 귀퉁이에 행사 현장 스케치 같은 작은 사진 한 장 실린 게 전부다. 그 뒤 어떤 공식 행사에도 얼굴을 보이지 않는 둘을 두고 파혼설이니 회장의 반대니 하는 소문이 은밀히 돌기도 했다. 이제 과거가 전부 밝혀졌으니 그쪽에서도 이치린을 버리겠지. 그걸 기회 삼아 접근하는 것도 나쁘지 않았다. 사에는 눈을 빛냈다. 금방이라도 자신을 향한 스포트라이트가 쏟아질 것만 같았다. 좋아, 좀 더 세게 나가야겠어. 이모가 빨리 움직이도록. 급하게 몸을 빼낸 남자가 허리를 세웠다. 세팅으로 완벽하게 말아 놓은 사에의 머리카락에 뿌연 점액이 성기게 달라붙자 그녀가 인상을 구겼다.

"미쳤어? 곧 녹화란 말이야."

"뭐 어때, 잘 어울리는데."

킥킥대는 남자를 사에가 거칠게 노려보는데 매니저가 뛰어 들어왔다.

"크, 큰일 났습니다, 후지노 상!"

"그렇게 부르지 말랬지?"

눈을 한껏 찡그린 사에가 몸 위에서 킬킬대는 남자를 밀어냈다. 그는 뻔뻔한 태도로 지퍼를 올리며 새빨개진 얼굴로 눈을 어디에 둘지 몰라 허둥대는 매니저의 어깨를 두드린 뒤 대기실을 나갔다. 원피스를 당겨 내린 사에가 티슈로 머리를 닦아 내며 말했다.

"무슨 일인데?"

"숙소로 돌아가서 대기하라는 상부 지시입니다."

"상부 같은 소리 하네. 녹화 펑크 내면 책임질 거야?"

"방송이 문제가 아닙니다, 후지노 상."

사에가 고개를 확 치켜들고 쏘아보자 매니저가 달래듯 말했다.

"돌아가는 분위기가 심각하니 당장은 회사에서 시키는 대로 하는 게."

"분위기?"

아무것도 모르는 얼굴로 되묻는 사에에게 매니저가 휴대폰을 내밀었다.

"지금 이런 기사가 계속 올라오고 있습니다."

"뭐길래 그렇게 호들갑……."

휴대폰을 낚아채며 짜증을 내던 사에가 말을 멈췄다. 포털의 연예 기사면이 온통 그녀의 이름으로 도배되어 있었다.

-마츠이 사에가 터트린 이시하라 준의 불륜 의혹, 모함으로 밝혀져
-마츠이 사에가 한국에서 긴급체포된 사연은?
-조카 버리고 사위 선택한 마츠이 홀딩스 회장(feat. 마츠이 동영상의 전말)

"……이게 다 무슨 말이야? 대체 누가 이따위 기사를!"

사에가 경기하듯 펄쩍 뛰며 외쳤다. 그러나 아무리 부정해도 기사는 실재

했다. 떨리는 손끝으로 댓글이 가장 많이 달린 기사를 클릭하자 마츠이 회장의 얼굴 사진이 나왔다. 기사는 딸의 죽음 앞에 침묵을 지켰던 마츠이 회장이 직접 나서 사위의 불륜 의혹을 전면 부인했다는 내용이었다. 무엇보다 사에가 불륜 상대로 지목한 사람은 집안의 먼 친척이자 딸의 살아생전 유일한 친구로 마츠이 회장 자신에겐 일생의 은인이라고 밝혔다. 그리고 지금은 오랜 시간 파트너로서 협력해 온 LV그룹 회장 일가의 가족이라는 점을 분명히 들어 두 번 다시 불미스러운 일로 거론되지 않기를 바란다고 당부했다. 그녀의 확고한 표현과 논조는 경고에 가까웠다. 펜을 쥔 언론과 키보드를 함부로 두드린 네티즌, 그리고 사에를 향한 엄중한 경고. 그 안에는 또다시 이치린을 거론하면 마츠이와 LV가 모두 나설 거라는 명징한 함의가 담겨 있었다.

사에는 충격에 휩싸였다. 이모가, 마츠이 홀딩스의 회장이 치린을 대놓고 두둔할 거라고는 생각지 못했기 때문이다. 한 치 걸러 두 치라고, 뭐로 봐도 자신이 훨씬 더 가까운 피붙이인데. 게다가 이런 정중한 표현이라니. 상황은 마츠이 회장이 나선 시점을 계기로 완전히 전복됐다. 곧바로 법적 대응을 예고한 이시하라의 뉴스에 이어 사에를 겨냥한 언론의 의혹이 줄을 이었다. 미리 계획이라도 한 것처럼 모두가 한 몸으로 움직였다. 예상치 못한 전개에 사에가 손을 파르르 떨었다. 조용히 수수방관하던 마츠이 회장과 이시하라가 움직이자 그녀의 의도대로 나아가던 거대한 흐름은 순식간에 방향을 바꿔 되돌아오고 있었다. 대체 어쩌다 이렇게 된 거지.

"……우선 반박 기사부터 내. 이 마츠이 동영상인지 뭔지, 사실이 아니라고. 난 모르는 거라고."

초조하게 말을 잇는 사에를 향해 매니저가 물었다.

"다른 것들도 함께 해명해야 할 텐데요. 지금은 그냥 가만히 있는 게……."

"전부 다 아니라고 하면 되잖아!"

"정말 아닙니까? 그 영화감독 얘기도?"

매니저가 사에의 눈을 빠히 보며 물었다. 방금 전 이곳에서 벌어진 일을 목격한 그의 얼굴에 불신이 가득했다. 사에가 있는 대로 신경질을 부렸다.

"지금 날 취조하는 거야? 매니저면 날 보호하는 게 먼저 아냐?"

"……알겠습니다. 곧 기자들이 몰려들 테니 서둘러 나가시죠."

"그럼 녹화는?"

돌아서던 매니저가 황당하다는 얼굴로 사에를 보았다.

"녹화는 당연히 취소예요. 당장 이 스캔들을 해결하지 못하면 이대로 연예계에서 방출될 수도 있습니다."

"상관없어. 내가 연예인도 아니고. 애초에 난 모델이라고, 세계 패션 무대에 서는. 정 안 되면 미국으로 가면 그만이야."

턱을 도도하게 치켜들고 하는 사에의 말은 그녀 자신에게 하는 다짐 같았다. 할 말이 있는 얼굴로 머뭇거리던 매니저가 몸을 돌리며 말했다.

"가시죠."

그가 문을 여는 순간 마치 기다렸다는 듯이 한 무리의 기자들이 실내로 쏟아져 들어왔다.

"마츠이 상, 고인이 된 사촌 언니를 이용해 자작극을 벌인 게 사실입니까? 이시하라 준을 모함한 이유가 뭡니까?"

갑자기 들이닥친 기자들로 사에는 당황했지만, 카메라를 의식하며 침착하게 대답했다.

"……그런 적 없습니다."

"언론의 동정과 관심을 유발해서 얻고자 하는 다른 게 있었던 겁니까?"

"아니에요, 그런 거."

곧장 부인하는 목소리 끝이 날카롭게 갈라졌다.

"그럼, 한국의 영화감독과 부적절한 관계였다는 의혹에 대해서는요? 해명하실 수 있나요?"

"그건 따로 자리를 마련해서……."

사에의 대답이 끝나기도 전에 다른 기자가 불쑥 끼어들었다.

"오늘 저희 신문사에서 마츠이 상이 최근 서울에서 체포된 정황을 단독 입수했는데요. 그렇다면 그 감독과 지금까지 관계를 이어 온 겁니까?"

"아니에요!"

"당시에는 유부남이었다고 알고 있는데요."

"아니라니까, 아니라잖아!"

사에가 참지 못하고 히스테릭한 목소리로 고함을 빽 지르자 카메라 기자들이 그 모습을 찍기 위해 플래시를 마구 터트렸다. 먹이를 향해 달려드는 하이에나 떼처럼 자신을 향해 다가오는 마이크와 카메라에 사에는 깜짝 놀라 주춤거렸다.

"오늘 낮 LV그룹에서 앞으로 3대 패션쇼를 비롯한 그 어떤 런웨이에서도 마츠이 상을 볼 일은 없을 거라고 공식 코멘트 했는데요. 어떻게 생각하십니까?"

"그게 무슨…… 그럴 리가 없어."

충격적인 소식에 사에가 황급히 매니저를 보았다. 매니저가 시선을 피하는 순간 사에의 평정심은 급속도로 무너져 내렸다.

"지금 인터넷을 뜨겁게 달구고 있는 마츠이 동영상은 보셨나요?"

"거짓말이야. 그런 동영상은 없어. 난 모르는 거라고……."

"본인이 친자매처럼 사랑했다고 말한 사촌 언니가 죽어 가는 걸 외면해 놓고 무고한 사람한테 누명을 씌운 이유가 뭡니까?"

"그런 적 없……!"

발끈하며 고개를 든 사에는 질문을 던진 기자의 눈빛에 담긴 찰나의 경멸과 조소를 보았다. 자신을 둘러싼 다른 기자들의 시선도 다르지 않았다. 사에가 고개를 저으며 뒷걸음질 쳤다.

"아니야. 난 아니라고……."

그때 기자 하나가 마이크를 앞으로 쑥 내밀며 호통이라도 치듯 외쳤다.

"대체 무슨 생각으로 그런 일을 벌인 겁니까?"

사에가 털썩 주저앉았다. 그녀를 향해 카메라 플래시가 난사하듯 터졌다. 사에는 마침내 그녀가 바라던 대로 화려한 스포트라이트를 받게 되었다.

* * *

-린, 나의 린.

에리카…… 화면 속에서 에리카를 보는 순간 나는 재생 버튼을 누른 것을 후회했다. 그러나 이 짧은 클립이 끝날 때까지 손 하나 꼼짝할 수 없으리라는 것 또한 직감했다.

-사랑하는 나의 자매, 나의 친구, 린.

에리카는 병색이 완연한 얼굴로 카메라를 또렷하게 응시한 채 나를 불렀다. 마치 이곳에 내가 있음을 아는 것 같았다. 머리에는 나와 일주일에 걸쳐 함께 고른 갈색 가발을 쓰고 몇 년 전 크리스마스에 내가 선물로 주었던 빨간 목도리를 목에 꼼꼼하게 두르고 있었다. 그러니까 이 영상은 에리카가 숨을 거두기 전 내게 남긴 거다. 그 사실을 자각하는 순간 명치가 틀어막히는 것 같았다.

-미안해, 린. 이 말을 꼭 하고 싶었어. 너를 배신해서, 약속을…… 지키지 못해서.

'살아남을 거야, 반드시. 보란 듯이 떨쳐 내서 너와 함께 옐로나이프에 갈 거야. 그러니까 약속해 줘, 린.'
'대답해, 에리카. 왜 나를 배신했어?'
'……죽고 싶어서.'

우리가 나눈 마지막 대화가 떠올라 슬픔이 걷잡을 수 없는 파도가 되어 해일처럼 밀려들었다. 나를 이런 절망스러운 무참함에 빠트리고서 에리카는 계속해서 웃었다. 입가에 경련이 일 정도로. 그 부자연스러움에 에리카가 시력을 거의 잃었음을 알아차렸다. 그럼에도 카메라를 바라보는 눈빛은 흔들림이 없었다. 마치 연습을 거듭한 사람처럼. 그녀는 계속해서 말했다.

-그리고 고마워. 나를, 살려 줘서. 너한테서 이시하라를 빼앗았는데도. 그런 나에게 너의 생명을 나눠 줘서. 나를…… 세 번이나 구해 줘서.

에리카의 목소리는 아주 느리고 나약하게 떨렸다. 병이, 암세포가, 죽음이 그녀의 어디까지 다가와 있는지 알 수 있을 만큼.

-네가 아니었다면, 나는 죽었을 거야. 사에는, 그 애가 골수를 주지 않을 거라는 건 처음부터 알고 있었어.

아주 잠깐의 침묵 후 에리카의 입술이 눈에 보일 정도로 떨렸다.

-나는, 너의 생명을 받아서 기적 같은 시간을 보냈어, 린. 산다는 건 그런 거였어. 살아만 있다면, 아무것도 아닌 거였어.

새삼 깨달았다는 듯 에리카가 말했다.

-네가 준 선물, 영원히 잊지 않을게. 그러니까 너는, 나를 잊고 나를 지우고 행복해 줘, 린.

나는 습관적으로 시선을 내려 에리카의 손을 확인했다. 그녀는 울고 싶을 때마다 손가락 끝을 꾹 누르며 웃곤 했다. 손톱이 자라지 않아 붉은 살갗만 남은 에리카의 손끝은 빨갛게 변해 있었다.

-행복해야 해, 린.

에리카는 보이지 않는 눈으로 그 말을 몇 번이나 반복해서 말했다. 행복해, 라고.

'아아, 나는…… 나는, 에리카. 나는 너를 끝내 보지 않으려 했는데. 그래서 가지 않았는데. 너의 임종을 지키지 못했는데.'

영상은 한참 전에 끝이 났고 화면은 검게 변했는데도 어디선가 거친 숨소리가 끊이지 않고 울렸다. 어찌할 바를 몰라 뿌옇게 흐려진 시야로 허공을 두리번거릴 때 뒤에서 뻗어 나온 손이 나를 끌어당겼다. 나는 지헌에게 아이처럼 매달렸다.

"나 있죠, 나 아무래도."

늦은 것 같아, 완전히 늦어 버렸어.

"아직 늦지 않았어."

말을 잇지 못하는 나를 대신해 지헌이 대답했다. 나는 지헌에게 매달려 나오지 않는 목소리로 애원했다.

"같이, 나랑 같이."

"응, 같이 가."

뜨거운 덩어리가 가슴을 짓눌러서 목이 메었다. 지헌의 목소리가 너무 다정해서. 에리카가 떠났다는 걸 실감하면서도 당신이 내 곁에 있어서. 추락할 것 같은 기분으로 안도했다.

"이제 울어도 돼."

일그러진 얼굴로 버티고 있던 내게 지헌이 말한 순간 나는 그의 품 안으로 깊이 떨어졌다.

* * *

"저희 집안의 문제로 또다시 폐를 끼치게 되어 대단히 송구합니다, 회장님."

다소곳이 허리를 굽히는 마츠이 아야코의 얼굴은 이전보다 조금 야위어 보였다. 로라 블루아는 고개를 약간 숙이는 것으로 인사를 받았다. 그녀는 마츠이 사에가 벌인 일을 보고 받은 즉시 움직였다. 인터넷에서 마녀로 몰린 치린의 신상이 악의적으로 폭로되기 전에 수습하기 위해서였다.

"쉽지 않은 결정이었을 텐데 고맙습니다."

로라의 인사에 마츠이 회장이 다시 송구스럽다는 듯 머리를 조아렸다. 로라는 그녀의 결단을 가볍게 여기지 않았다. 생전에야 어쨌든 고인이 된 지금,

딸이 추문을 떠안길 바라는 부모는 어디에도 없다. 그걸 감수하면서도 마츠이 회장은 진실을 공개하는 데 망설이지 않았다.

로라는 담담하게 마주 앉은 마츠이 아야코의 얼굴을 말없이 보았다. 며느리가 그녀의 딸을 살린 대가로, 아들은 그녀가 일생을 지켜 온 기업의 절반을 잃게 했다. 마츠이 홀딩스는 일본 경제를 휘청이게 할 정도로 무너졌으나 이름만은 지켰다. 그런 면에서 아들은 잔인하면서도 영리했다. 그렇게 살아난 마츠이 에리카였으나 이듬해 겨울을 넘기지는 못했다.

"늦었지만 따님의 명복을 빕니다."

"감사합니다."

"의미 있는 일을 시작하셨다고 들었습니다. 기회가 된다면 돕고 싶군요."

로라의 말에 마츠이 회장이 고개를 끄덕였다. 그들 사이로 많은 대화 오가진 않았으나, 거대 기업 집단을 이끌어 온 여성 경영인이자 어머니라는 동질감이 둘 사이의 침묵을 무리 없이 채워 넣었다.

"봄이네요."

창밖을 향해 무심코 시선을 돌린 마츠이 회장이 나무에 피어난 연둣빛 새 순을 보며 말했다.

"그렇군요."

로라가 짧게 동의했다.

* * *

나는 아이처럼 목놓아 울었다. 지헌이 나를 품에 안은 채로 등을 쓸어내렸다. 그는 이따금 팔에 힘을 주어 나를 꽉 끌어안는 것 말고는 아무 말도 하지 않고 울음을 그칠 때까지 기다려 주었다.

"고마워요."

완전히 맛이 간 목소리로 말하자 나를 가만히 보던 지헌이 물었다.

"이제 좀 개운해?"

"응."

"배가 고프진 않고?"

잠시 생각하다 고개를 끄덕였다.

"……고파요."

지헌이 피식 웃으며 아이에게 하듯 머리를 가볍게 헝클였다. 그는 완전히 기진맥진한 나를 주방 의자에 내려놓은 후 냉장고 문을 열었다. 몸을 동그랗게 말고 무릎을 끌어안은 뒤 그 위에 턱을 얹고서 나를 위해 냉장고를 뒤적이는 지헌의 등을 보았다. 나의 슬픔을 얹고도 여전히 크고 단단한 그의 등을. 천천히 몸을 일으켰다. 두 발을 바닥에 내리고 지헌에게 다가가 등을 껴안았다.

"사랑해요."

우유병을 잡은 채로 멈췄던 지헌이 몸을 감고 있는 내 손을 더 깊게 끌어당기며 말했다.

"일주일 만이네."

"그 정도까지는 아닌데. 한 나흘……?"

"3일은 영혼이 없었지."

서운했다는 말을 이제 와 무심하게 하는 목소리가 사랑스러워 나는 지헌을 더 깊이 끌어안으며 그의 등에 뺨을 문질렀다.

"평생 사랑할게요."

"그건 좀 두고 봐야겠고."

늘 분위기에 휩쓸리는 나와 달리 항상 철두철미한 남자답게 지헌이 대답했다.

"그럼 평생."

나는 말을 멈추고 생각했다. 내가 가진 것 중에 그에게 줄 만큼 빛나고 값진 게 떠오르지 않았다. 돈으로 살 수 있는 건 나보다 지헌이 몇 배는 위였다.

"평생?"

그가 뒷말을 재촉하듯 물었다. 임기응변에 강하지 않은 나는 가장 손쉬운 걸 골랐다.

"평생, 나 줄게요."

지헌이 고개를 돌리고 나를 빤히 보았다.

"배 많이 고파?"

"아니, 왜요……?"

"다른 게 먹고 싶어졌어."

"……?"

"더 맛있는 거."

나를 조용히 바라보는 눈동자에 울어서 멍한 정신이 더 아득해지는 기분이었다. 지헌의 손이 갑자기 빨라지더니 그가 평소보다 많은 양의 재료를 꺼내 들었다.

"……배 안 고픈 거 아니었어요?"

"아가씨가 다 먹을 거야. 저녁까지 두 끼."

"내가……? 그럼 당신은?"

"난 나중에. 너 먹이고, 그다음에."

조리대 앞에 선 지헌이 빠르고 효율적으로 손을 놀렸다. 나는 다시 얌전하게 앉아 그를 바라보며 생각했다.

'나는 이미 행복해진 것 같아, 에리카.'

유진의 전화를 받은 건 다음 날 아침이었다.

-한국 완전 난리 났어!

그녀의 생생한 목소리가 잠들어 있던 현실감각을 일깨웠다.

"또 무슨 일인데."

겁부터 더럭 나서 억지로 눈을 비비며 일어나는 내게 유진은 인터넷 뉴스 창을 보라고 했다. 나는 곧 난리라는 말의 의미를 이해했다. 어제 하루 동안 두 나라에서 일어난 일들이 태평양을 사이에 두고 떨어진 내게 차곡차곡 전달되었다. 사에의 과거가 하나씩 밝혀지며 사건은 뜻밖의 과열로 이어졌다. 사람들은 새로운 불륜녀의 등장에 이전보다 더욱 분노하고 있었다. 조용히 아무도 모르게 가라앉길 바랐는데.

-너희 시어머니는 조용히 넘어갈 마음이 전혀 없으신 것 같은데?

유진이 어쩐지 즐거운 목소리로 말했다.

-너도 몰랐지? 성명 발표하신 거. 내 며느리라고 콕 집어 말씀하셨더라. 가족을 위협하는 건 참지 않겠다고.

그건 나로서도 전혀 예상하지 못한 일이었다. 이렇게 폐를 끼칠 생각은 없었는데. 어떻게 이렇게 빨리 아셨을까. 문득 침대 옆 빈자리를 돌아보았다. 지헌이 보이지 않았다. 나는 유진에게 서 실장이 처벌을 받을 것 같다는 얘기를 들으며 방과 이어진 욕실을 기웃거렸다.

-칙칙한 얘기는 여기까지. 야, 그건 됐고. 너 지금 SNS 접속해 봐.

"SNS? 어제 다 비공개로 돌렸어."

나는 계정을 무심코 확인하다 그대로 손을 멈췄다.

"아, 이런……."

유진이 코웃음 쳤다.

-웃기지 않니? 죽일 년이라고 몰아붙일 때는 언제고.

나를 태그로 한 응원 메시지가 실시간 타임라인에 쏟아지듯 올라왔다. 다수는 모르는 사람들이었으나 그들이 리트윗한 게시물은 회사 동료와 나와 일했던 디자이너, 모델들이었다. 그중엔 김 대리와 신인 모델도 있었다. 그들은 내가 어떠한 리더였고 자신들을 어떻게 이끌었는지 우리 일을 잘 모르는 일반인도 쉽게 이해할 수 있도록 경험담을 공유했다. 물론 김 대리답게 뻥과 과장을 지나치게 섞어서.

"……이거 좀 사기 아냐?"

떨떠름해하는 나를 향해 유진이 안심하라며 깔깔댔다.

-어차피 걔는 유명인도 아니라 리트윗도 몇 번 안 됐어. 진짜는 세이지 미야케지. 그 양반 멘트 하나가 전 세계 수십만 명의 팔로워에게 실시간으로 전달되니까. 그거 하나에 너 욕하던 사람들 태도가 한순간에 싹 바뀌더라.

나는 링크가 가장 많이 걸린 세이지 미야케의 주소를 클릭했다. 나로서는 상상도 되지 않는 하트 수를 찍고 있는 게시물에 내 얼굴이 있었다. 런웨이에서 있는 미야케 선생과 나를 하우스 포토그래퍼가 흑백으로 찍은 사진이었다. 뭔가를 열정적으로 의논하는 것처럼 보이는 우리의 모습은 마치 미공개 디렉터스 컷처럼 멋지게 보였지만 현장 분위기는 정반대였다.

안 되는 걸 자꾸 하겠다고 우기는 디자이너 미야케와 안 되는 이유를 납득시키기 위해 분투하는 연출가인 내가 크게 충돌하는 장면이었다. 결과는 늘 그렇듯 클라이언트의 승리. 나는 이날 무대 조명이 꺼지는 순간까지 내가 계산한 모든 경우의 수 이외의 돌발 상황이 발생할까 봐 마음을 졸이느라 화장실 한 번 가지 못했다. 그리고 세이지 미야케의 고정 계약을 따냈다. 그가 이 사진을 가지고 있을 줄은 몰랐는데. 사진 아래에는 유진이 말한 미야케 선생의 짧막한 글이 적혀 있었다.

매사에 열심히 일하는 사람은 도무지 이길 수가 없다.
그리고 나는 지금껏 그렇게 열심히 일하는 사람을 본 적이 없다.
그녀가 언제나 완벽한 대안을 가지고 쇼를 성공시키는 이유다.
물론, 완벽하다는 게 성격마저 좋다는 뜻은 아니지만 말이다.

-노인네, 하여튼 잘 나가다가 꼭 그렇게 삑사리를 낸다니까.
"고마워."
-뭐가? 내가 뭘 했다고.

쑥스러워하는 유진의 목소리를 들으며 가장 많은 팔로워를 가진 그녀가 자신의 계정에 짧게 적은 한마디를 오래도록 보았다. 내 동생.

……뭐야, 너 울어? 야, 울지 마. 나 네 남편한테 혼나기 싫거든?

그렇게 말하는 유진의 목소리에도 물기가 묻어났다.

"고맙다고 전해 줘. 모두 다, 보고 싶다고."

-네가 와서 직접 해. 이제 괜찮다며. 너 설마 아직도 픽픽 쓰러지는 거 아니지?

"……픽픽이라니, 그런 적 없어."

-없기는, 밖에서 두 번이나 쓰러진 게 누군데.

유진이 핀잔했다.

-그 바람에 네 남편이 너 어떻게 될까 봐 쫄아서 집에만 꽁꽁 가둬 두는 거 모르는 사람도 있어?

"……그런 것 좀 공유하지 말아 줄래? 김 대리가 자꾸 이상한 쪽으로 생각하잖아."

유진이 장난식으로 말한 걸 심각하게 받아들인 녀석은 내가 진짜로 갇혀 산다고 생각했는지 굉장히 조심스럽게 전화를 해 왔다. 아니라고 해명했으나 그 뒤로도 지헌의 이미지는 좀처럼 개선되지 않았다.

-그럼 강지헌 씨를 잘 꼬셔 봐. 이제 건강하니까 집 밖으로 좀 내보내라고.

"그 정돈 아니지만…… 알았어."

로키산맥에 가서 건강함을 어필하려 했던 나는 뜨끔해서 유진의 말에 고개를 끄덕이고 말았다.

-꼭 성공해서 한국 들어와! 안 그럼 내가 간다!

전화를 끊고 아래층으로 내려갔다. 지헌은 주방에 서서 냄비에 든 뭔가를 젓고 있었다. 그가 뚜껑을 닫고 몸을 돌렸다. 입구에 서 있던 나와 눈이 마주쳤다. 나는 지헌을 바라보며 깨달았다. 갑자기 터진 이 스캔들에 대해 우리가 제대로 된 이야기를 나눈 적이 없다는 사실을. 그럼에도 로라는 움직였고 에리카의 영상이 공개됐다. 사에도 서 실장도 내가 나서기 전에 정리됐다. 이 모든 것들이 수면 아래에서 움직이는 데 걸린 시간은 하루. 그중에 당신은 어디부터 어디까지 알고 있었을까.

물끄러미 바라보는 내게 지헌이 천천히 팔을 벌렸다. 나는 생각하기를 멈췄다. 무의미하다고 결론 내렸기 때문이다. 대신 달려가 그에게 안겼다. 나를 번쩍 안아 올리는 지헌의 품은 따듯했다. 나는 그의 목을 힘껏 끌어안으며 말했다.

"준비됐어요."

* * *

고즈넉한 사찰은 바쁘게 흐르는 고층 빌딩 사이에서 저 홀로 평화로운 풍광을 드러내고 있었다. 아무 일도 없었다는 듯 유유히 흘러가는 연못을 잠시 바라보다 몸을 돌렸다. 그곳에 에리카가 있었다. 작은 비석 뒤로 죽은 이의 추선공양을 위해 세워 둔 소토바에 에리카의 이름이 적혀 있었다. 그걸 보는 순간 마침내 실감이 났다.

'정말로, 갔구나. 에리카.'

나는 그 한자음을 한동안 바라보다 조용히 합장했다.

묘지를 나서는 나를 붙잡은 건 마츠이 여사였다.

"잠깐, 괜찮니?"

나는 고개를 한번 끄덕인 뒤 늘 입던 비즈니스 정장 대신 장례식 예복인 검은색 모호쿠를 입은 그녀를 말없이 보았다. 그녀는 다다미가 깔린 작은 다실로 나를 안내했다. 뒤뜰로 이어지는 문이 활짝 열린 방 안에는 작은 화로 위에 찻물을 끓일 때 쓰는 솥이 올려져 있었다.

기모노 차림으로 무릎을 굽힌 마츠이 여사가 나를 앞에 둔 채 꽤 진지하게 찻잎을 우리기 시작했다. 지금껏 한 번도 다도를 즐기는 모습은 본 적이 없었지만, 순서도 손놀림도 모두 나무랄 데 없이 완벽했다. 교쿠로 잎이 세 번째로 우러났을 때, 그녀가 찻잔을 두 손으로 받친 뒤 내 앞에 내려놓았다.

찻물을 한 모금 머금은 나는 잠시 그대로 굳었다. 차 맛은 형편없었다. 아무 내색도 하지 않고 조용히 잔을 내릴 때였다.

"다시마를 우려도 이것보단 낫겠어."

그녀가 솔직하게 시인하며 잔을 내렸다.

"캡슐만 넣으면 30초도 안 돼서 커피가 내려지는 세상에 솥에 가마를 얹고 맷돌로 찻잎을 갈고. 꽤나 할 일 없는 짓이라고 생각했지. 그럴 시간에 시찰을 한 번 더 가는 게 낫겠다고. 나는 그렇게 살았단다. 세상에서 내 시간이 가장 중요했어. 그래서 나보다 에리카의 시간이 더 빠르다는 걸 몰랐어."

나는 그녀의 자조 섞인 음성을 잠자코 듣기만 했다.

"그런 나를 대신해서 그 애의 시간을 지킨 건 너였지."

그렇게 말한 마츠이 여사가 허리를 깊이 숙였다. 머리가 바닥에 닿을 만큼.

"고맙다, 린. 그 아이를 살려 주어서."

"······에리카는 죽었어요."

그리고 나는 죽기 전 마지막으로 나를 찾는 에리카를 외면했다.

"아니, 네가 살린 거란다. 내 딸도, 손녀도. 몇 번이나 살려 주었지."

그녀가 진심 어린 목소리로 말했다.

"네 덕분에 우리는 아주 소중한 시간을 얻었어. 정말 귀하고 행복한 시간이었단다."

무슨 말을 해야 할지 몰라 물끄러미 바라보다 그녀를 따라온 이유를 겨우 떠올렸다.

"이번 일 도와주셔서 고맙습니다. 이 말을 하러 왔어요."

사에가 꾸민 일을 해결해야겠다고 마음먹었을 때 제일 먼저 마츠이 여사에게 연락했다. 내가 부탁한다면 그녀가 어떤 식으로든 일을 수습할 거라고 생각했기 때문이다. 그러나 이렇게까지 전면으로 나설 거라고는 기대하지 않았다.

"에리카가 그랬지. 네가 정말로 행복했으면 좋겠다고. 그걸 바라는 건 그 아이뿐이 아니더구나. 아주 많은 사람이 네가 행복하길 바라고 있어. 나도, 이시하라, 그 아이도."

뜻밖의 이름에 의아해하는 내게 그녀가 말했다.

"에리카의 부탁으로 그 비디오를 찍은 건 준이란다."

"……."

"물론 그걸 공개하는 데에는 강 이사의 도움이 가장 컸지만."

아무 말도 하지 못하는 나를 향해 그녀가 웃었다.

"너는 정말로 사랑받는 사람이 되었구나, 린. 늦었지만 결혼 축하한다."

미소 짓는 그녀를 보며 나는 아무 말도 하지 못했다. 그저 다 식어 버려서 완전히 쓴맛만 남은 차를 모두 비웠다.

* * *

다실을 나와 본당 아래로 향할 때였다.

"꽃비야……!"

어설픈 발음만큼이나 걸음도 어설픈 아기가 마당을 가로지르며 나무 사이를 마구 달렸다. 앙증맞은 기모노를 입은 채 짧은 사과 머리를 위로 틀어 올린 아기는 너무 작아서 내 무릎에도 닿지 않을 것 같았다. 나는 혹시 넘어지기라도 할까 봐 걸음을 멈추고 아기를 보았다. 흩날리는 꽃잎이 그렇게나 신기한지 그 애는 허리에 제 몸만 한 분홍색 오비를 매단 채 우거진 관목 아래를 방방 뛰었다.

"아빠, 꽃비!"

불현듯 멈춰 선 아기가 한곳을 보며 앙증맞은 손을 펼쳐 들었다. 부모가 있다니 다행이라고 생각하며 무심결에 따라간 시선 끝에서 그를 보았다.

"천천히 가야지, 린! 그러다 넘어진다고, 아빠가……!"

나는 선 채로, 그는 달려오던 채로 우리의 시간이 정지했다. 잠깐의 깨달음과 함께 나는 다시 아이를 좇아 시선을 돌렸다. 반짝이는 갈색 눈동자와 가루가 묻어날 것 같은 하얀 뺨을 조용히 보았다. 그렇구나.

"아빠, 비……!"

"……으응."

"빨리, 빨리이!"

조급하고 천진한 목소리로 아이가 조르기 시작했다. 나는 몸을 돌려 천천히 그들을 스쳐 지나갔다. 아주 짧은 한순간이었다. 그곳을 빠져나오자마자 지헌이 있었다. 지헌은 줄곧 이쪽을 보고 있었던 것처럼 내가 문을 나서는 것과 동시에 다가왔다.

"끝났어?"

"네."

산뜻하게 대답하는 내 얼굴을 지헌이 가만히 살폈다. 말없이 깊어지는 시선이 뺨 위에 오랫동안 머물렀다. 그의 손끝이 귓가를 다정하게 파고들며 머리를 쓸어 넘겼다. 따스한 손이 목을 감싸며 부드럽게 당기는 힘에 눈을 감았다. 지헌의 입술이 포근하게 스며들었다. 바람이 사락사락 소리를 내며 지나가자 머리 위로 꽃비가 떨어져 내렸다. 지헌이 뺨 위에 붙은 꽃잎을 떼어 내며 물었다.

"이제 오로라 보러 갈까?"

"응, 가요."

손을 맞잡고 절을 빠져나오는 우리 위로 꽃잎이 눈발처럼 흩날렸다.

03

My Lady

캐나다 북부 노스웨스트 준주 옐로나이프. 공항에 도착해 차로 달린 뒤, 다시 얼어붙은 호수 위를 가로질러 목적지인 롯지에 다다르는 길은 마치 인간의 문명을 벗어나 자연 깊숙이 들어가는 것과 같았다. 그곳에 오로라가 있었다. 신이 인간에게 선사한 마법이라 불리는 신비롭고 아름다운 빛 덩어리. 하늘에 어둠이 깃들고 무수한 별들이 쏟아져 내릴 것처럼 제 모습을 드러내는 순간. 녹색 섬광이 밤의 하늘과 땅을 가르며 멀리 퍼져 나갔다. 그건 경이로운 순간이었다. 푸른 장막처럼 넓게 펼쳐졌다가 다시 분홍빛을 내며 줄어들더니 마침내 맹렬한 불꽃처럼 폭발하듯 타올랐다. 춤을 추는 것 같기도 했고 인사를 건네는 것 같기도 했다.

나는 지현의 손을 꼭 잡은 채로 그 광경에 압도되어 아무 말도 할 수 없었다. 죽은 이들의 영혼이 무사히 저승에 닿을 수 있게 길을 안내하는 빛이라고 했던가. 누군가는 먼저 떠난 사람이 살아 있는 사람을 향해 건네는 인사라고 했다. 어느 쪽이든 상관없었다. 인간이든 신이든 과학이든. 그 빛의 향연을 제대로 설명할 수 있는 언어라는 건 존재하지 않았다.

"아우로라."

언 땅 위로 길을 잇듯 아득하게 쏟아져 내리는 오로라를 보며 나는 그렇게 중얼거렸다. 그리고 알았다. 이 밤 오래도록 잠들 수 없을 거라는 걸. 지헌은 오로라보다는 오로라를 보는 나를 보는 걸 더 즐기는 것 같았다. 만족감과 흐뭇함, 순수한 기쁨이 서린 눈빛을 보며 나도 모르게 그 말이 나왔다.

"우리 아이 가질래요?"

지헌은 잘 놀라지 않는다. 그가 어떤 상황에서도 빠르고 유연하게 대처하는 건 전투기 조종사급의 반사신경을 가진 포뮬러원 드라이버였기 때문이기도 하지만, 대체로 강지헌을 놀라게 할 만한 일이라는 게 없기 때문이다. 그래서 나는 알았다. 지금 이 남자가 아주 많이 놀랐음을. 그건 전혀 예상 못 한 반응이었으나 중요한 문제이니 그의 동의 없이 결정할 수는 없었다.

"싫어요?"

뜻밖의 난관에 부딪힌 건 나뿐만이 아니었다. 지헌이 대답 대신 나를 빤히 바라보며 물었다.

"아이를 원해?"

"보통은 결혼하면 다들 그렇죠……?"

지헌이 눈썹을 휘었다.

"나로는 부족해서?"

"그건 당연히."

나는 말을 멈추고 지헌을 보았다. 어떻게 그런 결론이 날까 궁금했다.

"당연히?"

되묻는 그의 목소리에 힘이 실려서인지 웃고 있는데도 눈동자에 한기가 돌았다.

"혹시 아이 싫어해요?"

"응."

"그럼…… 안 낳을 생각이었어요?"

"어."

지헌이 딱 잘라 말했다.

"알았어요."

나는 별수 없다는 듯 코밑을 한번 쓱 훑으며 말했다. 지헌의 눈매가 가늘게 접혔다.

"그게 다야?"

"네."

산뜻하게 답하며 지헌의 손을 놓고 장갑을 꺼냈다.

"우리도 이제 가요."

팔까지 흔들며 경쾌하게 한 걸음을 내딛자 무릎 아래까지 오는 털부츠가 깊은 눈 속으로 푹 파묻혔다. 올해 기상이변으로 폭설이 일찍 찾아왔다고 했던가. 태어나 이렇게 광활하고 많은 눈은 처음이라 신기했다. 눈을 빛내며 아무도 밟지 않은 새하얀 눈밭을 찾아 다시 한 걸음을 내디뎠다. 지헌이 손을 잡아 나를 멈추게 했다. 그는 나를 돌려세우는 대신 천천히 돌아와 내 앞에 섰다. 그리곤 나를 말없이 보았다. 달빛을 받아 빛나는 까만 눈동자가 나를 향한 소유욕으로 짙게 일렁거렸다. 역시 실패인가. 침묵 속에서 그를 가만히 보기만 하는데 지헌이 말했다.

"그러자. 네가 원하는 대로 하자."

"……싫다면서요?"

"좋아지겠지."

태평하기까지 한 거만한 말투에 나는 아연해서 지헌을 보았다. 싫다고 딱 잘라 말하더니 이렇게 순식간에 태도를 바꿀 줄은 몰랐다. 그래서 알았다. 그의 마음이 바뀌지 않을걸. 그 이유를 알 것 같아서 속상했다.

"……그렇게 싫어요? 내가 당신 아이 낳는 거."

"내 아이?"

나직하게 반문하는 지헌을 보며 허탈한 웃음이 나왔다.

"그럼 누구 아이를 낳아요? 내가 갖고 싶은 건 강지헌 아기인데."

의외의 말을 들은 사람처럼 지헌의 눈에 힘이 들어갔다. 그가 천천히 곱씹었다.

"내 아이라."

나는 다시 희망의 빛을 보았다. 그래서 지헌에게 한 걸음 다가서며 그의 팔을 살며시 잡은 채로 얼굴을 들었다. 조급함을 밀어내고 눈을 맞추며 물었다.

"나한테 줄래요? 내가 더 행복하게 해 줄게요."

지헌이 하늘 위로 넓게 퍼지는 오로라를 잠깐 바라보더니 다시 내게로 눈을 돌렸다. 그 짧은 눈 맞춤에서 오늘도 나의 영악함이 통했음을 확신했다. 지헌이 짧게 고개를 끄덕였다.

"좋아. 단."

"단……?"

"의사가 문제없다고 하면."

"그거야, 당연히……!"

대뜸 질러 놓고 자신이 없어 입을 꾹 다물자 지헌이 불온한 미소를 지었다. 칫 소리가 절로 나왔다. 넘어온 줄 알았더니.

"나는 늘 넘어가 있어, 아가씨."

지헌이 하얀 입김을 몽글몽글 쏟아 내는 내 뺨을 양손으로 마주 비비며 말했다. 넘어오기는 무슨. 이제는 한 번을 안 속아 주면서. 왠지 얄미워서 얼굴을 확 돌리며 그의 손을 밀어냈다. 지헌의 경쾌한 웃음소리가 얼어붙은 호수를 울렸다.

우리는 유리 천장 위로 쏟아지는 오로라를 보며 작은 오두막으로 만든 롯지에 누워 있었다. 관리인은 며칠을 세워도 허탕 치기 일쑤인 오로라 헌팅에 단번에 성공한 우리를 보고 운이 좋은 커플이라고 치켜세웠다. 그래서인지 그 행운 아래에서 숨을 섞고 몸을 포갠 채 누워 있는 이 순간이 조금 비현실적으로 느껴졌다.

"치린아."

지헌이 나를 부드럽게 불렀다. 달콤해서 듣는 것만으로도 녹아내릴 것 같은 목소리였다.

"나비야."

그가 손끝을 잡아 올렸다. 그날, 장갑을 끼고 예술품을 만지는 학자처럼 내 손목을 조심스럽게 감싸 쥐었던 그때와 같이. 신을 경애하듯 자연을 찬미하듯. 마치 나를 숭배하듯. 트윌리 아래 처음으로 드러난 상처 위로 얼굴을 숙이던 그날처럼 입술을 내리며 지헌이 말했다.

"파리로 돌아가면."

이제는 흉도 잘 보이지 않는 상처를 그가 깊게 머금는 순간 그 엄숙한 위엄에 나도 모르게 손끝이 떨렸다.

"결혼하자."

그의 말에 조금 당황해서 몸을 일으켰을 때, 동그랗게 반짝이는 게 손목을 통과했다. 보석을 촘촘하게 이어서 만든 브레이슬릿은 정확히 흉터 위를 완벽하게 감쌌다. 팔찌와 그를 번갈아 보다가 물었다.

"……이미 했잖아요."

"청혼을 안 했잖아, 내가."

"그랬나?"

그러고 보니 받은 기억이 없긴 했다.

"너도 허락 안 했고."

"난 했는데? 사인."

"그건 내가 강제로 받은 거고."

역시 알고 있었어. 자신에게 불리한 기억을 꽤 당당하게 언급하는 지헌을 보며 나는 상황도 잊고 감탄했다. 그가 솔직하게 시인했다.

"그땐 좀 제정신이 아니었어. 너랑 당장 부부가 되어야 했거든."

"……부부?"

"그래야 배우자로서 이치린에 대한 법적인 권리와 책임을 가질 수 있으니까."

지헌이 내 뺨을 톡 두드리며 말했다.

"네가 또 사라질 경우를 대비해서."

"아……."

그 일에 대해서라면 할 말이 궁색한 나는 어름어름 뜸을 들이며 지헌의 손을 만지작거렸다.

"내가 더 잘할게요. 좋은 아내가 되도록 노력할게요."

"난 아내가 필요해서 결혼한 게 아닌데."

"……?"

"그냥 너의 남편이 되고 싶었어."

그가 손가락에 고리를 끼우며 장난스럽게 문질렀다.

"그러니까 애쓰지 마, 아가씨. 어떻게 해도 나한테 넌 너야."

갑작스러운 고백을 들은 것 같아 가슴이 이상하게 두근거리며 뛰었다.

"……내가 어떤데요?"

지헌이 나를 빤히 보며 말했다.

"일단 성격이 좀 안 좋지. 편식도 심하고, 생활 리듬도 제멋대로인 데다 도무지 안심이 안 되는."

"그만, 됐어요. 그 입을 다물어요."

두근거림 따위는 흔적도 없이 사라지고 차게 식은 눈이 되어 지헌의 손을 뿌리쳤다. 평소라면 밀려나 줬을 지헌이 손깍지를 끼며 나를 당겼다.

"그것까지 전부 다, 나한테는 너야."

흐응, 실컷 욕해 놓고 그런 말을 해봤자지. 나는 계속해서 지헌을 흐린 눈으로 보았다. 지헌이 피식 웃더니 마주 댄 손바닥을 장난스럽게 뒤집었다. 커다란 지헌의 손에 파묻히다시피 한 내 손이 마치 아기 손 같아 보였다.

"나한테는 네가 전부인데, 너는 아니지. 그게 가끔 싫을 때가 있어."

지헌이 보들보들한 촉감을 쓸어내리며 말했다.

"아무도 모르는 고성이나 무인도에 데려다 놓고 나만 보게 하고 싶을 만큼. 그런데 이렇게 말하면 겁먹을 테니까, 그냥."

지헌이 부드럽게 웃으며 말했다.

"사랑이라고 하자."

나는 지헌이 사근사근한 목소리로 언급한 성이나 무인도 같은 단어를 기억하지 않으려 애썼다. 왜냐하면 방금 그건 너무.

"진짜 같았어……."

"진심인데. 설마 가짜로 사랑할까."

"아뇨. 그게 아니라."

그 전에 한 말이 진심 같았다. 그러나 굳이 진실에 목을 매는 타입이 아닌 나는 이대로 묻어 두기로 했다. 지헌이 나를 기특한 듯 보더니 팔을 당겨 자신이 채워 둔 팔찌를 따라 입을 맞췄다.

"잘 어울리네."

흡족해하는 지헌을 보며 순순히 고개를 끄덕였다. 결혼 선물 이후로 상한가를 정한 게 천만다행이라고 생각하면서.

"마음에 들어요. 특히 스케일 면에서."

물론 억 소리 날 만큼 비쌀 테지만, 적어도 이게 바다 위에 둥둥 떠 있는 것 외엔 딱히 쓸모없는 그 광활한 땅덩어리보단 저렴할 것이다. 지헌이 물었다.

"우리의 진짜 신혼여행은 거기로 갈까?"

나는 차마 대답하지 못하고 눈만 깜박거렸다. 방금 전 묻기로 한 진실이 목에 걸린 가시처럼 튀어나오는 기분이었다.

"결혼 선물인데 아직 한 번도 못 봤잖아."

"그건 그런데……."

지헌이 거부하기 힘든 미소를 지으며 나를 보았다.

"직접 보면 훨씬 아름다울 거고."

따뜻한 태양과 지중해의 에메랄드빛 바다가 떠오르자 자연스럽게 고개가 끄덕여졌다. 아름답긴 하겠지.

사락사락, 지헌이 애정 어린 손길로 머리카락을 쓸어 넘기며 말했다.

"수영하고 싶지 않아? 추운 나라에 오래 있었잖아."

오래라고 해봤자 이제 겨우 일주일인걸. 그래도 수영은 구미가 조금 당겼다. 그래, 뭐. 잠깐 며칠 다녀오는 거니까. 나는 알겠다며 고개를 끄덕였다. 훗날 이날의 안일함을 뼈저리게 후회할 줄도 모르고서.

"신혼여행지는 정했으니까, 이제 결혼식만 올리면 되겠네."

환하게 빛나는 지헌의 얼굴을 보며 순간 장난기가 돌았다.

"나 아직 대답 안 했는데? 당신 청혼에."

"……뭐? 나랑 결혼을 안 하겠다고?"

지헌은 충격을 받은 것 같았다. 지헌의 표정이 너무 진지해서 그를 놀려 먹으려던 나까지 우리가 이미 결혼했다는 사실을 깜박 잊을 뻔했다.

"나랑 결혼하기 싫어?"

"아니, 이제 와서 싫다고 해봤자."

소용없지 않냐고 말하려던 나는 문득 눈을 가늘게 뜨고 지헌을 보았다. 이게 이렇게까지 정색하고 물을 일인가.

"혹시 어머님이 또 전화하셨어요? 어제 통화할 땐 아무 말없으셨는데."

일 년 전, 혼인신고만 해 놓고 무작정 여행길에 올랐을 때 로라는 틈만 나면 지헌에게 전화를 걸어와 신 앞에 서약과 축복받은 반지도 없이 아내를 맞이한 아들을 훈계했다. 당시엔 가족들과 친구들 모두에게 비밀로 했지만 사실 그땐 결혼식 같은 걸 생각할 여유가 없었다. 회사 인수인계와 한국 생활을 정리하는 동시에 한국과 프랑스 양쪽 대사관을 오가며 처리할 게 너무 많았다. 거기다 유학 준비까지.

잦은 어지럼증으로 병원 신세를 지던 내가 두 번째로 완전히 의식을 잃었을 때 지헌은 나를 집에 가뒀다. 그리고 출국할 때까지 아무도 만나지 못하게 했다. 그 일로 유진은 아직도 서운해했다. 그러나 당시의 지헌이 말도 못 붙일 정도로 살벌했던 데다 나 역시 체력이 바닥까지 떨어진 상태여서 시간을 거의 수면 상태로 지내야 했다. 지헌이 나를 외부 세계와 완벽하게 단절시킨 이유는 어렴풋이 알고 있다. 그는 내가 건강을 회복할 때까지, 우리 사이에 균열을 일으킬 수 있는 아주 작은 가능성까지도 모두 차단하길 원했다. 그가 나를 유리처럼 다루는 것도 피임에 병적일 정도로 집착하는 것도 모두 그 때문이다. 나를 잃을까 봐.

"그래서, 거절이라고?"

지헌의 부드러운 목소리가 나를 일깨웠다. 갑자기 눈앞의 이 남자가 못 견디게 사랑스러워 아이디어가 반짝 떠올랐다. 결혼식이라. 이벤트하면 또 이치린이지. 속으로 결의를 다지는데 지헌의 표정이 점점 더 심각해졌다. 나는 시선을 내리뜨며 모른 척 시치미를 뗐다.

"평생 한 번이니까 잘 생각해야죠."

지헌이 황당하게 보더니 성큼 다가왔다. 팔을 뒤로 짚으며 조금 물러나자 더 기막힌 표정을 지은 지헌이 나를 단숨에 붙잡았다. 다리가 잡히고 허리가 쭉 내려갔다. 손으로 바닥을 짚어 나를 가둔 지헌이 천천히 몸을 타고 올라왔다.

"얼마나 생각할 건데?"

"글쎄, 어머님이 신중하라고 하셨으니까."

"하."

장난기로 반짝이는 내 눈빛을 확인한 지헌이 코웃음을 치며 천천히 몸을 숙였다. 여유롭게 접히는 눈꼬리가 느긋한 포식자처럼 빛났다.

"그래, 그럼. 기다릴게. 신중하게 잘 생각해 봐."

나를 향해 나른하게 내리뜬 시선이 익숙한 쾌락을 상기시키며 본능을 일깨웠다. 엄숙한 청혼의 순간은 사라지고 우리를 둘러싼 모든 공기가 관능적인 향기로 바뀌었다. 다리를 압박하듯 조이며 골반 아래로 밀려드는 압력에 나는 들숨을 삼킨 채로 숨을 멈췄다. 지헌의 손이 티셔츠를 들추고 맨살의 허리를 부드럽게 쓸어내렸다. 고개를 천천히 숙인 지헌이 입술 위에서 속삭였다.

"잘 생각하고 있어?"

"······아."

키스할 것처럼 애를 태운 입술이 그대로 스쳐 목덜미로 향했다. 살결을 간질이는 숨에 가벼운 한숨이 흘렀다. 가슴 위로 올라온 손가락이 주변을 맴돌며 동그랗게 원을 그렸다. 지헌이 나를 만지는 방식은 익숙하면서도 매번 새로웠다.

현기증이 나는 것처럼 정신이 아찔해서 입을 여는 순간 지헌이 그대로 고개를 숙였다. 아직 예민한 감각이 남아 있는 가슴 끝으로 진저리쳐질 만큼 부드러운 감촉이 와 닿자 신음이 절로 나왔다. 손등으로 입을 꾹 누르며 소리를 삼키자 지헌이 열 오른 살결을 머금은 채로 말했다.

"결정했어? 나랑 결혼하기로."

"말, 그거 물고 말하지····· 아!"

온몸을 관통하는 전류 같은 쾌감에 몸을 바르르 떨며 고개를 뒤척였다.

"싫어?"

혀끝에 실리는 압력이 깊어지며 다리 사이로 들어온 손이 나를 깊게 파고들었다. 고통과 쾌락이 동시에 찾아왔다. 지헌이 조금 더 세게 밀어붙이자 초점이 풀리고 눈가가 붉게 달아올랐다. 고통스러울 만큼 강렬한 욕망에 몸이 부르르 떨렸다.

"아아, 그만 괴롭혀요······."

"나랑 결혼한다고 말해, 나비야."

지헌이 눈만 들고 나를 보았다. 열망으로 가득한 그의 눈동자가 나를 집어삼킬 것만 같았다. 곧 파도처럼 밀려드는 절정감에 나는 다시 흐느꼈다.

"응? 어서."

"알았…… 아아! 이제 그만, 안……."

두 손으로 눈을 가리며 애원했다.

"뭐라고? 잘 안 들리는데, 치린아."

"해요, 해. 결혼해요."

나는 팔을 뻗어 지헌의 목을 가득 끌어안으며 고개를 끄덕였다. 지헌이 붉은 입술 사이로 실처럼 길게 이어지는 체액을 닦아 내며 말했다.

"응, 하자."

이날 이후 결혼식과 신혼여행은 내 머릿속에서 한동안 잊혀졌다. 긴 여행을 끝내고 파리에서 새로운 생활을 시작하느라 다른 생각이 비집고 들어올 틈이 없었기 때문이다. 내가 겨우 여유를 되찾고 야심 찬 서프라이즈 계획을 떠올렸을 때는 이미 늦은 뒤였다. 너무 바빠서 잠깐 잊고 있었던 것이다. 강지헌이 어떤 남자인지를.

* * *

"지금 어디로 가는 중이라고 하셨죠?"

"발 드 루아르요."

"네, 그건 아는데."

나는 잠시 창밖을 둘러보았다. 상트르 발 드 루아르. 이곳에서 주말을 보내자고 한 건 지헌이었다. 그의 주장에 따르면 파리 이사와 학교 문제로 바빴던 내게 휴식이 필요하다는 거였다. 녹음이 풍요롭게 펼쳐진 너른 들판 위에 우뚝 선 중세 고성은 잠자는 숲속의 공주 같은 동화책에서나 보던 아름다운 풍경이었다.

뭔가 이상하다는 걸 눈치챈 건 짧은 해자를 막 빠져나왔을 때였다. 울창한 숲 사이로 끝없이 펼쳐진 오솔길에 접어들자 양옆에 도열하듯 서 있는 나무에 색색의 종이가 매달려 있었다.

"무슨 축제라도 있는 건가요?"

얼굴을 갸웃하는 나를 향해 세실리아가 미소 지었다.

"어, 저기부턴 꽃이네요……?"

술처럼 휘날리는 색종이의 향연이 끝나자 꽃이 펼쳐졌다. 겹겹이 우아한 라넌큘라스와 아네모네, 튤립, 가루처럼 날리는 스토크와 스타티스, 활짝 핀 분홍빛 동백, 봄을 알리는 꽃은 모두 나와 꽃잎을 내밀었다. 그야말로 꽃길이었다. 봄꽃 축제인가. 축제라면 빠지지 않는 나라였으니 크게 놀랄 일은 아니었으나 풍성한 수국이 눈에 들어왔을 땐 나도 모르게 눈을 크게 뜨고 말았다.

"아직 철이 아닐 텐데……?"

그러나 내가 믿든 믿지 않든 눈 앞에 펼쳐진 건 분명 탐스러운 수국이었다. 그것도 내가 가장 좋아하는 파란 수국이 온 숲길을 도배하듯 쭉 늘어서 있었다.

"세실리아, 혹시."

내 조급한 목소리에 앞 좌석에 앉은 세실리아가 나를 돌아보며 생글거렸다.

"준비되셨나요, 마담?"

"무슨 준비요?"

그녀는 대답 대신 버튼을 길게 눌렀다. 전혀 예상치 못한 순간에 자동차의 천장이 천천히 젖혀 올라갔다.

"……!"

나는 진심으로 당황했지만, 그 어떤 것도 말이 되어 나오지 못했다. 활짝 열린 시야로 하늘 위를 가득 메운 색색의 지우산이 보였기 때문이다. 총천연색의 지우산은 서울 밤하늘을 아름답게 수놓았던 것처럼 광활하고 푸른 루아르의 햇빛 아래에서도 더없이 찬연했다.

"이건."

내가 할 수 있는 말이란 그게 전부였다. 그리고 그마저도 이내 끊기고 말았다. 지우산의 광채 아래에 서 있는 낯익은 사람의 얼굴이 하나둘 보였기 때문이다. 시아버지와 로라, 갓난아이를 안고 선 무원과 최근 출산한 클로에, 연우까지. 그 외에도 시어머니 쪽의 많은 가족과 이제는 정 지사장만큼이나 자주 보는 그의 회사 사람들, 여행과 파리 학교에서 알게 된 나의 친구들이 양옆으로 길게 늘어서서 손수건을 흔들고 있었다.

"환영의 표시예요. 프랑스에서는 하객이 먼저 와서 기다렸다가 주인공이 나타나면 저렇게 축하의 인사로 손수건을 흔든답니다."

세실리아가 친절하게 설명해 주었으나 햇살과 바람과 사람들의 환호성으로 나는 거의 제정신이 아니었다.

"세실리아, 저기……! 지금 세이지 미야케 옆에 있는 사람이 내가 아는 그 사람이 맞나요?"

미야케 선생을 보고 눈을 부릅떠야 했던 나는 전혀 예상치 못한 인물에 말을 더듬었다. 나의 시선을 따라간 세실리아가 조금 못마땅한 얼굴로 고개를 끄덕였다.

"……기어이 왔군요. 매거진 보그의 미국 편집장이에요. 그녀뿐만 아니라 보그의 세계 4대 편집장이 모두 와 있어요. 오늘 이 세레머니에 참석하기 위해 파리의상조합과 FW 일정까지 조정했지, 뭐예요. 덕분에 패션계 악동들은 전부 몰려와 있어요."

기절할 것 같은 소식을 전하는 목소리는 조금 떨떠름했다.

"세레머니? 무슨 세레머니요?"

"이 웨딩 세레머니요. 미리 말씀드리는데, 되도록 마주치지 않도록 하세요. 저들이 순수하게 축하나 하자고 온 건 아니거든요."

급 바보가 되어 멍한 나를 둔 채 세실리아는 계속해서 말을 이었다.

"이사님의 결혼 상대가 진짜 사람 여자가 맞는지 확인하려고 온 게 분명해요."

"확인……?"

"이사님은 그동안 한 번도 공식 석상에 파트너를 대동한 적이 없으니까요. 이제는 유령을 넘어서 외계인이라는 소문도 돈다니까요. 외계인이라니, 다들 MCU를 너무 봤어."

세실리아는 용서할 수 없다는 듯 이를 갈았다.

"자기들을 초대 안 해 주면 동네방네 소문내겠다고 협박하는 바람에 하마터면 망칠 뻔했어요. 무려 일 년이나 준비한 이 기발하고 막대한 서프라이즈 웨딩에 차질이……."

"잠깐, 세실리아. 아까부터 계속 웨딩이라니. 대체 무슨 웨딩을 말하는 거예요?"

말을 뚝 멈춘 세실리아가 나를 향해 활짝 웃으며 말했다.

"당연히 당신의 웨딩이죠, 마담 드 블루아!"

"……"

'그런 말을 그렇게 간단하게 하지 말아 줘요, 세실리아.'

그러나 갑자기 한 무리의 사람들이 환호성을 지르는 바람에 나의 눈빛 항의는 전달되지 못했다. 세실리아의 말처럼 수트와 롱드레스를 가장 화려하게 차려입은 사람들이었다. 대체 저 많은 사람이 어디에 숨어 있다 갑자기 나타난 건지, 나만 모르는 세계에 뚝 떨어진 게 아닌지. 모든 게 신기루 같았다. 그래서 차가 아주 느릿하게 움직이고 있다는 것도, 내가 바로 옆을 지나갈 때마다 사람들의 함성이 커지고 있다는 것도 그중에서 가장 익숙하고 오래된 사람들이 있다는 것도 나중에서야 알았다. 유진과 박 대표의 얼굴을 보는 순간 나는 울음을 터뜨리고 말았다.

"울었어?"

차가 멈추기도 전에 다가온 지헌이 놀란 얼굴로 물었다.

"어디 아파? 아니면 아직 속이 안 좋은가?"

내 안색을 살피느라 그의 미간에 살며시 힘이 들어갔다. 지헌이 이럴 때마다 깊이를 알 수 없는 감정이 밀려와 명치 끝이 뻐근하게 저렸다.

"왜 사람을."

"치린아?"

"이렇게, 놀라게……."

이렇게 많은 사람 앞에서 울고 싶지 않다. 적당히 태연하고 의연하게 보이고 싶었다. 그런데도 당신은 늘 나를 울린다. 아, 다 망쳤어. 이게 뭐야.

내 속마음을 알아차린 지헌이 굳은 얼굴을 풀고 부드럽게 미소 지었다. 그는 엉망이 된 얼굴로 울고 있는 나를 사랑스럽다는 듯 보더니 정중하게 손을 내밀었다.

"My Lady."

그리고 실크처럼 부드럽고 우아한 목소리로 말했다.

"우리 결혼식에 온 걸 환영해."

그의 뒤로 우아한 정원이 끝이 보이지 않을 만큼 길게 펼쳐져 있었다.

그곳은 예배당이 있는 중세시대의 고성이었다. 오래전 프랑스 왕이 잠깐 머물기도 했다는 성은 블루아 가문이 소유한 많은 샤토 중에서도 실제 저택으로 쓰였다는 본성이라고 했다.

"나도 어릴 땐 이곳에서 자랐어."

로라가 감회 섞인 눈으로 방 안을 천천히 돌아보며 말했다. 그렇다면 지헌도 이곳에서 살았을까? 이 결혼식 준비의 일등 공신인 세실리아가 나를 이곳으로 안내하며 말해 주었다. 블루아의 성을 가진 자손이 이곳에서 결혼식을 올리는 건 권리이자 의무라고. 그러나 반대하는 남자와 사랑의 도피를 떠난 로라는 이곳에서 예식을 올리지 못했다고 했다.

"이곳의 예배당이 열리는 건 아주 오랜만이란다. 내 어머니 이후로 처음이지."

그 말을 들으니 그녀가 이 예식에 부여하는 특별한 의미를 조금 알 것 같았다. 클로에가 한국식 전통혼례를 선택했을 때 서운해 보였던 것 또한. 나는 로라의 손을 살며시 잡았다.

"저한테 너무 많은 걸 주세요. 말로 다 못 할 만큼."

"너는 우리에게 그보다 더 큰 걸 주지 않았니."

"……양심에 찔려요."

솔직한 심정을 토로하자 로라가 웃음을 터뜨렸다.

"나는 좋아. 살면서 최근만큼 신난 적이 없었어. 이 중요한 이벤트를 나한테 너무 늦게 알린 게 괘씸하긴 하지만. 그래도 역시, 자식한테 마음껏 해 줄 수 있는 건 부모의 특권이자 기쁨이니까."

그녀는 들뜬 목소리로 한숨을 쉬었다.

"지금 죽어도 바랄 게 없다는 말이 딱 내 심정 같구나."

"아버님 서운해하세요. 앞으론 쭉 행복할 일만 남았다고 하셨잖아요."

내 말에 로라는 정색했다.

"이런 날에 이런 말은 좀 그렇지만, 명심해 두렴. 남자는 다 믿는 게 아냐."

로라가 눈을 진지하게 빛내며 내게 충고했다.

"너는 클로에보다도 더 물러. 무원인 무뚝뚝하긴 하지만 성실하고 모범생 같은 기질이 있으니 정해진 길에서 벗어날 일은 없지. 그러니 둘은 괜찮을 거야. 그런데 지헌인……."

로라가 염려 섞인 눈으로 나를 보았다.

"그 앤 내 아들이지만 가끔 무서울 때가 있어. 다행히 네 말은 잘 듣는 것 같지만, 그래도 너무 하자는 대로 다 따라 주진 마. 그러면 안 돼."

"네, 그럴게요."

씩씩하게 대답했음에도 로라는 여전히 못 미더운 눈치였다.

"물론 그럴 일은 없겠지만, 혹시라도 걔가 이상하게 굴면 참지 말고 나한테 꼭 알리고."

"……이상하게요?"

"예를 들면 널 집 밖으로 못 나가게 한다든지…… 웃지 마, 얘. 이미 전적이 있잖니."

웃음을 참기 위해 입술을 꾹 깨무는 나를 보며 혀를 차던 로라 역시 웃고 말았다.

"자, 그럼 이제 본격적으로 결혼식 준비를 해볼까?"

그 말과 함께 마치 기다렸다는 듯 사람들이 들어섰다. 그리고 나는 내가 그렇게도 소원해 마지않던 헤르네의 디렉터인 크리스토퍼 로랑을 만나게 되었다.

* * *

"얘 완전 얼 빠진 얼굴 좀 봐."

모델도 없이 비밀리에 만드느라 엄청나게 애를 먹었다는 천재 디자이너의 웨딩드레스를 입고 다이아몬드의 제왕이라 불리는 부티크의 브라이덜 컬렉션을 막 착용했을 때였다. 보석이 스무 개를 넘어가는 시점에서 세는 걸 포기한 나는 떨떠름함을 넘어서 공포와 같은 기분을 느끼고 있었기에 눈앞에 나타난 박 대표와 유진의 얼굴이 비현실적으로 느껴졌다. 그런 나를 보고 둘은 마구 웃으며 놀려댔다.

"진짜 강지헌 씨 인물이네. 우리도 평생 못 본 이치린의 50가지 얼굴을 덕분에 다 보고."

"그만 좀 놀려. 치린 씨 당황하잖아."

둘 옆에서 홍 원장이 점잖게 타이르며 나를 향해 윙크했다.

"다들 언제……"

"저도 있어요, 팀장님!"

김 대리가 얼굴을 빼꼼히 내밀며 손을 들자 연출팀 직원들과 함께 이제는 어엿한 프로 모델이 된 얼굴들도 보였다.

"와, 우리 팀장님 백수 되시더니 인상 변한 것 좀 봐. 얼굴이 완전 착해졌어. 못 알아볼 뻔."

"어머, 김 대리님. 아까 팀장님 우실 때 따라 우는 거 제가 다 봤는데 이러기예요?"

"울기는 내가 언제요? 아니 대체 왜 연출팀도 아니면서 여기까지 따라와서 사람을 잡는 겁니까?"

"어머머머, 이 남자 좀 봐. 다 같이 합심해서 SNS에 글 올리자고 할 땐 이제 우린 한 팀이라고 막 그러더니."

김 대리가 벌게진 얼굴로 발끈하자 이제는 제법 노련미가 생긴 모델이 콧방귀를 흥 뀌더니 나를 향해 말했다.

"있잖아요, 팀장님. 김 대리님 아직도 일주일에 한 번은 팀장님 찾으면서 울어요. 특히 야근할 때마다요. 윤 이사님이 엄청 갈구시거든요."

"다 들립니다."

감탄한 얼굴로 실내를 구경하고 있던 윤 이사가 조용히 답하자 이번에는 모델이 화들짝 놀랐다. 나는 여전히 얼이 나간 얼굴로 그들을 보고만 있었다. 꿈을 꾸고 있는 건가 싶었다.

"다들…… 진짜 맞아?"

내 말에 다시 웃음이 빵 터졌다.

"……지금 팀장님 좀 얼빵한 거 맞지?"

"찍어라, 이런 건 증거를 남겨야 해."

김 대리가 익살스러운 목소리로 말했다.

"어떻게 된 거야? 어떻게 이렇게 다 같이 한 번에. 대체 언제 온 거예요?"

"이틀 전에 도착해서 짐 풀었어, 시차 적응도 다 했고."

"회사 엄청 바쁜 시즌이지 않아? 가뜩이나 나 때문에 일도 터진 마당에……."

박 대표가 황당하다는 얼굴로 웃었다.

"그거 다 해결된 지가 언젠데 얘는. 야, 그리고 우리 진짜 편하게 왔어. 강이사가 전세기 보냈더라."

"……정말?"

"뭐야, 너도 몰랐어? 강지헌 이사, 인물은 인물이네."

유진이 마음에 안 든다는 듯 비아냥대자 김 대리가 편을 들고 나섰다.

"왜요? 난 완전 멋있는데. 와이프한테도 얘기 안 하고 자기 혼자 알아서 싹 정리. 와, 이런 남자가 어딨어? 그에 비하면 우리 팀장님은……."

김 대리가 나를 돌아보며 오묘한 표정을 지었다.

"야, 우리 이 팀장이 어때서? 일당백 휴머노이드 이치린이야."

윤 이사의 말에 직원들이 키득거렸다.

"그거 욕이에요, 윤 이사님."

"아, 그래?"

회사 사람들 특유의 자유분방하고 왁자지껄한 웃음소리가 방 안에 가득 찼다. 나는 이런 풍경 한가운데에 내가 있다는 게 믿기지 않아 말을 멈추고 그들을 보았다. 그리고 깨달았다. 아, 나는 이 사람들이 그리웠구나. 그것도 아주 많이. 그걸 당신은 알고 있었구나. 유진이 곱지 않게 눈을 흘겼다.

"우리가 얼마나 걱정했는지 알아? 강 이사가 이제 네 남편인 거 아는데, 그래도, 우리도 가족이잖아. 나 진짜 너무 서운해. 아팠다는 말도 나중에 하고."

"……미안."

"진짜 만나면 가만 안 두려고 단단히 벼르고 왔는데……!"

유진이 나를 꼭 끌어안았다.

"결혼 축하해, 이치린. 이제야 좀 마음이 놓인다."

울먹이는 유진을 안고 어깨를 토닥이며 박 대표와 눈이 마주쳤다. 그녀의 눈가도 조금 붉어져 있었다. 우리는 서로를 향해 아무 말도 하지 않았다. 그저 무수히 많은 말들이 담긴 눈빛이 잠시간 오갔다. 그리고 한참 만에 입을 연 박 대표가 말했다.

"정말 예쁘다. 최고야, 너."

나는 웃었다.

"⋯⋯들러리 서 줄 거지?"

"이런 날까지 이 늙은이를 부려먹어야겠어?"

"별수 없잖아. 내가 달리 누가 있겠어?"

새침한 목소리에 혀를 찬 박 대표가 피식 웃어 버리고 말았다.

* * *

가장 오래되고 낡은 것들은 저마다 어떤 식으로든 전해지고, 새로운 것은 모두 오래된 것으로부터 비롯된다. 기다란 상자를 받친 채 우아하게 들어서는 로라를 보며 나는 사람들이 왜 결혼식을 성스러운 예식이라고 부르는지 알 것 같았다.

"내 할머니는 미국인이었지. 그래서 결혼식 때 신부가 이 네 가지를 반드시 지니고 있어야 오래도록 행복하다고 믿었어."

상자의 뚜껑을 연 로라가 벨벳 중앙에서 아름답게 빛을 내는 왕관을 들어 올렸다.

"디아뎀이란다. 새로운 것, 새로이 시작하는 신부의 앞날을 축복하는 의미지."

나는 숨을 멈춘 채로 유럽 황실의 여인들이 결혼식에 반드시 써야 했다는 왕관을 내게 씌우는 로라의 손길을 가만히 받아들였다. 금액이든 의미이든 모두가 과하고 넘쳤으나 분위기에 압도되고 말아서 감히 거절 같은 건 할 수가 없었다. 로라가 한쪽에 곱게 포개진 베일을 들어 올렸다.

"이건 오래된 것, 과거를 상징한단다. 내가 어머니에게서 물려받은 베일이야. 네가 이걸 쓰고 식장에 들어가 주었으면 좋겠구나."

그 말과 함께 무게조차 느껴지지 않는 보드라운 레이스 베일이 머리 위로 내려앉았다. 로라가 내 쪽으로 거울을 살짝 기울였다. 꽃잎 자수로 주름을 잡은 베일은 땋아 올린 머리를 뒤에서부터 부드럽게 감싼 채 폭포수처럼 떨어져 내렸다.

"이건…… 너무 아름다워요, 대체 언제 이렇게."

"며느리에게 구식 베일을 쓰게 할 순 없잖니. 르사주에서 수를 놓고 르마리에에 부탁해서 보석을 달았지."

나는 백 년 넘게 이어져 내려오는 공방 장인들이 손수 수를 놓았다는 베일을 넋을 놓고 보았다. 아름다웠다. 그 무게가 느껴지지 않을 만큼. 그런 나를 뿌듯한 얼굴로 보던 로라가 마지막 하나 남은 물건을 들어 올렸다.

"그리고 이건 빌려주는 거란다."

"트윌리네요?"

"이곳에 우리 집안 여자들의 이름이 새겨져 있어."

그녀는 친절하게 하나씩 수 놓인 이름을 알려 준 뒤 정중앙에 새겨진 나의 이니셜을 가리켰다.

"잘 간직했다가 나중에 네 딸에게 똑같이 해 주렴."

"기분이…… 묘해요."

누군가와 가족이 된다는 것. 그저 단순하게 사랑하는 사람과 결혼하는 게 끝이 아니라 단추를 채워 나가듯 하나씩 서로의 고리를 잇는 거였다. 전부를 받아들일 수 있도록. 그렇게 지헌의 가족들은 지난 일 년간 나의 가족이 되었다. 몸으로 자연스레 받아들인 그것이 이제 와 새삼 실감이 나는지 조금 두렵기까지 했다. 결혼도, 가족도 그리고 아이도. 한 집안의 누구로서 내 자리를 얻게 된다. 다 잘 해내고 싶은 욕심과 그럼에도 실수하면 어쩌나 싶은 조바심이 뒤엉켰다.

"넌 잘할 거야. 지금까지 충분히 그래 왔던 것처럼."

나를 보는 로라의 눈빛이 조금 깊어졌다.

"네 부모님이 살아 계셨다면 뭐라고 하셨을까? 난 아들뿐이고, 딸로서도 형편없어서 이럴 때 엄마가 딸에게 해 주는 말 같은 건 몰라.”

“…….”

“그래도 괜찮을 거라고 생각해. 우린 잘해 왔잖니.”

나는 조금 울컥해져서 눈물이 고이고 말았다. 그때 클로에가 방 안으로 들어오며 외쳤다.

“가장 중요한 걸 잊은 건 아니죠?”

로라가 나에게 다정한 눈빛을 보내며 손수건을 건넸다. 그런 뒤 클로에를 향해 돌아섰다.

“어서 오렴. 기다리고 있었단다. 루이는?”

“막 잠들었어요. 오늘이 무슨 날인지 아는 건지 안 자려고 버텨서 아빠를 애먹였죠.”

남편과 아들을 떠올리는 클로에의 눈빛에 애정이 가득 묻어났다.

“미안해요, 클로에. 아직 더 쉬어야 하는데.”

“무슨 소리! 오늘 같은 날 날 뺐으면 진짜로 화냈을 거야! 그나저나, 와, 진짜 예쁘다, 치린! 이렇게 우아한 드레스에는 당연히……!”

그녀의 표정이 장난스럽게 변하는 듯하더니 손에 쥐고 있던 걸 불쑥 내밀었다.

“Something Blue! 이 푸른색이 신부를 악한 것으로부터 지켜 준대요. 미신이긴 하지만 재밌잖아요.”

“어, 이건…….”

“음.”

클로에는 신이 난 얼굴로 웃었고, 로라는 신음을 흘렸으며, 나는 안간힘을 쓰며 무표정을 유지하고 있었다.

“왜요? 이쁘지 않아요? 무려 파란색 진주라구요! 방돔 부티크를 모조리 뒤져서 겨우 구한 최상급 진주!”

뿌듯한 얼굴로 활짝 웃는 클로에를 향해 로라가 말했다.

"그 귀한 걸 가터벨트에 달아 놓았구나."

부드럽고 상냥한 음성은 언뜻 들으면 칭찬이라도 하는 것 같았으나 로라의 눈빛은 전혀 그렇지 않았다. 이럴 때면 지헌이 누구의 아들인지 새삼 실감이 났다. 그러나 클로에는 로라의 눈빛 정도로는 끄떡도 하지 않을 만큼 심지가 굳었다.

"이 짱짱하고 정교한 레이스를 보세요, 괜히 디자이너 제품이 아니라니까요?"

막 설교를 시작하려는 로라에 앞서 클로에가 선수 치듯 허공 중에 가터벨트를 활짝 펼쳤다. 그 바람에 레이스 중앙에 달린 진주가 앙증맞게 달랑거렸다.

"웬만해선 안 찢어진다구요. 그게 얼마나 중요한데!"

"……."

"……."

손바닥만 한 레이스 속옷을 코앞에 둔 채로 시어머니 로라와 며느리인 나는 그저 침묵했다. 그런 우리를 보며 클로에는 어깨를 으쓱했다.

"다른 사람은 몰라도 다니엘은 나한테 엄청 고마워할걸? 내가 경험자로 말해 주겠는데, 여기 이 서스펜더 벨트를 누르면 리본이 풀어지면서……."

"그만, 됐다, 클로에."

로라가 더는 듣고 싶지 않다는 듯 엄격한 얼굴로 고개를 저은 뒤 내게 사과했다.

"……미안하구나."

그러나 클로에는 히죽 웃으며 진한 윙크를 날렸다.

"댄한테 전해 줘요. 보답은 장기 휴가로 받겠다고."

클로에가 내 목을 꼭 끌어안으며 뺨에 키스했다.

"그리고 늦었지만, 결혼 축하해요, 치린."

***

"꽤 긴 밤이 될 것 같은데."

나를 본 지헌의 첫마디였다. 그는 특유의 나른한 눈빛으로 나를 감상하듯 보며 고개를 천천히 기울였다.

"아이 메이크업은 빼라고 했을 텐데."

세실리아의 이름을 나직하게 읊조리는 그의 목소리가 꽤 사나웠다.

"결혼식에 눈 화장을 빼라고 하는 사람이 어딨어요?"

"안 해도 충분히 아름다우니까."

"콩깍지라니까."

이제 이런 말쯤은 덤덤하게 받아칠 만큼 내공이 늘어난 나와 달리 지헌의 불온한 표정은 풀리지 않았다.

"다시 말하지만 나는 미인계 같은 거에 넘어가는 남자가 아냐."

그가 오만한 목소리로 단언했다.

"인간도 결국은 동물이라 털을 자르고 빗고 그럴듯한 옷을 입혀 봤자, 본질은 같거든."

대체 무슨 거창한 말을 하려고 강지헌의 인간론까지 나오는 걸까. 그것도 예식을 코앞에 두고 말이다.

"그런데 넌, 네가 그렇게 화장까지 하고 있으면."

지헌이 마뜩잖은 표정으로 턱을 문질렀다.

"너한테 미쳐 날뛰는 놈이 여럿 나올 것 같단 말이지."

"……."

"나 말고도."

칭찬이라기엔 표정이 너무 불손했다. 그보다 더 불손한 손이 내 눈가를 부드럽게 짚었다.

"특히 이 눈꼬리. 여기 올리지 마, 아가씨. 그냥 보고만 있어도 갈 것 같으니까."

"……사람을 그렇게 선정적으로 보는 게 당신 탓은 아닐 거예요."

애써 수습하려는 나의 노력을 지헌은 보란 듯이 모른 체하며 물었다.

"키스해도 될까?"

"안 돼요. 화장 망가지잖아."

내가 정색하며 물러서자 지헌이 거만하게 얼굴을 기울였다.

"할 수 없지. 이걸로 만족하는 수밖에."

그가 내 손을 우아하게 들어 올리더니 팔목까지 끼고 있던 장갑을 느릿하게 벗겨 내렸다. 손가락 하나가 그의 입안으로 삼켜지는 순간 마른침이 꿀꺽 넘어갔다. 그의 말대로 아주 긴 밤이 될 것 같았다.

결혼식은 로맨틱했다. 봄 햇살은 따스했고 꽃과 샴페인은 완벽했으며 사랑하는 사람들이 모두 한자리에 모여 있다는 게 믿기지 않아서 기적 같았다. 우리는 예배당의 제단 아래에서 모두가 지켜보는 가운데 서로를 향한 혼인 서약을 엄숙하게 맹세했다. 이미 부부처럼 살고 있었기에 이런 예식은 형식적인 거라고 생각했던 것과 전혀 다른 신성한 경험이었다. 지헌은 내게서 한 번도 눈을 떼지 않았으며 나를 향한 그의 눈빛이 시종일관 진지하게 빛나서 나는 때때로 얼굴을 붉혀야 했다.

지헌이 내게 반지를 끼우는 순간 가까이에 있던 가족석에서 훌쩍거림이 새어 나왔다. 참석할 가족이 전혀 없는 나를 위해 양가의 하객석을 따로 나누지 않았기 때문에 어느 쪽 하객의 울음소리인지는 알 수 없었다. 다만 행복했다.

* * *

"우리 이래도 되는 거예요? 다들 찾고 있을 텐데……."

얇은 공단을 덧대어 만든 웨딩슈즈를 꼭 쥔 채로 내가 물었다. 지헌은 나를 업은 채 피로연이 한창인 중앙 홀을 빠져나와 사람이 없는 복도를 천천히 가로질렀다.

"한 번만 더 춤을 췄다간 울 것 같은 얼굴이었는데, 내가 잘못 봤나?"

"그 정도는 아니었어요."

"좋아. 정정하자. 내가 울 것 같아서 나온 거야."

순식간에 말을 뒤집은 지헌은 묵묵히 계단을 올랐다.

"그러고 보니 조금 억울하네. 대체 몇 놈하고 춤을 춘 거야."

"그 몇 놈 중에는 당신 아버지와 형도 있답니다."

지헌은 신음을 흘렸고, 나는 키득거렸다. 장장 이틀에 걸쳐 진행되는 프랑스 결혼식의 2부 피로연 행사는 신부와 아버지의 춤으로 시작됐다. 내 진짜 아버지는 없었으나 나의 아버지가 되기 위해 에스코트를 자청한 사람들은 많았다. 시아버지 강 회장님과 아주버님 무원, 시고모부이신 은 박사님, 그 외에도 세이지 미야케와 선유, 윤 이사와 김 대리까지 나서는 바람에 나는 쉬지 않고 춤을 춰야 했다.

지헌의 눈빛이 점점 더 싸늘하게 변하지만 않았다면, 발가락 사정이야 어쨌든 크리스토퍼 로랑의 춤 신청을 받아들였을 것이다. 그와 막 악수를 나누는데 나를 감싸듯 데리고 나온 건 지헌이었다.

"그런데 우리 어디 가요? 이상하게 이쪽은 사람이 한 명도 없네."

중세시대에 요새로도 쓰였다는 성은 광활한 크기만큼이나 미로처럼 복잡했다.

"꼭대기 탑."

"탑? 거긴 왜요?"

"아무도 못 찾게."

장난 같지 않은 말을 심술부리듯 툭 내뱉는 지헌이 귀여웠다.

"그럼 이만 내려 줘요. 걸어가게."

"익숙해져, 난 너 평생 이렇게 안고 다닐 거니까."

"그럼 나 평생 다이어트 해야겠다. 나이 들면 살도 붙을 텐데."

"내가 운동을 더 하지, 뭐."

가볍게 대꾸한 지헌이 마지막 계단에 올라서며 물었다.

"오늘 컨디션은 어때?"

"좋아요, 아주."

늘 안부처럼 주고받는 대화라 나는 거리낌 없이 대답했다.

"피곤하진 않고?"

"응. 전혀."

"다행이네."

지헌이 나를 내려놓았다. 창문으로 스며든 달빛 한 조각이 그의 뺨을 환하게 비추자 짙게 일렁이는 눈동자가 나를 향했다. 그가 나를 마주 보며 말했다.

"그럼 나한테 줘. 오늘 밤, 내가 사랑하는 대로 받아줘."

"……여기서?"

"응, 여기서. 나는 너의 전부를 가질 거야."

지헌이 내 뺨을 부드럽게 감싸며 언젠가 말했던 대로 엄숙하게 선언했다. 나는 그의 눈빛을 받으며 몸을 떨었다.

"나 평생 사랑하겠다며. 평생 널 주겠다며."

그가 막고 서 있던 문을 열며 나긋하게 미소 지었다.

"마음은 알겠으니 이제 몸으로 증명할 차례네요, 부인."

* * *

"나비야, 힘 빼."

"으응……."

벽을 짚고 서 있던 나는 뜨겁게 달아오른 뺨을 차디찬 석벽 위로 꾹 눌렀다. 아무리 공기를 들여 마셔도 숨이 턱 막혀와 가슴이 들썩거렸다. 드레스가 원래도 이렇게 심하게 조였던가.

"하."

지헌의 뜨거운 숨이 목덜미를 타고 넘어왔다.

"미안. 여유가 없어."

짧게 사과한 그가 움켜쥐고 있던 내 손등을 꾹 눌렀다. 벽을 짚으며 길게 뻗었던 팔등 위로 핏줄이 왈칵 솟아났다. 이성을 무너뜨리는 욕망이 몸 안을 거칠게 파고들었다. 강하게 밀어붙이는 힘에 가슴이 벽에 짓눌렸다. 지헌이 팔이 나를 감싸듯 뻗어 와 어깨를 부드럽게 잡았다. 그러는 사이에도 뜨거운 욕망은 나를 거침없이 짓쳐 들어왔다.

"흐으."

목까지 가득 채우는 뜨거움에 간신히 숨을 토해 내는데 지헌이 거친 움직임에 용서를 구하듯 어깨에 이마를 비벼 왔다. 그의 애정 어린 몸짓에 나는 고개를 꺾어 뺨을 마주 대었다. 미약과도 같은 키스가 이어졌다. 서로가 서로에게서 떨어지지 않으려 점점 더 파고드는 입맞춤이었다. 키스가 깊어지자 거칠게 밀어붙이던 지헌의 움직임이 조금 부드러워졌다. 한참 만에 떨어진 입술을 어깨에 문지르며 그가 속삭였다.

"달아."

살갗에 닿는 뜨거움에 나는 대답 대신 고개를 뒤로 젖혔다. 돌을 깎아 만들었다는 탑 안의 방은 서늘했으나 추위를 느낄 틈은 없었다. 몸이 돌려지고 무릎 아래로 팔을 밀어 넣은 지헌이 나를 당겼다. 서로 이마를 맞대고 콧등을 비스듬히 기울이다 숨을 포갰다. 지헌이 밀려들 때마다 우리가 닿을 수 있는 끝도 점점 깊어졌다. 더는 참지 못할 것 같은 순간 울음을 깨물며 그의 팔을 잡았다.

"지헌 씨, 오늘."

내 눈동자를 읽은 지헌이 본능으로 거부했으나, 나는 있는 힘껏 고개를 저으며 그의 허리를 끌어안았다.

"하, 너 정말."

지헌이 이를 질끈 물었다. 그러나 가슴으로 파고드는 나를 밀어내진 못했다. 팽팽하게 부푼 욕망이 몸 안쪽 가장 깊은 곳에 닿았을 때 지헌이 짐승과도 같은 숨을 토해 냈다. 곧 몸 안으로 뜨거움이 깊게 퍼졌다. 몇 번을 더 부드럽게 밀려든 지헌이 몸을 빼낸 뒤 땀으로 촉촉하게 젖은 이마 위에 입술을 눌렀다.

화를 낼 거라는 예상과 달리 지헌은 말없이 내 뺨을 조용히 쓸어내렸다. 나는 그가 무슨 생각을 하는지 알 수 없었지만 내 뜻대로 되리라는 것만은 알았다.

"사랑해요."

짧게 고백하며 고개를 들자 한 발 앞서 내려온 입술이 나를 머금었다. 지헌이 이렇게 한계 없이 나를 받아줄 때마다 나는 제대로 응석받이가 되고 만다. 그래서 좋았다. 지헌과의 사랑이.

따뜻한 손이 나를 천천히 어루만지며 다시 열기를 피웠다. 나는 가쁜 숨을 몰아쉬며 몸을 조이는 드레스 위로 배를 만져 보았다. 그 위로 지헌이 손을 포갰다. 아주 잠깐 우리의 시선이 닿으며 서로를 말없이 응시했다. 다음 순간 동시에 팔을 뻗으며 서로를 급하게 파고들었다. 드레스의 지퍼가 내려가고 마침내 해방을 찾은 내가 숨을 고를 새도 없이 그의 불같은 사랑이 깊이 새겨졌다.

"……클로에인가."

달빛을 받아 영롱하게 빛나는 진주를 발견한 지헌이 나직하게 중얼거렸다. 그는 사나운 무언가를 간신히 눌러 참는 목소리로 앙증맞은 진주 장식을 매만졌다.

"상을 줘야겠네."

"안 그래도 휴가를…… 아."

지헌이 진주를 입안 가득 삼켰다. 우리에게서 언어가 사라지는 순간이었다.

아무도 오지 못하는 곳을 찾아야 한다는 지헌의 말의 의미는 나중에서야 알게 되었다. 새벽녘, 극한 집념으로 우리를 찾아낸 사람들이 요란하게 문을 두드린 뒤 쳐들어와 양파 수프를 끓이기 시작했기 때문이다. 결혼식 피로연이 끝나기 전, 숨어 있는 신랑 신부를 찾아 양파 수프를 끓여 먹이는 게 이들의 전통이었던 거다. 역시나 지헌은 질색했지만 그를 빼고는 모두가 즐거워했다.

평생 단 한 번의 추억으로 영원히 잊을 수 없을 것 같은 기억을 남긴 채 결혼식 첫날 밤이 지나갔다. 그리고 아홉 달 하고 2주 뒤, 아이가 태어났다.

04

가열한 열원

"왜 눈을 뜨지 않아?"

"자는 중이니까."

"깨우면 안 돼?"

"안 돼, 아기들은 많이 자야 하거든."

"왜?"

초롱초롱한 갈색 눈망울이 침대 안을 더 자세히 들여다보려는 듯 난간 사이로 빼꼼히 고개를 내밀며 물었다. 그러자 바로 옆에서 똑같은 자세로 침대를 보고 있던 파란색 눈동자가 경쟁하듯 앞으로 향하며 끼어들었다.

"그야 당연히 아기니까 그렇지! 아기들은 잘 먹고 잘 자야 하는 거야. 맞지, 다니엘?"

보석 같은 눈동자가 칭찬을 기대하듯 반짝였다.

"그럼, 엄마도 아기야?"

의문을 품은 갈색 눈동자가 천천히 깜박였다.

"아빠가 늘 그러잖아. 엄마 깨우면 안 된다고."

"엄마가 아기일 리가 없잖아, 바보 미카엘."

"바보라고 한 사람이 바보랬어!"

다니엘 폰 드 블루아 주니어는 눈부신 금발과 따스한 갈색 머리카락을 가진 쌍둥이 동생을 사랑스럽게 바라보았다.

"샤를의 말이 맞아. 아기는 잘 먹고 잘 자야 해. 하지만 동생에게 바보라고 하는 건 옳지 않아."

형의 지적에 샤를이 쭈뼛거리며 미카엘에게 사과했다. 다니엘은 형의 사과를 관대하게 받아들이는 동생을 다정하게 보았다.

"그리고 미카엘, 어머니는 물론 아기가 아니야."

그의 말이 끝나기 무섭게 쌍둥이는 다시 재잘대기 시작했다. 다니엘의 관심은 이제 동생들을 지나 침대 머리맡에 선 채 우울한 표정을 짓고 있는 사촌 루이를 향했다. 다니엘은 루이보다 9개월이나 늦게 태어났지만 둘은 같은 해에 태어난 사촌이자 둘도 없는 친구였다. 루이가 침울하게 중얼거렸다.

"여동생이었다면 좋았을 텐데."

불행히도 그는 아직 동생의 성별을 받아들이지 못하고 있었다.

"세드릭이 자라면 내 차를 다 부서트리고 말 거야."

루이는 샤를과 미카엘이 무법자처럼 뛰어다니기 시작할 무렵 그의 차를 테라스 아래로 떨어트려 산산조각 냈던 끔찍한 기억을 떠올리며 몸을 떨었다.

아주 약간의 책임을 통감한 다니엘이 루이를 위로했다.

"루이, 비록 지금은 조금 실망스럽겠지만 너는 분명 네 동생이 마음에 들 거야."

"……그럴까?"

"그럼, 생각해 봐. 세드릭이 자라면 너와 함께 축구도 하고 총싸움도 할 수 있을 거야."

"세드릭이 축구를 좋아할까?"

"장담할 수는 없지."

아이치곤 조금 냉정한 대답에 루이의 표정이 다시 시무룩해지려는 찰나 다니엘이 말했다.

"하지만 축구 말고도 재밌는 건 얼마든지 많아."

루이의 표정이 금세 환해졌다.

"맞아. 실은 난 주방놀이만 아니면 다 상관없어."

루이의 말에 미카엘이 눈을 동그랗게 뜨고 물었다.

"주방놀이가 싫어, 루이?"

"당연하지. 그중에서 카페 놀이가 제일로 별로야. 엄마가 너무 즐거워하니까 맞춰 주고 있긴 하지만, 솔직히 내가 어디까지 견딜 수 있을지 모르겠어."

엄마와 놀아 주는 데 지친 다섯 살 루이의 말에 요리 꿈나무 세 살 미카엘은 충격받은 얼굴을 했다.

"난 엄마한테 요리해 주는 게 제일 좋은데……!"

"너도 내 나이 되면 생각이 달라질걸."

루이가 어깨를 으쓱거렸다.

"게다가 엄마는 차를 너무 천천히 마셔. 술은 벌컥벌컥 원샷하면서 말이야."

"벌컥벌컥? 클로에는 술을 잘 마시는구나."

샤를이 감탄하자 루이가 고개를 갸웃거렸다.

"그건 아냐. 전에 변기를 붙들고 잠든 엄마를 아빠가 화장실에서 안고 나오는 걸 봤거든."

"……더러워."

그건 결벽증 샤를에게는 용납할 수 없는 일이었다. 그러나 대놓고 웩웩거리는 쌍둥이 형과 달리 마음이 여린 미카엘은 사촌 형이 상처받을까 봐 두 손으로 입을 꾹 틀어막으며 헛구역질을 참았다. 동생들의 극렬한 거부 반응에 루이가 조금 당황했다.

"린은 안 그래?"

"당연하지! 우리 엄마는 술 안 마셔."

"너희가 못 본 건 아니고? 부모는 그렇게 쉽게 다 보여 주는 존재가 아냐."

루이의 당당한 말투에 미카엘이 불안한 눈으로 물었다.

"엄마도 변기를 붙잡고 자게 될까?"

"그럴 리가 없잖아. 루이 형이 거짓말하는 거라구."

샤를의 단호한 부정에 루이가 콧방귀를 꼈다.

"순진하긴. 그렇게 믿고 있다가 어느 날 갑자기 타이즈를 신고 발레 클래스에 끌려가게 되는 거라구."

루이는 정확히 자신의 사례를 예시로 들었다. 샤를은 여전히 불신에 젖은 눈으로, 미카엘은 조금 겁에 질린 얼굴로 다니엘을 보았다. 다니엘이 차분한 미소를 지으며 동생들을 안심시켰다.

"걱정하지 마, 어머닌 너희가 싫다는 걸 억지로 시키실 분이 아니니까."

"……그럼 변기는?"

"일어나지도 않은 일을 고민할 필요는 없어."

다니엘이 싱긋 웃었다.

"하지만 그렇다고 해서 어머니를 사랑하지 않을 건 아니잖아."

"그건 그렇지만……."

"어른도 때론 실수를 하니까 자녀 된 도리로 모른 척해 주는 게 예의야."

루이가 불쑥 끼어들었다.

"마, 맞아! 그래서 내가 못 본 척한 거야. 아빠가 마시멜로가 잔뜩 올라간 젤리 쿠키를 줬기 때문이 아냐."

엄마를 무척 사랑하지만, 변기는 극복하기 힘든 샤를이 고뇌에 빠진 사이 미카엘이 결심한 듯 두 주먹을 불끈 쥐며 외쳤다.

"나도 할 수 있어! 난 엄마를 사랑하니까!"

"그, 그럼 나도……!"

샤를이 미카엘을 따라 외쳤다. 언제 티격태격했냐는 듯 금세 한 마음이 되어 외치는 아이들을 보며 다니엘은 생각했다. 정말이지 귀여운 녀석들이라고.

***

"……클로에 보고 술을 좀 줄이라고 해야겠구나."

약간의 침묵 끝에 시어머니 로라가 먼저 입을 열었다. 시아버지는 한바탕 박장대소하고 싶은 걸 꾹 참느라 얼굴이 우스꽝스럽게 일그러져 있었다.

"다니엘은 제 아빠를 빼다박았어. 그냥 어릴 때 지헌이야."

"미카엘은 린을 닮았구요, 그리고 샤를은 아무도 안 닮았지."

로라의 목소리에 약간의 장난기가 배어났다.

"그야…… 장인어른을 닮았으니까."

가끔 샤를을 볼 때마다 깜짝 놀라곤 하는 시아버지가 마지못해 시인하자 로라가 웃음을 터트렸다.

머리카락 색과 눈동자 색이 모두 다른 이란성 쌍둥이 중 형인 샤를은 금발에 파란 눈동자를 가지고 태어났다. 그래서 샤를이 처음 태어났을 땐 많이 당황했다. 그리고 지금은 안다. 외모는 지헌의 외할아버지를 물려받았지만, 식성이나 사소한 성격은 나와 내 아버지를 더 많이 닮았다는 걸. 아이들에게서 그런 것들을 하나씩 발견할 때마다 나는 생명이 주는 작은 경이로움에 감탄하곤 했다.

볕 좋은 테라스에 앉아 아이들의 대화를 몰래 엿듣고 있던 우리는 느긋하게 차를 마쳤다. 나는 세 아이를 데리고 시부모의 집에 방문 중이었고, 무원은 클로에의 임신이 중기에 들어설 무렵부터 가족들을 데리고 이곳으로 옮겨 와 있었다.

"내일 오전 출발이라고 했지?"

로라가 내게 물으며 덧붙였다.

"이 겨울에 라플란드까지 캠핑이라니 걱정되네. 야생동물을 조심해. 특히 늑대 무리.”

“늑대요? 진짜 야생 늑대요?”

내가 눈을 빛내자 로라가 차를 홀짝이며 말했다.

“포기하렴, 린. 상대는 강지헌이야.”

“……”

“어쨌든 최근 몇 년 사이에 개체 수가 엄청 늘어 농가에 피해를 입힐 정도라는구나. 각별히 주의하도록 해.”

신신당부하는 로라를 보며 고개를 끄덕였다.

“그런데 두 분 정말 괜찮으시겠어요? 저희 아이들까지.”

“쌍둥이 태어나고 너희 둘이 처음 보내는 휴가잖니. 시기가 조금 겹치긴 했다만 이럴 때 아니면 언제 또 손자들을 다 함께 보겠어. 우린 더 좋단다.”

“연우가 도와준다고 해서 그나마 조금 안심이긴 한데…….”

“글쎄다, 그 애가 그럴 시간이나 있을까?”

로라가 의미심장한 미소를 띠었다.

“새 남자친구한테 완전히 푹 빠졌거든.”

“헉, 아주버님은요?”

“아직 모르지. 근데 시간문제 같구나. 클로에가 잘 버티고 있긴 한데, 아슬아슬해.”

“그 녀석이 어제도 통금을 어겼거든.”

시아버지가 넌지시 알려 주었다.

“음, 조만간 피바람이 불겠네요.”

“그래도 대니와 쌍둥이들까지 와 있으니 짐승처럼 굴지는 않길 바랄 뿐이란다.”

연우에게 첫 남자친구가 생겼을 때의 일이 떠올라 우리는 잠시 침묵했다.

“우리가 쌍둥이 때부터 계속 딸을 바라긴 했다만, 지금에 와서 생각하면 천만다행이다 싶어. 지헌이가 무원이보다 더했으면 했지, 절대 덜할 것 같진 않거든."

"세드릭이 아들인 걸 알고 클로에가 안심까지 했으니까 말 다했지. 딸은 하나로 충분하다고 했던가."

남편의 말을 잠자코 듣던 로라가 불현듯 나를 보았다.

"넷째 계획 없지?"

"음, 글쎄요."

곧장 부정할 거라고 생각했는지 로라가 의외라는 표정을 지었다.

"딸일 거라는 보장은 없지만 그래도 신중히 결정하렴. 네 남편과 함께 저 안의 다섯 남자도 있다는 걸 잊지 말고."

"나도 있어요, 여보."

시아버지가 점잖게 끼어들자 로라가 차분하게 지적했다.

"잘 생각해요, 강준혁 씨. 앞에선 괜찮대 놓고 뒤에선 무원이한테 고자질하는 걸 언젠가 당신 손녀가 알게 되는 날엔 엄청나게 미움받을 각오를 하라구요."

"내가 옳아요, 여보. 연우는 아직 애야. 스무 살도 안 된 어린애라구."

"나도 애였어요. 그리고 임신해서 남자랑 도망갔지."

시어머니의 태연한 말투에 시아버지가 당황한 얼굴로 나를 보았다.

"······적어도 우린 성인이었단다."

"한국에는 만 나이라는 게 있다는군요. 그 기준에 따르면 당시 내 나이가 열······."

"여보, 로라."

시아버지의 다급한 목소리에 나는 모른 척 시선을 돌리며 웃음을 참았다.

* * *

그날 밤, 아이 셋을 나란히 눕힌 채 책을 펼쳤다. 몸과 마음이 모두 차가운

도자기로 만들어진 토끼 인형 에드웨드 툴레인의 모험을 그린 케이트 디카밀로의 동화는 오늘 마지막 장을 남겨 두고 있었다. 아이들은 어느 때보다 더 집중한 얼굴로 귀를 쫑긋 세웠다.

"마음을 열어. 누군가 올 거야. 그러나 먼저 네가 마음의 문을 열어야 해. 나이 많은 인형의 말이 맞았어요. 진짜로 누군가 왔거든요. 옛날에 도자기로 만들어진 토끼가 있었어요. 토끼는 머리가 산산조각이 났지만, 인형 수선공 덕분에 다시 살아났지요. 옛날에 신기하게도 집으로 돌아오는 길을 찾은 토끼가 있었답니다."

이야기가 끝나자 미카엘이 조금 먹먹한 목소리로 물었다.

"에드워드는 이제 사랑을 믿게 된 거야?"

"그런 것 같지?"

"그럼 이제 둘은 다신 헤어지지 않는 거지?"

"아마도."

부드럽게 대답하자 곁에 누워 있던 샤를이 안도하듯 한숨을 쉬었다. 나는 아이들의 이마를 한 번씩 쓸어 준 뒤 이불을 가슴까지 여몄다. 손바닥 하나를 오롯이 얹은 작은 가슴이 규칙적으로 들썩였다. 쌍둥이들은 곧 잠이 들었고 다니엘은 침대에 처음 누웠던 자세 그대로 반듯하게 누워 천장에 매달린 별을 보고 있었다.

"잠이 안 와?"

"아직이요."

"안아 줄까?"

다니엘이 잠든 쌍둥이를 잠깐 보더니 고개를 끄덕였다. 나는 다니엘을 내 몸 위에 얹고 등을 부드럽게 토닥였다. 동생들이 태어난 뒤부턴 응석 한번 부리지 않고 의젓하게 구는 아들이 대견하면서도 미안하고 때론 서운했다.

"있잖아, 엄마가 보고 싶으면 언제든 전화해. 네가 오라고 하면 바로 달려올게."

"저는 괜찮아요."

다니엘이 상냥한 목소리로 말했다.

"그래? 그렇다면 서둘러 오지 않아도 되겠네."

작은 어깨에 긴장하듯 힘이 들어가는 게 느껴져 웃음을 감추며 목덜미를 천천히 쓸어내렸다.

"그런데 나는 네가 항상 보고 싶을 것 같아. 그때마다 전화해도 될까?"

잠시 고민하던 아이가 고개를 끄덕였다.

"수업 중일 때는 빼고요."

"그래, 조심할게."

그렇게 말한 나는 다니엘의 몸을 꼭 끌어안고 작은 뜨끈한 머리통에 뺨을 묻었다. 바닐라 향이 듬뿍 나는 아이의 체온을 껴안자 서서히 눈이 감겼다. 잠깐 잠이 들었다 깨어났을 때 귓가로 나지막한 말소리가 스며들었다.

"그래서 큰아버지가 누나의 남자친구를 알아 버렸어요."

"저런."

"큰아버지가 내일부터 외출금지라고 하니까 누나가 몬스터로 변했어요."

"볼 만했겠는데."

"둘을 말리다가 큰어머니가 쓰러졌어요."

"음."

"할머니도 많이 화가 났구요."

"너는 놀라지 않았어?"

"엄마가 꼭 안아 줘서 괜찮았어요."

"좋았겠네."

아이의 수줍은 웃음이 침대 밑으로 번졌다. 오손도손 대화를 나누는 내내 지헌의 손은 다니엘의 머리를 쓰다듬고 있었다.

나는 그 모습이 좋았다. 처음 보는 순간부터 지금까지 한결같이 경이로웠으며 감탄했고 신이 있음을 감사하게 하는 둘의 모습이. 배 속에 있을 때부터 지헌에게 다니엘은 아주 특별한 아이였고 그건 다니엘에게도 마찬가지였다.

꼬박 하루 동안 진통이 이어지는 내내 지헌은 분만실을 뜨지 않았고, 다니엘의 날뛰는 심박 수는 지헌의 목소리를 들을 때마다 얌전해지곤 해서 의료진을 놀라게 했다. 그런 다니엘을 지헌의 마음이, 본능이 거부할 리가 없었다. 지헌은 다니엘이 걸음마를 배울 때까지 품에 안고 홀로 키우다시피 할 정도로 아이와 몸으로 하는 모든 것들을 사랑했다.

"그런데 큰아버지는 연우 누나를 사랑하지 않아요?"

"왜 그렇게 생각하지?"

"아빠가 그랬잖아요. 엄마가 어떤 일을 하든 사랑할 수밖에 없어서 결혼한 거라구요. 사랑은 그런 거라고. 그런데 큰아버지랑 누나는 서로 자기 말을 듣지 않는다고 미워하잖아요."

"두려워서 그래. 소중한 걸 뺏길까 봐. 그래서 잘못될까 봐 겁나서."

"그럼 아빠도 그래요?"

"다니엘 주니어, 아빠가 누구라고?"

"포뮬러원 최연소 주니어 우승자요."

"물론, F1 드라이버는 두려움 같은 건 느끼지 않아."

다니엘이 동경의 눈으로 아빠를 보았다.

"이번 생일에는 고카트를 만들어 줄까? 다섯 살이면 슬슬 레이스를 시작해도 될 때지."

"정말요?"

둘의 들뜬 목소리를 들으며 나는 다시 솔솔 밀려드는 잠에 눈을 감은 채 생각했다. 흐응. 어림도 없는 소리를 하네.

* * *

다음 날 아침, 눈을 뜬 곳은 아이들의 침실이 아닌 지헌의 옆이었다.

"안녕."

팔을 괴고 누운 채 나를 바라보고 있던 지헌이 가볍게 인사했다. 바로 정신이 들지 않아 손을 뻗어 뺨을 매만지자 그가 손목 위에 입을 맞췄다.

"한 번도 안 깨고 잘 자던데."

"중요한 날이니까."

"아직 늦지 않았어. 지금이라도 목적지를 바꾸고 싶다면 적극 환영이야."

"아직도 포기 안 했어요?"

지헌은 고행을 담보로 한 험난한 겨울 캠핑 대신 내가 따뜻한 섬나라에서 가서 아무것도 하지 않고 선베드에 누워 있길 바랐다.

"섬에는 오로라가 없잖아요."

"대신 내가 있잖아."

"여기에도 당신이 있을 거잖아요."

"……나야, 오로라야?"

"둘 다. 그리고 늑대도 볼 수 있대요."

지헌의 눈썹이 불만스럽게 휘어졌다. 나른하게 미소 지으며 구겨진 눈썹을 지나 콧날을 천천히 훑어 내리자 나를 쫓는 지헌의 시선이 짙어졌다. 손끝이 입술에 닿는 순간 그가 입을 벌려 손가락을 삼켰다.

"아."

뜨겁고 촉촉한 점막이 살덩이를 깊이 넣고 빨아들이는 내내 그의 눈동자는 내게서 떨어지지 않았다. 지헌은 여전히 시선 한번 흘리지 않고 나를 본다. 이 공간에 내가 전부인 것처럼. 나만이 그의 세계인 것처럼. 그 시선에 닿아 녹아내리는 게 나인지 그인지 알 수 없었으나 생각은 거기서 멈췄다. 뜨거운 숨이 천천히 밀려들어 와 내 안을 가득 채웠기 때문이다. 그래서 그저 받아들였다. 평화롭고, 아름다운 시간을. 그러고 나서 말해 줘야겠다. 우리에게 더 경이로운 시간이 기다리고 있다는 걸.

특별외전

다나는 목이 타는 듯한 갈증에 살얼음이 낀 강물을 허겁지겁 핥았다. 사흘 전, 함부르크를 빠져나와 발트해를 건너 두 번의 국경을 넘기까지 그녀는 쉬지 않고 달려왔다. 물과 추위에 강한 특수한 털은 피와 흙먼지로 뒤엉켜 본래의 색을 알 수 없었고, 살점이 잘려 나간 다리는 유속이 빠른 곳을 지날 때마다 마구잡이로 헤집어져 뼈가 드러났다. 그러나 흔적을 남기지 않기 위해 그녀는 계속해서 수로를 찾아 움직였다. 추격자들은 이틀 전, 남겨진 피 냄새까지도 맡을 수 있는 자들이다.

지형이 험준한 좁은 협곡과 척박한 숲 지대를 우회하며 전방위로 포위망을 좁혀 오는 추격자들을 따돌렸으나, 아직 후미에 한 팀이 남아 있었다. 살아남은 게 자신들뿐이라는 걸 깨닫자 그들의 움직임은 신중해졌다. 그건 다나에게 좋지 않은 신호였다. 그녀는 지쳤고 음식은커녕 휴식조차 취하지 못한 채 달리고 있었다. 부상을 돌볼 여유조차 없어 물과 식물의 잎으로 갈증을 달래는 게 고작이었다. 피가 멎은 다리는 뼈가 뒤틀린 채로 붙기 시작했지만, 다나는 아무런 고통도 느낄 수 없었다. 시리도록 푸른 블루 아이가 붉게 터져 눈물 대신 빨간 핏방울이 맺혔다.

빌러가 죽었다. 다이어 울프의 피를 이어받아 고대로부터 살아남은 아르칸 왕족의 왕이자 그녀와 한 쌍을 이루는 일생의 반려인 그가. 다나는 그가 가장 믿었던 스승과 형제의 배신으로 눈앞에서 잔인하게 찢겨 나가는 것을 보며 등을 돌려야 했다. 빌러가 어떠한 각오로 그녀를 탈출시켰는지 알기에 그를 설득할 수 없었다. 아니, 그의 최후의 명령에 불복할 수가 없었다.

발로드가 끌어들인 적의 수가 아무리 많다 해도 둘은 아르칸족을 다스리는 한 쌍의 알파 페어. 하울링만으로 그들의 반 이상을 무력화시킬 수 있다. 치명상은 불가피했으나 사지 하나를 내어주더라도 둘이 함께 살아남는 것보다 더 중요한 것은 없다. 그러나 빌러는 그러지 않았다. 위험을 감지하는 순간 순식간에 성체로 변해 포효했다.

울지 않는 늑대로 알려진 아르칸족은 생에 단 두 번의 울음을 토해 낸다. 각인을 얻었을 때와 절명이 닥친 순간 일족에게 보내는 마지막 신호가 그것이다.

빌러의 하울링은 구조를 요청하는 것이 아니었다. 제왕만이 낼 수 있는 낮고 깊은 저음의 음파는 빛과 공간의 제약을 받지 않고 드넓은 지대를 순식간에 장악해 나갔다.

아르칸의 결속은 지구상에서 가장 질긴 동물의 가죽보다도 강하며 강철보다 단단한 뼛속에 흐르는 혈로써 작용한다. 주신의 저주 속에서 살아남아 인간과 루프스를 오가며 수천 년을 버텨 온 신족의 가혹한 운명은 피에 새겨져 모두를 굴종시켰다. 그 왕의 위엄 앞에 아르칸은 물론 늑대의 피를 가진 짐승까지도 머리를 땅에 숙인 채 본능과도 같은 힘의 권위에 복종해야 했다. 인간의 면피를 둘러쓰든 짐승의 성체로 존재하든 그것은 예외 없이 작용하는 피의 권속이었다.

빌러가 노린 건 바로 그 틈이었다. 치밀하게 준비된 함정일지라도 본능에는 동요할 수밖에 없음을 알았던 거다. 그리고 예상대로 둘을 겹겹이 에워싼 적들이 흐트러지며 요동치는 순간 빌러는 일격에 대형의 반 이상을 날려 버리고 뻥 뚫린 곳으로 다나를 밀어 넣었다. 적들이 우왕좌왕하는 순간, 성체로 변신하는 그 마지막 기회를 빌러는 아내를 피신시키는 데에 썼다.

배 속의 아이 때문에. 그녀와 자식을 지키기 위해 스스로 사지에 남는 것을 택한 것이다. 그리고 이틀 전, 다나는 영혼의 반려가 지닌 본능으로 알 수 있었다. 빌러가 죽었음을. 그의 생명의 빛은 소멸했고 그로써 각인은 깨졌다. 이 세계 어디에서도 그의 존재는 느껴지지 않았다. 그걸 깨닫는 순간 빌러의 심장을 감싸고 있어야 할 플레닐루니움의 날카로운 조각 끝이 다나의 심장 안으로 파고들었다. 아르칸 왕좌의 상징이자 힘의 원형인 플레닐루니움은 오직 왕과 그의 반려만이 가질 수 있기에 빌러가 소멸하자 이제 하나 남은 알파이자 다음 왕좌의 주인인 다나에게 스며든 것이다. 다나는 플레닐루니움이 자신의 심장을 파고들며 눈앞에 펼쳐 보인 환영을 통해 목이 잘린 채로 창에 꽂혀 본 성 안에 걸린 빌러를 보았다.

감히.

붉은 핏방울이 순백의 콧등을 타고 흘러 새하얀 눈밭으로 툭 떨어져 내렸다. 곧 대지로 스며 흔적을 남기지 않고 사라졌다. 빌러를 잔인하게 살해한 발로드는 이 반역의 정당성을 입증하기 위해서 반드시 플레닐루니움을 찾아 자신에게 올 것이다. 그녀와 곧 태어날 배 속의 새끼를 없앤 뒤 마지막으로 왕의 상징을 손에 넣기 위해서. 가장 믿었던 원로마저 배신한 지금, 아르칸의 누구도 믿을 수가 없었다. 다나가 모든 신호를 잘라 낸 뒤, 기척마저 숨긴 채 도주하는 이유였다.

지금쯤 발로드는 다나가 그들이 인간으로서 머물던 집으로 돌아가지 않았음을 알았을 것이다. 따라붙은 추격대와 신호를 주고받을 만큼 가까운 거리가 되면 발로드는 다나가 어디로 향하는지 눈치챌 것이다. 그 전에 도달해야 했다.

툰드라로 이어지는 동토 북부에 수천 년 전부터 아르칸을 섬겨 온 오래된 자들이 남아 있다. 그들 중 자신을 기억하는 자가 있을 것이다. 그곳에 도착해서 디안에게 은밀히 기척을 보낸 뒤 그가 자신을 찾아낼 때까지 몸을 숨겨야 했다. 겨울이 오고 있다. 곧 카모스가 시작되고 달이 해를 완전히 가리게 되면 눈보라가 시작되는 동토는 얼어붙은 죽음의 땅이 되어 어둠으로 뒤덮인다. 다시 해가 뜨기 전까지 발로드는 결코 그 땅을 넘어서지 못하리라. 그녀 또한 서둘러야 했다. 눈 폭풍이 시작되면 그녀 역시 설원 한복판에서 갓 태어난 새끼와 함께 얼어붙고 말 것이다. 그녀는 통각이 완전히 사라진 다리에 힘을 주었다.

파삭. 약한 눈발이 흩날리기 시작한 침엽수림 사이를 가뿐하게 넘어선 다나가 그대로 움직임을 멈췄다. 그녀는 싸늘하게 얼어붙은 눈동자로 어둠 저편을 응시했다. 곧 숲 저편에서 거대한 짐승이 몸을 드러냈다. 넓게 퍼져 포위망을 좁히듯 다가서는 무리를 보며 다나가 눈을 가늘게 좁혔다. 셋, 넷. 적을 파악한 다나가 한 걸음 물러서며 자세를 낮췄다.

그르르르. 맹수의 으르렁거림에 숲은 삽시간에 고요에 휩싸였다.

사나운 기세에 잠시 주춤거린 늑대들은 곧 두려움을 잊은 것처럼 몸을 부르르 떨며 앞으로 향했다. 그들의 눈자위는 하나같이 크게 부풀어 올라 있었다. 마치 어떤 광기에 휩싸인 것 같았다. 왕의 피에 취했던가. 빌러를 도륙한 것 또한 너희들이렷다.

크르르르르. 응집된 분노는 몸 안 깊숙한 곳으로부터 흘러나왔다. 다나의 날카로운 송곳니가 드러났다. 플레닐루니움을 얻은 순간 빠른 속도로 재생을 시작한 다리에 힘을 실으며 다나가 날렵하게 뛰어올랐다.

차르륵, 튀어 오른 핏물이 숲을 진하게 물들여 갔다.

* * *

포슬포슬한 슈가 파우더를 산처럼 쌓아 올린 곳. 해가 지지 않는 백야와 해가 뜨지 않는 극야가 공존하는 마법의 장소. 여신 발키리가 죽은 전사를 발할라로 인도할 때 쏘아 올린다는 총천연색의 빛, 오로라 보레알리스가 존재하는 동화의 나라.

극야가 이어지고 있는 라플란드는 해가 지평선 위로 떠오르지 못한 채 아래에서만 붉게 넘실거리다 일몰이 시작되면 완전히 가라앉기 전, 아주 잠깐만 세상을 파랗게 물들였다. 순백의 설원에 파란빛이 깃들자 설국에 완전한 고요가 찾아왔다. 나는 아늑하고 몽환적으로 물드는 지평선을 바라보며 잠시 숨을 멈췄다. 영하 40도의 맹추위와 폭설에 도로와 인도의 경계는 허물어지고 휴대폰마저 무용지물이 되는 오지에서 인간은 그저 자연의 혹독함과 신비로움에 압도될 뿐이다. 이곳에서 일어나는 모든 일이 비현실적인 동시에 어떤 일이 벌어져도 이상하지 않을 것 같았다. 설령 은빛으로 반짝이는 저 침엽수림 사이로 눈의 요정이 레인디어와 함께 걸어 나온다 해도 말이다. 뭐, 순록이라면 이곳 어딜 가나 있으니까.

호주에 캥거루가 있다면 이곳에는 순록이 있는데, 겨우내 눈밭인 도로에는 차보다 순록이 더 많이 지나다녔다. 순록과 눈의 요정은 댄이 좋아하는 건데. 겉으론 아닌 척하며 겨울왕국의 왕팬인 샤를도 이 풍경을 봤다면 신이 나서 어깨를 들썩였으리라. 미카엘은 와락 안겨 들며 소리부터 질렀겠지.

덥석 안겨 드는 작은 몸과 품이 기억하는 무게를 떠올리자 그리움이 밀려들었다. 여행을 계획할 때만 해도 휴식과 해방이라는 생각에 사로잡혀 다른 생각은 하지 못했다. 그러나 막상 떠나오니 어떤 풍경을 봐도 가장 먼저 아이들이 떠올랐다. 모성애에 휘둘리는 타입은 아니라고 생각했는데, 호르몬 때문일까.

"제대로 껴야지."

근사한 풍경에 압도되었다가 다시 아이들 생각을 이어 가느라 멍한 나와 달리 시종일관 여일한 태도의 지헌이 끼다 만 장갑 안으로 나의 손가락을 마저 밀어 넣었다.

나는 지헌을 빤히 보다 물었다.

"기분 어때요?"

"좋아."

고민도 없이 곧장 대답이 나왔다. 못 믿는 건 아니다, 다만.

내가 아무 말이 없자 지헌이 고개를 들었다. 곧 상냥한 목소리가 다정하게 내려앉았다.

"집에 가고 싶어?"

"……그건 아닌데."

옅은 분홍빛 입술이 주변을 뒤덮은 눈송이만큼이나 희고 고운 얼굴 위에서 부드럽게 휘어졌다.

"표정이 그런데."

"……."

반박하지 못한 채 고개만 저었다. 마음이 뒤숭숭한 건 사실이었다. 되돌아가고 싶기도 했고, 그러면서도 아직은 가면 안 될 것 같은 기묘한 마음이 나를 붙잡았다. 사실 지금 돌아가는 건 말도 안 된다. 오로라를 보겠다고 라플란드까지 와 놓고 막상 도착해서는 겨울잠을 자는 동물처럼 내리 잠만 잤다.

떠나기 전까지 아이들을 챙기고 쫓기듯 여행 준비를 하며 누적된 피로와 긴장감이 뒤늦게 풀린 탓이었다. 스키 한번 안 탈 거면 이 한겨울에 왜 레비까지 왔나 싶은 얼굴로 쳐다보던 가이드보다도 지헌에게 미안했다. 웬만한 레포츠에는 통달한 지헌이 즐길 만한 것들이 이곳에 꽤 많았다. 그래서 직접 골라 놓고, 정작 침실을 나와 눈을 제대로 밟은 건 오늘이 처음이다. 이래 놓고서는 아이들까지 모두 떼어 놓고 여행 온 보람이 없었다.

"스키 타러 갈까요? 아니면, 리버 플로팅도 있던데."

첫날 가이드가 내민 다양한 프로그램 표를 떠올리며 그의 반응을 살폈다. 영하 30도의 날씨에 얼어붙은 호수에서 수영이라니. 도무지 이해할 수 없지만, 지헌은 그런 걸 좋아하는 데다 잘하기까지 했다. 그리고 나는 지헌이 이 여행에서 아주 많이 행복하길 바랐다.

지헌이 나를 물끄러미 보았다.

"하고 싶어?"

단조로운 목소리에 감정이 드러나지 않아 그가 스키를 타고 싶은 건지, 수영을 하고 싶은 건지 알 수 없었다. 나는 고개만 저었다. 한 번쯤 그와 함께 도전해 볼 수는 있지만 적어도 지금은 아니었다.

"당신 하는 거 보면 돼요."

내 말에 지헌이 피식 웃었다. 그러더니 내 옷깃을 조금 더 단단히 여몄다.

"서 있기만 해도 이렇게 오들오들 떨면서."

부드럽게 다가온 손이 워머를 콧등까지 끌어올리고는 헝클어진 머리카락을 정리했다. 그가 몇 겹이나 껴입힌 방한복으로 몸놀림이 둔해진 나와 달리 지헌의 움직임은 가볍고 매끄러웠다. 다시 그의 눈을 자세히 들여다보니 이도 저도 흥미가 일지 않는 표정이다. 내가 하지 않으면 이 남자도 하지 않을 생각이다.

나는 마음이 조금 급해졌다. 또 뭐가 있었지. 체력 소모가 적은 범위 내에서 함께할 만한 것들을 빠르게 떠올렸다. 허스키 사파리와 이글루 체험 따위가 머릿속을 스쳐 갔다.

"그럼 썰매 탈러 갈래요? 순록이나 허스키가 끌어 주는 썰매 투어가 있어요. 아, 당신한테는 조금 시시하겠다. 스노모빌을 타는 게 낫겠다."

마음과 달리 두툼한 방한 워머를 뚫고 나오는 목소리는 조금 뭉툭하게 들렸다. 안 되겠다. 일단 예약부터 하고 볼 생각으로 전화기를 뒤적이는 나를 단정한 목소리가 막았다.

"위험해."

"······응?"

눈밭에서 순록이 끌어 주는 썰매가? 아니면 이곳에선 아이들도 타고 다니는 스노모빌이?

이해가 되지 않아 눈만 깜박이자 지헌이 워머 끈을 쭉 잡아당기며 말했다.

"사고 나면."

물론 안전사고를 간과해선 안 되겠지만, 글쎄 그 비주얼이라는 게 나무판자로 엮어 만든 썰매를 순록이나 스노모빌에 매단 채 끌고 가는 것뿐이어서 스피드와는 전혀 무관해 보이는 그걸 타다 날 수 있는 사고라고 해봤자 눈밭에 파묻히는 해프닝 말고는 좀처럼 떠오르지 않았다. 게다가 이미 첫날 그런 비슷한 걸 타고 리셉션이 있는 메인 스테이션에서 5분 거리인 이곳 독채까지 오며 왠지 동화 속에 들어와 있는 기분에 함께 웃었던 걸 잊은 걸까.

"아무튼, 안 돼."

지헌이 짧게 일축하며 갈 곳을 잃고 허공에 멈춰 있던 손안으로 동그란 기계를 쏙 넣었다. 손난로였다.

"가자."

지헌이 손을 잡으며 앞장섰다.

"그럼 당신은."

나는 잡힌 채로 그의 팔을 조금 당겼다. 지헌이 나를 돌아보았다. 턱 끝만 가볍게 걸친 까만색 워머 때문에 하얀 피부가 도드라져 보였다. 그가 그런 채로 고개를 살며시 기울였다. 듣고 있다는 나긋한 눈빛에 나는 머뭇거리다 입을 열었다.

"심심하지 않아요? 여기까지 와서 나 때문에 아무것도 못 하고. 뭐라도 해야……."

"그런 거 해서 뭐하게, 치린아."

지헌이 눈웃음을 지으며 아이에게 하듯 다정하게 일렀다.

"우리 둘만 있는 게 얼마 만인지 알아?"

"아……."

조금 멍해져서 입만 뻐끔거리는 내 얼굴을 그가 부드럽게 쓸었다.

"2년 만이야."

"……"

"방해받기 싫어."

너마저도 이 시간을 훼방 놓을 수 없다며 간결하게 자르는 목소리는 상쾌해 보이기까지 했다. 그의 말투에서 느껴지는 흡족함에 나는 지헌을 가만히 올려다보았다. 그의 뒤로 사방이 막힘없이 펼쳐진 설원이 절경을 만들고 있었지만, 그는 풍경 따윈 아무래도 좋다는 듯 시선을 내게 고정하고 있었다. 추위로부터 내 몸을 보호하는 데에만 온 관심을 쏟았던 것처럼. 지헌은 계속해서 이런 눈으로 나를 보고 있었을 것이다. 들뜬 내가 다른 생각에 여념이 없을 때조차도. 그런 지헌이 나를 사로잡았다.

설원도, 오로라도, 아이들마저 모두 머릿속에서 사라졌다. 드러난 눈동자에 오직 지헌만이 담겼다. 그가 지금까지 그래 왔던 것처럼. 우리의 시선이 조용히 마주 닿은 순간이었다. 지헌의 손이 머리칼을 파고들며 목덜미를 부드럽게 끌어당겼다. 나는 위머를 아래로 내렸다. 찬 공기와 함께 입술을 가르고 들어온 지헌이 혀를 부드럽게 감아올렸다. 청량하게 맞닿아 뜨겁도록 비벼졌다. 그의 온기가 몸을 데우고 마음을 건드렸다.

천공에 떠오른 달처럼 나의 숨도 달떴다. 기분 좋은 떨림에 소리가 목을 울리며 나왔다. 숨이 다 닳아 없어질 것만 같을 때 가까스로 입술을 떼어 낸 지헌이 열기를 가라앉히듯 조용히 이마를 마주 댔다. 몸 안을 휘젓는 저릿한 감각에 그대로 눈을 감고 호흡을 골랐다. 흥분이 어느 정도 가라앉은 뒤 눈을 뜨자 나를 보고 있는 지헌의 눈과 마주쳤다.

그의 눈동자는 극야가 내려앉은 라플란드의 밤을 그대로 오려 내 담아낸 것처럼 짙고 까맣게 빛이 났다. 장갑을 벗고 그의 눈 밑을 쓸어 보고 싶어서 손끝이 간질거렸다. 그래, 우리에겐 너무도 간절하게 이 시간이 필요했다. 조용히 입술을 열고 떨리는 목소리로 고백을 쏟아 냈다.

"다시 생각해 보니까 좋은 것 같아요. 여기."

우리 둘만 있어서, 더.

고요하게 가라앉았던 더운 숨이 일순간에 나를 덮쳐 왔다. 깊다랗게 파고들며 짙고 묵직하게 휘저었다. 그대로 휩쓸려 크게 일렁였다. 우리가 피워 낸 열정의 불씨 위로 포근한 바람이 불었다. 바람을 타고 눈꽃이 흩날렸다. 눈으로 뒤덮인 숲속의 풀 냄새와 굴뚝에서 퍼져 나오는 계피 향이 축축한 공기를 타고 흘러나왔다. 설원과 극지의 밤이 토해 내는 평온의 냄새였다.

"나도."

찬 기운을 막듯 내 뺨을 두 손으로 감싼 지헌이 나를 바짝 당기며 말했다. 그의 목소리는 호흡과 함께 낮게 가라앉아 있었다.

"좋아, 나비야."

가슴이 부풀어 오르고 하얗게 쏟아 낸 입김이 달콤한 솜사탕처럼 피어올랐다. 우리가 아직도 뜨거울 수 있다는 사실에 때때로 가슴이 쿵쿵 울리곤 했다.

"얼겠다."

지헌이 입술을 한 번 더 꾹 부딪은 뒤 젖어서 반짝이는 입술을 엄지로 닦아 냈다. 다시 단정히 옷매무시를 여며 주는 손길이 조금 전보다 빨라졌다. 키스의 여파로 추위가 느껴지진 않았지만, 그의 보살핌을 받는 게 좋아 얌전히 서서 지헌의 따스한 손길을 느꼈다. 그가 내게 주는 것들의 대부분은 달콤하고 중독성이 강해서 좀처럼 끊어 내는 게 힘들었다. 마흔이 훌쩍 넘고 자식들을 챙겨야 하는 환갑이 되어서도 여전히 이렇게 어리광을 부릴지도 모른다. 그런 경각심에 가족들이 함께 있을 때면 의식적으로 지헌의 옆자리를 피하곤 했다. 물론, 시도는 손쉽게 간파당하고 대가는 더 짓궂은 형태로 되돌아오곤 했다. 아이들 앞에서만큼은 늘 슈퍼맘이 되곤 하는 나를 지헌은 손쉽게 아이로 되돌렸다.

"가자."

지헌이 다시 손을 잡았다. 아무도 걷지 않은 새하얀 땅 위에 우리 둘의 발자국이 깊이 파였다. 아직은 환한 달빛이 지평선 아래에서 넘실대는 평화로운 저녁이었다.

* * *

풍덩 소리에 이어 얼음이 요동치듯 차르륵 울렸다. 자작나무 데크 위에 선 지헌이 아래로 훌쩍 뛰어내리는 소리였다. 아직 얼지 않은 눈이 호수 위로 높이 튀어 올랐다. 미리 깨트려 길을 내둔 얼음들이 물 위에서 이리저리 휩쓸리는 소리가 들렸다. 지헌이 다리 아래 호수로 사라지는 모습을 유리창으로 지켜보던 나는 어깨를 부르르 떨었다. 그가 사라진 자리엔 가득 차오른 달이 홀로 남아 고요해진 밤을 지키고 있었다.

북극권에 속한 나라는 어느 지역을 가도 집마다 이런 사우나 시설이 되어 있다. 강추위에 얼어붙은 몸을 녹이며 땀을 흘리는 건 이곳에서 일상이나 다름없었다. 사방이 유리로 된 호텔 객실의 사우나는 야외 호수와 이어져 있어 안과 밖을 자유롭게 오가는 구조였다. 다른 것엔 흥미 없어 하는 지헌이 매일 이용하는 시설이기도 했다. 그의 기분이 계속 즐겁기를 바라는 내게 있어 그건 아주 다행한 일이었다.

지헌은 사우나 안에 느긋하게 앉아 욕실에서 씻는 나를 말없이 바라보곤 했다. 그러다 나의 짧은 목욕이나 샤워가 끝날 때쯤 밖으로 나가 얼음 호수 아래로 가라앉았다. 그렇게 깊은 밤이 되면 차가워진 몸으로 나를 안고 눈을 감았다.

아쉬운 눈으로 사우나를 바라보며 짧은 목욕을 마친 나는 로브를 걸친 채 머리를 말렸다. 어깨까지 늘어진 머리칼을 한데로 모아 쥐고 높이 올리자 실크 천이 위로 훌쩍 당겨지며 거울로 몸 선이 드러났다. 부드럽게 밀착된 천 아래로 굴곡 없이 평평한 배를 물끄러미 바라보았다. 변화는 없었다. 이대로 오늘도 평온한 하루의 끝자락에 다다랐다. 이게 언제까지 이어질까. 결심은 단단하다가도 어느 순간 바람이 급속도로 빠져나가는 풍선처럼 쪼그라들어 나를 나약하게 했다.

'욕심이 과하군요.'

안경테를 밀어 올리며 말하던 여자의 웃음기 배인 목소리가 비난처럼 들러붙었다. 태연하게 돌아섰지만, 하루 동안 집에 틀어박혀 여러 번 곱씹고 떨쳐 낸 뒤에도 그 말은 사라지지 않고 불쑥불쑥 튀어나왔다.

'그래, 욕심일지도 모르지.'

문득 쥐죽은 듯 적요한 사위를 깨닫고 몸을 돌렸다. 빛 한 점 보이지 않는 어둠이 창밖을 에워싸고 있었다. 야외 전등의 스위치를 찾아 누른 뒤 김이 빼곡하게 차오른 유리창을 닦아 냈다. 한참이 지난 것 같은데 지헌의 모습은 어디에도 보이지 않았다. 겁이 덜컥 났다.

나는 그대로 사우나 문을 열고 들어갔다. 뜨거운 열기가 몸을 확 덮쳐 오며 숨이 막혔다. 얼굴에 닿는 강렬한 열감에 눈을 뜨기 힘들 정도였다. 목욕으로 적당히 달아올랐던 피부가 화끈거리며 얇은 로브 안으로 순식간에 땀이 맺혔다. 사람들이 왜 눈밭으로 뛰어드는지 알 것 같았다. 몇 분만 있어도 정신이 혼미해질 정도의 뜨거움이었다.

지헌이 모습을 드러낸 건 그때였다. 내가 야외로 이어진 문손잡이를 간신히 찾아 쥐었을 때, 그가 위로 훌쩍 올라섰다. 다이빙했을 때만큼이나 가뿐한 동작이었다. 갑작스러운 안도감에 선 채로 숨을 내쉬는데 사우나 안에 있는 나를 발견한 지헌이 의외라는 듯 눈을 기울이더니 싱긋 웃어 보였다. 나는 빨리 들어오라고 손짓한 뒤 의자 위에 있는 수건을 펼쳐 들었다. 사막 한가운데에 서 있는 것처럼 뜨거운 바람이 온몸을 덮쳐 왔다.

지헌은 서두르지 않았다. 짧은 수영 팬츠 하나만 걸친 몸에서는 걸음을 옮길 때마다 물이 뚝뚝 떨어져 바닥까지 얼릴 것처럼 진하게 물들였다. 쏟아지는 달빛 아래를 느긋하게 걷는 새하얀 상반신이 투명하다 못해 시리게 보여 마음이 급해진 건 나였다. 기어이 문을 밀자 성큼 다가선 지헌이 찬 공기를 막아서며 문을 닫았다.

"감기 걸려."

불만스럽게 치켜뜬 시선을 모른 체하며 수건을 펼쳐 그의 몸을 감싸 안았다. 넓은 등을 두르기엔 역부족이라 발끝을 조금 세워야 했다. 몸에 닿는 피부가 흡사 얼음덩어리처럼 차가웠다. 지헌이 팔을 잡고 나를 떼어 내더니 문득 내 얼굴을 확인하고는 스토브 전원을 껐다.

"왜 들어왔어?"

"왜 그렇게 오래 있어요? 그러다 심장마비라도 걸리면 어쩌려고. 한밤중에, 혼자서. 불도 안 켜고 정말."

말을 쏟아 낼 때마다 뜨거운 열기로 숨이 막혔다.

나를 가만히 보던 지헌이 사우나의 문을 활짝 밀었다. 갑작스럽게 들어온 찬 공기에 춥기는커녕 숨통이 트이는 느낌이었다.

얼음장 같은 손이 뺨을 천천히 감쌌다.

"좀 나아?"

말 대신 고개만 끄덕이자 그가 천천히 나를 안았다. 뜨겁게 달아오른 실크 위로 지헌의 몸이 닿는 순간 부드러운 얼음이 나를 감싸는 것 같았다. 차가운 눈밭에 파묻히는 것 같기도 했다. 시원하면서 포근했다.

"춥지 않아요? 들어갈까요?"

"더 있다가."

내가 그의 품을 깊이 파고들자 지헌이 나른한 숨을 토해 냈다.

"기분 좋아요?"

그가 순순히 고개를 끄덕였다.

"응, 따듯해."

그는 따듯하고, 나는 시원해서 떨어지기 싫었다. 땀 맺힌 이마와 머리카락이 달라붙은 목덜미와 탈 것처럼 뜨겁게 달아오른 등과 허리를 그가 천천히 쓸어내렸다. 손과 팔이 지나갈 때마다 체온이 조금씩 내려갔다. 뜨거움이 사라진 자리에 새로운 열기가 피어났다. 몸을 천천히 떼어 낼 때였다. 어깨를 따라 내려오던 지헌의 손이 멈췄다. 멈춘 시선을 따라가자 매끄러운 로브 위로 뾰족하게 도드라진 선이 옅은 조명 아래 음영을 만들어 내고 있었다.

"얼음물에 뛰어든 보람이 없네."

물기를 머금은 목소리는 촉촉했고 쏟아지는 시선은 진했다. 그 시선에 겨우 내려갔던 열감이 뺨 위로 몰려들었다.

밤마다 눈 덮인 호수를 오가던 지헌과 설원에서 나를 바라보던 짙은 눈동자가 연이어 떠올랐다. 그게 무슨 의미인지 모를 리 없었다. 꽤 오랫동안 피해 왔고 그는 담담한 태도로 내 의사를 받아들였다. 결혼 6년 차의 권태로움. 육아로 누적된 피로감. 그가 무엇으로 이해했는지는 모른다. 다만 언급 한번 하지 않음으로써 내 예상을 완벽하게 깬 것만은 분명했다. 오늘 이 눈을 보기 전까지는 그랬다.

나는 지헌의 눈동자를 깊이 보았다. 길었던 밤은 내게도 많은 아쉬움을 남겼다. 내가 그런 것처럼 당신도 그랬을까. 나를 안은 채로 군말없이 눈을 감고 잠이 들던 지헌을 보며 오래된 부부들이 말하던 게 바로 이런 거였나 싶어 가슴 한구석이 뻥 뚫린 것 같던 기분들이 차례로 스쳐 갔다.

내가 더 이상 그에게 여자가 아닌 날들이 언젠가는 도래할 것이다. 어쩌면 내게 더 먼저 그날이 올 수도 있다. 그랬으면 좋겠지만. 지금으로서는 감히 상상조차 되지 않는다. 이 열기가 서늘하게 식고 건조하게 마를 날이 온다는 것이.

나는 시선을 조금 돌렸다. 예상대로 지헌의 손은 더 내려오지 않았다. 이대로 나를 가만히 보았다가 먼저 발을 돌리겠지. 문득 이 상황이 어디선가 겪은 것처럼 익숙하다는 생각이 들었다. 그러나 그게 언제인지 미처 떠올리기 전에 지헌의 시선이 내게서 멀어지는 게 느껴졌다. 그의 손이 떨어지기 전 나는 팔을 뻗었다. 그의 손등 위로 내 손을 포갠 채 천천히 아래로 내렸다.

지헌의 눈빛이 되돌아오는 게 느껴졌다. 예전 같았다면 그의 눈을 똑바로 보며 피하지 않았을 것이다. 그러나 너무 오랜만이었고 그래서 숨을 고를 수 없을 만큼 떨렸다. 아이 셋을 낳고도 남편을 보고 떨다니, 누군가는 웃을지도 모르겠다고 생각했다.

"치린아."

나직한 목소리가 나를 불렀다. 나는 멈추지 않았다. 크고 단단한 손바닥이 뾰족하게 도드라진 옷감 위를 지날 때 입술을 잘근 씹었다. 뜨거운 바람이 불어와 귓가를 스쳤다. 그의 손이 풍만하게 벌어진 가슴을 완전히 덮었을 때 나는 그대로 힘을 주어 눌렀다. 손안에 찬 쾌감이 나를 기분 좋게 압박했다. 아랫배로 단단하게 뭉친 욕망이 밀려들었다. 조용히 고개를 들었다. 지헌이 나를 응시했다. 눈 속에 숨은 의도 하나까지도 찾아낼 듯한 깊은 시선이었다. 낮은 목소리는 한참 만에 흘렀다.

"누가, 이렇게 예쁘게 굴래?"

그의 낮 뜨거운 말이 너무도 진지하게 들려서 나의 긴장감을 일시에 깨트렸다. 내가 웃음을 참지 못하고 입술을 깨물자 지헌이 엄숙하게 타일렀다.

"오늘은 예쁘면 안 돼."

떨리는 입술에 힘을 준 채로 고개를 조금 끄덕였다. 다음 순간 나는 웃음도 잊은 채 눈을 크게 뜨고 숨을 멈췄다. 뜨겁고 촉촉한 입술이 천 위로 내려앉은 뒤였다.

* * *

꿈속에서 나는 열대의 섬 한가운데에 있었다. 바다는 커다란 사파이어를 품고 있는 것처럼 파랬고 그 위를 높은 햇살이 비추고 있어 파고가 넘실거릴 때마다 은실로 촘촘하게 짜 넣은 그물이 찬란하게 물결쳤다. 유백색의 모래사장은 발이 푹푹 빠질 것처럼 솜털처럼 보드랍고 보송했다. 뜨거운 대지 위로 불어온 바람이 바다와 태양과 달콤한 열대 과일 냄새를 부지런히 실어 날랐다.

그늘에 누워 잠을 청하던 나는 바람결에 실려 온 감미로운 향기에 강렬한 갈증을 느끼며 눈을 떴다. 샛노랗고 탐스러운 망고를 주렁주렁 매단 굵은 망고나무가 하늘을 전부 가릴 것처럼 높이 서 있었다. 이렇게 큰 망고나무가 있었던가 싶은 생각도 잠시. 이성은 가라앉고 맹렬한 허기만 남아 손에 잡히는 대로 망고를 따서 황급히 입안으로 밀어 넣었다. 매끄럽고 달콤한 과육이 끝없이 밀려들었다. 태어나 처음 맛보는 단맛이었다.

노란 과즙이 손등과 팔꿈치를 타고 흘러 유백색 모래 위로 뚝뚝 떨어져 내렸다. 허겁지겁 입안으로 밀어 넣기를 한참. 떨어지는 단물을 따라 시선이 아래로 향했다. 푹 떨어진 과즙이 모래로 스며드는 대신 마치 풀잎 위로 미끄러지는 이슬처럼 완만한 곡선을 그리며 휘어지더니 그대로 사라졌다. 신기해서 멍하니 바라보는 와중에도 과즙은 똑똑 떨어져 내렸다. 그러나 해를 받아 은빛으로 반짝이는 모래 알갱이는 물기 하나 없는 순백이었다.

망고를 입에 가득 넣은 채로 아래로 손을 뻗었다. 모래라고는 믿기지 않을 정도로 가볍고 보드라운 촉감이었다. 마치 녹아내리듯 손안에서 스르륵 미끄러지는 것 같아 손을 가득 움켜쥐었다. 곧 천둥 같은 소리와 함께 지각이 뒤틀리고 대지가 요동치듯 뒤집혔다. 세계가 뒤집히고 아름다운 풍경이 일그러졌다. 순백의 배경이 일그러지며 커다란 문이 열렸다. 새롭게 열린 문 안으로 가득 들어찬 건 사파이어 빛 바다보다 진하고 저 먼 하늘보다도 깊은 푸른빛 보석이었다. 금빛 줄무늬가 영롱하게 발현하는 그것은 고대 수메르인들이 신성으로 삼았다는 청금석 같았다. 라피스 라줄리. 성화 속 마리아의 옷을 칠하기 위해 으깨어 물감으로 만들었다는 짙푸른 원석은 청명하게 빛나는 우주의 밤처럼 아름다웠다. 그 빛에 빨려 들어가듯 손을 뻗을 때였다.

마치 살아 있는 눈동자처럼 동그랗게 움직인 보석이 나를 향해 두 눈을 부릅뜨듯 번쩍 떴다. 엄청난 힘이 나를 정면으로 꿰뚫을 듯 쏟아져 들어왔다. 강렬한 빛에 온몸이 압도되는 것을 느끼며 숨이 막혔다. 몸 안의 모든 틈이 막히는 것 같았다. 식은땀이 목을 타고 주르륵 흘렀다. 이건 꿈이다. 그걸 자각하는 순간, 막혔던 기도가 뚫리는 것 같은 기분을 느끼며 눈을 번쩍 떴다.

　잠에서 깨자마자 꿈속에서처럼 맹렬한 허기가 몰려왔다. 나는 몸을 일으켰다. 침대를 막 벗어나는데 지헌이 눈을 뜨고 나를 보았다.

　"치린아."

　나는 더 자라는 듯 손을 내저었지만, 지헌은 이불을 밀어내며 슬리퍼를 찾아 신었다. 나와 달리 자다 깼음에도 또렷한 눈빛이었다.

　"맨발로 어딜 가게?"

　지헌이 차가운 대리석 바닥을 밟고 있는 내 발을 한번 바라본 뒤 팔을 벌렸다. 지헌에게 안겨 들며 얼굴을 그의 목덜미에 묻었다. 체온이 낮은 나와 달리 따뜻한 온기가 나를 감쌌다. 기분 좋은 감각에 천천히 문지르며 혼잣말처럼 중얼거렸다.

　"망고. 망고가 먹고 싶어요."

　"지금?"

　"응."

　짧은 침묵이 이어졌다.

　"배고파?"

　그런 것 같기도 했고 갈증이 이는 것도 같았다. 무엇보다 망고가 먹고 싶었다. 아주 강력하게. 몸 안의 모든 욕구가 전부 식욕으로 변이된 것 같았다.

　"찾아보자."

　몸이 부드럽게 흔들거리다 순록 모피가 깔린 폭신한 쿠션 위에 닿았다. 부드러운 털이 몸을 꽁꽁 감싸는 걸 느끼며 나는 꾸벅꾸벅 졸기 시작했다.

　"⋯⋯린아."

　지헌이 나를 부드럽게 흔들어 깨웠다. 영 맥을 못 추며 몸을 가누지 못하는 뺨으로 톡톡 두드리는 손길이 이어졌다. 엉거주춤 몸을 일으키자 그가 내 손에 찻잔을 쥐여 주었다. 반도 차지 않은 잔이 출렁거렸다. 지헌이 내게서 잔을 거둬 간 뒤 나를 안아 들었다. 파고들기 좋은 커다란 품이 나를 감쌌다. 곧 입안으로 따뜻한 감촉이 밀려들더니 부드럽고 말캉한 혀가 찻물을 목 안으로 밀어 넣었다. 꿀차인 것 같았다. 달콤한 뒷맛을 좇아 혀를 내밀어 핥자 차를 머금은 지헌이 다시금 입술을 맞대어 왔다.

꿀차가 꿀꺽꿀꺽 넘어갔다. 입맛을 다실 새도 없이 지헌이 혀를 감아 당겼다. 키스가 깊어지자 몽롱했던 정신도 차츰 깨어났다. 지헌이 가슴을 부드럽게 쥐고 문지르며 지난 밤 자신이 만든 멍울을 되짚듯 쓸어내렸다. 앓는 소리와 함께 입안으로 터진 신음을 지헌이 삼켰다. 유선이 도드라지며 감각마저 예민하게 깨어난 나는 눈물방울을 매단 채 지헌의 목을 끌어안았다.

머리를 쓸어 넘기고 등을 다독거리는 손길이 이어졌다. 밤새 그랬던 것처럼 다정하고 집요한 손이 나를 부드럽게 어루만졌다. 머릿속이 하얗게 변하며 쾌락과 함께 나른한 만족감이 찾아왔다. 그러나 그 이상은 하지 않는다. 그건 밤에도 마찬가지였다. 내가 없어져 버릴 것처럼 몰아치던 평소의 그 대신 익숙한 쾌감이 주는 편안함만이 침실을 맴돌았다. 아직 몸살이 남았다고 생각해서였을까. 그러기엔 너무 오랜만에 갖는 시간이었다.

"왜……?"

눈을 뜨고 묻자 지헌이 웃음기 섞인 목소리로 말했다.

"망고 먹고 싶다며."

믿기지 않게도 테이블 위에 망고가 있었다. 먹기 좋게 잘린 노란 과육은 촉촉하고 탐스러워 보였다. 나도 모르게 입맛을 다셨는지 지헌이 커다란 망고 조각 하나를 입안으로 밀어 넣었다. 차가움에 움찔한 것도 잠시 단번에 갈증을 날려 주는 시원하고 달콤한 맛에 식욕이 돌았다.

"더?"

반응을 가만히 살피고 있었는지 그가 움직이며 물었다.

"아, 내가."

몸을 일으키며 손을 뻗었지만, 지헌이 한발 빨랐다. 그는 아예 망고 접시를 자기 쪽으로 당겨 갔다. 그런 뒤 아쉬운 눈으로 입맛만 다시는 내게 직접 먹여 주기 시작했다.

그냥 내가 먹고 싶은데.

감질나게 하나씩 들어오는 망고를 꿀꺽 삼키며 접시를 곁눈질해 보지만 즐겁게 반짝이는 지헌의 눈을 보니 어림도 없어 보였다.

그가 결혼식에서 선언한, 평생 안고 다닐 테니 포기하라는 말의 실상은 그러니까 이런 거였다. 지헌은 나를 품에 안은 채로 내가 해도 될 일을 구태여 그가 대신해 주는 걸 좋아했다. 지헌은 그걸 애정의 표현이라 했고, 나는 나를 유아기로 퇴보시키려는 검은 속내라고 생각했지만, 어쨌거나 늘 그렇듯 뿌리치기엔 너무 달콤했다. 당연하게도 효율은 형편없었다.

그사이 망고와 함께 들어온 지헌의 손가락이 입안을 부드럽게 휘저었다. 밀려난 과즙이 턱을 타고 흘렀다. 아래에서 궤적을 따라 올라온 지헌의 혀가 과즙을 삼키고 입술을 삼켰다. 그 뒤부터는 입안으로 들어오는 게 망고인지, 다른 무엇인지 구분할 수 없었다. 종종 더 크고 부드럽고 단단한 무언가가 숨이 막힐 정도로 입안을 채웠다가 나가곤 했다.

"아침 먹어야지."

어느새 잠이 들었던지 등 뒤로 들어온 손이 나를 천천히 안아 들었다. 망고 한 접시가 배 속에 그대로 들어 있는데 아침이라니.

귀찮아 뒤척이자 그래도 먹어야지, 달래는 목소리가 봄볕처럼 다사했다. 반응 없음에 그칠 법한데도 다정한 시선과 온도는 방향을 틀지 않은 채 온전히 내게 머물렀다. 그토록 뜨거운 온정은 얼어붙었던 나의 마음을 녹이고 단단한 빗장을 풀어냈듯 잠결에 까칠해진 성미를 단숨에 양순하게 만들었다. 조금만 먹자, 어르고 회유하는 말에 마지못해 눈을 뜨는데 문득 영락없이 애가 된 기분이었다. 고삐 풀린 망아지처럼 한계 없이 풀어지는 몸이 이러다 중독이라도 돼서 다시 일상으로 돌아가지 못할까 두려웠다.

"별걱정을."

기가 찬 웃음과 함께 너는 내가 아는 사람 중에 가장 의심 많고 꾀어내기 힘든 상대, 라는 다소 불온한 평가가 건너왔다.

정말이지, 부당하기 짝이 없는 평가라고 잠도 떨치지 못한 채로 주장했다.

겨우 정신을 차리고 샤워를 마치고 나와 식탁에 앉았을 때 지헌은 커피를 앞에 두고 신문을 읽고 있었다. 더부룩한 윗배를 조금 쓸어내리다 접시 위로 포크를 놀리며 지헌을 힐금거렸다.

"나 때문에 제대로 못 잤죠? 새벽에 깨느라."

대수롭지 않은 듯 고개를 저은 지헌이 물었다.

"또 먹고 싶은 건 없어? 뭔가 먹고 싶다고 한 거 처음이잖아."

그의 얼굴은 즐거움으로 반짝이고 있었다.

"이런 건 기대 안 했는데."

지헌이 생각지 못한 선물이라도 받은 사람처럼 웃어서 나 역시 애매하게 따라 웃고 말았다. 나는 음식에 대한 기호랄 게 없다. 그런 걸 갖기 전에 혼자의 몸이 되었다. 식사는 살아가는 데 필요한 에너지 섭취를 위한 수단이기에 메뉴 선택의 기준 역시 비용과 효율을 중시했다. 어쩌면 그건 성격인지도 모른다. 통장이 두둑해진 뒤에도 느긋하게 앉아 망고를 떠먹는 일 같은 건 없었으니까.

지헌은 그걸 아주 못마땅하게 생각했다. 그래서 처음 몇 해는 거의 날마다 새로운 식당으로 나를 데리고 다녔다. 그런 부분에서 강지헌의 집요함과 디테일은 상상을 초월할 정도라 내게 맛있는 요리를 먹이기 위해서라면 하루에 단 한 테이블만 받는 셰프의 레스토랑이든 재래시장 뒷골목의 허름한 식당이든 가리지 않았다. 덕분에 식생활에 대한 지평이 넓어진 건 사실이었으나, 나는 여전히 풀코스 디너보다는 아무거나 적당히 때우는 한 끼가 더 편하고 좋았다. 지헌의 실망감은 상당했다. 나는 그가 주는 건 뭐든 잘 먹는 것으로 그의 아쉬움을 대체해야 했다.

그러니 첫 임신 때의 지헌의 기대감은 말도 못 할 정도였다. 결과는 어김없이 꽝이었지만. 그의 간절한 소망에도 불구하고 두 번의 임신 기간을 통틀어 내가 한밤중에 벌떡 일어나서 그 계절엔 도무지 구할 수 없는 음식을 외치며 남편을 밤거리에서 헤매게 하는 일은 일어나지 않았다.

매일 온갖 것을 사 들고 오는 지헌에게 내가 시달린다고 생각했는지 로라는 파리에서 절대 구할 수 없는 한국 음식 몇 개를 골라서 던져 주라고 했지만, 그럴 필요는 없었다. 지헌이 그 전에 이미 한식 셰프를 고용했기 때문이었다. 그런 노력이 무색하게도 나는 입덧 내내 제대로 된 음식을 거의 넘기지 못했다.

그런데 바로 오늘, 지헌이 그토록 바라던 순간이 뜻밖에도 찾아온 것이다. 나는 당황해서 긴장한 얼굴로 눈치를 살폈지만, 지헌은 그저 기쁜 표정이었다. 결국 망설이다 입을 열었다.

"꿈에 망고가 나왔는데, 그래서 먹고 싶었나 봐요."

"꿈을 자주 꿔야겠네."

지헌의 얼굴을 가만히 보았다. 이렇게 기분 좋아 보이는 건 근래 들어 처음이다. 어쩌면 지금이 가장 좋은 타이밍인지 모른다. 운 정도만 띄워 놓고 반응을 살피는 것도 좋겠다. 갑자기 쥐고 있던 포크에 힘이 들어갔다.

"오늘 오로라 투어 갈래요?"

눈보라도 그쳤고 날씨 예보도 좋아 왠지 오늘은 맑은 하늘이 열릴 것 같다. 오로라 지수도 높다.

"여기서 베이스캠프까지 한 시간 거리니까."

시내에 나가 저녁을 먹고 그곳에서 바로 베이스까지 이동하면 되겠다고 생각할 때였다.

"괜찮겠어?"

지헌이 눈을 맞추며 물었다.

"차 오래 타면 입덧하잖아."

그의 눈빛은 상냥했고 말투는 다정했으며 목소리는 벨벳처럼 부드러웠다. 그래서 그의 말 속에 담긴 의미를 바로 알아차리지 못했다. 곧 나는 정지된 화면 속의 굳은 얼굴처럼 모든 걸 멈췄다. 그런 나와 달리 고생할 텐데, 하고 귓가에 들리는 목소리는 여전히 유연하고 여유로웠다. 눈앞에서 팔랑거리며 넘어가는 신문이 다른 세계의 일처럼 느껴졌다.

아니라고 잡아뗄까. 당신이 잘 못 알았다고. 그런데 방금 그의 얼굴은 확신이 없어서 나를 떠보는 게 아니었다. 담백한 표정은 이미 내 몸 상태에 대해 알고 있는 듯했고 옅은 우려에는 진심이 드러났다. 그게 나를 혼란스럽게 했다. 추궁도 분노도 아닌 걱정이라니. 지독한 난산 끝에 쌍둥이가 태어난 뒤 그는 분명하게 못 박았다. '더는 안 돼'라고.

그의 확고함은 의사를 만나게 했고, 그 사실을 뒤늦게 알았을 때 나는 너무도 충격받아서 내가 할 수 있는 가장 강력한 대응을 취했다. 그와의 대화를 거부하고 손길마저 거부했다.

만 하루가 가기 전에 지헌은 승복했다. 병원 예약은 취소되었다. 그는 예의 그 단정하고 고운 얼굴로 이마를 한번 문지른 뒤 더는 대치할 마음이 없다는 듯 숨을 내쉬었다. 그리곤 내가 밀어내기도 전에 두 손을 세게 움켜쥐고는 말했다.

그래. 그러자.

병원에 가지 않았을 뿐 그의 뜻이 바뀐 건 아니었다. 그래도 상관없었다. 상황은 늘 내게 유리했다. 거짓말과 치열한 눈속임의 시간이 시작되었다. 그러니까 이 아이는 나를 사랑하고 그러므로 신뢰하는 남자를 오랫동안 기만해 온 대가로 뿌리내린 생명이었다. 내게는 희망이었고 의사는 욕심이라고 했으며 지헌이 안 된다고 했던 그 아이.

생각이 멈추자 방어적으로 변한 본능이 먼저 반응했다. 의자가 급히 뒤로 물러나며 나무 바닥 위를 긁는 소리가 났다. 침묵을 깨뜨린 그 소리는 이제껏 우리가 이어 온 사랑과 믿음마저도 깨트릴 만큼 크고 날카롭게 공간을 찢었다.

"치린아."

고개를 들자 지헌이 의자에 등을 기댄 채로 나를 정시하고 있었다. 차곡차곡 쌓아 둔 계획이 한순간에 무너져 허둥대는 꼴을 그에게 보이고 만 것이다.

"많이 당황한 모양이네."

그 말이 이래 놓고도 일을 벌였냐는 비난으로 느껴져 아무 대답도 할 수 없었다. 마른침이 목 안으로 힘겹게 넘어갔다.

지헌은 천천히 손을 뻗어 다 식은 찻잔을 물리고 새 잔을 꺼내 뜨거운 물을 부었다. 그런 뒤 내 앞으로 가까이 밀었다. 갈피를 잡지 못하고 허둥대는 나와 달리 그의 손은 자신의 할 일을 정확하게 알고 있는 것처럼 막힘이 없었다. 지헌의 손이 내 손에 닿았다. 나는 놀라서 움찔거렸다. 잠시 움직임을 멈춘 지헌은 나를 바라보며 아주 천천히 힘을 주어 내가 움켜쥐고 있던 포크를 빼내었다.

"위험하잖아."

그래서 그랬다는 듯, 그게 전부라는 듯 부드럽게 다독이고는 내게서 멀찍이 떨어트려 놓은 포크처럼 그도 몸을 다시 뒤로 뺐다. 그 순간 말할 수 없는 허전함을 느끼며 나는 지헌이 내 손을 잡고 나를 달래 주기를 바랐다는 걸 깨달았다. 그가 그러지 않았다는 사실도.

서늘하게 식어 내린 마음은 이성을 빠르게 되돌리며 만용을 부추겼다.

"왜 내가 임신이라고 생각해요?"

나는 두 손을 맞잡은 채로 태연한 목소리를 내는 데 성공했다. 지헌은 나의 도전적인 기세가 퍽 가소로운 듯 피식 웃었다.

"어떻게 몰라."

그 말은 나를 순수하게 자극했다.

"그걸 어떻게 알아요? 그것도 남자가."

그런 건 당사자인 여자들도 바로 알아차리기 힘들다. 내가 그랬으니까.

"그건 네가 둔한 거고."

지헌이 상냥하게 지적했다. 처음 리틀 다니엘을 임신했을 때가 떠올라 나는 조금 울컥했다. 조금 많이. 그러나 여기서 신경질을 부렸다간 '거 봐, 내 말이 맞잖아'라며 임신으로 인한 급격한 호르몬 변화가 감정에 미치는 영향에 대해 과학적 근거를 들먹일 게 뻔했다. 나는 여유롭게 허리를 쭉 펴며 딴청을 부렸다.

"글쎄, 나는 모르겠네. 뭘 보고 그런 생각을 했는지."

"이유라면 많지."

증거는 얼마든지 있다는 듯 지헌이 커피 잔을 달칵 내려놓으며 내 앞에 놓인 찻잔을 넌지시 보았다. 나는 코웃음 쳤다. 연구 과제에 몰두할 땐 커피를 달고 살지만, 반대로 위궤양이 심해지면 몇 달간 입에 대지 않을 때도 있다. 음식에 대한 기호는 카페인이라고 다르지 않았다. 나는 커피 없이 못 사는 사람이 아니다.

"생리를 안 한 지도 벌써 몇 주째고."

그가 차분하게 덧붙였다.

"나 원래 불규칙한 거 알잖아요. 쌍둥이 임신하기 전 몇 번이나 허탕 친 거 잊었어요?"

많다는 이유를 하나씩 반박하고 있으려니 자신감이 점점 살아났다. 승리를 코앞에 둔 나는 기세 좋게 흘러나오는 웃음을 간신히 참았다. 그때였다. 지헌이 길게 뻗은 다리를 우아하게 꼬아 올리며 입을 연 것은.

"그리고 결정적으로."

그가 불길하게 미소 지었다. 지금까지는 모두 연습 경기였다는 듯.

"브로콜리를 먹잖아, 네가."

"……뭐?"

나는 말문이 막힌 채 지헌의 기다란 손가락이 콕 집어 가리키고 있는 접시 위를 바라보았다. 다 먹고 남은 브로콜리의 꽃잎이 흔적처럼 그곳에 있었다.

표정이 왈칵 구겨졌다. 겨우 이런 걸로? 고작, 브로콜리 따위로?

그러나 지헌은 여유로웠다.

"내 아내 이치린은 채소 같은 건 절대 입에 안 대거든. 특히, 브로콜리는 맹세코."

불순하기 짝이 없게 내 편식에 맹세까지 한 남자가 싱긋 웃으며 덧붙였다.

"엄마 이치린이 될 때만 빼고."

승기를 거머쥐고 우승을 확신하는 남자의 미소는 서늘했다.

겨우 브로콜리 하나로 나를 간파한 지헌이 대단한 건지, 아니면 그 정도로 내가 알기 쉬운 인간인지 심란한 눈으로 접시를 노려보며 지헌의 눈치를 살폈다.

"화났어요?"

"나한테 그럴 자격을 주기는 했고?"

지헌이 부드럽게 눈웃음 지으며 말했다.

"네가 목숨 걸고 그 말도 안 되는 짓을 또 하기로 혼자 결정했을 때, 나한테는 아무 자격도 안 주기로 한 거잖아."

"미안해요."

"사과하지 마, 여보."

그가 크림처럼 달콤한 목소리로 덧붙였다.

"그건 너무 비겁하잖아."

뺨이 달아올랐다. 당연히 실망했겠지. 그에게서 나에 대한 신뢰가 빠져나가는 걸 보는 건 그를 속이는 것만큼이나 힘겨웠다. 평온을 가장한 여행은 이것으로 끝이 난 듯싶었다.

"……돌아가고 싶으면 말해요. 준비할게요."

지헌이 내 눈을 빤히 보며 말했다.

"부인 뜻대로."

나는 다시 한숨을 내쉬었다. 그때까지만 해도 내가 이 상황을 통제할 수 있을 거라는 믿음에는 변함이 없었다. 지헌은 화가 났지만, 곧 마음을 누그러트리고 상황을 받아들일 것이다. 그는 내가 걱정돼서 그런 것뿐이라고, 지난번의 경험이 그를 방어적으로 만들었을 뿐이라고. 그러니 모든 건 시간이 해결해 주리라 믿었다. 그 믿음이 흔들리기 시작한 건 지헌이 너무도 가볍게 다음 일정을 말했을 때였다.

"굳이 취소할 필요는 없지. 여기까지 왔으니. 그래, 오로라 정도는 보고 가도 되겠지."

그가 뭐든 상관없다는 얼굴로 말했다.

"그리고 그 문제에 대해선, 다음에 다시 얘기하기로 하자."

"다음……이요?"

지헌의 차가운 눈빛을 보며 다음은 없으며 그가 다시는 이 문제를 거론하지 않을 것을 직감했다. 내가 그를 설득할 수 있는 순간은 오지 않을 것이며, 지헌은 절대로 내 결정에 동의하거나 지지하지 않을 거라는 사실도.

나는 당황하기 시작했다. 심지어 그는 당장 해명하라고 화를 내지도, 그의 감정 상태를 드러낼 만큼의 동요도 보이지 않았다. 그저 감정을 자신 안으로 갈무리하듯 차갑게 선을 그었다.

그는 대체로 내가 하는 일에 참견하지 않았으며, 대부분 내 방식을 존중했다. 그게 남편의 미덕이라고 믿는 고리타분한 옛날 남자라서가 아니라, 정말로 불만이 없었다.

그건 이상한 일이었다. 강지헌은 삶의 방식과 태도에 아주 명확한 기준을 가지고 있기 때문이다. 물건은 항상 제 위치에 같은 방식으로 있어야 하며, 신발을 신은 채로 침실에 들어가선 안 된다. 마찬가지로 외출복 차림으로 침대 위에 눕는 행위도 혐오할 정도로 꺼린다. 옷가지가 집안 여기저기에 널려 있는 것도 싫어하고, 구독하는 잡지와 신문은 나름의 순서대로 꽂혀 있어야 했다.

그는 삶의 대부분을 커다란 하나의 계획에 맞춰 움직였고 모든 건 그가 정한 규칙으로 통제했다. 그건 곧 엄격한 자기 관리로 이어졌다. 10시 이후에는 음식을 먹지 않는 것, 그날의 스케줄이 어떻든 하루 운동 시간은 반드시 채우는 것 등이 그랬다. 그 모든 걸 파악하게 된 건 함께 산 지 약 2년쯤이 지난 뒤였다. 그전까지 알아차리지 못한 이유는, 굳이 변명하자면, 내가 엄청나게 둔하거나 지헌에 대한 관심이 없어서가 아니라 그가 한 번도 내게 그의 방식을 강요한 적이 없기 때문이었다.

그는 정말 그랬다. 늦은 밤, 퇴근해서 돌아와 씻지도 않은 채 그대로 침대에 뛰어들 때조차 잔소리하지 않았다. 말없이 신발을 벗기고 옷을 벗겨 준 뒤 이불을 덮어 주곤 했다. 데이트 약속을 깜박해서 레스토랑 예약과 공연 티켓을 날린 후 샌드위치로 식사를 때울 때조차 '왔으니까 됐어'라는 말 한마디로 나를 더욱 달아오르게 하는 사람이었다. 그날 댄은 태어나 처음으로 혼자 자야 했다. 지헌은 정말이지 좋은 남편이었다. 내게는 아까울 만큼. 그러니까 즉, 강지헌은 쉽게 이성을 잃거나 화를 내는 타입이 아니라는 거다.

문득 머리를 세게 얻어맞은 것 같은 충격이 나를 덮쳤다. 내가 놓치고 있는 걸 깨달은 순간 심장이 빠른 속도로 뛰기 시작했다. 실체를 알 수 없는 두려움과 성마른 초조가 나를 짓눌렀다.

나는 지헌을 보았다. 웃음을 가장한 그의 미소는 냉랭했고, 평정하고 침잠한 표정은 냉정해 보였다. 그럼에도 겉으로는 평소와 비슷했기에 그 서늘한 온도를 빨리 알아차리지 못했다. 지헌은 지금 화가 났다. 그리고 그가 내게 화를 내는 경우는 딱 하나였다.

"언제…… 언제부터 알았어요?"

초조하게 입술을 축이며 말없이 나를 바라보는 지헌을 향해 목소리를 짜냈다.

"출발하기 전부터 알고 있었어요?"

대답을 들을 필요는 없었다. 호기롭게 겨울 캠핑을 꺼내 든 내 손을 잡고 비행기에 태운 게 바로 그였으니까. 심지어 이곳은 파리에서 세 시간 거리밖에 되지 않았다. 나는 우리를 마중 나왔던 기장과 승무원과 수행원들을 차례로 떠올려 보았다. 이 객실 주변 숙소를 모두 점령하고 있는 그들 중에 의사도 있었는지에 대해.

"……왜 모른 척했어요?"

이미 다 알면서 군이 모르는 척 지헌이 이 여행에 동참한 이유가 납득되지 않았다.

"출발은 오후에 할 테니까, 그때까지 쉬고 있어."

지헌의 목소리에 나는 눈을 번쩍 떴다. 두려움의 실체가 눈앞으로 보이는 것 같았다.

"지헌 씨."

겁을 잔뜩 집어먹은 목소리가 그를 불렀다. 급히 일어서며 발을 헛디딘 나를 지헌이 안아 들었다.

"여보."

나는 그의 목을 꼭 끌어안으며 절박하게 매달렸다. 지헌은 대답하지 않았다. 그저 나를 침실로 데려가 침대 위에 안전하게 내려놓았다. 그는 나와 대화하지 않기로 작정한 사람처럼 보였다. 나는 멀어지는 그의 팔을 간절하게 붙잡았다.

천천히 돌아선 지헌이 무릎을 굽히고 앉더니 양손을 하나씩 마주 잡았다. 부드럽고 다정하게. 싸늘하게 식어서 덜덜 떨리는 손끝에 그의 따뜻한 체온이 닿았다.

"오로라 보러 가자. 그리고 내일 돌아가는 거야."

순하게 타이르는 것 같은 목소리를 들으며 나는 아연한 얼굴로 그를 보았다. 숨이 멎을 것만 같았다.

"돌아가서, 그다음엔……?"

"새로운 주치의를 만나면 돼."

"……카트린은요?"

지헌은 말없이 고개만 으쓱했다. 어쩔 수 없다는 듯.

아, 카트린. 신랄할지언정 그녀는 차라리 나보다 영리했다.

'어쨌거나 끝까지 안심하진 말아요. 당신 남편은 진짜 무서운 사람이니까.'

그 말에 아무것도 모르는 얼굴로 웃었던가. 채 삼키지 못한 답답한 숨이 목을 콱 틀어막는 기분이었다. 지헌은 태연하게 말을 이어 갔다.

"연구실엔 쉬겠다고 얘기해 뒀어. 다시 회복할 때까지 몇 달은 걸릴 테니 이참에 제대로 요양하는 것도 좋겠지."

"당신, 지금."

그가 하는 말의 의미를 점점 더 명확하게 이해한 나는 그제야 그가 왜 모든 걸 알면서도 이 여행에 동의했는지 깨달았다. 그는 시간이 필요했던 거다. 나를 다시 원래대로 돌리기 위해. 내가 떠나 있는 동안 파리를 정리하기 위해서. 내가 그에게 진실을 고백하려던 이 여행이 그에겐 전혀 다른 의미였다.

"……지헌 씨."

충격과 공포에 휩싸여 말문이 막힌 나를 보며 지헌은 흘러내린 머리카락을 다정하게 쓸어 넘겨 주었다.

"잠깐 시골에 가 있을까?"

"당신, 어떻게 그런, 어떻게."

"너무 스트레스받는 것 같아서 두고 본 거야. 그러다 잘못될까 봐."

그가 아쉽다는 듯 한숨을 쉬었다.

"처음부터 알았으면 좋았을 텐데."

그건 대체 무슨 뜻일까. 처음부터 알았으면 당신은 어떻게 할 작정이었을까. 아예 가능성조차 꿈꾸지 못하도록 했을까. 뜨겁게 달아오른 머리 위로 누군가 얼음물을 세차게 끼얹는 느낌이었다. 나는 있는 힘껏 지헌의 손을 뿌리쳤다. 그가 싸늘하게 굳은 게 보였지만 내가 진심으로 화가 났다는 걸 알리고 싶었다. 재차 뻗어 오는 지헌의 손을 외면하듯 무릎을 올리고 팔로 몸을 감싸 안았다. 그리고 확고한 목소리로 말했다.

"낳을 거예요."

지헌은 아무 말도 하지 않았다. 벌어진 간격을 말없이 보다가 몸을 일으킬 뿐이었다. 나는 그런 지헌이 무서웠다. 그가 반박하지 않아 두려웠다. 내가 무얼 해도 그의 뜻은 바뀌지 않을 거라고, 모든 게 소용없다고 내게 말하는 것 같았다.

"속인 건 미안해요. 화 풀릴 때까지 당신 뜻대로 할게요. 그치만 내 마음은 절대로 변하지 않아요."

"그래, 차라리 화를 내."

그래도 바뀌는 건 없을 거라는 냉담한 태도였다. 배신감, 경악, 분노 그리고 그 모든 걸 다 합친 서글픈 얼굴로 지헌을 쏘아보았다. 나는 정말이지 슬펐다. 지헌이 나를 아프게 할 리 없다는 걸 알면서도 그가 정말로 그런 짓을 했을 경우 내가 그를 용서할 수 있을지를 계산해야 하는 이 순간이 끔찍했다.

"다시 생각해요. 부탁이니까 제발, 나랑 얘기해요. 이번엔 달라. 나 당신 설득할 수 있어요. 당신 걱정 안 하게……."

지헌은 고개를 저었다. 그 어떤 말도 들을 마음 같은 건 없다는 듯. 나는 그가 이렇게까지 잔인할 수 있다는 게 믿기지 않았다. 우리는 행복한 부부였고 이렇게 극심하게 대립한 적은 한 번도 없었다. 그 모든 건 대체로 내게 관대하고 너그러운 강지헌 덕분이라는 것도 알고 있다. 그런 그가 안 된다고 말하고 있었다. 차갑고 잔인하게. 안이 하나도 들여다보이지 않는 단단한 벽을 마주하는 것 같았다. 답답하고 막막했다.

"지헌 씨, 제발."

절망스럽게 노려보는 나를 그는 담담한 표정으로 응수했다.

"쉬고 있어."

그가 등을 돌렸다. 멀어지는 발소리를 들으며 눈을 질끈 감았다. 눈물이 뺨을 타고 주르륵 흘러내렸다. 나는 이렇게까지 나와의 대화를 거부하고 돌아서는 지헌이 믿기지 않아서 어찌할 바를 몰랐다. 내 예상 어디에도 이런 건 없었다. 치열하게 싸울지언정 우리가 서로를 이해하려는 노력조차 하지 않고 돌아설 줄은 꿈에도 생각하지 않았다. 그러나 지헌은 내게 싸울 기회조차 주지 않은 채 나를 거부했다.

"왜 울어?"

가 버린 줄 알았던 지헌의 목소리가 문가에서 들렸다. 그가 낮고 딱딱한 목소리로 다그쳤다.

"네 맘대로 다 해 놓고 뭐가 억울해서 울어."

고개를 들고 뿌옇게 흐린 시야 너머로 지헌을 똑바로 보았다. 그의 표정은 고요해 보였지만, 울고 있는 나를 바라보는 눈동자는 태풍을 눈앞에 둔 배처럼 위태로워 보였다. 그리고 그게 내가 잡을 수 있는 마지막 기회처럼 보였다.

"이러지 말아요. 우리한테 상처 주지 말아요."

"……우리?"

그 많은 말 중에 그를 붙잡는 건 겨우 그 말 하나였다. 속이 타는 것 같았다.

"나 한 번만 믿어 주면 안 돼요? 우리 맹세했잖아요. 무슨 일이 있어도 서로 노력하겠다고."

"믿었어. 그리고 이렇게 됐어."

"나 이제 진짜로 괜찮아요. 의사도 그랬어요, 문제없다고."

"너, 내가 바본 줄 알지."

지헌의 싸늘한 말에 나는 입술을 꾹 물었다. 한순간 무섭게 굳어졌던 지헌이 허탈한 듯 숨을 토해 냈다.

"나로는 안 돼?"

지헌이 차갑게 물었다.

"포기가 안 돼? 너도 내 어머니처럼, 그런 거야?"

참을 수 없는 울음이 터져 나왔다. 내가 왜 지금껏 고백하기를 망설였는지 깨달았다. 나는 당신이 이 말을 할까 봐 너무나 두려웠다. 그래서 나로 인해 상처받았다는 걸 확인하게 될까 봐.

"기어이 네가 숨넘어가는 꼴을 내가 또 봐야겠어?"

고개를 세차게 저었다. 똑 부러지게 설득해도 모자랄 판에 이렇게 펑펑 울고나 있는 내가 한심했다.

"아무 일 없어요, 우리. 다 괜찮을 거야."

"너, 죽을 뻔했어."

지헌의 눈이 사납게 번득였다. 차분한 가면이 깨진 그의 얼굴은 날카로운 비수에 급소를 관통당한 사람처럼 고통으로 가득 차올랐다.

"내가, 널, 또, 잃을 뻔했다고."

나는 두 눈을 꾹 눌렀다. 목이 메어 왔다.

"쌍둥이였고, 운이 나빴어요. 그때랑 지금은······."

"피가, 출혈이 멎지 않아서. 네 몸 전체를 갈아엎고도 남을 만큼 혈액을 달았는데. 그러고도 네가 깨질 않아서 나는."

그의 목소리는 침착하면서도 거칠었고 호흡에 실린 단어는 마치 흉기라도 되듯 그를 찌르는 것 같았다. 그때의 무력감과 패배감을 떠올린 지헌의 얼굴은 창백했다.

"그런데 또 그렇게, 나만 두고 가겠다고?"

"······지헌 씨."

그는 내가 자신에게 하려는 일이 믿기지 않는다는 듯 나를 노려보았다.

"나 혼자 남겨 놓고, 너."

일그러진 호흡과 함께 지헌의 목소리가 사납게 끊겼다. 몸을 일으켜 그에게 다가갔다. 고르지 못한 숨으로 들썩이는 가슴을 가만히 끌어안았다. 그의 두려움을 끌어안았다.

"약속할게. 당신 혼자 남겨 두지 않을게. 절대로. 내가, 당신보다 더 오래 살게."

터져 나오는 흐느낌 사이로 몇 번이나 같은 말을 반복하며 나는 지헌을 세게 안았다. 미안하다고, 당신은 이렇게나 큰 사람인데. 내가 늘 당신을 무너트려서, 아프게 해서 정말 미안하다고. 나는 울었다. 지헌은 아무 말도 하지 않았다.

내가 그의 굳은 등을 어루만지고 쓸어내릴 때도 지헌은 두 팔을 늘어트린 채 나를 보고만 서 있었다. 그것조차 사랑스러워서 둑이 터진 것처럼 쉼 없이 쏟아지는 눈물을 밀어내며 지헌의 눈을 보았다.

"사랑해요. 그러니까 나 믿어 줘요."

이 말이 얼마나 잔인한 줄 알면서도 나는 했고, 지헌이 끝내 받아 줄 거라는 것도 알았다.

"나 정말 당신 너무 사랑해."

뿌옇게 흐린 시야로 어쩔 수 없다는 듯 내게 손을 뻗는 지헌의 얼굴이 보였다. 고개를 숙이고 빨갛게 달아오른 눈가를 닦아 내는 손은 조심스럽고 따뜻했다. 지헌이 나를 다정하게 만질수록 눈물은 자꾸만 쏟아졌다. 나는 지헌을 위로하고 싶었지만 언제나 그렇듯 나를 달래는 건 그였다.

'왜 그렇게까지 모험을 하죠?'

처음부터 욕심이라고 서슴없이 지적하던 카트린은 나를 도무지 이해할 수 없다는 듯 말했다. 마치 내가 과한 걸 바란다는 듯. 그건 잘못이라는 듯. 나는 죄책감을 느꼈다. 제대로 꺼내 보지 못한 욕심을 안으로 밀어 넣었다. 내가 이뤄 낸 행복에 감사하며 잊으려고 했다. 그런데 지헌이 나를 이렇게 만질 때마다 자꾸만 생각났다.

이 사람을 더 행복하게 해 주고 싶어서. 그가 내게만 집착하는 이유를 너무도 잘 알아서. 지구상에서 유일하게 내게만 닿을 수 있다는 사실이 그를 얼마나 가혹하게 몰아붙였는지 봐 왔기에.

피부가 닿을 때마다, 그를 안을 때마다 내가 여전히 그에게 안전한 사람인 것에 안도하는 것처럼 그 역시 같은 걸 확인하며 그럴수록 열망도 깊어 갔다. 우리의 관계란 애초부터 맹목적일 수밖에 없는 것이다. 그에게 있어 나는 유일무이한 존재니까. 그런 당신이 나와 아이들에게 갖는 엄청난 애착을 알아서.

나는 도저히 이 마음을 떨쳐 낼 수가 없다.

욕심 좀 부리면 어때. 세상 사람 아무도 이해 못 하면 어때. 나는 당신에게 가족을 만들어 줄 거다. 당신이 가장 안전하다고 느끼는, 그 가족을, 우리 아이들을, 든든한 울타리를, 당신에게만, 오직 당신을 위해서만. 우리 딸은 당신을 완전하게 해 줄 거다. 당신이 그 무엇도 두려워하지 않도록. 그러니까 제발 이번만 욕심을 부리게 해 달라고 나는 기도했다.

지헌이 닦아 낸 눈물 위로 우리의 시선이 맞닿았다. 고통스러울 정도로 사랑하는 남자가 나를 바라보는 다정한 눈빛에 숨이 탁 틀어막히는 기분이었다. 시어머니에 대한 사랑이 깊어 헤어지면 죽을 것 같았다던 시아버지의 마음이 이런 것이었을까. 너무 뜨거워서 내 몸이 화화(花火)되어 타들어 가는 것만 같다. 이 강렬한 감정이 두려워 나는 그토록 이 남자로부터 도망 다녔는지 모르겠다.

말없이 깨무는 울음을 지헌이 삼켜 넣었다. 그에 대한 사랑도 그로 인한 두려움도 모두 뜨겁게 부딪어 한 몸처럼 비벼지는 입술 안으로 삼켜졌다. 높이 들린 몸이 침대로 내려앉고 그 위를 포근히 덮어 오는 따뜻하고 단단한 몸 아래에서 나는 지헌을 가만히 올려다보았다. 그의 숨이 내 몸 위로 내려앉아 목덜미를 쓸고 가슴 위에 머무는 동안 나는 양손으로 그의 목을 껴안고 그의 뺨에 나의 뺨을 비비며 온기가 꺼지지 않는 가슴으로 파고들었다. 이 안에 있으면 세상사 모든 일이 아무것도 아닌 것처럼 느껴졌다. 슬픔도 걱정도 우리 앞에 놓인 혹시 모를 불행마저도 그저 가볍게 보였다. 우리를 제외한 모든 것에 흥미가 사라진 우리는 다른 것에 열중했다. 그건 서로의 사랑을 나누는 일이었다.

길고 조심스러웠던 행위가 끝난 뒤 지헌이 나를 가득 채운 채로 입을 맞췄을 때 정신을 놓듯 잠에 빠져들었다. 그리고 잠시 후 깨어났을 때 내 몸을 어루만지는 부드러운 손길이 느껴졌다. 지헌의 손이 배꼽 아래로 길게 이어지는 선을 따라 천천히 움직이고 있었다.

'이유라면 많지.'

불현듯 든 깨달음에 얕은 웃음이 나왔다. 내가 잘 속이고 있었던 게 아니라 그가 속아 주고 있었던 건가.

내가 깬 걸 확인한 지헌이 머리를 괸 채로 시선을 들었다.

"조건이 있어."

지헌의 첫 마디에 나는 잠깐 긴장했다. 배 위를 오가는 손은 여전히 부드럽고 유연했다. 나는 고개를 끄덕였다. 그런 뒤에도 지헌은 곧바로 말하지 않고 나를 깊은 눈으로 응시했다.

"이번이 마지막인 거야."

기쁨으로 물드는 내 눈을 보며 지헌이 덧붙였다.

"남자애여도."

나는 눈을 조금 크게 떴다가 곧 미소를 지으며 고개를 끄덕였다.

"응. 마지막이야."

내가 한 약속을 영 못 믿는 지헌이 아이들 이름을 걸고 맹세하게 시켰지만, 그 무엇으로도 내가 얻은 기쁨과 감동을 가져가진 못했다. 나는 지헌을 힘껏 끌어안았다.

"걱정 말아요. 세상 여자들이 다 하는 거니까."

"세상 모든 여자가 한다고 그게 쉽다는 뜻은 아니지."

지헌이 음울하게 중얼거렸다. 나는 가슴이 뻐근하게 아려 오는 기분을 숨기며 웃었다.

"그럼 생명을 얻는데 그 정도 위험도 감수 안 해요?"

"애초에 감수할 필요가 없는 위험이니까."

지헌은 여전히 삐딱했지만, 그것 역시 내 기분을 망칠 수는 없었다. 나는 그를 끌어안은 채로 속으로 중얼거렸다.

'엄마가 아빠를 화나게 해서 그래. 아빠는 엄마 일이라면 바보가 되거든. 하

지만 너를 만나면 누구보다 가장 많이 사랑할 거야.'

지헌이 투덜거렸지만, 곧 내가 터트린 웃음소리에 묻히고 말았다. 침실은 여전히 따듯했고 창문 밖에는 온 세상이 눈으로 뒤덮인 풍경이 우리의 온기를 지켜보고 있었다. 더할 나위 없이 행복해서 오로라를 보기 위해 침대를 빠져나오기까지 오랜 시간이 걸렸다.

시내의 레스토랑에서 저녁을 먹고 차에 오를 때였다. 아랫배가 따끔거리는 신호가 느껴졌다.

"왜?"

나를 밴 안쪽에 앉힌 지헌이 물었다. 가만히 앉아 통증이 다시 오는지 기다렸으나 다행히 없었다. 나는 고개를 저었다.

"아니에요. 아무것도. 그런데 시내가 너무 조용하네요."

아직 새해의 들뜬 분위기가 남아 있을 도시가 고요하기만 했다.

"주일이라 그런가 보지."

지헌이 대수롭지 않게 대답한 뒤 곧 차가 출발했다. 우리는 오로라를 관측할 수 있는 베이스캠프로 가는 동안 앞 좌석에 앉은 가이드에게 간단한 설명을 들었다. 이제 곧 마을에 들어선다는 말과 함께 갑자기 주변이 소란스러워졌다. 도로 한편에 쭉 늘어선 경찰차의 파란 불빛이 밤을 어지럽게 흩트리고 있었다. 무슨 일인지 확인하기 위해 정차한 차들로 인해 우리 차량도 멈춰 섰다. 가이드는 지난밤 이곳에서 야생 늑대의 습격이 있었다고 했다.

"사람이 다쳤나요?"

그는 사미 마을 청년 한 명이 죽고 부상자도 발생했다고 말했다. 산이 아닌 마을에서 동물의 습격으로 사람이 죽은 건 처음 있는 일이었는데, 그보다는 늑대가 무리 지어 인간을 공격했다는 사실에 당국은 긴장하고 있다고 했다. 야생 늑대가 무리 지어 행동하는 건 오직 먹잇감을 사냥할 때뿐이다. 가이드가 운전기사와 함께 핀어로 몇 마디를 더 주고받더니 도로 한쪽에 무리 지어서 있는 사람들을 가리키며 그들이 바로 사미 부족이라고 알려 주었다. 스칸디나비아반도 3개국에서 러시아까지 북부 툰드라 일대에 널리 퍼져 유목 생활을 하는 사미족은 우리와 같은 방한복 대신 머리에 둥근 모자를 쓰고 파란색 전통 의상에 금과 술이 달린 장식을 가슴 중앙에 달고 있었다.

"추워 보이는데."

내 말에 가이드가 웃었다.

"저래 보여도 머리부터 발끝까지 전부 순록 모피로 만든 겁니다."

그들은 라플란드에서 가장 강력한 세력을 구축하고 있었고 순록을 기를 수 있는 것도 그들뿐이라고 했다. 나는 그들의 굳은 표정과 그들이 들고 선 깃발의 문양을 가만히 보았다. 사람이 죽다니. 늑대를 조심하라는 로라의 말을 들을 때만 해도 이런 일이 일어날 거라고는 생각하지 못했다. 손등을 덮는 부드러운 감촉에 고개를 들자 지헌이 내게 말했다.

"괜찮아."

"응."

나는 고개를 끄덕이며 그의 어깨에 얼굴을 기댔다. 차는 다시 출발했다.

캠프는 오로라 헌팅을 나온 투어객으로 붐볐다. 하얀 눈밭 곳곳에 모닥불과 티피 텐트가 펼쳐져 있었다. 며칠 만에 맑게 갠 하늘에 사람들은 곧 나타날 오로라를 기대하며 들뜬 표정이었다. 우리 일행은 조금 가라앉은 표정으로 미리 지정해 둔 이글루까지 이동했다. 인적이 드문 숲 한가운데에 다다랐을 때, 어디선가 개 짖는 소리가 들리더니 소리가 점점 가까웠다. 누군가 손전등을 멀리 치켜들었다. 썰매 개가 이쪽을 향해 맹렬하게 돌진하고 있었다. 불빛에 반사된 개의 푸른 눈동자가 날카롭게 번득였다.

지헌이 나를 뒤쪽으로 밀었다. 동시에 여행객 차림으로 나란히 걷던 수행원들이 겹겹이 에워쌌다. 방금 늑대의 이야기를 듣고 와서인지 긴장감이 돌았다. 가이드가 고함을 질렀고 현지 사정에 능통한 필립 역시 핀어로 빠르게 외쳤다. 멈추라고 경고하는 말 같았다. 짐승의 숨소리가 지척까지 다가왔을 때였다. 개의 뒤편에서 작은 목소리가 들렸다. 그러자 놀랍게도 개가 두 귀를 쫑긋 세우며 그 자리에서 멈춰 섰다. 나는 녀석의 영리함과 쉴 새 없이 팔락거리는 꼬리를 보는 순간 웃음을 터뜨렸다. 그러나 나와 달리 우리 일행의 분위기는 전혀 우호적이지 않았다.

개의 주인은 몸집이 작고 등이 조금 굽은 여자였다. 나는 그녀가 근처에 다가오기도 전에 사미족 사람이라는 걸 알아차렸다. 땅에 끌릴 정도로 긴 모피를 몸에 망토처럼 두르고 있었기 때문이다.

"관광객을 대상으로 모피나 공예품을 팔러 다니는 잡상인입니다."

종종 있는 일이라며 성가시다는 듯 말한 가이드가 여자에게 따지듯 외쳤다. 개가 갑자기 달려든 것에 대해 항의하는 것 같았다. 그러나 여자는 왜소한 체구에도 불구하고 덩치 큰 장정들 앞에서 전혀 밀리지 않았다. 그녀의 말투는 조곤조곤하고 말수가 적었음에도 함부로 대할 수 없는 기운 같은 게 흘렀다. 나는 지헌을 보았고 지헌은 필립에게 적당히 구매하라고 말했다. 그러면서 몸을 자꾸만 밖으로 내미는 내가 넘어지지 않도록 붙잡았다.

여자와 눈이 마주친 건 찰나였다. 그녀는 마치 그 순간을 위해 줄곧 이쪽을 예의주시하고 있던 사람처럼 나를 가리켰다. 어둠 속에서도 나를 정확하게 정시하는 예리한 눈동자가 기묘하게 빛났다. 지헌의 표정이 바뀐 건 그때였다. 정확히 말해서 변한 건 그의 얼굴이 아닌 손이었다. 그는 그때까지도 가볍게 쥐고 있던 내 손을 순간적으로 힘주어 잡았는데 나는 그것에서 처음으로 그의 긴장감을 느낄 수 있었다.

"왜 그래요?"

내 물음에 가이드는 상술이라고 했고 필립은 머뭇거렸다. 나는 지헌을 보았다. 그는 내 뺨을 가만히 응시한 뒤 대답했다.

"우리한테 차를 대접하고 싶대."

지헌이 내게 그 말을 전하는 순간 나는 그가 처음 본 여자의 초대를 받아들이기로 했다는 사실을 알아차렸다.

"이 앞에 라부가 있답니다."

자신을 페르라고 소개한 여자가 앞장서서 걷자 가이드는 며칠 만에 뜬 오로라를 못 보게 됐다며 툴툴거렸다.

"레본툴리는 오지 않아. 적어도 우리가 차를 마시는 동안에는."

페르가 말했고 가이드는 못 미더운 눈으로 통역했는데, '여우 불'이라는 뜻의 레본툴리는 사미족이 오로라를 지칭하는 단어라고 했다. 페르는 핀어와 또다른 말을 섞어서 사용했는데 그게 사미어라는 건 나중에 알았다. 개의 이름은 루였다. 루는 일반적으로 온순한 편인 허스키답게 내 옆에서 꼬리를 흔들며 뛰어가다가 저만치에 멈춰 서서 돌아보며 인간의 느린 속도가 답답하다는 듯 눈밭을 구르며 장난치기를 반복했다. 페르의 말대로 머지않아 그녀의 라부가 나왔다. 라부는 통나무를 원뿔 형태로 길게 세운 뼈대 위에 순록 모피를 두른 사미족 전통의 천막이었다. 집을 보고 신이 난 루가 컹컹 짖기 시작했다. 그 앞에 다다랐을 때 나는 가이드에게 조금 전 페르가 나를 보며 한 말이 무엇이었는지 물었다.

"빛이라고 했어요."

"빛이요?"

"정확히는 빛을 품고 있다고요."

나는 잠깐 아래를 내려다보았다. 원주민들은 저마다 특별한 신앙을 가지고 있으니 유독 그런 기운을 잘 포착하기도 한다. 다만 평소라면 웃으며 지나갔을 그 말에 지헌이 마음을 돌린 건 의외였다. 내 시선을 알아차렸는지 필립과 대화를 마친 지헌이 입구에 서 있는 내게로 다가왔다. 그가 내 모자와 옷에 묻은 눈을 부드럽게 털어 내자 몇 번을 봐도 신기하다는 듯 가이드의 시선이 뒤따랐다. 그는 우리를 엄청나게 유난스러운 부부로 생각하고 있었다.

천막 안은 넓고 의외로 견고했다. 중앙에는 모닥불이 피워져 있었고 바닥에는 순록 모피가 깔려 있었으며 그 주위를 낮은 통나무 의자들이 빙 두르고 있었다. 다른 세상에 온 것처럼 아늑하고 신비로운 분위기가 실내를 감싸고 있었다. 화로에는 주전자가 놓여 있었는데, 우리는 모두 냄새를 맡지 않고도 그것이 베리 주스임을 알았다. 이곳에선 어디를 가나 베리 주스가 있었다.

페르가 후드를 벗자 하얗게 센 머리카락이 드러났다. 눈가에 잡힌 주름과 많지 않은 세간살이는 북극을 떠돌며 살아가는 사미족의 녹록지 않은 삶을 그대로 보여 주는 듯했다. 그러나 그녀의 작고 또렷한 눈동자는 고통과 인내의 세월을 살아왔다기에 놀랄 만큼 밝았고 여전히 총기로 반짝였다. 그래서인지 나이를 짐작할 수가 없었다. 로브 안에 입고 있는 옷 또한 도로에서 본 사미족 남자들과 달리 알록달록한 원색이 아닌 수수한 회색빛이었다. 다만 가슴 중앙에 달린 은빛 브로치 장식의 문양은 같았다.

눈 묻은 신발로 모피를 밟는 게 미안해서 가장자리에 선 채 움직이지 않는 나를 보더니 페르가 빙그레 웃었다.

"그들은 태어나는 순간부터 생을 마칠 때까지 우리에게 모든 것을 나누어 주지."

그녀가 강한 억양으로 드문드문 발음한 영어 단어를 조합하면 대충 그러한 의미였다. 나는 고개를 끄덕인 뒤, 그녀의 공간 안으로 조심스럽게 발을 디뎠다. 지헌은 가장 넓고 낮은 통나무를 찾아 모피를 몇 겹 덧깔고는 나를 앉혔다. 모피에서 올라오는 열기와 천막 안의 온기로 잠깐이나마 식었던 체온은 금세 따듯해졌다.

눈밭에서 한참을 구르며 땀을 식히던 루가 입가에 눈송이를 잔뜩 묻힌 채로 들어왔다. 녀석의 등장에 몇몇이 탄성을 터뜨렸다. 어둠 속에서 희미해 보였던 루의 털 색깔은 완벽한 순백이었고 오드 아이로 태어났는지 눈동자 한쪽이 옅은 푸른색이었다. 일 년간 세계를 돌아다니며 많은 동물을 보아 온 내게도 루는 조금 특이한 개였다. 무엇보다 몸집이 상당히 컸다. 사람들이 괜히 겁을 먹은 게 아닌 듯싶었다. 눈을 뒤집어쓴 채로 모피 위를 장난스럽게 뒹구는 루의 모습은 그저 개구쟁이 같기만 했다. 나는 배를 드러내며 애교를 부리는 녀석의 털을 부드럽게 문질렀다. 예상과 달리 털의 감촉은 얇고 따가웠다.

"늑대와 교배시켰군."

팔짱을 낀 채로 개를 빤히 보던 지헌이 말했다. 그의 말을 알아들은 것처럼 페르가 미소 지었다. 개와 늑대의 이종교배는 이곳에서 종종 있는 일이라고 설명한 가이드조차도 이런 생김새를 가진 썰매 개는 그린란드 정도에는 가야 볼 수 있을 거라고 말했다.

페르가 철제 컵을 높이 쌓아 올린 쟁반을 가지고 나오며 말했다.

"그들은 오랫동안 인간들로부터 배척당해 왔지. 바로, 사미족처럼. 하지만 인간이 퍼뜨린 말과 달리 순수한 루프스는 사람을 위협하지도, 해를 끼치지도 않아."

"간밤에 늑대에게 습격당했다고 들었는데, 아닙니까?"

필립의 물음에 페르는 입을 다물고 조용히 그를 쳐다보았는데 눈빛에 서린 기운이 상당히 언짢은 기색이었다. 그녀는 눈을 가늘게 뜬 채로 늑대는 인간을 해칠 수 없다는 말을 한 번 더 반복하더니 한탄스러운 목소리로 덧붙였다.

"안배했으되, 살아 내는 건 땅 위에 선 자들이지. 만년도 더 전부터 이 땅은 사미인의 것이었지만 바이킹에 빼앗긴 건 찰나였어."

페르는 땅을 사프미라고 불렀고 가이드는 그것이 사미족의 영토를 뜻하는 단어라고 말했다. 그는 통역을 이어 가는 중간에 사미족의 역사에 대해서 알려 주었는데, 라플란드라는 지명은 한때 라프족이라고 불리던 사미인에게서 유래된 것이라고 했다. 그들은 자신만의 언어를 가졌고 신을 믿었으며 인간과 신의 중재자인 주술사 노아이디의 존재 또한 믿었다. 그러나 원주민 대부분이 그러하듯 사미인 역시 언어와 종교와 땅을 빼앗긴 뒤 오랫동안 떠돌아야 했으며 노아이디는 이교로 몰려 화형당했다. 사미족이 국가로서 인정받은 건 최근의 일이었다.

루가 벌떡 일어나 제 주인 옆으로 돌아갔다. 언제 장난을 쳤냐는 듯 우아하게 걸어 페르 옆에 자리를 잡고 앉는 모습이 늠름했다. 루를 바라보는 페르의 밝은 눈동자가 한순간 뿌옇게 흐려지더니 마치 그 너머를 향해 이야기하듯 중얼거렸다.

"사미인들이 이 땅에서 쫓겨났을 때, 많은 이들이 집을 잃고 떠돌게 되었지."

페르는 그중 몇 남지 않은 아주 특별한 존재가 바로 루라고 했다.

"그리고, 당신도 특별하지."

"……제가요?"

"그래. 의심이 많고 까다롭지만, 일단 마음을 정하면 돌아보지 않지."

진지하게 변한 페르의 눈동자가 모닥불을 배경으로 일렁거렸다.

"그 마음을 가진 자는 상상할 수 없는 행복을 얻겠으나 그만큼의 시련도 뒤따르지. 신은 산술에 능해 준 것만큼 앗아가거든."

그녀가 내가 가장 싫어하는 말을 했을 때 나는 잠깐 이곳에 온 걸 후회했다. 그건 단지 무수히 반복되었던 행과 불행의 삶 속에서 그 말을 완전히 극복하지 못했기 때문만은 아니었다. 사실 지금에 와선 그런 말들이 주는 의미를 거의 생각하지 않게 되었다. 다만 지헌이 듣는 것만은 싫었다.

나는 이미 오늘 아침 나로 인해 흔들리던 그를 본 데 이어 강지헌이 여행지에서 처음 본 원주민의 말 한마디에 걸음을 돌리는 것을 보았다. 이 이상 무엇도 지헌을 자극하길 원치 않았다. 그가 두려워하는 건 나 역시 두려웠다. 그로 인해 우리에게 변화가 찾아오는 게 싫었다.

페르가 미소 지었다. 내 마음속에 순간적으로 일어난 적개심을 읽은 것 같았다.

"그래, 이제야 알겠어. 아가씨는 헌신하는 자로군. 본인이 지키고자 하는 것들을 위해서."

그녀의 말에 나는 당황하면서도 섣불리 부정하지 못했다. 페르는 스스로 답을 구하듯 고개를 주억거렸다.

"하지만 모두가 말하길, 본래 창업(創業)보다 수성(守城)이 어려운 법. 특별한 인간도 혼자는 힘들지."

마치 그렇기에 자신이 존재한다는 듯 페르의 표정이 의기양양하게 빛나더니 그녀의 작고 동그란 홍채가 나를 똑바로 바라보는 순간이었다. 나는 설명할 수 없는 감각을 느꼈다. 그것은 떨림 같기도 했고 공명 같기도 했다. 그녀가 내게 특별한 존재라고 말하는 순간, 이전까지는 평범했던 내게 어떤 초경험적인 힘이 들어와 정말로 특별한 존재가 되는 것 같은 착각마저 일었다.

주전자가 쉬익쉬익 끓기 시작했다. 페르는 가냘픈 손목으로 주전자를 가뿐하게 들어 올린 뒤 첫 잔을 가득 채워 내게 내밀었다. 주스는 잔으로 옮겨 와서도 보글보글 끓을 정도로 뜨거웠다. 나는 고맙다고 인사하며 손잡이를 잡았다. 손수건을 꺼내 든 지헌이 잔을 감쌌다. 페르는 베리 주스를 일행 모두에게 돌렸다. 주전자는 작은 크기였는데 신기한 건 열 잔을 넘게 따르고 나서도 주스는 기울일 때마다 부족함 없이 쏟아져 나왔다. 혹시라도 모자랄까 봐 걱정한 건 기우였는지 잔을 모두 비운 사람은 없었다. 나는 주스가 식기를 기다리며 주전자의 입구를 문의 반대 방향으로 돌려놓는 페르의 손을 보았다.

"좋은 기운이 밖으로 빠져나가지 못하도록 하는 겁니다."

유목 생활을 해 온 그들에게 온기는 아주 소중한 것이었고 이들은 그것이 집을 빠져나갈 때 좋은 기운도 함께 나간다고 믿기 때문이라고 가이드는 말했다.

"마셔, 치린아."

지헌이 적당히 식힌 주스를 내밀며 말했다. 나는 그를 한번 보았다가 고개를 끄덕인 뒤 잔을 받아 들었다. 페르의 베리 주스는 시큼했고 조금 텁텁했다. 무엇보다 혀에 닿는 첫 느낌이 씀바귀라도 삼키는 것처럼 몹시 썼다. 현지인인 가이드가 반도 비우지 못한 이유를 알 것 같았다. 그러나 지헌이 계속 나를 보고 있었고 페르 역시도 내게서 시선을 떼지 않아서 나는 아무 내색도 하지 않은 채 잔을 끝까지 비웠다. 마지막 한 모금까지 모두 비웠을 때 놀랍게도 이곳에 와서 마셨던 베리 주스 중에서 가장 맛있다는 생각이 먼저 들었다. 무엇보다 얼었던 몸이 녹는 것처럼 뜨거운 기운이 심장을 감싸는 것 같았다.

"맛있어?"

"응."

지헌의 물음에 내가 고개를 끄덕이자 가이드를 비롯한 일행들이 불신의 시선으로 나를 보았다. 나는 그들에게 참고 끝까지 마셔 보라고 권했지만, 내 말을 믿고 다시 시도하는 사람은 없었다.

"사례하지."

지헌이 페르에게 말했고 페르는 흡족한 얼굴로 웃었다. 내가 알아들은 말은 그 정도였다. 가이드는 우리가 사기를 당한다고 생각해 펄쩍 뛰었는데 페르 역시 공돈을 받을 생각은 없다는 듯 모피가 깔린 나무판을 가져왔다. 순록 모피를 듬뿍 사 갈까 싶었지만, 그녀가 가져온 건 나뭇조각에 기호 같은 독특한 문자를 새겨 넣은 수공예품 장신구였다.

액세서리 고르는 눈은 젬병인지라 지헌을 보았지만, 다행히 우리가 선택할 필요는 없었다. 페르는 망설이지 않고 얇은 실반지를 집었다. 단순한 형태의 링은 도저히 사람 손으로 문질렀다고 믿기지 않을 만큼 표면이 매끄럽고 반질거려서 활활 타오르는 불빛 위로 들어 올리자 예기가 흐르는 것처럼 보일 정도였다.

"직접 끼워 주겠답니다. 근데 안 맞을 것 같은데."

어떻게든 훼방을 놓고 싶어 하는 가이드의 말이 아니라도 페르의 작은 손가락이 들어 올린 반지의 지름은 유독 크게 느껴졌다. 그러나 예상과 달리 반지가 손가락을 통과해 들어오는 순간, 마치 손에 맞춘 것처럼 꼭 맞는다는 걸 알 수 있었다.

내가 놀란 건 페르가 반지를 결혼반지와 나란히 끼워서만은 아니었다. 손가락에 닿은 피부의 감촉이 놀랄 만큼 부드러운 동시에 소스라치게 차가웠기 때문이었다. 손끝에 드라이아이스를 댄 것처럼 냉기가 느껴질 정도였다. 베리 주스로 뜨겁게 달아올랐던 가슴을 단단한 얼음 조각들이 사각사각 파고들어 그대로 얼리는 기분이었다. 뿌리치고 싶었지만 겨우 손끝만 붙잡고 있는 페르의 힘에 압도라도 당한 듯 움직일 수가 없었다.

"고대 로마인들은 이 약손가락에 흐르는 특별한 핏줄이 심장과 연결된다고 믿어 이곳에 언약의 반지를 끼워 넣었지."

의미는 다르지만, 방식은 같다는 듯 그녀가 말했다.

"우리는 이곳으로 영혼이 빠져나간다고 믿기 때문에 고리를 끼워서 막는 거야."

페르가 손끝을 꾹 누르자 막혔던 혈관이 풀리는 것처럼 손끝이 찌르르 울렸다. 곧 손이 놓여났다.

"하얀 순록의 눈은 별빛으로부터 내려왔으며, 늑대는 달에게서 비롯되었듯이 우리의 영혼은 하늘에 올라 여우 불로 펼쳐지지."

페르가 주문처럼 읊은 말은 아주 오래전부터 사미족에 내려오는 전설이라고 했다. 나는 페르를 보며 아까부터 묻고 싶었던 말을 꺼냈다.

"혹시, 당신이 사미족의 노아이디인가요? 그러니까 샤먼 같은."

페르가 입가를 씰룩거렸다. 그녀의 얼굴은 번득이는 것처럼 날카로워 보이다가도 한순간에 짓궂은 개구쟁이로 돌변해 웃음을 터뜨릴 것 같았다. 그러나 동시에 어딘가 침울해 보이기도 했다.

"사미인들의 노아이디는 200년 전에 불구덩이 속으로 사라졌어."

마치 그로서 정통한 대는 끊겼다는 듯 그녀는 말했지만 상관없었다. 내가 알고 싶은 건 그게 아니었으니까.

"아까 저한테 했던 말 중에, 빛이라는 거요."

나는 고개를 조금 앞으로 내밀고 내 목소리가 지헌에게 가볍게 들리기를 바라며 말을 이었다.

"혹시 다른 것도 볼 수 있나요? 조금, 많이. 한참 뒤의 일 같은 거요."

페르가 소리 없이 미소 지었다. 마치 그것이야말로 자기 일이라는 듯 그녀의 웃음은 자만에 가득 차 있었으며 여신처럼 아름다운 동시에 어머니처럼 관대했다.

"물론, 아가씨는 원하는 걸 얻게 될 거야."

그녀가 내 앞으로 손을 뻗었다. 장작불이 너울거리며 천막 위로 그림자를 만들어 냈다. 페르의 손이 움직일 때마다 불빛이 어룽거리며 더 크게 넘실거렸다. 발갛게 타오르는 장작에서 불꽃이 어른어른 피어나더니 후드득 튀어 올랐다.

"이 빛은 대단히 아름답고 강력해서 아주 많은 것들을 바꿔 놓지."

확신으로 가득 찬 그녀의 말투는 내게 무한한 신뢰를 주었고, 한순간이지만 나는 강렬한 해방감을 느꼈다. 설령 그것이 자기 위안적 만족감이라 할지라도 가슴 한구석으로 미래에 대한 건강과 낙관이 차오르는 것만은 막지 못했다.

물론 가이드의 말처럼 그녀는 관광객만 노리는 사기꾼일 수도 있다. 하지만 나는 그녀가 나를 선택했으며, 겉으로 드러나는 모습과 달리 뭔가를 위해 애쓰고 있다는 느낌을 받았다.

"저를 돕고 싶은 건가요? 왜죠?"

"정말이지, 의심 많은 인간이야. 그래서 신의 사랑을 받았지."

페르가 눈썹을 치켜올리더니 웃음을 터뜨렸다. 호기심은 둘째치고 그걸 대놓고 묻는 내 용기가 가상하다는 듯.

"나의 친구, 버려지고 잊혀진 자들과는 다르게."

페르의 눈동자가 한순간에 굳었다. 불은 여전히 환했음에도 그녀의 주위는 어둡게 물들었고 그 변화를 알아차린 듯 루가 엎드린 채로 낑낑대기 시작했다.

"버려진 자들…… 사미족을 말하는 건가요?"

"그들 또한 한때 버려졌었지."

수수께끼 같은 말을 되풀이한 페르가 미소 지으며 나를 보았다.

"가는 길에 레본툴리를 만나면 소원을 빌어 봐."

"오로라요?"

"그래, 신은 변덕스럽지만 믿음을 가진 인간에겐 반짝이는 빛으로 찾아오거든."

페르가 손을 올리라는 듯 손바닥을 내밀었다. 나는 그 위에 손을 얹었다. 다행히 아까만큼 차갑지도, 손을 빼고 싶다는 생각도 들지 않았다.

"눈이 그치고 태양이 다시 떠오를 때, 뜨거운 냉기가 언 땅을 녹일걸세."

마침내 손을 놓은 페르가 눈을 올려 뜨고는 말했다.

"날씨가 좋지 않으니, 서두르는 게 좋을 거야."

천막을 나서자마자 길잡이를 자처하듯 루가 따라붙었다.

"하늘이 이렇게 맑은데 날이 안 좋기는 무슨."

지헌이 빈 수표책을 꺼내 내밀었을 때부터 안색이 창백하게 변한 가이드는 결국 참지 못하고 불만스러운 말을 쏟아 냈다. 그는 우리가 사이비 원주민 노파에게 홀려 거액을 썼다고 생각했다. 그러나 그의 말을 계속 들어주는 사람은 없었다. 텐트 곳곳에서 사람들이 뛰쳐나와 마구 소리를 질러댔기 때문이었다. 오로라였다.

푸른 섬광으로 시작된 오로라는 페르의 말대로 빛이 반짝이는 것처럼 보였다. 불도 여우도 영혼마저도 과학 앞에서는 모든 게 무의미했으나 적어도 인간이 수천 년간 이어 온 믿음만큼은 진짜이리라. 누군가는 자연의 경이로움을 느낄 것이고 어떤 사람은 연인과 가족의 소중함을 기억할 것이며 사미족은 저 오로라를 보며 죽은 청년을 떠올릴 것이다.

여행자 중 누군가 <The Lion Sleeps Tonight>을 부르기 시작하자 모닥불 앞에 둘러앉은 사람들도 합창에 가세했다. 국적도 인종도 모두 제각각인 이들이 같은 장소에서 우연히 만나 서로 다른 언어로 하나의 노래를 불렀다. 숲은 고요했고 오로라는 아름다웠다.

나는 가만히 눈을 감고 소원을 빌었다. 눈을 떴을 때 가장 먼저 지헌이 보일 것에 감사하면서. 예상대로 지헌은 나를 가만히 바라보고 있었다. 그는 오로라에 소원 같은 걸 비는 남자가 아니었다. 그러나 내가 소원을 비는 동안 방해하지 않고 조용히 기다려 주는 남편이기도 했다. 나는 웃으며 그의 손을 잡았다.

찰나의 꿈 같은 오로라가 지나가고 거짓말처럼 눈보라가 시작됐다. 그때부터는 가이드도 불만을 멈췄다. 그는 마치 여우 불에 홀리고 나온 사람처럼 몸을 조금 떨었다. 나머지 일행도 비슷한 기분인지 목 뒤를 자꾸만 매만지며 빨리 이곳을 벗어나고 싶어 했다.

나는 주차장에 다다라 루에게 어서 돌아가라고 손짓했지만, 주인이 아니라 못 알아듣는 건지 녀석은 꼿꼿하게 서서 컹컹 짖기만 했다. 나는 녀석의 콧등을 부드럽게 매만진 뒤에 몸을 낮춰 인사를 건넸다.

"잘 있어, 루."

'언젠가 너에게 꼭 내 딸을 소개해 줄게.'

나는 돌아서기 전, 루를 한 번 더 돌아보았고 그 순간 루는 마치 내 말을 알아들은 것처럼 짖지 않는 눈으로 나를 조용히 응시했다.

그날 밤, 나는 꿈을 꾸었다. 꿈속에서 오늘 하루 동안 일어난 일들은 다양하게 각색되고 부풀려졌다. 페르와 루와 도로에서 마주친 사미족 사람들이 뒤섞여 나왔다. 필립과 가이드도 종종 등장했다. 그러나 내 꿈에 가장 많은 공간을 차지하는 건 한결같이 지헌과 아이들이었다.

드물게 해가 반짝이는 날이었고 초목이 우거진 곳으로 소풍을 나갔으며 한시도 가만히 있지 않은 세 명의 사내아이가 쉴 새 없이 웃음을 터뜨렸다. 나는 관찰자인 동시에 방관자였으며 나를 대신한 누군가의 등 너머로 품에 안긴 아기가 보였다. 흑발에 지헌을 닮아 얼굴이 뽀얀 아기였다.

조금 더 보고 싶다는 열망에 서서히 다가갔다. 조금 더, 가까이. 뽀얀 안개를 헤치듯 나아간 순간 풍경은 설원으로 뒤바뀌고 새하얀 배경 위로 파란색 눈동자가 번쩍 떠올랐다. 루의 것보다도 훨씬 더 깊고 진한 푸른색 무늬였다.

아무 소리 없이 이쪽을 뚫어질 듯 보고만 있었는데 서서히 확장되는 홍채의 움직임이 너무도 생생해서 마치 실제인 것 같았다. 그때 물체에 시선을 고정하듯 짙게 물든 동공이 내가 있는 위치를 정확하게 쏘아보았다. 나는 소스라치듯 놀라며 눈을 번쩍 떴다.

울음소리가 들린 건 그때였다. 환청인가 싶어 누운 채로 가만히 귀를 기울였다. 소리는 멈추지 않았다. 그래서 지헌이 티브이라도 보는 건가 생각했다. 그러나 어느 프로그램에서도 이렇게 생생한 아기 울음소리를 계속 내보내진 않을 것이다. 이런 꼭두새벽에. 나는 그 소리가 텔레비전도 환청도 아닌 실제라는 것을 깨달았다. 몸이 반사적으로 움직였다.

침실 문을 열고 나오자마자 지헌과 눈이 마주쳤다. 막 샤워를 했는지 그의 머리카락이 젖어 있었다.

"……당신 들었어요?"

"옷부터 입고."

지헌이 잠옷 차림의 나를 보며 말했다. 마음이 급해 로브를 찾아 꿰입는 팔이 어설펐다.

"여기에 있어."

가운 깃을 단단하게 여며 준 뒤 지헌은 나를 응접실에 남겨 둔 채 문을 향했다. 나는 그의 뒤를 따랐다. 그러나 우리가 문을 열기도 전에 필립의 고함이 문밖에서 들려왔다. 그는 패닉이 된 것처럼 소리쳤고 밖은 순식간에 소란스럽게 변했다. 지헌이 문을 열었을 때 눈앞에 가장 먼저 보인 건 바구니였다. 그리고 그 안에 아기가 담겨 있었다.

"폭설로 아래쪽 진입로가 막혀서 경찰이 도착하는데 시간이 조금 더 걸린답니다. 호텔 측에서는 최대한 협조하기로 했습니다."

"호텔 직원이 틀림없어요. 그러지 않고서 어떻게 카메라를 피해 아기를 두고 갔겠어요?"

"천벌 받을 인간 같으니라고. 영하 30도가 넘는 날씨에 아기를 밖에 버리고 가다니! 차라리 보육원에 데려다 놓을 것이지."

"어디 이상이 있는 건 아니라니까 하늘이 살렸지, 뭐. 우리가 늦지 않게 발견해서 다행이야. 이봐, 피터, 자네 정말 아무것도 못 봤어? 교대 직전이라 졸았던 거 아냐?"

"절대 아닙니다. 분명히 깨어 있었고 아무 기척도 못 느꼈어요. 객실 주변도 발자국 하나 없이 새하얀 눈밭이었잖습니까? 하늘에서 떨어진 게 틀림없어요."

"말이 되는 소리를 해, 하늘에서 아기 바구니가 어떻게 떨어져? 네가 졸았던 사이에 누가 아기를 두고 갔고 다시 눈이 쌓인 거지."

"그랬으면 아기는 이미 얼어붙어서 하늘나라로 갔을 겁니다. 밖에 10분만 서 있어도 손발이 꽁꽁 얼 지경인데요."

"그러니까 범인이 호텔 직원이라는 거야. 여기까지 올라오려면 반드시 리셉션 데스크를 통과해야 하는데, 카메라에 들어온 흔적도 나간 흔적도 전혀 없어. 지리에 훤한 알바생이 틀림없다니까."

"정문으로 올라온 게 아니라면."

잠자코 듣고 있던 필립이 던진 파문에 응접실은 잠시 침묵했다가 다시 시끄럽게 변했다.

"그럼 산에서 내려왔다는 건데, 그건 있을 수도 없는 일이에요. 이런 극야에 눈보라를 헤치고 산속을 다닐 수 있는 인간은 없어요. 그것도 아기 바구니를 들고 말입니다."

수행원들이 우왕좌왕하는 동안 나는 아기를 안고 침실에 있었다. 지헌이 걸려 온 전화를 받으러 나가기 전, 아기를 침대 위에 눕혀 놓았지만 어쩐지 눈을 떼면 굴러떨어질 것 같아서 옆에서 지켜보다가 안아 들고 말았다. 버려진 채로 방치되었던 바구니에 아기를 다시 내려놓기는 싫었다. 한참 울던 아기는 지쳤는지 소음에도 깨지 않았다.

까만 흑발에 푸른 눈동자를 가진 사내아기는 백일쯤 되어 보였다. 그러나 솜털처럼 가볍고 마른 몸이 녀석의 딱한 상태를 말해 주었다. 다른 건 몰라도 하늘이 살린 것만은 맞았다. 성인도 버티기 힘든 추위에 이렇게 작고 약한 아기를 밖에 두고 가다니, 죽으라는 말과 다름없었다.

"이렇게 예쁜 널 두고 대체 누가 그런 짓을 했을까."

창가를 서성이며 부드럽게 토닥이자 아기가 뒤척이며 잠결에도 서러운 듯 입술을 삐죽거렸다. 그 모습이 딱해 도톰한 턱을 살며시 문지를 때였다. 창으로 쏟아져 들어오는 아침 햇빛에 반사된 무언가가 아기의 목 안쪽에서 빛을 뿜어냈다.

처음 발견했을 때 보지 못한 목걸이였다. 가는 금줄에 달린 동그란 금속은 칼날을 갈아 놓은 것처럼 얇고 날카로워 보였다. 아기가 다치기라도 할까 조심스럽게 손을 뻗었다. 끝이 닿은 순간 따끔한 통증이 느껴져서 손을 빼냈지만 이미 핏방울이 맺힌 뒤였다. 붉게 방울지는 핏물에 황급히 티슈를 찾는데 아기가 눈을 떴다.

"어머나, 깼구나. 잠깐만, 미안."

아기에게 피가 묻지 않게 침대 위에 눕혀 놓고 탁자와 그 사이를 분주하게 오가는데 동그랗고 파란 눈동자가 나를 따라 움직이는 게 느껴졌다. 설마 하면서도 고개를 돌렸다. 착각이 아니었다. 아기는 울지 않은 채로 나를 빤히 응시하고 있었다. 그 눈빛이 너무도 또렷해서 나는 티슈를 집으려던 것도 잊은 채 아기를 안아 들었다.

그는 자신을 들어 올리는 내가 누구인지 확인하듯 내게서 눈을 떼지 않았다. 내가 안전한 사람인지 아닌지 조금 더 지켜본 뒤에 결정하겠다는 듯 유리구슬처럼 파란 눈동자는 부풀었다가 줄어들기를 반복했다. 나는 그 모습이 사랑스럽다고 생각했다.

오늘 아침 갑자기 하늘에서 뚝 떨어지듯 나타났다는 것도, 곧 경찰이 도착할 거라는 사실도, 안전한 곳을 찾아 보내야 한다는 것도 모두 상관없이 말이다. 해가 조금 더 멀리까지 올라갔는지 창을 통해 들어오는 햇살은 뜨거웠고 우리를 감싼 주위는 눈이 부시도록 밝게 빛이 났다.

기척을 느끼고 고개를 들자 지헌이 문가에 선 채로 우리를 바라보고 있었다. 나는 그를 향해 미소 지었다.

"우유가 있어야 할 것 같아요."

그 말을 알아들은 것처럼 아기가 우렁차게 울기 시작했다.

* * *

우듬지부터 밑동까지 설백을 두른 침엽수림이 끝없이 펼쳐진 수풀 사이로 빠르고 강한 바람이 불었다. 나뭇잎이 퍼르르 떨고 그 위를 덮은 눈송이가 흩날리며 줄기에 매달려 있던 고드름이 눈밭으로 후드득 떨어져 박혔다. 순백의 대지를 가르며 설경 위를 질주하는 것은 눈과 같은 은백색 털을 두른 다나였다. 뒷다리를 힘껏 박차고 올라 공중으로 높이 도약한 뒤 앞다리를 길게 뻗으며 다시 추진력을 받아 쏜살같이 내달렸다. 다리가 푹푹 박힐 정도로 쌓인 눈더미조차도 그녀를 방해하지 못했다.

다나는 계속해서 희푸른 설원을 향해 달렸고, 그녀가 지나간 자리에는 빨간 핏방울이 궤적처럼 이어졌다. 직전의 전투로 며칠 전 당한 부상에서 다시 피가 흐르기 시작했다. 그러나 멈출 수는 없었다. 비열하고 잔인한 발로드는 그녀의 뼛조각을 보기 전까지는 결코 이 전쟁을 멈추지 않을 것이다. 그리고 다나에겐 그런 발로드로부터 반드시 지켜야만 하는 존재가 있었다.

나의 어린 왕. 망설임 없이 앞을 향해 나아가면서도 그녀의 마음은 자꾸만 남아 뒤를 향했다. 겨울의 시작과 함께 동토에 들어서 안전하게 몸을 푼 지 이제 겨우 한 달 남짓. 인간의 모습으로 라프족 사이를 숨어들었으나 근처까지 따라붙은 발로드의 후각에 발각되고 말았다. 그녀를 숨겨 주었던 인간의 피가 희생의 제물이 되었다. 그럼에도 여전히 그들은 침묵했다. 무엇도 도래하지 않았고, 아무도 응답하지 않았다.

이로써 모든 건 분명해졌다. 누구도 그녀와 그녀의 아들을 위해 나서지 않을 것임이. 반역자 발로드가 형제의 등에 칼을 꽂고 그의 목을 베어 그 피를 밟고 올라선 왕좌임에도 불구하고 모두 침묵하기로 한 것이다. 이런 게 배신감인가. 빌러 또한 죽는 순간 이것을 느꼈을까. 인간과 늑대를 오가며 겁에 가까운 생을 이어 왔으나 다나는 한 번도 자신을 그들과 같다고 생각하지 않았다.

그녀는 비롯된 순간부터 유일한 존재였으며 그녀의 자리는 카일룸의 12권좌 중 하나였고 성좌와 성군이 곁을 지키는 영원한 안식처인 쉬에 머물렀다. 땅 위를 걷고, 네 발로 긴다고 해서 존재마저 부정할 수 있는 것은 아니다. 그러나 동시에 그녀는 살기 위해 반려의 죽음 앞에 등을 돌렸으며 아들을 살리기 위해 금기를 깨고 인간을 위험에 빠뜨렸다. 치욕스러운 삶을 앞에 두고도 스스로 숨을 끊어 멸족하지 못했듯 어떻게든 살아남아 피를 이어 가려는 욕망은 인간과 다를 바가 없다. 무료와 권태에 시달리면서도 성좌를 놓지 못하는 자들처럼 말이다.

타오르는 갈증을 느낀 다나가 눈밭을 높이 뛰어오르며 나무 위에 쌓인 눈덩이를 입에 물었다. 고향으로 돌아가지 못하고 남은 겨울새가 눈꽃으로 뒤덮인 자작나무 위로 파드득 날아올랐다. 바위 위로 가뿐하게 내려앉은 다나가 혀를 길게 핥았다. 밤새 쉬지 않고 달려 눈으로 뒤덮인 몸을 흔들어 털자 푸른 물방울들이 빗물처럼 흩날렸다. 그때였다. 울창한 숲 사이로 아침 해가 서서히 들이치더니 숲을 황금빛으로 물들이기 시작했다. 극야가 끝이 났다. 다나는 몸의 감각이 느슨해지는 것을 느끼며 단단히 옥죄던 심장이 자유로워지는 기분을 느꼈다.

성공인 건가. 가파른 등성이 위에 올라선 다나가 먼 곳을 내다보듯 지금껏 달려온 길을 되돌아보았다. 암시에 걸려든 여자가 깨어나는 것을 보았으니 이로써 모든 것은 그녀가 안배한 대로 실행되었고 계약은 성립되었다. 어린 왕의 봉인이 풀릴 때까지 플레닐루니움은 땅 위에서 자취를 감출 것이다. 누구도 찾아내지 못하리라.

그녀의 아들은 힘이 묶인 채 평범한 인간처럼 자라나겠지. 아르칸의 시간은 인간보다 빠르다. 인간의 몸피로는 온전히 담을 수 없는 힘이기에 성년이 되기 전에 성체를 얻지 못하면 몸이 갈기갈기 찢겨 소멸하게 될 것이다. 그러나 디안이 있다. 그가 봉인을 풀고 각성에 성공해 힘을 되찾도록 도울 것이다. 그렇게 된다면.

'그 인간 여자는 죽겠지.'

다나는 고요한 시선으로 지평선 너머를 응시하며 그녀 앞에 나타난 특별한 인간을 생각했다. 마을 하나를 통째로 비운 부유한 인간 귀족에 대한 소문은 발로드의 습격을 받기 전부터 들어서 알고 있었다. 그걸 이런 방식으로 쓰게 될 줄은 몰랐지만. 다나의 눈앞에 여자에게서 한시도 떨어지지 않던 남자와 그런 남자를 바라보던 여자의 눈빛 따위가 뿌연 이미지처럼 떠올랐다 흩어졌다. 독기로 가득 찼던 파란 눈동자가 이지러진 건 처음이었다. 그 약간의 틈을 비집고 들어선 감정의 조각이 새로운 환영을 눈앞에 흩뿌렸다. 금발에 칠흑 같은 눈동자를 가진 작은 아이였다.

'그래, 그 아이가 바로 너로구나.'

다나가 그녀를 택한 건 이 아이 때문이다. 탐스러운 금발이 눈앞에서 부드럽게 휘날렸다. 의도치 않은 생각이 겹쳐질 때 앞날이 환영처럼 나타나는 건 종종 있는 일이었으나, 시야가 이렇듯 선명하게 보이는 건 드문 일이다. 다나는 아주 천천히 눈을 감았다 떴다.

'대신에, 내가 그대에게 강한 생명력을 주겠다. 그대가 품은 희원대로 아이가 무사히 빛을 볼 수 있도록. 적어도 몇 번의 해를 더 맞이하도록. 꺼져 가는 그대의 빛을 위해 나의 숨 한 조각을 남겨 놓겠다.'

'이 예언은 내가 소멸함으로써 완성될 것이다.'

첨언을 마친 다나가 눈을 뜨자 그녀에게서 빠져나간 작고 푸른빛이 구슬처럼 떠올랐다. 빛은 그녀를 한 바퀴 빙그르르 돌아서 곧 허공으로 사라졌다. 그녀는 콧등을 찡그리며 제 반려를 향해 환하게 웃던 여자의 미소를 마저 지워냈다. 대신 햇빛 아래 눈을 가늘게 뜨며 숲 너머를 응시했다.

다음 순간 그녀가 높이 도약하며 뒤쪽에서 들어온 공격을 피해 몸을 틀었다. 기습해 실패한 적이 비탈 아래로 미끄러지자 다나는 단숨에 적의 목을 물어 이빨을 박아 넣었다. 기도가 끊기고 질식의 고통 속에서 울부짖은 늑대가 바르작거리던 몸을 축 늘어뜨렸다.

숲에서 또 다른 적이 튀어 올랐다. 숨이 끊어진 놈을 거칠게 밀어낸 다나 또한 뛰어올랐다. 맹렬한 움직임에 눈바람이 뿌옇게 일었다. 둘은 동시에 쿵 부딪치며 강력하게 충돌한 뒤 땅으로 구르듯 떨어졌다. 눈밭이 깊게 파여 얼음으로 뒤덮인 땅의 표면이 드러나며 쩍 갈라졌다.

부서진 표석을 간신히 밝고 선 다나는 적의 약점이 드러나는 틈을 놓치지 않고 그대로 허리를 물었다. 곡선을 그리는 예리한 이빨이 단숨에 뼈를 뚫고 그 안으로 파고들어 힘줄을 완전히 끊어 놓았다. 치명상을 입은 놈이 고통에 울부짖자 숲이 뒤흔들렸다. 다나는 그대로 빠르게 내달렸다. 눈밭에 늑대의 발 갈퀴 자국들이 어지럽게 흩어졌다.

이제 겨우 국경. 더 멀리 가야 했다. 이 정도로는 안심할 수 없다. 발로드가 결코 찾아내지 못하도록 더 멀리. 이 땅을 벗어나 러시아로 가야 한다. 그곳에 누군가 있다고 믿게 해야 했다. 남부로 눈을 돌리지 못하도록. 척박한 사막과 초원을 헤매는 동안 아들은 인간의 손에서 무사히 자라날 것이다. 맹렬하게 달린 다나가 숲의 끝에 다다랐다.

갑자기 시야가 환해지며 사방이 끝없이 펼쳐진 백색 설원이 드러났다. 산과 협곡으로 갔어야 했는데, 좁혀 오는 포위망 때문에 방향이 틀어진 것이다. 은신할 곳이 없는 설원에서는 불가피하게 뒤가 노출된다. 혼자인 그녀에게 절대적으로 불리했다. 발로드가 도착하기 전에 최대한 빨리 이곳을 빠져나가야 했다. 그의 송곳니는 단숨에 뼈를 바숴뜨리고 장기를 꿰뚫을 것이다. 그녀를 뒤쫓는 흔적이 수 킬로미터까지 다가온 것을 눈치채며 다나는 전력으로 질주했다. 그녀가 막 빙하로 얼어붙은 에스커 위로 올라설 때였다.

"도망자 신세라니, 여왕의 체면이 말이 아니군."

히죽거리는 웃음소리가 다나의 머릿속을 뚫고 벼락처럼 내리꽂혔다. 발로드다. 그가 왔다. 다나는 전류를 맞은 것처럼 자리에 우뚝 선 채로 몸을 돌렸다. 분노로 잠식된 맹수의 크르릉 소리가 목 안쪽에서 흘러나왔다. 간절히 죽이고 싶은 원수를 발견한 다나의 눈동자가 복수에 대한 원념으로 가득했다.

발로드는 숲 저편에서 유유히 걸어 나왔다. 다나의 으르렁거림에도 그는 멈추지 않았다. 마치 그녀 따위는 전혀 위협이 되지 않는다는 듯. 그녀보다 1.5배는 커다란 몸집으로 위용을 과시하듯 느릿하게 움직이며 작고 노란 눈동자를 굴려 다나의 상태를 파악했다. 피와 눈덩이로 뒤엉킨 그녀의 모습은 그를 흡족하게 했다.

"당신의 이런 꼴을 형님이 봤다면 얼마나 속이 상할지. 내 마음이 다 아플 지경이군."

발로드가 웃으며 빌러를 언급하자 다나는 격분했다. 그녀의 목 위로 힘줄이 불거졌다. 다나가 핏발선 눈으로 고개를 높이 치켜들고 길게 하울링 했다. 피가 타오르고 장기가 녹아내리는 고통에 찬 절규가 설원을 웅장하게 뒤덮었다. 낮은 파고로 넓게 펼쳐지는 진동이 수백 킬로미터까지 뻗어 나갔다. 그 울림에는 발로드가 가지지 못한 피의 권능과 위엄이 깃들어 있었다. 다나를 넓게 둘러싼 채 포위하던 아르칸족 사이로 동요가 번졌다. 아직 그들의 왕은 다나이며, 그녀가 유일한 알파 암컷이라는 증거였다. 여왕의 소리에 늑대들이 앞발을 길게 뻗으며 고개를 땅으로 처박았다. 몇몇은 권위에 짓눌려 괴로워하며 쉴 새 없이 낑낑거렸다.

기분이 상한 발로드가 눈살을 찌푸리며 욕을 중얼거렸다.

"그깟 피가 뭐라고."

그가 제 눈에 한 줌도 되어 보이지 않는 다나를 노려보더니 어금니를 으드득 씹으며 길게 포효했다. 그러자 늑대들의 동공이 괴이할 정도로 크게 확장되며 뿌옇게 흐려지듯 번졌다. 눈앞에 막이 하나 덧씌워진 것처럼 흐리멍덩하게 변한 그들은 집단최면이라도 걸린 듯 다나를 향해 일제히 공격성을 드러내며 으르렁거렸다. 정신이 약한 몇몇은 피의 권능이 짓누르는 본능과 그것에 반하려는 신체가 극렬하게 부딪쳐 땅을 구르며 몸부림쳤다.

"약을 썼군."

경멸 어린 눈동자가 자신을 쏘아보자 발로드는 발작적인 분노를 느끼면서도 이를 감추듯 더 크게 이죽거렸다.

"네가 살아서 이곳을 빠져나갈 일은 없다는 뜻이지."

비열하게 웃은 발로드가 다나를 회유하기 시작했다.

"차라리 플레닐루니움을 네 손으로 넘겨. 그럼 자비를 베풀어 씹어 먹는 대신 단숨에 숨통을 끊어 줄 테니."

"야습으로 왕위를 찬탈한 자의 말 따위를 믿을 것 같은가."

"늑대는 원래 뒤에서 공격하는 걸 좋아하지 않나? 나는 습성을 따랐을 뿐이야."

피가 거꾸로 솟는 듯한 분노를 간신히 참아 낸 다나가 냉담하게 쳐냈다.

"너는 금기를 깼다."

"그래서 어쨌다는 거야?"

발로드가 코웃음 쳤다.

"저들은 우리를 잊었어. 인간 따위 천 명이 죽든 만 명이 죽든 누구도 아르칸을 벌하지 못해."

그의 오만한 선언에도 다나는 싸늘한 눈빛을 풀지 않았다. 그녀가 가늘게 실눈을 떴다.

"그것으로 원로회를 설득했나?"

"아르칸은 과거의 영광을 되찾을 때가 되었다. 우리 자손들은 땅 위를 네 발로 기지 않고도 이 힘을 고스란히 가지게 될 거야. 다나, 네 아들도 말이지."

발로드가 다나를 속살거렸다.

"설마 내가 그 한입거리도 안 되는 어린애를 죽이겠어? 우리가 수천 년의 저주 속에서 살아남은 건 바로 자성(子姓)의 소중함을 알았기 때문이야. 동토에서의 분열은 곧 죽음을 의미하니까."

그걸 아는 자가 반란을 일으키고 일족의 왕가를 잔인하게 살해했다. 다나의 몸속으로 살기가 우글우글 차올랐다. 목이 잘려 나간 빌러와 눈 속에 버리고 돌아서야 했던 아들이 떠오르자 통제할 수 없는 복수심이 그녀를 잠식했다. 다나의 눈동자에 마른 불꽃이 일었다. 날카로운 맹수의 이빨 아래 놓인 작고 어린 아기를 상상하는 것만으로도 온몸의 피가 꽉 틀어막히는 것 같았다.

"잘 생각해, 다나. 나는 반려도 자식도 없으니 내 뒤를 잇는 건 조카가 될 거야. 네 아들 말이야."

그가 달콤한 목소리로 속삭이며 다나의 얼굴을 예리하게 훑어 내렸다. 다나는 마음을 가라앉히며 동요를 잠재웠다. 발로드가 자비를 안다면 처음부터 형제의 가족을 몰살할 계획 따위는 꾸미지 않았을 거다. 그러니 그는 지금 그녀가 플레닐루니움을 지니고 있는지 확인하려는 것이다. 후인지, 그 전인지. 그게 중요했다. 만약 여기서 사실을 들킨다면 그는 단숨에 그녀의 숨통을 끊고 그녀의 모든 것을 흡수해 아들의 위치를 알아낼 것이다. 하지만 여전히 그녀에게 있다고 여긴다면 섣불리 공격을 가하지 못한다. 그는 빌러를 흡수하지 못했기 때문에 플레닐루니움의 정확한 작용 방식을 모르고 있다.

발로드가 속삭였다.

"나는 저주를 풀고 아르칸에게 자유를 줄 것이다. 새로운 왕으로서."

발로드는 그녀가 서 있는 에스커 아래에서 걸음을 멈췄다. 그가 반원을 그리듯 걸음을 천천히 옮기는 모습을 보며 다나는 생각했다. 늑대는 새끼를 밴 암컷은 사냥하지 않는다. 아르칸 또한 인간에게 손댈 수 없다.

"왕이 된 것 같은가, 발로드?"

다나의 서늘한 물음에 발로드가 웃음을 참는 듯한 얼굴로 킬킬거렸다. 그가 제왕처럼 가슴을 활짝 펴며 호탕하게 웃어젖혔다.

"나는 이미 왕이야, 다나. 모두가 내 앞에서 무릎을 꿇었지. 그 꼿꼿한 늙은이들마저. 이제 내 뜻대로 되지 않는 건 없어."

"그래? 그런데 왜 네 털은 그대로지?"

다나가 비소를 머금었다.

"왕좌를 차지했어도, 거죽은 바꾸지 못했군."

아르칸의 상징은 순백이다. 저주를 받아 땅 위로 떨어졌음에도 그들의 색은 바뀌지 않았다. 오직 불온한 자들만이 색을 달리했다. 발로드처럼. 그는 이마부터 등까지 흉측한 잿빛 털을 가지고 태어났다. 그것은 곧 부정한 내통의 증거였다. 더불어 발로드의 치명적인 약점이기도 했다. 그에게서 웃음이 지워졌다.

"왕이 되자마자 스스로 다짐한 게 있지."

그가 지금까지와는 다른 기세로 위협하듯 한 발 앞으로 다가서며 말했다.

"내 앞에서 그 말을 입에 올린 자는 사지를 찢고 숨통을 끊기로."

다나는 물러서지 않았다. 다만 싸늘히 예언했다.

"너는 결코 아르칸의 왕의 될 수 없다."

"……닥쳐!"

우레처럼 포효한 발로드가 금방이라도 달려들 기세로 이를 드러냈다. 그의 황금빛 눈동자가 분노로 번득이며 다나의 모든 것을 빨아들일 듯 노려보았다. 그런 발로드를 바라보는 코발트 빛의 파란 눈동자가 황금빛 아침 햇살의 냉기를 머금고 시리게 빛났다.

"너는 절대로 아르칸의 저주를 풀 수 없을 것이다, 발로드."

다나가 무정한 목소리로 천명했다.

"나와 함께 인페르놈의 오르쿠스 앞에 서게 될 테니까."

나의 아들과 그녀의 딸을 위해.

발로드가 이를 갈며 단숨에 에스커 위로 도약했다.

"아주 고통스럽게 삼켜 주마. 뼛조각 하나까지, 모조리."

곧 천둥 같은 소리가 설원을 뒤흔들었다.

* * *

나는 식은땀을 흘리며 눈을 떴다. 잠에서 깨기 전 마지막으로 본 강렬한 장면에 압도되어 내가 숨죽이고 있다는 사실조차 알지 못했다. 그건 그저 생생한 정도가 아니었다. 나는 정말로 그곳에 실재했으며 내가 느끼는 모든 감각은 명백하고 선명했다. 공간을 압도하는 거친 소리, 차가운 냄새, 뺨에 닿는 공기의 흐름마저 느껴질 정도로 날카롭고 섬뜩한 기운. 나는 꿈속에서 짓눌린 공포를 느꼈다. 어서 달아나라고, 꿈을 벗어나라고 목이 쉴 정도로 소리를 질렀다. 그리고……

얄팍한 숨이 간헐적으로 쏟아졌다. 딱딱하게 굳은 몸을 누가 깨뜨려 줬으면 좋겠다고 생각할 때였다. 계단을 뛰어오르는 힘찬 발소리가 들렸다. 뒤꿈치에 힘을 잔뜩 주고 신이 나서 성큼 오르는, 가볍지만 단단한 소리였다. 그 뒤로 천둥이라도 쏟아지듯 우당탕 소리가 바닥을 울렸다.

"Maman!"

"엄마!"

문을 벌컥 열고 가장 먼저 달려온 건 샤를이었다. 쌍둥이 미카엘이 거의 동시에 침대로 뛰어들었다. 사랑스러운 두 아이를 양팔 가득 안고 뺨과 이마에 쉴새 없이 입을 맞췄다. 문가에 선 댄이 노크를 하려던 팔을 내리고 의젓하게 인사를 건넸다.

"안녕히 다녀오셨어요, 어머니."

나는 댄을 향해 두 팔을 활짝 뻗으며 웃었다. 우리 넷은 침대 위에 누워 떨어졌던 시간을 채우기 위해 쉼 없는 수다를 떨었다. 한 명씩 꼭 끌어안고 이야기를 공평하게 들어주고 나자 가위에 눌려 경직되었던 몸의 긴장도 차츰 풀려갔다. 피가 튀어 오르고 반으로 부러진 척추의 뼛조각이 살을 뚫고 나오는 잔인한 장면은 곧 희미해졌다.

지헌은 정확한 시간에 들어와 샤를과 미카엘을 양 옆구리에 한 명씩 안은 뒤 댄과 함께 내려갔다. 아이들은 아래층에서 자신을 기다리고 있는 특별한 손님에게 금세 정신을 빼앗겼다. 누운 채로 아래에서 들리는 아이들 목소리에 귀를 기울이며 이제야 겨우 집에 돌아온 기분을 느꼈다.

파리에 돌아온 건 어제 아침이었다. 겨우 3시간 남짓한 비행이었지만 출발할 때부터 시작된 미열 때문인지 나중에는 거의 애 취급까지 받았다. 아니지. 이젠 나이도 있으니까 애가 아닌 노약자쯤 되겠다.

관절 수술 후 완전히 회복되기 전, 어쩔 수 없이 무원의 부축을 받으며 계단을 오르던 시부의 모욕감 어린 표정을 이제 와 이해하게 될 줄은 몰랐다. 이런 기분인 줄도 모르고 손 내밀 생각은 않고 무뚝뚝하게 서 있기만 하던 두 아들을 탓했던가. 나는 다시는 시아버지의 자존심을 건드리지 않겠다고 다짐했다.

"집에 오니까 좋아?"

활짝 열린 문에 가볍게 노크한 지헌이 침실로 들어섰다. 그는 침대에 앉으며 잠결에 흐트러진 머리카락을 천천히 쓸어올려 넘겼다. 열이 조금 올라 있던 나는 그의 서늘한 감촉이 좋아 계속해 달라는 듯 얼굴을 비볐다.

"너무 좋아. 우리 애들도 있고, 당신도 있고."

내가 부리는 애교가 싫지 않은 듯 지헌이 피식 웃는다. 그가 뺨을 살살 문지르며 말했다.

"연구실 쉬라는 거 진짜야. 오늘부터 침실 밖으로 나올 생각 마."

"에이, 그건 좀 오버다."

"옐로카드 두 번이면 무조건 프로방스행이니까 그렇게 알아."

말 안 들으면 프로방스의 여름 별장에 가두겠다는 협박에 나는 겁먹지 않은 척 실눈을 살며시 떴다.

"겨우 두 장? 인심 좀 더 써요. 열 장은 어때요?"

"열 번이나 놀라게 하겠다고."

세상을 초월한 듯 무심하게 중얼거린 지헌이 고개를 숙이며 속삭였다.

"나를 죽일 셈이야?"

그 진지한 목소리에 나는 웃음을 터뜨리고 말았다. 지헌이 다리를 꼬고 앉은 채로 양팔을 넓게 짚으며 나를 포위하듯 가뒀다. 지그시 맞닿아 오는 까만 눈동자에 일렁이는 감정들이 손에 닿을 것만 같다. 나는 그를 가만히 보다가 손을 뻗어 이마 위로 흘러내린 그의 머리카락을 조금 매만졌다. 나 이제 괜찮다고, 안심시키듯. 열이 떨어지지 않아 애태웠을 그의 마음을 다정하게 위로한다. 다른 사람도 다 이렇다는 말은 그에게 전혀 위안이 되지 않음을 알기에. 흩어지는 말 대신 더 많이 눈을 맞추고 더 많이 안아 주겠다고 약속했다.

지헌은 말없는 시선으로 나를 좇았다. 내가 그를 만질 때마다 그랬듯. 침묵을 고수하며 미동 없이 나의 애정 어린 손길을 받았다. 나의 마음이 여전히 그의 것인지를 확인하며 멈추지 않기를 바랐다. 짙고 완만하게 뻗은 눈썹을 살며시 어루만지자 나를 향해 반짝이는 신비로운 눈동자가 드러났다. 나도 모르게 웃었던 것 같다. 완고하게 굳어 있던 지헌의 입매가 나를 따라 천천히 휘어졌다. 아침에는 싱그러웠다가 밤이 되면 관능적으로 변하곤 하는 상냥한 미소이자 살아갈 내내 나를 행복하게 할 얼굴이었다. 늘 이렇게 웃게만 해 주고 싶다고 생각하며 나는 지헌에게 물었다.

"무슨 생각 해요?"

단조로운 대답이 느릿하게 흘러나왔다.

"네 생각."

"아."

간지러움과 수줍음이 목 안으로 파고들었다.

평화로운 파리의 오후였다.

* * *

한참 후, 다시 파리.

"나, 이벨린 디아나 드 블루아 강은 오늘부로 아빠를 잃고 혼자가 되었습니다."

거울 속으로 보이는 근엄한 표정이 몹시 비통에 찬 목소리로 말했다.

"이 비탄과 엄숙한 의식의 증인으로 나의 특별한 친구들을 이 자리에 청합니다."

나는 몹시 괴롭고 절망스러운 와중에도 친구들의 존재를 잊지 않았다.

"과묵한 신사 툴레인 씨, 천하장사 롱스타킹 양, 우리의 영웅 캡틴 마블, 달 세계의 혁명 과업으로 바쁜 와중에도 하인라인 씨와 함께 친히 참석해 준 슈퍼 컴퓨터 마이크로프트 홈즈, 그리고."

숨이 차서 잠시 말을 멈춘 나는 가까스로 우아한 미소를 지어 보였다.

"내 최고의 늑대 아모락 씨."

그들은 모두 창가에 마련된 특별석에 앉아 곧 거행될 의식을 엄중하게 지켜보고 있었다. 나는 친구들의 지지 어린 시선에 용기를 얻어 거울 앞에 놓인 날카롭고 예리한 가위를 집어 들었다. 그리고 마지막으로 천장을 바라보며 속삭였다.

"약속을 지키지 못해서 미안해요, 엄마."

엄마를 떠올리는 것만으로도 사무치는 그리움에 어쩐지 조금 서러워졌다. 이럴 때 엄마가 있었다면 좋았을 텐데. 나는 훌쩍이며 중얼거리다 물 반 통을 비운 뒤에야 겨우 가라앉은 곱슬머리 위로 가윗날을 가져갔다.

"인형 하나가 바뀐 거 같은데? 음, 가만있자. 로리가 빠졌군. Little Woman의 그 갈색 머리."

"엘린을 배신하고 엘의 친구인 에밀리에게 파트너를 신청한 그 멍청한 테오

될 로랑과 같은 이름이야. 엘이 그런 자식한테 실연을 당하다니."

"소설에서는 자매를 데리고 놀더니, 현실에선 친구라. 음, 난 놈이군."

"정신 차려, 루이 형. 상대는 우리 엘이라고."

"난 처음부터 놈이 마음에 안 들었어. 지조 없는 새끼."

루이와 샤를의 멍청한 대화가 나를 방해하자 가위를 내렸다. 거울 속 까만 눈동자가 잔뜩 이지러졌다. 나는 그대로 눈을 굴렸다. 침실과 이어진 응접실 너머로 문가를 점령하고 서 있는 길쭉한 다리 세 쌍이 거울 모서리에 비쳤다.

"엄밀히 말해 배신은 아니지. 로랑이 린하고 연애를 한 건 아니니까."

"엘을 좇아 우리 집에 뻔질나게 드나들었는데 그게 연애가 아니면 뭐야? 놈은 내 여동생의 방을 처음으로 본 사내자식이라고."

마치 그 이유만으로도 죽어 마땅하다는 듯 샤를이 말했다.

"그 쓸데없는 우주과학 잡지의 반만큼만 네 여동생한테 관심을 쏟아 봐, 미카엘 폴 드 블루아 강."

"그 애가 우리 집에 오는 건 파리 시장인 걔네 할머니가 우리 할머니랑 친하기 때문이야. 두 분이 어떻게든 둘을 이어 주고 싶어 하시는 건 늘 있었던 일이니까."

미카엘이 무심하게 중얼거렸다. 아마 손에 든 과학지 따위를 넘기고 있으리라.

"그러니 그 무식한 애가 양자중력이론을 모른다고 해서 올 때마다 한 시간 만에 쫓아내는 유치한 짓은 그만하고, 린의 친구가 에밀리가 아닌 로랑이라는 사실을 받아들이도록 해."

"남녀가 어떻게 친구가 돼? 남자한테 여자는 두 종류야. 한 번만 자고 싶거나, 계속 자고 싶거나. 우정은 어릴 때나 하는 착각이지. 이차 성징이 시작되면 끝이라구."

삐딱하게 서서 발을 탁탁 두드리는 빳빳한 베이지색 치노 바지가 바로 샤를일 것이다. 그 옆에 빛바랜 청바지가 미카엘. 그들 뒤편으로 겹치듯 보이는 검은 슬랙스가 루이. 그는 괘씸하게도 나보다 더 얇은 다리를 가졌다. 그들의 반대편에는 바보 같은 세 형과 자신의 경계를 분명히 하듯 떨어져 서 있는 세드릭의 남색 교복 바지가 보였다. 그건 내가 입고 있는 것과 같았다.

"말리라고 데려왔더니 형들끼리 싸우면 어쩌자는 거야? 그만 투덜거리고 가서 이브나 좀 달래 봐. 저러다 머리칼이 안 남아나겠다고."

"그냥 뒤, 이브가 우리한테 화날 때마다 절연 선언과 함께 머리를 자르는 건 일곱 살 때부터 해 왔던 의식이라고. 게다가 한번 단발이 된 후로는 본인도 깨달은 게 있는지 1인치 이상은 안 자르잖아."

루이의 웃음소리를 듣는 순간, 뒤통수가 싸늘하게 식어 내리는 기분을 느끼며 나는 새롭게 다짐했다. 루이스 쟝 드 블루아 강, 오늘부로 내 명단 첫째 줄에 영원히 박제하겠다.

"대상이 우리가 아니니까 그렇지. 다니엘 숙부님이 이브의 리스트에 오른 건 처음 있는 일이잖아. 그만 좀 웃어, 루이 형. 이러다 들키겠어."

'다 들린다고 바보들아, 너흰 이미 다 들켰다고.'

속으로 열불이 차올라 소리를 지르고 싶었지만 최근 들어 내가 말만 꺼냈다 하면 너의 사춘기를 이해하겠다는, 속 터지는 말과 함께 짠한 시선이 쏟아지는 탓에 화만 더 솟구쳤다.

그냥 문을 확 잠가 버려? 아냐, 그랬다가 지난번처럼 미카엘이 테라스에서 떨어지기라도 하면 곤란하다. 사실 그건 나 때문이 아니다. UFO가 나오는 유튜브 채널에 정신이 팔려서 그렇게 된 거니까. 화장실에 들어가서 문을 잠글까. 최근에 자물쇠를 바꿔 달았으니 또 스페어키를 만들어 두진 않았겠지.

"작은아버지가 조금 유치하게 굴긴 했지. 이브가 처음으로 좋아한 남자앤데. 그 애도 이브를 좋아하는 눈치였고. 그렇게 망신을 줘서 쫓아 보내지 않았다면, 걔는 에이미가 아니라 이브한테 파트너를 신청했을 거야."

"에이미가 아니라 에밀리야. 그리고 아버지가 잘못한 건 맞아. 나서지 말고 그냥 두셨어야 했어. 그랬으면 내가 확실하게 뭉개 버렸을 텐데."

"그럴까 봐 그러신 거야. 로랑이 린에게도 파트너를 신청했거든."

"뭐? 그럼, 우리 엘이 백업이었다는 거잖아! 이런 개자식을, 가만 안 두겠어!"

"아서라. 안 그래도 공개적으로 파파걸로 찍혔는데, 너까지 나서면 이브의 학교생활은 이대로 끝이야."

발버둥 치는 샤를을 막아서는 루이를 보며 영구박제는 취소해야겠다고 생각할 때였다.

"그냥 다시 에이미를 꼬셔. 걔가 학교에서 이브를 망신 줬으니, 우리는 사교 클럽에서 되갚아 주면 돼. 그러게 왜 여동생 친구라고 고백을 거절해? 여자의 원한은 함부로 사는 게 아니야, 샤를. 10만 팔로워를 거느린 SNS 스타라면 더더욱."

취소는 영원히 취소다, 루이스 쟝.

"말세다. 겨우 열네 살밖에 안 된 꼬맹이들이 벌써부터 치정이라니."

열다섯 살 세드릭이 피곤하다는 듯 한탄을 토해 냈다.

나는 그들을 무시하려 애쓰며 분연한 태도로 가위를 이마 위에 가져다 댔다. 그러다 화장대 위로 죽 늘어선 사진 액자를 보았다. 가장 첫 번째 사진은 갓난아기를 안고 있는 아빠가 주인공이었다. 당연히, 그건 나였다.

나는 날 때부터 엄청나게 특출난 아기였다. 쌍둥이 오빠들만큼 엄마를 아프게 했으며 그런 내가 미워서 아빠는 한 달이 넘도록 나를 보지 않았댔다. 그러나 나는 슈퍼 예민한 떼쟁이였고, 할머니 말에 의하면 강씨 집안의 유전자를 이겨 내고 극적으로 태어난 어마무시하게 강한 Y염색체 소유자였으므로 아빠도, 아빠의 유별난 피부도 별수는 없었다. 나는 곧 죽어도 아빠만 찾았다.

아빠는 나를 가슴으로 안고 등으로 업고 유모차로 밀어 가며 한시도 떼어 놓지 않고 키웠다고 한다. 아무래도 이건 조작의 냄새가 나지만 어쨌거나 목격자들의 진술은 하나같이 그러했고 늘 그렇듯 나는 내게 불리한 건 쿨하게 넘어가는 편이었다. 어쨌거나 아빠의 등이 딱딱했고 그 등에 다섯 살까지 매달려 살았던 것만은 부정하기 어려웠다-발뺌하기엔 사진 증거가 너무 많았다.

두 번째 사진 액자가 바로 그거다. 발레 수업을 마치고 나온 다섯 살의 내가 아빠의 목말을 타고 주차장에 서 있는 모습. 파파라치 컷임에도 불구하고 패션지 화보처럼 나와서 한때는 닳고 닳을 정도로 들여다본 보물 2호이기도 하다.

이 시절의 내 별명은 샤를이 지어 주었는데, 그는 나를 요괴요정으로 불렀다. 아라비안나이트에 나오는 그 요괴 말이다. 어린 나는 요괴도 요정도 썩 마음에 들어 그렇게 불릴 때마다 자랑스러워한 데다 심지어 밖에 나갈 때마다 스스로 떠벌리기까지 했다. 나는 내가 정말로 요괴 나라에서 지상 세계로 떨어진 요정 공주라고 믿었다. 나중에 글자를 깨우치고 나서 그 요괴가 신밧드의 어깨에 매달려 다니는 음침하고 못된 노인이라는 걸 알게 되었을 때, 나는 태어나 처음으로 샤를 프랑수아 드 블루아 강에게 결투를 신청했다.

세 번째 액자에는 축구 클럽에서 첫 번째 시합이 있던 날, 경기 종료 후 아빠와 함께 나란히 벤치에 앉아 있는 사진이 꽂혀 있었다. 이날 나는 역전 골이자 우승골을 넣고 영웅이 되었는데, 아주 사소한 문제가 있다면 하필 그게 우리 팀의 골대였다는 거였다. 엉엉 우는 나와 그런 나를 아빠가 달래고 있는 이 사진은 괘씸한 루이가 몰래 찍은 것이다. 눈물과 땀으로 범벅된 내 얼굴은 굴욕 그 자체였지만 아빠의 표정이 너무 다정하게 나와서 차마 버릴 수가 없었다.

그다음은 초등학교를 졸업하던 날 엄청나게 커다란 꽃다발을 들고 온 아빠와 함께 레스토랑에 가서 찍은 사진, 타히티섬에서 처음으로 요트 운전을 했던 날, 고카트 레이스를 완주하고 아빠와 하이파이브를 하는 모습, 생일 선물로 받은 말에 첫 안장을 올리고 해변까지 외승을 나갔던 사진, 고비 사막에서 쏟아질 것처럼 아름다운 별을 바라보던 것, 오로라, 그리고 마지막은 엄마의 나라, 한국을 처음 방문했을 때 이모들과 함께 찍은 사진이었다. 내 모든 처음에는 아빠가 있었다. 그리고 오빠들이 있었으며, 또 한 사람⋯⋯.

"그거 내려놔, 이벨린."

갑작스러운 저음에 화들짝 놀란 나는 손에 힘을 주고 말았는데, 하필이면 가위를 쥔 손이었다. 싹둑 소리와 함께 기다란 금빛 실타래가 화장대 위로 툭 떨어졌다. 뭐야, 왜 이렇게 길지?

황급히 거울을 확인하자 앞머리 정중앙이 마치 쥐를 파먹은 것처럼 뭉텅이로 잘려져 있었다. 내가 굳은 것과 동시에 뒤쪽에서 누군가의 억눌린 신음이 새어 나왔다.

나는 고개를 홱 돌리고 이 모든 것의 원흉을 죽일 듯이 노려보았다. 일찍이 월반해 그랑제콜에 들어간 다니엘 폰 드 블루아 강 주니어는 학교 행사 중에 왔는지 검은색 정복 차림이었다. 그 옷을 보자 그가 아빠와 함께 엊그제 저지른 만행이 새록새록 떠올랐다. 단전에서부터 격노가 끓어올랐다.

"왜 남의 방에 함부로 들어와! 왜 예고도 없이 말을 거냐, 내가 가위를 들고 있는 그 순간에, 왜!"

"미안해."

길게 따진 보람도 없이 그는 너무도 순순히 사과했다.

"됐어. 필요 없어!"

"이벨린."

이 집에서 유일하게 내 이름을 정확하게 부르는 그의 침착하고 어른스러운 태도는 이 순간 별로 도움이 되지 않았다. 내가 진짜로 화났다는 걸 오빠가 알았으면 했기에 나는 최대한 심각한 표정을 지어 보였다. 그러나 뭉텅이로 잘려 나간 앞머리가 이마 위에서 찰랑거리는 꼴은 내가 생각해도 우스웠다.

나를 정면에서 보게 된 루이가 주먹으로 입을 틀어막았다. 샤를과 세드릭의 입술은 기괴하게 일그러졌다. 그들은 어떻게든 웃지 않으려 안간힘을 썼지만, 내게는 그게 더 굴욕적으로 느껴졌다. 미카엘은 차라리 고개를 돌려 버렸다.

"나가. 내 방에서 전부 다 꺼지라구!"

내 우스꽝스러운 머리를 보고도 아무 반응을 보이지 않던 댄이 방 안으로 한 발을 내디뎠다.

"문제가 있으면 말로 해결을 해야지, 이벨린. 화가 날 때마다 머리를 자르는 건 전혀 도움이 되지 않아. 진짜로 대머리가 되고 싶은 거야?"

댄이 근엄하게 꾸짖었다. 아빠의 리즈 시절을 판박이처럼 닮은 그의 유일한 흠은 필요 이상으로 진지하고 심각하다는 거였다. 당연히 불같은 나의 성미를 자극할 수밖에 없었다.

"해결? 말로 해결이라고? 내 말은 제대로 듣지도 않으면서! 처음부터 내버려 뒀으면 내가 알아서 했을 거야. 오빠가 아빠를 불러오는 바람에 모든 게 엉망이 되어 버렸다고!"

그는 한 번 더 사과의 말을 중얼거린 뒤 말을 이었다.

"내가 부른 건 아니지만. 어쨌거나, 아버지가 나서지 않았다면 그 자식은 집까지 걸어서 가지 못했을 거다."

"언제는 말로 해결하자며? 왜 그렇게 다들 폭력적인 건데?"

"그거야 그 자식이 너한테 강제로 키."

내가 눈을 부라리자 뒤늦게 열성 관객의 존재를 깨달은 댄은 특유의 자제력으로 흥분을 가라앉혔다. 곧 차가운 눈빛으로 말했다.

"네가 그 마멋처럼 생긴 놈을 아꼈다는 건 알지만, 내 말 들어, 이벨린. 로랑은 아냐. 그 자식은 널 좋아하는 게 아니라 단지."

"테디는 마멋을 닮지 않았어."

"지금 그 쥐새끼를 두둔하는 거야?"

"아니라니까."

댄은 흠, 하고 실처럼 가는 눈으로 나를 보더니 다리가 아닌 얼굴을 못 쓰게 할 걸 그랬다며 음습하게 웃었다. 얼굴? 다리? 무슨 말이야, 그게 대체?

"어쨌거나, 두더지는 안 돼."

서로 같은 언어를 쓰고 있음에도 전혀 소통이 이뤄지지 않는 답답함에 나는 고개를 마구 저었다.

"그게 아니라고."

나는 테디를 좋아하지 않았다, 전혀. 그래서 오랫동안 내게 호감을 보여 왔던 그가 최근 연예계 활동을 시작하며 예뻐진 에밀리에게 추파를 던지는 걸 알면서도 내버려 두었다. 물론 내게 쓸데없는 경쟁의식을 갖고 있던 에밀리가 그걸 악용한 건 유감이었지만.

샴페인 몇 잔에 취한 테디는 한심한 남자애가 그렇듯 에밀리의 꾐에 빠졌고, 자존심을 되살리기 위한 희생자로 나를 골랐다. 나는 테디를 때리는 게 싫었다. 나보다 약한 데다 조금만 아파도 소리를 꽥꽥 질러 대는 게 몹시 귀찮았기 때문이다. 그리고 무엇보다 아주 가끔 그가 멍청하게 미소 지을 때마다 그 희멀건 얼굴이 내 안의 무언가를 자극했다. 그래서 잠깐 망설였던 걸 지금은 엄청나게 후회하지만.

오빠에 이어 아빠한테 그 모습을 들켰을 때는 너무 수치스러워서 쥐구멍에 숨고 싶었다. 특히 분노한 아빠가 내 말도 듣지 않고 테디를 멋대로 처분했을 때는 더욱. 가엾은 테디. 그는 그저 한심한 사랑에 빠졌을 뿐인데. 결국 아빠도, 오빠도 나를 믿지 않았던 거다.

"상심은 잠깐이야, 이벨린. 첫사랑 같은 건 지나고 나면 아무것도 아니라고."

"오빠가 그걸 어떻게 알아? 첫사랑도 안 해본 주제에."

댄이 한숨을 쉬었다.

"나는 그런 한심한 건 안 해, 이벨린."

"그러니까 모르지! 오빤 진짜 하나도 몰라. 내 첫사랑이 언제 일인데."

"진짜 첫사랑을 말하는 거야. 영화나 소설에 나오는 사람 말고."

"내가 그 정도도 구분 못 하는 바보인 줄 알아?"

"그럼, 그래서…… 너한테 첫사랑이 있다고?"

댄은 거의 고함을 질러 댔다. 뒤에서 그와 닮은 바보 형제들도 비슷한 말을 외치고 있었다. 물론 그들의 질문은 하나같이 똑같았다.

"그게 누군데?"

"미쳤어? 내가 그걸 말하게?"

댄은 충격받은 얼굴로 입을 다물고는 뒤를 돌아보았다. 그의 눈동자는 이 중에서 누가 가장 최신 정보를 가졌는지를 확인하는 것 같았다. 그러나 있을 리가 만무했다. 쥐새끼가 아니었다고? 하는 점잖지 못한 말을 나는 못 들은 척 했다. 댄이 고개를 저었다.

"너는 아직 어려, 이벨린."

"어리긴 뭐가 어려? 나는 작년에 초경도 시작했다고!"

"그래, 알아. 아버지랑 우리가 꽃을 조금 많이 사 왔다고 화냈잖아."

그의 뻔뻔한 말은 나의 분노에 불을 지폈다.

"조금 많이, 라고……? 파리 시민 전체가 알 정도로 온 집안을 꽃으로 도배 했잖아! 그것도 일주일 내내!"

댄은 어깨를 으쓱했다. 그게 뭐 어쨌다는 거냐는 듯. 유별난 건 너라는 듯.

"으, 의! 됐어. 오빠랑은 말 안 해!"

"내 말 들어. 너는 아직 남자를 몰라, 이벨린."

"내가 남자를 왜 몰라?"

댄은 다시 눈을 찡그리며 루이와 시선을 교환했고, 루이는 오늘 처음으로 심각한 표정을 지으며 나를 뚫어져라 보았다. 그렇게 쳐다보고 있으면 뭔가 알 아낼 수 있다는 듯이. 그러나 댄은 아무것도 알고 싶지 않은 얼굴이었다.

"내 말 믿어, 엘. 정말로, 너는 하나도 몰라."

내가 정말로 그렇다는 뜻인지, 아니면 본인이 그렇게 믿고 싶은 건지, 댄은 고개까지 저어 가며 부정했다. 나는 그런 그가 기가 차서 쏘아보았다. 내가 남 자를 모른다고? 이 바보들은 정말로 그렇게 생각하는 걸까? 지금 내 앞에만 해도 X염색체를 가진 인간 남자가 다섯이나 있는데.

여자한테는 관심도 없고 성욕도 없어서 신체와 정신이상이 의심되지만, 의학적으로 멀쩡한 다니엘, 그와는 정반대로 모델 활동으로 벌어들인 막대한 수입으로 구입한 펜트하우스에 주말마다 새로운 여자를 초대하는 루이, 그런 루이를 롤모델 삼아 유럽 최고의 카사노바가 될 예정인 루이 르그랑 고등학생 샤를-나는 그가 콘돔을 넣어 두는 장소도 알고 있다. 그리고 여자보다 우주가 훨씬 더 좋아서 허구한 날 지구 이탈하는 화법으로 여자들을 정떨어지게 하는 루이 르그랑 대표 미카엘. 마지막으로, 다니엘을 제외한 세 형을 우습게 보며 자기가 가장 어른인 척하지만 실은 야한 잡지를 제일 많이 모아 놓고 있는 애늙은이 세드릭까지. 내가 남자를 모르긴 왜 모르냐고.

"⋯⋯이벨린?"

입을 꾹 틀어막고 눈을 잔뜩 부라리고 있는 내 얼굴은 흡사 터지기 직전의 사과처럼 새빨갛게 달아올랐을 것이다.

"말을 해, 이벨린."

나는 진정으로 외치고 싶었다. 내가 오빠들의 모든 걸 알고 있다고. 그러나 입을 열어도 소리가 나오지 않았다. 내가 눈앞의 이 다섯 남자를 아빠 다음으로 사랑하고 있다는 걸 깨달았기 때문이다. 이렇게 절망스러울 수가.

"읍⋯⋯윽!"

속이 터져 나갈 것 같아서 가슴을 쿵쿵 두드리자 미카엘이 스마트폰을 열고 구글링을 시작하는 게 보였다. 그가 뭘 검색하는지는 알고 싶지도 않았다.

"⋯⋯나가. 모두 썩 나가!"

"알았으니까 일단은 가위를 내려놓고."

"한 발만 더 들어오면, 평생 미워할 거야!"

내 경고를 댄과 네 남자는 그 즉시 실행했다. 재빨리 문 뒤로 물러난 것이다. 댄이 손을 높이 들며 달랬다.

"좋아. 이렇게 하자. 네가 가위를 내려놓으면 나도 네 방에 안 들어갈게."

"협상하지 마. 나도 이제 14살이라구!"

"네가 14살이든 140살이든, 넌 내 동생이야, 이벨린."

단호한 말에 할 말을 잃은 나는 최후의 공격을 퍼부었다.

"오빠가 제일 싫어!"

댄은 다시 얼굴을 찡그리더니 심각하게 물었다.

"루이스를 가장 싫어하지 않았어?"

루이가 현자 같은 얼굴로 씩 웃더니 댄의 등을 치며 위로했다.

"이제는 네가 제일 싫다는군. 그냥 받아들여, 댄. 사춘기잖아."

나는 화병으로 그 자리에서 정신을 놓고 말았다.

'거짓말이야, 우리 중에 아무도 엘의 첫사랑을 몰랐을 리 없잖아.'

정신을 놓은 와중에도 샤를의 말에 열이 뻗쳤지만, 너무도 기진맥진한 탓에 잠을 깰 수가 없었다.

'여동생에 비하면 UFO나 외계인 같은 건 차라리 쉬운 존재야.'

'형들이 너무 심했어. 이러다 정말 이브가 가출이라도 하면 어쩔 거야?'

'이 머리로 어딜 가겠어?'

그 와중에 루이는 가벼웠고 샤를은 진지했다.

'걱정 마, 엘. 내가 파리 최고의 헤어디자이너를 데려올게.'

'작은아버지는?'

'말해 뭐해, 뻔하지.'

'……참 한결같으시다. 작은어머니는 싫어하실 텐데.'

'다들 당분간은 이벨린을 내버려 둬. 학교 일은 내가 더 생각해 볼 테니까.'

발소리가 여러 번 오가고 바뀌는 동안 나는 계속 몽중에 있었다. 어린 시절의 내가 깔깔거리며 웃고 떠드는 꿈이었다. 거기엔 모두가 있었다. 엄마와 아빠, 큰엄마와 큰아빠, 할머니와 할아버지, 다섯 명의 오빠. 그리고…… 그리고 가장 중요한 사람이 있었는데.

디아나.

나를 유일하게 그렇게 부르던 목소리도 함께였다. 나지막하고 촉촉한 목소리는 언제나 같은 음폭으로 공간을 울렸다. 낮지만 분명하게 나를 부르는 목소리와 아스라한 시선. 누구지, 누구였지. 희뿌옇게 흐려지는 기억을 좇으며 안개 낀 풀숲을 계속 나아갔을 때, 갑자기 눈앞에 환해지며 순백의 설원이 나타났다. 눈 덮인 자작나무 숲과 시린 공기가 피부를 뚫고 들어왔다. 옛날에 떠나온 장소를 다시 찾아온 것처럼 그리움이 밀려들었다.

그때 꿈과 현실의 모호한 경계 속에서 계단을 울리는 발소리가 들렸다.

"엘을 먼저 봐야겠어요. 비행기에서 마지막으로 통화했을 때 울먹이고 있었다구요."

"잠들었다잖아. 내일."

"다니엘 드 블루아 강, 대체 당신 딸한테 무슨 짓을 한 거예요? 정말로 테디를 어떻게 한 건 아니죠?"

"물론. 잘 얘기해서 보냈어."

"거짓말! 나도 다 들었다구요. 테디는 엘과 가장 친한 남자친구란 말이에요. 당신이 생각하는 그런 게 아니라니까?"

"쉬, 다칠라."

"이거 놔요. 당신이 엘한테 사과하기 전까진 손도 안 잡을 거예요."

"알았어."

"……어디 가요?"

"사과하러."

"지금, 자는 애를 깨우겠다고?"

"그러니 택일해. 잘 자고 있는 딸을 깨울 건지, 나랑 손잡고 침실로 갈 건지."

"진짜 누가 앤지. 출장 가기 전부터 싸우지 말라고 그렇게 신신당부를 했는

538

데, 어떻게 2주 만에 사고를 쳐요? 그래 놓고 시치미 뚝 떼고 그라스까지 날아오다니."

"나도 출장이었어."

"못살아, 정말. 잠깐, 잠깐만. 엘한테 전해 줄 소식이 있단 말이에요. 여보, 지헌 씨."

엄마의 목소리가 점점 잦아들었다. 발소리도 멀어지더니 곧 주위가 조용해졌다. 보름 만에 보는 엄마를 아빠가 빼앗아 간 게 분명했다.

뭐? 잘 얘기해서 보냈다고? 두 다리를 벌벌 떨며 뒷걸음치던 테디가 우스꽝스럽게 넘어져 바닥을 기듯이 도망쳤는데! 이 집안 남자들은 하나같이 뻔뻔한데다 그중에서도 최고는 우리 아빠인 게 틀림없다.

나는 벌떡 일어나 짐을 싸기 시작했다. 배낭에 손전등과 그래놀라바, 모기약, 마지막으로 야생에서 살아남는 비법이 적힌 노트를 넣고 지퍼를 잠갔다. 소리가 나지 않게 창문을 열고 테라스로 나가 난간을 넘었다. 중간에 미끄러질 뻔한 위기가 한 번 있었지만, 다행히 탈 없이 기둥 중간까지 내려올 수 있었다.

뭐, 이쯤이면 뛰어내려도 소리가 크진 않겠지 하는 지점에서 잔디밭을 향해 몸을 던졌다. 나를 가뿐히 끌어안은 건 축축한 풀 이끼가 아닌 사람의 팔이었다.

"아, 아빠? 댄?"

깜짝 놀라 어둠 속에서 고개를 들자 처음 보는 남자의 얼굴이 코앞에 있었다. 심장이 멎는 것 같았다.

"누구세요?"

키가 엄청나게 큰 남자는 체격마저 상당해서 그에게 안겨 있는 내 몸은 한 줌도 되지 않을 것 같았다. 지금까지 아빠 말고 이런 압도적인 피지컬을 가진 남자는 보지 못했다.

"……댄 친구예요? 아니면 루이?"

적어도 샤를이나 미카엘은 아니다. 내가 확신하는 사이 그는 아무 말도 하지 않은 채로 나를 물끄러미 바라만 보았다. 나를 안고 있다는 사실을 잊은 게 아닌가 싶을 정도로 표정이 태연했다.

"혹시, 말을 못 해요? 불어를 못 하나? 영어는 해요?"

같은 말을 불어로 한 번, 다시 영어로 한 번 반복하자 그가 피식 웃었다. 어두컴컴한 밤중에도 돋보일 만큼 멋진 미소였다. 아니, 달빛을 받아 하얗게 빛나는 아름다운 미소였다. 나는 남자의 흑발과 파란 눈동자를 멍하니 바라보았다. 갑자기 눈시울이 뜨거워지고 의식이 천천히 깨어났다. 나는 이 사람을 알고 있다. 알고 있는데, 알았는데.

그가 가슴 위로 고개를 숙였다. 작고 여린 바람이 일렁이듯 다가왔다. 언젠가 엄마와 함께 가 보았던 동토의 그 설국처럼 차갑고 시리고 푸른 바람은 달콤하고 그리운 냄새로 밀려들었다. 의식이 기억 저편으로 한순간에 밀려들었다. 나는 마침내 그의 이름을 생각해 냈다. 그건 순식간에 떠오르듯 튀어나왔다.

"리안."

'나의 어린 왕.'

진동처럼 공명하는 맑은 음성이 머리를 크게 울렸다. 그 순간 온몸의 신경이 그를 향해 빨려 들어가며 심장이 웅웅거리기 시작했다. 느리게 따끔거리던 통증은 곧 터질 것 같이 부풀어 오르는 고통으로 변해 갔다. 숨이 멎는 것 같은 격통에 가슴을 움켜쥐고 헐떡였다. 커다란 손이 손등 위를 덮었다.

"아파?"

"……거짓말."

"뭐?"

"오늘, 첫사랑이…… 어떻게, 네가 나타나?"

숨을 몰아쉬며 하는 말을 그는 전혀 알아듣지 못하겠는지 이마를 조금 갸웃했다. 어릴 때 표정이 조금 남았나? 눈물을 뚝뚝 흘리면서도 나는 그런 걸 생각했다. 눈물방울이 뺨을 적시자 리안이 눈을 조금 찡그리더니 겹친 손을 잡고 떼어 냈다. 그 위로 리안의 입술이 내려앉았다. 그가 힘을 주어 꾹 누르자 심장이 요동치듯 쿵쿵 울렸다. 몸 안에서 지진이라도 일어난 것 같았다. 이대로 두면 정말 터져 버릴지도 모르겠다고 생각한 순간 믿을 수 없게도 고통이 한순간에 사라졌다. 미약하게 울렁거리는 심장을 느끼며 나는 리안을 보았다.

"네가 한 거야? 어, 어떻게 한 거야?"

내가 놀라서 묻자 그는 대답하려다 말고 눈을 조금 치켜떴다. 조금 시끄럽다는 듯 귀를 어깨 위로 문지르며.

"여전히 극성스러운 혹을 달고 있네."

"응······?"

대답은 위에서 들려왔다.

"이벨린!"

경악에 찬 외침이 내가 조금 전에 빠져나온 테라스에서 울려 퍼졌다.

"너, 이 새끼 누구야? 그 손 안 치워? 당장 우리 이브를 내려놔!"

"저 자식이 우리 엘을 데려갔어! 납치라고!"

"아니야. 배낭과 노트가 없는 걸로 봐서는 린이 스스로 내려간 거야."

"지금 그딴 말을 할 때야? 당장 아버지를 불러와, 세드릭!"

말없이 아래를 노려보던 댄을 보는 순간 나는 공포를 느꼈다. 그 순간 댄이 난간을 움켜잡았다. 나는 본능적으로 리안의 손을 세게 쥐었다.

"나는 이제 죽었어. 그리고 너도. 우리는 오늘 여기서 죽게 될 거야."

곧 댄이 이리로 뛰어내릴 테니까.

리안은 어이없게도 웃고 있었다. 아직 상황 파악이 안 되는 듯싶었다. 그럴 만도 한 게 그와 함께 있던 어린 시절엔 오빠들의 상태가 저렇게까지 나쁘진 않았더랬다.

"우린 안 죽어, 디아나."

리안이 나를 향해 미소 지었다.

"절대로."

새하얗고 예쁘장한 얼굴에 환한 미소가 가득 들어찼다. 부드럽게 휘어지는 눈동자는 보석처럼 빛을 발했고 내게 달콤한 미소를 뿌리는 붉은 입술은 더없이 다정하게 기울었다. 어떻게 이 얼굴을 비슷하다고 생각했지? 절대, 전혀 달랐다.

리안의 미소는 나를 그의 세계로 끌어당기는 것처럼 모든 생각을 앗아 갔다. 심장이 일렁거려서 견딜 수가 없었다. 그래서 손을 뻗어 리안의 뺨을 조심스럽게 어루만졌다. 하얗고 고운 살결은 사시사철 기침을 달고 살던 유약한 왕자님 같던 시절을 떠올리게 했다. 이제는 조금 건강해졌을까.

정원의 꽃을 꺾어 침대 앞을 얼쩡대면 숨을 힘겹게 몰아쉬면서도 나를 향해 손을 내밀던 그를 떠올렸다. 창백하게 질린 얼굴과 열이 올라 붉어진 입술로 흙투성이의 내 손을 꼭 쥐고 놓지 않았던 하얗고 가느다란 손.

손이 닿는 것마다 망가트리기 일쑤였던 나는 잘못 힘주면 그 작고 여린 손을 다치게 할까 두려워 아무것도 하지 못한 채 얌전히 앉아 있어야 했다.

그때 리안의 뒤로 루이와 댄이 동시에 난간 위로 올라서는 모습이 보였다. 머릿속이 새하얗게 비워졌다. 오빠들 손에 걸린 리안을 상상하는 것만으로도 끔찍했다. 내가 얘를 어떻게 키웠는데! 나는 그대로 리안의 뺨을 꼬집듯 세게 눌렀다.

"달려, 리안."

"응?"

"뛰라고, 어서! 도망가!"

나의 다급한 외침에도 리안은 미동 없이 잠시 그대로 서 있기만 했다.

"얼른 가라니까? 나중에 오해를 풀더라도 우선은 살고 봐야 한다고. 오빠들은 화가 나면 뇌가 근육질로 변한다고!"

나의 외침에 리안의 붉은 입술이 조금 더 짙게 휘어졌다. 다음 순간 리안은 달렸다. 내가 시키는 대로 착실하게. 나를 안은 채로.

"아니. 이게 아니라, 나를 놓고, 도망가라는, 말이었는데."

리안의 품에서 흔들리며 내가 말했지만, 그는 나를 내려놓지 않았다. 뒤에서 땅을 울리는 우레 같은 발소리가 미친 듯이 뒤쫓아 왔다.

글렀다, 글렀어. 우린 오늘 황천길을 가게 될 거야, 리안. 곧 최종 보스인 아빠가 나타날 테니까.

하지만 나는 절망하는 대신 리안의 목을 꼭 끌어안았다. 어딘가에서 시원한 바람이 불어왔다. 뺨에 달라붙는 차가움에 고개를 들자 하얀 눈송이가 흩날리듯 떨어졌다. 파리의 첫눈이었다.

<끝>

작가후기

<모든 숨마다, 너>는 네이버 챌린지 리그에서 시작해 정식연재를 거쳐, 이렇게 책으로 세상에 나오게 되었습니다. 책은 온라인과는 또 달라서 정말 많은 사람의 품과 공이 필요한데요. 책이 나올 수 있도록 애써 주시고 많은 도움을 주신 출판사에 감사드립니다.

또한, 제 부족한 글을 끝까지 읽어 주시고, 좋아해 주시고, 출간을 기다려 주신 분들께 무한한 감사를 드립니다. 잊지 않고 찾아와 안부 전해 주시는 소중한 독자님들 모두 고맙습니다.

삶에서 가장 힘들 때, 이 앞 전의 책 <정략결혼>을 썼고, '숨' 또한 비슷한 시기의 연장선에서 작업했는데요, 쓰는 동안, 연재하는 동안 많은 분이 함께해 주셔서 행복했습니다.

다시 또 함께하는 날을 기약하며 후기를 마칩니다.

2021년 6월

김 결 올림